《숲의 신》이 한국 독자들에게 닿게 되어 정말 기쁩니다.
시간을 내어 소설 속 인물들과 함께해주시는 데 감사드리며,
부디 이 소설을 즐겁게 읽어주셨으면 좋겠습니다.

-리즈 무어

숲의 신

THE GOD OF THE WOODS

Copyright © 2024 by Liz Moore, Inc.
All rights reserved.

Korean translation copyright © 2025 by EunHaeng NaMu Publishing Co., Ltd.
Korean translation rights arranged with THE GERNERT COMPANY INC.
through EYA Co., Ltd.

이 책의 한국어판 저작권은 EYA Co., Ltd.를 통해
THE GERNERT COMPANY INC.와 독점 계약한 ㈜은행나무출판사가 소유합니다.
저작권법에 의하여 한국 내에서 보호를 받는 저작물이므로
무단 전재 및 복제를 금합니다.

숲의 신

리즈 무어 장편소설 | 소슬기 옮김

THE GOD OF THE WOODS

은행나무

역시나 이 숲을 아는 내 자매, 리베카를 위해

차례

Ⅰ
바버라
11

Ⅱ
베어
123

Ⅲ
길을 잃으면
205

Ⅳ
방문자들
293

Ⅴ
발견
331

Ⅵ
생존
415

Ⅶ
독립독행
545

일러두기
* 본문의 주는 모두 옮긴이의 것으로, 괄호 안에 글씨 크기를 줄여 표기했습니다.
* 인명, 지명을 비롯한 고유명사의 표기는 국립국어원 외래어 표기법 규정을 따르되 이미 굳어진 외래어, 한국어 화자 대부분이 관용적으로 사용하는 외래어 표기는 예외로 했습니다.
* 원문의 이탤릭체는 고딕체로 옮겼으며, 대문자로 강조한 부분은 볼드체로 옮겼습니다.

이 숲에 도착한 많은 도보 여행자들은 늘 즐기던 유희를 만끽하러 혼자 들어갔다가는 위험에 빠질 거라는 말을 들어도 믿지 못한다. 하지만 이런 위험이 실재한다는 점에 관해서는 의심할 여지가 없다는 확신을 주자. 이 숲에서는 길을 잃을 위험이 있다고. 이는 애디론댁 숲에서 유일하게 두려워해야 할 점이다.
—「애디론댁산맥에서 길을 잃다: 북쪽 숲을 방문하는 이를 위한 경고, 길을 잃었을 때 하면 안 되는 일과 길을 잃지 않는 법」, 〈뉴욕타임스〉, 1890년 3월 16일

나는 이 야생에서 위험에 아름다움이 얼마나 빠르게 따라붙어 서로의 일부를 구성할 수 있는지를 상기했다.
—《숲 여성》, 앤 라바스틸

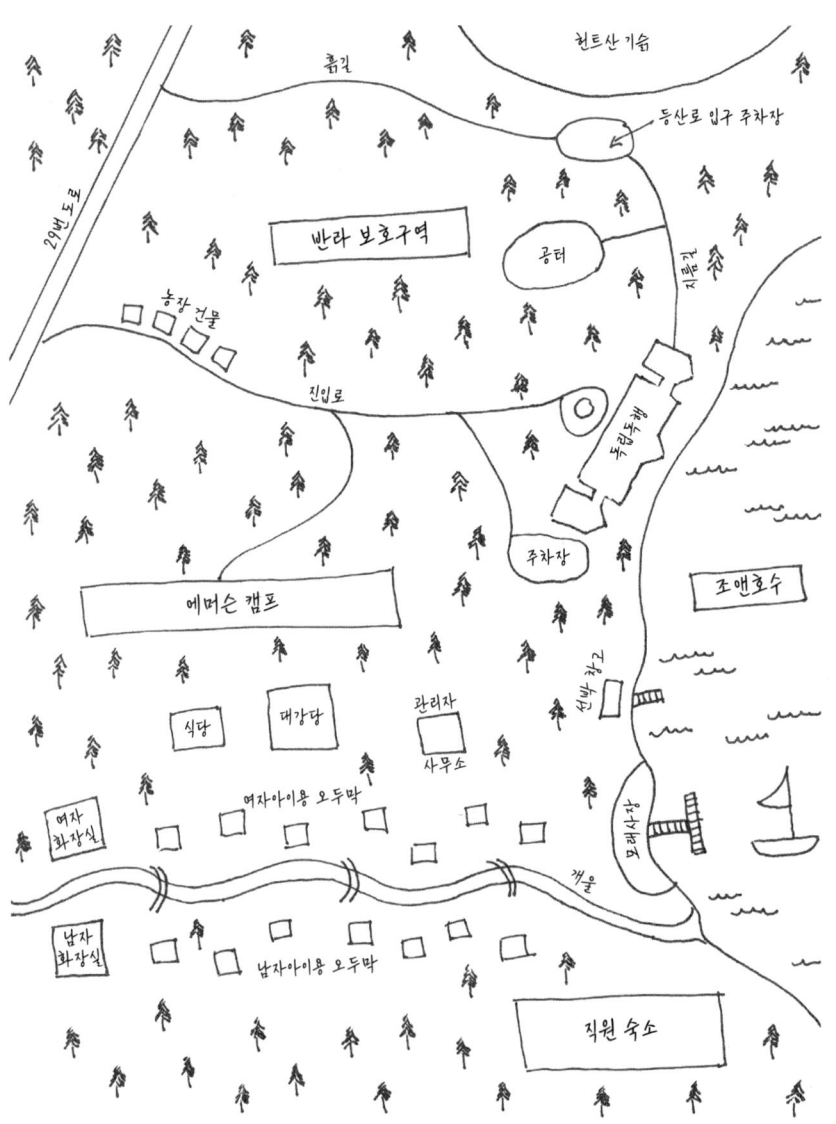

I

바버라

루이즈

1975년 8월

　침대가 비어 있다.

　몸집이 왜소하고, 목소리가 거칠고, 쾌활한 23세 지도교사 루이즈는 발삼나무라고 이름 붙인 오두막집의 따뜻하고 거친 판자 바닥에 맨발로 서서, 문가 2층 침대 아래 칸에 사람이 없음을 인식한다. 목격과 추론 사이에 흐른 10초는, 나중에 그녀에게 시간이 인간이 만든 개념임을, 감정, 즉 혈액 속 화학물질의 유무에 따라 느려지거나 빨라질 수 있음을 보여주는 증거가 될 것이다.

　침대가 비어 있다.

　오두막에 하나뿐인 손전등은 대낮에 없어졌더라도 캠프 참가자가 화장실에 갔다는 표시로 여길 수 있건만, 문 옆 선반 위 제자리에 있다.

　루이즈는 천천히 한 바퀴 몸을 돌리면서, 눈에 들어오는 여자

아이들의 이름을 속으로 부른다.

멀리사. 멀리사. 제니퍼. 미셸. 에이미. 캐럴라인. 트레이시. 킴. 캠프 참가자 여덟 명. 침대는 아홉 개. 세고 또 센다.

마침내, 더는 시간을 끌 수 없게 되자, 루이즈는 이름 하나가 정신의 표면에 둥둥 떠오르게 둔다. **바버라**.

빈 침대는 바버라의 것이다.

루이즈는 눈을 감는다. 남은 평생 이 장소와 순간으로 되돌아오는 자신을 상상한다. 발삼나무라 불리는 오두막에 붙들려, 아무 몸도 없는 곳에 몸이 나타나기를 바라는 외로운 시간 여행자, 유령을. 그 여자아이 본인이, 바버라가 문으로 걸어 들어오기를, 화장실에 있었다고 말하기를, 손전등을 가져가야 하는 규칙을 잊었다고 말하기를, 전에 그랬듯 애교 있게 사과하기를 바라는 모습을.

하지만 루이즈는 바버라가 이 중 무엇도 하지 않을 것임을 안다. 이유를 콕 집을 수는 없지만, 바버라가 떠난 것이 느껴진다.

이 모든 캠프 참가자 중에, 사라질 만한 모든 캠프 참가자 중에 하필 그 아이가.

오전 6시 25분, 루이즈는 커튼을 헤치고 보조교사 애너벨과 공유하는 공간으로 돌아온다. 애너벨 사우스워스는 메릴랜드주 체비체이스에서 온 17세 발레리나다. 나이로 따지면 루이즈보다는 캠프 참가자들과 더 가깝지만, 꼿꼿이 서서 말에 아이러니를 더하고 13세와 17세 사이에 존재하는 굳건한 선을 모두에게 확실하게 알려주고자 전반적으로 공을 들인다. 오두막에서 교사용 구역을 나누는 합판이 분명하게 드러내는 선을.

이제 루이즈는 애너벨을 흔들어 깨운다. 애너벨이 게슴츠레 눈을 뜬다. 연극적으로 한쪽 팔을 구부려 눈을 덮더니 다시 잠에 빠진다.

루이즈는 무언가를 인지하기 시작한다. 대사된 맥주 냄새다. 조금 전까지는 자기 몸에서 냄새가 난다고 생각했다. 자기 피부와 입에서. 지난밤에 마신 양이면 확실히 오늘 아침에 그 결과를 실감하기에 충분했다. 하지만 애너벨 가까이에 서니, 이 냄새가 실은 애너벨 쪽 공간에서 나던 것은 아니었나 싶다.

이 점이 루이즈는 우려스럽다.

"애너벨." 루이즈가 속삭인다. 말투가 자신의 어머니 말투처럼 들리는 것을 불현듯 알아챈다. 그리고 이 아이와의 관계에서 자신이 어머니―자신의 나쁜 어머니, 무책임한 어머니―가 된 듯한 느낌을 여러모로 받는다.

애너벨이 눈을 뜬다. 자세를 바로 하고 앉자마자 움찔한다. 루이즈와 시선이 마주치자 눈이 휘둥그레지고 얼굴이 창백해진다.

"토할 것 같아요." 애너벨이 말한다. 너무 크게. 루이즈는 쉿 소리를 내며 되는대로 바닥에 굴러다니는 빈 감자칩 봉투를 움켜잡는다.

애너벨이 봉투에 달려든다. 토한다. 그러고는 고개를 들고 헐떡이며 낮게 신음한다.

"애너벨, 술 많이 마셨어?"

애너벨이 겁먹은 채 고개를 젓는다.

"아무래도―" 애너벨이 대답하는데, 루이즈가 다시 조용히 시킨다. 이번에는 애너벨의 침대에 앉아, 마음속으로 다섯을 센다. 이는 어린아이였을 적부터 해온 방식이다. 반응하지 않도록 훈련하면서.

애너벨이 턱을 떨며 속삭인다. "뭔가 안 좋은 걸 먹었나 봐요."

"어젯밤에 나갔어? 애너벨?"

애너벨이 루이즈를 바라본다. 가늠하며.

"중요한 일이야." 루이즈가 말한다.

보통 루이즈는 보조교사에게 인내심을 발휘한다. 그들이 처음 겪는 숙취를 이겨내도록 인도하는 데 숙련이 돼 있다. 하룻밤쯤은 밖에 나가 다소 많이 마셔도 개의치 않는다. 올해는 책임 지도교사로서, 위험하지 않아 보이는 행동은 대체로 눈감아주는 편이다. 괜찮다는 생각이 들면 직접 동참하기도 한다. 하지만 그렇지 않을 때는 엄격하게 관리한다. 올여름 초반에, 처음으로 한 교사가 술 마시며 흥청대는 밤을 보낸 뒤 제시간에 못 일어나자, 한동안 그 교사는 파티에 못 가게 했다. 이는 아무도 같은 실수를 반복하지 않을 만한 본보기가 되기에 충분해 보였다.

지금까지는. 지난밤, 루이즈가 나간 사이, 애너벨이 아이들을 돌볼 차례였다. 그리고 애너벨은 그렇게 하지 않은 듯했다.

루이즈는 눈을 감는다. 어제저녁에 일어난 일을 되짚어본다.

강당에서 댄스파티가 열렸다. 캠프 수료 기념 파티로, 참가자, 지도교사, 보조교사가 전부 참여해야 했다. 어느 순간엔가 애너벨이 자리를 비운 듯했던 것이 기억난다. 어쨌거나 보이지 않았다. 하지만 댄스파티가 끝나기 전에 애너벨이 돌아와 있던 것은 확실하다.

오후 11시, 루이즈가 간단히 인원수를 파악했을 때는 애너벨이 있었고, 그 곁에서 캠프 참가자 아홉 명이, 그래, 아홉 명이 루이즈에게 잘 자라고 인사하며 귀엽게 손을 흔들었다. 작게 무리 지어 발삼나무 오두막으로 걸어가는 뒷모습이 아직도 눈에 선하다.

이것이 루이즈가 그들을 본 마지막이었다. 그녀는 애너벨이 책임을 수행하는 것을 확인하고 혼자 자리를 떴다.

이제 루이즈는 그날 밤이 끝나갈 무렵, 통금 시간을 훌쩍 넘겨 오두막으로 살금살금 들어갈 때 캠프 참가자들의 침대가 어땠는지 떠올려보려 애쓴다. 언제쯤이더라, 새벽 2시쯤 됐었나? 3시? 장면들이 조각조각 되살아난다. 멀리사 R의 벌어진 입, 바닥으로 축 늘어진 에이미의 팔. 하지만 정작 바버라는 기억 어디에도 없다. 바버라의 부재마저도.

그 대신 다른 기억이 떠오른다. 공터에서 팔을 빙빙 휘두르는 존 폴. 처음에는 루이즈 쪽으로 그다음에는 리 타우슨 쪽으로. 존 폴은 부잣집 애들이 싸움을 시작할 때 으레 그러듯, 링에 들어가는 것처럼 주먹을 날렸다. 사납고 호전적인 리는 여전히 저녁 급식 때 둘렀던 앞치마를 두른 채였다. 리가 존을 순식간에 해치웠고, 존은 땅바닥에 누워 머리 위로 늘어진 나뭇가지를 향해 멍하니 눈을 껌벅였다.

오늘은 문제가 생길 것이다. 존 폴이 루이즈가 바람을 피우는 것 같다고 생각하면 늘 문제가 생긴다.

분명히 말하자면, 루이즈는 그러지 않았다. 이번에는.

애너벨이 잠시 숨을 고른다. 한 손으로 두 눈을 가린다.

"바버라가 어딨는지 알아?" 루이즈가 바로 본론으로 들어간다. 시간이 별로 없다. 곧 있으면 옆방에 있는 캠프 참가자들이 깰 것이다.

애너벨은 혼란스러워 보인다.

"반라 말야." 루이즈가 더 작게 다시 말한다. "우리 캠프 참가자."

"아뇨." 애너벨이 대답하더니 침대에 풀썩 드러눕는다.

그때, 캠프장 곳곳 나무에 설치된 스피커에서 기상나팔 소리가 어김없이 흘러나온다. 이는 곧 합판 칸막이벽 반대편에서, 12~13세 여자아이 여덟 명이 작게 불평하고 탄식하며, 팔꿈치로 몸을 받치고 마지못해 일어날 거라는 뜻이다.

루이즈는 서성거리기 시작한다.

애너벨은 여전히 누운 채로 이제 루이즈를 쳐다본다. 문제를 이해하기 시작한다.

루이즈가 입을 연다. "애너벨. 지금 솔직하게 대답해야 해. 어젯밤에 다시 나갔어? 아이들이 잠든 다음에?"

애너벨이 숨을 멈춘 듯 보인다. 그리고 내쉰다. 끄덕인다. 루이즈는 애너벨의 눈에 눈물이 차오르는 것을 눈치챘다.

"네, 그랬어요." 애너벨이 대답한다. 목소리가 어린아이처럼 떨린다. 애너벨은 살면서 곤란해졌던 적이 거의 없었다. 루이즈는 이 점을 확신한다. 애너벨은 자신이 이 세상에서 얼마나 가치 있는지를 태어날 때부터 들어온 사람이다. 다른 사람을 어떻게 행복하게 해주는지를. 이제 그녀는 대놓고 울음을 터트리고, 루이즈는 눈알을 굴리지 않으려 애쓴다. 애너벨이 무서울 게 뭐가 있을까? 잃을 것이 전혀 없는데. 열일곱 살이다. 그녀에게 일어날 수 있는 최악의 일이라고 해봤자 해고당해서 저 언덕 위 부유한 부모에게 돌아가는 것이다. 사실인즉슨, 이 캠프의 주인과 친구인 부모에게. 바로 이 순간, 이 부지에 있는 캠프 주인의 저택에 손님으로 머물고 있는 부모에게. 한편 루이즈에게 일어날 만한 최악의 일은—루이즈는 속으로 어른인 자신을 책망한다—, 일어날 만한 최악의 일은, 글쎄. 루이즈는 지나치게 비약하지 말자고 자신을 다잡는다. 현재에 머물자고.

루이즈는 커튼 쪽으로 걸어간다. 커튼을 아주 살짝 걷는다. 그러다 트레이시의 시선을 끈다. 바버라 위쪽 침대를 쓰는 이 조용한 아이는 사다리를 내려오다 멈춰 섰다. 문제를 눈치챈 것이 분명하다.

루이즈는 커튼을 내려놓는다.

"실종된 건가요?" 애너벨이 묻는다. 루이즈는 이번에도 쉿 소리를 내며 입을 닫게 한다.

"실종이라고 하지 마. 자기 침대에 없다고 해."

루이즈는 작은 방을 훑어보면서, 어젯밤 자기들의 처신을 알려줄 증거를 찾는다. 찾아낸 것을 갈색 종이로 된 쓰레기봉투에 모은다. 공터에서 걸어 돌아오면서 홀짝홀짝 비워낸 맥주병, 어느샌가 피웠던 마리화나 꽁초. 토사물이 가득한 감자칩 봉투는 뻣뻣하게 편 두 손가락으로 처리한다.

"다른 사람한테 들키고 싶지 않은 거 더 있어?" 루이즈가 묻자 애너벨이 고개를 젓는다.

루이즈는 쓰레기봉투 입구를 접어 최대한 부피를 줄인다.

"잘 들어. 오늘 아침에는 네가 아이들을 책임져야 할 수도 있어. 아직 확실하지는 않지만. 그런 일이 생기면, 이걸 꼭 없애. 아침 먹으러 가는 길에 그냥 쓰레기장에 버려. 이건 없애야 해. 할 수 있겠어?"

고개를 끄덕이는 애너벨은 여전히 핼쑥하다.

"일단은 그냥 여기 있어. 잠시 나오지 말고. 그리고 ─" 말을 이어가던 루이즈가 망설이면서, 진지하되 자신에게 불리하지 않을 만한 말을 고른다. 어쨌거나 지금 말하는 대상은 어른이 아니다. "일단 어젯밤에 관해서는 무엇이든 아무한테도 말하지 마. 내가 생각해볼 게 좀 있어."

애너벨은 입을 다문다.

"알았지?" 루이즈가 묻는다.

"알았어요."

애너벨이 금방 항복할 거라고, 루이즈는 생각한다. 애너벨은 모든 당국자에게 벌어진 모든 일과 알고 있는 모든 것을 죄다 말할 것이다. 자기 딸의 이름을 따온 시를 아마 이해도 못했을 어머니와 아버지에게 하소연을 늘어놓을 것이고, 위로를 받을 것이며, 발레 수업을 다시 시작할 것이고, 내년에는 다니던 사립학교에서 배서나 래드클리프나 웰즐리 대학으로 무사통과할 것이고, 부모님이 골라둔 남자와 결혼할 것이다. 애너벨이 루이즈에게 고백하기를, 이미 부모님이 생각해둔 사람이 있다고 했다. 그녀가 루이즈 도나듀를 다시 떠올리거나, 루이즈에게 닥칠 운명이나 루이즈가 남은 평생 일을 구하고, 집을 얻고, 7년째 일을 못 하거나 할 의지가 없는 어머니를 부양하며 겪을 어려움을 생각할 일은 영영 절대로 없을 것이다. 잘못 하나 없이 부당하게 주어진 삶을 살아온 11세 남동생을 돌보는 어려움도.

　루이즈 앞에서 애너벨이 구역질한다. 다시 가라앉는다.

　루이즈는 허리에 손을 얹는다. 숨을 쉰다. 기억할 것을 천천히 곱씹는다.

　이제 어깨를 똑바로 편다. 커튼을 젖힌다. 아이들 앞에서 모름과 놀람을 가장하는 작업에 착수한다. 부끄러움은 알약처럼 삼켜버린다. 루이즈를 우러러보고, 존경하고, 종종 찾아와 조언과 보호를 구하는 아이들 앞에서.

　루이즈가 아이들의 방으로 들어간다. 침대를 훑어보는 무언극을 벌인다. 당혹스러움을 내비치며 이마를 찌푸린다.

　"바버라는 어디 있니?" 그녀가 아이들에게 활기차게 묻는다.

트레이시

두 달 전,
1975년 6월

캠프 참가자가 도착하는 즉시 배우는 규칙은 세 가지였다.

첫 번째는 오두막에 둔 음식에 관한 것으로 그것들을 먹고 보관하는 방법을 포함했다(깔끔하게, 꽉 밀봉해서).

두 번째는 수영과 관계가 있었다. 이 활동은 어떤 상황에서도 혼자 하면 안 됐다.

세 번째는—여러 공용 공간에 잘 보이게 써서 붙여둔 모양새가 증명하듯 가장 중요했다—**길을 잃으면 앉아서 소리치기**였다.

당시 트레이시는 이 주의사항이 좀 괴상하다고 생각했다. 그날 밤 개막식 캠프파이어에서 규칙을 다시 다루고 이유도 설명해줄 터였다. 다만, 이 순간에는 키 큰 남자 지도교사가 쉬지도 않고 감정 없이 단도직입적이고 간단명료하게 규칙을 말했다. 그녀는 시선을 돌리고 헛웃음을 삼킬 수밖에 없었다. **길을 잃으**

면 앉아서 소리치기. 그녀는 상상해보려고 했다. 자신이 있던 바로 그 자리에 앉는다. 입을 벌린다. 소리친다. 어떤 소리가 나올까? 어떤 단어 또는 여러 단어가? **도와주세요? 저를 도와주세요? 설마, 제발 저를 찾아주세요?** 생각해보는 것도 너무 당황스러웠다.

아버지는 트레이시에게 참가하는 대가로 돈을 주었다.

주말 동안 방에 틀어박히기까지 하며 한 주에 걸쳐 협상한 끝에 나온 결론이었다. 현금 100달러. 50퍼센트는 트레이시가 돌아오길 기다리고 있을 것이다.

그녀가 여름에 하고 싶었던 일은 단순했다. 가족이 지난 10년 동안 경마 철마다 빌렸던, 새러토가스프링스에 있는 빅토리아 양식 저택의 거실에서 종일 시간을 보내고 싶었다. 블라인드를 반쯤 내리고, 창문을 반쯤 열고, 집에 있는 선풍기를 전부 자기 방향으로 맞춘 채 소파에 누워 있으면서, 공들여 간식을 준비하기 위해서만 일어나고 싶었다. 그리고 책을 읽고 싶었다. 독서가 핵심이었다.

5년 연속으로 여름마다 이런 일과를 보냈다. 1975년 여름도 다르지 않기를 바랐다.

그러나 트레이시의 아버지는 어머니와 이혼한 지 1년도 안 되어서, 여자 친구와 더 멋진 임대주택, 그리고 트레이시가 여름 내내 아무것도 하지 않고 빈둥대면 안 된다는 신념을 재빨리 연달아 얻었다. 어쨌든 6월 중순에 롱아일랜드에 있는 어머니 집에서부터 차를 몰고 올라가면서 아버지는 트레이시에게 그런 신념을 말했다. (트레이시는 아버지가 새러토가로 가는 중간 지점을 넘을 때까지 이 계획을 밝히려고 기다렸다는 사실을 눈치챌 수밖에 없었다.) 트레이시가 생각하기에 진짜 이유는 그래야 그녀가 두 달 동안 걸리적거리지 않을 것이기 때문이었다. 그래야 부루퉁한 열두 살짜리한테 방해받지 않고, 앞서 말한 여자 친구와 함께 자유롭게 지낼 수 있으니까. 그냥 생각을 바꿔 멀리 보내버릴 것이었다면, 왜 아버지는 여름 동안의 양육권을 얻으려고 그렇게 싸웠을까? 트레이시는 속으로 질문했다.

아버지는 트레이시를 에머슨 캠프에 직접 태워다 주는 수고조차 하지 않았다. 대신 자기 여자 친구이자, 트레이시는 아직도 성과 이름밖에 모르는 도나 로마노에게 임무를 맡겼다.
"경마 시합이 있는 날이잖니." 트레이시가 복도에서 같이 가 달라며 매달리자 아버지가 대답했다. "벨몬트까지 운전해서 내려가야 해. 2시에 세컨드소트가 달릴 예정이거든."
트레이시의 아버지는 경마 기수의 아들인데, 키가 너무 자라는 바람에 그 발자국을 따라갈 수 없었다. 대신 훈련 기수, 그다음에는 조마사, 그다음에는 마주가 됐는데, 직업이 바뀔 때마다 집안 형편도 달라졌다. 트레이시가 태어났을 때, 세 식구는 트레이시의 어머니의 어머니 집 진입로에 주차한 RV 차량에서 살았다. 지금은 뉴욕주 헴프스테드에서 은빛 대문이 달린 신축 저택에 살았다. 글쎄, 어쨌든 트레이시와 어머니는 그랬다.

"둘이 무슨 얘기를 해야 하는지도 모르겠다고요." 트레이시가 토로했지만, 아버지는 고개를 젓고 부탁하듯 그녀의 어깨에 양손을 얹었다. 그녀는 눈높이가 맞는다는 사실을 불현듯 깨달았다. 자기 아버지와. 트레이시는 최근 폭발적인 성장을 거치면서 키가 180센티미터에 가까워졌고, 그 탓에 움직일 때를 빼면 늘 한껏 웅크렸다.

"거기는 최고급으로 통한단다. 내 말은 정말로 콧대가 높은 곳이라는 거지." 아버지가 말했다. 처음 이 소식을 전할 때에도 바로 그 두 가지 당혹스러운 표현을 사용했다. "장담컨대 너도 좋아하게 될 거다."

트레이시는 창문으로 몸을 돌렸다. 창밖으로 도나 로마노가 브래지어를 바로잡고, 자기 모습을 자동차 창문에 비춰보며 점검하는 게 보였다. 차종은 신형 스터츠 블랙호크로 바닥에는 북슬북슬한 카펫이 깔려 있고 엔진에서는 아버지의 목소리가 떠오르는 굉음이 났다. "이런 차 중에서 최고야." 아버지는 햄프스테드에서 트레이시를 태울 때 말했었다. 그녀가 보기에 아버지의 삶 속에는 새것만 있는 것 같았다. 임대한 집, 여자 친구, 페키니즈 강아지, 차. 아버지의 행로에서 유일하게 오래된 것은 트레이시뿐이었다. 그리고 트레이시마저 쫓겨나는 중이었다.

알고 보니 도나 로마노는 줄담배를 피우는 사람이었다. 담배를 빨아들이는 틈틈이 트레이시에게 어떻게 생활하는지 물어봤는데, 단지 이 여정에 사용할 목적으로 비축해둔 것이 분명한 질문들이었다. 트레이시는 대답하느라 바쁘지 않을 때면 도나 로마노를 몰래 힐끗힐끗 봤다. 그녀는 굉장히 예뻤다. 보통은 이 점이 트레이시에게 통했을 것이다. 트레이시는 예쁜 여성을 좋아했다. 자기가 다니는 중학교에서 가장 인기 있는 여학생들도 좋아했다. 하지만 사실은 싫어하는 마음도 크기에, **선망했다**는 표현이 더 맞을지도 몰랐다. 아무튼 트레이시는 그들에게 매료되었다. 신체적으로 자신과 정반대여서 현미경으로 오래 관찰하고픈 표본처럼 느껴지는 면이 있기 때문이었을까? 반 친구들이 대부분 가운데 가르마를 탄 긴 생머리였지만, 트레이시는 머리카락이 덥수룩하고 붉고 억셌다. 몇몇 반 친구는 주근깨가 있어도 은은했지만, 트레이시는 주근깨가 매우 뚜렷해서, 예전에 6학년 남자애 무리가 점 잇기 게임, 줄여서 점갬이라는 별명을 붙이기까지 했다. 또 안경을 써야 했지만 하나 있는 안경을 절대 쓰지 않아서 자주 눈을 찌푸렸다. 언젠가 아버지가 트레이시더러 이쑤시개 몇 개에 자두를 하나 올려놓은 것처럼 생겼다고 가볍게 말한 적이 있는데, 그 말은 너무 잔인한 동시에 너무 시적이어서 트레이시를 마구처럼 옥죄었다.

도로는 아스팔트에서 자갈로, 흙으로 바뀌었다. 금방이라도 무너질 듯한 집들이 나타났다. 앞마당은 녹슨 차량의 묘지로 용도가 바뀌어 있었다. 자연적인 아름다움과 인공적인 쇠퇴가 빚어낸 대비는 으스스했고, 트레이시는 제대로 가고 있는지 걱정되기 시작했다.

그러다 마침내 표지판이 시야에 들어왔다. 반라 보호구역이라고 적혀 있었다. 우편 통지문에는 이 표지판을 따라가라고 나와 있었다.

"왜 표지판에 캠프 이름을 안 써놨는지 모르겠네." 도나 로마노가 혼잣말했다.

아마 그래야 변태들이 못 찾아오기 때문일 거라고 트레이시는 생각했다. 그녀는 이것이 아버지가 했을 법한 말임을 알았다. 아버지의 목소리는 그녀의 의지를 거스르며 들려왔고, 그녀의 삶을 밑줄 치듯 따라다니며 해설해주는 것 같았다.

이혼 첫해였던 그해에, 트레이시는 태어나서 가장 오랫동안 아버지와 떨어져 지냈다. 사실 더 어린아이일 때 트레이시는 아버지의 그늘을 벗어나지 않았다. 아버지를 마음껏 사랑하면서 어디든 졸졸 따라다녔고, 평평하게 편 손바닥에 당근을 올려 아버지가 가장 아끼는 말들의 부드러운 주둥이에 대주었다. 죽어도 인정하기 싫지만, 트레이시는 아버지가 몹시 그리웠고, 여름에는 아버지 곁에 있을 것을 기대하면서 지난 학년 대부분을 보냈다.

흙길이 갈라졌다. 오른쪽 화살표가 **에머슨 캠프, 평생 가는 우정을 쌓는 곳**으로 가는 길을 가리켰다. 그다음에는 갑자기 나무들이 갈라지면서 잔디밭이 나왔고, 투박한 목조건물 몇 채가 늘어서 있었다. 그 앞으로 지도교사 한 명이 접이식 탁자를 두고 서 있었는데, 탁자에 걸린 눅눅한 안내판에는 설득력 없게도 **환**

영합니다라고 쓰여 있었다.

지도교사는 블랙호크에 다가와 창문으로 도나에게 서류철을 건넸다. 그러고는 포고문을 외치는 충직한 관원처럼 에머슨 캠프에서 지켜야 하는 세 가지 규칙을 딱딱하게 일러주었다. 마지막 규칙이자 가장 중요한 규칙도 포함해서. 그 말은 트레이시의 머릿속에서 울려 퍼질 터였다. 며칠, 몇 주, 남은 평생 내내.

길을 잃으면 앉아서 소리치기.

트레이시는 얼마나 심각하게 길을 잃어야 이 선택지가 옳게 느껴질지 상상하기 어려웠다. 그녀의 목소리는 태어난 뒤로 계속 작아지는 것 같았고, 그리하여 열두 살 무렵에는 가까스로 들리는 정도에 이르렀다.

'아주 심각할 때'라고 트레이시는 마침내 결론을 내렸다. 완전히, 돌이킬 수 없이 길을 잃었을 때.

"발삼나무로 가시면 됩니다." 트레이시의 상념을 방해하면서 청년이 말했다. 청년은 긴 팔을 오른쪽으로 뻗었다. 도나 로마노는 액셀 페달을 가볍게 밟았고 블랙호크가 앞으로 굴러갔다.

앨리스

1975년 6월

마지막 부모가 떠나고 있었다.

앨리스는 언덕 꼭대기에 있는 저택의 일광욕실에서 부모들의 차가 와이퍼를 켜고 지나가는 느린 행진을 지켜봤다.

에머슨 캠프는 800미터 정도 떨어져 있지만, 이 보호구역의 본채, 이른바 '독립독행(Self-Reliance)'은 높게 솟은 언덕마루에 지어졌기 때문에 앨리스는 여기에서 주변을 전부 볼 수 있었다. 동쪽으로는 조앤호수를, 서쪽으로는 시내로 향하는 큰길로 이어지는 긴 진입로를, 남쪽으로는 에머슨 캠프를, 북쪽으로는 미개간지를. 헌트산과 그 기슭의 작은 언덕들을.

앨리스는 두 시간 동안 거기에 서 있었다. 지금까지 자동차 91대가 지나갔다. 그 모든 차 속, 한쪽 또는 양쪽 부모는 아이를 하나 또는 여럿 남겨두고 떠났다.

이는 앨리스가 피터 반라와 결혼 생활을 이어오는 23년 동안 지킨 의식이었다. 열여덟 살 때부터 캠프 첫날이면 독립독행 전면에 난 창문에 서서, 때로는 품에 아이를 안고, 때로는 혼자서 지켜봤다. 그녀는 차에 탄 가족을 상상하기를 좋아했다. 이름을 지어 붙이고 그들이 겪을 골칫거리를 떠올려보는 것이 좋았다.

마지막 차가 시야에서 사라졌다. 앨리스는 자세를 바로 했다. 뒤에 있는 시계를 확인했다. 4시 45분. 그녀가 매일 하는 초읽기가 진행 중이다. 5시가 되면 루이스 선생이 처방해준 신경과민 약을 한 알 먹어도 된다. 권고 용량은 한 알이지만 "매우 심한 날"이라면 두 알도 해롭지는 않다. 루이스 선생이 말한 "매우 심한 날"이란 베어가 지나치게 많이 생각나는 날을 의미했다.

그러면 두 알.

복도 저편이 쿵 울린다. 문 두드림 쇠가 현관문을 치는 소리다. T.J.일 것이다.

그날 아침, 앨리스는 관리자 사무소로 전언을 내려보내 만남을 요청했다.

이제 그녀는 주머니에서 작은 유리병을 꺼냈다. 15분 일찍 두 알을 씹었다.

그다음에 눈을 감고, 꺼낼 말을 마음속으로 연습했다.

바버라가 말이지. 앨리스는 말할 것이다. **캠프에 참가하고 싶어 해.**

T.J. 휴잇이 에머슨 캠프에 관리자로서 발을 들인 지도 5년이 지났다. T.J.가 원한 바는 아니었다. 그녀는 아버지 빅이 수십 년

동안 멋지게 수행해온 역할을 아버지 자신이 앞으로도 계속 잘 해나갈 수 있다고 주장했다.

하지만 빅은 처음에는 신체적으로, 그다음에는 정신적으로 쇠약해졌고, 1970년 여름에는 그냥 넘길 수 없는 지경에 이르렀다. 캠프 첫날에 몇몇 참가자에게 터무니없는 말을 외치며 겁을 주었던 것이다. 그들의 부모도 있는 자리에서. 부모들은 격분한 나머지 본채까지 쫓아 올라와 항의했다. 그러자 피터는 빅을 그 자리에서 해고하면서, 적절한 후임자를 구할 때까지 자신이 캠프를 직접 관리하겠다며 부모들을 안심시켰다.

후임자를 찾기 시작한 지 얼마 안 돼 피터는 T.J.에게 그녀의 아버지가 해온 역할을 이어받을 것을 제안했다. 앨리스는 반대했다. T.J.는 매우 젊은 데다가 여자니까. 여자 토지 관리자라는 것을 들어본 사람이 있기나 할까? 하지만 피터는 완고했다. 대체할 사람을 결국 찾긴 찾을 거라고 말했다.

지금까지는 못 찾았다. 어쨌든 피터에게 인정받은 사람은 없었다. 그리하여 현재 T.J.는 자기 아버지가 그랬듯 두 가지 역할을 담당했다. 가을, 겨울, 봄에는 보호구역 토지 관리자, 여름에는 캠프 관리자. T.J.는 자신이 자란 작은 집에서 여전히 살았는데, 그곳이 캠프 관리자 사무소이기도 했고, 요즘에는 연중 대부분 빅 휴잇의 요양원이기도 했다.

이제 T.J.가 일광욕실 문간에서 헛기침했다. 불편하고 불만족스러워 보였다. 엄밀히 말하면, 그녀는 실내에서는 늘 이런 표정을 지었다. T.J.의 영역은 숲이었다.

"T.J., 어서 와." 앨리스의 인사에 T.J.는 직접적인 호칭을 피하며 고개를 끄덕였다. 서로 알고 지내온 내내 T.J.는 앨리스를 이름으로 부른 적이 한 번도 없었다. 그녀가 보이는 불손한 태도가 앨리스는 늘 거슬렸다. 피터에게는 이러지 않는다고 생각했다. 그래, 피터한테는 달라.

"앉으렴." 앨리스는 말을 건넨 뒤, T.J.가 몸을 한 바퀴 돌리면서 상황에 가장 덜 얽히고 서둘러 떠나야 한다는 인상을 가장 잘 심어줄 수 있는 자리를 찾는 모습을 지켜봤다. T.J.가 마침내 등받이가 없는 장의자에 자리를 잡았다. 겨우 걸터앉아 양 팔꿈치를 무릎에 올리고 머리를 숙였다.

T.J.의 머리가 최근 들어 짧아졌는데, 바가지를 엎어놓은 모양새인 데다 비뚤배뚤해서, 앨리스는 그녀가 직접 자른 것이 분명하다고 짐작했다. 앞에 앉아 있는 여성이 23년 전에 처음으로 이 구역에 발을 내디뎠을 때 만났던 어린 여자아이라고는 생각하기 어려웠다. 가만히 있는 법 없이 이곳저곳 아버지를 따라다니던 세 살짜리 아이. 그 당시에는 **테시 조**(Tessie Jo)라고 불렸는데, 귀엽고 장식적인 이름, 인형이나 암소나 연예인 같은 사람에게 붙일 만한 이름이라 그렇게 소탈한 아이에게는 전혀 안 어울렸다. 열여섯 살 무렵, 아이는 더 중성적인 T.J.를 자기 이름으로 삼았지만, 그 뒤로 10년은 더 머리를 두껍게 땋고 다녔다. 지금까지.

"어떻게 지내?" 앨리스가 물었다. 가사 직원이 채워두는, 옆에 있는 그릇에서 민트 사탕을 하나 꺼냈다. 분홍색이 최고였다.

"잘 지냅니다." T.J.가 그 억양으로 대답했다. 그 억양. 앨리스는 이 지역에서 20년을 넘게 살았어도 여전히 그 억양이 귀에 거슬렸다.

"아버지도 괜찮고?"

"그런대로요."

"올해 시설에 문제는 없니?"

"없습니다." T.J.가 대답했다. 목덜미에 붙은 보이지 않는 무언가를 찰싹 때리더니 손을 자세히 살폈다.

"단도직입적으로 말할게. 그이가 이미 말했을 것 같으니까?" 앨리스는 말을 멈추고 T.J.가 대답하기를 기다렸다. 사실은 피터가 T.J.에게 말을 했는지 전혀 짐작할 수 없었기 때문이다. 앨리스는 피터가 올버니로 떠난 목요일부터 그에게 들은 것이 전혀 없었다. 앨리스가 확실히 아는 것이라고는 바버라가 여전히 집에 있다는 것뿐이었다.

T.J.가 고개를 저었다. 아니요.

앨리스는 한숨을 쉬었다. 그럼 그렇지, 라고 생각했다. 당연히 말 안 했겠지. 앨리스는 다른 건 몰라도 피터가 자기 의무를 빠짐없이 회피할 것이라는, 그녀를—바버라를—몇 번이고 다시 실망시킬 것이라는, 모녀의 삶이 어려워질 때 곁에 있어주지 않을 것이라는 예상을 벗어나지 않으리라 확신할 수 있었다. 이는 곧 요즘에 바버라의 행태를 보고도 피터가 으레 떠난다고 알리지도 않고 대체로 나가 있다는 뜻이었다. 돌아올 때도 마찬가지로 말이 없었다.

T.J.는 자세를 바꾸며 등을 폈다.

"어디 보자." 앨리스는 T.J.를 향해 밝고 가볍게 말하려고 애썼다. "그러면 처음 듣는 소식이겠네. 우리가 보기에는 말이지, 바버라 본인 생각도 그렇고, 올해 바버라가 캠프에 참가하면 좋을 것 같아."

앨리스는 좋은 소식을 전한다는 듯이 살며시 미소를 지었다.

그녀는 T.J.가 좋아하지 않으리라는 것을 이미 알았다. 그래서 자꾸 이야기를 미룬 것이기도 했다. 반라 가문, 야외 활동을 좋아하되 고루한 올버니의 은행가 집안과 이들이 소유한 캠프 사이에는 수 세대에 걸쳐 엄격한 구분이 존재했다. 캠프는 언제나 휴잇 가족이 담당하는 영역이었다. 처음에는 빅이. 지금은 그의 딸이. 게다가 사실인즉, T.J.는 특정한 방식과 순서로 일을 처리하기를 좋아했다. 앨리스는 늦은 요청 때문에 T.J.가 짜증이 났으리라 추측했다.

아주 잠시, 앨리스가 분간할 수 없는 무언가가 T.J.의 얼굴에 스쳤다. 당황? 분노? T.J.가 앨리스와 눈을 마주친 것은 아니었다. 방에 들어온 뒤로 앨리스의 머리 오른쪽만 흔들림 없이 응시했다.

T.J.가 두 번째로 고개를 저었다.

"죄송합니다. 그렇게는 안 됩니다."

앨리스가 빤히 바라봤다.

T.J. 휴잇의 목소리에는 어떤 자신감이, 단호함이 있었다. 마

치 T.J.에게 이 문제에 참견할 권리가 있기라도 한 것 같다고, 앨리스는 생각했다. 마치 T.J.가 앨리스의 고용주이지 그 반대가 아니기라도 한 것 같다고.

앨리스는 숨을 들이쉬었다. 입에 넣은 민트 사탕은 이미 다 녹았다. 그릇에서 하나를 더 꺼내 대답하기 전에 꽉 물었다.

"우리한테 굉장히 뜻깊을 거야. 네가 바버라랑 친한 거 알아. 바버라가— 어려움을 겪는 걸 분명히 눈치챘겠지. 불량하게 행동하는 거 말야. 우린 바버라가 새로운 친구들과 어울리면 도움이 될 거라고 생각해."

글쎄, 적어도 앨리스는 그랬다. 피터는 확신하지 않았다. 하지만 바버라를 캠프에 보내야 하는 타당한 이유가 무척 많았다. 무엇보다도 바버라가 파티 기간에 집에 없어야 했다. 14년 만에 여는 파티였다. 보호구역 100주년을 기념하는 파티를 열어서, 8월 한 주 동안 친구와 친지가 스무 명 넘게 구내에 머무를 예정이었다. 지난번에 올버니에서 만찬 손님을 맞이했을 때, 바버라는 자기 방에서 딱 한 번 나왔다. 바버라의 차림새는 뭐랄까, 정말이지 차림새라 할 만했다. 머리는 흉측한 색으로 염색했고, 눈에는 검은색 아이라인을 진하게 그렸다. 피터의 사촌인 갈랜드가 웃음을 터트렸고, 바버라는 도망쳐서 문을 쾅 닫았다. 앨리스가 간곡히 말렸지만, 바버라는 그 뒤에도 머리색과 아이라이너를 고수했다.

이번에는 그런 걱정거리가 없을 것이다. 바버라가 가버릴 수만 있다면.

T.J.는 바닥을 내려다봤다.

"바버라한테 아직 말 안 하셨습니까?" T.J.가 물었다.

"캠프 말이야? 가고 싶다고 부탁한 사람이 바버라야."

"아뇨. 가을에 무슨 일이 있을지 말입니다."

앨리스는 잠시 멈췄다가 고개를 저었다.

"여름이 끝날 무렵에 얘기해주려고."

그때 앨리스에게 기발한 생각이 떠올랐다. "바버라의 캠프 기간이 끝난 뒤에 말해줄 거야."

"캠프는 시작됐습니다." T.J.가 특유의 방식대로 말했다.

"얼마 안 됐잖아."

"오두막도 꽉 찼죠."

가슴속에서 서서히 당혹감이 커지는 와중에도 앨리스는 무언가가 감정을 누그러뜨리는 것을 느꼈고, 가장 깊은 곳에 자리한 분노에, 피터가 정말로 자기 말을 들어주기를 바랄 때 의지하는 그 분노에 접근할 수 없었다.

알약을 떠올렸다. 알약은 앨리스를 장악하여, 꽉 뭉친 양어깨를 풀어주고, 넘치는 안도감을, 온기와 고요함의 폭포를 앨리스의 앞뒤로 흘려보냈다. **집중해**, 앨리스가 자신에게 지시했다.

그녀는 주변에 있는 물건들을 눈여겨봤다. 루이스 선생이 알려준 비법이다. **큰 괘종시계. 풍성하게 자라는 식물. 석재 타일을 깐 일광욕실 바닥.**

다시 입을 열고, 또박또박 발음하도록 주의를 기울였다. 혀가 입안에 든 뚱뚱한 민달팽이 같았다.

"다른 누구 못지않게 바버라를 잘 알잖아." 앨리스가 말했다. 나보다 더 잘 알지. 떠오르는 이 생각을 막을 수 없었다. "이게 바버라한테 도움이 될 것도 알 테고."

하지만 이제 T.J.는 일어서서 방을 걸어 나갈 준비를 하고 있었다. 모자가 있다면 머리에 썼을 것이다.

여름 내내. 앨리스는 생각했다. 여름 내내 바버라가 없다면, 그 아이의 분노와 폭발이 없다면, 그 아이가 크게 엉엉 울면서 가사 직원들을 불안하게 하는 시간들이 없다면. 직원들은 공손하게 들리지 않는 척했다. 하지만 모두가 들었고, 앨리스도 마찬가지였다. 그 몇 달을 온전히 혼자 누리면 얼마나 즐거울까. 그동안 딸아이를 언덕 바로 아래로 떨어뜨려놓되, 안전하게 지내게 한다면. 바쁘고 만족스럽게 지내게 한다면.

"돌아가보겠습니다." T.J.가 말했다.

앨리스가 미소를 지었다. 알약이 조심성을 녹이고 있었다. 입안 깊숙이 있는 말을 평소라면 치아로 가둬뒀을 것이다. 피터에게, 모두에게, 거의 평생을 그렇게 했다. 보통 앨리스는 입을 닫는 기술에 재능이 있었다.

오늘은 아니었다.

앨리스가 말했다. "사실 선택할 수 있는 게 아니야. 그렇게 될 거야."

"안 된다면요." T.J.가 퉁명스럽게 말했다. 소리가 너무 크다고, 앨리스는 생각했다. 왜 모두가 늘 이렇게 크게 말할까.

고요함. 이것이 앨리스가 원하는 전부였다.

앨리스는 입을 열었다. 아무 말도 나오지 않았다.

1분이 지났을까, 어쩌면 5분일지도. 앨리스는 몰려오는 잠기운을 느꼈다. 자신의 자세가, 지금 고개가 한쪽으로 기울어지는 꼴이 난감하다는 것을 인지했다. 하지만 그 감정 역시 와닿지 않는, 막연한, 개념은 이해하지만 느낄 수는 없는 무언가였다.

마침내 앨리스가 말했다. "반라 씨의 생각이야. 그이가 원하는 거지."

마지막 수단이었다. 이 방법까지 사용해야 한다니 창피했다. 이 집에서 자기 말이 무의미해 창피하다고, 앨리스는 생각했다.

T.J.는 앨리스를 바라봤다. 앨리스를 믿을 수 있을지 가늠하면서. 그러다 뭔가 체념한 듯 표정이 바뀌었다.

"좋습니다. 발삼나무에 2층 침대를 넣죠. 바버라는 내일 시작하면 됩니다."

T.J.는 더 질문하지 않고 방을 걸어 나갔다. 집 밖으로.

베어가 여기 있었다면—

앨리스는 멈췄다. 이 환상에 취하면 안 된다고, 루이스 선생이 말했다. 마음이 그쪽으로 표류해갈 때마다 자신을 현실로 다시 데려와야 했다. 그렇지만 환영이 강렬하게 떠올랐다. 베어가 여기 있었다면, T.J.를 따라서 문을 나섰을 것이다. 앨리스는 두 눈을 감고서, 활기차고 사랑스럽고 T.J. 휴잇을 쫓아 구내 곳곳을 쏘다녔던 아들을 단 1분이나마 떠올리기로 한다. 테시, 테시. 앨리스의 세상과 아들의 세상을 가르는 얇은 장막 바로 맞은편에 존재하는 높고 사랑스러운 아들의 목소리. 앨리스는 그 소리를 쉽게 들을 수 있었다.

그녀는 안락의자에서 고개를 돌려 일광욕실 통유리 벽 너머를 지켜본다. 나가던 T.J.가 잔디밭에 잠시 멈추더니 주머니에서 무언가를 꺼내 입으로 가져간다. 뱉는다. 씹는담배, 남자들이 그렇게 불렀다. 역겨운 습관.

앨리스는 T.J. 휴잇이 시야에서 사라질 때까지 뒷모습을 지켜봤다. 키가 크고 날씬하고 곧아서 예쁘장할 수도 있었겠다고 생각한 게 이번이 처음이 아니었다.

그녀는 T.J.가 자기 외모를 망치는 방식이 진정한 죄악이라고 여겼다.

발소리가 귀를 사로잡았다. 무겁고 느릿느릿한 걸음. 바버라.

바버라는 부엌으로 가고 있을 것이다. 최근 들어 자기가 가장 좋아하는 장소로. 앨리스는 얼굴을 찡그렸다.

어제, 앨리스는 이름을 기억 못 하는 새 요리사에게 바버라한테 먹을 것을 너무 자주 주지 말라고 했다. 필요하면 핑계를 대라고. 하지만 바버라가 사람을 조종하는 데 능숙하다는 것을 알기에, 요리사가 바버라를 다룰 수 있으리라고는 거의 기대하지 않았다.

앨리스는 부엌 문턱에 도달한 다음, 잠시 멈춰서 소리를 죽이려 노력했다.

그러면 그렇지, 바버라가 부엌을 등진 채, 저장실에 든 식료품을 살펴보고 있었다. 반바지와 티셔츠 차림이었는데, 앨리스는 밋밋했던 바버라의 엉덩이가 이제는 동그래졌고 다리는 성인 여자와 다름없어졌다는 사실을 일종의 혐오감과 함께 눈치챘다. 바버라 너머에 있는 요리사가 앨리스의 눈길을 끌었다. 어쩔 수 없다는 듯이 양손을 들고 있었다.

앨리스는 딸의 몸을 이런 식으로 평가하기를 즐기지 않았다. 무정한 짓이라는 점을 개념적으로 이해했다. 하지만 한편으로는 자기 딸의 최초이자 최고 비평가가 되는 것이 어머니가 해야 할 의무 중 일부라고 믿었다. 어린 시절에 단련시켜야, 여성으로 살아가면서 자기에게 날아오는 어떤 비난이나 모욕도 우아하게 견딜 수 있을 테니까. 앨리스의 어머니도 예전에 이 방법을 앨리스에게 사용했다. 당시에는 싫었지만, 이제 그녀도 이해했다.

"바버라." 앨리스가 말을 걸자 딸아이가 화들짝 놀라더니 빵한 덩어리를 옆구리에 낀 채 돌아섰다. 아주 잠시, 앨리스는 딸을 향한 따뜻한 애정을 느꼈다. 아이는 걸음마 시절부터 항상잘 놀랐다. 이 세상에서 까꿍 놀이나 숨바꼭질을 하기 싫어하는 유일한 아이였고, 장난으로라도 놀라게 하면 울음을 터트렸다.

"저녁 시간은 7시 30분이잖니." 앨리스가 말했다.

바버라는 차분하게 빵을 조리대에 내려놓고 썰기 시작했다.

"내 말 들었니?" 앨리스가 물었다.

바버라는 고개를 끄덕였다. 버터에 손을 뻗더니 빵에 펴 발랐다. 머리를 계속 숙인 채. 이제 가르마 부분에 금발이 1센티미터 정도 보였다. 나머지 머리카락은 여전히 흉측하고 칙칙한 검은색이었다. 적어도 얼굴은 예뻤다. 형편없이 염색해도 이 점을 바꿀 수는 없었다.

요리사는 그냥 보고만 있었다. 작고 가냘픈 여자로 스물다섯 살쯤 됐고, 손가락에 낀 소박한 반지로 보건대 기혼자였다.

앨리스는 한숨을 쉬었다. 더 말할 필요가 없었다. 오늘은 말이다. 바버라는 남은 여름 내내 떠나 있을 테니까. 어쨌든 빵과 버터와 잼을 한 번 더 실컷 먹게 두는 게 해로워봤자다.

"방금 T.J. 한테 얘기했단다." 앨리스가 말하자 마침내 아이가 시선을 들었다. 드디어 앨리스가 사랑하는 바버라의 모습이 나왔다. 얼굴과 눈에 생기가 돌 기미가 보였다.

"그래서요?" 바버라가 말했다.

"내일부터 캠프 활동을 시작해도 된다는구나."

환희. 바버라는 재빨리 아래를 내려다봤지만, 앨리스는 바버라가 입을 굳게 다물고 미소 짓지 않으려고 애쓰는 것을 알아볼 수 있었다.

"사람을 시켜서 네 짐을 챙기게 할게." 앨리스가 말했다.

좋다고, 앨리스는 생각했다. 좋을 것이다. 서로 잠시 떨어져 있으면. 그러면 상황이 나아질 것이다.

트레이시

1975년 6월

트레이시는 에머슨 캠프가 어떻게 생긴 곳인지 알게 되었다.

캠프 북쪽 끝에는 건물 세 채가 서 있었는데, 언덕 위 저택과 가장 가까운 건물들이었다. 그중 하나는 식당이었다. 그 옆 건물은 대강당이라고 불렸고, 안에는 양호실 하나, 비 오는 날 활동에 사용할 작은 방 두 개, 주로 댄스파티나 무대가 필요한 공연에 사용하는 커다란 공간이 있었다. 이 작은 건물군의 세 번째 건물은 관리자 사무소였다. 그 안을 본 적 있는 캠프 참가자는 이런저런 문제에 휘말린 아이들뿐이었다.

이들 건물 남쪽으로 캠프장이 마저 놓여 있었다. 동쪽 끝 호숫가에는 작은 모래사장과 선박 창고가 있었다. 직원 숙소라는 기다란 건물은 부지의 남쪽 경계를 그렸다. 부엌 일꾼들과 계절 노동자들이 거주하는 곳이었다. 직원 숙소 북쪽에는 캠프 참가자용 오두막이 열네 채 있는데, 남자용 일곱 채와 여자용 일곱 채가 여기저기 다리가 놓인 개울 양편으로 한 줄씩 늘어서 있었다. 오두막 하나하나는 애디론댁산맥(뉴욕주 북동부에 있는 산맥)에서 자라는 나무나 꽃에서 이름을 따왔다.

트레이시가 머무는 발삼나무 오두막에서는 덮개도 없이 천장에 매달린 따스한 노란빛 전구들이 내부를 밝혔다. 밤이면 이 전구들이 창문에 달린 너덜너덜한 방충망 사이로 곤충 부대를 불러 모았다.

오두막에는 1인용 침대 여덟 개가, 네 개씩 마주 보는 형태로 배치돼 있었다. 침대마다 발치에 작은 나무 상자가 놓여 있었다. 벽은 마감하지 않은 목재로 지어졌고, 천장도 마찬가지였는데, 여러 기수에 걸쳐 참가자들이 남긴 이름과 날짜와 수수께끼 같은 인용구가 곳곳에 보였다.

가장 놀랍게도, 오두막 한쪽 벽에는 벽난로가 붙어 있었다. 트레이시가 나중에 여름이 끝나갈 무렵에 듣기로, 이 오두막들은 원래 위 세대 반라 집안의 친구들이 짧은 사냥 여행을 위해 사시사철 사용했던 곳이었다. 하지만 에머슨 캠프가 세워진 뒤로는 가끔 굴뚝을 점령했다가 쫓겨나고 마는 박쥐들을 빼면 벽난로를 사용한 적이 없다고 했다.

첫째 날, 이미니들—그리고 도니 로미노—이 떠나간 뒤, 지도교사와 보조교사가 캠프 참가자들을 둘러앉히고 서먹한 분위기를 깨기 위한 활동을 시작했다.

트레이시는 이 활동을 하는 동안, 같은 오두막을 쓰는 다른 여자애들은 전부 몇 년 전부터 서로 알던 사이라는 것을 분명히 깨달았다. 자기들끼리 공놀이하듯 특정 문장이나 동작을 주고받으면서, 때때로 트레이시가 깨닫지 못하는 이유로 허리를 접고 웃어댔다. **내부자용 농담**이라고, 트레이시는 생각했다. 그 뜻이 농담을 이해하지 못하는 사람은 외부자임을 암시하기에 트레이시가 두려워하는 용어였다.

이 활동에서 드러난 또 다른 사실은 트레이시와 오두막을 함께 쓰는 이들 사이에 분명한 서열이 있다는 점이었다.

꼭대기에는 당연히 루이즈와 애너벨, 지도교사와 보조교사가 있었다. 두 사람은 각각 다르게 아름다웠다. 스물세 살의 루이즈는 벌써 어른 같았다. 키가 작고, 트레이시보다는 훨씬 작고, 길고 어두운 머리카락에, 눈썹이 짙고, 분위기가 운동선수 같았다. 또, 트레이시가 그해 초에 배운 단어로, **육체미**가 있었다. 열일곱 살의 애너벨은 키가 크고 호리호리하고 말간 발레리나로, 움직임에서 청구서 비용 때문에 걱정해본 적이 전혀 없는 집안의 자녀인 양, 확신이 느껴졌다. 트레이시는 단번에 두 사람이 좋아졌다. 두 사람을 축소해서 가지고 나가 인형처럼 데리고 놀고 싶다는 이상한 욕구를 느꼈다.

그다음은 발삼나무의 캠프 참가자 차례인데, 서열에 따라 나열하면 두 멀리사—명백한 지배자들, 맨해튼 어퍼이스트사이드에서 온 근육질로 마른 금발의 체조 선수들—부터, 아무도 관심 없어 하는 듯한 주제에 관해 자세히 얘기하는 버릇이 있는 킴이라는 여자애에 이르렀다.

그 서열 끝에 자신의 키가 진작부터 다른 사람들의 시선을 끌고 있다고 생각하는 트레이시가 있었다. 자기소개를 요청받았을 때, 트레이시는 목소리를 완전히 잃어버렸다는 사실을 깨달았다. 체념이 서서히 자리를 잡았다. 이렇게 여름을 보내게 될 것이다. 혼자 있을 것이다. 아무에게도 말을 걸지 않을 것이다. 눈에 띄지 않고, 가능할 때마다 책 뒤에 숨을 것이다. 벗어나 있을 것이다. 풍경이 될 것이다.

트레이시는 마지막 소지품을 꺼냈다. 세면도구 꾸러미 속에서 그해에 맞춘 새 안경을 꺼냈다. 그러고는 배정받은 1단짜리 서랍 맨 안쪽에 넣었다. 올해 여름에는 뭐든 너무 선명하게 보지 않는 편이 낫겠다고 생각했다.

갑자기 열심히 눈을 깜빡였다. 지금 울면 참사가 날 것이다. 그렇지만 이 모든 상황에서 오는 실망감이 어깨를 무겁게 짓눌렀다. 늘 마음 한구석으로는, 수년 동안 실망하면서 자신이 사회적 위계 어디쯤에 떨궈질지 이해하게 됐어도 늘 마음 한구석으로는, 이번에는 다를 것이라고 기대했기 때문이다. 어느 우아하고 서글서글한 남자아이나 여자아이가 참을성과 예리함을 발휘하여 군중 속에서 트레이시를 선택해줄 것이라고. 그녀가 드물게 헤아려보는 자신의 장점, 예컨대 유머 감각이나 그림 실력이나 노래하는 음색이나 누구든 조금이라도 관심을 보여준 사람에게 바치는 변치 않는 마음과 헌신 등에서 하나를 눈치채 줄 것이라고.

잘 안 맞는 유니폼 셔츠를 잘 안 맞는 유니폼 반바지 위로 잡아 내리면서, 트레이시는 내쉬는 숨과 함께 품어온 올여름의 희망을 완전히 놓아주었다.

그날 밤 개막식 캠프파이어에 간 트레이시는 자연이 만든 원형극장에서 벌어지는 일련의 낯선 음악 공연과 의식을 구경했다. 맨땅으로 이어지는 작은 비탈이 극장이었다. 비탈에는 거대한 통나무들을 쪼개 얼추 벤치처럼 설치했고, 가운데를 따라 통로가 있었다. 그 너머로 검은 호수가 어렴풋이 보였다.

공기에서 특정한 기운이 느껴졌다. 10대의 호르몬에서, 곁눈질에서, 한 해 동안 누가 어떻게 달라졌는지 주목하는 데서 풍기는 기운이었다. 캠프 참가자뿐 아니라 지도교사도 마찬가지였다. 여기저기서 옆걸음으로 다른 교사에게 다가가, 서로 귀엣말을 속삭이고, 트레이시는 이해할 수 없는 몸짓을 했다. 트레이시도 알게 될 테지만, 교사 하나하나가 나름대로 유명인이었다. 참가자들은 지도교사들에 대해, 이들이 캠프 밖에서는 어떤지, 썸 타는 사람은 없는지, 이별하지는 않았는지에 대해 알아내고자 진심으로 애썼다. 그러고는 이런 사실들을 어둠 속에서 속삭이며 열렬히 주고받았다.

참가자들 앞에서는 공연이 이어졌다. 몇몇 지도교사가 통나무를 패는 의식을 수행했다. 새로운 방침, 시설, 행사에 관한 안내도 있었다.

그다음으로 짧고 코믹한 연극들이 이어졌다. 그중 하나는 앞서 트레이시에게 무척 깊은 인상을 주었던 그 규칙을 극적으로 보여주었다. 덩치 큰 남자 지도교사 한 명이 어린아이의 목소리와 걸음걸이를 과장되게 흉내 냈고, 모닥불 주위를 뱅글뱅글 돌며 당황한 마음을 표현했다.

"내가 어디로 가는지 안다고 생각했어." 남자 지도교사가 태연하게 목소리를 높여 말했다. "인제 보니 아니었잖아!"

그러자 한 여자 지도교사가 성큼성큼 앞으로 나와 관중을 부추겼다.

"캘빈은 어떻게 해야 할까?" 그녀가 심각한 척하며 물었다. 양손을 두 볼에 댔다.

관중이 입을 모아 외쳤다. 길을 잃으면 앉아서 소리친다.

"도와주세요! 도움이 필요해요!" 캘빈이 말했다. 그러고는 보이지 않는 손목시계를 확인하더니 외쳤다. "1분이 지났으니, 다시 소리 질러야 해!"

이렇게 하는 이유도 알려줬다. 숲에서 벗어나려고 시도했다가 방향감각을 상실할 수도 있고, 숲을 잘 아는 사람조차 애디론댁 숲에서는 영영 끌려들어 가버릴 수 있기 때문이었다. 이 지역은 빽빽한 덤불이 밀집해 있었다. 길이 더는 보이지 않는 지경에 이르면, 사방이 똑같아 보였다.

캘빈이 말했다. "사람들 65퍼센트는 방향을 잃었다고 처음 느끼기 시작했을 때, 길에서 6미터 이하로 떨어진 곳에 있지."

트레이시는 홀린 듯이 귀를 기울였다. 숲이 끌어당기는 힘을, 시원하고 그늘진 분위기를, 바위에 낀 부드러운 이끼를 상상했다. 그다음에는 방향을 잃었다는 점진적인 깨달음을 상상했다.

곤경을 받아들이면서 서서히 찾아오는 공포를.

연극과 연극 사이에 남자 지도교사들은 서로서로, 그리고 자기가 맡은 참가자들과 소란스럽게 어울렸다. 맞은편에 반원을 이루고 있는 여자 참가자들을 향해 소리쳤다. 케빈이 너 좀 괜찮대!

그때, 키가 크고 마른 여성이 소란의 중심으로 곧장 성큼성큼 걸어왔다. 여성이 불 앞에 서자 불길에 윤곽이 드러났다. 트레이시가 늘 상상했던 이카보드 크레인(워싱턴 어빙의 〈슬리피 할로우의 전설〉에 나오는 남자 주인공)과 어딘지 닮아 보였다.

모두가 조용해졌다.

"환영한다." 그녀가 새로 온 참가자들에게 자신을 소개했다. 캠프 관리자인 T.J.였고, 모두에게 그렇게 불러달라고 했다.

T.J.가 몇 살인지는 파악하기 어려웠다. 어떤 각도에서는 매우 젊어 보였다. 아마 20대 정도. 하지만 권위가 느껴지는 걸걸한 목소리는 그 나이대 여자들에게서 들어보지 못한 것이라고 트레이시는 생각했다. 모두가 멈추고 귀를 기울였는데, 좀처럼 입을 다물지 않던 시끄러운 남자 지도교사들조차 마찬가지였다.

T.J.는 기억해야 할 것들을 적어둔 듯한 종이를 한 장 꺼냈다. 그리고 하나씩 주지시켰다.

앞서 다룬 규칙을 강조하고 자세히 설명했다. 다른 규칙도 몇 가지 내놓았다. 예를 들어 통금 시간 이후에 오두막 밖에 있다가 들킨 참가자는 경고를 하나 받고 이틀 밤 동안 식당에서 일해야 했다. 규칙을 두 번 위반하면 캠프에서 나가야 했다.

이제 T.J.는 잠시 멈춰, 위를 쳐다봤다.

T.J. 위에서 소나무 가지가 불빛을 받아 주황색으로 빛났다. 그 너머 하늘은 트레이시가 여태껏 본 그 어떤 하늘보다 까맣고 별이 가득했다.

T.J.가 말했다. "한 가지 더. 일부 부모님이 걱정하시는 관계로, 올해 생존 여행은 조금 다를 거다."

단체로 불만에 찬 소리.

T.J.는 한 손을 들었다. "이제 잘 듣도록. 여전히 조를 이뤄서 스스로 해내야 할 거야. 자기 몸은 자기가 책임져야겠지. 유일한 차이라면, 그 사흘 밤 동안 근처에 지도교사가 있을 거다. 하지만 여러분이 직접 해결할 수 없는 비상 상황을 제외하면, 100미터쯤 떨어져 있을 거야."

침묵. 그러다 남자 목소리 하나가 크게 야유를 보냈다. 나머지 무리가 웃음을 터트렸다.

트레이시는 T.J.가 어떻게 할지 보려고 숨을 참고 기다렸다. 그녀는 놀림을 기꺼이 받아주는 사람처럼은 안 보였다. 하지만 T.J.가 활짝 웃었다.

"나도 이러기 싫다고. 믿어줘."

그날 밤 불이 꺼진 뒤, 트레이시는 침대에 누워 어둠을 올려다보면서, 처음에는 침묵을 그다음에는 속삭이며 이야기하고 웃는 작은 소리를 들었다.

트레이시는 혼자였다. 계속 그럴 터였다. 그녀는 자신이 유일하게 할 일은 여름 동안 버티는 것뿐이라고, 속으로 되뇌었다.

루이즈

1975년 6월

어둠 속에서, 루이즈는 숨을 참고 귀를 기울였다. 칸막이 반대편에서 들려오는 작고 축축한 훌쩍임. 울면서 그 울음을 감추려는 누군가. 캠프 첫날 밤이면 늘 이런 일이 벌어졌다.

루이즈는 침대에서 일어나 앉았다. 애너벨을 살금살금 지나쳤다. 커튼을 한쪽으로 당겼다. 방을 훑어보면서, 모든 캠프 참가자를 차례로 살폈다.

트레이시.

달빛 속에서 반짝이던 트레이시의 눈망울이 루이즈와 시선을 마주쳤다.

오두막 밖, 현관 아래 계단에서, 이제 트레이시는 루이즈 옆에 앉아 자신을 작게 만들려고 노력했다. 잠옷을 아래로 당겨 무릎을 덮었다. 무릎을 양팔로 감싸기까지 했다. 커다란 여섯 살짜리 같다고, 루이즈는 생각했다.

트레이시가 다시 훌쩍였다.

"그거에 대해 말하고 싶니?" 루이즈가 물었다. 그녀가 보통 말문을 여는 질문—여름을 꼬박 네 번 보내면서 고안해냈다—으로, 다 괜찮다고 주장할 여지를 주지 않는 말이었다.

아이는 어깨를 으쓱였다. 당황스러워했다.

일찍이 저녁 식사 때, 그 뒤로 이어진 캠프파이어에서도, 트레이시는 어디서나 끄트머리에 앉아 한마디도 하지 않았다. 줄곧 시선이 아래로 향했다. 오두막에 돌아와서는 다른 아이들이 떠들고 소리 지르고 방 안을 정신없이 휘저으며 모든 표면에서 전자처럼 되튀는 동안, 트레이시는 책을 읽었다. 열두세 살짜리 여자아이들이 던지는 농담에는 특정한 유형이 있는데, 남자아이들이 없을 때 특히 자주 나타났다. 이런 농담은 역겨운 동시에 무고하고, 야한 동시에 순진했다. 악의적으로 사용되지 않을 때—겨냥하는 대상이 없을 때—에는 루이즈도 이런 농담을 들으면 즐거워했다. 벽 앞에서 조용히, 애정 어린 눈으로 아이들을 지켜보면서, 이들의 삶에서 지금이 어떤 순간인지를 떠올렸다. 말하기 전 들이마시는 숨결 같은, 어떤 대단한 것이 드러나기 전에 마지막으로 누리는 달콤한 유예 같은 순간.

"누가 뭐라고 했니? 속상해?" 루이즈가 아이에게 상냥하게 물었다.

아이는 고개를 저었다. "무서워서요." 아이는 거의 알아차릴 수 없을 만큼 조금 더 루이즈에게 가까워졌고, 그녀는 팔을 쭉 뻗어 아이를 최대한 감싸안아주었다.

"뭐가?" 루이즈가 말했다.

"애들이랑 얘기를 하고 있었는데요." 아이의 이 말에는 연민을 자아내는 면이 있었다. 애들이랑이라니, 루이즈는 생각했다. 애들이 아니라. 무리에 섞이고픈 애석한 시도였다.

"무슨 얘기?"

아이가 잠시 멈췄다. 달빛 아래서, 루이즈는 아이 얼굴을 윤곽만 알아볼 수 있었다.

그때 아이가 무언가를 말했지만, 너무 작아서 알아들을 수 없었다. 루이즈는 고개를 옆으로 기울였다.

"슬리터(길고 얇게 자르는 도구 또는 그 도구를 사용하는 사람)요." 아이가 속삭이더니 재빨리 두리번거렸다. 다른 사람들이 들었을까 봐 두려워하며.

당연히 슬리터겠지.

루이즈는 마음이 놓여 미소를 지을 뻔했다. 캠프 참가자들 사이에서 때로는 장난처럼, 때로는 경고처럼 기수에 기수를 거쳐 내려오는 대여섯 가지 이야기 중 하나였다. 각 캠프 참가자가 얼마나 진심으로 믿는지는 잘 알 수 없었다. 누군가는 히죽히죽 웃으면서 이야기를 전하는 식으로, 기꺼이 다른 아이들에게 겁을 줬다. 누군가는 덜덜 떨며 이야기를 전함으로써, 자기가 얻은 끔찍한 정보를 덜어내고자 했다. 사실 T.J.도 그해 교육에서 이 문제에 관해 이야기했다. 어린아이들이 너무 겁을 먹으니,

유령 이야기는 못 하게 합시다.

몇 가지는 유령 이야기라는 표현에 걸맞았다. 밤에 오두막 창문을 덜컹덜컹 흔드는 애디론댁 안내인 유령, 늙은 존스. 반라 가문의 몇 세대 전 조상에게 버림받은 아내라고 알려진 무시무시한 메리.

하지만 슬리터―정확한 이름으로 말해 제이컵 슬루터―는 유령이 아니었다. 루이즈가 아는 한 여전히 살아 있었다. 그는 루이즈가 맡은 참가자들의 상상력을 아직도 해마다 사로잡았다. 슬루터에 관한 소문, 그리고 반라 보호구역과 그의 연관성에 관한 소문은 루이즈가 들어본 모든 이야기 중에서 가장 끈질기게 지속됐다.

루이즈가 말했다. "걱정할 필요 없어. 그 사람은 감옥에 있잖니. 300킬로미터도 넘게 떨어진 곳에."

하지만 트레이시는 서둘러 고개를 저었다.

"아니에요. 탈출했어요."

"아닐 것 같은데."

"정말이에요. T.J. 선생님이 그랬어요. T.J. 선생님이 가문비나무 선생님한테 말해줬어요. 그 선생님은 보조 선생님한테 말했고, 보조 선생님이 캐럴라인한테 알려줬고요."

루이즈는 이 말을 믿지 않은 채, 잠시 가만히 있었다. 우선, 그게 사실이라면 T.J.는 루이즈에게 가장 먼저 말했을 것이다. 그렇지 않을까? 그럴 기회가 없던 것이 아니라면.

루이즈는 아이를 향해 미소 지었다. "그게 사실이라고 해도 이 지역에 도착하려면 상당히 먼 길을 와야 할 거야. 그 사람이 왜 그러고 싶어 할지 모르겠는걸."

"얘기를 들었어요." 트레이시가 말했다. 무릎을 더 가까이 끌어당겼다. "다른 여자애들이 하는 얘기요."

"그런 옛날이야기들은 오랫동안 떠돌았어. 그렇다고 진짜라는 소리는 아니지."

트레이시는 들으려 하지 않았다. 이제 고개를 저으면서 루이즈가 들어주기를 애원했다. "애들이 그 남자아이에 관해 얘기했어요." 트레이시가 속삭였다.

루이즈가 말을 멈췄다.

어떤 아이를 말하는지 알았다. 그 이름을 말할 필요가 없었다.

루이즈

두 달 뒤,

1975년 8월

루이즈는 달리고 있다.

평상시 루이즈는 이 동작—빠르게 위아래로 움직이는 팔과 다리, 곧추세운 머리와 목—이 알맞다고 느낀다. 그녀에게 자연스러운 상태처럼. 하루 중 보호구역 구내를 달릴 때만이 살면서 온전히 마음을 놓는, 걱정을 잠시나마 멈추는 유일한 시간이다. 고등학교 때는 단거리 주자였지만, 멀리까지 달리기를 더 좋아한다. 오래 달릴 때는 왠지 신체가 두뇌의 어머니 같다는 생각이 든다. 또는 어쨌거나 어머니가 해야 할 역할, 다른 사람들의 어머니들이 하는 역할을 하는 것 같다고.

오늘 달리기는 다르다.

오늘은 정신없이 멍하니 달린다. 발이 걸려 넘어진다. 일어선다. 잔디밭 건너편에서 큰 소리로 부르는 지도교사를 무시한다. "됐어, 관둬요!" 착하고 속없는 지도교사가 말한다. 루이즈는 돌아보지 않는다.

이미 여기저기로 바버라를 찾아다녔다. 화장실, 식당, 강당, 모래사장. 양호실과 선박 창고도 이미 확인했다. 본채로 올라가서, 맘씨 좋은 가정부가 10분 동안 복도를 살금살금 돌아다니는 동안 밖에서 기다리기도 했다. 하지만 바버라는 어디에도 없었고, 루이즈와 이야기를 나눴던 사람 중 오늘 아침에 바버라를 본 사람도 없었다.

루이즈는 관리자 사무소에 도착해 문을 쾅쾅 두드린다. 30초를 기다린다. 다시 두드린다.

비어 있지 않다는 걸 루이즈는 안다. T.J.는 자기 일과를 엄격하게 고수하는 사람으로, 늘 같은 아침을 보낸다. 6시 30분에 구내방송 설비로 기상나팔 소리를 틀어, 캠프 참가자들에게 일어나 샤워하러 갈 때가 됐다는 신호를 보낸다. 8시 5분에는 사무소를 나와 식당으로 걸어가서 아침 식사 마무리를 지켜보고 대열을 점검한다.

루이즈는 시계를 확인한다. 오전 6시 40분. 20분 뒤면 캠프 참가자들이 아침을 먹으러 식당으로 갈 것이다.

여전히 답이 없다. 루이즈는 문손잡이에 손바닥을 대고 아래로 누른다. 화장실 칸을 제외하면, 에머슨 캠프에는 잠금장치가 없다. 그래도 (T.J.가 연중 내내 사는 곳인데다가 자란 곳이기까지 한) 관리자 사무소에 초대도 없이 들어가는 것은 잘못을 저지르는 느낌이다. 아무리 루이즈가 다른 지도교사들과는 다른 느낌으로 T.J.를 안다고 해도. 이 구내에서 다른 누구에게도 밝히지 않은 과거를 공유한다 해도.

결국 루이즈는 문을 휙 연다. 어쩔 수 없다.

"안에 있어요?" 루이즈가 외친다. 나무판을 깐 거실이자 캠프 본부를 겸하는 공간으로 들어간다. 책상 하나가 전면 벽에 난 창문을 향해 있다. 그 맞은편에 놓인 작은 의자 두 개는 꾸지람이 필요한 캠프 참가자를 위해 늘 자리를 지키고 있다.

루이즈는 이 방에서 많은 시간을 보냈다. 추운 1월에 한 주를 통째로 보낸 적도 있었다.

그녀가 귀를 기울인다. 건물에서 T.J.의 냄새가 나는 듯하다. 손수 만든 흑파리 퇴치제의 장뇌와 역청 냄새. 그 아래로 흐르는 T.J.의 땀에서 나는 쇠와 사향 냄새.

집 안쪽에서 샤워기 물소리가 들린다.

루이즈는 한 손을 얼굴에 대고, 이마에서, 인중에서 땀을 훔친다. 이제 뭘 해야 하는지 모르겠다. T.J.가 샤워를 끝내기를 기다리는 것은 적절하지 않은 느낌이다. 전화기를 들어서 T.J.의 지시 없이 누군가에게 전화를 거는 것도 옳지 않은 느낌이다. 어쨌거나 누구에게 전화를 건단 말인가? 경찰? 의용소방대? 어림도 없지만, 반라 가족 당사자? 방 맞은편으로 T.J.의 책상에 있는 전화기가 보인다. 캠프 내에 단 하나뿐인 전화기가. 이 근방에 있는 다른 하나는 본채 안에 있다. 독립독행에.

루이즈는 복도를 따라 살금살금 욕실로 향한다. 문이 열려 있다. T.J.의 옷이 바닥에 쌓여 있다.

욕실 밖에서 잠시 멈춘다. 더 크게 불러야 할까?

너무 늦었다. 높게 끼익 울리는 쇳소리, 돌아가는 수도꼭지. 샤워기가 멎는다. 갑자기 커튼이 확 열린다. 거기에 T.J.가 있다. 다 젖은 짧은 머리, 날씬한 몸통, 작은 가슴, 여름 내내 내보이는 탄 피부와 안 탄 피부의 경계.

루이즈가 제자리에서 몸을 휙 돌리지만, 너무 늦었다. 이미 서로 눈이 마주쳤다.

"정말 미안해요." T.J.의 고함과 동시에 루이즈가 말한다.

"뭐야, 루이즈." T.J.가 가슴을 붙잡고는 말한다.

"정말 미안해요." 루이즈가 말하고 또 말한다. 복도를 되돌아가면서도 사과를 멈추지 않는다.

뒤에서 T.J.가 서랍을 여는 소리가 들린다.

"여기서 뭐 하는 거야?" T.J.가 외친다.

루이즈가 목을 가다듬는다. "바버라 반라 때문에요."

"그 애가 왜?"

"오늘 아침에 침대에 없었어요."

1분쯤 이어지는 듯한 침묵.

그러더니 복도에서 T.J.의 발소리가 난다. 옷을 입은 T.J.가 사무실로 들어온다.

"침대를 같이 쓰는 애가 있지? 그 애는 바버라가 나가는 걸 알아챘대?"

"아무 소리도 못 들었대요. 자느라 몰랐다고."

루이즈는 T.J.가 자신에게 책임을 물을 가능성이 충분하다는 것을 안다. 지도교사가 할 일이 듣는 것이다. 캠프 참가자가 다른 참가자에게 내뱉은 잔인한 말을. 멀리서 쿵 울리는 천둥소리를, 모두가 호수를 나오는 소리를.

그 무엇보다도 방충문의 소리를. 한밤중에 이 문이 휙 열리는 소리를.

루이즈는 T.J.가 무언가를 말하기를 기다린다. 무슨 말이라도. 마침내 T.J.가 입을 연다.

"하지만 네가 어젯밤에 오두막에 있었잖아. 애너벨이랑 같이. 그렇지?"

루이즈가 머뭇거린다면, 숨을 들이쉬기 위해서일 뿐이다. 줄곧 이 질문을 예상했다. 준비는 마쳤다.

"네." 루이즈가 신속하게 대답한다.

"확실하지? 너랑 애너벨 둘 다."

"저희 둘 다요."

루이즈는 상습적인 거짓말쟁이는 아니지만, 현실적인 사람이다. 지금껏 살면서 이따금 거짓말을 할 필요가 있었다. 생존이 걸린 문제로. 그래도 결코 기분이 좋지는 않다. 특히 존경하는 누군가에게, 다른 누구에게도 절대 말하지 않은 어떤 일들을 몇 차례 털어놓은 적 있는 T.J. 휴잇 같은 사람에게 거짓말을 할 때는. 지금 T.J.에게 거짓말을 하면서 루이즈는 속이 메스껍다.

하지만 T.J.는 루이즈의 잘못을 알고 있다 해도 현재로서는 드러내지 않는다. 대신 루이즈에게서 책상 위아래에 둔 구내방송 설비로 주의를 돌린다.

방을 성큼성큼 가로지른다. 마이크를 든다. 설비를 켠다.

"전 숙소에 알립니다. 지도교사들은 관리자 사무소로 오기 바랍니다. 보조교사 여러분, 아침을 담당해주기 바랍니다."

T.J.는 설비를 끄고, 잠시 루이즈를 등진다. 몸을 돌리지 않고 묻는다. "이번 주에 그 남자랑 만난 적 있어?"

존 폴을 말하는 거다. 루이즈는 묻지 않고도 알았다.

오늘 아침에 두 번째로, 루이즈는 T.J.에게 거짓을 말한다.

"없어요."

트레이시

1975년 6월

　에머슨 캠프에 도착하는 바버라 반라를 맞이한 것은 대체로 적막이었다. 운전기사가 모는 반라 가문의 검정 리무진이 천천히 진입로를 올라 잔디밭을 가로지르는 동안, 여자아이 본인, 바버라가 보아하니 자기 소지품과 나란히 차에 타기를 거부하고 본채에서 800미터가량 걸어오는 동안, 적막이 흘렀다.

　바버라는 오전 8시 5분, 식당에서 아침 식사가 끝나가던 때에 등장했다. 자신을 보려고 애쓰다 서로 부딪치는 캠프 참가자들을 지나치면서, 바버라는 웃음기 없이 인사했다. 그녀는 캠프 참가자 대부분이 본 적 없는 종류의 옷을 입고 있었다. 잘라 만든 청 반바지는 간신히 엉덩이를 덮었고, 그 밑으로는 일부러 올을 푼 듯한 검정 스타킹과 검은색 군화를 신었고, 티셔츠에는 그들 중 누구도 정확히 이해할 수 없지만 무례한 뜻인 듯한 단어가 하나 쓰여 있었다. 머리는 인공적인 검은색에, 턱 바로 아래에서 끝나는 지저분한 단발이었으며, 입술은 빨갛게 칠하고 눈에는 암회색을 둘렀다. 가장 놀라운 부분은 뾰족한 은색 장식 —여러 개—으로, 각 귓불은 물론이고, 목을 감싼 개 목걸이 같은 것과 양 손목에 찬 검은 가죽 팔찌에도 달려 있었다.

잔디밭을 가로지르던 바버라의 첫 행차는 그 뒤로 몇 달 동안 입에 오르내릴 터였다. 지난 수년 동안 말로만 듣던 바버라를 캠프 참가자들이 실물로 본 것은 이때가 처음이었다. 대화는 대부분 바버라의 외모와 복장을 중심으로 돌아갔다. 그 모습이 에머슨 캠프에 있는 대다수에게 충격이었다. 맨해튼 출신들만 바버라를 뭐라고 부르는지 알았다. 이들은 나머지 참가자들이 한 번도 들어본 적 없는 단어를 사용했다.

펑크족.

다른 참가자들이 바버라처럼 입고 도착했다면, 곧바로 사회적 서열의 밑바닥으로 보내져 황당하게 여겨지거나 완전히 무시당했을 것이다. 하지만 바버라 반라는 무시하기에는 너무 흥미로웠고, 개인사가 호기심을 자아내는 동시에 복잡했다. 아무도 큰 소리로 말하지는 않았지만, 모든 캠프 참가자는 바버라와 친구가 되는 것이 목표였다.

그다음에 캠프 참가자들 눈에 바버라가 들어왔을 때, 그녀는 루이즈를 따라 조앤 호숫가의 작은 모래사장으로 향하는 중이었다. 트레이시가 속한 오두막을 포함하여 몇몇 오두막의 아이들이 수영 테스트를 받으려고 거기서 기다리고 있었다. 입고 온

옷을 벗은 바버라는 아까보다 어려 보였다.

모래사장에서 튀어나온 기다란 T자형 금속 부두가 햇볕에 따끈해져 있었다. 거인 아틀라스 같은 키 큰 금발 수영 강사 미첼이 첫 번째 오두막 아이들을 부두 끝으로 데리고 나갔다.

"숫자를 셀 거다." 미첼이 말했다. 그다음, 셋을 세자 가문비나무에 속한 어린 캠프 참가자들이 물에 뛰어들었고 수면으로 올라와 비명을 질렀다.

"제1규칙. 위험하지 않으면 소리치지 않는다."

트레이시는 무리 가장자리에 서 있었는데, 수영복 차림이 어색해 허리에 수건을 꽉 둘렀다. 캠프에 온 지 24시간도 안 됐지만, 발삼나무의 다른 참가자들이 ― 일부러든 아니든 ― 습관적으로 자신과 물리적인 거리를 둔다는 생각이 떠나질 않았다.

그 무렵 바버라와 루이즈가 부두 끝에 도착했다.

"미치." 루이즈가 그렇게 부르더니 한 번 더 큰 소리로 불렀다. "잠시 끼어들어도 될까?"

모두가 돌아봤다.

루이즈가 말했다. "여기는 바버라. 이번 캠프에서 우리와 함께 발삼나무에서 지낼 거야."

루이즈가 트레이시가 있는 무리 쪽으로 손짓했다. "저기 있는 아이들이 네 오두막 친구들이야. 손을 흔들어주렴, 발삼나무 친구들."

아이들은 충실하게 손을 흔들었다. 바버라는 한 손을 들더니 캠프 참가자들을 뚫고 트레이시 옆으로 벌어진 공간에 정확히 끼어들었다. 그러더니 호수 쪽을 똑바로 바라봤다. 주변에 있는 모두가 주목하는 대상이 자기가 아닌 척하려는 듯이.

트레이시의 시야 한구석에 들어온 바버라는 엄밀히 따지면 **예쁘지는** 않았지만, 매력적인 구석이, 자신감 넘치고 성숙해 보이는 구석이 있었다. 바버라는 양손을 허리에 얹고, 양발을 살짝 벌린 채, 자세를 바로 세우고 아주 가만히 서 있었다. 꼼지락거리거나 몸을 굽히지 않았다. 덩달아 트레이시도 자세를 바로 했다.

트레이시가 눈길을 돌리기 전에 바버라가 갑자기 고개를 돌려 시선이 마주쳤다. 하지만 바버라의 얼굴에 떠오른 건 짜증도 혐오감도 아니었다. 절대. 눈이 마주친 찰나, 바버라는 분명 재미있어하는 표정이었다.

미첼이 말했다. "발삼나무. 준비됐나?"

트레이시는 마지못해 허리에 두른 수건을 걷었다.

미첼이 숫자를 세자 아이들이 뛰어들었다.

50미터가량 떨어진 부표까지 헤엄쳐 갔다가 돌아오는 것이 과제였다. 아이들이 수영하는 동안 미첼이 지켜보면서 자세와 속도를 평가하고 기록했다.

트레이시는 수영 실력이 꽤 좋았다. YWCA에서 여러 해 수업을 들은 덕분이었다. 한계까지 밀어붙인다면, 선두로 나섰을지도 몰랐다. 하지만 1등은 아니었을 것이다. 그 타이틀은 바버라에게 갔다. 바버라가 매우 우아하고 빠르게 헤엄친 다음 밖으로 나와 몸을 다 닦은 다음에야, 2등 주자가 부두에 손을 댔다.

"경주 선수네." 미쳴이 감탄하며 말했다.

바버라는 아무 대답도 하지 않았다. 몸을 말리는 데만 열중했고, 얼굴 옆에 들러붙은 앞머리와 뒷머리를 매끈하게 넘겼다.

점심시간, 트레이시는 지금까지 에머슨 캠프에서 식사할 때마다 그랬듯 식탁 끝에 자리를 잡았다. 언제나처럼 나머지 여자애들은 트레이시와 거리를 두고서 무리를 지었다. 그런데 잠시 뒤, 놀랍게도 바버라 반라가 트레이시 바로 맞은편에 식판을 놓고 앉았다. 그 즉시, 같은 식탁에 앉은 아이들에게서 관심이 쏟아졌다.

바버라는 빨간 립스틱을 덧바르고 있었다. 몰래 숨겨 왔거나 이미 특별히 예외로 인정받았는지도 몰랐다. 음식을 베어 물고 씹는 바버라의 선명한 입술이 트레이시의 눈에는 미끼용 가짜 물고기 같았다.

"왜?" 바버라가 물었다. 트레이시가 들은, 바버라의 첫마디였다. 목소리가 낮고 차분했다. 그 이면에는 트레이시가 앞서 바버라의 시선에서 눈치챘던 것과 같은 재미있어하는 기색이 있었다.

"그거 멋지─" 트레이시가 대답하다가 입을 다물었다. 징그럽게 굴면 안 된다고 자신을 다잡았다.

"뭐가?" 바버라가 물었다.

트레이시는 망설였다.

"내 립스틱? 빌려줄게."

"우리 그거 발라도 돼?"

"안 돼?" 바버라가 다시 물었다.

트레이시는 곰곰이 생각했다. "내가 알기로 댄스파티 때만 발라도 되는 거 같아. 오리엔테이션에서 그렇게 들었어."

바버라가 어깨를 으쓱이며 말했다. "나는 오리엔테이션에 없었으니까. 누가 나한테 뭐라고 하려거든 그러라고 해."

"왜 못 왔는데?"

"부모님 때문이야. 날 캠프에 등록하는 걸 잊어버렸거든."

트레이시는 고개를 끄덕였다. 공감할 수 있었다. 잊히는 기분을. 트레이시는 오른쪽에서 나머지 발삼나무 아이들이 자기들 쪽으로 몸을 기울이고, 무슨 이야기를 하는지 들으려 애쓰는 것을 알아챘다.

그날, 캠프에서 하루를 꼬박 보낸 둘째 날을 기점으로 평소 일과가 시작됐다.

매일 6시 30분, 스피커에서 흘러나오는 기상나팔 소리에 잠에서 깼다.

그다음에는 샤워를 했다.

7시에는 아침을 먹으러 식당으로 갔다. 8시 30분에는 게양대 옆에 모여서 깃발을 올리고 조례를 했다.

그다음에는 수영 수업, 첫 번째 선택 수업, 점심 식사, 두 번째 선택 수업, 쉬는 시간, 저녁 식사가 이어진 뒤, 보통은 예정된 저녁 활동에 참여했다.

일주일에 두 번은 한 가지 선택 수업 대신 T.J. 휴잇이 직접 지도하는 생존 수업을 들었다. 그 시간에는 피신처를 짓고, 먹을 것을 구하고, 작살을 만드는 법을 배웠다. 어떻게 마실 물을 찾아내거나 만드는지를 배웠고, 작은 동물을 잡을 덫을 만드는 방법은 물론 가죽을 벗겨 요리하는 법까지 배웠다.

이 수업이 에머슨 캠프의 핵심이었다. 참가자들이 듣기로, 이 수업이 애초에 캠프를 세운 이유였다. 매 여름이 끝나갈 무렵에 치르는 전통을 대비하는 중요한 훈련이기도 했다. 에머슨 캠프에서 가장 유명한 전통을.

이 전통은 원래 이름이 '홀로 여행'이었다. 피터 반라 1세가 언덕 꼭대기 집에서 여전히 군림하던 에머슨 캠프 초창기에는 모든 참가자가 살아남는 데 필요한 지혜를 제외하면 맨몸으로 숲에서 혼자 사흘 밤을 보내야 했다. 목숨을 잃은 참가자는 한 명도 없지만, 탈진하고 여윈 아이들이 숲에서 비틀거리며 나오는 이야기는 수십 년 동안 전해 내려왔다. 트레이시가 에머슨 캠프에 참가할 무렵은 이미 '홀로 여행'이 '생존 여행'으로 바뀌고 난 뒤였다. 걱정 많은 신세대 부모들이 개입한 결과, 이제 캠프 참가자들은 작게 조를 이뤄서 떠났다. 그리고 올해는 T.J.가 설명했듯, 이 소규모 조마다 지도교사가 하나씩 동반할 예정이었다.

이 수업에서 캠프 참가자들은 오두막이 아니라 생존조별로 나뉘었다. 각 조는 열두 명 정도의 인원으로 이루어졌다. 같은 오두막에 묵거나 나이가 비슷한 참가자가 세 명 이상 들어가지 않도록 신중하게 구성해, 나이가 많은 참가자가 어린 참가자를 가르쳐줄 수 있게 했다.

트레이시가 속한 생존조는 캠프 네 번째 날에 처음 모였다. 게양대로 가보면 T.J. 휴잇이 기다리고 있을 거라고 들었다. 도착해보니 T.J.는 과묵하고 사나워 보이며, 무엇이든 사소한 잡담은 할 생각이 없는 모습으로 거기 서 있었다.

트레이시는 같은 조에 바버라 반라가 있는 것을 발견하고 좋은 의미로 놀랐는데, 그녀는 트레이시와 눈이 마주치자 고개를 끄덕였을 뿐 T.J.만큼 조용히 서 있었다.

마지막으로 한 소년이 도착했다. 열네 살쯤 됐을까. 가장 나이가 많은 캠프 참가자 중 하나였다. 트레이시는 곧바로 얼굴을 붉혔다. 살면서 본 사람 중 가장 멋지다고, 그녀는 생각했다.

그는 키가 크고, 목에 조개껍데기 목걸이를 걸었고, 초여름에 이미 그은 살갗은 트레이시가 절대로 얻을 수 없을 색이었다. 머리가 길어서 거의 어깨까지 왔고, 몇 해 전 여름에 유행이 끝난 와라체(가죽 끈을 엮어 만든 멕시코 전통 신발) 샌들을 신었다. 그도 다른 캠프 참가자들처럼 유니폼을 입었다. 트레이시는 그의 액세서리를 통해 평소 복장은 보헤미안풍일 가능성이 매우 크다고 확신했는데, 지난 10년 동안 그녀와 뗄 수 없는 스타일이었다.

"트레이시?" 누군가가 불렀다. T.J. 휴잇이 클립보드를 내려다보면서 출석을 부르고 있었다. "트레이시는 안 왔나?" T.J.는 연필로 트레이시의 이름을 그을 태세였다.

"여기요." 트레이시가 재빨리 대답했다. 게양대를 둘러싼 이 작은 조에서 맞은편에 서 있는 문제의 소년으로부터 애써 시선을 돌리면서.

그 모습이 바버라 반라의 시선을 끌어버렸다. 바버라가 눈썹을 위아래로 씰룩댔다. 트레이시는 얼굴이 화끈거렸다.

"좋아, 다 왔군." T.J.가 말했다.

그러고는 갑자기 숲을 향해 출발했다. 이후 한 시간 동안 자기 위치를 파악하는 방법을 배울 곳이었다. 수업이 끝나갈 무렵에는 모두가 나침반과 태양으로 길을 찾는 기초적인 방법을 이해했다.

이 두 가지 기술이 다 실패하면, 패닉에 빠지지 않는 것이 가장 중요하다는 말로 T.J.가 마무리를 지었다.

그리고 덤으로 질문을 던졌다. 이 단어의 어원을 아는 사람?

"무슨 단어요?" 누군가가 물었다.

"패닉(Panic)." T.J.가 대답했다. 하지만 아무도 손을 들지 않았다.

그녀가 설명하길, 이 단어는 팬(Pan)이라는 그리스 신, 숲의 신에서 유래했다. 팬은 사람들을 골탕 먹이기를, 혼란스럽게 하고 방향감각을 어지럽혀 자기 위치는 물론 사고력마저 잃게 만들기를 좋아했다.

패닉에 빠지는 것은 숲을 적으로 돌리는 일이라고, T.J.가 말했다. 침착함을 유지해야 숲과 친구가 될 수 있다고.

그날 수업이 끝나고, 트레이시는 오두막을 향해 느리게 걸음을 뗐다. T.J.가 한 말에, 그리고 로웰 카길(트레이시는 이제 소년의 이름을 알게 되었다)에게 넋이 나가 나른하고 멍하게 움직였다. 사실 너무 정신이 팔린 나머지, 발삼나무로 반쯤 돌아올 때까지 누가 옆에 있는지도 눈치채지 못했다.

마침내 왼쪽을 봤을 때, 바버라 반라가 옆에서 보조를 맞추면서, 얼굴에 미묘한 미소 같은 것을 떠올린 채 자신을 쳐다보고 있었다.

"뭔데." 트레이시가 말했다. 놀림당할 준비가 됐다.

바버라가 고개를 저었다. "아무것도 아냐."

트레이시는 앞을 똑바로 바라봤다. 에머슨 캠프에 있는 모두와 마찬가지로 트레이시도 바버라를 흥미롭게 여겼다. 하지만 자신은 바버라에게 내놓을 것이 없다고 확신했다. 사연 있는 과거도 없고 사람들이 좋아할 만한 특징도 없다. 그래, 부모님이 이혼하긴 했지만, 마찬가지인 여자애들이 잔뜩 있었다. 바버라가 자기와 이야기하고 싶어 하리라고는 상상할 수 없었다. 그런데 바버라 반라가 여기서, 트레이시와 완전히 나란히 걸어가면서, 뒤꿈치를 들고 통통 뛰면서, 머릿속 노래에 박자를 맞추듯이 종종 두 팔을 앞으로 휘둘러 손뼉을 치고 있었다.

"귀엽더라." 두 사람이 한동안 말없이 걷다가, 바버라가 말했다. "그렇지 않아?"

"누가?" 트레이시가 물었다.

바버라는 웃음을 터트렸다. 눈알을 굴리고 머리카락을 귀 뒤로 넘겼다.

"너도 분명히 알 텐데. 그래도 말하고 싶지 않으면 됐어."

말하고 싶다고, 트레이시는 생각했다. 하지만 늘 그렇듯 말이 나오지 않았다.

에머슨 캠프 둘째 날 밤, 트레이시는 잘 이해할 수 없는 말을 들었다. 아니, 엿들었다. 바버라에 관한 이야기인 것 같았다.

오두막 동기 두 명을 따라 화장실에서 돌아오는 길이었다.

캐럴라인이 속삭였다. "끔찍해. 오빠의— **대용품**이 되다니."

트레이시는 어둠 속에서 눈을 동그랗게 떴다. 입 밖에 내기에 정말 끔찍한 말이라고 생각했다. 에이미도 분명 같은 생각이었는지, 충격을 받은 듯한 어조로 대답했다. "캐럴라인."

"왜?" 캐럴라인이 더 대담하게 말했다. "그냥 내 생각을 말하는 거야."

"귀여운 거 같아?" 이제 트레이시가 물었다. 떠올릴 수 있는 가장 좋은 질문이었다. 그러자 바버라가 어깨를 으쓱였다.

"그런 거 같아. 네가 예술가 스타일을 좋아하면." 바버라가 대답했다.

"너는 어떤 스타일이 좋은데?"

"모르겠어. 이제는 그런 거에 관해서 생각을 별로 안 하거든."

트레이시는 고개를 끄덕였다. 바버라의 말이 무슨 뜻인지 잘 몰랐지만, 물어보기에는 너무 쑥쓰러웠다.

"지금은 남자 친구가 있어." 바버라가 말했다. 설명이었다. 그러나 뭐든 더 이야기할 시간이 없었다. 이미 현관에 도착해 버렸다.

루이즈

두 달 뒤,
1975년 8월

오전 7시에 바버라를 찾는 수색이 시작된다.

구내방송에서 요청한 대로 지도교사들이 도착하기를 기다리는 동안, T.J.는 거실에서, 가운데가 푹 꺼진 낡은 2인용 갈색 소파에 앉아 있다. 줄곧 머리를 숙인 채다. 분명히 특정한 장면을 상상하고 있을 것이다. 반라 부부에게 자기 책임 아래서 당신들 딸이 행방불명됐다고 알리는 장면을.

루이즈는 곁에 어색하게 서 있다. 앉는 것은 어딘가 옳지 못한 느낌이다. 그럴 자격이 없다.

T.J.가 물었다. "바버라가 이번 캠프에서 어땠어? 즐거워했어?"

"아, 네. 제가 보기에는 그랬어요. 맞아요. 애들도 전부 바버라를 좋아해요. 우러러보듯이요."

"도망칠지도 모른다는 생각이 들 만한 말은 전혀 한 적 없고?"

루이즈는 고개를 젓는다.

어떻게 말해야 할지 모르겠지만, 진실을 말하자면, 사실 바버라는 루이즈에게 의지한다거나 다른 아이들처럼 루이즈를 선망하는 것 같은 기색이 전혀 없었다. 루이즈는 늘 바버라가 거의 또래처럼 느껴졌다. 두 사람은 서로 좋아하기는 하지만 친밀하지는 않다. 지난 두 달 동안, 바버라는 루이즈에게 속내를 털어놓거나, 우정과 사랑에 관해 조언을 구한 적이 한 번도 없었다. 지금까지 루이즈가 맡았던 다른 모든 참가자를 놓고 보면, 캠프 중에 적어도 한 번은, 보통은 더 자주, 생기는 일인데 말이다.

"누구와 친했어?" T.J.가 루이즈의 생각을 읽으며 묻는다.

"같은 침대를 사용하는 아이요. 트레이시예요."

T.J.는 잠시 멈춰 생각에 잠긴다. "생존 여행에서도 둘이 짝이었어. 같은 텐트를 썼고."

루이즈가 고개를 끄덕인다.

"트레이시를 찾아야겠네. 그 애와 얘기해볼 필요가 있어."

문을 두드리는 소리. 지도교사들이 도착하기 시작한다.

루이즈는 앞창 너머로, 보조교사들과 참가자들이 T.J.의 사무소를 지나 아침을 먹으러 식당으로 느리게 이동하면서, 안에서 무슨 일이 일어나는지 살짝 보려고 안간힘을 쓰며 꾸물대는 모습을 본다. 무언가가 잘못됐다는 사실을 모두가 알아챌 것이다.

오두막이 열네 채라는 것은 지도교사가 열네 명, 보조교사가 열네 명 있다는 뜻이다. 지도교사가 모두 도착하고 나자 방은 매우 붐빈다. T.J.는 앉아 있던 작은 소파 좌석에 올라서서 더 나은 시야를 확보한 다음 말을 뗀다.

"오늘 아침에 바버라 반라가 오두막에 없었습니다." 발삼나무를 쓰는 캠프 참가자라거나 루이즈가 담당하는 캠프 참가자라고 말할 필요는 없다. 여기 있는 모두 바버라가 누구인지 안다.

T.J.가 말을 이어간다. "잠시 뒤에 여러분에게 각각 장소를 할당할 겁니다. 구내 곳곳으로 흩어져 신속하게 바버라를 찾아보죠. 우리가 직접 찾을 수 있는지 보는 겁니다. 공연히 가족을 놀라게 할 필요는 없으니. 그 전에 내가 알아야 할 게 있습니까?"

지도교사들은 침묵한다. 살짝 움직이면서 말을 꺼내는 사람이 있나 확인하려고 둘러본다.

"밤새 일어난 일은?" T.J.가 묻는다.

루이즈는 지금이 누군가가 일러바칠 수도 있는 순간이라는 것을 안다. 지난밤 애너벨이 술에 취해 숲속에 있는 것을 본 이야기를 할 수도, 루이즈가 다른 지도교사들과 어울리려고 밤마다 외출한 이야기를 할 수도 있다. 하지만 아무도 그러지 않는다. 이 상황이 전부 오해이고 쉽게 바로잡을 수 있기를 모두가 바란다는 것도 루이즈는 안다.

T.J.가 다른 방향으로 시도한다. "바버라가 여기에 있는 동안 친해지거나 했을 애들은?"

"우리 애들 중 한 명이 바버라를 좋아했습니다." 안경을 쓴 데이비라는 지도교사가 말한다. 그는 좋은 사람이지만, 언젠가 당황스럽게도 '루이즈'라는 노래를 만들더니, 공터에 모인 모두가 만취했을 때 그 앞에서 불렀다. 그 일을 언급하는 사람은 이후 아무도 없었다.

"그 애들이 사귀었던 것 같습니까?" T.J.가 물었다.

데이비는 고개를 저었다. "아니요. 그 애가 그냥 좋아했던 것 같습니다. 그래서 놀림을 당했죠. 그런데 그 애가 어젯밤 댄스파티에서 춤 신청을 했나 보더라고요. 바버라는 싫다고 했고요."

T.J.가 끄덕인다.

"끝나고 그 애와 얘길 해봐야겠네요. 다른 사람은?"

침묵.

"알았습니다." T.J.는 그렇게 끝맺고 계획을 설명한다.

T.J. 본인은 데이비가 말한 아이와 이야기한 뒤에 본채인 독립독행으로 올라가, 루이즈가 앞서 했던 것 이상으로 철저하게 찾아볼 것이다. 지도교사들은 캠프장과 주변 지역을 할당받는다. 일곱 명은 오두막을 비롯한 건물들을 맡았다. 나머지 일곱 명은 인근 숲을 맡았다. 그들 모두 바버라를 찾으면 여름 내내 목에 걸고 다니던 호루라기를 세 번씩 2회 반복하는 패턴으로 불라고 지시받았다. T.J.가 자기 호루라기로 조용히 시범을 보인다.

단서나 수상한 점 등 다른 무언가를 알아내거나 목격하면 호루라기를 두 번씩 4회 반복하는 패턴으로 불어야 한다. 그러면 T.J.만 그리로 갈 것이다.

"질문 있는 사람?" T.J.가 묻는다.

샘이라는 지도교사가 손을 든다. 올여름에 새로 온 사람이다. 고등학교를 막 마쳤고 가을에 대학에 갈 예정으로, 캠프에서 가장 어린 지도교사 중 하나다.

샘이 묻는다. "바버라의 오빠도 캠프 참가자였습니까? 반라 가문의 아들요."

경악이 가져온 침묵. 왜인지는 루이즈도 확신할 수 없지만, 에머슨 캠프에는 베어 반라를 대놓고 언급하면 안 된다는 보편적인 합의가 존재한다. 특히 베어와 아는 사이였고, 친했다고도 하는 T.J.에게는 절대로 언급하면 안 된다.

아마 루이즈는 베어 실종 사건을 잘 기억하고 있는 유일한 지도교사일 것이다. 사건이 일어났을 때, 루이즈는 아홉 살로 베어보다 고작 한 살 많았다. 베어를 만난 적은 없지만, 섀턱—반라 보호구역에서 8킬로미터 떨어져 있으며 이곳의 모든 인력을 제공하는 그녀의 고향—에서 주민들이 죄다 나와 수색에 참여했던 것은 기억한다.

T.J.의 표정이 잠시 변한다. 루이즈가 알아볼 수 없는 무언가가 얼굴에 스친다. 분노일까 두렵다. 다가올 충격에 긴장한다. T.J.는 아주 드물게 목소리를 높이는데, 그럴 때는 바라보는 것조차 무섭다.

하지만 T.J.는 부드럽게 말한다. "아뇨. 베어는 여기 캠프 참가자였던 적이 없습니다."

일부 지도교사가 샘을 대놓고 노려보고, 샘은 자신이 무슨 짓을 했는지도 잘 모르는 채 어안이 벙벙하다.

T.J.가 말한다. "좋습니다. 시작하죠."

루이즈는 직원 숙소를 할당받았다.

가는 길에 호수로 향하는 오솔길을 지난다. 문득 몸을 돌려 오솔길을 따라가기로 한다.

여기 조앤호수가 있다. 루이즈가 듣기로, 어느 영국 정착민의 아내에게서 이름을 따왔다고 했다. 그녀는 움직임이 있는지 맞은편 호숫가를 훑어보면서 걱정거리에 순위를 매긴다.

가장 시급한 문제는 바버라 반라로, 그 아이가 어디 갔는지, 안전한지 등이다.

그다음은 존 폴에 대한 걱정으로, 이 순간에 그가 어디에 있는지, 루이즈 자신을 찾아올 가능성은 얼마나 되는지 등이다. 과거에 그랬듯, 어떤 식으로든 루이즈를 응징하려고 말이다.

그다음은 이 일자리를 잃는다는 걱정이다. 그렇게 되면 어디에 살지도 걱정이다.

루이즈는 새턱으로 돌아가는 것을 생각해본다. 자신이 자란 집으로 돌아간다고. 지난 몇 년 사이에 도저히 견디기 힘든 태도를 지니게 된 어머니, 그리고 최악에 다다른 어머니의 계속되는 방임을 유순한 기질로 그리 오래 버틸 수 있을 리가 만무한, 자신이 자식처럼 사랑하는 열한 살짜리 남동생 제시와 다시 함께 지낸다고. 최근 들어 제시는 학교에서 그 무엇도 학습하지 못하는 걱정스러운 조짐을 보였다. 이것이 네 번째 걱정이다.

루이즈는 제시를 구해 와 함께 살면서, 자기가 직접 키우는 꿈을 종종 꾼다. 또 한 해가 가기 전에 이 목표를 이루고 싶다.

일자리를 잃게 된다면, 섀턱으로 이사하는 수밖에 없다. 이 순간에 이르는 전 생애가 탈출하려는 시도 또 시도로 이루어져 있다는 사실에도 불구하고.

섀턱에서 자라는 동안 루이즈는 열외에 서 있으려고, 공립 고등학교 생활을 지배하는 10대들의 정치에서 그저 빠져 있으려고 노력했다. 하지만 의도와 달리 계속 복잡한 상황에 저도 모르게 얽혀들었고, 섀턱처럼 작은 동네에서 눈에 띄지 않게 살기란 그 누구도 불가능하다는 것을 결국 받아들였다. 이 동네 사람들이 다 그렇듯, 루이즈도 자신에게 유리한 면과 불리한 면이 있었다. 운동신경이라는 장점과 극심한 가난이라는 약점이 있었다. 지적 능력이라는 장점과 계속 술에 취해 있기로 악명 높은 어머니라는 약점이 있었다. 그러나 그녀가 눈에 띄고 사회적으로 나쁜 평판을 얻는 자리에 동의도 없이 보내지고, 대체로 가담하고 싶지 않았던 소란이 주변에 발생했던 것은 무엇보다도 보기 드물게 어여쁜 외모 때문이었다.

그 당시에 누군가가 무엇을 원하느냐고 굳이 물어봤다면, 루이즈는 이렇게 대답했을 것이다. 음악을 듣고 싶다고. 무엇보다 레드제플린과 그레이트풀데드가 듣고 싶지만 프로콜하럼, 존 바에즈, 조니 미첼도 듣고 싶다고. (이제 보비 케네디가 죽고 없으니) 조지 맥거번이 언젠가 당선되는 것을 보고 싶다고. 세상을 바꿀 직종에서 일하고 싶다고. 자신에게 진심인 좋은 남자를 만나고 싶다고. 온 나라와 전 세계를 여행하고 싶다고. 하지만 아무도 물어보지 않았으므로, 루이즈는 이런 소망을 일기에만 적어두고, 생일이나 우물이나 별이 이런 소망을 우주에 알릴 정식 기회를 줄 때만 의식 전면으로 불러냈다.

루이즈는 이런 소원이 실현되기를 기다리면서 공부에 집중했다. 공립학교에서 상과 인정을 받았으며, 졸업식 때는 개회사를 맡았다. 형제가 유니언 대학교 입학처에서 일하는 진로 지도 교사에게 도움을 받아, 기본 생활비를 포함한 전액 장학금을 받고 그 학교에 입학했다. 하지만 대학교에서 루이즈는 허덕였다. 책조차 살 형편이 안 됐다. 그렇게 1학년이 끝날 무렵에 학교를 자퇴했다.

그녀가 받은 교육이 지금까지 남겨준 유일한 한 가지는 남자친구였다. 한 학년 선배이자 맨해튼에서 자란 철학과 존 폴 매클렐런. 존 폴은 루이즈가 함께 자란 여느 남자아이들과 달랐고, 많은 여자가 호감을 보여도 루이즈에게만 열중했으며, 루이즈가 캠퍼스에 온 지 2주 만에 다른 사람들에게 이 사실을 알렸다. 자기 권리를 주장하듯. 파티에서는 존 폴의 친구들이 맞은편에 있는 그를 가리키며 루이즈에게 말했다. **쟤가 너한테 반했어.** 존 폴은 팔짱을 끼고 벽에 기댄 채, 누군가가 하는 말에 감탄하듯 웃고 있었다. 요란스럽지 않게 훈훈한 외모. 그는 안경을 쓰고 있었고, 루이즈는 그 안경을 책임감과 지성을 넘치게 보여주는 표지로 받아들였다.

루이즈가 자퇴했을 때, 존 폴은 자기 대부모가 소유한 여름 캠프에서 일자리를 얻으라고 제안했다.

"에머슨 캠프야. 노스웨이 도로로 두 시간쯤 가면 반라 보호구역에 있어."

루이즈는 깜짝 놀라며 존 폴을 봤다. "나 거기 알아."

존 폴이 그곳과 연이 닿아 있다는 사실을 언급한 적 없다는 게 놀랄 일은 아니었다. 루이즈가 자기가 자란 곳 이야기를 꽤 자주 했다고 해도 말이다. 그는 가족에 관해서는 늘 말을 아꼈다. 루이즈가 아는 사실이라고는 그가 가볍게 흘린 말과 그때까지 들은 소문에서 조금씩 알게 된 것들뿐이었다. (그녀가 알기로, 존 폴의 아버지는 부유한 집안 출신으로 독실한 천주교 신자이고 맨해튼에 법률 사무소를 설립했다. 매클렐런가가 부비어가(케네디 대통령 영부인의 가문)와 친한 사이라고들 했다.) 그래도 보호구역에서 고작 몇 킬로미터 떨어진 섀턱과 대부모가 소유한 여름 별장을 존 폴이 연관 짓지 못했다는 사실은 그가 루이즈가 하는 말을 거의 안 듣는다는 증거였다.

루이즈에게, 모든 섀턱 주민에게, 반라 보호구역은 삶에서 중요한 위치를 차지하며, 고마운 동시에 분노가 향하는 대상이다. 섀턱에서 제지 공장이 문을 닫은 뒤로 보호구역과 여름 캠프 자체가 산업처럼 기능해왔다. 스무 명이 넘는 섀턱 주민에게 괜찮은 전일제 또는 시간제 일자리를 제공해온 것이다. 여름에 캠프가 열리면 그 수는 세 배가 된다.

그 자리들 중 지도교사는 하나도 없으며, 지도교사 자리는 부유한 캠프 수료생이나 즐거운 시간까지 안겨줄 여름 일자리를 구하는 대학생들을 위해 따로 떼어놓은 것 같다는 생각이 루이즈를 떠나지 않았다. 한편 루이즈가 새턱에서부터 알고 지낸 이곳의 고용인들은 전부 손이나 몸을 쓰는 직무를 맡고 있었다.

따라서 존 폴이 이 특정한 일자리에 지원해보라고 제안했을 때, 루이즈는 존 폴이 듣기에 타당하게, 자기 생각에 의문을 표하면 쉽게 짜증을 내는 그를 자극하지 않는 선에서 우려를 표하려고 애썼다. 하지만 그는 으레 그렇듯 손사래를 쳤다. 자신이 반라 집안과 친척이나 다름없다는 사실을 루이즈에게 일깨워줬다. 반라 씨가 존 폴의 대부이며, 두 집안의 아버지들은 함께 일했다. 반라 집안은 올버니 전체와 뉴욕시의 상당 부분까지 자금을 공급한 은행의 설립자로, 매클렐런 집안은 반라 집안의 법적 대리인으로. 존 폴은 두 집안을 위해 언젠가 자신이 은행을 물려받을 것이라고 말했다. 캠프 일자리를 루이즈에게 쉽게 구해줄 수 있다고도 했다. 자기가 부탁만 하면 된다고.

그게 4년 전이었다. 그 뒤로 루이즈는 여름마다 에머슨 캠프에서 일했다. 존 폴이 반라 집안과 연고가 있지만, 루이즈가 그 사람들을 직접 만난 적은 한 번도 없었다. 그들은 그저 북쪽 언덕 위의 먼 존재, 자주 눈에 띄는 지역 유명인사로서 기능해왔다. 에머슨 캠프의 아이들과 지도교사들이 추측하고 떠들어대는 대상으로. 루이즈는 나머지 세 계절에 고어산 기슭에 있는 가넛힐로지라는 리조트에서 일한다. 손님들이 매일 낮에는 스키를 타거나 하이킹을 하고 밤에는 대부분 연기 자욱한 고급 라운지에서 술을 마시는 동안, 그 자녀들이 할 만한 활동을 운영한다. 이런 나날을 보내며, 루이즈는 존 폴과 어떻게든 관계를 유지해왔다. 존 폴은 6년이 걸리고, 관대한 학과장을 두 명이나 거친 덕분이기는 해도, 마침내 유니언 대학교에서 학위 과정을 마쳤다. 두 사람은 학기 중에는 스키넥터디(유니언 대학교가 있는 뉴욕주의 도시)에서 만났고, 가닛힐로지에서 만나거나―여름이면―존 폴이 매년 부모님과 함께 1~2주 정도 보내는 반라 보호구역에서 만나기도 했다. 이런 주간을 처음 맞았을 때, 루이즈는 존 폴에게 독립독행 안으로 자기를 몰래 데리고 들어가 진짜 침대에서 하룻밤 자게 해달라고 제안하는 실수를 저질렀다. 그 대답으로 존 폴은 루이즈를 어리석다는 듯이 봤다. "그분들은 나를 초대해준 분들이야. 그렇게 무례한 짓은 절대 안 해." 그 대신 두 사람은 독립독행 근처 주차장에 세워둔 존 폴의 차에서, 때로는 숲에서 나무를 짚고, 때로는 숲 바닥을 덮은 솔잎 위에서, 불편하게 성관계를 했고, 지금도 마찬가지다. 잊지 않고 수건을 챙기는 사람은 루이즈다.

이따금 루이즈는 일정 부분 자책도 하면서 왜 그 세월 내내 존 폴과 계속 사귀었나 자문한다. 어쨌거나 두 사람에게 공통분모가 남아 있기는 한가? 루이즈는 두 사람이 서로 알게 된 과거 속 자신이 해가 갈수록 점점 멀게 느껴진다. 실제로, 자신이 한때 대학생이었다는 사실이 떠오르면 놀라곤 한다. 요즘에는 유니언 대학교에서 보낸 1년을 생각하면 거북할 지경이다. 까마득한 과거, 젊은 치기, 시간 낭비.

솔직해지기로 마음먹으면, 대답은 구역질 나게 명백하다. 루이즈가 존 폴과 계속 만나는 이유는 더 나은 삶의 가능성을 존 폴이 보여주기 때문이다. 루이즈에게, 그리고 남동생 제시에게도 나은 삶.

두 사람은 약혼했다고, 루이즈는 자신을 일깨운다. 존 폴이 취직하면 곧바로 반지도 맞출 것이다. 언젠가는 함께 사는 집이 생길 것이다. 편한 침대도 생길 것이다. 큰 침대에 베개를 잔뜩 둘 것이다. 아이를 두 명 낳을 것이다. 침실은 네 개로, 남는 하나는 제시가 사용할 것이다. 아직 어려서 삶의 궤도를 의미 있게 바꿔줄 수 있을 때 동생을 데려와 함께 살면서, 동생이 분노로 가득 차거나, 무기력해지거나, 루이즈가 함께 자란 거의 모든 남자를 영원히 괴롭히는 맥주 냄새 나는 몽롱함에 잠기지 않게 막을 것이다.

이런 미래라면, 루이즈는 기다릴 작정이었다. 존 폴이 유니언 대학교를 졸업하고 나서, 자신이 '남은 평생' 해야 할 일이라고 한숨 지으며 말했던 가업에 합류하기 전에, 1년 동안 여행을 하며 친구들을 만나기로 마음을 먹었어도 말이다. 로스앤젤레스나 빈처럼 먼 곳은 물론 언덕 위 반라 집안 저택처럼 루이즈와 가까운 곳까지.

실제로 존 폴은 지난 한 주 동안 독립독행에 가족과 함께 머물면서 오래전부터 계획된 보호구역 100주년 기념 파티에 참석했다. 창피하게도, 루이즈는 존 폴이 찾아오기를 기대하는 마음을 억누르지 않았다. 특별한 행사인 데다 존 폴이 머무는 기간을 고려하면, 마침내 독립독행으로 올라오라고 초대받아, 검은색 차를 타고 지나가며 언뜻 모습을 드러낼 뿐 허상 같은 반라 가족에게 소개될지도 모른다고 생각했다. 어쩌면 루이즈가 쉬는 날, 본채로 올라와 칵테일 파티나 만찬을 함께하자고 할지도 몰랐다. 존 폴의 약혼자로서 반라 가족과 손님들 앞에 정식으로 서게 될지도 몰랐다.

하지만 이 중 아무 일도 일어나지 않았다. 늘 그렇듯 루이즈는 존 폴을 두 번밖에 못 봤다. 한 번은 존 폴이 이곳에 도착한 첫날로, 그는 잔디밭에서 칵테일을 즐기던 중에 느적느적 내려와 루이즈가 담당하는 캠프 참가자들 앞에서 그녀에게 입을 맞췄다. 그리고 다른 한 번은 어젯밤, 그녀가 존 폴이 올 거라는 기대를 거의 버린 뒤에, 리 타우슨과 함께 공터에서였다.

루이즈는 당연히 존 폴의 가족, 그의 어머니와 아버지와 누이와 제대로 만난 적이 없었다. 그들은 지금까지 루이즈를 세 번 만났는데도 매번 정중하게 거리를 두면서 새롭게 자신들을 소개했고, 언젠가 때가 되면 존 폴이 더 적당한 결혼 상대를 찾으리라 가정하고 행동하는 듯했다. 예전에는 존 폴이 지나치다 싶게 주관이 확실하다고 믿으며 안심할 수 있었다. 그는 예전에 사귄 여자들과 달라서 루이즈를 좋아하는 면도 있다고 여러 번 말했다. 자기 가족이 인정했던 여자들과 다르다고.

하지만 어젯밤 이후, 루이즈는 매클렐런 가족이 세운 가정이 옳다고 판명 날 수도 있겠다는 생각이 든다. 갑자기 수치심이 몰려든다. 실현될 리 없는 미래를 꿈꾸는 데 4년을 통째로 쏟다니.

조앤호수 제방에서 아비새 한 마리가 울자, 서늘한 기운이 척추를 따라 내려온다. 루이즈는 생각에서 벗어나 다시 출발한다.

손목시계를 보니 오전 7시 10분이다. 루이즈는 안도한다. 이는 직원 숙소가 대체로 비었을 거라는 뜻이다. 그곳에 사는 대부분이 부엌 일꾼 아니면 부지 관리반 일원이고, 모두 매일 기상나팔이 울리기 전에 일어나서 나가기 때문이다. 루이즈는 이들 중 많은 사람과 친구다. 일부는 새턱에서부터 아는 사이다.

하지만 그중에는 루이즈가 마주치고 싶지 않은 사람이 한 명 있다.

여름이 시작될 무렵에 리 타운슨이 도착하자 곧바로 사람들이 술렁거렸다. 리는 재료 손질과 접시 닦이 담당으로 식당에 취직했다. 전통적으로 일반 직원은 지도교사와 크게 어울리지 않지만, 리는 즉시 주목을 받았다. 잘생기고 키가 크고, 속눈썹이 진하고, 어깨까지 오는 머리를 낮게 하나로 묶고 다닌다. 빠르고 날렵해 보이는 인상이다. 언젠가 루이즈는 식판을 챙기려고 줄을 서서 기다리던 중에 리가 부엌 맨 안쪽에서 조리 도구로 저글링하는 모습을 얼핏 봤다. 리는 루이즈가 보는 것을 눈치채고 조리 도구를 헛잡았다. 그러고는 얼굴을 찌푸리더니 자조적으로 웃었다. 루이즈와 함께.

물론 리를 주목한 사람은 루이즈 혼자만이 아니었다. 남녀를 망라하고 모든 지도교사가 마찬가지였다. 초여름, 리는 공터로 와서 지도교사들과 함께 어울리자는 초대—지시—를 받았고, 그 뒤로 쭉 참석했다. 들리는 말에 따르면 리는 캠프에서 아주 멀지는 않은 퀸즈버리에서 자랐다. 루이즈가 섀턱에서부터 알고 지내온 남자는 리가 자기 사촌이라고 주장했다. 리가 여기저기서 마약을 판다는 말도 있다. 또 다른 소문 중에는 순회 서커스에서 잡역부로 일했다든가, 규제 약물 소지로 감옥살이를 했다든가, 이 여자 저 여자와 자고 다닌다든가 하는 것도 있다. 하지만 여러 유언비어 속 당사자가 되어본 루이즈는 뜬소문을 절대로 안 믿는다.

지난 두 달 동안, 리와 루이즈는 기회가 생길 때마다 서로 가볍게 시시덕거렸다. 공터에서 두 사람이 농담을 나누다 이내 웃음이 터져나오면, 루이즈는 허리를 굽힌 채, 숨쉬기마저 버거워한다. 사소한 접촉은 우정과 그 이상을 가르는 선 양쪽에 발을 걸친다. 리의 손이 품은 온기가 루이즈의 등에, 어깨에 남는다. 언젠가—맥주를 몇 병 마신 뒤—루이즈의 어깨에 있던 리의 손이 직선으로 내려와 루이즈의 갈비뼈 어딘가, 오른쪽 가슴 바로 아래에서 잠시 멈췄다. 루이즈가 살면서 거의 느껴본 적 없는 어떤 욕망에 불을 지피는 기억. 루이즈는 리의 옷 속 그의 몸을 상상한다. 그녀 자신의 발가벗은 몸을 그가 응시하다가 손을 뻗는 상상을 한다.

사실은 이 욕망에 떠밀려, 어젯밤 오두막을 나갔다.

루이즈는 밤에 일어난 일을 마음속으로 재생하고 또 재생한다. 시작은 루이즈 담당 캠프 참가자들의 모습으로, 아홉 명 모두가 한 줄로 서서 오두막으로 향하는 동안 루이즈는 대강당에서 손을 흔들며 인사를 건넸다. 11시나 그 무렵이었을 거다. 애너벨도 참가자들 뒤에서 걸어가며 몸을 돌려 손을 흔들었다.

아이들을 담당해야 했던 애너벨도.

그다음 기억은 따뜻한 밤공기, 지나간 폭풍이 남긴 습기. 공터로, 숲 가장자리를 지나면 바로 나오는 맨땅으로, 여러 기수에 걸쳐 지도교사들이 장작 더미와 모닥불 구덩이를 갖추면 통금 시간 뒤 야외 클럽으로 바뀌는 장소로 향하는 걸음. 스쳐가는 루이즈에게 물을 뿌려대던, 비를 머금어 퉁퉁해진 소나무 가지들. 리 타운슨이 기타를 연주하는 희미한 소리. 모닥불에서 피어나는 희미한 연기. 그리고 악기 위로 고개를 숙인 리의 목덜미, 그리고 모닥불 주변을 도는 루이즈를 열렬하게 올려다보는, 맨발에 머리를 귀 뒤로 넘긴 리의 모습.

다들 어디 있어, 또는, 다들 어디 간 거야, 또는 이와 비슷하게 바보 같은 말을 루이즈가 꺼냈다.

두 사람 다 자기가 왜 거기에 있는지 알았다.

루이즈는 리가 앉은 곳에서 약간 떨어져, 불가에 있는 나무 그루터기에 자리를 잡았다. 그러면서도, 두 사람을 기준으로 존 폴이 어디에 있는지를 의식했다. 고작 몇백 미터 떨어진, 루이즈는 한 번도 본 적 없는 독립독행 내 많은 손님방 중 하나에 존 폴이 있다는 것을. 존 폴이 그 저택에 머무는 마지막 밤이었다. 그는 첫날에 어슬렁거리며 언덕을 내려와 루이즈에게 인사한 뒤로, 한 번도 돌아오지 않았다. 매일 밤, 담당 참가자들이 잠든 뒤, 루이즈는 발삼나무 오두막 현관에서 그를 기다렸다. 네 번째 밤에는 화가 났다. 다섯 번째 밤에는 체념했다. 어젯밤에는, 존 폴이 이곳에서 보내는 여섯 번째 밤이자 루이즈를 찾아오지 않은 다섯 번째 밤에는 무감각해졌다.

리 타운슨이 아무래도 자기를 기다리는 듯한 공터로 루이즈가 걸어간 밤이었다. 그리고 존 폴이 마침내 루이즈를 찾으러 나가려고 마음먹은 밤이었다.

존 폴이 공터에 있는 두 사람을 어떻게 찾아냈는지, 루이즈는 아직도 확실히 알지 못한다. 어쩌면 리가 연주하는 기타 소리를 듣거나, 리가 구덩이에 피워둔 작은 모닥불을 봤는지도 몰랐다. 어느 쪽이든, 루이즈는 어떤 시점엔가 나무 두 그루 사이에 서 있는 존 폴을 알아챘다. 갑작스러운 등장에 너무 놀란 나머지 소리를 지르고 가슴을 움켜쥐고 힘겹게 숨을 쉬었다.

"존 폴. 깜짝 놀랐잖아."

루이즈가 분위기를 가볍게 만들 준비를 마치고, 얼굴에 애써 미소를 띠었을 때, 리가 몸을 돌렸고 존 폴은 숲을 나와 리 쪽으로 휘청이며 걸어갔다. 루이즈가 보기에 존 폴은 이번에도 술에 취해 있었다. 얼굴은 성난 웃음을 띠었고, 처음에는 이쪽으로 다음에는 반대쪽으로 몸이 기울었다. 몸놀림이 가벼운 리가 재빨리 일어나 존 폴을 마주 봤다.

잠시, 아무도 말이 없었다.

그러다 서로를 향해 덤볐는데, 존 폴이 먼저 공격을 날렸음에도 먼저 쓰러졌다. 리가 주먹을 빠르게 두 번 날려 그를 바닥에 눕혔다. 리는 존 폴을 그대로 발치에 둔 채, 사과하는 듯한 기색으로 루이즈를 봤다. 존 폴의 얼굴에서 날아가버린 안경은 이제 땅바닥에 뻗은 그의 옆에 놓여 있었다. 그는 눈을 뜨고 있었지만, 초점이 맞지 않았다. 천천히 눈을 깜박였다.

"남자 친구야?" 리가 물었다.

"약혼자야." 루이즈는 대답하자마자 후회했다.

루이즈는 리에게 존 폴에 관해 한 번도 말한 적이 없었고, 자신이 만나는 사람이 있다는 이야기를 리가 들었을지도 모른다고 추측만 해봤을 따름이었다.

"안 도와줘도 돼?" 리가 물었다.

"응."

"내가 여기서 기다릴게. 이 사람이 괜찮은지 내가 확인할 테니까, 넌 그만 가봐."

이제 존 폴은 작게 앓는 소리를 내면서, 고개를 양옆으로 저었다. 처음에는 웃는 줄 알았지만, 기침 소리라는 것을 루이즈는 깨달았다. 존 폴은 느리게 일어나 앉았고, 개처럼 고개를 흔들자 코피가 사방에 튀었다. 더듬어 찾아낸 안경은 휜 듯했다. 오른쪽 눈도 좀 다쳤다.

존 폴이 완전히 몸을 일으키더니 한 손가락으로 루이즈를 가리켰다.

"창녀." 그가 말했다. 나직하고 직설적이었다. 루이즈는 예전에도 그렇게 불려본 적이 있었다. 자기 어머니에게도 한두 번.

보통은 그 말을 들어도 당황스럽지 않았다. 하지만 리 타우슨 앞에서는, 찌르듯이 아팠다.

"그래, 그렇겠지." 루이즈는 이렇게, 아니면 무언가 비슷하게 말했다. "알았어. 마음대로 불러." 무시하듯 반쯤 웃고, 중얼거리고, 눈알을 굴린다. 상처를 주는 호칭을 들을 때마다 루이즈는 언제나 이렇게 말하고 행동해왔다. 이렇게 하겠다고 기억해두고 있지는 않다. 신경 쓰지 않는다는 것을 보여줄 수 있으면 뭐든 괜찮다.

어젯밤에는 그 방식이 통했다. 존 폴은 노려보다가 물러났는데, 처음에는 걷더니 나중에는 뛰어가다시피 했다. 다시 독립독행으로. 루이즈의 이름도 모르는 자기 어머니와 아버지와 누이에게로.

루이즈 옆에서, 리 타우슨이 자리를 지킨 채 움직거렸다.

"그러면, 난 가보는 게 낫겠다." 리가 말했다.

루이즈는 리를 붙잡고 싶었지만, 수치심 때문에 차마 말할 수 없었다.

그렇게 루이즈는 혼자 남았다.

직원 숙소는 에머슨 캠프에서 유일한 2층 건물 안에 있다. 개울과 남자 캠프 참가자용 오두막 바로 남쪽, 조앤 호숫가에 자리 잡고 있다. 루이즈는 그 안에 한 번도 안 들어가봤다.

이제 루이즈는 계단을 올라 내부로 들어간다. 긴 복도와 한 줄로 늘어선 문이 오른쪽에서 루이즈를 맞이한다. 일부 문이 열려 있다.

"계세요?" 루이즈가 외친다.

침묵.

루이즈는 복도를 따라 걸어가기 시작한다. 열린 출입구마다 멈춰 안쪽으로 몸을 기울인다. 닫힌 문은 두드린다. 열어도 본다. 어떤 방은 깔끔하고 어떤 방은 어수선하다. 모든 방에서 남자 냄새를 감지한다. 그들의 디오더런트, 면도한 뒤에 사용하는 로션 냄새. 이런 치장 뒤의 땀과 마리화나와 정액 냄새.

2층을 거의 다 확인했을 때쯤, 누군가가 올라오면서 계단이 삐걱대는 소리가 들린다.

루이즈는 긴장한다. 두려운데 정확한 이유를 모르겠다. 그녀는 이 캠프에서 일하는 모두를 믿는다. 제 일보다 파티에 더 관심이 많아 보이는 지도교사 두어 명을 빼면 거의 모두를 좋아하기도 한다.

"누구 있어요?" 루이즈가 다시 말하자, 마침내 같은 말이 돌아온다.

"누구 있어요." 리 타우슨이 말하며 계단에서 등장한다. "안녕."

리는 상의를 벗은 채이고 피부가 갈색으로 그을었다. 금발은 4분의 1이 젖었다. 늘 그렇듯, 루이즈는 리의 몸매를 잠시 감상한다. 루이즈가 이런 식으로 본 남자는 리가 유일하다. 추측건대, 다른 사람들이 그녀 자신을 평가하는 식으로 말이다.

"여기서 뭐 해?" 루이즈가 묻는다. "아침 식사 시간 아니야?"

"넌 여기서 뭐 하는데?"

"내 담당 참가자가 사라졌어. 구내를 수색하는 중이야."

"누구? 설마—" 리는 시작한 문장을 끝내지 않는다.

"바버라야."

"젠장."

루이즈가 끄덕인다. 그러다 갑자기 저도 모르게, 얼굴이 구겨지고 어깨가 들썩인다. 떨면서 가쁘게 숨을 들이마신다.

"이런." 리가 정말로 놀라 말한다. 루이즈에게 다가와 양팔로 끌어안는다. 루이즈는 고개를 돌려 리의 맨가슴에 볼을 댄다. 대다수 남자처럼 리도 루이즈보다 키가 훨씬 크기에, 루이즈는 리가 완전히 자신을 둘러싼 느낌을 받는다. 평소라면 불안감을 느낄 상태다. 하지만 이번에는 다르다. 안전하다고 느낀다. 눈물 속에서도 몸이 환희로 차오르는 것을 느끼며 리의 품을 파고든다.

루이즈가 살면서 몇 번 경험해보지 못한 순수한 기쁨이다. 단순한 호의를 넘어서는 방식으로 자기 몸을 다른 사람의 몸에 맨 처음 접촉할 때 찾아오는 거의 비현실적인 감각. 삶에서 이런 순간이 오면, 루이즈는 자신의 인간성 안에서 동물적 본능을 가장 강렬하게 느꼈고, 그리하여 가장 큰 위안을 얻었다. 인간으로 존재하는 일은 복잡하고 종종 고통스럽다. 동물로 존재하는 일은 위로가 될 만큼 단순하고 즐겁다.

잠시 뒤, 두 사람이 각자 뒤로 물러선다.

"윗도리는 어디 갔어?" 루이즈가 묻자 리가 활짝 웃는다.

"메이플시럽 사고가 있었지." 리가 팔을 내밀어, 내내 들고 있던 공처럼 둘둘 만 면 티셔츠를 보여준다. 그러고는 복도를 걸어 내려가, 어느 문 앞에 멈춘다.

"난 계속 찾아봐야 해." 루이즈가 말한다.

"새 티셔츠만 챙기고. 그러고 나서 나도 도와줄게."

"식당에 가봐야 하지 않아?"

"아침 식사 준비는 다 됐어. 거기는 괜찮을 거야."

리는 문을 연다. 그의 방이 틀림없다. 루이즈가 따라간다. 리는 오른쪽에 있는 침대로 고개를 까닥하더니 앉으라고 권한다. 침대가 잘 정돈된 것이 루이즈 눈에 들어온다. 리는 입었던 티셔츠를 바구니에 던져 넣고는 새 셔츠를 당겨 입는다.

"약혼자는 오늘 어때?" 리가 루이즈 쪽을 보지 않고 묻는다. 그 단어에 강세를 두는 것을 들을 수 있다. 밑에 있는 웃음도.

"모르겠어. 아직 얘기 안 해봤어."

리가 눈썹을 치켜올린다.

루이즈가 말을 잇는다. "아마 창피하겠지. 눈이 시퍼렇게 멍들었을걸."

이 말에 리가 씩 웃는다. 바닥을 내려다보면서 뉘우치는 척한다. "미안."

"그러지 마. 그 사람이 자초한 거니까."

리가 무언가를 말할지 말지 결정하느라 주저한다. 그리고 입을 연다. "알고 있겠지만, 우리 서로 아는 사이야. 그러니까 그 사람이랑 나."

루이즈는 몰랐다. 리가 루이즈의 얼굴에서 이 사실을 읽는다. 미안해하며 어깨를 으쓱인다.

"어떻게?" 루이즈가 묻는다.

리는 목을 가다듬는다. 시선을 피한다. "그 질문에는 직접 대답해줄 수 없을 것 같은데. 고객 비밀 유지 때문에."

루이즈는 리가 한 말을 알아들을 수 있다. 묻고 싶다. 그 사람이 너한테 뭘 샀어? 대마초 약간은 괜찮을 거다. 환각제는 논외다. 존 폴은 거기에는 관심이 없다. 루이즈가 겁내는 건 흥분제인 코카인이다. 존 폴이 가장 좋아하는 마약이면서, 루이즈와의 사이에서 특히나 안 좋은 일이 일어난 뒤로 다시는 하지 않겠다고 맹세했던 마약이다.

하지만 루이즈는 리에게 묻지 않을 것이다. 너무 굴욕스럽다.

"그 사람이랑 오래 사귀었어?" 리가 묻는다.

"4년."

"정말로 그 사람이랑 결혼할 거야?"

이 질문이 루이즈의 허를 찌른다. "아마도."

"있잖아, 그러기 전에 다른 남자도 좀 만나봐. 내 조언이야."

리가 능청스레 루이즈를 올려다보는데, 의도가 뻔히 보인다. 루이즈는 뱃속에서 낮게 쿵쿵거리는 욕구를 느낀다.

"가봐야 해." 루이즈가 말한다. 이렇게 다른 데 정신이 팔렸던 것이 갑자기 부끄럽다.

"도와줄 필요 없는 거 확실해? 바버라를 찾는 거."

루이즈가 망설인다. 필요하다.

"T.J.가 좋아할 것 같지 않아서 그래." 루이즈가 대답한다. 어째선지 이 말이 사실이라는 걸 안다.

리가 고개를 끄덕인다. "괜찮을 거야, 루이즈. 바버라는 아마 그냥 도망친 걸 거야. 금방 찾을걸. 아니면 바버라가 돌아오든가. 안 그래?"

루이즈도 그럴 가능성을 곰곰이 생각한다. 그렇게 믿고 싶다.

"그렇겠지." 루이즈가 말한다.

앨리스

1975년 8월

저택 어디에선가 전화가 울린다.

앨리스는 눈을 한쪽만 뜬다. 감는다. 해가 떠 있다. 이미 집이 따듯해지고 있다.

"누가 저것 좀 받아요." 앨리스가 힘없이 말한다. 목이 건조하다. 피부도 마찬가지다. 관자놀이가 익숙하게 지끈거리기 시작한다.

다들 어디에 있지? 벽시계를 보니 아침 8시다. 당연히 가사 직원 중 누군가가 여기 있으면서 전화를 받아야 한다. 앨리스는 두 눈을 감는다.

이제 쾅쾅 치는 소리가 난다. 문에서.

어젯밤의 행태들로 미루어본다면, 이곳에 머무는 손님들은 전부 앨리스만큼 상태가 안 좋을 것이다. 절제를 자랑으로 여기고, 앨리스를 재단하면서 그녀가 술을 마실 때마다 몇 잔째인지 세는 피터마저도. 피터마저도 어젯밤에는 흥이 올라 이상하리만치 정중한 특유의 말투로 장광설을 늘어놓더니, 어느 순간 말린 카펫 모서리에 걸려 넘어졌고, 일어서면서 욕설을 내뱉었다.

문을 두드리는 소리가 멈춘다.

앨리스는 창문 쪽으로 고개를 돌린다. 그러자 T.J. 휴잇이 캠프 방향으로 잔디밭을 성큼성큼 가로지르는 모습이 보인다. 그녀가 다급하게 문을 두드린 거라고 추측한다.

바버라. 앨리스는 생각한다. 분명히 바버라가 무언가를 잘못해서, 너무 터무니없는 잘못을 저질러서, 바버라의 가장 큰 협력자인 T.J.조차 더는 눈감아줄 수 없는 거다. 바버라가 태어났을 때부터, T.J.는 여름마다 경비견처럼, 시야 바로 밖에서 항상 임무를 수행하는 믿음직한 동반자처럼 바버라를 돌봤다. T.J.는 가족이나 다름없어야 마땅했다.

하지만 그렇지 않았다.

앨리스는 창문 너머로 T.J.가 사라질 때까지 지켜보다가 다시 눈을 감는다.

한동안 꿈에 빠졌다 벗어나기를 반복하면서, 앨리스는 침대 위 몸 안에 갇힌 느낌을 받는다. 꿈속에서, T.J.는 어느 해인가 밧줄과 커튼으로 손수 만들었던 아기띠, 당시 아기였던 바버라와 하이킹을 가려고 만들었던 것을 걸치고 있다. 두 사람은 우스꽝스러운 모습이다. 잔뜩 힘을 주고서 얼굴을 찡그린 10대 T.J.와 T.J.의 턱 밑에서 세상을 뚫어지게 내다보는 아기 바버라의 둥근 얼굴.

어디 가니? 앨리스가 꿈에서 묻는다. **베어를 찾으러요.** T.J.가 대답한다.

앨리스가 불현듯 눈을 뜬다.

이제 완전히 잠에서 깬다. 몸을 일으킨다.

앨리스의 침실에서 복도 맞은편에는 가장 큰 침실이, 당연히, 피터가 자는 방이 있다. 앨리스도 한때 거기서 잤다. 이제는 아니다.

발을 질질 끌며 그 방 앞을 지나간다. 문이 살짝 열려 있지만, 눈을 돌린다.

복도를 따라가며, 존 폴 시니어와 낸시의 딸인 마니 매클렐런이 현재 머무는 방을 지난다. 그리고 베어의 방을 지난다, **생각한다.** 한때 어린 남자아이에게 걸맞은 요소로 도배가 됐던, 전부 파랗고, 전부 어질러져 있고, 젖은 수영복과 수건이 늘 바닥에 쌓여 있던 방을. 이 방을 재단장한 지도 오래됐다. 이번 주는 사우스워스 가족이 이 방을 쓰고 있다.

짧고 창문이 달린 통로가 저택 남쪽 부속 건물로 이어지는데, 거기에도 침실이 몇 개 있고, 가운데에 거실이 있다. 앨리스가 통로를 지나갈 때, 밖에서 무언가가 눈길을 끈다.

차량 두 대가 다가온다. 느리게 진입로를 올라오다가, 에머슨 캠프 쪽으로 방향을 돌린다. 한 대는 섀턱 지역에 하나뿐인 소방차로, 반경 약 30킬로미터 내에 있는 유일한 의용소방대의 재산이다. 다른 한 대는 노랗고 파란 닷지 승용차다. 주 경찰이다.

앨리스는 그대로 멈춰 넋을 잃은 채, 다른 날을 떠올린다.

거실에서 전화기가 다시 울리기 시작한다.

"반라 부인?" 전화기 너머에서 남자가 말한다. "반라 부인?"

앨리스에게 자신이 주 경찰 경사라고 밝힌다.

"중대한 소식을 전달드리려 합니다."

앨리스는 수화기를 손에 든 채, 주변을 눈여겨본다.

뭐가 보이시나요. 루이스 선생이라면 이런 상황에서 앨리스에게 물을 것이다.

바닥에 유리가 있다고, 앨리스는 생각한다. 지난밤 파티 때 부서진 것이다. 벽에는 그림이 비뚤게 걸려 있다. 바닥에 유리가 있고, 벽에는 그림이 비뚤게 걸려 있고, 와인 한 병이 쓰러져 있고, 러그에 큰 와인 얼룩이 있다.

앨리스는 숨을 쉰다.

또 뭐가 있을까요. 루이스 선생은 말할 것이다. 앨리스는 그가 하는 말이 거의 들리는 듯하다.

창밖을 본다. 밖이 화창하다고 생각한다. 밖이 화창하고, 호수가 반짝이고, 정원에서 일꾼 하나가 잡초를 뽑고 있다.

"반라 부인." 전화기 너머에서 남자가 말한다. 목소리에 염려하는 기색이 있다. "반라 부인, 유감스럽게도 따님이 실종된 것으로 보입니다."

무슨 냄새가 나나요. 루이스 선생은 앨리스에게 물을 것이다.

"들리십니까." 전화기 너머에서 남자가 말한다. "반라 부인, 담당 팀이 가는 중입니다. 들리십니까?"

하루 묵은 술 냄새가 난다고, 앨리스는 생각한다. 시가와 담배의 퀴퀴한 연기 냄새가 난다. 그 모든 것 아래에서, 레몬 향이 난다. 가구에 바른 목재 광택제다.

"들리십니까, 반라 부인?"

뭐가 들리죠? 루이스 선생이 물을 것이다.

"반라 부인?"

신호음이 들린다고, 앨리스는 생각한다. 수화기를 제자리에 걸어둔다. 소리가 사라진다.

지금은요? 루이스 선생이 말할 것이다.

앨리스는 눈을 감는다. 아주 열심히 귀를 기울이면, 바람도 제대로 불어주면, 이따금 에머슨 캠프에서 아이들 목소리가 들려온다.

때로는 베어의 목소리까지 들을 수 있다.

무슨 맛이 나나요. 루이스 선생이 물을 것이다.

아무 맛도 안 난다.

감각에 집중해보세요. 이 세상에 단단히 닻을 내리세요. 무슨 맛이 나나요?

아무 맛도 안 난다고, 앨리스는 생각한다. 아무 맛도 안 난다.

호숫가 잔디밭을 향한 미닫이문으로, 누군가가 거실에 들어온다. 파티 주간에만 청소부로 고용한 마을 소녀 둘 중 하나다.

그녀는 대걸레와 양동이를 양손에 들고, 문간에 잠시 멈춰 훼손된 것들을 살펴본다. 지금까지 중 최악이다. 아직 앨리스가 있는 것을 눈치채지 못한 탓에 그녀는 선명하게 느끼는 경멸스러움을 표정에 그대로 드러내고, 무슨 말인가를 아주 작게 중얼거린다. 아마 역겨워, 또는 빌어먹을. 완전 어이가 없네.

"좋은 아침." 앨리스가 말하자 청소부가 재빨리 차렷 자세를 하는데, 죄책감을 느끼는 듯 보인다.

"좋은 아침입니다, 부인." 청소부는 인사를 마치고 대걸레와 양동이를 내려놓더니, 필요한 게 더 있는지, 북쪽 부속 건물로 돌아가려 한다.

앨리스가 묻는다. "아까 전화 소리 못 들었어요? 문 두드리는 소리나?"

"아뇨, 부인. 뒷마당에서 빨래를 줄에 널고 있었거든요." 청소부가 대답한다.

앨리스는 마지못해 행동에 나선다. 복도를 성큼성큼 걸어 피터가 잠든 침실로 향한다. 문을 활짝 열면서, 안에서 무엇을—또는 누구를—보게 될지 두렵지 않다고 되뇐다.

하지만 침대에는 피터뿐이고, 빛을 가리려는 듯 이마 위로 팔을 구부린 채, 푹 자고 있다. 앨리스가 이렇게 있는—잠들어 있거나, 침대에 있거나, 심지어 똑바로 누워 있는—피터를 보지 못한 지도 1년째다. 더 오래됐다.

앨리스는 그의 이름을 크게 부른다. 한 번, 두 번.

"무슨 일이야?" 마침내 피터가 웅얼거린다.

"바버라. 바버라가 사라졌어요." 앨리스가 말한다.

앨리스

두 달 전,
1975년 6월

바버라가 에머슨 캠프로 출발하고 거의 일주일이 지나서야 앨리스는 딸의 침실 문에 달린 자물쇠를 눈치챘다. 바버라의 방은 앨리스의 방과 멀었다. 앨리스로서는 그 방을 지날 이유가 없었다.

하지만 엿새 동안 일광욕실에 앉아 있거나 침대에 누워 있었더니 마침내 외로움을 느끼기 시작했다. 피터도 가버렸다. 아마 맨해튼에 갔을 테지만, 앨리스가 정확히 알아낼 수 있을 리 만무했다. 딸과 남편이 없으니 집이 조용했다.

그리하여 그날 아침, 앨리스는 순전히 지루함에 못 이겨 의자를 벗어났고, 좀 걷기로 했다.

이제 앨리스는 딸 방 밖에 서서, 손에 자물쇠를 쥔 채, 딸의 대담함에 경악했다. 피터가 출장에서 돌아와 자물쇠를 나사로 고정하느라 문틀이 상한 것을 발견하면 얼마나 화낼지, 바버라도 알았을 게 분명했다. 문틀 자체보다도 그 행동이 의미하는 것에 화를 낼 것이다. 바버라가 최근에 보인 태도에도 불구하고 사생활을 보장받을 권리를 챙기려 하는 것에.

앨리스는 자물쇠를 제거해야 한다는 걸 알았다. 문틀도 정교하게 수리해야 했다. 의문의 여지가 없었다. 피터는 이 집에 관한 것은 전부 눈치챘다.

정원사 한 명이 자물쇠를 신속하게 처리했다. 또한 훼손된 나무를 고치거나 교체할 수 있을 만한 솜씨 좋은 목수에게 말을 전해주기로 약속했다.

"고마워요." 앨리스가 멍하니 말했다. 이미 정원사를 보내고 싶었다.

앨리스는 자신이 문을 열 때 누군가가 보기를 원하지 않았다.

보기 전부터 냄새가 났다. 갓 칠한 페인트.

거기, 방에서 가장 넓은 벽 전체에, 어떤 **벽화** 같은 것이 있었다. 앨리스는 그렇게 생각하면서도 바버라의 침대를 위협하는 그 끔찍한 그림들을 그렇게 기품 있는 단어로 묘사하고 싶지 않았다.

주요 주제는 깃발이었다. 영국 국기. 뒤집힌 미국 국기. 그리고 안전핀, 도끼, 수갑, 칼.

위쪽 한구석에서 사람 얼굴을 한 해와 달이 앨리스를 향해 미소 짓고 또 찡그리고 있었다.

그러니까 이게 바버라가 6월이 다 가도록 문을 닫아놓고 그 뒤에서 했던 짓이라고, 앨리스는 생각했다. 끔찍한 음반을 크게 틀어놓고 이 끔찍한 벽화를 그리는 것이.

바버라는 올버니에서도 이런 적이 있었다. 열 살 여자아이답게 자기 방 벽에 그림을 그렸는데, 그때는 적어도 피터에게 허락을 구하는 예의가, 상식이 있었다. 그 벽화는 무해했다. 조앤 호수로 보이는 것과 해와 구름과 산이었다.

이 벽화는 심란했다.

앨리스 안에서 서로 경쟁하는 감정이 치솟았다. 하나는 두려움이었다. 피터가 이 벽화를 보면 큰 문제가 생길 터였다. 하지만 다른 감정도 들었다. 앨리스는 그 감정이 질투라는 것을 이내 고통스럽게 깨달았다. 그녀는 살면서 단 한 번도 이런 일을 벌일 자유를 느껴본 적이 없었다. 그저 결심—오늘 벽화를 그릴 거야—하고, 계획을 실행할 자유를.

와인 저장고에 붙은 작은 방에는 이 집을 유지 보수하는 데 사용하는 도구가 전부 있었다. 거기서 앨리스는 페인트 통 선반을 훑어보며, 갓 태어난 바버라가 독립독행에서 쓸 방에 칠하려고 골랐던 색을 찾았다.

찾았다. **연분홍색**.

아름다운 연한 장미 빛깔.

앨리스는 롤러와 양동이를 들고 바버라가 범죄를 저지른 현장으로 돌아와 작업을 시작했다.
 어디에서든 피터가 돌아올 무렵이면, 벽화나 자물쇠는 흔적도 남지 않을 터였다.

트레이시

1975년 6월

생존 수업 첫 주에는 숲에서 자기 위치를 찾는 법을 중심으로 다뤘다. 두 번째 주에는 온기와 피신처를 유지하는 법을 중심으로 다룰 예정이었다.

T.J. 휴잇이 숲속 조용한 곳으로 캠프 참가자들을 이끌고 갔다. 이제 그녀는 양손을 허리에 얹고, 한 발을 나무뿌리에 올린 채 가만히 서 있었다.

"뭐가 보이지?" T.J.가 말했다.

침묵.

그때 어린 여자아이가 손을 들었다. "나무요?"

다른 아이들 사이에서 나온 작은 웃음. 아이는 얼굴이 빨개졌다. 웃기려고 한 대답이 아니었다.

하지만 T.J.는 계속 독려했다. "잘했어. 다른 건?"

돌이요. 아이들이 말했다. 바위요. 나뭇잎이요. 솔잎이요. **흙**

이요. 나뭇가지요.

T.J.가 고개를 끄덕였다. "이것들은 전부 비상 상황에서 온기를 유지하는 데 사용할 수 있다. 숲은 위험할 수도 있지만, 같은 이유로 숲은 관대하기도 해."

그녀는 갑자기 몸을 돌려 근처에서 비교적 작은 나무들 중 하나를 향해 3미터가량 걸어갔다.

"이건 발삼전나무야. 이 근처에 비교적 밀집해 있는 나무고, 잎이 매우 무성하고 어린 편에 속하기도 하지. 옆에 있는 나무보다 얼마나 작은지 보이지? 즉 비가 오거나, 눈이 오거나, 추울 때마저도 이 낮은 가지들이 훌륭한 피신처가 될 거란 뜻이야."

T.J.는 시범을 보였다. 나무에서 가장 낮은 가지 밑에 긴 몸을 비스듬히 넣은 뒤, 줄기를 둘러싸고 C자 모양으로 누웠다.

"태풍이 한 번 지나가는 동안 여기에 머물 수 있어. 하지만 그보다 더 오래 머물고 싶다면, 창의력을 발휘해야지."

그녀는 그렇게 수업을 이어가면서 임시로 벽을 세우는 방법을 다루고, 참가자들을 여러 방향으로 보내 떨어진 침엽수 가지를 찾아내게 했다.

트레이시는 온전히 집중할 수 없었다. 흑파리가 기승을 부리는 시기라 주변에서 다들 전부 갈수록 필사적으로 얼굴 앞에서 손을 휘저었다. 그 외에도 두 인물이 극단적으로 집중을 방해하며 시선을 끌었다. 바버라 반라가 왼쪽에서, 로웰 카길은 맞은편에 서서.

로웰은 가슴 아래로 팔짱을 낀 채 좌우로 기우뚱거리면서, 파리와 더위와 지루함에 아랑곳하지 않는 듯, T.J.가 하는 말을 하나하나 열심히 진지하게 듣고 있었다.

그 모습에 그가 더욱더 멋지게 느껴졌다.

그날 저녁, 트레이시는 일기장을 들고 침대에 앉아 글을 썼다. 따로 예정된 활동이 없으면, 밤에는 이렇게 시간을 보냈다.

오두막 동기들은 대부분 다른 놀거리를 선택했다. 참가자들은 10시에 소등할 때까지, 현관에 머무르기만 한다면 오두막에서 오두막으로 돌아다녀도 됐다. 보통은 개울 건너편에 있는 소나무 오두막의 현관으로 발길이 이어졌는데, 가장 나이 많은 남자애들이 지내는 곳이었다.

나머지 참가자들 중 유일하게 나가지 않는 사람은 바버라였다. 바버라는 지난주 내내 여러 번 트레이시에게 대화를 시도했다. 하지만 그때마다 트레이시는 더듬거리고, 말이 잘 안 나와서, 제대로 대답하지 못했다.

이제, 숲에서 피신처를 찾는 첫 번째 수업을 마치고 난 밤에, 트레이시는 일기장에 할 말과 질문을 적고 있었다. 바버라에게 소리 내 읊을 수 있는 무언가를. 즉흥적으로 말하기보다 이렇게 하는 게 더 할 만하게 느껴졌다.

"바버라." 트레이시가 말했다.

위쪽 침대에서 움직임이 전해졌다.

"응?" 바버라가 말했다.

"나는 네가 캠프를 어떻게 생각하는지 궁금했어."

잠시 침묵. "아, 괜찮은 거 같아."

"제일 좋아하는 부분은 뭐야?"

"먹는 거." 바버라가 확고하게 말했다. "내가 원하는 만큼 먹을 수 있는 게 좋아."

트레이시가 만든 대본에서 다음 대사는 이랬다. **흥미롭네. 나는 자연 속에 있다는 점이 제일 좋아.** 하지만 바버라가 진심을 담아 자신의 감정을 있는 그대로 내보였기에, 트레이시는 맞장구칠 수밖에 없었다. "나도 그래."

트레이시가 다음으로 넘어가기 전에, 바버라가 위층과 아래층 침대 사이로 머리를 불쑥 들이밀었다. 트레이시는 일기장을 세게 닫았다. 너무 늦었다.

"나를 인터뷰하는 거야?" 바버라가 물으며 활짝 웃었다.

"아냐." 트레이시는 힘차게 고개를 저었다. "그냥 다른 거 적고 있었어."

바버라는 잠시 생각에 잠겨 트레이시를 봤다. "내려가도 돼?"

트레이시가 고개를 끄덕이고 오른쪽으로 비키는 동안 바버라는 사다리를 거부하고 거꾸로 턱걸이 하듯 민첩하게 위층 침대에서 내려왔다. 트레이시는 모르는 잡지까지 한 권 손에 들고서. 바버라가 자기 옆으로 침대에 자리를 잡은 뒤에, 트레이시는 표지를 몰래 흘낏 봤다. 빨간색 풍선 글자로 **크림**(Creem)이라고 쓰여 있었다. 글자 아래에는 바버라가 캠프에 도착했을 때 입고 왔던 것처럼 차려입은 여자의 사진이 있었다.

매일 빠짐없이 수영한 탓에 이제 바버라의 머리에서 검은색이 희미해졌다. 염색과 빨간 립스틱이 없으니 바버라는 전보다 어려 보였다.

"뭐에 관한 거야?" 트레이시가 물으며 잡지를 가리켰다.

바버라는 잡지를 내려다봤다. "음악." 정말로 숭배하듯 그 단어를 말했다.

그러더니 시선을 들어 트레이시를 봤다.

바버라가 말했다. "있잖아, 내가 여기에 일주일 있었는데, 네가 말한 건 이번이 처음인 거 같아."

"그렇지 않아."

"아니, 내 말은, 네가 말하긴 하지. 그런데 다른 사람이 먼저 말을 걸 때만. 너는 정말로 수줍음이 많아, 그렇지?"

트레이시는 고민했다. 언제나, 모든 상황에서 그렇지는 않았다. 어머니나 어머니의 친구와 있으면, 무모하고 시끄러워지기도 했다. 그 외에도 트레이시에게는 밝히지 않은 재능이 있었다. 노래를 잘했다. 현란한 알토 가수, 샤워실 가수였다. 트레이시의 음색을 자주 칭찬하는 어머니와 차에서 화음을 맞추기도 했다.

"어린 패치 클라인(컨트리 및 팝 장르에서 성공을 거둔 미국 여가수)이야." 3부 뉴잉글랜드 로데오에서 배럴 경기(말을 타고 드럼통 세 개 주위를 돌아서 들어오는 경기) 기수로 뛴 예전 삶에서부터 컨트리음악 취향을 길러온 어머니가 그렇게 말하기도 했다.

하지만 자신의 성격 중 이런 면은, 자신이 좋아하고 믿는 성인 여성과 함께할 때 보이는 면은, 설명하기가 너무 어려웠기에, 트레이시는 차라리 아무 말도 하지 않았다.

바버라가 말을 이어갔다. "안 그러면 좋겠어. 너는 이 캠프에 있는 다른 모든 사람보다 흥미로워. 너에 관해서 그 점은 분명하게 말할 수 있어. 너한테 비밀이 있을 거라고 장담해."

그런가? 별로 그렇지 않다. 하지만 다시 한번 이런 오해가 자기에게 유리하게 작용하는 것 같아, 트레이시는 말했다. "그럴지도."

"봐, 그럴 줄 알았어. 보자마자 알 수 있었다니까."

두 사람은 입을 다물었다. 그때, 밖에서, 멀리서 기타 코드 소리가 들려왔다. 바버라는 매우 기쁜 듯 시선을 들었다.

"따라와." 바버라가 말했다.

"어디를?"

"가자. 항상 우리만 여기에 있잖아. 밖에 나가자."

잠시 뒤, 이제 음악 소리가 점점 커지는 쪽으로 날쌔게 걸어가는 바버라를 트레이시가 뛰다시피 따라가고 있었다.

모퉁이를 돌자 소나무 현관에 이미 모여 있는 작은 무리와 마주쳤다. 두 사람의 오두막 동기가 전부 거기에 있었고, 다른 참가자도 스무 명이 넘었다. 군중 가운데에 있는 기타 연주자는 로웰 카길이었다.

트레이시는 한 걸음 물러나며 얼굴을 붉혔다. 자기도 아는 노래를 로웰이 부르고 있었다. 어머니가 좋아하는 노래였다. 이언과 실비아의 '당신은 내 마음속에 있었어요'. 트레이시는 가사도 전부 알았다. 입 모양으로 따라 부르지 않으려고 얼굴을 굳혔다.

그러다 사람들 사이로—상상일까?—로웰 카길과 시선이 마주쳤고, 안간힘을 써서 **그대로, 그대로** 있으려고, 로웰보다 먼저 시선을 돌리지 않으려고 했다.

두 사람은 공연이 끝날 때까지 남아 있었다. 해 질 녘을 넘어 깜깜해질 때까지. 마침내 모든 참가자는 각자 오두막으로 돌아가라는 안내가 나왔고, 바버라와 트레이시는 음악과 시원한 밤공기와 반딧불이가 건 마법에 사로잡힌 채, 아무 말 없이 나란히 걸었다.

"저게 그리워." 바버라가 말했다.

"뭐가?"

"음악."

그때 바버라가 걸음을 잠시 멈췄고, 트레이시도 옆에 섰다.

"부탁이 하나 있어." 바버라가 말했다.

"좋아."

"밤에 가끔 오두막을 나갈 거야. 다들 잠든 다음에."

트레이시는 기다렸다. 당황스러웠다. 왜냐고 물어보는 것이 자연스럽겠지만, 바버라의 어조는 질문을 환영하지 않겠다고 전해왔다.

"그냥 가끔이야. 매일은 아니고. 아무튼. 이거 다른 사람한테는 말 안 할 수 있지?"

트레이시가 느리게 고개를 끄덕였다.

바버라가 덧붙였다. "또 있잖아, 내가 아래층 침대를 써도 될까? 나갈 때마다 사다리를 안 써도 되면 더 편할 거 같아서."

그 말에 트레이시는 잠시 주저했다. 위층 침대가 내 몸무게를 견뎌줄까? 하지만 문제를 제기하는 것은 내키지 않아 괜찮다고 말했다.

"그냥 높은 데를 무서워한다거나 뭐 그렇게 말할게." 바버라가 미소 지으며 말했다. "왜 침대를 바꿨냐고 누가 물어보면 말이야."

그 뒤로 2주가 흐르는 동안, 바버라가 한 가지 거짓말을 했다는 것이 분명해졌다. 사실 바버라는 밤마다 빠짐없이 외출을 감행했다. 오후 10시에 오두막에 있는 여자아이들이 전부 침대로 올라가면, 루이즈나 애너벨이 머리 위에 달린 전등을 껐다. 그 뒤로 30초 동안, 트레이시는 아무것도 볼 수 없었다. 그러다 아주 희미하게 형체들이 보이기 시작했다. 가구와 창문과 캠프 동기들의 몸을 에머슨 캠프라는 탁 트인 땅 위로 밝게 뜬 별들만 비추고 있었다.

어느 시점엔가 오두막 전체에서 움직이는 소리가 들리지 않게 되면, 트레이시는 침대가 아주 미약하게 흔들리는 것을 느꼈다. 바버라의 호흡이 변하고, 그러다 고양이처럼 가벼운 바버라의 발소리가 들려왔다. 바버라는 숨을 참은 채 방충문을 연 다음, 마찬가지로 조용하게 등 뒤로 닫았다. 경첩에서 아주 희미하게 삐걱거리는 소리가 난 뒤 바버라는 사라졌다.

트레이시는 바버라가 돌아올 때 깨어 있던 적이 한 번도 없어서, 그 밤중에 바버라가 얼마나 오래 나가 있는지 몰랐다. 한번은 매우 피곤하겠다고 직접 말하기도 했다. 그러자 바버라는 자기는 잠이 거의 필요 없는 사람이라고 주장했는데, 매일 활기차게 행동하는 모습은 그녀가 말한 게 사실임을 트레이시에게 증명했다.

오두막에 있는 다른 누군가가 이 일과를 알았을지언정, 말하는 사람은 없었다. 아무도 물어보지 않았고, 바버라는 아무것도 자진해서 말하지 않았다. 처음에는.

제이컵

1975년 6월

그 아이디어는 꿈에서 찾아왔다. **절름발이 제이컵**, 어떤 목소리가 말했고, 제이컵은 그 말이 반복되는 가운데 감방에서 잠을 깼다. **절름발이 제이컵. 절름발이 제이컵.** 조롱하는 것일까? 아버지의 목소리와 얼핏 비슷한 구석이 있었고, 아버지가 했을 법한 말로 들렸다.

점심시간에 모르는 남자가 무겁게 한쪽 다리를 끌며 교도소 식당 바닥을 가로지르는 걸 보고서야 그 말이 무엇을 의미하는지 번뜩 깨달았다.

제이컵이 소리 내 말했다. "쉼표. 쉼표야."

그러자 옆에 있던 해럴드 더비키가 무슨 소리냐고 물었다.

절름발이, 제이컵. 절라고, 제이컵. 그는 생각했다. 하지만 소리 내 말하지 않았다.

다음 날 아침, 교도관이 아침 순찰을 하러 왔을 때, 제이컵은 침대에 누워 움직이지 않았다. 그는 절뚝이는 것에서 한 걸음 더 나가기로 했다. 마비되기로.

"일어나, 슬루터." 교도관이 말했다.

제이컵이 대답했다. "못 해요. 다리를 못 움직이겠어요."

그는 침착하게 말했다. 너무 과장해서 연기하면 의심을 살 수도 있다고 생각했다. 그래서 그날, 그 뒤로도 매일, 만나는 모든 사람에게, 똑같이 침착한 목소리로 똑같이 말했다. **다리를 못 움직이겠어요.**

어느 정도 연습이 필요했지만, 시간이 지나자 자신도 실제로 그렇다고 믿기 시작했다. 장소를 이동할 때는 바닥을 가로지르며 몸을 질질 끌었고, 누군가가 지켜본다고 생각하지 않을 때도 마찬가지였다.

다네모라 교도소에서 제이컵을 좋아하는 사람은 하나도 없었지만, 이렇게 몇 주가 지나자 그를 가장 잔인하게 괴롭힌 사람조차 교도관 앞에서 그를 옹호했다.

이것은 옳지 않다는 데에 전반적으로 동의했다. 제이컵을 의사에게 보여야 했다.

제이컵은 밤에 침대에서만 다리를 움직이기로 했다. 2층 침대를 같이 쓰는 죄수가 약하게 코를 고는 소리가 들릴 때까지 신중하게 기다리다가, 다리를 번갈아 들어 올려 자전거를 타듯 움직이면서, 힘을 되찾도록 훈련했다.

몇 주 안에 그는 피시킬 교도소로 이송됐는데, 남쪽으로 네 시간가량 떨어져 있고 보안 등급이 더 낮은 감옥이었다.

몇 달 안에, 제이컵은 탈옥했다.

그 뒤로 그는 허드슨강을 직선으로 따라가며 북쪽으로 이동했다.

목적지에 관해서는 한 가지 생각밖에 없었다. 조상이 소유했던 땅, 슬루터 지대, 할아버지가 캠핑을 데려가주곤 했던 장소. 안락한 피신처가 되어준 작은 천연 동굴 군집. 그 안에서 두 사람은 나란히 잠을 잤고, 타고난 이야기꾼이자 제이컵을 다정하게 대해주는 유일한 어른이었던 할아버지는 집안의 역사를 들려주었다.

그 동굴들은 사람이 사는 지역과 가까웠기에, 제이컵은 찾아가기에 위험할 수도 있다는 사실을 알았다. 하지만 얼마나 더 오랫동안 잡히지 않거나 살아 있을지 예상할 수 없었다. 그리하여 감상에 빠져서든 어리석은 판단 때문이든 앞으로 향했다.

제이컵은 달빛이나 가로등에 의지해, 뒷길로 이동했다. 거의 매일 밤, 창문을 닫지 않았거나 문이 쉽게 따이는 집을 하나 찾아 조용히 들어갔다. 대부분 부자가 소유한 집으로, 강이 보이는 작은 여름용 별장이었다. 그는 안에서 필요한 것만 매우 빠르게 챙기면서, 집에 있는 사람을 깨우지 않으려 노력했다. 문제가 생길 뻔한 적이 딱 한 번 있었는데, 어떤 집 안주인이 목욕 가운을 걸치고서 부엌을 지나쳐 걸어갔을 때로, 너무 조용하게 움직여 제이컵은 그 여자가 가까이 오는 소리를 못 들었다.

안주인이 볼일을 보는 동안 제이컵은 1분 내내 숨을 참았다. 숨지는 않았다. 팔을 아래로 내려뜨리고, 다리를 편하게 벌린 채, 리놀륨 바닥 중앙에 가만히 서 있었다. 이전 집에서 훔친 칼을 들고 있었다. 여자가 나와서 어둠 속 자신을 본다면, 제이컵은 손가락 하나를 입술에 댈 것이다. 소리를 지르면 나머지 가족도 위험에 빠트리는 거라고 말할 것이다. 여자는 죽여야 한다. 거기까지는 확실했고, 꼭 해야 하는 일이었다. 하지만 다른 사람이 있다면, 그들은 무사할 것이다.

여자가 물을 내렸다. 손을 씻었다. 욕실 문을 열고 불을 껐다. 욕실을 나와 복도를 따라서, 필시 그녀의 방일 곳으로 갔다.

그가 있는 쪽은 한 번도 보지 않았다.

제이컵은 낮에는 숲 경계 안쪽에서 최대한 부드러운 땅을 찾아 잠을 청했다.

여름철이었다. 비는 거의 오지 않았다. 어느 날 밤에는 비가 쏟아져, 들어가 있던 집에서 계속 머물며 부엌 식탁에 앉아, 내부에 움직임이 있는지 온 감각을 동원해 귀를 기울였다. 그리고 비가 그치자, 신선하고 새로운 공기 속으로 걸어 나갔다.

아버지는 그 무엇에 관해서도 제이컵을 자랑스럽게 여기지 않았지만, 하나에 관해서만큼은 그를 자랑스럽게 여겨도 됐을 것이다. 풍부한 지략, 즉 자연과 부자들이 제공하는 것만으로 견디는 능력만큼은 말이다.

제이컵의 집안은 대대로 지략이 풍부했다. 고조할아버지와 형제들은 벌목꾼이었는데, 변호사 버플랭크 콜빈이 애디론댁 산맥 벌목을 두고 불평하는 바람에 처음으로 일자리를 위협받았다. 위험을 감지한 그들은 땅을 팔았다. 영리한 처사였다. 20년도 지나지 않아, 로즈웰 플라워 주지사가 애디론댁 보호구역을 지정했다. **영원한 야생**이라는 감상적인 말로 이 지역에서 더는 벌목하지 못하게 막았다. 사유지에서조차. 그 즉시 슬루터 지대는, 대대손손 큰 부와 재정적 안정을 누리기를 꿈꾸며 제이컵의 조상들이 헐값에 사들였었던 그 드넓은 땅은, 정부 때문에 수익성을 잃었다.

그의 조상들은 다른 일자리로 전향했다. 일부는 관광업을 하면서 도시에서 온 부유한 방문객을 안내했다. 일부는 공장 일을 하면서 코린스나 트로이 같은 동네에서 셔츠와 종이를 만들었다. 제이컵의 할아버지와 아버지를 포함한 소수는 건설 노동자와 잡역부가 됐다. 웃기는 점은 이들이 항상 일했다는 것이다. 주 정부는 부유한 사람이 으리으리한 집을 짓고자 땅을 개간하려 할 때는 문제 삼지 않았다. 오직 평범한 사람만이, 슬루터네 같은 사람만이 예전에 하던 일을 못 하게 됐다. 이들에게는 전 세계의 여러 루스벨트와 록펠러가 즐거움을 누릴 수 있도록 땅을 자연 그대로 보전하는 일만이 주어졌다.

따라서 제이컵은 밤마다 부잣집에 들어가 꽉 찬 식료품 저장실과 냉장고에서 먹을 것을 훔치고 옷을 훔치면서, 어느 정도 즐거움을 느꼈다. 한두 번은 집이 텅 비어서 샤워도 했다.

제이컵은 탈옥하고 며칠이 지났는지 가늠하지 못했다. 그래도 식탁에 놓인 신문에서 1면 기사를 보고 추적당하고 있는 것은 알게 됐다.

또 자신이 향하고 있는 북부 지역까지 가려면 아직 멀었다는 것도 알게 됐다.

이는 두 가지를 의미했다. 그는 발각되기 더 어려울 것이다.

또한 그는 지략을 더 발휘해야 할 것이다.

II

베어

앨리스

1950년대 | 1961년 | 1973년 겨울 |
1975년 6월 | 1975년 7월 | 1975년 8월

17년 하고도 여섯 달을 살아온 앨리스 워드는 그랜드센트럴 역으로 가는 길에 눈을 꼭 감고 있었다. 불안하면 나오는 습관이었다. 기억나는 한 계속 이런 습관이 있었다. 이렇게 하면 안정됐고, 잠시뿐이더라도 세상에 혼자 있는 척할 수 있었다. 아무도 안 보고 있다고 생각할 때만 이렇게 했다. 이번에는 그 생각이 틀렸다.

"앨리스, 자?" 언니 델핀이 말했다.

앨리스는 눈을 떴다.

그녀는 3주 전 월도프-애스토리아 호텔 무도회장에서 사교계에 데뷔했다. 군인 중 에스코트를 맡은 남자는 그때 이미 이름도 잊어버린 웨스트포인트 3학년 사관생도였다. 민간인 중 에스코트를 맡기로 했던 남자는 스튜어트 파커로, 앨리스가 태

어날 때부터 알았던 기분 나쁜 사람이었는데, 기적 중의 기적이 일어나 행사 전날 홍역에 걸려버렸다. 막판 대체자를 떠올린 사람은 델핀이었다. 남편 조지의 대학 친구. 고객을 만나느라 맨해튼에 있는 동안 이 부부와 함께 지내게 된 사람이었다.

이름은 피터 반라고, 델핀이 말했다. 게다가 마침, 그는 턱시도도 갖고 있었다.

앨리스의 어머니는 열렬하게 반응했다. 아버지는 그보다는 덜했다.

"반라고? 우리가 그 집안을 아나?" 아버지가 말했다.

안다고, 어머니가 아버지에게 확언했다. 올버니의 반라 집안이라고. 어조에 타협하는 기색이 있었다. 그래, 올버니이지만, 그래도— 은행가 집안이라고, 워드 부인은 생각했다. 자연 보호론자. 그의 할아버지가 루스벨트가의 한 인사와 매우 **친한** 사이였다.

"몇 살이야?" 앨리스가 물었다.

"뭐, 조지 또래야." 델핀은 **나이처럼 사소한 건 남자에게 전혀 문제가 안 된다는 듯이** 허공에 손을 흔들며 말했다.

앨리스는 그 대답을 나중에 알았는데, 스물아홉이었다.

일주일 뒤, 우편물 사이로 봉투가 하나 도착했다. **워드 양과 샤프롱**(여성이 사교장에 나갈 때 돌봐주는 사람)에게 보내는 것이었고, 그 안에는 애디론댁 산지에 있는 피터 반라의 여름 별장으로 부르는 초대장이 있었다. 피터가 만찬 때 앨리스 옆에 앉아서 놀랍도록 다정하게 이야기했던 곳이었다.

피터는 정갈하게 써놓았다. 당신이 와주기를 무척 고대하고 있습니다. 만나서 정말 즐거웠습니다.

이제 두 사람, 앨리스와 델핀은 여기 그랜드센트럴 역 승강장에서 안내 방송을 기다린다. 사실, 이렇게 나란히 서 있으려니 어색했다. 둘은 아주 어릴 때부터 그리 많은 시간을 함께 보내지 않았다.

델핀은 앨리스보다 다섯 살 더 많고 키는 10센티미터 넘게 더 컸다. 피아노를 훌륭하게 연주했다. 수줍음도 전혀 없는 것 같았다. 지적인 분위기를 풍겼고 정치에 관심이 있었는데, 저녁 식탁에서 오가는 대화가 주로 풍문으로 향하는 워드 가족 안에서 홀로 두드러지는 두 가지 특징이었다. 언젠가 델핀이 바너드나 래드클리프 대학에 지원하는 문제를 부모님에게 꺼냈을 때, 브리얼리 여자 사립학교에서 반 1등을 유지했는데도 아버지는 그 생각을 비웃었다.

한편 앨리스는 간신히 졸업만 했다.

이제 델핀은 스물두 살이었고 조지 발로와 결혼했다. 연애결혼이었고 거의 성사되지 못할 뻔했다. 자매의 아버지는 조지가 의심할 여지 없이 명문가 혈통이긴 해도 **별종**이라고 생각했기 때문이다. 델핀은 곧 아이를 가질 것이 틀림없었다. 앨리스는 앞으로 펼쳐질 델핀의 미래를 선명하게 볼 수 있었다. 자기 미래는 상상할 수 없었다. 상상해보려고 하면 흐릿하고 모호한 무언가가 보였다. 그러면 뱃속이 조이는 느낌이 들었다.

 노스크리크에서 눈에 띄는 자동차가 자매를 마중 나왔다. 키가 작고 얼굴이 불그레한 코듀로이 차림의 운전기사가 맨손에 **워드 양**이라고 적힌 카드를 들고 있었다.

 이 불편하게 수다스러운 운전기사는 앨리스가 경악할 만큼 사적인 이야기를 캐물었다. 그는 자매가 어디에서 왔는지 알고 싶어 했다. 결혼은 했는지, 일하고 있는지도. 앨리스는 델핀 쪽으로 곁눈질하면서, 언니가 어떻게 나올지 기다렸는데, 델핀은 평온했다. 심지어 즐거워했다. 운전기사가 묻는 말에 전부 대답했다. 어떤 질문에는 기사에게 되묻기도 했다.

 "거기 보호구역에서 누가 초대한 겁니까?" 운전기사가 묻자 앨리스는 델핀이 대답하기를 기다렸지만, 델핀은 대신 이렇게 말했다. "말해봐, 앨리스."

 "피터 반라요." 앨리스가 말했다.

 "아버지요 아니면 아들이요?" 운전기사가 물었다.

 그러더니 대답을 기다리지 않고 아들이 마을에서 듣는 평판을 길고 자세하게 늘어놨다. 평판이 썩 훌륭하지는 않은 것으로 드러났고 **차갑다**는 것이 주된 비판이었지만, 앨리스는 크게 개의치 않았다. 앨리스는 차가운 사람이 좋았다. 행동과 말을 조절하는 사람과 가장 편하게 어울렸다. 무도회에서 피터를 만나려니 긴장됐고, 나이 차 때문에 할 말이 없을까 봐 걱정했지만, 피터 반라를 보자마자 알아채고 인정한 것은 그의 정적임이었다. 큰 키와 흔들림 없는 파란 눈. 자제력 있는 인상.

두 사람은 세 번 함께 춤을 췄다. 먼저 가려고 저녁 인사를 건네는 친척에게 앨리스가 끌려가기 직전에, 마지막으로 무도회장을 반쯤 돌다 멈춘 것까지 포함하면 네 번이었다.

차례가 돌아올 때마다 피터는 앨리스를 더 가깝게 안았다. 매우 잘생긴 외모. 숲 냄새가 났다고, 앨리스는 다시 떠올렸다.

"그 집에 얽힌 이야기가 있죠." 운전기사가 말하는 중이었다.

도로가 구불구불 휘어서 앨리스는 속이 메스껍기 시작했다. 창문에 머리를 기댔다.

"유령이 사나요?" 델핀이 쾌활하게 묻자 운전기사가 고개를 저었다.

"그런 이야기는 아니에요. 그 집은 스위스에서 가져왔어요. 제 말은, 집 전체를요. **샬레**라고 부르더군요." 운전기사는 말을 마치고 웃음처럼 들리는 소리를 작게 냈다.

"굉장히 흥미롭네요." 델핀이 말했다.

"자재 하나하나. 그 집안이 집을 수입해 온 거예요. 저 위에 다시 지었고요. 거의 80년은 됐을걸요. 거기에 들어간 인력을 상상해보실 수 있을 거예요. 순전히 그 목재를 나르려고 통나무로 미끄럼 길을 깔았죠. 말 열두 마리가 모든 짐을 끌었어요. 마을에서 아직도 그 얘기를 한답니다. 어른이고 아이고 할 거 없이 새턱 남자는 아홉 살만 넘었으면 전부 반라 집안이 집을 다시 조립하는 데 고용됐어요."

"상상이 가니, 앨리스?" 델핀이 물었고, 앨리스는 자기 손등을 꼬집으면서 뱃속에 든 내용물이 넘어오지 않게 하려고 애썼다.

"거기에 이름을 뭐라고 붙였을지 맞혀보세요." 운전기사가 말했다.

그리고 기다렸다.

"그 집 말이에요. 그 옛날 가족이 집에 뭐라고 이름을 붙였을지 추측해보세요." 운전기사가 다시 말했다.

"잠시만요. 생각 중이에요." 델핀이 진지하게 말했다. 그러고는 대답했다. "맨덜리(소설《레베카》의 무대가 되는 저택 이름)요."

"아니에요. 독립독행이에요. 독립독행!" 운전기사가 말하며 무릎을 탁 쳤다.

둘 다 반응하지 않았다. 앨리스는 무엇이 재밌는지 몰라서, 델핀은 짐작건대 그 농담을 이해하느라.

"반라 집안이 그 목재를 옮기지 않았잖아요?" 운전기사가 도움을 주듯 말했다.

"재밌긴 하네요." 델핀이 대답했지만, 앨리스는 델핀도 마침내 불편해하는 기색을 알아챌 수 있었다. 어쨌든 두 사람은 반라 집안에 초대받은 손님이었다.

"괜찮습니까?" 운전기사가 앨리스에게 물었다. 백미러로 하얗게 질린 앨리스의 얼굴을 눈치챈 듯했다.

앨리스는 운전기사에게 괜찮다고 말했다.

"앞 유리로 밖을 똑바로 보세요. 창문도 조금 내려보시고요." 운전기사가 말했다. 앨리스는 머리에 두를 스카프를 갖고 오지 않았고, 창문을 내리자마자 머리카락이 얼굴 전체로 마구 휘날렸다.

앨리스는 창문을 다시 올렸다.

그녀는 차가 느려지는 게 느껴지고, 아래에 놓인 길이 포장도로에서 흙길로 변하는 소리가 들릴 때까지 눈을 감고 있었다. 눈을 떠보니 긴 사유지 진입로였다. 왼쪽으로는 작업이 벌어지고 있는 농장 건물들이 보였다. 젖소 축사, 곡물 창고, 도축장. 여자와 아이가 농장 앞에 서 있는데 빤히 바라볼 뿐 손을 흔들지는 않았다.

그다음으로 마침내 보호구역이었다. 땅에 그림자를 드리우는 큰 소나무들, 나머지 소나무들을 베어버린 자리 위 경사진 잔디밭. 잔디밭 꼭대기에 운전기사가 설명했던 그 집이 있으리라고 앨리스는 짐작했다.

독립독행. 목적지에 다가가는 중에 지나친 작은 표지판에 그렇게 적혀 있었다. 건물은 그 자체로 웅장했다. 가운데 3층 구조물은 표면을 다듬지 않은 통나무로 지었다. 섬세한 조각 장식들이 돌출된 지붕부터 내려와 커다란 창문을 둘러싼 덧문을 화환처럼 장식했다. 양쪽으로 돋아난 부속 건물 두 채, 집 앞 진입로를 덮는 주랑 현관. 정원은 풍요롭고, 야생화처럼 보이게 구성해 재배한 꽃이 가득했다. 저택 주변으로 작은 별채가 흩어져 있는데, 그중 하나는 본채를 작게 축소해놓은 것 같았다.

"세상에나." 델핀이 말했다.

앨리스가 보기에 가장 놀라운 점은 이 저택이 다른 모든 것으로부터 얼마나 멀리 떨어져 있는가 하는 것이었다. 숲 한가운데에 이런 구역을 조성하는 데 얼마나 많은 노동이 들어갔을까. 반라 가문은 이 지대 꼭대기에 집을 뒀고, 따라서 독립독행 주변 모든 것이 그 밑에 있었다. 올림포스 같다고, 앨리스는 생각했는데, 그녀가 이런 참고 대상을 떠올리는 일은 드물었다.

운전기사는 잔디밭에 닿을 때까지 차를 조금씩 몰아가다가 세웠다. 앨리스는 그제야 피터를 발견했다. 그는 집이 드리운 그늘 안에서 수사슴처럼 가만히 서 있었다. 둘을 기다리면서.

피터가 앞으로 나왔다. 앨리스가 기억하던 것보다 키가 더 컸다. 나이도 더 많아 보였다. 그가 성큼성큼 잔디밭을 가로지르는 동안 머리에서 희끗희끗한 부분이 햇빛을 받아 멋지게 반짝였다.

운전기사가 차에서 뛰어내렸다. 앨리스와 델핀은 잠시 기다리다가, 그가 문을 열어주지 않을 것임을 깨달았다.

이제 피터가 가까이 와 있었고, 앨리스는 안에서 조이는 듯했던 느낌이 폭발하여 신경이 시끄럽게 고동치는 바람에 이가 딱딱 부딪치기 직전이었다.

무슨 대화를 나누게 될까? 성인 남자에게 도대체 무슨 얘길 한단 말인가? 앨리스는 학창 시절 내내 여자아이들 사이에서만 있었다. 피터와 춤을 출 때는 괜찮았던 것을 떠올렸다. 월도프 무도회장은 어두웠고 시끄러웠으며 대화할 필요가 거의 없었다. 하지만 지금은 환한 대낮이었고, 모든 것이 달랐다.

델핀이 앨리스를 구해줬다.

"엄청난 여정이었어요." 델핀이 차에서 나오며 피터에게 기쁘게 말했다. "도착 못 하는 줄 알았다니까요."

햇살을 받은 수액 냄새가 사방에 가득했다. 그 너머로 신선한 물 냄새가 났다. 호수였다.

피터는 양손을 주머니에 넣고, 시선을 자매의 신발에 둔 채 미소를 지었다.

"여기까지 와줘서 고마워요." 그가 말했다. 그리고 자매가 가져온 여행 가방 쪽으로 양손을 내밀자, 운전기사가 기꺼이 넘겨주었다.

피터와 나란히 걸으며 저택으로 가는 사람은 델핀이었다. 도시 날씨나 자매가 좋아하는 활동을 물어보면서 피터가 말을 건네는 사람도 델핀이었다. 앨리스는 뒤에서 따라가면서 점점 더 아이가 된 기분을 느꼈다.

"전에 여기 산지에 와본 적 있어요?" 피터가 묻자 델핀은 매우 어릴 때 한 번 와봤다고 했다.

"기억나니, 토끼야?" 델핀이 앨리스에게 물었다. 앨리스는 그 호칭에 얼굴이 붉어졌다.

피터가 몸을 살짝 돌려 대답을 기다렸다. 앨리스는 사실 기억나지 않았지만, 그 점을 인정하면 언니보다 너무 어려 보일 것 같았다. 그래서 기억난다고 대답했다.

"그러면 파리에 익숙하겠군요." 피터가 말했다.

"뭐, 이거요?" 델핀이 말하며 손을 허공에 휘저어, 그들 머리 주변에 모여 있던 작은 무리를 갈라놨다.

피터가 말했다. "맞아요. 흑파리죠. 보통은 지금이면 없어졌어야 하는데, 올해는 6월이 추웠거든요. 두 사람이랑 안면을 익히고 싶었나 봐요." 피터는 말을 마친 다음 마침내 앨리스를 똑바로 바라보며 미소를 지었다. 치아가 새하얬다. 작게 쿵쾅거리는 흥분이 앨리스의 목에서 배로 내려갔다.

앨리스는 피터에게 미소를 돌려줬다. 용기 낸 행동이었다.

그때, 화살 하나가 앨리스의 코에서 10센티미터도 안 되는 거리를 두고 휙 날아가 근처에 있는 나무 껍질에 박혔다.

앨리스가 얼어붙었다.

피터는 안색이 창백해졌다.

델핀은 방금 무슨 일이 일어났는지 알아채지 못하고서, 유쾌하게 미소를 지으며 두 사람에게로 몸을 돌렸다.

잠시, 아무도 말이 없었다. 그때, 작은 아이가 눈물을 흘리기 일보 직전 상태로 크게 사과를 하면서 달려왔다.

"안 돼요, 안 돼. 누구 맞으셨어요?" 그 남자아이가 말했다.

피터는 아이를 달래고 훈계해서 보낸 뒤 캠프 참가자라고 설명했다.

"캠프 참가자요? 무슨 캠프요?" 델핀이 말했다.

피터는 매우 긴 이야기를 시작할 준비를 하듯 숨을 들이마셨다. 그러다 생각을 바꿔 만찬 시간에 말해주겠다고 했다.

"내가 잊어버리면 알려줘요." 피터가 말했다.

집에 난 창문은 전부 열려 있었다. 방마다 천천히 선풍기가 돌아갔다. 새로 지은 것처럼, 집 안 전체에서 재단한 목재 냄새가 났다. 휴잇이라는 사람이 자매에게 각자 쓸 방을 보여주었다. 그는 집사 역할을 하는 듯 보였지만 거친 인상과 복장이 카우보이 같은 분위기를 풍겼고, 집에서도 모자를 쓰고 있었다. 또한 과묵하고, 말랐지만 강건했고, 40대쯤으로 보였다. 그 당시 앨리스에게는 스물다섯 살 위로는 거기서 거기 같아 보이긴 했지만.

그녀는 이 집에 다른 누가 있는지 줄곧 궁금했었다. 기차에서 언니와 추측해보기도 했다.

"피터의 부모님?" 앨리스가 말하자 델핀은 어깨를 으쓱했다. 그럴지도.

"그 사람이 — 부모님이랑 함께 산다고 생각해? 올버니에서?"

델핀은 곰곰이 생각해보더니 대답했다. "조지는 아파트가 따로 있었어. 내 말은, 우리가 결혼하기 전에. 사실은 시아버지 거였지만."

"언니도 본 적 있어?"

델핀이 미소를 짓더니 대답했다. "그럼." 앨리스는 나중에야 델핀이 전한 속뜻을 이해할 수 있었다.

앨리스가 머무를 방은 넓고 호수를 보고 있으며, 기둥이 네 개 달린 침대에는 조각보가 덮여 있었다. 전신 거울이 세워져 있기에, 앨리스는 그 안에 비친 모습을 꼼꼼히 뜯어봤다. 양손을 볼에 대고 누르면서 피터에게 자신이 어떻게 보일지 상상했다(당시에는 자기 얼굴이 너무 빵빵한 것만 같았다). 예쁘다는 말은 자주 들었다. 사실 언니보다 예쁘다고들 했는데, 앨리스가 유일하게 언니보다 나은 점이었다. 앨리스는 자신이 우둔하다고 생각했고, 다른 사람들도 그렇게 생각할 것이라고 거의 확신했다. 재미없고, 재치도 없었다. 유머 감각이 없는 것이 멍청한 것보다 더 나쁘다고, 앨리스는 생각했다.

문을 두드리는 소리가 났고 앨리스는 화들짝 놀라 소리를 질렀다.

그녀는 여전히 가쁘게 숨을 쉬면서 문을 열었다.

휴잇이었다. 집사, 아니 **하인**이라고 앨리스는 생각을 고쳤다. 차림새가 도시 속 워드 집안 집사와는 완전히 달랐으니까. 그가 말했다. "가족분들이 잔디밭에서 칵테일을 마시고 계십니다. 원하신다면 함께하시죠."

"고마워요." 앨리스가 말했다. 바로 그때, 머리를 가늘게 땋은 조그만 여자아이가 휴잇의 다리 뒤에서 눈을 반짝이며 쳐다보는 것을 알아차렸다.

"어머, 이 애는 누구인가요?" 앨리스가 묻자 휴잇이 처음으로 미소를 지어 보였다.

"테시 조라고 합니다." 휴잇이 대답했다.

아이는 활짝 웃었다. 휴잇의 바지 자락에 얼굴을 묻었다.

저택의 정면은 사실 뒤에 있었다. 호수 쪽에. 호수는 차가운

동시에 안락한 느낌을 주었는데, 마치 여기저기에 따듯한 샘이 숨어 있는 그런 호수처럼 보였다.

작은 모래사장에 성인 네 명이 앨리스를 등지는 방향으로 등받이가 높은 의자에 앉아 있었다. 처음에는 그들이 누구인지 몰랐다. 그러다 언니가 웃는 소리가 들렸다. 매력적이고 따듯한, 사람들이 자주 언급하는 웃음이었다. 델핀은 앨리스가 처음 보는 모자를 쓰고서 피터 옆에 앉아 있었다. 뒤에서 보니 그 무리는 부부 두 쌍처럼 보였다. 비어 있는 의자 하나만이 그렇지 않다고 말했다. 그들 앞에서 작은 여자아이, 테시 조가 모래사장을 앞뒤로 뛰어다니다가 이따금 멈춰 젖은 모래를 쌓아 올렸다.

피터가 다른 누구보다 먼저 앨리스를 발견하고 정중하게 의자에서 일어섰다.

"워드 양." 피터가 말했다.

앨리스는 태연하게 보이려 애쓰면서 다가갔다. 하지만 겉치레하느라 기분이 다시 안 좋아졌다.

나머지 사람들 중에서도 한 명이 일어났는데, 앨리스는 그가 피터의 아버지라는 걸 알아차렸다. 그럴 수밖에 없었다. 아들이 머리만 센 듯한 모습이었고, 비슷하게 호리호리하고, 단정하고, 비슷하게 엄숙했다.

"워드 양, 만나게 되어 반갑습니다." 그가 말했다.

그때는 앨리스가 무리가 있는 곳에 도착한 뒤였다. 그녀는 호수를 등지고서, 저택과 그들 모두를 마주한 채, 작게 호를 그린 의자들 중앙에 어색하게 서 있었다. 노래라도 시작할 참이라는 듯이. 앨리스는 피터가 자신에 관해 무슨 말을 해줄 수 있었을까 싶었다. 다 합쳐도 하룻밤밖에 앨리스를 알지 못하는 피터가.

앨리스가 피터의 어머니로 추정한 사람은 델핀과 마찬가지로 그대로 앉아 있었다. 어머니는 아버지보다 어려 보이긴 해도 볼품이 없었는데, 군살이 15킬로그램은 쪘고, 입은 옷은 — 앨리스가 미처 멈추지 못한 생각에 따르면 — 몸매에 도움이 안 됐다. 그녀는 앨리스를 향해 멍하니 미소를 지었다.

피터가 앞으로 걸어와 말했다. "숙소는 편안하신가요?"

앨리스는 피터가 다른 시대에서 온 것처럼 딱딱하게 말하는 방식을 불현듯 의식했다. 도시에 사는 친구들은 입이 가볍고, 무례하고, 추잡한 소문에 즐거워했다. 정중함은 자기들보다 지위가 낮은 사람, 어떤 식이든 자기들을 위해 일하는 사람을 향해서만 보여주면 된다고 믿었다.

앨리스는 대답했다. "매우 편안해요. 감사합니다."

만찬 시간은 좀 더 수월하게 흘러갔다. 살면서 지금까지 고작 두 번 살짝 취해봤을 뿐인 앨리스에게 와인이 도움이 됐다. 앨리스는 술맛도, 술을 마셨을 때 느껴지는 감각도 좋아하지 않았다. 하지만 술 덕분에 방에 따뜻하고 편안한 빛이 감도는 게 즐거웠다. 델핀이 대화를 주도했는데, 그로 인해 자신에게 쾌활한 면이 부족하다는 사실이 두드러지기는 했어도, 이번만은 언니가 활발한 것에 감사했다.

대화는 애디론댁 산지의 역사에서 길 아래 농장의 일과로 넘어갔다. 후자는 반라 부부가 특히 열정을 쏟는 대상이었다. 그 다음에는 파리, 바로 그 파리 얘기였고, 마침내 도시에서 어떻게 사는지, 어떤 교육을 받았는지, 무엇에 관심이 있는지 가벼운 질문들이 자매를 향했다.

"그런데 우리 조지 발로는 어떻게 지내나?" 노(老) 반라 씨가 식사 중에 물었다. "피터가 대학을 마친 뒤로 통 못 봤지. 늘 재밌는 친구라고 생각했다오."

다소 무시하는 투였고, 앨리스는 델핀이 불쾌해하지는 않는지 살폈다. 하지만 델핀은 오히려 미소를 지었다.

"그이는 지금도 재밌어요."

"하는 일은 좋아하고?"

"공부 말씀이시겠죠." 델핀이 말하자 반라 씨가 한쪽 눈썹을 치켜들었다.

"설마. 그 나이에 말이오?"

"그렇답니다." 델핀이 음모를 꾸미듯이 말했다. "가업을 잇지 않고 컬럼비아 대학교에서 조류학 학위 과정을 밟고 있지요."

델핀은 눈을 반짝이면서 소식을 전했다. 이 이야기는 지난 계절 내내 맨해튼에서 화젯거리였고, 농담에 결정타를 더하는 한마디가 되어 온 도시에서 전해지고 또 전해졌다. **조류학이라니!** 앨리스가 언니를 존경하는 점이 하나 있다면, 남편감을 대담하게 선택했다는 것이었다. 조지 발로는 부유한 집안 출신이기는 하지만, 어떻게 봐도 델핀에게 딱 걸맞은 결혼 상대가 아니었다.

썩 잘생기지도 않았다. 마르고 여위었으며, 윗니가 도드라졌고, 검은 눈썹은 늘 찡그린 채였다. 하지만 언니는 그 사람을 사랑했다. 이 점만큼은 앨리스도 명확하게 알았다.

피터가 말했다. "아버지도 아셨잖아요. 그 일로 꽤 소란스러웠으니." 앨리스는 피터의 목소리에서도 농담기를 감지했다.

"그랬나." 반라 씨가 말했다. 그러더니 한 입 들고는 씹으면서 생각에 잠겼다. "그러고 보니, 코넬 대학교가 새를 공부할 만한 곳이라고 생각했는데."

델핀이 말했다. "맞아요. 하지만 저희는 맨해튼을 떠날 수 없으니, 컬럼비아로 만족했죠."

"성적은 잘 받소?"

"동기들 중에서 최고예요."

이 시점에서 대화가 잦아들었다. 접시에 나이프와 포크가 닿는 소리가 방 전체에 울렸다.

델핀이 말했다. "여름 캠프에 관해서 들을 수 있을까요?"

피터가 아버지와 시선을 교환했다. 그리고 입을 열었다.

애디론댁이 아직은 뉴잉글랜드 사람들이 찾는 초기 휴가지였던 1870년대, 초대 피터 반라가 매사추세츠에서 찾아왔다가 그 땅과 사랑에 빠졌다.

그는 몇 차례나 돌아와서 토지조사를 진행했다. 마침내, 노련한 지역 안내인에게 도움을 받아 독립독행을 지을 터를 골랐다.

앨리스는 반라 집안사람이 하는 이야기가 운전기사가 한 이야기와 다르다는 사실을 의식할 수밖에 없었다. 섀턱 사람들을 많이 언급하지 않았다. 이들의 이야기에 따르면, 피터 1세(반라 집안식으로는 제1피터라고 했다)가 목재 다발을 손으로 날랐고, 높은 사다리를 타고 올랐으며, 원래 건축물의 자재가 전부 스위스에서 도착했는지 직접 감독했고, 제대로 다시 조립되는지를 확인했다. 또 저택에서 길을 따라 조금 내려간 곳에 농장을 세워 운영하면서, 내 집처럼 편하게 지내지 못하고 떠나는 손님이 없도록 했다.

피터 1세는 관습에 얽매이지 않는 것으로 유명했다고, 피터 3세가 말했다. "그런 식으로 설명할 수 있을 만한 마지막 반라 사람이죠." 그리고 굳게 미소 짓더니 말을 이어갔다. 피터 1세는 죽는 날까지 장난기가 많고, 놀기를 좋아하고, 아이처럼 활기찼으며, 사업 동료들에게 사랑받는 만큼 욕도 많이 들었다. 가십난의 단골이었고 정부를 열 명 넘게 두었다.

따라서 피터 1세가 여름 캠프라는 발상을 알렸을 때 놀라는 반응은 없었다. 다만 같은 사회 계층 사람들은 매우 재미있어했고, 비웃기도 했다.

피터 1세는 고집을 꺾지 않았다. 원래 사냥용 오두막으로 지었던 건물군을 이 대의에 바쳤다. 이미 80대에 접어들어 더는 예전만큼 왕성하게 육체 활동에 참여할 수 없었기에, 나머지 필요한 건축물을 부지에 짓는 일은 일군의 섀턱 주민에게 위임했다. 그는 환경을 보존하면서 이 땅을 책임지고 관리하는 일이 얼마나 중요한지 미래 세대에 가르쳐주는 꿈을 꿨다. 그리하여 가장 좋아하는 작가이자 사상가이면서, 또 다른 열렬한 환경 옹호론자의 이름을 따서 캠프에 붙였다. 본채도 이 남자가 썼던 글에서 이름을 따왔다(랠프 월도 에머슨의 《Self-Reliance》의 한국어판 제목은 '자기 신뢰'다). 에머슨 캠프는 여름마다 8주 과정을 한 번씩 운영한다고, 피터 3세가 말했다. 처음에는 참가자 수가 매우 적었다. 하지만 적자 운영을 하면서 몇 차례 성공을 거둔 뒤로, 캠프의 명성이 높아졌다. 10년도 안 되어 에머슨 캠프는 뉴잉글랜드와 맨해튼의 부유한 사람들이 자녀들을 보내고 싶어 하는 곳이 됐다. 오늘날 참가자는 대부분 반라 집안의 친구나 지인의 아이들이었다.

델핀은 즐거워하며 손뼉을 쳤다. "와, 전 그분 이야기에 반했어요. 피터 1세요. 이야기가 전부 다 좋아요. 그렇지 않아, 앨리스?"

"응." 앨리스가 대답했다.

"직접 참가한 적도 있나요?" 델핀이 묻자 피터가 서둘러 고개를 저었다.

"에머슨 캠프요? 맙소사, 아니요." 델핀이 무언가 이상한 것을 물었다는 듯 피터가 대답했다.

식탁에서 앨리스 맞은편에 있는 반라 부인은 말이 거의 없었다. 유행도 아닌 헐렁한 원피스를 입고, 립스틱을 살짝 비뚤게 칠한 채로 조용히 기분 좋게 앉아 있었다. 가끔은 앨리스에게 미소를 지었고, 씹을 때 눈을 감으면서 정말로 즐겁게 식사했다.

어느 순간 앨리스는 자신도 반라 부인도 거의 한 시간 동안 한마디도 안 했다는 것을 깨달았다. 아무도 눈치채거나 신경 쓰지 않는 듯했는데, 그러다 식탁에 앉은 두 남자가 델핀이라는 경매인과 함께 자신이라는 소비재를 구매하고자 평가하는 중이라는 것을 갑자기 깨달았다. 자신이 말을 덜 할수록 더 좋다는 것을. 자신을 대신하여 어떤 결정이 내려졌다는 생각이, 식사가 끝나갈수록 앨리스의 어깨에 내려앉기 시작했다.

불쾌하지는 않았다.

사실 이 상황은 앨리스가 더 선호하는 상태로 돌아갈 수 있게 해주었다. 꿈속에 잠긴 듯해 다가가기 어려운, 스스로도 인정하는 부족한 지성이 가려지길 희망하며 쌓아온 신비한 분위기로.

이따금 앨리스는 자신을 바라보는 피터 반라를 봤다. 점점 더 피하지 않고 그와 눈을 마주쳤다. 맥박이 빨라졌다. 앨리스는 아직 아이였다.

그녀는 세 가지를 자문했다. 도시를 떠나 살 수 있을까? 여기, 이 자연 속에서 매년 일정 기간 동안 살 수 있을까? 피터 같은 남자와 결혼할 수 있을까?

어머니는 아버지와 어릴 때부터 아는 사이였지만, 잘 아는 건 아니었다. 열여덟 살에 결혼식을 치렀는데, 첫 데이트를 마치고 얼마 되지 않아서였다.

언니와 조지 발로는 약혼하기 전에 두 달 동안 서로 알고 지냈다.

앨리스는 창밖으로 호수를 바라봤다. 거기에는 최면을 거는 무언가가 있었다. 마법에 걸린 무언가가. 이제 저녁 8시였지만,

7월이라 하루의 마지막 빛이 물 위에서 강렬하게 반짝였다. 동쪽을 향해 세로로 길게 난 창문들로 따뜻하고 고요한 산들바람이 들어왔다. 창밖에서는 소나무들이 가만히 서서 앨리스를 지켜보며 대답을 기다렸다.

그렇고, 그렇고, 그렇다고, 앨리스는 생각했다. 피터가 그 질문들을 앨리스에게 한다면, 모든 대답은 그렇다였다.

피터는 정말 그렇게 물었다. 같은 해 9월, 도시를 두 번 더 방문한 뒤에—두 번째는 부모와 동행했다—피터 반라는 앨리스의 아버지에게 허락을 얻어 청혼했다.

그는 대대로 내려온 금고에서 반지를 골랐다.

그리고 앨리스의 어머니와 함께 가서 크기를 조절했고, 반클리프아펠에서 새것으로 두 번째 반지도 샀으며, 함께 착용할 만한 테니스 팔찌(작은 보석들이 한 줄 전체에 박힌 얇은 팔찌)도 샀다.

앨리스는 삶에서 무언가가 결정된 것에 고마워하며 승낙했다. 달리 무엇을 할지 알지 못했다.

웨딩드레스는 고급 공단 소재로, 치마는 풍성하고 가슴 선이 하트 모양 곡선을 그렸다. 앨리스는 열여덟 번째 생일 이틀 뒤에 세인트존더디바인 대성당에서 결혼식을 올렸고, 피에르 호텔에서 피로연을 벌였다.

신부 들러리는 없었다. 앨리스는 가까운 친구가 없었다. 델핀이 있었지만, 당시에는 기혼 여성이 신부 들러리로 서는 것을 옳지 않다고 여겼다.

신혼여행도 없었다. 올버니로, 한 번도 본 적 없는 집으로, 바닥은 차가운 대리석이고 겨울엔 창문이 덜컹대고 소리가 울리는 저택으로 떠났을 뿐이었다.

아홉 달 뒤이자 한 달 일찍, 피터 4세가 태어났다. 아기는 베어(bear)라고 불렸는데, 정식 이름은 이미 반라 집안에서 너무 많이 쓰이고 있기 때문이었고, 또 아기가 통통했기 때문이었고, 또 아기 머리에 난 솜털을 만지면 모두가 어떤 어린 동물의 모피를 떠올렸기 때문이었다.

아기를 바라보면서 몇 시간이나 보냈을까? 비단결 같은 머리카락. 앨리스가 올버니 집 침실이나 독립독행 일광욕실에서 꾸벅꾸벅 졸면 가슴을 누르던 아기의 무게. 아들의 따듯하고 야 날픈 무게. 앨리스는 아들 안에서 섬세한 구조로 몸을 떠받치고 있는 뼈를 마음속에 새겼다. 등을 들어 올렸다 내렸다 하는 작은 폐를. 깊이 잠들 때 움찔대는 작은 팔다리를. 그 비율이, 그 냄새가, 그 구조가, 앨리스 안에 안정감 같은 것을 유도하는 그 방식이 어쩐지 기적 같은 갓 난 몸 전체를. 그런 안정감은 언젠가 모루처럼 내리칠 선고와 함께 살면서 다시는 느낄 수 없게 될 터였다.

앨리스

1950년대 | 1961년 | 1973년 겨울 |
1975년 6월 | 1975년 7월 | 1975년 8월

 객관적으로 보려고 노력한다면, 처음 1, 2년은 매우 좋았다고 앨리스도 인정할 수 있었다.
 베어가 태어나기 전후로, 피터는 있는 그대로 앨리스를 아이 대하듯 대했다. 물론 앨리스를 비웃었다는 뜻이다. 하지만 그러면서도 눈에는 온기가 있었고, 자신이 **상식 부족**이라고 이름 붙인 면모를 앨리스가 보이면 때때로 애정을 담아 그녀의 머리에 손을 올리고서 한숨을 쉬었다. 그녀에게 가르쳐야 할 것이 얼마나 많을지 깊이 생각하듯. 앨리스는 개의치 않았다. 보호받는다고 느꼈고, 당시에는 그런 느낌이 자신에게 필요하다고 믿었으니까.
 하지만 어느 순간, 앨리스의 실수를 대하는 피터의 반응이 즐거움에서 짜증으로 변하기 시작했다. 열여덟 시절 앨리스가 저녁 파티를 주최하는 법을 배우고 있을 때, 피터는 미소를 띠고

서 좌석표에 잘못 쓴 철자를 다정하게 고쳐주거나 식탁에 백합을 못 놓게 했다. 5년 뒤, 피터는 얼굴을 찌푸렸고 때로는 고함을 쳤다.

두 사람이 항상 동의하는 한 가지는 아들의 소중함으로, 앨리스는 아들을 곧장 강렬하게 사랑했다. 그녀는 피터도 아들을 사랑한다는 사실을 알았다. 하지만 그가 주는 애정은 때때로 투자 같은, 나중에 돌아올 보답을 조건으로 주는 무언가 같은 인상을 풍겼다.

더는 아이를 갖지 않을 거라고, 피터는 말했다. 남자아이 하나면 충분하다고. 아들이 둘 이상이면, 은행을 물려줄 때 상황이 복잡해질 거라는 뜻을 앨리스도 이해했다. 4대 연속으로 아들은 단 하나였다. 단 한 명의 피터 반라. 가끔 앨리스는 자신이 아들을, 그것도 이렇게 훌륭한 아들을 신속하게 낳은 것이 지금까지 유일하게 남편을 기쁘게 한 일 같다는 느낌을 받았다.

독립독행에서 보내는 여름 몇 달간, 세 사람은 그 어느 때보다 자주 함께 있었다. 거기서 피터는 아들에게 요트 타는 법, 말 타는 법, 체스 두는 법, 클레이 사격을 하는 법을 가르쳤다. 그는 좋은 선생이었고, 다른 삶의 영역에서 전반적으로 부족한 자질인 인내심까지 보여줬다. 앨리스는 멀리서 만족스럽게 지켜보면서, 남편을 향한 순수한 사랑 같은 무언가를 결혼하고 처음으로 느꼈다.

베어가 손대거나 마음먹은 것을 전부 잘한다는 점도 도움이 됐다. 베어는 셈이 빨랐다. 글도 일찍부터 읽었다. 또한 자기 아빠를 닮아 키가 크고 튼튼했다. 작은 키를 물려줄까 두려웠던 앨리스는 마음이 놓였다.

이런 타고난 점들에도 불구하고 아이는 거만한 구석이 없었다. 아이 아버지는 이따금 남을 경멸하는 기색을 드러냈지만, 아이는 전혀 그렇지 않았다. 만나는 사람마다 웃으며 인사했고, 저택과 구내에서 일하는 사람들의 이름을 지위에 상관없이 다 외웠다. 앨리스는 아들의 이런 모습을 보면 막연하게 누군가가 생각났는데, 어느 날 깜짝 놀라며 그 누군가가 자기 언니 델핀임을 깨달았다.

토지 관리자의 딸 테시 조는 베어를 특별히 사로잡았다. 베어보다 네 살 많은 이 아이는 베어를 애지중지 대했다. 그 보답으로 베어는 아이가 가는 곳을 전부 따라다니면서 **테시, 테시** 하고 불렀다. 피터와 앨리스 사이에 농담이 오갔다. 베어가 저 여자아이에게 반했다고. 두 사람이 공유하는 몇 안 되는 농담 중 하나였다.

1년 중 나머지 세 계절에, 피터는 일에 열중하면서, 종종 8시나 9시까지 사무실에 머물렀다. 잠재 고객과의 약속으로 맨해튼에도 종종 머물렀다.

아들이 없었다면 앨리스는 올버니에서 외로웠을 것이다. 그녀에게는 이렇다 할 친구가 없었다. 대화도 서툴렀다.

마지막 문제에는 피터도 동의했다. 피터는 자주, 무미건조하게, 늘 말하는 방식으로, 자신은 의견이 아니라 사실만을 말한다는 듯이 그 이야기를 했다.

"문제는 말이지, 앨리스, 당신이 파티에서 따분하다는 거야. 술을 한두 잔 마시면 좀 재미있어지는 데 도움이 될 거야."

피터가 처음 이 말을 했을 때, 앨리스는 스무 살이었다. 두 살이 된 베어를 품에 안고 있을 무렵이었다. 앨리스는 대답하려고 입을 열었지만, 한마디도 나오지 않았다. 피터는 앨리스를 자주 비판하면서, 늘 조언이라는 듯이 말했다. 문제는, 보통 앨리스도 피터에게 동의한다는 점이었다. 앨리스는 파티에서 **실제로** 따분했다. 시사 문제를 전혀 몰랐다. 여행 경험이 풍부하지도 않았고, 취미도 없었다. 언니처럼 명석하고 재치 있지도 않았다. 가끔 다른 사람에 관해 심술궂은 생각을 했지만, 그런 생각을 영리하고 장난스럽게 표현하는 기술에 전혀 통달하지 못했다. 다시 말해, 앨리스는 험담조차 능숙하게 하지 못했다. 그 당시 앨리스가 가장 많이 생각한 것은 베어, 온 마음을 사로잡는 베어에 대한 사랑이었다. 때때로 앨리스는 부모가 되면서 또 다른 차원이나 또 다른 감각이 존재한다는 것을 알게 되었다고 느꼈다.

피터가 말했다. "그리고 애는 좀 내려놔. 따개비가 되겠어." 피터가 손을 뻗자 베어는 그를 거부하면서 앨리스의 어깨에 얼굴을 묻었고, 훨씬 더 꽉 매달렸다.

보통 피터가 어떤 조언을 하면, 앨리스는 받아들였다. 이내 그녀는 피터가 자신의 외모와 성격을 거의 모든 면에서 살피고 있음을 알아차렸다. 앨리스는 어깨를 덮는 원피스를 입어야 했는데, 어깨가 가장 돋보이는 부분은 아니었기 때문이다. 피터와 키가 많이 차이 나니, 신을 수 있는 가장 높은 구두를 신어야 했다. 남자와 인사할 때는 악수하면 안 되고, 상대방 쪽으로 고개를 살짝 숙여야 했다. 앨리스에게 피터는 남편인 만큼이나 가정교사처럼 느껴졌다. 항상 그녀를 가르치려 하고, 개선하려 하고, 자기 수준으로 끌어올리려 했다. 앨리스는 이 문제로 피터를 비난하지 않았다. 피터를 만나기 전까지 목표랄 게 거의 없었다. 앨리스는 피터를 어느 정도 스승처럼 여기기로 했다.

그리하여 앨리스는 고객과 만찬을 들기 전에 집에서 브랜디를 한 잔 마시기 시작했다. 피터가 함께 마시지는 않고 지켜보는 앞에서 그렇게 했다. 그러자 한동안은 효과가 있었다. 즉각 더 세련되고 성숙해지는 것 같았다. 식탁 맞은편에서 자신보다 열 살, 스무 살 많은 부인들이 동정과 경멸 사이를 맴도는 표정으로 말을 건네도 더 잘 받아칠 수 있게 된 기분이 들었다.

몇 년 동안, 이런 식으로 술을 마셨다. 필요할 때 착수하는 임무였다. 의무에서 벗어난 날에는, 사교와 관련된 일정이 없을 때는 술을 마시지 않았다.

그러다 언제인지 어떻게인지는 확실하지 않지만, 어느 시점엔가 술이 늘기 시작했다. 그리고 새로운 일과가 자리 잡았다. 저녁에 집에서 와인 한 잔. 때로는 두 잔. 외출할 때는 그보다 더 많이. 피터와 같이 나갈 때는 마티니나 맨해튼, 아니면 김렛 같은 칵테일.

거기서 끝이라고, 앨리스는 생각했다. 집에서는 와인, 밖에서는 칵테일. 아들 곁에서 와인을 한잔 기울일 때가 하루 중 가장 좋아하는 순간이 됐다. 아들을 향한 사랑이 이보다 더 긴박하게 느껴질 수가 없었다.

이 정도 술은 감당할 수 있다고 여겼다. 합리적이고 책임감 있게 느껴졌다. 선을 넘어가면 피터가 말해줄 거라고 믿었다.

앨리스는 술을 마시는 양을 이 정도로 유지할 수 있었고, 그러면 모든 것이 괜찮았을 것이다. 결국 상황을 바꾼 사람은 조지 발로였다.

칼

1950년대 | **1961년** | 1973년 겨울 |
1975년 6월 | 1975년 7월 | 1975년 8월

소방서에 전화벨 소리가 울려 칼 스토더드가 화들짝 놀라 깼을 때는 벌써 저녁 7시였다. 칼은 햇볕 아래서 긴 하루를 보낸 뒤 간이침대에서 자는 중이었다. 두 번째 전화벨이 울렸을 때, 그는 몸을 일으키고 눈을 깜빡였다. 세 번째 전화벨에는 행동에 나섰다. 전화를 받을 때 항상 느끼는 두려움을 안고 수화기를 들었다. 칼은 말하는 걸 대체로 안 좋아했다. 전화기에 대고 말하는 건 더 싫었다.

"칼 스토더드?" 전화기 너머에서 어떤 목소리가 말했다. 지역 전화교환원 마시 티보였는데, 다년간 경력을 쌓으면서 목소리를 분간하는 기묘한 능력을 얻은 이였다.

"나쁜 소식은 뭔가요." 칼이 말했다. 그가 으레 하는 대답, 일종의 대사였다.

"반라 보호구역에서 전화가 와 있습니다." 마시가 말했다.

"네?"

이상했다. 보호구역에서 정원사로 일하는 칼은 고용주에게 직접 연락을 받은 적이 살면서 한 번도 없었다.

칼이 거기에 무언가를 두고 왔을지도 몰랐다. 아니면 무언가를 잘못했거나. 피터 반라는 자기 의견이 강한 사람이었고, 조경에 특히 관심을 기울였다. 반라 집안은 매년 7월에 일주일 동안 흥청망청 즐기는 연회를 벌였다―계절이 변하면서 흑파리가 이 지역을 떠나는 것을 축하하며, 흑파리 작별 파티라고 불렀다. 그리고 반라 씨는 모든 것이 정갈하기를 바랐다.

"제가 소방서에 있는 걸 어떻게 알고요?" 칼이 물었다. 심장 박동이 빨라졌다. 그는 키가 크고 금발 턱수염을 기른 건장한 사람으로, 그해 여름에 마흔이었으며, 젊은 시절에는 미식축구 선수였다. 한편 마음이 약하고, 날씨 변화와 다른 사람의 감정에 민감했으며, 갈등을 싫어했다. 늘 그랬다. 정원사는 칼에게 천직이었다.

마시가 대답했다. "그 사람들은 모르죠. 그 사람들은 거기에 있는 사람이 당신인 걸 몰라요."

그해 섀턱 지구 의용소방대는 네 명이었다. 칼을 제외하면, 식료품상 딕 섀턱, 근처 공립학교 역사 교사 밥 올컷, 대체로 실업 상태인 밥 루이스가 있었다.

10년 전 다 함께 맨바닥부터 팀을 일구면서, 옆 도시 전문 소방 기관에서 필요한 것들을 익혔고, 크리스마스 시기와 독립 기녘일에 기부 공간을 마련해 장비를 살 기금을 모았다. 소방화를 갖춘 다음부터는 그 안에 모금했다.

또 낡은 차고를 빌려서 소방서로 개조하고 안에 침대와 부엌도 설치했다. 매년 미술 솜씨를 살려 식료품점 앞 유리를 화려하게 꾸미는 딕의 부인 조젯에게 부탁해 간판도 칠했다.

제대로 된 차량을 구하는 데 4년이 걸렸지만, 1961년 7월에는 모든 것이 제대로 굴러가고 있었다. 소방차 한 대와 소방호스들, 섀턱에서 유일하게 신호등이 있는 교차로 근처에 설치한 소화전 네 개. 의용소방대원도 훈련이 잘 되었고, 밥 루이스를 빼면 한 명 한 명이 태도 또한 긍정적이었다.

1961년 7월 10일 밤, 칼이 근무를 선 것은 우연이 아니었다. 칼은 소방서에 있기를 좋아했다. 가능한 한 자주 야간 근무를 신청했다. 자신의 차를 빼면, 칼이 진정 혼자라고 느낄 수 있는 유일한 장소였다. 소방서에서는 읽거나, 공상에 잠기거나, 이따금 잠들거나 할 뿐이었고, 단지 아주 가끔 전화를 받았다.

마시 티보가 전화를 연결하는 데 몇 초가 걸렸다. 목소리가 전화선을 타고 들려왔는데, 그곳 직원이 아니라 피터 반라 본인이었다. 보호구역에서 우연히 마주칠 때마다 고개를 끄덕여 인사를 하기는 했어도, 살면서 실제로 말을 건네본 게 두 번은 될까 싶은 상대였다. 직원들뿐 아니라 사업 동료들이 알기로도 반라는 엄격하고 모진 사람이었으며, 자기 부인보다 더 조용하되 더 사나웠다. 자기가 고용한 사람 중에는 가장 높은 직급을 제외하면 누구와도 대화하는 데 관심이 없어 보였다. 직원 서열 꼭대기에 있는 이들, 즉 토지 관리자와 저택 관리자에게도 사무적으로 말할 뿐이었다. 반라는 늑대 같은 인상, 굶주림을 의미하는 날렵하게 마른 인상이었다.

"여보세요? 소방서입니까?" 전화가 연결되자 반라가 말했다. 그 어조에, 칼은 허리를 펴고 손을 탁자에 올렸다.

"네, 새턱 의용소방대 칼 스토더드입니다." 칼은 두 사람이 어떤 관계인지 상대방에게 언급해야 하나 잠시 망설였다. 하지만 이 남자의 목소리에서 묻어나는 긴박함 때문에 생각을 접었다.

전화선에 침묵이 흘렀다. 그러다 깔딱거리는 소리가 들렸는데, 칼은 잠시 뒤에야 반라가 계속 침을 삼키는 소리라고 판단할 수 있었다.

칼이 말했다. "반라 씨? 괜찮으십니까?"

"아들이 실종된 것 같습니다." 마침내 반라가 말했다.

"베어가요?" 칼이 반사적으로 말했다. 눈을 감았다. 한쪽 주먹을 들어 이마를 짚었다. 칼이 어떤 이유에서 어떻게 반라 집안 아이의 별명을 알게 됐는지를 설명하기란 너무 복잡했다. 하지만 칼은 알았다. 그곳에서 일하는 사람이라면 모두가 알았다. 그 사람들은 베어가 아주 어릴 때부터 그 아이를 알았다. 베어는 5월마다 키가 더 크고 말이 더 는 채로 보호구역에 돌아왔다. 그해 여름엔 여덟 살이었다. 늘 미소를 짓고, 늘 휘파람을 불면서, 파수꾼처럼 구내를 살피며 돌아다녔고, 직원들과 친하게 지냈다. 성마른 아버지와는 반대였다. 숲을 좋아하는 착한 꼬마로, 칼이 어렸을 때 관심 있던 것에 관심이 많았다. 숲에서 사는 요령, 기술, 그런 것들에. 특히 그해 여름, 두 사람은 친하게 지냈다. 칼이 아이에게 어떤 나무가 불 피우기에 좋은지 알아보는 방법을 가르쳐줬던 것이 고작 지난주였다. **단단하지 않고 가볍고 물기가 없어야 해**, 그 당시에 칼이 말했다. 거의 무른 거. 그리고 무슨 뜻인지 시범을 보였다. 작은 칼을 향나무 판자에 대고 세로로 긋고 칼자국 안으로 엄지손톱을 찔러 넣었다.

사실 그는 그날 퇴근하기 직전에 베어를 봤다. 독립독행의 현관문 밑에서 신발 끈을 묶고 있었다. 베어는 일어서서 픽업트럭을 몰고 지나가는 칼에게 손을 흔들었고, 칼도 마주 손을 흔들었다.

반라는 칼이 자기 아들을 어떻게 아는지 궁금해했을지언정, 묻지는 않았다. 그 대신, 경악스럽게도, 드러내놓고 사납게 울부짖기 시작했다. 칼은 자신도 부모로서, 한때 네 아이의 아버지였던 세 아이의 아버지로서, 운이 나빠 잘 알게 되어버린 감정을 그 울음 속에서 알아차렸다.

"걱정하지 마십시오. 걱정하지 마세요, 반라 씨. 우리가 아이를 찾겠습니다." 칼이 말했다.

칼은 5분도 안 돼서 나머지 세 의용소방대원에게 전화를 다 돌렸다.

이들은 20분도 안 돼서 소방차에 몸을 싣고, 모여드는 어둠을 빠르게 뚫으며 보호구역으로 향했다.

칼

1950년대 | **1961년** | 1973년 겨울 |
1975년 6월 | 1975년 7월 | 1975년 8월

 의용소방대원 네 명이 도착했을 때는 거의 어두워진 무렵이었다. 이들이 모는 차량―인터내셔널하비스터사(社)의 산불 전용 진화차로 스키넥터디 소방서에서 폐차하기 직전에 싸게 구해 온 것―은 이번 달 들어 소음기가 말썽이라 진입로를 올라가는 동안 굉음을 울려댔다.
 출발하기 전, 칼은 다른 사람들에게 자기가 아는 걸 전부 알려줬는데, 사실 아는 것이 많지 않았다. 앞서 반라 씨와 나눈 대화는 짧았다.
 "반라 집안 아이가 실종됐어. 아이는 오늘 오후에 할아버지와 등산하러 나갔었대. 등산로 입구로 가는 길에서 되돌아갔는데, 방에 깜빡하고 주머니칼을 두고 왔다고 했대. 그 뒤로 할아버지한테 다시 합류하지 않았고."
 "아이가 집에서 얼마나 멀리 나왔다가 돌아간 건데?" 밥 루이

스가 물었다.

"몰라." 칼이 대답했다.

"할아버지는 거기서 얼마나 오래 기다리다가 아이를 찾으러 갔는데?" 밥 올컷이 물었다.

"몰라."

"아이가 주머니칼로 뭘 하려 했대?" 딕 섀턱이 물었다.

"몰라." 칼이 말을 흐렸다. "도착하면 더 자세히 들을 수 있겠지."

바로 그때, 기억 하나가 칼의 머릿속 전면으로 강하게 튀어나왔다. 언젠가 아이가 자기 할아버지에 관해 지나가듯 한 말, 칼도 그냥 넘긴 말이었다.

소방차가 진입로 꼭대기에서 멈췄다. 딕 섀턱이 엔진을 껐다.

그리고 정적이 흘렀다. 보호구역 전체에, 거대한 침묵이.

짐칸에 타고 있던 칼은 무엇을 들으리라 예상했을까. 아마 발소리나 외침이나 절규, 부르고 또 부르는 아이의 애칭, 베어. 어쨌든 이런 적막은 아니었다.

칼은 힘들게 몸을 일으켜 두 발로 섰다. 짐칸에서 쿵 소리가 나게 뛰어내렸다. 지난 몇 년간 30킬로그램 가까이 찌는 바람에 움직임이 느려졌다. 아내도 걱정스러워했다.

칼의 뒤에서는 세 동료가 운전칸에서 내리는 중이었다.

이들 앞에서 잔디밭에 있는 어떤 형체가 움직였다. 칼은 그것이 사람이라는 걸 알아봤고 이내 토지 관리자 빅 휴잇이라는 것도 알아봤다. 그는 칼의 감독관이기도 했다.

빅은 실내에서 나오는 약한 빛을 받아 윤곽을 드러냈다. 그는 키가 크고 체격이 건장했으며, 팔을 양옆으로 곧게 내린 채 서 있는 독특한 습관이 있었는데, 이상하리만치 딱딱해서 차렷 자세를 한 병사 같았다.

그가 소방대원을 기다리고 있었다.

칼은 5년 전 고용될 때 본채에 딱 한 번 들어가봤었다. 그날은 부엌문으로 들어갔다. 안에서 저택 관리자가 미리 차려둔 레모네이드와 쿠키를 앞에 두고 자신의 감독관이 될 사람과 이야기를 나눴다.

휴잇이 말했다. "고된 일이야. 거짓말하지 않겠네. 땅은 넓고 직원은 많지 않지. 여름뿐만 아니라 1년 내내 일해야 할 거야."

칼은 끄덕이긴 했지만, 집중할 수 없었다. 바로 이전 정원사를 아는 사촌에게 이 일자리에 대해 들은 것도, 거기다 그 정원사가 마침내 은퇴한 것도 운이 좋았다. 정원을 관리해본 경험은 조금뿐이었지만, 도서관 이용증이 있었다. 어떤 일자리든 주기만 한다면 받아들일 것이었다. 아이가 아픈데 돈이 없었다. 최근까지 시내에 있는 제지 공장에서 일했지만, 공장이 문을 닫으면서 60여 명이나 되는 사람이 오래 일한 직장을 떠나야 했다.

"일하고 싶습니다." 칼이 말했다. 배가 고팠다. 영양보다는 모양에 더 신경을 쓴 것 같은 얇은 갈색 쿠키를 하나 먹을까 생각했다. 결국 그러지 않기로 했다. 휴잇이 하나도 먹지 않았다.

"꽃 같은 것에 관해서도 아나?" 휴잇이 물었다.

"아, 그럼요. 농장에서 자랐습니다."

"하지만 꽃인데." 휴잇이 의심스러워하며 말했다.

이번에도 칼은 고개를 끄덕였다. "어머니가 꽃을 키우셨어요. 지역 품평회 때 상도 받으셨어요." 마지막 말은 꾸며냈다. 아직도 정정한 칼의 어머니는 해마다 대회에 참가는 했지만, 해마다 상을 받는 데 실패하여 넋두리를 늘어놨다.

"알고 계신 걸 전부 제게 가르쳐주셨죠." 칼이 말했다. 자기 어조가 거의 절박하다는 걸 알고 있었다.

"조 스토더드의 사촌이라고?" 휴잇이 물었다.

칼이 끄덕였다.

휴잇은 마침내 손마디로 탁자 위를 가볍게 두드리더니 원한다면 일자리를 주겠다고 했다.

칼은 원했다.

그는 나중에야 아이가 올버니에서 병원 신세를 지고 있다는 걸 사촌 조가 휴잇에게 이미 말했다는 것을 알았다. 이 일에 관해서는 칼도 휴잇도 전혀 아는 내색을 하지 않았다. 1961년에 들어서면서 칼이 거기서 일한 지도 5년이 되었고, 5년 동안 빠르게 습득한 끝에 이제야 바람직한 결과물을 만들어냈다. 사실상 휴잇이, 아니면 반라 씨가 직접, 칼을 해고하지 않은 것이 기적이었다. 칼은 후자가 불만을 터트릴 때마다 전자가 책임지고 비난을 감수했을 거라고 짐작했다.

지금 잔디밭을 걸어 올라오는 네 소방대원을 맞이한 사람이 빅 휴잇이었다.

휴잇은 말없이 한 손을 들었다가 다시 옆으로 떨어뜨렸다.

"다들 들었겠군." 네 사람이 소리를 들을 수 있을 거리까지 왔을 때 휴잇이 말했다.

휴잇은 칼에게 고개를 끄덕였다. 나머지 사람들과는 악수를 나눴다.

칼이 보통 대표로 나서서 말하는 딕 섀턱을 곁눈으로 봤다. 하지만 딕은 시선을 돌려줄 뿐이었다.

그제야 칼은 여기서 일하는 그가 앞장서리라고 다들 예상할 거라는 데 생각이 미쳤고, 그 깨달음 때문에 불안해졌다. 그는 무언가를 또는 누군가를 이끄는 걸 좋아한 적이 결단코 없었다. 고등학교 때도 그랬다. 코치가 미식축구 팀 주장으로 만들어주겠다고 제안했을 때도 거절했다.

"최신 소식은 뭔가요?" 칼이 잠시 지체하다가 물었다. 다른 할 말을 생각해낼 수 없었다.

휴잇이 대답했다. "새로운 소식은 없네. 아이는 여전히 돌아오지 않았어. 저 숲에 나가 찾아다닌 지도 이제 다섯 시간째야."

그가 양어깨를 웅크리고 바닥을 내려다봤다.

빅은 극기심 있는 남자이자 노련한 안내인이었다. 모르는 사람들 눈에는 난폭하게 보일 만큼 강인했다. 그 시각적 증거가 사라진 오른쪽 귓불이라는 형태로 드러나 있는데, 소문에 따르면 흑곰의 소행이었고, 종내 빅이 그 곰을 땅에 엎어뜨렸다고 했다. 하지만 그도 아버지라는 걸 칼은 알았다. 테시 조라는 열두세 살쯤 된 딸이 하나 있었다. 이 톰보이는 아버지 손에 자랐고, 이제는 아버지와 거의 분신처럼, 학교에 있을 때가 아니면 늘 아버지 옆에서 나란히 일했다. 칼은 빅이 딸을 생각하는 중이라고 확신할 수 있었다. 칼이 자기 아이들을 생각하고 있듯이. 아이들이 길을 잃고, 지나간 폭풍에 축축해진 덤불 아래서 밤을 지새우는 모습이 떠올랐다. 흰색 시트가 깔린 병원 침대에서 거칠게 숨을 내쉬고 다시 들이쉬던 스코티가 떠올랐다.

빅 휴잇이 고개를 돌려 어깨 너머를, 저택을 지나쳐 숲 가장자리를 봤다.

그가 말했다. "자, 들어보시게. 저 안은 슬픈 상황이야. 반라 부인은 넋을 잃었어. 온 가족과 모든 손님도. 내 말은 주의해서 움직이자는 걸세. 저분들을 더 괴롭힐 필요는 없으니까."

이 말과 함께 빅이 소방대원들을 이끌고 조용히 저택으로, 거대한 현관문으로 향했다. 칼이 일하는 동안 단 한 번도 들어가 본 적 없는 문으로.

앨리스

1950년대 | 1961년 | 1973년 겨울 |
1975년 6월 | 1975년 7월 | 1975년 8월

반라 가족은 흑파리 작별 파티라는 한 주에 걸친 행사를 5월 말부터 계획하기 시작했다.

첫 번째로 할 일은 누구를 초대할지 결정하는 것이었다. 침실이 10개 있는 본채에는 16명이 편안하게 머물 수 있었다. 그리고 별채들에 18명이 더 머무를 수 있었다. 일부는 결정하기 쉬웠다. 고정 참석자로는 2세대에 걸쳐 반라 집안과 가장 친한 집안이자 사업 동료 관계인 매클렐런 사람들이 있었다. 그리고 발로 부부, 즉 피터의 친구 조지와 앨리스의 언니 델핀. 앨리스의 부모님도 초대했다. 다만 피터는 워드 부부를 넣는 것은 자신이 아내에게 베푸는 호의라는 점을 명확히 밝혔다. 이에 더해 피터의 대학 시절 친구 몇 명, 그다음으로는 피터가 은행 고객으로 데려오고자 하는 사업주들도 초대했다. 잠재 고객 명단은 매년 달랐으며, 보통 공을 다 들이고 난 뒤에는 바로 명단에서 제외

했다. 마지막으로 피터가 어떻게 만났는지는 몰라도 뉴욕주 남부에서 만난 그저 그런 유명인들도 명단에 포함되었는데, 주로 여흥을 돋우기 위해 초대했다. 이런 '추가' 손님은 주로 예쁘고 해될 것 없는 여자들이나 매우 재밌는 남자들로 국한됐고, 전부 혼자 와서 별채에서 잤다.

손님을 선별해서 방을 배정하고 나면, 나머지 일을 살폈다. 꽃을 주문했다. 주중에 스퀘어댄스를 진행하기 위해 이 지역 바이올린-덜시머 앙상블과 발 박자를 외쳐주는 사람을 예약했다. 그리고 이 저택으로 몰려오는 서른 명가량 되는 손님들을 위한 일주일 치 식재료를 지역 생산자에게 공급받았다. 한때는 보호구역 안에 전용 농장이 있었지만, 자동차와 트럭이 흔해지기 전 일이었다.

파티 주간은 매번 대체로 걸리는 데 없이 잘 진행됐다. 피터가 신중하게 계획하고 앨리스는 피터가 지시하는 그대로 따르면서 파티를 꾸려갔기 때문이다.

하지만 베어가 다섯 번째 생일을 맞는 올해는 난관이 찾아왔다. 조지 발로가, 앨리스의 형부이자 피터의 좋은 친구가 6월에 갑작스레 심장마비로 세상을 떠나면서, 언니 델핀이 상실감에 빠졌고, 델핀을 초대할지 말지에 대한 문제가 결정이 안 된 채로 남았다.

앨리스는 갈등했다. 사실 언니가 남편을 잃은 뒤에 최선을 다해 신경 써주지 못했다. 두 사람은 네 시간 거리에 떨어져 살았다. 앨리스는 아이가 있었고 델핀은 없었다. 수년 동안, 두 사람은 흑파리 작별 파티가 아니면 길게 만나는 일이 없었다. 앨리스는 장례식 이후로 처음 보내는 편지가 일주일 동안 쾌활하게 흥청망청 노는 자리에 오라는 초대장이 되리라는 생각에 조금 난감했다.

앨리스가 이 고민을 꺼내자 피터는 비웃었다.

"말도 안 돼. 이 파티는 델핀한테 도움이 될 거야. 마음을 조금 달래줄 테지. 게다가—" 피터는 말을 이어갔다. "델핀은 총명한 사람이야. 초대를 받아들일지 말지 스스로 판단할 능력이 분명 있겠지."

피터가 선택한 단어에서 앨리스는 모욕감을 느꼈다. **총명함**은 그가 높게 평가하는 자질이었다. 앨리스가 확신하건대, 그가 자기 아내에게 있다고는 생각하지 않을 자질이었다.

결과적으로 델핀은 초대를 받아들였다. "기꺼이"라고 답장에 적었다.

앨리스는 안심했다. 어쩌면 언니와 다시 관계를 다질 기회가 될 거라고, 생각했다. 수년 동안 곁에 있어주지 못한 것을 사과할 기회라고. 어릴 적에 무척 우러러본 나머지 유명인 같았던 델핀과 새롭게 시작할 기회라고. 이제 둘 다 성인 여성이니 어쩌면 친구가 될 수도 있겠다고 생각했다.

금요일, 첫 번째 손님들이 도착하기로 한 날, 앨리스는 정성

들여 차려입었다. 그러고는 복도를 따라 일광욕실로 걸어갔고, 그곳 창문 앞에 서서, 손님을 대접하는 집주인으로서 의무를 다하고자 마음을 단단히 먹었다.

그녀는 작은 바테이블로 몸을 돌려서, 의식을 치를 준비를 했다. 큰 잔을 들었다. 브랜디를 한잔 따랐다. 사실상 와인이나 다름없다고 정당화했다.

잔을 입술로 가져갔다.

그때 뒤에서 빠르게 움직이는 무언가가 시선을 끌었고, 방을 나가는 빅 휴잇이 보였다.

"빅?" 앨리스가 부르자 빅은 낚시 모자를 양손으로 쥐고서 겸연쩍어하며 돌아봤다.

"여기 있는 줄 몰랐어요." 앨리스가 말했다.

빅이 고개를 끄덕였다. 빅은 구내에서 유일하게 앨리스보다도 말수가 적은 사람이었다. 피터는 빅을 단순한 사람이라고 설명했지만, 땅을 돌보는 일만큼은 비길 데가 없었다. 빅은 수염을 길렀다. 애디론댁산맥 안내인의 긴 계보를 잇는 후손으로, 위 세대 중 가장 유명한 안내인은 애디론댁 공원 전역으로 관광산업을 진출시킨 안내서에 이름이 언급되기까지 했다. 초대 피터 반라는 빅이 고작 아이일 때, 열여섯 무렵일 때 고용했다. 처음에는 여름 사냥 여행에서 안내를 맡기기 위해서였고, 그다음에는 부지 관리를 맡기기 위해서였고, 마침내 피터 1세가 에머슨 캠프라는 발상을 떠올렸을 때는 캠프 운영을 맡기기 위해서였다. 반라 집안에서 일하는 다른 모두처럼, 빅 휴잇도 많은 역할을 담당했지만, 불평 없이 해냈다.

하지만 지금 빅은 불안해하는 듯 보였다.

"괜찮아요?" 앨리스가 물었다. 혼자 술을 마시다 들켜 좀 창피한 마음을 다스리면서.

빅이 고개를 끄덕였다. "그냥 계획을 전부 검토하고 있었습니다. 빠짐없이 준비했는지 확인하면서요."

그러자 앨리스는 불현듯 이해했다. 빅은 매년 여름 흑파리 작별 파티가 열리는 주간에는 캠프 관리에서 손을 떼야 했다. 그 기간에 빅은 사냥 및 낚시 여행을 여러 번 안내하면서 외부인 무리와 대화를 나누는 임무를 맡았다. 앨리스는 빅이 자신과 비슷하다고 추측했다. 혼자 있거나 자기 아이, 테시 조와 있는 것을 선호한다고.

앨리스가 바테이블로 몸을 돌렸다. 술을 한 잔 더 따랐다.

"여기요. 도움이 될 거예요."

빅은 미소를 지었다. 고개를 꾸벅이고는 두 손으로 술을 받았다.

갑자기 자동차 바퀴가 자갈을 밟는 소리가 밖에서 들려왔다.

흑파리 작별 파티가 시작됐다.

델핀은 토요일에, 다른 손님들보다 하루 늦게 도착했다. 이른 오후에 도착한 델핀을 맞이한 것은 장례식 같은 고요함이었다. 손님들은 두 번 세 번 애도의 말을 속삭이면서 델핀에게 안부를 물었다. 하지만 한 시간도 안 돼, 사람들은 그날 마련된 활동을 재개했다. 빅 휴잇이 이미 모래사장에 과녁을 설치해뒀고, 손님들은 남녀 가릴 것 없이 남쪽 숲 경계 방향으로 활을 쏘았다.

어색하고 곤란한 점은, 아름답게 존재하거나 즐거움을 줄 목적으로 온 게 아닌 독신 여성과 무엇을 해야 하는가였다.

발레리나와 여배우는 외모나 별스러운 특징, 그들이 파티에 부여하는 성적인 떨림 때문에 와 있었다. 의외로, 앨리스는 그들이 와 있다고 해서 불안해한 적이 전혀 없었다. 누군가가 그들과 잔다고 생각하지 않았다. 그저 그들은 그들끼리, 매년 독립독행에 오는 젊은 남녀들끼리 잔다고 생각했고 속으로 몰래 박수를 보냈다. 남편, 즉 지금까지 자신이 아는 유일한 남자 외에 다른 사람을 경험하면 어떨지 때때로 궁금해지기도 했다.

결국 델핀은 부모님을 제외한 대다수 사람으로부터 소외당했고, 식사 때도 부모님 옆에 앉았다.

조지 발로가 살아 있을 적에, 언니 내외는 서로를 차지했다. 앨리스가 아는 가장 행복한 부부였다. 똑같이 재밌었고 똑같이 별났다. 델핀은 조지와 결혼한 뒤로 외모 치장에 크게 신경 쓰지 않았고, 우아함보다는 편안함을 선호했다. 거의 바지를 입었다. 그것도 돋보이지 않는 것으로. 하지만 조지는 델핀의 외모를 아낌없이 칭찬했는데, 델핀에게만이 아니라 주변 사람들에게도 그랬다. 앨리스는 식사 시간에 두 사람이 다정함이나 즐거움이 깃든 시선을 교환하는 모습을 종종 발견했다.

하지만 이제 조지는 떠났고, 델핀의 별난 특징들은 예전이라면 발휘했을 법한 매력을 전부 빠르게 잃었다. 조지가 없으니,

델핀은 한때 의견이나 대화를 건네던 대상마저 잃어버렸다. 또 생각을 여과하는 능력도 잃어버린 것 같았다.

예를 들어, 남편을 보내고 어떻게 지내는지 안부를 물으면, 델핀은 노골적으로 대답했다. "끔찍하게 지냈어요. 잠을 못 자요."

이런 솔직함에 어떻게 대처할 수 있을까? 앨리스는 알 수 없었다. 도대체 어떻게 대답할 수 있을까?

델핀은 너무 젊은 나이에 아이도 없이 남편을 잃은 뒤, 어쩐지 본인 자체가 아이가 된 것 같았다. 그녀가 이 사유지에서 진짜 아이들과 시간을 보내는 모습이 실제로 종종 눈에 띄자 이런 느낌이 더 강해졌다. 조카인 베어뿐 아니라 매클렐런 집안 아이들과도 시간을 보냈고, 그해 여름에 아홉 살이던 테시 조 휴잇과 함께 있으면 특히 즐거워 보였다. 델핀은 아이들에게 카드놀이를 가르쳤다. 이쑤시개를 걸고 내기를 하는 법도 가르쳤다. 또 산책에 데려가서 새의 이름을 가르쳤다. 늘 조지의 쌍안경을 목에 걸고 다니다가, 울새나 박새나 매를 몰래 관찰할 수 있게 아이들에게 건네줬다. 그리고 아무도 안 본다고 생각할 때는 이따금 쌍안경을 부드럽게 안았다. 쌍안경이 고인이 된 남편 본인이라도 되는 것처럼.

앨리스는 델핀에게 다가가서 가볍게 대화를 나눠보려고 한두 번 시도했지만, 델핀이 손을 내저으며 마다했다.

"바쁜 거 알아. 가서 피터 도와줘. 정말 괜찮아, 토끼야."

그러자 앨리스는 순순히 언니를 두고 떠났고, 죄책감을 동반한 안도감을 느꼈다.

어쨌든 이들의 나날은 치밀하게 짜여져 있었고, 오랜 친구들은 이 사실을 두고 피터를 놀렸다. 존 폴 매클렐런, 하워드 사우스워스, 메릴 윌리엄스 그리고 예전에는 조지 발로까지. 앨리스가 알기로, 이렇게 놀려도 되는 사람은 이들이 유일했다. 그녀도 매년 모임에서 이런 순간을 즐겼다. 자기 남편이 왜 그렇게 까다로운지를 신랄하면서도 웃기는 방식으로 제대로 표현하는 걸 듣는 게 즐거웠다. "도대체 어떻게 같이 살아요, 앨리스?" 그녀는 이런 질문을 자주 받았고, 피터의 친구들과 함께 웃으며 들뜨는 한편 마음이 놓였다. 이따금 무섭기까지 했던 피터의 일면들이, 글쎄, 결국 그렇게 나쁘지 않음을 재확인했던 것이다.

하루의 첫 식사 시간은 10시 30분이었다. 피터는 잠이 거의 필요 없음에 자부심을 느끼며 훨씬 더 일찍 먹기를 선호했다. 그러나 다년간 경험한 끝에 새벽 3시까지 술을 마시며 깨어 있던 손님들은 아침 7시 식사 자리에 나오기를 거의 희망하지 않는다는 점을 배웠다.

아침 식사 뒤에는 비가 오든 맑든 야외 활동이 계획돼 있었는데, 하나하나가 일종의 경쟁이었다. 하이킹도 낚시 여행도 시합이었다. 한 주가 끝날 때, 이들 중 점수를 가장 많이 얻은 부부는 무척 화려하고 요란스럽게 트로피를 받을 터였다. 이듬해에 그 트로피를 다시 가져오라는 설명과 함께. 맨해튼에 사는 천주교 신자 매클렐런 부부는 운동을 좋아하고 이기기 가장 어려운 상대였으며, 피터로서는 원통하게도 이 부부가 우승을 열 번 차지했다.

앨리스는 이 모든 활동이 남편을 한 번 더 실망시키는 길처럼 느껴졌다. 그녀도 운동은 꽤 잘했지만, 경쟁만 했다 하면 압박감에 허둥댔고, 피터가 불만스럽게 바라보면 무엇이든 손아귀에서 놓쳤다.

따라서 하루의 활동이 끝나고 간식이 나오면 앨리스는 마음이 놓였다. 그 뒤에는 각자 방에 돌아가서 옷을 갈아입고 쉬고 있으면 잔디밭에서 칵테일을 즐길 시간이 다가왔다. 정확히 5시에 시작이었다.

매일 저녁 그때부터 점점 더 시끌벅적해졌다. 7시 만찬. 그다음에는 비가 오느냐 마느냐에 따라 실내나 야외에서 불가에 둘러앉아 진행하는 게임.

이런 게임들도 계속된 경쟁이었으며, 점수를 얻을 추가 기회였다. 그리고 이런 게임이 야외 경합보다 더 나쁘다고, 앨리스는 생각했다. 예컨대 몸짓 알아맞히기 게임에서, 앨리스는 뜨거운 눈물을 흘릴 뻔했던 적도 한두 번 있었다. 피터가 소리쳐 답을 맞혀보다가 나중에는 명령했던 것이다. **맙소사, 앨리스, 다르게 해봐!**

최악은 '사전'이라고 부르는 끔찍한 게임으로, 1930년대에 출간된 두꺼운 옥스퍼드 영어 사전이 필요했다. 일단 라운드마다 진행을 맡은 사람이 구두 조사를 통해 아무도 모른다 싶은 아리송한 단어를 찾아내야 했다. wadmiltilt(모직물의 일종),

absquatulate(줄행랑을 놓다), opsimath(만학도) 같은 단어를. 그런 뒤 진행자는 종잇조각에 단어의 진짜 뜻을 적고, 나머지 사람들은 단어 뜻을 지어내서 적었다. 진행자는 종잇조각을 회수한 다음, 잘 섞어 거기에 적힌 뜻을 큰 소리로 읽었다. 이제 각자 정답이라고 생각하는 뜻에 투표를 하고, 가장 많은 표를 받은 참가자가 우승하는 식이었다.

앨리스는 모든 면에서 이 게임에 형편없었다.

그녀는 창의력이 없—다고 생각했—었고, 그래서 적어내는 뜻이 늘 똑같았다. 가장 자주 썼던 것 중 하나가 **남미에 사는 새**였고, 주어진 단어가 동사 같으면 **즐겁게 웃다**라고 썼다. 더 고약한 건 진행을 맡을 때인데, 아무도 모르는 단어를 도무지 찾을 수가 없었다. melee(난투) 같은 단어를 제안했을 때는 믿기지 않는다는 반응이 사방에서 느껴졌다. 발음마저 틀렸고, 짜증이 나고 창피해하는 피터가 맞게 발음하는 걸 듣고 나서야 자기도 아는 단어라는 걸 깨달았다.

이 스펙트럼에서 앨리스의 맞은편 끝에 델핀이 있었다. 델핀은 대학에 지원해볼 기회조차 허락받지 못했지만, 단어의 뜻과 어원을 하나도 빠짐없이 아는 듯했고, 들을 마음도 없는 청중에게 아랑곳하지 않고 설명했다. 아는 단어라고 즐겁게 밝히며 단어를 거부하고 또 거부했다. 다섯 번째 거부하자 투덜거림이 나왔다. 열 번째에는 예의를 차린 침묵이 흘렀다. 결국 델핀의 표정이 변했다. 마침내 자신이 저지른 사회적 실수를 알아챘던 것이다.

다음 라운드가 한창일 때에야 델핀이 조용히 잠자리로 간 것을 누군가가 눈치챘다.

"델핀은 어딨죠?" 캐서린 사우스워스가 묻자 하워드 사우스워스가 "줄행랑을 놨다(absquatulated)"라고 대답했고, 모두가 한참 동안 크게 웃었다.

"해방이다." 누구보다 취한 메릴 윌리엄스가 말했는데, 조용히 하라는 반응에 양손을 모아 입가에 대고서 더 크게 외쳤.

"해! 방!"

몇몇 손님은 헉하고 숨을 들이쉬었다. 그러다 웃음이 더 쏟아졌지만, 이번에는 잠잠해졌다.

피터가 낮게 말했다. "윌리엄스. 적당히 해." 메릴이 눈알을 굴리더니 의자에서 일어나, 비틀거리며 문밖 잔디밭으로 향했다.

드디어 게임이 끝났다.

앨리스는 언니를 뒤쫓아 갈까 잠시 고민했다. 하지만 이 순간이, 게임이 다 끝나고 다들 자기가 원하는 걸 하는 지금이 언제나 하루 중 가장 좋았다. 피터에게 평가받는 부담에서 벗어났다고 느끼는 유일한 시간이었다. 충분히 술에 취해 마음이 여유롭고 따듯해져 자기네가 소유한 아름다운 집을 둘러보고 창문 너머로 자기네가 소유한 아름다운 땅을 바라볼 수 있었다. 조용한 복도를 살금살금 따라 내려가서 아름다운 아들이 잠든 방에 들어가 아들에게 입 맞출 수 있었고, 인생에서 이런 운을 차지한 것이 얼마나 행운인지를 정말로, 정말로 느낄 수 있었다. 모든 손님이 내키는 대로 자유롭게 행동하는, 자정을 넘긴 한밤중에야, 그녀는 자신이 누리는 축복을 더없이 선명하게 느꼈다.

앨리스는 지금 언니에게 가야 한다는 걸 알면서도 아들 방으로 향하며, 소파에서 완전히 곯아떨어진 몇몇 손님을 조심스레 지나쳤다. 어둠 속에서 모래사장으로 달려가 옷을 벗고 헤엄치려 하는, 피터가 **상주 예술가**라고 장난처럼 부르는 이들을 재빨리 피했다.

하지만 복도를 따라가던 중 누군가가 조용히 우는 소리에 멈춰 섰다. 꼼짝하지 않고 귀를 기울였다. 그녀는 그 소리가 델핀의 방에서 나오는 것을 알아챘다.

앨리스는 용감해졌다고 느낄 만큼 취했기에 복도 바닥에 엎드려 문 아래 난 틈을 유심히 봤다. 언니가 침대에 걸터앉아 고개를 숙이고 있는 것이 보였다. 언니는 흐느끼며 몸을 떨면서도, 두 손으로 소리를 죽이려 애쓰고 있었다.

앨리스가 경악하며 일어났다. 델핀은 분명 사람들이 웃는 소리를 들었을 테고 그 대상이 누구인지 정확하게 짚었을 터였다. 언니도 창피했을 거라고, 앨리스는 생각했다. 자신과는 상반된 이유로. 너무 조금이 아니라 너무 많이 알아서. 여자는 어느 쪽으로 살아도 인정받을 수 없었다. 앨리스는 순간의 용기로 문을 두드렸고, 반응이 없자 문고리를 돌렸다.

델핀이 놀라며 시선을 들었다. 긴 흰색 잠옷 원피스를 입은 데다 검은 머리카락이 얼굴로 흘러내려 유령 같은 모습이었다.

"괜찮아?" 앨리스가 물었다.

델핀은 앨리스를 조금 더 응시하다가 소매로 얼굴을 닦더니 침대 옆자리를 두드렸다.

"이리 와." 앨리스가 머뭇거리자 델핀이 말했다. 그녀는 이에 순응해 천천히 침대로 걸어가 언니 옆에 앉았다. 둘 다 10대였을 때 이후로 혼자서 이렇게 언니와 가까이 있던 적은 없었다.

"미안해, 언니." 앨리스는 말을 꺼내고 나서 부끄럽게도 딸꾹질을 했다.

"뭐가 미안해?"

"사람들이 아주 친절하지는 않았잖아."

"아, 그거. 그거는 눈곱만큼도 신경 안 써." 델핀이 말하면서 파리를 쫓듯 손을 내저었다. "저런 사람들은 거의 무의식적으로 공동의 목표물을 찾거든. 우리 같은 부류의 사람들 말이야. 우리는 그렇게 하도록 길러졌으니까. 태어났을 때부터 그렇게 하고 있지."

델핀이 잠시 멈췄다가 말을 이었다. "뭐, 어쨌든 우리 중 일부는 말이야."

델핀은 침대 옆 협탁에 둔 물컵에 손을 뻗어 물을 마셨다. 그러더니 앨리스의 마음을 읽기라도 한 듯 물컵을 넘겼고, 앨리스는 두 손으로 받아 고마워하며 쭉 들이마셨다.

"뭐 때문에 울고 있던 거야?" 그녀가 물을 다 마시고 물었다.

델핀이 대답했다. "조지. 나는 늘 조지 때문에 울어. 이 초대를 받아들인 것도 조지 때문이야. 이곳에 있으면 조지와 가까이 있다고 느끼는 데 도움이 될 거라고 생각했거든."

앨리스가 끄덕였다. 다시 딸꾹질했다.

"이리 줘." 델핀이 말하자 앨리스가 컵을 건넸고, 델핀은 일어나서 잠시 방을 비웠다가 물을 더 담아서 돌아왔다.

"마셔. 아침이 되면 잘했다 싶을걸."

앨리스는 시키는 대로 했다. 이따금 지위가 높은 사람의 지시에 따르거나 낮은 사람에게 지시하는 것만이 자신의 삶 전체인 것처럼 느껴졌다. 오직 아들과 맺은 관계만이 권위의 위계 밖에 존재했다. 조건이나 복잡한 생각 없이 순수하게 아들을 사랑했다. 아들도 자신을 그렇게 사랑할 거라고 믿었다.

"효과가 있어?" 앨리스가 물을 다 마시고 델핀에게 물었다.

"무슨 효과?"

"여기에 있으면 형부랑 더 가까워진 느낌이 들어?"

"아니." 델핀은 대답하고 나서 한 번 웃었다. "그저 그래."

그때, 앨리스가 살면서 받아본 그 어떤 시선보다 강렬하게 델핀이 그녀를 응시했다.

"여기서 행복하니, 토끼야?"

앨리스는 자세를 바꾸고 대답했다. "당연하지."

"내 말은 정말로 행복하냐고. 네가 베어를 사랑하는 건 알아, 베어는 사랑스럽지. 당연히 그 아일 사랑할 거야. 하지만 피터는? 너한테 잘해줘?"

앨리스가 조용히 끄덕였다. "당연하지." 이번에는 좀 작게 대답했다.

델핀이 한숨을 쉬고 말했다. "있잖아, 나는 늘 죄책감을 느꼈어. 어떤 식이든 내가 너와 피터를 연결해줬다고 생각하거든. 하지만 그때부터 네가 버거워할까 봐 걱정했어. 조지와 나는 피터가 너를 보살펴줄 거라고 생각했지. 이제는 두 사람이 잘 맞는지 확신을 못 하겠어."

이 말에 앨리스가 발끈했다. "무슨 뜻이야?"

"그냥 피터가 매우 완고해지기도 하잖아, 토끼야. 너는 정말 착한 아이고. 가끔 한 번씩 너도 피터한테 맞서면 좋겠어. 네가 지금 삶에서 원하는 걸 얻고 있었음 싶기도 하고."

울면 안 돼, 앨리스가 생각했다. 울어버리면 언니가 내미는 어떤 시험에 실패할 터였다. **울면 안 돼.**

소용없었다. 눈물이 차오르다 흘러내렸다.

"이런, 앨리스." 델핀이 말했다. 그녀가 손을 잡으려고 했지만, 앨리스는 급히 손을 치웠다. 떠나고 싶었다. 일어서서 방을 나가고 싶었다. 언니에게 미안함을 느꼈던 것이 잘못이었다. 언니가 잔인할 만큼 솔직해질 수 있다는 사실이 이제야 기억났다.

델핀이 말했다. "들어봐. 조지 발로와 결혼 생활을 10년 동안 하면서 가장 좋았던 부분은 나한테 기대되는 걸 언제나 다 할 필요는 없다는 걸 깨달은 거였어. 이 개념이 나한테 명백한 해방감을 줬지. 우리가 키워진 방식은, 그러니까 부모님이 우리를 키운 방식은, 무얼 하든 반드시 **옳고 완벽해야** 한다고 생각하게끔 우리를 길들였어. 하지만 그렇지 않아, 토끼야. 그거 아니? 우리는 스스로 생각하고, 우리 스스로의 내적 삶을 꾸릴 수 있어. 사람들이 어떻게 생각하는지 크게 개의치 않는 법을 배우기만

한다면, 우리는 원하는 대로 할 수 있어."

앨리스는 더 불편해졌다. 언니의 눈에 불이 켜졌다. 앨리스가 보기에 약간 광기가 서린 것 같았다.

그래도 언니는 말을 이어갔다.

"흥미롭게도 조지는 이 사실에 오래전에 눈을 떴지. 사람은 원하는 걸 하면서 살 자유가 있으니, 기대일랑 떨쳐내자는 사고방식에 말이야. 그러면서도 이런 깨달음이 옛 무리와 쌓은 우정을 갈라놓게 두지 않았어. 저기 있는 사람들 말이야." 델핀이 거실 쪽으로 고개를 까딱했다. "그이가 떠난 뒤로 내가 그이를 더 닮으려고 노력하는 게 하나 있어. 모든 사람에게 열려 있자는 거야. **저 사람들한테도.**"

또다시 멀리서 울리는 웃음소리. 앨리스는 물을 마셨다.

델핀이 말을 이었다. "내가 저 사람들을 친구처럼 대하는 게 아니라, 연구하듯 보고 있다는 걸 깨달을 때가 가끔 있어. 조지가 항상 그랬던 것처럼. 지독한 습관이지. 내가 가을에 시작하는 바너드 대학교 인류학 과정에 등록한 거 알아? 이거 하나만 보고 살고 있어. 마침내 학위를 받을 생각만 하면서."

이제 델핀이 앨리스를 향해 몸을 돌렸다. "앨리스, 대학에 가는 거 생각해본 적 있어?"

"아, 아니. 없어. 베어를 돌봐야지."

"베어가 몇 살인데? 다섯 살? 가을이면 학교에 가지 않겠어?"

"맞아." 앨리스가 마지못해 대답했다. "하지만 그때는— 집을 돌봐야 할걸."

"잘 생각해봐. 너는 다른 사람들이 평가하는 것보다 똑똑하니까. 네가 산수를 늘 잘했던 거 난 기억해."

앨리스는 잠시 그 말을 곱씹었다. 어떻게 받아들여야 할지 몰랐다. 살면서 외모나 옷차림과 상관없이 칭찬을 받아본 적이 있는지 떠올려보려고 했다.

"하나 물어봐도 돼?" 델핀은 그렇게 말하고는 대답을 듣기도 전에 대담하게 앞서 나갔다. "우리가 돈 많은 집안에서 태어나는 바람에 성장이 가로막힌 건 아닐지 고민해본 적 있어?"

앨리스는 하얗게 질렸다.

"다른 뜻이 있는 건 아니야. 그냥— 최근 들어 태어날 때부터 물질적으로 부족함이 없던 게 과연 우리 삶에 긍정적인 측면이었나 싶어서. 내가 보기에는 우리 안에서 갈망이나 분투 같은 것이 결핍되는 결과를 초래한 것 같기도 하거든. 내가 좋아하는 대로 부르자면 **모험심**이 말이야. 부모나 조부모가 이미 모험을 떠나서 정복을 마쳤다면, 다음 세대는 뭘 해야 하지?"

델핀은 여기서 잠시 멈추고 어느 먼 곳을 응시하면서 생각에 잠겼다. 그러다 말했다. "이게 내가 가장 거부하고픈 내게 걸린 기대야."

앨리스는 얼어붙었다. 도대체 뭐라고 말해야 할지 생각나지 않았다. 돈에 관해 얘기하는 건 평생 받아온 모든 가르침에 반했다. 사실상 죄악처럼 느껴졌다. 긴 침묵이 뒤를 잇다가, 마침내 델핀이 침묵을 깼다.

"어쨌든 잘 생각해봐, 토끼야. 대학 문제 말이야. 배서 대학에서 조지의 절친 — 절친이었던 사람이 강의를 해. 올버니에서 배서까지 얼마나 멀지?"

앨리스는 고개를 저었다. "피터가 안 좋아할 거야." 사실인즉슨, 그녀도 마찬가지였다. 하지만 불현듯 이 순간에는 델핀을 실망시키고 싶지도, 그녀에 대해 델핀이 품은 고양된 인상을 꺾고 싶지도 않아졌다.

델핀이 잠시 말을 멈췄다. "왜 안 좋아할 거라고 생각해?"

"글쎄, 피터는 내가 매일 뭘 해야 할지 생각이 많거든. 아마 내가 대학까지 다닐 시간은 없다고 여길 거야."

델핀이 끄덕이고 나서 물었다. "네가 고집을 부리면?"

앨리스는 웃을 뻔했다. 피터와 관련해서는 무언가를 고집한다는 게 상상조차 안 됐다. 정확히 말하면 피터가 무서운 것은 아니었다. 불안을 유발하는 사건이 한두 번 있기는 했지만. 그보다는 자기 자신을 거의 피터의 시각으로만 바라보게 된 탓이었다. 피터가 베푸는 호의 안에 머무는 것이 안정감을 얻는 가장 쉬운 방법이었다.

"고집을 부리지는 않을 거야." 앨리스가 간단하게 대답했다.

"그거 아니? 내가 항상 느끼기에 피터는 물기보단 짖는 사람이야."

델핀이 미소를 지었다. 그리고 이어서 말했다.

"하지만 너도 어른이지. 그리고 네가 나보다 피터를 잘 알고."

앨리스가 델핀이 머무는 방에서 나왔을 때는 거의 새벽 3시였고, 코 고는 소리가 온 저택에 울렸다. 이제 술이 다 깼다. 앞꿈치로 걸으면서, 밟으면 소리가 나는 마룻장을 피해 갔다. 베어의 방을 지나가면서, 마침내 문을 열고 아들이 잠든 모습을 바라봤다. 그다음에 피터와 함께 쓰는 방까지 그대로 갔다.

남편은 깨어 있었다.

똑바로 누워, 양손을 베고, 근사하고 날씬한 몸통을 드러내놓은 것이, 달빛 속에 희미하게 보였다.

피터는 앨리스 쪽으로 천천히 고개를 돌렸지만 아무 말도 하지 않았다.

앨리스는 피터 앞에서 어색하게 옷을 벗으며, 평가하는 그의 시선을 어둠 속에서도 느꼈다. 파티 주간에 먹고 마신 음식과 술이 허리선에 모습을 드러내는 것이 벌써 느껴져, 내일은 종일 아무것도 안 먹기로 다짐했다. 적어도 저녁 전까지는.

잠옷 원피스를 머리에 뒤집어서서 당겨 입고, 피터 옆으로 침대에 누웠다.

"어디에 있었어?" 피터가 물었다.

"베어 방에요." 앨리스가 반사적으로 대답했다. "애가 잠을 못 자더라고요." 이유는 정확히 모르겠지만, 사실대로 말하는 것은 위험하다고 느꼈다.

피터는 한참 동안 말이 없었고, 앨리스는 피터가 다시 잠을 청하는지도 모른다고 생각했다.

하지만 그때 피터가 몸을 돌렸고, 표정이 차가웠다.

"거짓말." 피터가 말했다. "내가 베어 방도 확인했어. 당신을 찾아서 여길 다 뒤졌다고."

그가 갑자기 한쪽 팔꿈치에 기대어 몸을 일으켰다. 앨리스는 긴장했다.

"어디에 있었어?" 그가 다시 물었다. 앨리스는 그의 목소리에서 위험을 감지했다.

"베어 방에 갔었어요. 두 번이나. 그리고 언니 방에도 갔고."

피터가 멈칫했는데, 허를 찔린 듯 보였다. 앨리스는 이것이 그가 예상한 대답이 아님을 알았다. 두 사람이 결혼하고 얼마 안 되었을 때, 앨리스는 이런 파티에서 끔찍한 실수를 한 번 저질렀다. 너무 취한 나머지 무슨 일이 일어나는지도 몰랐다. 앨리스는 술을 너무 많이 마신 것이 자신의 실수라고 생각했다. 나머지는 다른 사람의 잘못이었다. 예전에 피터의 친구였던, 더는 파티에 초대받지 못하는 사람의 잘못.

"도대체 왜 델핀 방에 있었는데?" 피터가 물었다.

"언니를 살펴보려고요. 우는 소리가 들렸거든요. 그리고 메릴이 그 끔찍한 소리를 했고."

피터는 잠시 말이 없었다. 그러다 팔꿈치를 풀고 등을 대고 누우면서 대화를 끝냈다.

앨리스는 눈을 감았다. 델핀의 상냥한 얼굴, 짙은 머리카락, 꼿꼿한 자세를 떠올렸다. 최근 상실을 겪었는데도 몸에서 뿜어져 나오는 안정감과 자신감을.

피터가 다시 말했다.

"델핀이 당신 언니인 거 알아, 앨리스. 그래서 이런 말을 하는 게 미안해. 하지만 델핀과는 거리를 두려고 해. 늘 사람을 조종하는 것처럼 보였거든."

그 말이 커다란 방에 무겁게 내려앉았다.

"델핀이랑 결혼했을 때, 우리 모두 조지가 변할까 봐 걱정했지." 피터가 말했다. "그거 알아? 조지는 변했어."

그 뒤로 두 사람은 말이 없었다.

칼

1950년대 | **1961년** | 1973년 겨울 |
1975년 6월 | 1975년 7월 | 1975년 8월

독립독행의 커다란 거실에서, 빅 휴잇은 거실 가운데에 있는 석재 벽난로 속 불을 살폈다. 벽난로 주위로 10여 명이 서거나 앉아 있었다. 아무도 말이 없었다. 나이는 스물에서 여든에 이르렀다. 반라 가족을 제외하면, 칼이 확실하게 알아본 사람은 단둘이었는데, 젊은 반라 부인의 도시에서 올라온 부모였다. 이들의 딸, 베어의 어머니는 없었다. 아마 침대로 이끌려 갔을 것이다. 다른 방에서 울고 있을 것이다. 스코티가 떠나기 전 일주일 동안 칼의 아내도 그렇게 지냈다. 그 뒤로도 1년 내내.

이 방에 있는 모두는 숲에서 몇 시간을 보낸 뒤 방금 돌아온 것처럼 보였다. 얼굴이 멍하고 핼쑥하고 흙먼지 자국이 길게 나 있었다. 옷은 뻣뻣했다. 앞서 비가 쏟아졌지만 난롯불에 말라 있었다.

초조한 고요가 방에 구석구석 배어 있었다. 현실이 자리를 잡

아갔다. 칼은 수색을 시작했을 때, 이른 오후에, 대낮에, 이들이 어땠을지 상상할 수 있었다. 구내를 샅샅이 뒤지며 짓는 초조하고 술기운에 젖은 웃음, 아이를 찾으리라는 확신, 빗속에서 아이를 부르는 외침, 아이가 장난치는 것이길 바라는 희망, 칵테일 마시는 시간에는 술잔을 기울이며 아이를 찾아다닌 이야기를 나눌 수 있기를 바라는 희망.

분위기가 어떻게 변해갔을지도 상상할 수 있었다.

더 일찍 전화했어야 했다고, 칼은 생각했다. 보호구역으로 차를 몰고 오면서 네 의용소방대원 전원이 입 밖에 내지 않은 진실이었다. 적어도 빅 휴잇은 상황을 더 잘 알았어야 했다. 소방대원은 네 명 전부 기본적인 추적 기술을 익혔고, 딕의 형제 로널드는 냄새를 잘 맡는 사냥개, 제니를 키웠다. 하지만 로널드와 연락이 닿지 않아, 소방대원들은 개 없이 출발했다. 폭풍우가 몰아쳤고 이제 구내가 전반적으로 짓밟혔으니, 내일은 흔적과 냄새를 찾기가 더 어려울 것이다. 왜 휴잇은 전화를 안 했을까?

의용소방대원들이 도착했을 때 거실에 있던 10여 명 중 누구도 이들을 맞이해주지 않았다. 빅 휴잇이 말을 꺼냈을 때에야 몇몇이나마 이들의 존재를 의식하는 것 같았다.

"지역 소방서 사람들이 도착했습니다." 휴잇이 젊은 반라 씨를 향해 말했다. "한마디 나누시겠는지요."

반라 부자가 무리와 떨어져 부엌에서 이들을 대면했다. 그제야 칼은 몇 해 전 생일에 아내가 선물해줬던 챙 넓은 양모 모자를 쓰고 있다는 사실이 떠올랐다. 머리에서 모자를 잡아채고, 손가락으로 머리와 수염을 빗어 정리했다.

아무도 말이 없기에 칼이 입을 열었다.

"그러니까—" 칼은 말하면서 누구와도 시선을 맞추지 못하고 바닥만 내려다봤다. "그래서, 아이를 마지막으로 보신 게 언제입니까?"

"3시요." 노 반라가 말했다.

"그리고 아이는— 등산 중이었고요?"

젊은 반라가 대답했다. "이미 알 텐데요. 전화로 얘기했으니." 목소리에 조급함이 묻어났다. 이자는 소방대원들이 이 늦은 밤에 숲속으로 출발할 거라고 믿는지도 모르겠다는 생각이 칼의 머릿속을 스쳤다. 그런다고 해도 멀리 못 갈 것이다. 그들이 가진 것은 손전등 하나와 헤드램프 하나뿐이고, 칼이 제대로 기억한다면 헤드램프는 건전지도 떨어졌다. 이 저택 어딘가에 장비가 더 있을 수도 있지만, 그래도 조금이라도 진전을 보려면 세금을 동원한 주 경찰을 불러야 했다.

"다른 사람들을 위해 정보를 한 번 더 말씀해주시겠습니까?" 칼이 요청했다. "제가 이야기를 전달하면서 무언가를 놓쳤을 수도 있으니까요."

노 반라가 말했다. "그래, 우리는 등산을 가고 있었소. 베어가 등산을 가자고 조르던 참이었거든. 3시쯤 집을 나섰소. 숲을 가로질렀지. 우리 집과 헌트산 기슭 등산로 입구를 잇는 지름길이 있는데 400미터쯤 되오. 그런데 등산로 입구에 도착하자마자 베어가 자기 주머니칼을 깜빡하고 안 가져왔다고 하더군. 그걸 챙겨 오려고 돌아가고 싶어 했소."

"어째서입니까?" 딕 섀턱이 물었다. 더는 입을 다물고 있을 수가 없는 듯했다. 칼은 놓여났다.

노 반라가 대답했다. "나한테 뭔가를 보여주고 싶다고 했소. 그게 뭔지는 모르오."

잠시, 칼은 아찔함을 느꼈다. 땔나무라고 생각했다. **단단하지 않고 가볍고 무른 거**. 베어는 어떤 나무가 불을 붙이기에 좋은지 알아내는 법을 보여주고 싶었을 거라고, 생각했다. 그리고 내가 그걸 알려줬다고, 생각했다. 사실 칼은 베어에게 많은 걸 가르쳐줬다. 도토리깍정이로 휘파람 부는 법. 여우 머리와 부엉이와 곰을 조각하는 법. 언제 비가 올지 알아보는 법. 아들 스코티한테 가르쳐줬던 바로 그것들을.

"그래서 그러라고 하셨군요." 섀턱이 말하면서 반라 씨를 재촉했다.

"그렇소. 마음은 급했지만, 그래도 그러라고 했소."

"아이가 집 쪽으로 돌아가는 걸 지켜보셨고요."

"그렇소."

"언제 아이가 시야에서 사라졌습니까?"

노 반라는 곰곰이 생각하다 말했다. "거의 곧바로. 길이 꺾이는 부분이 있는데—" 여기서부터 그는 손동작으로 설명해 보였다. "등산로 입구에서 집으로 돌아가는 방향으로 30미터쯤 가면 나오지. 베어가 그 지점에 도착할 때까지 지켜봤고, 거기서 왼쪽으로 꺾은 다음에는 안 보였소."

"등산로 입구는 어떻습니까?" 섀턱이 물었다.

칼은 알았다. 몇 번인가 베어와 직접 가본 적이 있었다. 더 멀리는 안 되지만 산기슭까지는 언제든 가고 싶으면 가도 된다고 베어의 부모도 허락한 상태였다. 등산로 입구란 흙길 끝에서 차를 돌리는 공간이었고, 이 흙길은 시내로 들어가는 주요 포장로인 29번 도로로 이어졌다. 헌트산은 크기가 작아 애디론댁 공원에서 인기가 아주 많은 봉우리는 아니었지만, 날씨가 좋으면 보통 주차장 여기저기에 차가 대여섯 대 서 있었다.

"무슨 소리요?" 노 반라가 물었다.

"제 말은— 붐비는 곳입니까? 등산객이 많나요?"

"보통은 그렇지 않소."

"오늘은 어땠습니까? 산에 다른 사람들이 있었다고 생각하십니까?"

"그건 알 수 없소. 주차장에는 차가 없었지만, 산에까지 가본 건 아니니까. 나는 등산로 입구에 서서, 비가 오기 시작할 때까지 베어를 기다렸소."

이제 정적이 흘렀다. 불편한 정적.

칼은 밥 루이스를 봤다. 그는 냉소적인 비관론자였다. 때때로 범인이나 의문의 여지가 있는 동기에 관해 성급히 결론 내리는 편집증적인 구석이 있었다. 쉽게 설명할 수 없는 원인으로 불이

났을 때 방화라고 주장한 적도 두 번 있었다. (지금까지 섀턱 지역에서 실제로 방화가 일어난 사례는 없었다, 어쨌든 의용소방대가 생긴 뒤로는.)

이윽고 밥 루이스가 목소리를 냈다.

"폭풍우 속에서 왜 등산을 갔습니까?" 노 반라에게 물었다.

불쑥 튀어나온 질문이었다. 루이스는 다시 말을 골랐다. "질문을 드려도 괜찮으시다면 말입니다."

반라 씨가 대답했다. "폭풍우는 갑작스러웠소. 느닷없었지. 우리가 집을 나설 때는 하늘이 맑았소. 해가 나와 있었고. 공기도 전혀 습하지 않았소. 그랬는데—" 그는 말을 더 잇지 않았다.

딕 섀턱이 목을 가다듬고 말을 꺼냈다. "베어가 돌아간 뒤로 등산로 입구에서 얼마나 오래 기다리셨던 것 같습니까?"

"잘 모르겠소. 아마 15분 정도. 20분일지도. 베어가 갈 때는 회중시계를 확인 안 했지만, 비가 오기 시작할 때는 봤소. 3시 35분이었소. 그때 인내심이 바닥나 나도 되돌아왔고. 아까 말했지만, 숲을 통과하는 길은 짧소. 베어가 오가는 데 그렇게 오래 걸릴 일이 아니었소."

대화가 이어졌지만, 칼은 계속 말이 없었다. 따져보는 중이었다. 반라 씨는 베어가 할아버지인 본인과 오후 3시에 등산하러 출발했다고 말했다. 칼은 그날 3시 30분에 일찍 퇴근했다. 저택 앞에서 몸을 숙이고 신발 끈을 묶으면서 어디론가 출발하려 하는 아이를 본 것이 바로 그때였다.

제대로 파악한 것이라면, 그 자신이, 칼 스토더드가 아이가 사라지기 전에 마지막으로 아이를 본 사람일 수도 있었다.

칼은 이 이야기를 밝혀야 할지 생각했다. 지금은 그러지 않기로 했다.

반라 부자는 갑자기 기운이 다 빠진 듯, 뒤에 있는 조리대에 동시에 몸을 기댔다. 대개 두 사람은 한 쌍처럼 움직였다. 똑같은 키, 똑같은 눈, 똑같이 안정적이고 유연한 움직임. 칼이 보통은 부자들과 연관 짓지 못했던 운동신경도 있었다. 어느 해 혹파리 작별 파티 때, 칼은 잔디밭에서 즉흥적으로 야구 경기를 벌이는 피터 3세를 봤다. 그는 공을 완전히 시야 밖으로 보낸 다음 임시로 만든 베이스를 가볍게 성큼성큼 뛰며 돌았는데, 칼은 미식축구를 했던 시절 덕분에 그 모습에 숨겨진 놀라운 속도의 잠재력을 곧장 알아볼 수 있었다.

"그 뒤로 아이를 본 사람이 있습니까? 어르신을 제외하고 말입니다." 섀턱이 물었다.

"내가 알기론 없소." 노 반라가 대답했다.

"아이가 집에 오기는 했을 거라고 보십니까?"

"확실하지 않아요." 젊은 반라, 베어의 아버지가 대답했. "아무도 집에서 베어를 못 봤어요. 하지만 많은 손님이 그 시간에 쉬고 있었고요. 아니면 밖에 있든지."

칼은 힘겹게 침을 삼켰다. 말하고 싶었다. **제가 봤습니다**라고. **신발 끈을 묶고 있었어요. 3시 30분이었습니다.** 하지만 그 사실을 밝히는 순간 어떤 변화가 일어날지 알았다.

섀턱이 질문을 이어갔고, 그 순간도 지났다.

"누가 집 안에 있었는지 아십니까?"

젊은 반라가 고개를 끄덕이고 말했다. "내가 있었어요. 내 아내도. 아까 말했듯 손님도 몇 명 있었고. 직원도 몇 명 있었어요."

"그러면 언제 베어를 찾기 시작하셨죠?"

반라 부자가 서로 쳐다봤다.

젊은 반라가 말했다. "아버지께서 집에서 나를 찾으셨어요. 3시 45분쯤에. 나는 내 방에서 쉬고 있었는데, 아버지께서 베어를 찾을 수 없다고 말씀하셨습니다."

그 이름을 말하면서 목소리가 높아졌다.

칼은 덜컥 울음이 나올 것 같아 눈을 돌렸다.

"그 뒤에는요." 섀턱이 더 부드럽게 말했다.

노 반라가 말을 이었다. "우리 둘이서 빗속으로 나갔소. 아직은 아무도 놀라게 하고 싶지 않았으니까. 아이를, 베어를 소리쳐 부르기 시작했지. 사람들이 그 소리를 들었는지, 서서히 무리가 만들어졌소. 한동안은 다 흩어져서 숲속을 돌아다녔소. 작은 무리로 나뉘어 한 무리는 헌트산까지, 산 정상까지 올라갔소. 한 무리는 모래사장으로 내려가 호숫가를 따라 걸었고. 또 한 무리는 에머슨 캠프를, 모든 오두막과 건물을 뒤졌소. 수색에 나선 사람은 스무 명, 아마 그쯤 되오. 다 합쳐서 세 시간가량 수색했소. 그러느라 흠뻑 젖어버렸고."

네 의용소방대원은 다 같이 고개를 끄덕였다.

"아이의 어머니한테는 언제 알리셨습니까?" 밥 루이스가 물었다. 이번에도 잘못된 질문 같았다. 너무 갑작스럽고, 너무 민감한 주제였다.

대답한 사람은 젊은 반라였다. "우리가 외치는 걸 들었어요. 밖으로 나오더군요." 목소리가 딱딱했다.

칼은 반라 부자 쪽을 바라보기를 완전히 관뒀다. 지금 울어버리면—

그는 몇 시간 동안 떠오르겠다고 위협하던 기억을 결국엔 구역질하듯 나오게 됐다. 지난여름, 작고 튼튼한 베어가 꽃을 심는 칼 옆에서 나무 그루터기에 앉아 있을 때였다. 아이는 자기가 생각해낸 무언가를 만족스럽게 조각하고 있었다. 그러다 자기를 부르는 낮은 남자 목소리가 들리자, 몸이 굳어 하던 일을 멈췄다.

칼은 베어를 흘낏 쳐다봤다. 잠시 지켜보면서 아이가 대답하기를 기다렸다.

아이는 대답하지 않았다.

"아버지가 부르시는 거 아냐?" 칼이 부드럽게 재촉했다. 목소리가 다시 들렸다. "베어 반라! 제4피터!"

베어는 고개를 저으며 말했다. "할아버지예요." 그다음은 너무 작아 못 들을 뻔했다. "난 할아버지 별로 안 좋아해요."

그러더니 아이는 작은 칼을 접고, 무겁게 한숨을 쉬고, 주머니에 칼을 넣었다. 일어서서 어깨를 굽힌 채 독립독행 쪽으로 걸어갔다.

이제 8시 45분이었다. 해도 졌다. 의용소방대는 들어갔을 때보다 사람들이 적게 남아 있는 음울한 거실을 걸어 나왔다. 현관을 나와서 볼록하게 물이 차올라 밟을 때마다 철벅거리는 잔디밭으로 갔다. 그날 밤은 꽉 찬 보름달이 떴는데, 무척 밝아서 소방대원들 뒤로 희미한 그림자가 드리워졌다. 네 사람과 빅 휴잇은 북쪽으로, 그날 오후 아이와 할아버지가 지나갔던 숲길 쪽으로 걸어갔다.

"아이가 뭘 입고 있었는지 아세요?" 밥 올컷이 휴잇에게 물었다.

휴잇이 대답했다. "내 기억에 반바지였네. 그리고 아마도 빨간색 셔츠. 반팔이고. 적어도 아침에 봤을 때는 그렇게 입고 있었어."

"긴바지예요." 칼이 반사적으로 대답했다. 기억이 났다. 아이는 신발 끈을 묶으려고 바짓단을 접은 상태였다.

짧은 침묵.

"어?" 휴잇이 말했다.

"그런 거 같아요."

"어째서?"

"제 생각에는 제가…… 아이를 본 것 같아요. 본채 앞에서요. 퇴근하기 직전에."

빅 휴잇이 칼을 뚫어지게 봤다. "그때가 몇 시였나?"

"3시 30분쯤요."

모두가 멀거니 숲 쪽을 바라봤다.

"칼." 휴잇이 말했다. "왜 더 일찍 말하지 않았나?"

칼은 생각했다. "방금 떠올랐어요. 조금 전에요."

섀턱은 소방차에서 찾은 하나뿐인 손전등을 들고 다니면서, 잔디밭 가장자리에 늘어선 나무들을 향해 이리저리 흔들었다. 빛이 쓸고 갈 때마다, 빽빽하게 들어찬 나무들이 드러났다. 어떤 부분은 덤불숲과 다름없어서 뚫고 갈 수가 없을 듯했다. 유일한 빈터는 문제의 길로 들어가는 입구였다. 베어가 있었다고 알려진 마지막 장소였다.

"소리쳐서 부를까요?" 칼이 물었다.

휴잇은 머뭇거렸다. 그러다 마침내 말했다. "안 그러는 게 좋겠네. 종일 대답이 없었어. 가족을 더 동요하게 만들기는 싫네. 잠시 쉬게 두자고."

섀턱이 고개를 끄덕였다. 손전등을 한 번 더 길 쪽에 겨눴다가, 말을 꺼내기 전에 다시 집 쪽을 비췄다. 그리고 이제 신중하게 말했다.

"들어보세요. 우리 넷이 저 숲에 들어가서 하나뿐인 손전등을 한동안 흔들고 다닐 수는 있어요. 뭐라도 흔적이 있나 보려고 말이죠. 아니면 저택으로 돌아가서 손전등을 몇 개 더 구하거나 횃불이라도 찾아볼 수 있겠죠. 모두가 다시 흩어져서 찾도록요. 하지만 이미 여기에 나와 땅을 짓밟으며 돌아다닌 사람 수를 생각하면, 아이 냄새가 완전히 사라지기 전에 수색견을 데려오는 게 좋을 것 같아요. 그렇게 생각하지 않으세요?"

빅 휘잇이 끄덕였다. 소방대원들과 눈을 마주치고 있지는 않았다. 숲 쪽을 보고 있었다.

섀턱이 이어갔다. "제 생각에는, 주 경찰관을 부르는 게 현명할 것 같아요. 저한테 묻는다면 말이죠." 칼도 계속 이렇게 생각했다. 소방대원 모두가 이렇게 생각할 것이 틀림없었다.

휘잇은 대답하지 않았다. 듣기만 했다.

섀턱이 물었다. "빅? 괜찮아요?"

갑자기 숲속을 내달리는 움직임. 덫에 걸린 짐승이 몸부림치는 듯한 바스락 소리. 산 쪽으로 낸 길에서 작은 사람 형상이 사력을 다해 튀어나왔다.

잠시, 모두 희망에 부풀었다.

하지만 베어가 아니었다. 칼이 보기에 여자아이였다. 섀턱이 아이 방향으로 빛을 움직였다. 아이는 얼굴이 창백하니 겁에 질린 채, 소리 없는 비명을 지르듯 입을 벌리고 있었다. 옷이 젖어 있었다. 머리카락이 머리에 딱 붙어 있고, 길게 땋은 부분은 흠뻑 젖은 밧줄처럼 한쪽 어깨 위에 무겁게 걸쳐져 몸 앞으로 늘어졌다.

"도대체 무슨." 휘잇이 낮게 말했고, 그제야 칼도 그 아이가 누구인지 알아봤다.

휘잇은 자기 딸, 테시 조가 있는 쪽으로 서둘러 성큼성큼 걸어갔다.

나머지는 제자리에 남아 있었다.

칼

1950년대 | **1961년** | 1973년 겨울 |
1975년 6월 | 1975년 7월 | 1975년 8월

테시 조는 눈을 감고 입을 벌린 채, 아버지 품으로, 그다음에는 거실로, 그다음에는 복도 끝으로 옮겨졌다. 거기서 가정부 한 명이 목욕물을 받는 동안 가까운 방에서 아버지가 딸을 진정시켰다.

얼마 남아 있지 않던 손님도 흩어졌다. 의용소방대원들은 칼의 주도하에 양해를 구하고, 집 앞 잔디밭으로 다시 나와, 주머니에 손을 넣고 서서 무엇을 해야 할지 고민했다.

밥 루이스가 먼저 말했다. "그 여자애가 뭔가를 봤을까?"

딕 섀턱이 말했다. "그러길 바라야지."

하지만 칼은 생각이 달랐다. "두 아이는 친구였어. 많이 친했지. 베어가 테시를 어디든지 따라다녔어. 테시를 존경했어. 반했는지도 모르고."

다른 세 명이 칼을 바라봤다.

칼이 말을 이었다. "아마 테시는 베어가 사라져서 충격을 받은 것뿐일 거야."

실제로 빅 휴잇이 복도를 다시 성큼성큼 걸어와 전한 말도 그랬다. 테시가 충격을 받았다고 했다. 오후에 베어가 실종된 사실이 처음 알려졌을 때부터 먹을 것도 마실 것도 없이 숲에 나가 있느라 지치고 추위에 떨고 굶주린 상태였다. 친구를 잃을까 봐 겁에 질려 있었다. 단 하나뿐인 친구라고, 휴잇이 말했다. 딸아이는 다니고 있는 작은 학교에서 아이들과 전혀 어울리지 못한다고 덧붙였다. 지금은 달러 매크레이가 수프를 먹이고 재웠는데, 여전히 몸을 떨었다. 아프지 않기를 바랄 뿐이었다.

네 남자 모두 이 소식을 들으며 고개를 끄덕였다. 휴잇은 그들에게 집에 가서 잠을 좀 자두라고 권했다. 본인은 불침번을 자청했다. 내일, 이 다섯 명과 주 경찰이 다시 시작할 것이다. 이번에는 수색견도 데리고.

소방차를 진입로에서 빼는 동안, 대원들은 독립독행에서 나오는 어둑한 빛 속에서 빅을 봤다. 빅은 장작 헛간으로 걸어가고 있었다. 홀로 불침번을 서기 위해 모닥불을 피울 것이라고, 칼은 생각했다. 어쩌면 활활 타는 불이, 아니면 연기가, 베어를 집으로 다시 이끌지도 몰랐다.

그 시점까지도, 칼은 의식의 외곽에서 맴도는 어떤 느낌이 들어오지 못하도록 줄곧 거부했다. 하지만 소방차 짐칸에서 독립독행의 불이 하나하나 꺼지는 것을 지켜보면서, 결국엔 떠오르는 생각을 막지 않았다. 만약 내 아들이 추운 숲에서 밤새 길을 헤매고 있고, 상처를 입었을지도 모른다면, 글쎄, 그는 아직도 저 밖을 뒤지고 있었을 터였다. 몸이 움직이지 않을 때까지 아이의 이름을 외치면서.

집에서는 메리앤이 아직 깨어 있었다. 식탁에 똑바로 앉아, 솔리테르(혼자서 하는 카드놀이)를 하며 카드를 한 장 내려놓는 중이었다. 스코티가 떠난 뒤로 거의 매일 밤 이 게임을 했다. 잠들기 전에 생각을 비우는 데 도움이 된다고 했다.

"잘됐어?" 메리앤은 돌아보지 않고 물었다. 등을 꼿꼿이 세우고 있었다.

칼이 대답했다. "아니. 내일 더 넓게 수색할 거야. 론 섀턱네 사냥개를 데려가려고." 그러고는 잠시 가만히 생각했다.

베어가 자기 할아버지에 관해 뭐라고 말했는지는 아직 아무에게도 말하지 않았다. 자기 이름을 부르는 그 엄한 목소리를 듣고 어떻게 자세가 바뀌었는지도. 메리앤에게 말할까 잠시 고민했다. 하지만 요즘 칼은 메리앤이 자기 말에 어떤 반응을 보일지 전혀 예측할 수 없었다. 뭐든 잘못 말했다가는 화를 낼지도 몰랐다. 화는 메리앤이 최근에 가장 쉽게 표현하는 감정이었다. 스코티가 떠난 뒤로 슬픔을 전부 **무언가로** 대체해야 하는 것 같았다. 그런데 메리앤이 먼저 말했다.

"나도 갈게." 목소리가 차분했다.

"보호구역에?"

"응."

칼은 멈칫했다. 반라 집안을 향한 경외감이 몸에 깊이 밴 나머지, 첫 번째 반응은 메리앤이 그곳에서 환영받을 수 있을지 고민하는 것이었다. 그러다 판단력을 회복했다. 당연히 반라 가족은 가능한 한 많은 사람의 도움을 필요로 할 터였다. "정말로?" 칼이 물었다.

메리앤은 고개를 끄덕였다. 7번 카드를 8번 위에 놨다. "어머니가 애들을 봐주실 거야. 벌써 부탁드렸어."

"알았어." 칼은 여전히 머뭇거렸다. 그러다 마침내 대체로 안전하다고 생각하는 한 가지 주제에 안착했다. "애들은 어때?"

메리앤이 미소를 지으며 한 손을 내둘렀다. "아, 괜찮아. 지니는 성적 때문에 속상하대. 마거릿은 남자애 때문에 속상하고. 앤토니아는 친구 때문에 속상해해." 메리앤이 드디어 칼을 돌아봤는데, 그 순간 칼은 아내의 눈에 얼핏 스친 장난기를 봤다. "애들이 다 잘 지내면 더 걱정했을 거야."

그의 내면에서 따스한 파도가 일었다. 메리앤에게, 허리가 꼿꼿하고 예쁜 아내에게 가서, 아내의 양팔에 양손을 얹은 채 한동안 서 있고 싶은 충동을 느꼈다. 요즘에는 서로 만질 때가 매우 드물었다. 관계를 안 한 지도 1년이 됐다. 마지막으로 함께했을 때, 메리앤이 뒤이어 격렬하게 우는 바람에, 칼은 아내에게 다시는 접근하지 않겠다고 스스로 다짐했다. 적어도 초대 같은 것을 받기 전에는. 그리고 지금까지는 한 번도 받은 적이 없었다. 따라서 그날 밤도 칼은 아내에게 다가가지 않았다. 대신 헛기침한 다음, 계단을 올라 욕실로 가서, 침대로 가기 전에 씻었다. 한두 시간 지나면, 메리앤이 이미 잠옷을 입은 채로 조용히 방에 들어와서 자기 옆에 누울 것임을 칼은 알았다. 서로 몸이 전혀 닿지 않은 채로.

이른 아침, 칼은 아침 식사 냄새에 잠에서 깼다.

장모님이 벌써 커피를 들고 식탁에 앉아 있었다. 메리앤은 장화를 빼면, 교회에 가는 차림으로, 교회학교 선생님 복장으로 차려입었다. 파란색 원피스에 종 모양 모자. 보통은 숲속을 종일 돌아다닐 차림새라기엔 이상하다고 할 법했다. 하지만 그곳은 반라 가문의 숲이었고, 메리앤이 생각하기에 이런 옷차림은 예를 갖춘 것이었다.

칼은 아침 6시에 소방서로 전화를 걸어, 메리앤도 가겠다고 해서 자신은 따로 운전해서 갈 거라고 밥 루이스에게 알렸다.

루이스가 말했다. "그래, 괜찮아. 알고 보니 나머지도 다들 아내가 함께 간대." 목소리에 불평하는 기색이 있었다.

아내들이 가겠다고 한 결정에서 조짐이 보였을지도 모르지만, 자원 활동의 전체 규모는 칼이 보호구역에 도착하고 나서야 분명하게 드러났다.

잔디밭에는 새턱 주민 중 성인 대다수가 서 있는 것 같았다. 수백 명이 지시를 기다리고 있었다. 론 새턱은 사냥개 제니와 같이 있었다. 다른 개도 현장에 몇 마리 더 보였는데, 칼이 모르는 남자들이 데리고 있었다.

위쪽 저택 근처에는 순찰차 네 대가 창문을 연 채로 있었다.

그리고 언덕 맨 꼭대기, 독립독행 현관문 앞에 반라 부자가

서 있었다. 이들 오른쪽에서는 빅 휴잇이 주 경찰과 상의 중이었다.

칼은 옆에 메리앤을 두고 이 광경을 살펴보면서, 잠시 머뭇거렸다. 어젯밤에는 의용소방대원 네 명이 책임을 도맡은 것처럼 보였다. 오늘은 뒤로 밀려나 있었다. 군중을 둘러보다가 딕 섀턱을 발견했는데, 평생 처음으로 칼과 비슷하게 자신감이 없어 보였다. 딕 옆에도 아내가 있었다. 다 같이 초등학교에 다니던 시절부터 메리앤은 조젯이라는 이 마른 여성이 거만하다고 생각했다. 메리앤이 작게 헛기침 소리를 냈고, 칼은 이 소리를 어떤 식으로든 칼 자신이 임무를 담당하기를 그녀가 원한다는 뜻으로 이해했다.

그리하여 칼은 메리앤을 뒤에 달고, 조처가 이뤄지리라 보이는 곳으로 성큼성큼 걸어갔다. 그 모습을 두 밥과 딕 섀턱이 봤고, 이들도 뒤따랐다.

칼의 일행이 독립독행 앞에 무리 지어 서 있는 남자들 앞에 도달했지만, 아무도 돌아보지 않았다.

칼은 다소 동요하며 크게 말했다.

"안녕하십니까." 이에 경찰관 몇 명이 눈썹을 치켜들었고, 휴잇은 말을 잠시 멈췄다.

그가 말했다. "여러분, 이쪽은 칼 스토더드, 여기서 일하는 사람이자 근처 의용소방대원입니다. 칼, 이분들은 주 경찰에서 나오셨네. 우리가 수색하는 걸 도와줄 예정이지."

"밤새 아무 일 없었습니까?" 칼이 묻자 휴잇이 고개를 저었다.

"최선을 다해 불을 피웠네. 습기가 많았지만 말이야. 밤새 앉아 있었지. 때때로 졸기도 했고."

"아무 징후도 없군요." 칼이 헛되이 말했다.

휴잇이 고개를 끄덕였다. "뭐든 남아 있을지 모르는 흔적을 훼손하지 않는 게 가장 중요하다고 말하고 있었네. 냄새도 마찬가지고. 이미 훼손된 것 이상으로는 말이지. 개를 데려온 사람들이 나머지보다 앞서 출발할 걸세. 그 사람들이 수색하는 동안, 나머지 사람들을 나누고, 어떻게 움직일지 알려줄 예정이야. 무엇을 찾아야 할지도."

경찰들이 고개를 끄덕이며 듣고 있었다. 이들 중 여기서 권위를 내세우는 사람이 아무도 없다는 점이 흥미롭다고, 칼은 생각했다. 한 명 한 명이 작전을 지휘하는 가족과 휴잇의 말을 따라야 하는 자기 위치를 아는 것 같았다. 휴잇가는 대대로 이 지역에서 제일가는 안내인 집안으로 유명했고, 빅 휴잇은 특히 재능이 있다고 여겨졌다. 경찰관 몇몇은 이 지역 출신이니, 그에 관한 평판을 알고 있을 게 틀림없었다.

그때, 빅 휴잇이 갑자기 몸을 돌려 성큼성큼 가버리면서, 칼과 그 일행만 경찰들과 남게 됐는데, 경찰들은 자기들끼리 가까이 붙어 단단한 원을 만들었다.

불평하기를 꺼리는 법이 없는 밥 루이스가 먼저 말했다. "우리는 없는 사람 취급이네."

계획대로 개를 데리고 있는 남자들이 먼저 출발했다.

수색견보다 10분 늦게, 나머지 군중도 빅 휴잇이 지정해준 장소로 출발했는데, 일부는 차를 몰고 갔다. 네 소방대원과 아내들은 29번 도로 맞은편 숲을 2.5제곱킬로미터가량 수색하는 임무를 받았다. 일행은 해당 현장으로 차를 몰고 갔고, 숲 가장자리에 일렬로 차를 댔다.

출발 전 휴잇이 군중 전체에 닿도록 있는 힘껏 목소리를 높여 말하길, 목표는 균일한 간격으로 인간 띠를 형성해서 단체로 전진하는 것이었다. 눈으로는 계속 땅을 보라고 했다. 왼쪽에서 오른쪽으로 시선을 움직이며 수풀에 눈에 띄는 색, 눈에 띄게 팬 곳이 있나 주시하라고. 30초가량마다 아이의 이름을 외치라고.

마지막 지시는 칼에게 가장 어려운 부분으로 드러났다. 모든 남자에게.

남자들은 이런 식으로, 한 사람의 이름을 반복해서 부르려고 목소리를 높이는 데 익숙하지 않았다.

결과적으로, 여자들이 더 기꺼이 그렇게 했다. 그리하여 숲 전체에 여자 목소리가 울렸다. 그들은 모두 어머니였다. 다들 거리낌 없이 아이들을 소리쳐 부르기 위해, 타고난 예절 감각을 자주 제쳐둬야 했던 이들이었다.

보호구역 주위에서 다른 사람들도 같은 일을 하는 소리가 들려왔고, 아이의 이름이 메아리처럼 울려 퍼졌다.

한 시간이 지났다. 두 시간, 세 시간. 더운 날이 아니었는데도 칼은 어느새 땀을 흘리고 있었다. 베어의 이름이 불리면 무언가가 양심을 세게 잡아당기면서, 심장박동이 빨라지고, 어제 오후부터 정신 바깥쪽에서 까닥이는 그 기억을 불러일으켰다.

"베어 반라." 아이 할아버지가 큰 소리로 불렀다. 그러자 베어는 움찔하며 화들짝 놀랐고, 칼의 곁을 떠나고 싶어 하지 않았다.

이제 한 발씩 내딛는 발걸음. 숲 바닥에 깔린 솔잎이 바스라지는 소리. 칼이 혼자였다면, 셔츠를 벗었을 것이다. 하라고 들은 대로, 해야 한다고 아는 대로, 땅에 집중하려 노력했다. 하지만 눈앞 풍경이 흐려지기 시작했다. 목에 건 물통을 들고 물을 홀짝였다.

메리앤은 대체로 이런 상황을 놓치지 않았다. 칼이나 아이들이 아프거나 불안해하거나 또 의기소침하거나 하면 재빨리 알아차렸다. 하지만 오늘은 당면한 임무에 집중했다. 일찌감치 원피스를 무릎 근처까지 걷어 올려 묶었다. 지금은 장화 신은 발을 높이 들고 걸으면서 아이를 부르고 있었다.

갑자기 칼이 발을 헛디디면서 땅에 쓰러졌다. 인간 사슬 전체가 멈췄다.

칼은 배와 가슴에서 통증 같은 것을, 꽉 조이고 비틀리는 무언가를 느꼈다. 아무 말도 할 수 없었다.

사람들이 부르는 이름이 이제 바뀌었다. **칼**. 일행이 말했다. **칼. 칼.**

이 소리를 들으며 칼은 의식을 잃었다.

III

길을 잃으면

트레이시

1950년대 | 1961년 | 1973년 겨울 |
1975년 6월 | **1975년 7월** | 1975년 8월

그 단어를 사용하기가, 생각하기조차 두려웠지만, 이따금 트레이시는 바버라 반라를 사랑하게 된 것만 같았다.

트레이시는 바버라의 얼굴과 몸 이모저모에 매료됐다. 속눈썹이 길고 영영 잠이 깨지 않는 듯한 눈, 튼튼한 다리의 생김새, 다 물어뜯어버린 손톱, 색이 매우 옅어서 햇빛을 받으면 금실처럼 보이고 인위적인 검은색 머리카락을 더 두드러지게 하는, 팔뚝과 넓적다리에 난 털. 바버라는 트레이시가 응시하는 것을 알아챌 때면—알아챌 수밖에 없었다—아무 말 않고 그저 트레이시 쪽으로 어렴풋이 미소를 지었다. 이런 시선을 받는 데 익숙한 듯이.

무엇보다도 트레이시에게 바버라는 그녀가 좋아하는 만큼 그녀를 좋아해주는 것처럼 보이는 생애 첫 친구였다. 우선, 바버라는 트레이시가 재밌다고 했다. 트레이시가 하는 말에 자주

크게 웃어, 주변 사람들로부터 관심 어린 시선을 받았다. 트레이시가 똑똑하다고도 했다. 바버라는 주류를 경멸했지만, 주류를 따르는 사람을 경멸하지는 않았다. 사실 트레이시가 만나본 사람 중에 가장 덜 비판적인 사람이었다.

에머슨 캠프에서 바버라가 차지하는 위치는 흥미로웠다. 그해 여름에 처음 캠프에 참여한 외부인으로서의 매력을 뽐내는 한편, 나머지 사람들은 절대 불가능한 면에서 내부인이기도 했다. 캠프가 열리지 않는 계절에도 구내에 들어와본 적이 많았다. 다른 참가자는 접근이 제한된 벽장과 골방과 부엌 안도 들여다본 적이 있었다.

가장 흥미롭게도, 바버라는 T.J. 휴잇과 꽤 가까워 보였다. 이 캠프 관리자는 현장에 있는 다른 모든 참가자에게는 근본적으로 수수께끼 같은 존재였다. 물론 T.J.는 참가자들을 모두 이끌고 야외 활동 수업을 했다. 하지만 그때조차 진지하고 무뚝뚝했다. 트레이시가 T.J.의 사생활과 관련해 아는 몇 안 되는 사실은 그녀가 이 구내에서 보낸 과거에 집중되어 있었다. T.J.는 캠프를 오래 담당했던 이전 관리자 빅 휴잇의 딸이며, 빅 휴잇은 전설 같은 인물로 식당 내부 눈에 띄는 자리에 사진이 걸려 있었다. 지금은 어딘가가 안 좋다고들 했다. 그 외에는 캠프 참가자들이 T.J.에 관해 아는 것이 전혀 없었다. 지도교사들은 T.J.를 추앙하여, T.J.에 관한 소문을 절대 떠벌리지 않았다. T.J.는 실재하는 사람이라기보다 마스코트 같았다. 매우 중히 여기지만, 직접 말을 걸지는 않는 어떤 대상 같았다.

따라서 트레이시는 바버라와 걸어가다가 처음 T.J.를 지나쳤을 때, 자신의 새 친구가 관리자의 이름을 밝게 부르는 것을 듣고 놀랐다.

"뭐 해요?" 바버라가 물었다.

구내에 있는 다른 모두와 달리 T.J.는 유니폼을 입지 않았다. 대신 티셔츠나 격자무늬 플란넬 셔츠에 코듀로이 바지나 청바지를 잘라 입었고 목이 긴 양말과 갈색 대너(야외 활동용 신발 브랜드) 등산화를 맨 위까지 끈을 꽉 매는 식으로 신었다. 머리 모양은 매우 우스꽝스럽게 삐뚜름했다. 다른 누군가가 그런 머리를 했다면 비웃음을 샀을 것이다. 하지만 T.J.가 하고 있으니 그저 세속적인 문제에 얼마나 무관심한지 보여주는 듯했다. 수도사의 삭발 머리처럼, T.J.를 캠프에 있는 속인과 구별하는 작용을 했던 것이다.

남자용 오두막과 여자용 오두막을 가르는 개울 여기저기에 있는 작은 다리 중 하나 앞에서 T.J.가 무릎을 꿇고 있었다. 망치로 못을 무섭도록 빠르게 나란히 박으면서. 그러다 이제 위를 쳐다보더니 얼굴을 찡그렸다.

"너 지금 어디에 있어야 해?" T.J.가 물었다.

"기억 안 나요!" 바버라가 대답했다. 놀리듯이. 그리고 트레이시를 돌아봤다. "너는, 트레이시?"

트레이시가 재빨리 말했다. "점심. 우리 지금 점심 먹으러 가는 중이잖아."

"아, 맞다. 미안해요, T.J., 나는 여기가 처음이니까." 바버라가 씩 웃었다. T.J.는 웃지 않았다. 하지만 미소를 참으려 애쓰는 게 분명해 보였다.

"얼른 가버려." T.J.가 말을 마치더니 망치를 다시 공중에 들어 올리고 하던 일로 되돌아갔다.

둘은 가던 길을 마저 갔다. 어느 시점엔가 바버라가 트레이시의 표정을 눈치챘다. 설명을 기다리는 똥그래진 눈.

"왜?" 바버라가 물었다.

트레이시가 어깨 너머를 돌아봤다.

"아, T.J.? 무서운 사람 아냐. 왜 다들 그렇게 벌벌 떠는지 모르겠어."

"T.J.는 캠프가 없을 때는 뭐 해?"

"자기 아버지를 돌봐드려. 부지도 관리하고. 내 부모님이 어디 가야 할 때에는 올버니에 와서 나랑 있고."

트레이시가 바버라를 바라봤다. "T.J.가— 널 **돌봐줘**?" 상상이 안 갔다. 참기 힘든 긴 침묵이 이어질 것 같다고, 트레이시는 생각했다.

바버라가 웃었다. "그렇게 말하지는 않을래. 그냥 나랑 있으면서, 내가 문제에 휘말리지 않게 해주는 거야. 휴잇 집안은 가족이나 다름없어."

트레이시가 어깨를 으쓱하고 말했다. "그렇다면야 뭐."

트레이시는 바버라와 함께 있지 않을 때, 그녀에 관해 알아내려고 시도했다. 무엇보다도 바버라의 과거가 점점 더 궁금해졌다. 바버라의 오빠 실종 사건에 대해 오두막 동기들이 그 내용을 다 알고 있다 하더라도 바버라 본인이 도착하고 나서는 배려 차원에서 그 문제를 언급하지 않는 듯했다.

딱 한 번, 트레이시는 실체가 있는 무언가에 근접한 적이 있었다.

여름이 중반에 이른 무렵, 트레이시는 쉬는 시간에 화장실에 갔다 오다가 자신이 호감을 가진 또 다른 상대인 로웰 카길과 우연히 마주쳤다. 그는 야외 탁자에 앉아 있었고, 얼굴이 신문에 가려져 잘 안 보였다.

1면 상단 날짜는 **1975년 7월 13일**. 날짜 아래, 어느 남자의 얼굴이 독자를 주시했다. 안경을 꼈고, 머리가 벗어지고, 웃지 않고 있었다. 사진 설명에 따르면, 제이컵 슬루터, 캠프 참가자들이 말하는 **슬리터**였다. 트레이시는 이 남자에 관해 어둠 속에서 속삭이는 소리를 들었고, 자세한 내용은 몰라도, 그가 베어 반라와 연관되어 있다는 소문도 알고 있었다.

가능한 한 태연한 척하면서 다른 탁자에 앉아 신문을 마주 보았다. 기사 쪽으로 눈을 가늘게 뜨고, 자세한 내용을 알아보려고 시도했다. 이럴 때면 안경을 안 쓰고 있는 것이 후회됐다. 제목은 **목격 신고**였다. 그 아래로는 **위험**과 **무장** 같은 단어가 크게 쓰여 있었다.

"불안해?"

트레이시가 움찔했다.

로웰 카길이 양손으로 잡은 신문 너머로 트레이시를 가만히 보고 있었다.

"여기 보니까 북쪽으로 오고 있을지도 모른대. 자신의 옛 사냥터 쪽으로." 로웰이 태평하게 말했다.

그러더니 신문을 접고 한쪽 발목을 다른 쪽 무릎에 올렸다.

로웰은 트레이시의 얼굴을 보며 덧붙였다. "겁먹지 마. 저 아래 피시킬 교도소에서 탈출했으니까. 걷는다고 하면, 아직 이 지역에 못 왔을 거야. 여기 도착하기 전에 잡힐 거라고 장담해."

로웰이 잠시 말을 멈췄다.

그리고 자신 없이 덧붙였다. "차를 얻어 타지 않았다면 말이지만. 누가 그 사람을 태워주겠어?"

"그 신문은 어디서 구했어?" 트레이시가 물었다.

"매점에서. 거기서 매일 신문을 팔아. 그냥 사람들이 대부분 원하지 않을 뿐이지."

나는 원해, 트레이시는 생각했다. 집에 있을 때, 어머니와 함께 신문 읽기를 좋아했다. 그러니 로웰 카길도 신문을 읽는다는 사실은 그와 친해질 수 있다는 또 다른 증거로 보였다. 트레이시가 생각하기에 이런 특징은 로웰 또래 남자애들에게 흔치 않았다.

로웰이 갑자기 일어서서 양팔로 기지개를 켰고, 그러면서 몸통이 살짝 드러나 트레이시는 가슴이 두근거렸다.

그가 말했다. "원하면 이거 줄게. 나는 다 봤어."

트레이시가 두 손으로 신문을 받았다. 자신이 이 신문을 로웰 카길의 손길로 축성된 성물처럼 여기면서 남은 캠프 기간 내내 여행 가방에 보관할 것을 한 치의 의심도 없이 알았다.

그때 구내방송 설비가 지지직거리며 살아나더니 자유 시간 종료를 알렸고, 로웰은 자리를 떴다.

그러다 무언가가 기억난 듯 돌아봤다. "있잖아. 바버라가 그러는데 네가 노래를 잘한다며? 나랑 가끔 같이 노래할래?"

트레이시는 머릿속 피가 전부 빠져나가는 기분이었다.

로웰이 이맛살을 찌푸리며 말했다. "안 해도 괜찮아. 그냥 궁금했어. 화음 넣는 법을 익히려는 중이거든."

로웰이 걸어가기 시작했다.

트레이시는 그의 뒷모습을 지켜보면서 자신을 겁쟁이라고 욕했다. 그러다 로웰이 넓은 보폭으로 열 걸음쯤 갔을 때, 의지를 끌어모아 말했다. "할래." 그러고는 더 크게 다시 말했다.

로웰이 답했다. "좋아, 내가 찾아갈게."

저녁 식사를 마친 뒤 소등 시간 전에, 트레이시는 위쪽 침대에서 〈새러토기언(뉴욕주 새러토가스프링스에서 발간하는 일간지)〉 1면을 작은 네모로 접고 기사를 읽었다.

그 기사를 통해 제이컵 슬루터에 관한 이야기 전반을 알 수 있었다. 그는 10여 년 전에 애디론댁 공원을 공포에 떨게 한 악명 높은 살인마였다. 슬루터는 11명을 살해한 혐의로 기소됐는데, 전부 1960년부터 마침내 체포된 1964년 사이에 일어난 일이었다. 대부분의 사건이 캠프장이나 외딴 오두막에서 발생했다. 피해자들—부부이거나 때때로 독신 여성—은 묶이고 찔려서 죽었다. 화기는 전혀 사용되지 않았다. 슬루터가 이렇게 오래 붙잡히지 않을 수 있던 이유는 시골에서 가난하게 어린 시절을 보내는 동안 숲에서 생존하는 데 필요한 지식을 벼렸기 때문이었다. 매우 능숙하게 덫을 놓아 짐승을 잡거나 낚시를 할 줄 알았다. 도주하면서 맞이한 네 번의 겨울에는 빈 오두막에서 빈 오두막으로 전전하며 여름에 사람들이 남기고 간 통조림을 비롯한 식량을 훔쳤다. 이 지역에 사람이 더 많아지고 오두막에 주인이 돌아오는 5월부터 9월까지는 인적 없는 곳에서 야영했다. 불운이 한 번 닥치지 않았다면, 영원히 이렇게 지냈을지도 몰랐다. 겨울 동안 빈다고 생각했던 어느 작은 집이, 사실은 집주인이 매년 크리스마스를 기념하는 장소였던 것이다. 진입로에 도착한 집주인은 벽난로에 불이 피워져 있음을 알아챘다. 슬루터는 총을 잡기도 전에 안에 들어온 집주인에게 제압당했다.

관계 당국이 출동하는 동안, 제이컵 슬루터는 의자에 묶여 있었다. 1964년 12월 23일, 그가 마침내 체포됐다.

슬루터는 아무것도 자백하지 않았다. 뒤집힐 수 없는 증거들이 옭아매는데도 결백을 주장했다. 그가 소지하고 있던 피해자의 물건. 모든 범죄 현장에서 나온 그의 지문. 두 형제가 증언한 그의 가학적인 성향. 그리고 마침내, 육안으로 보고 그가 범인임을 확실히 식별한 생존자 한 명. 그런데도 슬루터는 부인했다. 기자가 쓰길, 슬루터의 불투명한 태도에 혐의를 받는 것보다 더 많은 살인을 저질렀을지도 모른다는 추측이 이어졌다. 등산을 갔다가 실종됐는데 그저 길을 잃은 것이라고 여겨졌던 사람들이 관련된 몇몇 사건이 재수사에 들어갔다.

베어 반라도 포함일까? 트레이시는 궁금했다. 캠프 첫날 밤에 들었던 무서운 소문처럼.

기사는 이어졌다. 제이컵 슬루터가 붙잡혀 가석방 없는 무기징역을 선고받은 지 10년 후, 슬루터는 병을 꾸며내 보안 수준이 낮은 교도소로 이감될 수 있었다. 그리고 3주 전, 에머슨 캠프에서 남쪽으로 300킬로미터 남짓 떨어져 있는 그 교도소를 탈옥했다. 트레이시가 들고 있는 〈새러토기언〉은 이제 도주 4주 차에 발행된 것이었다. 1면 머리기사 제목이 뉴욕주 스코하리 근교에서 목격됐을 가능성을 알렸다.

기사 한쪽에 도표가 있었는데, 슬루터가 살인을 저지른 것으로 밝혀진 장소와 체포된 장소를 표시한 일종의 지도였다. 트레이시는 도표 제작자가 지도에 담은 여러 참고 위치 중 두 곳에 주목할 수밖에 없었다. 하나는 섀턱이라는 마을로 에머슨 캠프에서 8킬로미터 떨어져 있었다. 다른 하나는 바로 반라 보호 구역이었다. 트레이시는 손가락과 축척을 이용해서 자기가 있는 곳부터 슬루터가 체포됐던 곳까지 거리를 가늠했다. 30킬로미터 또는 최대 50킬로미터. 그녀는 에머슨 캠프에서 체포 장소까지, 또 캠프에서 가장 가까운 범행 장소까지 길을 따라가보았다. 그 장소 역시 30에서 50킬로미터 떨어져 있었고 길을 좇는 과정에서 딱 떨어지는 이등변 삼각형이 나왔다. 동쪽을 가리키는 이 화살표 삼각형 끝에 에머슨 캠프가 있었다.

트레이시

1950년대 | 1961년 | 1973년 겨울 |
1975년 6월 | **1975년 7월** | 1975년 8월

로웰 카길은 빈말을 한 게 아니었다. 힘든 한 주가 지나고 로웰이 기타 가방을 한 손에 들고 발삼나무 현관에 도착해 문을 두드렸다. 두 멀리사 중 하나가 어리둥절한 채 응답했다. 로웰이 트레이시를 찾자 멀리사의 입이 더 벌어졌다.

로웰은 야외극장에 가서 연습하자고 제안했고, 어느새 트레이시는 말없이 그를 따라 캠프 구내를 가로지르고 있었다. 대홧거리를 떠올려보려 했지만 실패했다. 그런데 로웰은 말을 하지 않아도 아무렇지 않아 보였다. 목적지에 도착할 때까지도. 거기서 나무 그루터기에 앉더니 기타 가방을 열었다.

로웰이 노래 부르는 것을 처음 들었던 날, 트레이시가 눈치챈 한 가지는 남을 의식하는 모습이 전혀 보이지 않았다는 것이었다. 로웰은 진심으로 노래를 부르면서, 나머지 세상을 차단하듯 이따금 눈을 감곤 했다.

오늘도 다르지 않았다. 로웰은 전에 불렀던 이언과 실비아의 노래를 부르기 시작했다. 트레이시도 아는 노래를.

로웰을 마주하면서 트레이시는 갈등했다. 마음 대부분을 마구 터져 나오는 웃음을 막으려 애쓰는 데 쓰며 손톱으로 손바닥을 찌르기 시작했다. 하지만 다른 한편으로는 로웰의 열정이 감동적이고, 매력적으로까지 느껴졌다. 아름답게 조각된 로웰의 진지한 얼굴이 격정에 휩싸인 듯 움직였다. 아마 열두 살 트레이시에게는 지금껏 봐온 그 어떤 모습보다 성애적인 모습이었을 것이다.

로웰이 한 곡을 다 부르고 나서 말했다. "좋아. 이제 이 노래를 가르쳐줄게."

"이미 알아." 트레이시가 말했다.

두 사람은 한 시간 동안 연습했다. 트레이시는 로웰에게 그녀가 음을 유지하는 동안 그도 음을 유지하는 법을 가르쳐줬다. 갑자기 어머니가 그리워지는 걸 느꼈다. 경주로 붙박이인 훈련 기수, 소년 같고 솔직 담백하며, 키가 크고, 붉은 머리와 주근깨가 자신과 닮은 어머니가. 어머니는 접시 위로 등을 구부린 채 지저분하게 음식을 먹었고, 큰 소리로 웃었다. 걸을 때는 무릎과 팔꿈치를 벌린 채 팔다리를 자유롭게 움직이며 덜렁거렸는데, 그 걸음걸이에서 트레이시는 어쩐지 마리오네트 인형이 떠올랐다. 어머니는 말을 타는 순간에만 우아했다. 부모님이 이혼하고 1년 동안, 트레이시는 대체로 어머니를 향해 화를 냈다. 어머니와 가까운 만큼 더 쉽게 화가 났다. 하지만 지금, 트레이시는 이 하나만큼은 어머니에게 마음속으로 고마워했다. 화음을 넣는 법을 가르쳐준 것.

그날 밤, 트레이시는 유령처럼 둥둥 뜬 채 오두막으로 돌아왔다. 들어가면서, 바버라의 호기심 어린 시선과 마주쳤는데, 자신이 어디에 있었는지 들은 게 분명했다.

트레이시는 아래층 침대로 가 바버라 옆에 앉아 바닥을 내려다봤다.

"뭐 했어?" 바버라가 속삭였다.

트레이시는 조용히 이야기했다.

정말로 재미있게 들려줄 만한 이야깃거리가 생겼다고 느낀 건 살면서 처음이었다. 자신이, 트레이시 주얼이 주인공으로, 천진한 소녀로 나오는 이야기. 트레이시가 말하는 동안 바버라는 옆에서 사려 깊게 고개를 끄덕였다.

"또 만나고 싶대?" 바버라가 물었다.

"응." 트레이시가 대답했다.

바버라가 생각에 잠기더니 말했다. "그럼, 널 좋아하나 봐. 그 정도는 확실해."

어째서인지, 트레이시도 바버라 말이 맞는다는 걸 알았다. 로웰 카길은 트레이시를 좋아한다, 의심할 여지가 없었다.

"다음에는 뭘 할까?" 트레이시가 바버라에게 물었다.

바버라가 어깨를 으쓱이고 말했다. "로웰이 얼마나 경험이 있느냐에 달렸지. 어쩌면 댄스파티에 가자고 할지도 몰라. 아니면 다음에 같이 연주할 때, 너한테 시도할 수도 있지."

뭘 시도할지, 트레이시는 궁금했다. 하지만 마음 한편으로는 알았다.

"무섭지는 않지?" 바버라가 물었다.

트레이시가 대답했다. "응. 안 무서워."

트레이시는 몹시 무서웠다.

긴 침묵이 뒤따랐다.

"넌 평소에 음악 들어?" 바버라가 물었다.

트레이시는 음악을 들었다. 하지만 바버라에게 털어놓을 만한 음악은 아니었다. 그녀는 어머니가 듣는 음악이나 〈타이거 비트(10대 소녀 팬을 주 대상으로 발간했던 잡지)〉의 표지에 실리는 밴드나 남자 가수의 음악을 들었다.

바버라는 기다리지 않고 말을 이었다. "누군가와 키스하는 건, 내 말은 네가 키스하고 싶은 사람이랑 말야, 그건 여태껏 들어본 노래 중에 가장 좋은 노래 안에서 사는 것과 같아. 바로 그런 느낌이지."

그 뒤에 위층 침대로 온 트레이시는 일기장을 꺼내 섹스에 관해 알고 있는 모든 걸 나열했다.

어떤 신체 부위를 사용하는지, 이 내용이 목록 가장 위에 왔다.

그 부위들 사이에 무슨 일이 실제로 일어나는지도 적었다. 트레이시는 기술적인 부분은 알지만, 작동 원리를 잘 이해할 수 없었다.

창문으로 고개를 돌렸다. 달이 거의 다 차올랐다.

그 모습을 본 기억을 마지막으로, 아침에 울리는 경적에 잠에서 깼다.

"**생존 여행.**" 멀리사 중 한 명이 속삭였다. 트레이시의 주변에 있는 모두가, 발삼나무에 묵는 캠프 참가자들이 급하게 움직이기 시작했다.

아래층 침대에 있던 바버라가 가장 먼저 옷을 갈아입고 문을 나섰다.

트레이시

1950년대 | 1961년 | 1973년 겨울 |
1975년 6월 | 1975년 7월 | **1975년 8월**

트레이시가 바버라가 사라진 것을 안 지 한 시간이 지났다. 지금까지는 거짓말할 필요가 없었다.

두 가지 질문만 몇 차례 들었다. 바버라가 어디 있는지 아니? 바버라가 나가는 소리를 들었니? 둘 다 있는 그대로 대답할 수 있다. 아니요.

이제 지도교사들이 수색에 불려 가면서, 모두가 일과를 따르게 유지하는 임무를 보조교사들이 맡았다. 트레이시는 식당으로 걸어가면서 계획을 세운다. 무리 뒤쪽에서 꾸물거리다가 건물 뒤로 휙 숨는다. 오두막 동기들이 안 보일 때까지 숨을 가다듬으며 기다린다.

어딘가에 가야 한다. 짧은 외출이고, 그냥 별일 아니라고 생각한다. 바버라가 갔을지도 모른다 싶은 장소를 배제할 수 있는지 확인하려는 것이다. 트레이시는 자신에게 약속한다. 거기서 바버라를 못 찾으면, 권한이 있는 사람에게 아는 걸 전부 털어놓을 것이다.

가볍게 한 결심이 아니다. 바버라는 트레이시에게 비밀을 지킨다는 맹세를 받아냈다. 그런 중요한 비밀을 자신에게—바로 자신에게!—맡겼기에, 트레이시는 바버라의 신뢰를 쉽게 깨고 싶지 않다.

그녀는 바버라가 매일 밤 가는 곳이 어딘지 안다.

바버라는 트레이시에게 남자 친구에 관해 말해주지 않았지만, 그와 만나는 장소에 관해서는 얘기해준 적이 한 번 있다. 헌트산 정상에 있는 감시원 오두막으로, 주변 지역에서 발생하는 산불을 감시하는 것이 직업인 사람들이 예전에 연달아 거주했던 곳이다. 그 옆에는 더 넓은 시야가 확보되는 산불 감시탑이 있다. 하지만 두 곳 모두 최근 인력 부족으로 비어 있다. 그래도 나쁜 날씨에 대피소로 사용하기에 편리하다. 아니면 비밀 만남의 장소로도.

"밤에?" 트레이시가 믿기지 않는다는 듯이 물었다. 그러자 바버라는 웃었다.

"내가 그 낮은 산을 얼마나 많이 올라가봤는지 알아? 자면서도 갈 수 있어."

"그래도 꽤 걸리지 않아? 보이지도 않을 거 아냐."

"30분. 뛰어가거든. 그리고 이걸 가져가." 바버라는 주변을 살폈다. 그러더니 침대 토퍼와 프레임 사이로 한 손을 집어넣었고 손전등을 하나 꺼냈다. 캠프 참가자들이 밤에 화장실 갈 때 사용하는 것과 별개인 자기 것으로 보였다.

오늘 트레이시의 추론은 바버라가 거기서 잠들었을지도 모른다는 것이다. 트레이시는 이 가능성을 배제해야 할지 확인하고 싶다. 한 시간 반이면 헌트산을 올랐다가 내려올 수 있을 거라고 생각한다. 아침 활동 시간에 맞춰 돌아올 것이다. 바라건대 바버라에 관한 소식과 함께, 어쩌면 바버라 본인까지 함께. 혼날 것을 알지만 신경 쓰지 않는다. 어쨌든 바버라는 트레이시가 캠프를 좋아하는 유일한 이유다.

일부러 식당 뒤에서 가장 가까운 숲을 향해 출발한다. 에머슨 캠프와 29번 도로 사이에 있는 이 숲은 다른 숲보다 더 빽빽하다. 트레이시는 가는 내내 눈에 띄지 않기를 기도한다.

그런 행운은 없다. 20초도 안 돼 요리사 중 하나인 리 타우슨이 시야에 들어온다. 매우 잘생긴, 루이즈와 친하다는 말이 도는 사람.

리는 쓰레기봉투 두 개를 나르고 있는데, 발꿈치부터 발가락까지 차례로 조심히 디디며 걸어서 소리가 전혀 나지 않는다. 트레이시가 리를 보고 움찔하며 화들짝 놀라자, 그 움직임이 리의 시선을 끈다.

잠시, 두 사람은 그대로 서서 서로를 응시한다. 그러다 트레이시가 손가락 하나를 입술에 대면서 애원하는 표정을 짓자, 리는 고개를 끄덕이고 가던 길을 마저 간다.

트레이시가 느끼기에 애디론댁 공원에서 보내는 8월은 8월 같지 않다. 롱아일랜드라면 찌는 듯이 더울 거라고 짐작한다. 여기 숲속은 쾌적하다. 목이 마를 수가 없는 느낌이다. 공기 자체가 시원한 수분이 가득하고, 피부에 부드럽게 닿는다. 기운이 난 트레이시는 숲 가장자리 바로 안쪽을 걸으며, 거기서 벗어나지 않도록 주의한다. 계속해서 에머슨 캠프 건물들을 오른쪽 시야에 두려고 노력한다.

이런 식으로 5분이 흘렀을 때, 트레이시가 갑자기 멈춰 선다. 29번 도로에서 독립독행까지 뻗은 진입로가 앞에 있다. 계속 가려면 길을 건너야 하는데 그럴 수가 없다. 경찰차가 느리게 한 줄로 지나가고 있다. 트레이시는 어둑한 숲속에 서서 기다린다.

네 대가 지나가고, 다섯 대째다.

트레이시는 길을 안전하게 건널 수 있게 될 때까지 나무 뒤에서 머뭇거리며 내다본다. 그러고는 건너편 숲으로 들어가 북쪽으로 향한다.

이제 가장자리를 따라갈 수가 없다.

오른쪽으로는 독립독행을 향해 숲 지대가 길게 뻗어 있다. 왼쪽으로는 또 다른 숲 지대가 29번 도로를 향해 뻗어 있다. 주변 나무들 꼭대기 사이로 헌트산 정상이 보인다. 직선으로 걸으면, 10분 안에 산에 도착할 것이다.

시간이 흐른다. 땅이 작은 골짜기로 비탈지면서 트레이시는 시야에서 산을 잃어버린다. 하지만 해를 계속 오른쪽에 두고 있으면 괜찮을 거라고 되뇐다. 문제는 이마저도 식별하기 어려워지고 있다는 것이다. 숲 자체가 더 빽빽해지고, 주위를 에워싼다. 진입로 근처에서는 덤불이 듬성듬성했는데 이제는 여기도 저기도 뚫고 지나가기가 거의 불가능해졌다. 정강이와 종아리도 이미 여러 번 베였다.

앞쪽으로 다시 오르막이 나오는 게 보여 트레이시는 안심한다. 헌트산에 접근하는 길에 경사면이 있는 건 당연해 보인다. 곧 정상이 다시 보일 게 분명하다.

트레이시는 시계조차 없다. 이내 자신이 얼마나 어리석었는지, 얼마나 명백하게 숲을 존중하지 않았는지 깨달을 터였다. 시계나 나침반도 없이, 긴바지나 물조차 없이, T.J. 휴잇이 이제껏 여름 내내 공들여 가르쳐줬던 하나하나를 전부 무시하면서 부주의하기 짝이 없게 숲에 들어갈 수 있다고 생각했다니. 하지만 열세 살을 코앞에 둔 트레이시는 자기 비하와 과신 사이를 급격하게 오간다. 중간은 없다.

시간이 얼마나 지났는지 가늠하고자 머릿속으로 수를 세기 시작한다. **미시시피 하나, 미시시피 둘**(어림잡아 1초 단위로 수를 세는 방법). 그렇게 최소 10분이 지나도록 헌트산도, 태양도 나타나지 않는다.

트레이시는 그제야 자신이 무슨 일을 저질렀는지를 인정하기로 한다. 자신이 저질러버린 큰 실수를.

트레이시는 앉는다. 이제는 너무 늦었다. 너무 넓은 범위를 돌아다녔다. 사실, 1킬로미터 가까이 헤맸다.

그래도 앉아서, 그 지도교사가, 참가자 맞이 담당자가, 이 땅에서 트레이시에게 처음 말을 걸었던 그 사람이 했던 말을 마음속으로 듣는다.
트레이시는 소리친다.

유디타

1950년대 | 1961년 | 1973년 겨울 |
1975년 6월 | 1975년 7월 | 1975년 8월: **첫째 날**

스키넥터디에서 태어나 자란 유디타 럽택은 오랫동안 어디서도 첫 번째인 적이 없었다. 가족 안에서는 세 번째로, 앞에 오빠 둘, 뒤에 남동생 한 명이 있었다. 학업 면에서는 대체로 무리에서 중간이었다. 체육 시간에는 달리기 시합에 나가달라고 부탁받았고, 보통 앞쪽이긴 했다. 하지만 우승은 한 번도 못 했다.

따라서 〈타임스유니언(뉴욕주 수도권에 발행되는 일간지)〉에 그 기사가 실렸을 때, 낯선 느낌을 받았다. 자부심이었을까? 글쎄. 놀라움에 더 가까웠다.

"전국 최초 여성 주 경찰관 기수 올버니에서 졸업"이 기사 제목이었다. 그 아래로 졸업생 네 명의 사진이 있었다. 신디와 린다와 니시와 그녀 자신. 유디타 럽택, 21세라고 사진 설명에 나와 있었다.

아버지는 어머니를 돌아보며 말했다. "그래, 우리 애 중 하나가 신문에 나와야 한다면, 이렇게 나온 게 다행이지." 기사에 관해 누군가가 이야기한 것은 그게 마지막이었다. 오빠 레너드가 유디타를 이름 대신 **전국 최초**라고 부르기 시작한 걸 빼면.

그 뒤로 5년이 흘렀고, 이제 스물여섯 살이 된 주디(유디타의 약칭)는 지금까지 잘해냈다. 매년 자신에게 부과된 기준을 넘어섰다. 적절하고 깔끔하게 보고서를 작성하고, 능숙하게 체포한다. 적극파이지 느림보가 아니다. (상관이었던 전임 경사에 따르면 모든 경찰은 둘 중 하나에 속한다.) 그리고 지난해, 특히나 인상 깊은 성과를 달성한 뒤에 뉴욕주 범죄 수사국으로 진급해 갈 수 있게 추천을 받으면서, 주에서 최초로 여성 형사가 됐다.

이제 '전국 최초'는 수사국에서 필수 훈련 기간을 다 채운 뒤, 선임 형사와 나란히 뉴욕주 고속도로를 달린다. 선임의 이름은 데니 헤이스로, 직접 언급한 적은 없으나 주디의 멘토를 자처한 것처럼 보인다. 그리하여 그는 지난 2주 동안 근무일마다 주디와 동행했다. 수사국에 신임 형사가 자기 하나만은 아니라는 생각이 주디를 떠나지 않는다. 하지만 다른 신임 형사는 당연히 전부 남자다.

주디는 조수석에서 다리를 꼬았다가 풀면서, 완전한 에이섹슈얼 성향을 보여주기에 어느 쪽이 나은지 잘 모르겠다고 생각한다. (사실 주디는 에이섹슈얼이 아니다. 하지만 자신이 몸담은 분야에서는 그렇게 보이는 것이 편하리란 걸 안다.) 적어도 이제 사복은 바지를 입을 수 있다.

옆에서 데니 헤이스가 휘파람을 불고 있다. 그는 휘파람을 많이 분다. 주디는 이런 유형을 안다. 40대 초반, 아버지, 전직 운동선수, 고등학교 때 인기가 많았던 사람.

"반라 보호구역." 헤이스가 휘파람 가락 사이로 말한다. "흥미로울 거야."

오늘 아침, 두 사람은 롱레이크에서 일어난 절도 사건과 관련하여 탐문 수사를 하러 가는 중에 무전 호출을 받았다. 섀턱이라는 작은 마을 인근 산속 외딴 단지에서 13세 소녀 실종. 두 사람이 탄 자동차가 섀턱에서 가장 가까웠고, 따라서 처음 당도하는 수사국 형사들은 두 사람이 될 것이다.

"반라 가문을 잘 알고 있나?" 헤이스가 묻는다.

주디는 이름은 들어봤다고 대답한다. (들어본 적 없었다.)

"그 산에서 사라진 남자아이에 관한 보도 기사 기억나? 12년인가 14년인가 전이었는데."

주디가 어렸을 때 벌어진 일인 듯했다. 하지만 그녀 자신이 젊다는 걸 상기시키면 이따금 불쾌해하는 사람들도 있기에, 주디는 이렇게 말한다. "네, 들어본 것 같습니다."

"자, 흥미로운 건, 그 어린애를 죽인 남자를 잡았다는 거야. 역겨운 놈. 그런데 그자는 이미 죽었어. 그리고 같은 장소에서 다른 아이가 행방불명 상태지. 이번에는 누가 했을까?" 헤이스는 주디를 보고 농담이라도 건네는 듯이 윙크한다.

두 사람이 지나가는 땅이 점점 전원 풍경으로 변한다. 주디는 수사국으로 발령받으면서 B 경찰대로 전근했는데, 애디론댁 공원 내 레이브룩에 본부가 있다. 여기까지는 괜찮을 수 있고, 더 낫다 싶기도 하지만, 새 근무처에서 일한 지 2주가 지났는데도 여전히 스키넥터디에서 부모님과 사는 게 문제다. 매일 통근하는 게 불가능에 가깝다는 뜻이다.

집에서 레이브룩까지는 두 시간이 걸린다. 전근해야 형사 생활을 시작할 수 있다고 부모님에게 여러 번 설명했고, 머지않아 직장 근처에 혼자 살 곳을 마련해야 한다고 부모님을 설득할 것이다. 하지만 형제 중 결혼하기 전에 이사를 나간 사람은 없기에, 지금까지는 주디도 소란을 피우지 않는 게 최고라고 생각하고 있다. 대신 2주 동안 오전 4시에 알람을 맞춰놓고, 알람이 울리기 시작하면 아우성치는 형제들을 상대해왔다.

"다 왔군." 헤이스가 말한다.

긴 진입로에 들어선다. 왼쪽에는 오래된 농장 건물군이 있는데, 더는 사용하지 않는 듯하다. 비탈진 잔디밭이 시야에 들어오더니, 역사 교과서에서 본 것 같은 저택을 불현듯 마주한다.

주디는 헤이스가 차를 대면서 곁눈질로 자신을 보는 걸 느낄 수 있다. 표정을 읽는 것을.

헤이스는 모르겠지만, 주디는 부자들 주변에 있는 것에 익숙하다. 열두 살 때부터—처음에는 직원 명부에 이름도 없다가 나중에 올라갔다—이로쿼이 골프장에서 일했다. 아버지가 여전히 청소 반장으로 일하는 곳이다. 주디는 설거지부터 시작해

식탁에서 빈 그릇을 치우는 일을 했고, 나중에는 서빙을 담당했다. 요즘에도 누군가가 아파서 결근하면 종종 총지배인 칙 야노비치가 대신 일해달라고 전화한다. 그리고 매년 12월이면 화려한 크리스마스 파티에서 현찰을 받고 일한다. 럽택 가족 모두. 어머니까지도.

 헤이스가 잔디밭에 되는대로 차를 댄다. 지역 경찰 몇 명이 벌써 현장에 있다. 환경보전부 순찰차도 네 대 와 있는데, 비어 있다. 삼림 순찰대원들은 이미 숲으로 나가 초기 수색을 진행하고 있을지도 모른다.

 헤이스가 사람들을 응시하다가 묻는다. "어떻게 생각해?"

 주디가 헤이스를 본다.

 "추측해봐. 그 여자애한테 무슨 일이 생겼는지."

 "음, 잘 모르겠습니다."

 "내 생각에는 도망친 거야. 그 나이 여자애들이 사라지면 거의 항상 도망친 거라고."

 주디는 대답하지 않는다.

 "우리가 얘기하는 동안 아마 뒷길에서 차를 잡아타려고 하고 있겠지. 나쁜 놈보다 먼저 그 애를 찾기를 바랄 뿐이야." 헤이스가 말한다.

 그러다 주디를 내버려두고 차에서 내려 가장 가까이에 있는 경찰, 눈썹이 연하고 뚱뚱한 남자에게로 가더니 악수를 청한다.

 주디는 머뭇거린다. 밖으로 나와 천천히 한 바퀴 몸을 돌리면서, 저택과 그 너머에 있는 호수와 주위를 에워싼 숲을 눈여겨본다. 남쪽으로는 어린이 학교나 캠프 같은 곳이 있다. 그쪽에서 높은 비명과 웃음소리가 들려온다.

데니 헤이스가 돌아와 사건과 관련한 사실을 알려준다.

실종자는 반라 부부의 딸이라고 한다. 10여 년 전에 아들이 사라진 그 가족의 일원이다.

헤이스는 이 여자아이의 이름이 바버라 반라라고 말해준다. 아이는 이곳 캠프에 참가하고 있었다. 지난밤에 자기 오두막 자기 침대에서 잠든 모습을 끝으로 보이지 않았다.

경찰들이 모아둔 이 간결한 진술로는 가설이나 단서를 도출할 수 없다. 모두가 바버라의 실종에 놀란 듯하다. 아무도 아이가 어디로 갔을지 짐작하지 못한다.

헤이스가 이어 말하길, 모든 상황을 복잡하게 하는 건 현재 또 다른 캠프 참가자가 사라졌다는 사실이다. 바버라와 같은 침대를 쓰는 트레이시 주얼이라는 여자아이로, 반라 가족과는 아무 관련도 없다. 이 아이는 고작 두 시간 전, 오두막에서 식당으로 아침을 먹으러 가는 길에 마지막으로 목격됐다. 아이 부모는 긴급하게 소식을 받고 이곳으로 오는 중이다.

이 두 가지 실종 사건을 고려해서, 모든 캠프 참가자는 현재 대강당에 모여 있으며, 그 구역에 경찰이 두 명 배치돼 있다. 부모들에게 차례로 전화를 걸어, 와서 아이를 데려가라고 안내하는 중이다. 91가구에 전화를 해야 하는데 전화기는 두 대뿐이라 이 과정에 시간이 상당히 오래 걸리고 있다. 한편, 신분증을 보여주지 않으면 아무도 대강당에 들어가거나 나올 수 없다. 필요에 따라, 오늘 에머슨 캠프에 부모가 도착하지 못하는 참가자들은 거기서 다 같이 잘 것이다.

"그 가족은 반대한대." 헤이스가 말했다.

"뭘 말입니까?"

"부모가 와서 아이를 데려가게 하는 거. 두 아이가 사라졌고, 두 가지 별개 사건인데 말이야. 자기 딸도 포함이지. 그런데도 캠프를 끝까지 마치는 얘기를 하고 있어. 불필요하게 불안감을 조성하고 싶지 않다면서."

주디는 종일 헤이스를 따라다니게 될 거라고 생각했지만, 갈라져서 따로 진술을 모으는 것이 그가 세운 계획이라는 걸 이내 알게 된다. 그렇게 더 넓은 영역을 확인하려고 말이다.

"사람들을 차로 데려와서 진술을 들어도 돼. 사생활 보호가 필요하면." 헤이스가 말하더니 아래쪽 캠프를 가리킨다. "저 멀리 있는 건물 보여? 길고 평평한 거? 나랑 얘기한 경찰이 그러는데 거기에 면담 조사하기 좋은 곳이 있대. 반라 부모도 이미 저 아래 있다고 하고. 난 거기 있을 테니까, 내가 필요하면 와."

헤이스가 주디를 돌아보더니 윙크한다.

"하지만 필요 없을 거야. 그렇지?"

"그렇습니다." 주디가 말한다. 헤이스는 주디의 등을 한 번 도닥인다. 주디는 주변 남자들이 이렇게 가볍게 건드리는 것에 벌써 진절머리가 날 지경인데, 헤이스처럼 성적이기보다는 아버지와 같은 의도로 보일 때조차 마찬가지다. 그가 주디 쪽으로 고개를 숙이더니 속삭인다.

"잘 들어, 아가씨. 어려운 쪽은 내가 처리할 거야. 반라 집안 아이의 친구들과 지도교사들. 부모도 마찬가지고. 주시해야 할 사람이 있다면, 그건 부모거든. 자네는 여기 저택에 있는 사람들을 맡아. 별로 안 중요한 사람들. 무슨 뜻인지 알지? 불안해하지 말라고."

주디는 몹시 옆으로 비키고 싶다. 헤이스로부터 멀리 떨어지도록. 그러는 대신 고개를 끄덕인다.

"뭘 해야 할지 기억하지? 훈련받은 거 기억해?"

주디가 끄덕인다.

"잘해봐." 헤이스가 말하고, 여름 캠프 쪽으로 언덕을 성큼성큼 내려간다.

독립독행이라고 부르는 저택 바깥에서, 주디 럽택은 파리 모양 문 두드림 쇠를 한참 바라본다. 파리 가슴을 세 번 들었다 놓는다. 왠지 모르게 촉감이 꺼림직하다.

잠시 뒤, 한 여자가 문을 연다. 가정부인 듯하다.

여자가 주디를 잠시 바라보더니 입을 연다. "무슨 일이시죠?"

주디는 입 밖에 꺼내려고 훈련받아온 말을 처음으로 소리 내어 말한다. "유디타 럽택 형사입니다. 바버라 반라를 찾는 수색을 돕고자 왔습니다."

거실에는 열 명 넘는 사람들이 삼삼오오 모여 서거나 앉아 있다. 주디가 골프장에서 일할 때 봤던 부자들과 다르다. 그때 본 사람들은 보통 나이가 더 지긋했고, 몹시 격식을 차린 옷을 입고서 의자에 꼿꼿이 앉아 있었다.

한편 이곳 사람들은 잠옷이나 실내복을 입고 널브러져 있다. 옷을 갈아입으려고 서두는 기색도 없다. 여자 두 명은 비단 잠옷을 입었는데, 가슴 윤곽이 또렷하게 비쳐 보인다. 어린 소녀 두 명이 빠르게 돌아다니면서 파티의 잔해를 줍는다.

주디는 메모장을 내려다보며, 정신을 가다듬고, 첫 시도를 하고자 마음을 단단히 먹는다.

그 상대를 누구로 할지는 이미 정했다. 이로쿼이 골프장 회원 중 한 명을 떠올리게 하는 나이 든 남자다. 백발에 키가 크고, 현관문 옆 낮은 장의자에 앉아 튼튼한 등산화 끈을 묶고 있다. 옆에는 아내인 듯한 여자가 있다.

주디는 두 사람에게 걸어가서 앞에 선 채로 헛기침을 한다. 방이 유난히 고요한 느낌이다. 대화 소리가 멈춘 상태다.

두 남녀는 주디가 내는 소리를 못 듣거나, 신경 쓰지 않는다.

"실례합니다, 선생님?" 주디가 말을 건다. 갑자기 골프장 일터로 돌아간 느낌이다.

남자가 천천히 시선을 든다.

"몇 가지 질문을 드려도 되겠습니까?"

제이컵

1950년대 | 1961년 | 1973년 겨울 |
1975년 6월 | 1975년 7월 | 1975년 8월: **첫째 날**

제이컵은 새벽에 노스웨이 도로와 경계를 맞댄 숲 가장자리 바로 안쪽을 걸어가다 개울에 도달했고, 그 개울을 따라 수원까지 가고픈, 설명할 수 없는 충동을 느꼈다. 대대로 물려받은 것처럼 느껴지는 어떤 기억이 깨어났다. 어떻게인지는 몰라도 제이컵은 이 개울을 알았다.

제이컵은 자신을 믿을 뿐, 어느 신도 믿지 않는다. 다만 미신에 관해서는 다르다. 우연이란 존재하지 않으며, 예상치 못했거나 기묘한 무언가를 맞닥뜨리면 몇 분 더 할애해서 왜인지 고민해보는 게 중요하다는 생각을 어느 정도 가지고 있는 것이다.

왜 북쪽으로 가는 여정 중에 이 개울을 마주쳤을까? 제이컵은 궁금했다. 왜 이 개울이 이렇게 익숙해 보일까? 날이 거의 밝아오는 상황에서, 제이컵은 선택지를 고민했다. 또 하루를 위해 잠을 자야 할 때인데, 개울이 그를 숲속으로 강력하게 끌어당겼다. 한동안 개울을 따라간다고 해서 위험할 게 뭐가 있을까? 제이컵은 생각했다.

    그때부터 걷고, 물살을 헤쳐나가고, 이따금 습지를 철벅거리기를 몇 시간 동안 이어갔다. 신발이 진흙투성이에 완전히 젖었다. 가능한 한 빨리 누군가의 신발로 갈아 신어야 했다.

    숲은 점점 덜 빽빽해져갔다. 앞에 남은 마지막 나무들 사이로 제이컵이 가던 길과 교차하는 차도가 보였다. 따라온 개울은 배수로로 사라졌다.

    잠시 기다렸다가, 차가 안 보일 때 쏜살같이 도로를 건넜고, 맞은편에서 배수로를 찾아서 걸음을 이어갔다.

    거기, 바로 앞에서, 작은 오두막들이 좁은 개울을 두 줄로 에워싼 채 늘어서 있었다. 여기저기서 작은 다리가 개울을 가로질렀다. 왼쪽으로 더 큰 건물들이 있었다. 그 너머에는 언덕이 있었다.

    별안간 제이컵은 왜 그 물줄기에 끌렸는지, 그리고 왜 이렇게 멀리까지 따라왔는지를 깨달았다.

    예전에 와본 적 있는 곳이었다.

유디타

1950년대 | 1961년 | 1973년 겨울 |
1975년 6월 | 1975년 7월 | 1975년 8월: **첫째 날**

주디 럽택은 앞에 있는 신사에게 몇 분만 시간을 내주기를 요청한 뒤 대답을 기다리는 중이다.

주디가 다시 말을 꺼낸다. "저는 럽택 형사입니다. 바버라의 위치를 파악하는 것을 돕기 위해 왔습니다. 제게—"

"미안하지만, 안 되겠소." 남자가 그렇게 말하고는 주디에게서 등을 돌린다. 창밖을, 숲 쪽을 바라본다.

주디는 어찌할 바를 몰라 굳은 채로 잠시 서 있다. 옛 본능은 그 남자의 말에 따르라고 한다. 골프장에서 자신이 음식을 날라다 줬을 수도 있는 이 남자에게. 새로운 본능은 단도직입적으로 나서라고 한다.

주디가 말한다. "선생님? 잠시면 됩니다. 몇 가지 질문만 드리겠습니다."

남자가 대답한다. "당신 상관 경사를 기다리겠소. 같은 말을 또 하는 걸 좋아하지 않으니."

"그게—" 주디가 입을 연다. 범죄 수사국에서 주디보다 높은 사람을 가리키는 말은 **경사**가 아니라 **선임 형사**. 하지만 그 역할을 차지한 데니 헤이스에게 벌써 실패하는 중이라고 말할 생각은 없다.

설명을 관두고 주디는 이렇게만 말한다. "부탁드립니다."

그 말을 들으며, 목소리에서 자신을 낮추는 기색을 읽으며, 남자는 어깨를 살짝 떨어뜨린다. 주디를 가만히 바라본다.

"잘 알겠소. 짧게 하지."

"제 차로 가셔도 됩니다."

"부엌으로 가지."

부엌이 거대하다. 나이 든 부부는 커다란 식탁에서 주디와 마주하고 앉는다. 남편은 팔과 다리를 꼬고 의자에 기댄다.

주디는 메모장을 양손으로 움켜쥔다. 식탁에 놓지 않으려 한다. 부부 중 누군가가 맞은편에서 메모장을 읽는 걸 원하지 않는다.

"성함이 어떻게 되십니까?" 주디가 질문을 시작한다.

"피터 윌링퍼드 반라 2세." 남자가 말한다.

"생년월일은요?"

남자가 눈썹을 치켜올린다.

"1898년 2월 23일."

주디는 이 사실을 줄이 쳐진 메모장에 적는다. 그리고 덧붙인다. 태도: 딱딱함.

"피해자와 관계가 어떻게 되십니까?" 주디가 묻는다.

"피해자?"

"반라 양 말입니다."

"내 손녀를 피해자라고 부르는 걸 자제해주면 고맙겠소." 남자가 말한다.

주디는 얼굴을 붉힌다. 그 말이 옳다.

"어쨌든 대답이 됐겠지. 나는 그 애 할아버지요. 여기는 할머니고." 반라 씨가 말하면서 아내 쪽으로 머리를 기울인다. "헬렌 반라 부인이오. 생년월일은 1898년 5월 3일."

주디는 이 사실들도 충실하게 메모장에 적는다.

그러고는 잠시 멈추고, 훈련이 효과를 발휘하기를 기다린다.

"두 분 다 오늘 하루에 관해서 말씀해주시겠습니까? 몇 시에 일어나셨고, 그 뒤로는 뭘 하셨죠?"

남자가 깊게 한숨을 쉰다. 반감을 거의 자동으로 내뿜는 그런 사람이다. 식탁 위로 두 손을 포갠다.

"아가씨 이름이……." 그가 말한다.

"럽택입니다."

럽택 형사라고, 주디는 생각한다.

"럽택 양, 자네는 아주 어려 보이는군." 반라 씨가 말한다. 아내가 남편을 흘낏 본다. "아마— 스무 살? 스물두 살쯤 됐소?"

그는 기다린다. **스물여섯**이라고, 주디는 생각한다. 하지만 말하지는 않는다.

"내 생각에 이 일을 오래 한 것 같지는 않군. 내가 도움을 드리지."

"피터." 아내가 말한다. 지금껏 처음 꺼낸 말이었다. 하지만 남편이 자기 쪽으로 한 손을 들어 보이자 입을 다문다.

"우리 손녀는 도망쳤소. 내가 이걸 아는 이유는 지난 2년 동안 그 애가 매일같이 도망가겠다고 위협했기 때문이오. 가면 갈수록 '바버라를 달래는 것', '바버라의 심기를 건드리지 않는 것'이 아들네 가정에서 거의 유일한 대화 주제가 됐소. 바버라는 대부분의 열세 살짜리 여자애들이 행동하는 것처럼 행동하는 열세 살 여자아이요. 더 심각할 뿐이지."

그가 말을 하다 말고 기침한다.

"우리가 오늘 아침에 어디에 있었는지는 당신이 풀려는 퍼즐에서 중요한 조각이 아니오. 당신과 당신네 사람들이 해야 할 일은 대규모 수색대를 숲으로 보내는 거요. 이 순간에 바버라를 위험에 빠트리는 건, 바버라 자신을 제외하면 숲뿐이니까."

그는 갑자기 일어나더니 아내를 내려다보면서, 자신을 따라 일어나기를 기다린다. 아내는 머뭇거리며 그렇게 한다.

"자, 나는 개를 몇 마리 데리고 숲으로 갈 거요. 당신이 붙잡았을 때도 숲으로 가려는 참이었지. 메모장에 적어두시오. 당신 상관이 나를 찾을 때를 대비해서." 반라 씨가 방을 걸어 나간다. 아내는 알 수 없는 표정으로 잠시 주디를 바라보더니 남편을 따라간다.

"선생님." 다음에 뭘 말할지 떠올리기도 전에 주디 입에서 말이 나간다.

그가 기다린다. "뭐요?"

"다만— 선생님 손자가 실종된 사건을 감안하면, 바버라의 일도 똑같이 신중하게 다뤄야 할 것으로 보입니다."

그의 표정이 완전히 변한다. 지금까지는 대화에 짜증이 난 기색이었다. 이제는 분개한다. 말을 꺼내려 입을 여는 모습에서 주디는 이빨을 드러내는 동물이 떠오른다.

"손자에 관해 말하지 마시오. 이름조차 입에 담지 마시오."

남자가 떠난다. 아내도 따라간다.

주디는 넓은 부엌에서 잠시 혼자 앉아 있는다. 지난밤에 파티가 벌어진 것처럼 보인다. 냉장고에 있어야 할 용기들이 조리대에 열린 채 놓여 있다. 샐러드, 초콜릿 디저트가.

주디는 메모장을 내려다본다. **딱딱함**이라고 적은 부분에 줄을 긋는다.

태도: 적대적이라고 적는다.

개수대 안에 불안정하게 쌓여 있던 접시 더미가 갑자기 움직이더니, 소음이 벽에 날카롭게 튄다.

주디는 미동도 하지 않는다. 부엌에서 나는 소리를 들으면 보통 편안해진다.

그녀는 손자를 언급했을 때 반라 씨가 보인 과도한 반응을 생각하는 중이다. 혐오감이 서린 눈, 번뜩이는 누런 치아. 주디는 다른 사람에게서 같은 표정을 본 적이 있다.

그게 누구인지 이제 떠오른다. 찰스 하노버 부인이다. 몇 해

전 골프장 크리스마스 파티 때, 주디는 어느 조용한 모퉁이를 돌았다가, 하노버 부인이 외투 보관실에 걸린 모피 옷들의 주머니를 샅샅이 뒤지고 있는 걸 발견했다. 때때로 무언가를 꺼내 살펴보고 자기 가방에 넣었다. 주디는 아연해서 지켜보다가, 돌아서는 하노버 부인과 눈이 마주쳤다. 그러자 부인은 미소를 짓더니 자기 코트를 찾아서 입고 걸어 나갔다.

주디는 부엌으로 달려가 총지배인 칙 야노비치를 찾았고, 그는 양손으로 양 볼을 긁으며 잠시 바닥을 보고 서 있었다. 그러더니 고개를 끄덕이고 운명에 순응해 밖으로 나섰다.

복도를 따라 울리는 분노에 찬 외침이 부엌까지 들렸다. 그때, 반회전문이 홱 열리더니 하노버 부부가 나타났고, 부인이 앞에 나서서 주디를 향해 화를 내며 손가락질을 해댔다. 손자를 언급했을 때 반라 씨가 지었던 표정이 그때 하노버 부인이 지은 표정과 똑같았다.

"네가 뭘 봤는지 알지도 못하면서. 이 새파랗게—"

"폴렛." 하노버 부인의 말에 남편이 주의를 주듯 말했다.

야노비치 씨가 경찰에 전화하겠다고 경고하자 하노버 부인은 마침내 가방에 든 내용물을 꺼내 보였다. 그 안에는 지갑 다섯 개와 담뱃갑 두 개가 있었다. 하노버 부부는 골프장 출입을 금지당했지만, 폴렛 하노버가 경찰에 신고당하는 일은 없었다.

주디는 그때나 지금이나 똑같이 생각한다. 부자들이 대체로 화를 가장 많이 내는 순간이란 자신의 잘못을 책임지게 될 것 같은 때라고.

트레이시

1950년대 | 1961년 | 1973년 겨울 |
1975년 6월 | 1975년 7월 | 1975년 8월: **첫째 날**

그날, 트레이시는 캠프를 시작할 때부터 궁금했던 질문에 대한 답을 배운다.

길을 잃으면 실제로 뭐라고 외쳐야 할까? 캠프 교육은 아직 거기까지 미치지 못했다.

결국 트레이시는 이렇게 외친다. **길을 잃었어요.**

광란에 빠져 구호를 연호하듯, 이 말을 연달아 외친다. 그러다 목소리를 아껴야 한다는 것이 떠올라 좀 더 길게 간격을 두고 외친다.

처음에는 이 바보 같은 말을 외치는 동안 자기혐오와 창피함이 마음속에 들끓는다. 숲 가장자리에서 얼마 안 떨어져 있다고 확신하고, 어느 때라도 어떤 열 살짜리 캠프 참가자가 유니폼을 입고 어슬렁어슬렁 나타나, 한심하다는 듯이 바라보며, 캠프 쪽을 가리키리라 확신해서다. 그래도 운명에 순응하고 계속 소리를 친다. 얼른 끝내는 게 낫다고, 트레이시는 생각한다.

한동안 목이 말랐다. 이제는 점점 배도 고프다. 이 사실만으로도 어쩌면 시간이 너무 많이 지났을지도 모른다는 생각에 무게가 실린다. 게다가 지금 주변이 어둑해지는 건가? 말도 안 된다고, 트레이시는 생각한다. 이른 아침에 출발하지 않았나. 숲속에 있으니 시간이 이상하게 흐르는 것 같다. 자신이 아는 것과 다른 현실에 들어와버렸다.

"길을 잃었어요." 트레이시가 외치고 또 외친다.

주변 세상이 흐릿하고 푸르다. 트레이시는 올해 맞춘 안경을 안 쓸 만큼 자만했다고, 자신을 욕한다.

더는 모험이 아니다. 마침내 진짜 두려움이 자리를 잡았고, 트레이시는 말이 아닌 비명만 지른다. 이제 "길을 잃었어요" 또는 "도와주세요"라고 말하지 않는다. 그 대신 그저 목구멍에서 나오는 대로 원초적인 고함을 내지르다가 이따금 "엄마, 아빠"를 부른다. 놀랍게도 말이다. 트레이시는 자신이 어리긴 해도 독립적이라고 생각했다. 하지만 지금은 목이 마르고 배가 고픈 채로 울면서, 더는 서로 말도 안 하는 부모님을 소리쳐 부르고 있다.

트레이시는 한동안 이런 상태를 이어가다가, 울부짖다 말고 몸을 굳힌 채 온몸으로 귀를 기울인다. 숨을 참는다. 발소리 같은 게 들린다.

잠시 기다린다.

"누구세요?" 트레이시가 말한다.

잠시, 아무 소리도 없다. 그러다 다시 그 소리가 들린다.

"누구세요?"

트레이시는 앉아 있던 자리에서 일어선다. 천천히 돌아본다. 마침내 나무 뒤에서 트레이시를 내다보는 얼굴을 눈치챘다.

그리고 누군가가 시야 안으로 걸어 들어온다.

루이즈

1950년대 | 1961년 | 1973년 겨울 |
1975년 6월 | 1975년 7월 | 1975년 8월: **첫째 날**

대강당 무대 뒤편에는 임시 분장실 세 개, 옷장 하나, 밖으로 나가는 출입구가 하나 있다. 현장에 처음 도착한 주 경찰관들은 당분간 강당 전체를 본부로 삼고서, 무대 뒤 공간을 조사실로 사용해왔다.

첫 번째이자 가장 작은 분장실 안에서 루이즈가 비닐 의자에 홀로 앉아 있다.

한 시간 전, 루이즈와 함께 일하는 보조교사는 자기네 담당 참가자가 한 명 더 사라진 것을 불현듯 알아채고서, 눈을 크게 뜬 채 캠프장을 전력으로 뛰어다니며 루이즈를 외쳐 부르다가 직원 숙소에서 관리자 사무소로 돌아오던 그녀를 발견했다.

"트레이시도 없어졌어요!" 애너벨이 숨 가쁘게 말했다. 그러자 근처에 있던 경찰관이 물었다. "누구요?"

순식간에 둘은 경찰 무리에 둘러싸여 대강당으로 걸어갔다.

가는 동안 루이즈는 계속 애너벨의 시선을 끌려고 했다. 애너벨에게 눈빛으로 말하고 싶었다. **기억해. 약속했던 거 기억해.**

하지만 애너벨은 그녀와 한 번도 시선을 마주치지 않았다.

이제 애너벨은 루이즈가 있는 분장실 옆 분장실에 있다. 두 공간을 가르는 얇은 벽 너머에서 흐느낌일 수도 있겠다 싶은 억눌린 소리가 들려온다.

다른 여자와 남자의 성난 목소리도 들을 수 있다. 짐작건대 사우스워스 부부다. 애너벨의 부모. 이번 주에 반라 저택에 초대받은 손님.

루이즈가 있는 분장실 문을 가볍게 두드리는 소리가 나더니, 대답할 겨를도 없이 문이 휙 열린다.

한 남자가 걸어 들어오는데, 40대쯤 됐고, 머리가 벗어지고 있다. 그가 멈춰서 무언가가 생각나는 듯 잠시 루이즈를 응시한다. 그는 제복을 입지 않았다. 대신 노란색 반소매 옥스퍼드 셔츠를 입고 빨간색 넥타이를 맸다. 팔에는 갈색 정장 코트가 걸쳐져 있다.

"루이즈 도나듀?"

루이즈가 끄덕인다.

남자가 미소를 짓는다. 몸이 말랐고, 근육이 없다.

"나 기억나니?" 그가 묻는다.

그제야 루이즈는 남자의 얼굴을 유심히 보고, 분명히 낯이 익은 걸 깨닫는다.

그가 말한다. "데니 헤이스. 새턱에 살았어. 네 엄마랑 아는 사이지."

루이즈가 대답한다. "아, 헤이스 씨."

남자가 한 손을 들어 보이며 고개를 젓는다. "그러지 마. 데니라고 불러. 너도 성인이잖아, 그렇지?"

루이즈는 그 말에 충격을 받는다. 엄밀히 말해 사실이라고 생각하긴 하지만.

"좀 어떠셔?" 데니 헤이스가 묻는다.

"누가요?"

"네 어머니."

루이즈가 잠시 말을 멈춘다. "괜찮은 거 같아요. 서로 얘기를 잘 안 해요."

그가 고개를 한 번 끄덕인다. 루이즈만큼이나 주제를 바꿀 준비가 됐다.

루이즈의 기억이 맞다면, 데니 헤이스는 아버지가 마을을 떠난 직후부터 루이즈네 집을 맴돌곤 했던 몇몇 남자 중 하나다. 루이즈가 데니의 손을 힐끗 본다. 결혼반지를 알아본다. 그 당시에도 결혼한 상태였을 수도 있지만 알지는 못했다. 그랬다 한들 놀라지는 않았을 것이다.

어머니가 했던 일이나 지금 하는 일 그 무엇에도 루이즈는 더는 놀라지 않는다. 루이즈가 열한 살 때 어머니가 제시를 임신했을 때에도 놀라지 않았다. 누가 아버지인지 확실하지 않다고 고백했을 때에도.

제발, 이자가 제시의 아버지가 아니길, 루이즈는 생각한다.

데니가 묻는다. "너는 어때? 결혼했다거나? 애가 있다거나?"

"아뇨. 그냥 일해요."

"나는 두 명 있어. 아들 하나 딸 하나. 셋째도 기다리는 중이지. 7년 전에 진급하면서 새턱에서 이사 나갔어. 지금은 노스엘바에 살아. 서랑 가깝거든."

루이즈가 끄덕인다.

"앉아도 되지?" 데니가 묻는다.

분장실은 좁고 밝으며, 두 개뿐인 의자가 나란히 있다. 두 사람은 불편한 각도로 서로를 향해 앉는다. 루이즈가 선호하는 것보다 지나치게 가깝다. 그녀는 데니가 메모장과 펜을 찾아 가슴 주머니를 더듬는 걸 거울로 지켜본다.

데니가 입을 연다. "자, 네가 그 애 지도교사라고? 반라 집안 여자애?"

루이즈가 끄덕인다.

"그 애가 갔을 만하다고 짐작 가는 데 있어?"

"아니요." 루이즈가 조용히 대답한다.

데니가 루이즈를 흘끗 본다. "밖에 있는 여성분이—" 메모장을 확인하면서 말한다. "T.J.였나? 머리가 짧은 분?"

"관리자예요." 루이즈가 대답한다.

"그래. 그 사람이 말하길 아이가 없어진 걸 처음 알린 사람이 너라던데. 맞아?"

루이즈가 끄덕인다.

데니는 루이즈를 한동안 바라본다. 어떤 말을 할지 말지 생각한다.

"눈치 못 챘어?" 그가 말한다. "문소리나 뭐 들은 건 없고?"

루이즈는 목이 조이는 느낌이다. 울음이 나오려는 건 절대 아니라고 되새긴다. 마지막으로 울었던 때가 기억도 안 난다.

"밤새 오두막에 있었어?" 데니가 묻는다.

루이즈는 대답하려고 입을 열지만, 소리가 나오지 않는다.

그러자 데니가 메모장을 내려놓는다. 그 위에 펜도 살짝 놓는다.

"들어봐. 나는 정말이지 여기서 어떤 조언도 해주면 안 돼. 하지만 옛 친구니까 할게."

그가 루이즈 쪽으로 몸을 기울이고, 목소리를 낮춘다.

"지금 문제를 만들지 않는 게 좋을 거야. 돌이킬 수 없는 말을 절대 하면 안 돼. 거짓말을 했다가는, 나중에 네가 곤란해질 테니까."

루이즈가 그를 올려다본다. 얼굴이 고작 30센티미터 떨어져 있다. 콧수염이 축축해 보인다.

"옆방에도 여자애가 하나 있어. 너랑 같이 일하는 거 같은데. 이다음에 그 애와 얘기할 거야. 만약 두 사람이 다른 얘기를 한다면, 글쎄, 보기가 안 좋겠지. 의문이 생길 거야."

"알아요." 루이즈가 대답한다.

"나랑 알고 지낼 적에 너는 착한 아이였어. 그래서 항상 너를 좋아했지. 네가 자라면서 어떤 사람들이 널 힘들게 했다고, 너에 대해 말하고 다니거나 했다고 들었다. 나는 그런 말 하나도 안 믿었어."

루이즈는 가만히 있다가 마침내 말한다. "고마워요." 루이즈는 이 순간 속 데니가 싫다. 그가 암시하는 것들이 싫다. 루이즈에 관해 돌던 말은 대부분 어떤 학생과 몰래 만난다는 거짓 이야기와 관련이 있었다. 선생님과의 추문도 한 번 있었다.

"그래서 너한테 조언을 좀 하려는 거야."

그가 일어서서 메모장과 펜을 집어넣는다.

"변호사를 불러달라고 해. 그리고 내가 이 얘기를 해줬다는 말은 하지 마."

루이즈는 생각도 하지 않고 말한다.

"이미 변호사 있어요."

그 말에 잠시 데니의 표정이 흔들리는 걸 지켜보자니 기분이 좋아진다.

"그래, 잘됐네. 그럼 국선은 찾아줄 필요가 없겠군. 필요해져도 말이야."

루이즈가 데니를 멍하니 본다.

"국선이 뭔지 알지?"

침묵.

데니가 말한다. "국선 변호인. 무료 변호사 말이야. 너는 필요 없는 것 같지만."

루이즈는 그제야 자신이 무슨 일을 저질렀는지 깨닫는다.

앨리스

1950년대 | 1961년 | 1973년 겨울 |
1975년 6월 | 1975년 7월 | 1975년 8월: **첫째 날**

한 친절한 삼림 순찰대원이 앨리스의 어깨에 수건을 둘러줬다. 잠시 뒤에 수건을 하나 더 가져와서 이것도 둘러줬다. 오후 1시, 앨리스는 햇볕이 드는 자리에서 야외용 안락의자에 앉아 있는데, 심하게 떠는 나머지 이가 딱딱 부딪힌다. 베어가 사라졌을 때도 이랬던 기억이 난다. 충격을 받아서 그렇다고, 그 당시에 누군가가 말했다.

"걱정하지 마십시오." 삼림 순찰대원이 말하면서 몸을 굽혀 앨리스의 무릎에 손을 얹는다. "저희가 따님을 찾을 겁니다, 아시겠죠? 저희가 받은 훈련은 전부 이런 일에 도움이 되는 것들입니다."

앨리스는 고개를 한 번 끄덕인다. 이 사람이 곁에 있어주기를 바란다.

다른 삼림 순찰대원 몇 명이 수색견을 데리고 캠프장을 일정한 속도로 천천히 돌아다니면서 냄새를 추적한다. 아까 앨리스는 개가 도움을 받을 수 있도록 바버라가 입었던 아래 속옷을 한 벌 가져다달라고 부탁받았다. 앨리스가 그렇게 요청하는 순찰대원을 경악한 채 바라보자, 그는 사과하며 말했다.

"정말로 수색견한테 가장 도움이 되는 옷입니다."

앨리스는 직접 할 수가 없었다. 대신 지도교사를 찾아가라고 부탁했다. 바버라의 소지품을 그들이 직접 살펴볼 수 있을 테니.

지금 피터는 캠프장 건물들 중 어딘가에 어떤 형사와 있다. 앨리스에게는 라로셸 경감이 올버니에서 올 때까지 아무와도 얘기하지 말라고 했다. 베어 사건을 맡았던 그 경감이다.

피터는 그 사람을 신뢰한다.

더 정확히는 그 밖의 어떤 사람도 신뢰하지 않는다.

앨리스는 호수를 내다본다. 사실인즉, 그녀는 바버라가 있을 만한 곳을 전혀 모른다. 다들 바버라가 도망쳤을 가능성이 가장 크다는 생각을 내비치는 듯하지만, 앨리스는 도망간 게 아닐까 봐 걱정이다.

바버라는 늘 다루기 어려웠다.

걸음마를 뗐을 무렵에는 하도 끔찍하게 떼를 써서 올버니 사람들이 뭐라고 생각할지 걱정될 정도였다. 여섯 살 때는 멈출 징조가 안 보였다. 아무리 윽박지르고, 달래보고, 엉덩이를 때리고, 심지어 뺨을 때려도—도저히 손쓸 수 없는 상황에서 피터가 얼굴을 빠르게 한 번 때리는 식으로 시도한 적이 있었다—떼쓰기를 누그러뜨릴 수 없었다. 오히려 바버라는 더 크게 악을 쓰면서, 생각을 못 하게 만드는 끔찍한 비명을 질러댔다.

베어는 절대로 그렇지 않았다.

이런 일화들이 결국 결정적인 요인이 되어, 두 사람은 바버라를 일찍 학교에 보내기로 했다. 바버라가 일곱 살 때 에밀리그레인지 학교에 기숙생으로 등록했던 것이다. 누구 말을 들어도, 거기서는 아무 문제도 일으키지 않는 듯했다. 처음에는.

하지만 최근에 새로운 이야기가 들려왔다.

지난 학년 중반에, 교장인 수전 요더로부터 전화가 왔다. 교장은 만만치 않은 여자로, 앨리스가 생각하기에는 동성애자였고, 진보적이라는 평을 들었다. 그녀에게 Ms(혼인 여부와 상관없이 여성의 성 앞에 붙이는 경칭)라는 경칭을 붙여달라고 요청한 사람은 이 사람이 처음이었다. 교장은 앨리스와 피터를 교정으로 초대하여 직접 만나고자 했다. 이전에는 한 번도 받아본 적 없는 요청이었다.

피터는 격분해서 말했다. "우리가 내는 돈을 생각하면, 남자한테 일하는 날에 시간을 내라고 요청하는 게 무리라는 걸 알아야지."

요더 씨(Ms)는 "자애"에 관해 언급하면서 대화를 시작했는데, 그녀가 빈번히 쓴 이 단어를 앨리스는 그날 이전까지 대화에서 소리 내 사용하는 걸 한 번도 들어본 적이 없었다.

교장은 바버라가 교내에서 벌인 "부적절한" 행동이라는 것을 설명하기 시작했다.

"아주 최근에, 바버라가 마을에서 온 한 남자아이와 자기 방에 함께 있던 게 발각됐습니다."

앨리스 옆에서 피터가 의자 팔걸이를 꽉 쥐었다.

"어떤 상태로요." 피터가 말했다.

"뭐라고 하셨죠?"

"제 딸이 어떤 상태로 발견됐습니까?"

"아—" 요더 씨가 얼굴을 붉히며 대답했다. "옷은 입은 채였습니다."

"그런데요." 피터가 말했다.

"그런데— 글쎄요, 현실은 버크 부인이 방에 들어가기 전에 아이들이 뭘 하고 있었는지 확신할 수 없다는 거죠. 여자아이 침실에 감시도 없이 남자아이가 있는 건— 분명히 이상적이지는 않습니다."

요더 씨가 옅게 미소를 지었다. 방에 감도는 긴장감을 조금 덜어보려고. 아이들이란! 그 입매가 이렇게 말하는 것 같았다.

하지만 피터는 돌처럼 가만히 있었다. 머릿속으로 어떤 결정을 내리는 중인 것을 앨리스는 알 수 있었다.

"반라 씨, 저희도 크게 염려하지는 않습니다. 바버라 또래 여자아이들은 상당히 흔하게 이런 행동을 하니까요. 다만 저희가 확실히 하고 싶은 건—"

피터가 요더 씨의 말을 끊었다.

"그러면 감독 책임은 누구한테 있습니까?"

요더 씨가 당황하며 눈썹을 찌푸렸다. "무슨—"

"그 남자애가 기숙사에 들어오게 둔 책임은 누구한테 있죠?"

"글쎄요, 바버라에게 있죠." 요더 씨가 대답했다.

잠시, 앨리스는 겁에 질렸다. 피터가 폭발할지도 몰랐다. 자주는 아니어도 그럴 수 있었다. 하지만 피터는 그저 요더 씨의 말을 허공에 내버려뒀다.

"남자애는 누구입니까?" 마침내 피터가 물었다.

"이름은 모르겠습니다." 요더 씨가 대답했다. 표정이 살짝 변하고 있었다. 반감을 띤 모습이 되어갔다. 요더 씨도 화를 잘 낼까? 앨리스는 염려했다. 보통은 피터가 화를 내지는 않을지 너무 신경 쓰느라 다른 사람이 화를 낼까 봐 걱정하는 일은 매우 드물었다.

"몇 살이었죠?" 피터가 물었다.

"잘 모르겠습니다. 하지만 서관을 담당하는 버크 부인은 걱정하는 것처럼 보이지 않았는데, 이게 대답이 될지요."

피터는 거기서 끝내지 않았다. "어떻게 생겼는지 설명해주십시오."

요더 씨는 한숨을 쉬고 말했다. "제가 그 자리에서 본 건 아닙니다. 하지만 서관 담당 버크 부인은 마르고 머리가 검은색이라고 설명했습니다." 이어 설명하길, 버크 부인은 그 남자애가 1층 바버라의 방에서 창문으로 탈출하여 학교와 경계를 맞댄 숲속으로 뛰어 들어가는 뒷모습밖에 못 봤다.

"뭘 입고 있었습니까?" 피터가 물었다.

"죄송하지만, 모릅니다."

"그 남자애가 뭐든 말한 게 있습니까?"

"버크 부인은 언급하지 않았습니다."

"바버라는요?"

"바버라는 그 애가 마을에서 온 친구라고 했습니다."

피터가 코웃음을 쳤다. 긴 침묵이 뒤를 이었다.

앨리스는 방에 있는 물건에 집중했다. 눈가리개를 한, 작은 대리석 정의의 여신상. 책꽂이에는, 겉표지를 벗기고 높이순으로 깔끔하게 정리한 장서들. 벽에는, 오래전에 찍은 여자 하키 팀 사진이 든 액자. 요더 씨가 어렸을 때 뛰었던 팀일 거라고, 앨리스는 생각했다.

앨리스는 피터가 이미 의자에서 일어난 걸 눈치채지 못했다. "감사합니다, 미스(Miss) 요더." 피터는 경칭을 강조하며 말했다.

요더 씨가 이맛살을 찌푸렸다.

"실례지만, 더 논의할 것이 있습니다. 이런 상황에서 저희는 보통 징계 조치 같은 것을 합니다만."

피터가 대답했다. "뭐든 좋을 대로 하시죠. 가지, 앨리스."

앨리스가 일어섰다. 하지만 방을 나서기 전에 요더 씨가 다시 말을 걸었다.

"반라 부인." 그녀는 앨리스를 똑바로 쳐다보며 딱 집어 말했다. "제가 부인께 답해드릴 질문은 없을까요?"

앨리스에게 질문이 있었다고 한들, 떠오르지는 않았다. 그리하여 앨리스는 고개를 젓고 말없이 남편을 따라 방을 나갔다.

차로 가는 길에, 앨리스는 피터에게 바버라를 기다렸다가 직접 이야기해보고 싶지 않냐고 물었다. 그는 고개를 저었다.
"거짓말이나 할걸. 나는 그걸 못 참아주겠어."
올버니로 돌아가는 차 안에서, 피터가 침묵을 지키는 동안 앨리스는 옆에서 할 말을 찾느라 고심했다.

그녀는 최근 자신이 피터의 어머니와 같은 행동 방식을 지니게 되었다는 것을 눈치챘다. 시어머니는 거의 모든 때에 한쪽으로 비켜 앉아, 기쁘게 미소 지으며, 대체로 남편이 상황을 이끌게 됐다. 처음 만났을 때 앨리스는 시어머니의 지성을 의심했다. 하지만 아주 드물게 둘이서만 있을 때면, 반라 부인은 자기 남편에게 드러낸 적 없는 대화 능력을 보여줬다. 나름대로 재치도 있었다.

"단풍이 들기엔 이른데 말이에요." 마침내 앨리스가 말했다. 그러자 피터가 그렇다고 확인해주듯 말했다.

그날 밤, 피터는 앨리스에게 와서 결정을 내렸다고 말했다. 에밀리그레인지 학교는 바버라를 다룰 수 없다고 했다. 바버라는 어딘가 다른 곳으로 가야 한다고.

그날 저녁 늦게 한 친구와 전화로 상의를 마친 차였다. 피터는 방에서 나와, 바버라가 다음 학년부터 엘란 학교에 다니게 됐다고 알렸다. 훈육 문제가 있는 아이들이 가는 메인주(州) 학교. 피터는 이를 "행동 수정 프로그램"이라고 설명했다.

세 사람이 보호구역에서 여름을 함께 보낼 거라고, 피터가 앨리스에게 말했다. 그러고 나서 바버라는 가야 한다고.

"바버라한테 말해줘, 알았지?" 피터가 가볍게 말했다. 앨리스는 주춤했다.

"바버라가 싫어할 거예요."

"그건 중요하지 않아. 바버라를 올바른 길에 올려놓는 게 중요하지. 돌이킬 수 없는 실수를 저지르지 않게. 생각해봐—" 피터는 말을 하다 멈췄다.

앨리스도 이해했다. 에밀리그레인지 학교 안, 바버라의 방에 남자아이가 있었다는 건 섹스의 가능성을 의미했다. 지금은 아니더라도 곧. 그리고 섹스는 임신할 가능성을 의미했다.

반라 가문에 시집오기 전에, 앨리스는 이렇게 평판에 집착하는 가족을 본 적이 없었다. 두 사람이 더 젊었을 때, 베어가 네다섯 살 무렵일 때, 피터가 이에 관해 간결하게 설명한 적이 한 번 있었다.

"은행업은 신뢰에 의지하는 산업이야. 고객이 자기네 돈에 관해 결정을 대신 내리게 할 만큼 우리를 믿어주길 바란다면, 모든 일에서 우리가 내리는 판단을 고객이 믿을 수 있게 해야 해." 이것이 피터 1세가 보호구역과 에머슨 캠프를 만든 이유 중 하나라고 했다. 환경 보존에 쏟은 관심은 진실했을 뿐 아니라 영리했고, 지역에서 평판을 높이고자 의도됐다. 연줄이 든든한 사람들과 오랜 시간에 걸쳐 엄선해서 쌓은 우정도 마찬가지로 영리했고 신중했다. 반라 집안은 자기네 삶에 들인 사람에 관해서는 면밀하게 신경 썼고, 잘라낸 인연에 관해서는 무자비했다.

문제는 가을에 잡힌 계획을 앨리스가 아직도 바버라에게 이야기하지 않았다는 것이었다. 뒤따를 소동을, 분개하며 야단법석을 떨 바버라를 생각하면 늘 멈추게 됐다. 바버라에게는 매우 난폭한 구석이, 타고나길 공격적인 구석이 있는데, 앨리스는 바버라가 태어났을 때부터 이 점을 알아챘다. 이제 10대가 된 바버라는 더 어렸을 때 떼를 쓰던 정도를 훨씬 넘어서, 사그라지지 않는 격정에 사로잡혀, 언제든지 까딱 잘못했다가는 사납게 주먹을 날릴 것처럼 보였다.

따라서 바버라가 에머슨 캠프에서 여름을 보내게 해달라고 부탁했을 때, 이는 앨리스의 마음속에서 발표를 미룰 또 다른 핑계가 됐다.

가장 최근에 내린 결정은 여름이 끝나갈 때 바버라에게 얘기하는 것이었다. 그게 가장 좋겠다고, 앨리스는 생각했다. 신속한 한 번의 충격 뒤에 엘란 학교로 올라가는 것이다. 어쩌면 에밀리그레인지에 갈 짐을 싸서 차에 탄 다음에 말할 수도 있을 것이다. 바버라와 함께 별일 없이 차에 오르고, 운전기사가 운전대를 잡은 다음에.

앨리스는 그렇게 모든 계획을 마쳤다.

있잖아, 바버라. 앨리스는 조용히 말할 것이다. 계획이 바뀌었어.

어딘가 멀리서 나는 소리에 앨리스는 불현듯 상념에서 깨어난다.

어린 여자아이가 소리를 지르는 듯하다.

"이 소리 들려요?" 앨리스가 묻는다.

앨리스가 어깨 너머로 돌아보지만, 그녀를 돌보는 데 배정된 삼림 순찰대원은 가버린 뒤였다.

유디타

1950년대 | 1961년 | 1973년 겨울 |
1975년 6월 | 1975년 7월 | 1975년 8월: **첫째 날**

 주디는 부엌 창문 너머로 연로한 반라 부부가 잔디밭을 가로질러 숲 쪽으로 가는 걸 지켜본다. 남편은 빠르게 공격적으로 성큼성큼 걸어간다. 부인은 몇 걸음에 한 번씩 종종걸음 치며 서둘러 뒤따른다. 이 남자들은 전혀 아내를 진심으로 좋아하는 것 같지가 않다고, 주디는 생각한다. 골프장에 오는 남자들이든 여기에 있는 남자들이든. 주디의 아버지는 아이들을 엄격하게 대하는 만큼이나 아내의 의견을 따를 뿐 아니라 사실상 아내를 숭배한다. 스물다섯 번째 결혼기념일에, 아버지는 자기가 쓴 지독한 시를 어머니 앞에서 낭송했는데, 떨리는 두 손 안에서 종이가 팔락거려, 주디와 형제들은 웃지 않으려고 애썼다.
 주디는 한 번 더 힘을 그러모아, 벽난로가 있는 커다란 거실로 돌아간다. 벽난로 주변에는 주디보다 나이가 그리 많지 않은 젊은 남녀들이 여전히 모여 있다. 지금 상황과 여기 있는 사람들을 어떻게 연관시켜야 할지는 잘 모르겠지만, 그것을 파악하는 것이 자기 일일 거라고 주디는 생각한다. 그녀가 보기에 여기 있는 모두는 부적절하게 태평하다. 태도가 거의 무례할 만큼 느긋하다.

주디는 잠시 서성이면서, 중요한 무언가를 찾으려는 듯 메모장을 내려다본다.

"순경님." 누군가가 말한다. 어조에서 비꼼과 조롱이 묻어난다.

형사라고, 주디는 돌아보기 전에 생각한다. 한 젊은 여성이 소파에 비스듬히 누워 등받이에 발을 걸친 채, 주디 쪽을 보고 있다. 젊은 남자의 무릎을 벤 채. 낯이 익다. 배우인가? 가수? 주디는 그 여자를 TV에서 본 것 같다.

"지금까지는 어떻게 판단하고 계신가요?" 여자가 말한다.

여자에게 무릎을 내어준 젊은 남자가 웃음을 억누르듯 한 손을 입으로 가져간다.

주디는 여자를 무시한다. 다시 메모장을 내려다본다.

"유력 용의자는 누구죠?" 여자는 이제 일어나 앉으면서 시도한다.

"시끄러워, 폴리." 방 맞은편에서 곱슬머리 여자가 눈을 비벼 잠기운을 몰아내며 말한다.

폴리는 자기 옆에 있는 젊은 남자를 본다. "왜 웃는 거야?"

"당신 말투가 있잖아, 그냥 너무 **진지해!**" 남자가 대답하고는 감추고 있던 웃음을 터트린다.

그가 주디를 보며 말한다. "죄송해요. 심각한 상황인 거 알아요. 제가 술이 덜 깨서 그래요."

"난 관심이 있어. 알고 싶다고." 폴리가 말한다.

주디는 이 사람들이 혐오스럽다. 그러다 훈련받은 내용이 기억난다. 섣불리 증오심을 품은 것에 죄책감을 느낀다.

그녀는 본인조차 놀랄 만큼 평정심을 유지하면서, 거기에 있는 모두를 무시하고 거실을 가로질러 곧장 반대편 복도로 향한다. 이들 중 누군가를 면담하기 전에 생각을 정리할 것이다.

면담해야 하는 무리로부터 떨어져 이 방향으로 온 이유가 개인적인 호기심에서 비롯됐음을, 그녀는 마음 한구석으로 인정한다. 골프장에서 자신이 시중을 들었던 회원들이 어떤 집에 사는지 늘 궁금했는데, 이곳이 그들의 집보다도 더 웅장할 게 분명했다. 한편 그녀는 동료에게 들키면 더 면담할 사람을 찾고 있을 뿐이라고 말할 권리가 있다는 생각에 마음을 놓는다.

복도에 늘어선 문은 일부만 열려 있다. 주디는 문이 열린 곳만 살피기로 한다. 문을 가볍게 두드리며 고개를 들이민다.

대부분은 지저분하다. 흐트러진 침대, 열려 있는 여행 가방, 널브러진 짐들.

어느 방에서는 한 남자를 발견하는데, 크게 코를 골며 여전히 자고 있는 것이, 이곳에서 벌어진 소동을 모르거나 신경 쓰지 않는 듯하다.

주디는 발걸음을 뗀다. 다음 문은 닫혀 있지만 잠기지는 않았다.

손가락 하나를 대고 밀어본다. 안에서 페인트 냄새가 희미하게 난다. 연한 분홍색 벽을 보며 주디가 코를 찡그린다.

앞에는 누군가의 여행 가방이 바닥에 열려 있다.

주디는 망설이면서 뒤꿈치에 무게를 싣고 더 들어간다.

안에는 여성용 물건들이 나뒹굴고 있다. 원피스와 속치마와 하이힐과 수영한 뒤에 젖은 채로 둔 밝은 주황색 비키니. 깔끔한 것을 선호하는 주디는 그 수영복을 어딘가에 걸어놓고픈 충동을 억누른다.

방에 들어가니 벽에 페인트를 급하게 칠한 것이 명확해진다. 파티를 시작하기 전에 보기 좋게 꾸미려고 주인 쪽에서 서둘러 작업했으리라고, 주디는 추측한다. 자기 어머니였어도 그랬을 거라고.

현관문을 빠르게 두드리는 소리에 생각이 끊긴다. 거실에서도 목소리가 잠잠해진다.

주디가 상황을 파악하러 간다.

루이즈

1950년대 | 1961년 | 1973년 겨울 |
1975년 6월 | 1975년 7월 | 1975년 8월: **첫째 날**

애너벨이 실제로 다른 이야기를 한다는 것이 드러난다.

데니 헤이스가 기다리라는 말을 남기고 자리를 뜬 뒤 루이즈는 혼자 분장실에 남았다. 비통해하며 감정을 분출하던 알아들을 수 없는 소리가 처음 30분 동안 이어지다 멈춘 뒤, 더는 들리지 않는다. 대신 애너벨이 웃는 소리가 때때로 들린다. 이제 애너벨은 침착하다. 문제에서 벗어났다. 데니 헤이스는 애너벨의 부모와 농담을 주고받는다.

울보. 고자질쟁이.

루이즈가 생각하기에 애너벨이 말을 했다는 것은 의심할 여지가 없다.

마침내 문을 두드리는 소리.

데니 헤이스가 대답을 기다리지 않고 들어온다. 루이즈도 아는 무언가를 손에 들고 있다.

그는 말이 없다. 갈색 종이 쓰레기봉투를 루이즈 왼쪽에 있는 화장대에 놓는다. 그러고는 맞은편에 앉아 루이즈를 조용히 응시한다.

루이즈는 무릎에서 손톱 바스라기를 털어낸다.

여전히 감자칩 봉투 안에 든 애너벨의 토사물에서 냄새가 풍겨와 루이즈는 구역질이 난다. 내색하지는 않는다.

도대체 왜 애너벨한테 이 증거를 없애는 일을 맡겼을까? 루이즈가 자신에게 묻는다. 왜 직접 처리하지 않았을까?

데니가 목을 가다듬는다.

"네 봉투를 찾았다."

루이즈가 반쯤 웃는다. "애너벨 거예요."

"그렇게 말하지 않던데."

그 말을 이해하는 데 잠시 시간이 걸린다. 루이즈는 애너벨이 항복하리라고 예상했다. 두 사람 다 밤새 자리를 비웠으며, 애너벨 자신은 아이들을 지켜봐야 할 시간에 나가서 파티를 즐겼다고 고백할 줄 알았다. 술과 약에 취해 있었다고. 다음 날 아침에 메스꺼웠다고. 그랬으면 루이즈도 놀라지 않았을 것이다. 애너벨은 언제나 항복하니까.

루이즈가 예상하지 못한 건 명백한 거짓말이었다.

"애너벨이 네가 밤에 뭘 했는지 말했어." 데니가 말한다.

"*제가* 밤에 한 거요? 애너벨이 *자기가* 밤에 뭘 했는지는 말했나요?"

데니가 일어서서 화장대로 걸어가 봉투를 연다. 루이즈는 이번에도 구역질이 난다. 한편 데니는 아무 내색도 안 한다. 냄새를 맡았대도, 드러내지 않는다.

그는 봉투에서 맥주병, 마리화나 꽁초, 더 작은 봉투를 끄집어낸다. 그 작은 봉투에는 흰 가루가 들어 있다. 상당한 양이.

"그게 도대체 뭔데요?" 루이즈가 묻는다. 하지만 그녀는 안다. 당연히 그게 뭔지 안다. 존 폴과 4년 동안 사귀었다. 거의 그만큼 오랫동안, 그 물질은 두 사람이 다투는 주된 원인이었다.

데니가 묻는다. "네가 이걸 여기나 새턱으로 들여왔어?"

"제 거 아니에요. 그 안에 있었다면, 애너벨이 넣었겠죠."

애너벨은 자신이 단정 지은 것처럼 순진한 아이가 아니라는 걸, 루이즈가 깨닫기 시작한다.

"살면서 코카인은 절대로 한 적 없어요." 루이즈가 말한다.

데니가 잠시 가만히 있는다. "그렇지만 어떻게 생겼는지는 알고?"

루이즈는 아무 말도 하지 않는다.

"네가 말했던 변호사 말이지, 연락할 수 있어?"

루이즈는 데니 헤이스와 동행해서, 본채를 향해 느리게 언덕을 오른다. 숨이 찬 느낌이 낯설다. 수년 동안 가파르고 긴 비탈을 달린 덕분에 루이즈는 휴식기 심박수가 낮고 대개 안정적이다. 하지만 지금은 숨이 가쁘고, 콧구멍이 벌름거리고, 겨드랑이가 축축하다.

존 폴은 이 일을 도와줄 의무가 있다고, 루이즈는 되새긴다.

함께한 4년. 루이즈의 삶에서 고스란히 차지한 4년. 이 관계에는 의미가 있다고, 루이즈는 스스로에게 말한다. 이럴 권리가 있다. 위급한 상황에서 약혼자에게 도움을 구하는 건 별스러운 일이 아니다.

루이즈가 하려는 일은 이랬다. 언덕 꼭대기에서, 거대한 문짝 두 개로 이루어진 독립독행의 현관문을 두드린 다음, 존 폴 매클렐런과 얘기하고 싶다고 부탁할 것이다.

변호사를 아버지로 둔 존 폴과.

데니가 어디로 가는지 물었을 때, 루이즈는 자세하게 밝히지 않았다. 대신, 저 위에 있는 본채에 자신의 가족과 잘 아는 사람이 있다고만 말했다.

"그래?" 데니가 의심하듯 말했다.

저택 앞에서는, 루이즈 또래의 젊은 여자들 몇 명이 모여서 나직이 이야기를 나누고 있다. 여자들이 루이즈를 쳐다본다. 루이즈가 입은 지도교사 유니폼을.

흑파리 모양으로 주조한 문 두드림 쇠를 들어 올린 사람은 데니다. 데니는 그것으로 문을 세 번 세게 친다.

루이즈는 그의 뒤에 서서, 심장이 **빠르게 뛰는** 가운데 처음 할 말을 연습한다.

잠시 뒤, 비단 잠옷 같은 것을 걸친 어느 젊은 여자가 문을 연다. 충격적으로 아름다운 모습에 루이즈는 눈을 깜빡이면서 유명한 사람인지 가늠해본다.

데니도 말문이 막힌 듯 보인다. 잠시 입을 벌린 채 그 자리에 서 있는다.

"무슨 일이죠?" 젊은 여자가 묻는다.

데니가 연극을 하듯 뒤로 물러서서, 한 손을 매끄럽게 뻗어 자신이 아니라 루이즈가 이 쇼의 주인공임을 알려준다.

루이즈가 말한다. "여기에 존 폴이 있나요? 존 폴 매클렐런?"

여자가 루이즈를 가만히 살펴본다. 루이즈는 살짝 움직인다. 말려 올라간 반바지를 잡아 내린다.

"아버지요, 아들이요?" 여자가 묻는다. 루이즈는 그 목소리에서 독특한 억양을 듣는다. 아마 이탈리아 사람 같다.

"아들이요." 루이즈가 대답한다.

여자가 고개를 끄덕이더니 복도를 따라 사라진다. 루이즈는 눈을 감고, 그녀가 뭐라고 말할지 상상한다. "어떤 **지도교사**가 당신을 찾아, 존 폴." 아름다운 얼굴에 떠오른 선웃음. 루이즈는 잠시 반사적인 질투를 느낀다. 이 지경에 이르러서도.

루이즈는 데니 헤이스가 정중하게 멀리 떨어져 있는 것을 눈치챘다.

데니 헤이스가 어머니와 사귀던 당시에 어땠는지 잘 기억나지는 않지만, 생각해보면 친절했던 어떤 면이 떠오르긴 한다. 적어도 잔인하지는 않았다.

환영받으며 들어갈 수 없는 저택의 웅장한 외관 앞에 서 있는 이 순간에, 그도 자신과 마찬가지로 작아진 느낌이 드는지 궁금하다.

이제 발소리가 들린다. 젊은 여자가 존 폴과 함께 돌아오리라. 루이즈는 존 폴이 어젯밤 일을 얼마나 기억할지 의문이다. 다툰 뒤에 그는 보통 뉘우치는 기색으로 루이즈를 달래며 한동안 결단코 술을 끊었다. 학교 친구들과 다시 만나 도로 열정적으로 술을 마시기 전까지는.

루이즈는 오늘 아침도 다르지 않길 바란다. 지난밤에 생긴 일로 격분하기보다는 죄책감을 느끼기를 바란다.

하지만 복도를 따라오는 발소리가 점점 커지다가 멈췄을 때, 루이즈는 아들 존 폴이 온 것이 아님을 알아차린다.

대신 존 폴의 아버지가 와 있다.

매클렐런 씨는 창백하고 근심에 싸여 있는 듯 보이고, 1년도 더 전에 루이즈가 마지막으로 봤을 때와는 전혀 다르다. 그때는 존 폴이 고른 식당에서 취기가 올라 벌게진 얼굴로 독한 술을 벌컥벌컥 마셨다. 루이즈는 도착하자마자, 매클렐런 가족이 자신을 기다리고 있지 않았다는 걸 명확히 알았다. 그 저녁 식사 자리를 마련한 목적이 자신과의 약혼을 알리기 위해서라고 믿었지만, 그 이야기는 전혀 나오지 않았고, 집에 오는 길에 이 일로 존 폴과 다퉜다. 당시 그의 아버지는 줄곧 괜찮았다. 최소한 그의 어머니와 여동생보다는 친절했다. 루이즈는 매클렐런 가족이 내내 정치 이야기를 했던 걸 떠올린다. 사실 루이즈도 어느 정도 아는 주제다. 심지어 강력하게 생각하는 바가 있는 주제다. 하지만 물어본 사람은 아무도 없었다.

오늘 루이즈 앞에 서 있는 매클렐런 씨는 루이즈를 알아보는 기색이 없다. 표정이 전혀 없다.

"매클렐런 씨." 루이즈가 입을 연다. 말을 찾아 머뭇거린다.

존 폴의 아버지가 다른 데 신경이 쏠린 채로 말한다. "계속해요. 무슨 일이죠?"

"저를 기억하실지 모르겠어요. 저는— 저는 존 폴과 아는 사이예요."

매클렐런 씨가 루이즈를 보면서 고개를 살짝 갸우뚱한다. 누군지 생각해내려다 실패한다. 그러다 잠시 뒤, 표정이 변한다.

"아, 맙소사." 매클렐런 씨가 말한다. 루이즈만 들을 수 있을 만큼 작게. "당신 때문에 아들이 없어진 거요?"

루이즈가 눈을 깜박이다 말한다. "**없어지다뇨**?" 하지만 매클렐런 씨는 그 말을 무시한다.

"그 애랑 함께 있었소?"

이 질문에 루이즈는 머뭇거린다. 두렵기보다는 애매해서.

"아마도요. 잠깐이지만요."

매클렐런 씨는 인내심이 바닥난 듯 보인다.

"내가 아는 건 이렇소. 아들이 한밤중에 끔찍한 몰골을 하고 들어왔소. 그때 나와 다른 사람들은 거실에 앉아 이야기를 나누고 있었지. 애가 죽을 지경으로 얼굴을 맞았더군. 입술에서 피를 흘리고 있었어. 어떤 여자 이야기를 했는데— 그게 당신인가 보군. 그리고 휘청이며 복도를 걸어갔소. 지독하게 취해서는."

매클렐런 씨는 넌더리를 내며 고개를 젓는다. "**친우들이 전부**

보는 앞에서 일어난 일이오. 그리고 오늘 아침, 아들이 사라졌소. 그 애도, 그 애의 차도 흔적이 없어."

그는 사과를 기다리는 듯 루이즈를 바라본다. 아무 반응도 나오지 않자 자기 말을 이어간다.

"어젯밤에 관해 내가 알아야 할 것이 뭐라도 있소? 있다면 말해주시오. 어서."

루이즈가 말한다. "아뇨. 그러니까, 별일 없었어요. 말다툼을 했는데요. 존 폴이—"

루이즈는 잠시 멈춰 말을 고른다. **위협했다고**, 말하고 싶다. "존 폴이 저한테 화를 냈거든요. 제 친구가 어쩔 수 없이— 끼어들었고요. 그러다 존 폴이 다치게 됐어요."

"친구라." 매클렐런 씨가 루이즈를 유심히 본다.

그녀가 말한다. "저는 존 폴이 어디로 갔는지 몰라요. 존 폴을 찾으러 여기에 온 거예요. 얘기하려고요. 없어진 줄은 몰랐어요."

매클렐런 씨가 천천히 고개를 끄덕인다. 루이즈는 그의 눈이 존 폴과 많이 닮았다는 걸 알아챈다. 햇빛을 받으면 아름다운, 매우 밝은 초록색. 하지만 이 아침, 매클렐런 씨의 눈에서는 빨간 핏줄이 잔뜩 보이고, 두 사람이 대화를 나누는 동안 그 수가 점점 늘어나는 것 같다.

"이게 어떻게 보이는지 아시오?" 그가 루이즈에게 말한다. 목소리가 낮고 사납다. "우리 아들이 지금 사라졌다는 게 말이오. 바버라도 사라진 마당에 이게 어떻게 보이는지 이해하시오?"

루이즈도 안다. 루이즈도 그 생각을 하고 있었다.

이제 데니가 크게 헛기침하며, 갈 준비를 한다.

매클렐런 씨는 안으로 돌아갈 것처럼 움직이다가 멈춘다.

"저 사람들이 당신을 데려가려는 거요?" 그가 묻는다.

"네."

"뭐 때문에?"

"마약이요." 루이즈가 말한다. "하지만 제 것이 아니에요."

아주 잠시, 매클렐런 씨가 무언가 조언을 해줄지도 모른다는 덧없는 희망이 루이즈의 머릿속을 가로지른다.

하지만 매클렐런 씨는 보이지 않는 힘에 끌려 들어가듯 어두운 집 안으로 한 걸음 물러설 뿐이다.

"행운을 빌겠소." 그는 말을 마친 다음 몸을 돌리고, 뒤에서 문이 닫히게 둔다.

트레이시

1950년대 | 1961년 | 1973년 겨울 |
1975년 6월 | 1975년 7월 | 1975년 8월: **첫째 날**

이 낯선 사람은 말이 없다. 그리고 10미터쯤 떨어져 서 있다. 트레이시는 안경이 없으면 5~6미터 너머가 전부 흐릿하다.

"누구세요?" 트레이시가 말한다.

하지만 앞에 있는 사람 형상은 아무 말이 없다. 대신 손가락 하나를 입술까지 든 다음, 손을 흔들어 부르는 듯한 동작을 한 번 하더니, 왔던 방향이지 싶은 쪽으로 조용히 걷기 시작한다.

위를 덮은 나무들에 여과되어 빈약해진 빛에도 하얀 머리카락이 반짝인다. 움직임이 유령 같아서, 트레이시는 무시무시한 메리를, 항상 이런 식으로 묘사되는 보호구역 내 전설적인 유령 중 하나를 잠시 떠올린다. 숲속에 가만히 서 있는 백발 여인. 캠프 참가자들은 이 여인이 멀리서 보일 뿐이라고 말한다. 그러고는 가버린다고.

이 추측에는 문제가 있는데, 트레이시가 생각하기에 이 낯선 사람은 여자보다는 남자처럼 걷는다는 것이다.

낯선 사람이 돌아보며 기다린다. 트레이시는 제자리에 머무를지 잠시 고민한다. 하지만 배고픔과 목마름이 대신 결정을 내린다. 그녀는 머무르지 않고 낯선 사람 쪽으로 움직인다.

20분가량 걷는 동안, 트레이시는 느릿느릿 뒤를 따른다. 앞에 있는 형상이 안전이나 위험 중 어느 쪽으로 자신을 이끄는지, 그녀는 모른다.

그러다 나무들 사이로 공터가 보이자, 트레이시는 돌연 자기 위치를 다시 깨닫는다.

낯선 사람이 말없이 독립독행 쪽을 가리키더니 다시 야생으로 물러난다.

거기, 트레이시 앞으로, 잔디밭에 북새통이 벌어져 있다. 그날 아침에 트레이시가 출발할 때 앞을 가로질렀던 경찰차들이 이제는 전부 잔디밭에 정렬되지 않은 채 주차되어 있고, 소형 트럭 네 대와 응급차 한 대도 같이 있다. 트레이시는 바버라의 실종을 둘러싼 소란 속에서, 자신이 빠져나간 건 들키지 않고 넘어갔을 가능성이 있는지 궁금하다. 이 생각을 하면서 남쪽으로 몸을 돌려, 에머슨 캠프를 향해 걷기 시작한다. 고개를 숙이고 걸음을 재촉한다.

캠프로 내려가는 언덕마루에 거의 도착했을 때, 어떤 여자가 외치는 소리가 들린다. "저기 있어요!"

목소리가 어딘지 익숙하다.

"바버라요?" 누군가가 큰 소리로 묻는다.

여자가 소리친다. "아뇨. 트레이시요! 트레이시가 돌아왔어요."

트레이시는 여전히 독립독행을 등진 채로, 그 목소리가 왜 익숙하게 들리는지 불현듯 깨닫는다. 도나 로마노의 목소리다.

유디타

1950년대 | 1961년 | 1973년 겨울 |
1975년 6월 | 1975년 7월 | 1975년 8월: **첫째 날**

주디는 5분 동안 거실 한구석에 서서, 중년 남자가 현관문 안쪽에서 반대편에 있는 젊은 여자에게 조용히 얘기하는 모습을 지켜봤다. 젊은 여자는 아담하고 아름다우며, 검은 머리는 앞가르마를 타서 길게 늘어뜨렸다. 에머슨 캠프 폴로셔츠를 입고서, 필사적으로 매달리기 직전인 표정으로 앞에 있는 키 큰 남자를 쳐다보고 있다. 두 사람이 뭐라고 얘기하는지는 들리지 않는다.

여자가 물러서고, 남자도 물러서고, 문이 닫힌다. 잠시 뒤, 데니 헤이스가 들어온다. 주디와 시선이 마주치자 손짓으로 부른다.

다가온 주디에게 헤이스가 말한다. "들어봐, 아가씨. 내가 바버라 반라의 지도교사를 확보하고 있어. 웰스 지서로 데려다 놓을 거야. 더 캐낼 만한 게 있나 보려고. 한두 시간 있다 돌아올게."

주디는 얼굴을 찡그린다. 이 상황이 이상해 보인다.

헤이스가 말한다. "걱정하지 마. 자네 혼자 오래 있을 일은 없을 테니. 수사국 형사들이 열 명 넘게 여기로 오는 중이야. 경감까지 올버니에서 올라오는 중이고."

그가 눈썹을 치켜든다. "이 가족 연줄이잖아."

주디가 끄덕인다.

"그 남자는 누구였습니까? 출입구에 있던 사람요."

헤이스가 메모장을 내려다보면서 이름을 찾는다. "존 폴 매클렐런 시니어. 반라 집안의 변호사야. 아까 거기에 있던 여자 말이 자기네 가족이랑 친구래."

헤이스와 주디는 잠시 서로 쳐다보면서, 각자 그 진술이 사실 같지 않다는 기색을 비친다.

"부모는 뭐라고 했습니까?"

"부모?" 헤이스가 묻는다. 허를 찔린 듯하다.

"반라 부부요." 주디가 말한다. 오늘 아침에 두 사람이 갈라질 때 헤이스가 그녀에게 마지막으로 했던 말이 언덕 아래 건물에서 부모를 면담하는 일을 자기가 맡겠다는 거였다.

헤이스가 당황한 듯 말한다. "아, 그 사람들은 저택으로 돌아갔어. 라로셸 경감을 기다리겠대. 아무래도 아는 사이겠지."

그가 침착함을 되찾고 말을 잇는다. "배가 고프면, 환경보전부 쪽에서 샌드위치를 가져왔어. 잔디밭에 있어."

주디는 배고프지 않다. 그보다는 소변을 보고 싶다. 아침에 서에서 커피를 몇 잔 마셨더니, 여기에 머무는 상당 시간 동안 그랬다.

어떤 절차를 밟아야 할지 확실치가 않다. 훈련 과정 어디에서도 정확히 이런 상황은 다루지 않았다. 누군가의 사가에서 몇 시간이고 머물면서 외부에 출입할 수 없다면 어떻게 해야 하는가? 특히 부자들의 집이라면. 주디는 그런 사람들에게 아무것도 부탁하고 싶지 않다. 남자였다면 숲속에서 소변을 봤겠지.

주디도 숲 쪽으로 향하려는데, 목소리가 들린다.

"저기요?"

주디가 돌아본다. 비단 잠옷을 걸친 젊은 여자다. 주디는 앞서 처음 저택에 들어왔을 때부터 이 여자에게 시선이 끌렸다.

"시간 좀 내주실래요?" 여자의 목소리에서 주디는 독특한 억양을 눈치챘다.

주디가 고개를 끄덕인다. 메모장을 꺼낸다.

"말씀드리고 싶은 게 있어서요." 여자가 말한다. 어깨 너머를 흘끗 돌아본다.

"계속하세요." 주디가 말한다.

"아주 이른 아침에, 거의 밤 내내 나가 있다가 집에 돌아온 남자가 있어요. 싸운 것처럼 보였어요. 얼굴이 끔찍했거든요. 피도 흘리고."

주디는 그 말을 적었다.

"지금 그 남자가 없어졌어요." 젊은 여자가 이어 말한다. "지도교사랑 다른 경찰이 그 남자를 찾아왔을 때, 문을 열어준 사람이 저였거든요. 저한테 그 사람을 데리고 와달라고 했는데,

찾을 수가 없더라고요. 저택을 다 돌아다녔는데도요." 여자가 눈썹을 치켜들고, 양쪽 손바닥을 앞으로 내민다. 주디는 그 동작을 이렇게 해석한다. 제 말이 무슨 뜻인지 알겠죠?

"그 남자의 이름을 아십니까?"

"존 폴 매클렐런요. 둘이 이름이 같아요. 제가 말하는 건 젊은 쪽이에요. 아들요. 저는 그 남자 대신 아버지와 여동생을 찾았어요. 부녀는 그 남자가 일찍 떠났다고 하더라고요. 아버지 쪽이 대신 지도교사와 이야기하러 갔죠."

주디가 끄덕인다. 이 이야기는 헤이스가 말했던 내용을 뒷받침한다.

"지도교사가 그 사람들을 어떻게 아는지 알고 계십니까? 매클렐런 가족을요?"

"아뇨."

"아들 쪽이 어쩌다 얼굴이 그렇게 됐는지 짐작 가는 건요?"

"없어요. 그 일에 관해서 아무도 얘기를 안 해요. 이상하게도 말이죠. 안 그래요?" 여자가 가까이 몸을 기울인다. "그 사람 아버지가 이 집안과 친한 친구래요. 은행 관련해서 일을 하는 것 같아요."

주디는 여자를 바라보면서, 그녀가 얼마나 믿을 만할지 가늠해본다.

"바버라의 부모도 그 사람 얼굴이 그렇게 된 걸 봤습니까? 반라 부부도요?"

여자가 대답한다. "아뇨. 그 사람들은 이미 자고 있었어요."

그리고 잠시 망설이다가 입을 연다. "그 사람들이 봤으면 지금쯤 당신도 이 정보를 이미 알고 있었겠죠."

주디는 이 말을 적는다.

"그렇군요, 감사합니다. 덧붙일 말이 있으신가요?"

"그 남자는 취한 것처럼 보였어요. 집에 들어오는데, 술 냄새가 진동하더라고요. 여기 있는 사람들 전부 술을 너무 많이 마시긴 하지만." 여자가 말하면서, 집 안에 있는 모든 손님을 가리키듯 한 손을 허공에 젓는다.

"또, 그 사람은 파란색 트랜스앰(1970년대 고성능 스포츠카 모델명)을 몰아요."

주디가 구체적인 관찰 내용에 깜짝 놀라 시선을 든다. 주디는 이 여성을 차를 식별할 만한 사람으로 생각하지 않았다.

"그걸 어떻게 아시죠?"

여자는 주디를 침착하게 바라보다 말한다. "타봤으니까요."

주디가 얼굴을 붉힌다. 그러다 시선을 내리고 휘갈겨 쓴다.

"이름이 어떻게 되십니까?"

"알려드리고 싶지 않아요. 그래도 된다면요." 여자가 아래를 내려다보다가 다시 시선을 들어 주디를 본다.

"저는 여기 사람들을 잘 몰라요. 친구가 오자고 했거든요. 뉴욕시에서 연극 오디션을 보다가 만난 여자예요. 재밌겠다고 생각했죠. 이곳은 아름답지만, 사람들은 끔찍해요. 얼른 로스앤젤레스로 돌아가고 싶어요."

주디가 끄덕인다.

여자가 말을 잇는다. "아니면 로마로. 그냥 로마로 돌아가야 할지도 모르겠네요. 거기에는 일이 고정적으로 있었는데. 여기는 별로 없네요."

여자는 갑자기 말을 멈추더니 주디를 향해 미소를 짓고, 주디는 얼굴이 붉어지는 걸 막을 수 없다.

"자기는 이름이 뭐예요?"

"유디타요." 주디가 말한다. **럽택 형사**나 **주디**가 아니다. 대다수 미국인이 그녀의 정식 이름을 말해야만 할 때 발음하듯 **주디타**도 아니다. 대신 어머니가 발음하듯이 **유디타**라고 한다. 그러자 이 이탈리아 여자는 시를 듣는 것처럼 탄식하며 아름답다고 말한다.

루이즈

1950년대 | 1961년 | 1973년 겨울 |
1975년 6월 | 1975년 7월 | 1975년 8월: **첫째 날**

뉴욕주 웰스에 주 경찰지서가 있다. 데니 헤이스는 그곳으로 루이즈를 태워 가면서 자기 사는 이야기를 잔뜩 늘어놓고, 사랑하는 여자와 낳은 두 아이를 묘사한다. 아이들이 즐겨 하는 일을 얘기하고, 최근 들어 저지르기 시작한 말썽을 설명한다. 전혀 심각하지 않은 말썽을.

그가 기다리는데, 아마 반응을 기대하는 듯하다. 적어도 듣는다는 시늉이라도. 루이즈는 전혀 반응하지 않고, 마침내 그도 입을 다문다.

웰스 지서는 작고 간소한 콘크리트 건물로, 유일한 장식은 벽에 걸린 공중전화가 전부다.

책상 하나에 경찰관 한 명이 앉아 있다. 그 외에는 건물이 완전히 비어 보인다.

"잔돈 있어?" 데니가 묻는다. 루이즈가 고개를 젓자 그는 주머니를 더듬거리더니, 동전을 하나 꺼내 건네고 전화기 쪽으로 손짓한다.

"어서." 그렇게 말한 뒤 데니는 다른 쪽 구석으로 물러서서 배려하듯 고개를 숙인다. 그러면 루이즈가 하는 말을 하나도 엿듣지 못할 거라는 식이다.

루이즈는 다이얼에 손가락을 댄다. 망설인다. 어머니에게 전화하고 싶지 않지만, 전화할 다른 사람이 없다.

결국, 어린 시절에 살았던 집의 번호를 마지못해 돌리면서, 그 행위가 불러일으키는 기억을 차단하듯 눈을 감는다. 친구네 집에 너무나도 자주 남겨졌던 기억을. 양호실에서 열이 올라 땀에 젖은 채, 아무도 받지 않을 걸 알면서도 집에 전화를 걸었던 기억을. 지금도 그때처럼 통화음이 연달아 수없이 울린다. 하지만 그때, 전화기 반대편에서 작은 목소리가 흘러나와 루이즈의 허를 찌른다.

"여보세요?"

"제시? 제시야?" 루이즈가 말한다.

제시는 절대로 전화를 안 받는다. 정상 생활을 못 할 만큼 소심하다. 어머니가 기회가 생길 때마다 한탄하는 점이다.

"제시, 잘 지내?"

"누나, 엄마가 안 좋아." 제시가 대답한다.

"어떻게 안 좋은데?"

"침대에 있어."

"깨어 있어? 숨은 쉬고? 제시?"

맞은편에서 데니 헤이스가 고개를 든다.

제시가 대답한다. "괜찮아. 그냥 방에서 안 나온 지 좀 됐어."

루이즈가 눈을 감는다.

"오늘 뭐 좀 먹었어?" 그녀가 조용히 제시에게 묻는다. 혼자 있고 싶다. 데니 쪽으로 등을 비스듬히 돌린다.

전화기 반대편에서, 떨리는 소리로 숨을 들이마시는 게 잠깐 들린다. 제시가 울음을 참는 소리다. 루이즈는 입꼬리를 내려뜨린 제시의 모습을 떠올린다.

루이즈가 말한다. "있잖아. 잘 들어. 섀틱네 가게로 가. 몇 가지 골라서, 나한테 외상으로 달아둬. 엄마한테 말고. 나한테."

"아니, 누나—" 루이즈는 시킨 대로 할 생각을 하며 제시가 얼굴을 붉히는 소리가 들리는 듯하다. 가족이 아닌 어른과 소통하는 건 제시에게 상상조차 어려운 일이다.

루이즈가 말한다. "해봐. 제시, 네가 해보려고 노력하면 좋겠어. 굶으면 안 돼."

제시가 머뭇거린다. 루이즈는 데니가 뒤에서 헛기침하는 소리를 듣는다.

"뭘 사야 해?" 제시가 마침내 묻는다.

갑자기 들리는 다른 목소리. 동전을 더 요구하는 전화교환원. 루이즈는 가지고 있는 게 없다.

그녀가 다급하게 대답한다. "배를 채울 만한 싼 거. 빵이랑 치즈. 치즈는 병에 담긴 거. 익힌 고기 할인하는 거 아무거나. 가게에 있는 아무거나."

제시가 울먹이며 말한다. "알았어. 해볼게."

잠시 침묵이 흐른다. 그러다 제시가 다시 말한다. "누나? 왜 전화했어?"

하지만 딸깍 소리가 한 번 나며 시간이 다 되고, 전화교환원이 불시에 대화를 끊어버린다.

루이즈는 한동안 수화기를 든 채 그 자리에 서서, 전부 들었을 것이 분명한 데니를 향해 돌아설 힘을 끌어모은다. 어머니를 기억하는 사람, 분명 어머니가 최악일 때 모습을 목격했을 사람을 향해. 데니가 자신을 동정할지도 모른다고, 루이즈는 생각한다. 무엇이든 그녀가 혐오하는 것이 있다면, 그건 동정받는 느낌이다. 데니 헤이스처럼 본인도 셀 수 없이 많은 면에서 비루한 사람으로부터는 더더욱.

그러면 그렇지, 루이즈가 수화기를 걸고 마음을 단단히 먹은 뒤 데니를 마주하자, 그는 침울한 표정으로, 꾸며낸 것이든 진심이든 측은해하듯 입술을 일자로 다문 채, 루이즈를 바라보고 있다. 루이즈가 반항하듯 시선을 마주 응시한다.

"왜요?" 루이즈가 말한다.

"괜찮아?" 데니는 두 손으로 무언가를 들고 있다. 커피가 든 종이컵이다. 루이즈에게 컵을 내민다. 그녀는 받지 않는다.

"당연하죠. 제가 하지도 않은 일로 체포당했다는 것만 빼면요. 안 괜찮은 건 그거뿐이에요."

데니가 표정을 굳힌다.

"따라와." 데니는 밀실 두 곳 중 하나로 루이즈를 데려가 책상에 앉히고 커피를 거칠게 놓는다. 커피가 약간 튀어 루이즈는 손을 덴다. 그는 곧 다른 형사가 들러서 루이즈와 이야기를 나눌 거라고 전한다. 자신은 보호구역으로 돌아가봐야 한다고.

그러고는 두 사람 사이에 있는 문을 닫고 잠근다.

앨리스

1950년대 | 1961년 | 1973년 겨울 |
1975년 6월 | 1975년 7월 | 1975년 8월: **첫째 날**

 앨리스는 꼿꼿이 앉아서, 그 소리를 다시 들어보려 한다. 비명을 지르는 여자아이의 목소리였다. 말을 알아들을 수는 없었지만, 곤경에 처한 것이 분명한 목소리였다.
 바버라는 아니었다. 앨리스는 어디에서든 제 아이들의 목소리를 둘 다 구별한다.
 앨리스는 움직이지 않는다. 눈을 감는다. 그러면 더 잘 듣는 데 도움이 될 때도 있다. 야외용 안락의자에 앉아서, 다시 그 목소리에 귀를 기울인다.
 "앨리스."
 그녀는 자신을 돌봐주는 데 배정된 젊은 삼림 순찰대원을 기다리고 있었다. 하지만 눈앞에 서 있는 사람은 그가 아니다. 남편이 넌더리가 난다는 듯이 앨리스를 바라보고 있다.
 "왜 그러고 있어?"

앨리스가 대답한다. "어떤 여자애가 소리치는 걸 들었어요. 잘 들어보려는 중이었어요."

피터가 앨리스를 의심하듯 본다. "바버라?"

"아뇨. 바버라는 아니고요."

피터가 수긍한다. "다른 여자애를 찾기는 했어. 바버라의 오두막 친구. 바버라를 찾으러 갔던 모양이야."

앨리스가 끄덕인다. 납득한다.

"우리가 마지막에 얘기한 뒤로 당신한테 면담을 요청한 사람 있어?"

"아뇨."

"잘됐군."

앨리스는 의자에서 불안정하게 일어난다. 뒤로 많이 젖혀진 의자라 몇 번 비틀거린 다음에야 몸을 일으킨다. 피터는 앨리스를 도우려 움직이지 않는다. 대신 냉담하게 지켜본다.

피터가 말한다. "라로셸 경감이 올버니에서 오고 있어. 아버지가 개인적으로 요청하셨지. 우리는 그 사람이 도착하면, 그 사람을 통해서만 소통할 거야."

"저랑도 얘기하고 싶어 할까요?" 앨리스가 묻는다.

"아니. 당신은 너무 불안해하고 있어."

"무슨 말이에요?"

"당신이 너무 불안해한다고. 다시 침대에 앓아누웠잖아."

앨리스는 아무 말도 안 한다. 약을 한 알 먹고 싶다.

피터가 말한다. "가지. 집까지 올라가게 도와줄게."

두 알. 루이스 선생이 하는 말이 언제나처럼 귀에서 울린다. **매우 심한 날에는요.**

오늘이 그런 날이 아니면 뭐란 말인가?

독립독행에 도착하면 두 알을 먹어야겠다고, 앨리스는 생각한다.

IV

방문자들

칼

1950년대 | **1961년** | 1973년 겨울 |
1975년 6월 | 1975년 7월 | 1975년 8월

의식을 회복했을 때, 칼 스토더드는 딕 섀턱의 소형 트럭 짐칸에 누인 채 하늘을 보고 있었다. 밑에서 트럭 바닥이 덜컹거렸다. 위에서는 세상이 질주했다. 눈앞에 드리운 나뭇가지가 뭉개져 연잇는 초록색이 됐다. 천천히 눈을 깜박이면서, 어떻게 여기에 있게 됐는지 생각해보려 했다. 그때, 메리앤의 목소리가 들렸다.

"다행이다. 다행이야."

그녀가 내려다보고 있었다. 얼굴은 거꾸로였고, 길에 튀어나온 부분이 있을 때마다 머리가 흔들렸다.

트레드웰 선생이 칼의 맨가슴에 청진기를 가만히 누르면서 부정맥이라고 했다. 그가 운영하는 지역 진료소는 응급처치와 가끔 글렌스폴스 병원에 때맞춰 도착하지 못하는 산모가 아기

를 출산하는 것 외에 대단히 무엇을 할 만한 장비가 없었다. 선생은 이제 여든이었고, 자신의 한계를 알았기에, 그 이상으로 정식 진단을 내리지 않았다.

"유감이지만, 병원으로 가야 할 걸세." 선생이 말했다.

칼은 메리앤을 흘끗 봤다. 자신과 같은 생각을 하는 걸 알았다. 응급실은 동네 진료소보다 훨씬 비싼 방안이었다. 두 사람은 스코티를 돌보느라 쌓인 산더미 같은 청구서를 청산하려고 아직도 애쓰는 중이었다.

칼이 물었다. "정말로 응급 상황인가요? 제가— 제가 전화해서 진료를 예약하면 안 됩니까? 통증은 전혀 없는데요."

사실 통증이 약간 있었다. 하지만 힘을 들일 때뿐이었다.

"칼." 메리앤이 말했다.

트레드웰 선생은 목을 가다듬고 자리에 앉았다. "전문가로서는 기다리는 걸 추천하지 않네만 그래야 **하겠다면**, 가능한 한 적게 움직이고, 침대에서 쉬고, 물을 많이 마시게. 담배, 커피, 그리고—" 선생이 메리앤을 쳐다봤다. "심박수를 올리는 활동은 뭐가 됐든 전부 피하고."

집에 도착하자 메리앤은 칼을 부축해 계단을 올라 침실로 갔다. 불을 켰다. 칼이 여전히 가슴에서 희미한 통증을 느끼면서 조심조심 움직여 침대에 올라가는 동안, 메리앤은 칼의 등에서 한 손을 떼지 않았다.

칼이 자리를 잡자, 메리앤이 매트리스에 걸터앉았다. 칼은 언제나처럼 아내에게 마음을 읽히는 느낌이었다.

"괜찮아. 칼 스토더드가 거기에 있느냐 없느냐로 아이를 찾느냐 영영 못 찾느냐 하는 차이가 생기지 않을 거야."

칼은 시선을 피했다. 천장을 봤다.

"나는 그곳을 알아." 칼이 말했다.

"누가 또 그곳을 잘 아는지 알아? 그것도 당신보다 더?"

칼이 고개를 끄덕였다.

"빅 휴잇이 있잖아." 메리앤이 말했다.

칼이 물었다. "당신은 돌아가면 어때? 그래도 인력이 더 필요할 게 분명해."

메리앤이 칼을 빤히 바라봤다. "당신은 누가 보살필 건데?"

"나는 괜찮아. 트레드웰 선생님도 그렇게 말했잖아. 쉽게. 지니가 도와주겠지."

"우리 지니가? 아니면 다른 지니인가?"

칼이 미소를 지었다. 이제 두 사람이 나누는 농담은 대부분 남은 아이들을 가볍게 놀리는 데서 찾아볼 수 있었다. 평범한 무언가, 아이들의 연약한 몸이 마음을 이렇게 짓누르지 않던 예전이 떠오르는 무언가였다. 스코티가 죽은 뒤에, 언젠가 메리앤은 딸아이들을 시야 밖에 내놓을 수 없는 두려움을 칼에게 털어놨다. 아이들을 이렇게 살짝 놀리는 것은 아이들에 대한 걱정을 덜어야 한다고 되새기는 일이기도 했다.

메리앤이 칼의 뺨에 한 손을 얹었다. 1년 만에 가장 너그러운 손길로. 그리고 칼의 머리를 이마에서 쓸어 넘겼다. 그는 울지 않으려고 눈을 빠르게 깜박였다.

"당신은 좋은 사람이야." 메리앤이 말했다.

칼은 메리앤의 손에 손을 올렸다. 그녀의 손을 입으로 가져와 입을 맞췄다.

메리앤이 말했다. "알았어. 갈게."

시간이 얼마간 흐른 뒤, 칼은 메리앤이 내는 발소리에 잠에서 깼다. 그녀가 나간 뒤로 집 안을 터벅터벅 오가던 딸들의 발소리와는 달랐다.

이제 칼은 우선 팔꿈치로 몸을 받치면서 느낌이 어떤지 가늠했다. 자신을 거꾸러뜨릴 듯이 위협하는 현기증이 없자, 다리를 침대 가장자리로 돌린 뒤 서서히 일어나 두 발로 섰다.

"메리앤?" 칼이 망설이며 불렀다.

대답이 들리지 않아 침실 문간으로 발을 끌며 걸어갔다. 이 집, 이들 가족이 사는 집은 지난 150년 동안 메리앤 쪽 집안 소유였다. 메리앤네 조상들의 대단찮은 신장을 수용할 정도로만 지어, 공간이 비좁고 천장이 낮았다. 2층 복도 맞은편에는 지붕창이 있는 침실이 있는데, 세 딸이 함께 썼다. 스코티는 아래층에서, 칼이 불완전하게나마 방한 준비를 한 예전 베란다 방에서 잤었다. 이제 스토더드 가족은 집이 좁더라도 감히 그 방에 가는 일이 거의 없었다.

그러니 계단에서 내려와 그 방 문간에 미동도 없이 서 있는 메리앤을 발견했을 때, 놀랄 수밖에 없었다. 칼은 폭풍에 맞서

버티듯 양손으로 문틀을 밀고 있는, 주일 옷차림을 한 메리앤의 꼿꼿한 등을 잠시 가만히 응시했다.

놀라게 하지 않으려고 나지막이 이름을 불렀는데도, 메리앤은 움찔했다.

"침대 밖에서 뭐 하고 있는 거야. 침대에 있어야지."

"괜찮아졌어." 칼이 대답했다. 반만 진심으로. 사실 계단을 걸어 내려왔더니 어지러웠다.

그는 아내에게 다가갔고, 안 쓰는 베란다 방을 함께 응시했다. 방 한구석에 여전히 1인용 침대가 놓여 있었지만, 물건을 전부 상자에 담아 지하에 둬서 나머지 공간은 휑뎅그렁했다. 메리앤의 작품이었다. 그녀는 그 방에 뭘 해보라고, 어떤 식으로든 공간을 이용해보라고 칼에게 줄곧 부탁했는데, 칼이 이해하기에 냉정하기보다는 자기방어적 본능이었다.

"여기를 다시 쓸 수 있게 만들어볼까?" 메리앤도 이 생각을 염두에 두고 있으리라 추측하면서 칼이 말했다. "방충망을 다시 달아야겠어. 여름에 여기 나와서 밥을 먹으면 좋을 거야."

하지만 메리앤은 말이 없었다.

칼은 앉아야만 할 것 같은 느낌이 들기 시작했다. 한쪽 다리에서 다른 쪽으로 무게를 옮겼다.

칼이 물었다. "남은 하루는 어땠어? 뭐라도 찾았어?"

메리앤이 끄덕였다.

"뭔데?"

"칼. 당신은 그 애를 얼마나 잘 알아?"

칼이 얼굴을 찡그렸다. "음, 좀 알지. 애가 자연을 좋아했거든. 자주 와서 우리가 심는 식물에 관해 물어봤어. 언젠가는 내가 불 피우는 법도 알려줬어."

"칼." 메리앤이 물었다. "왜 그 애가 죽은 것처럼 말해?"

칼이 멈칫했다. "무슨 뜻이야?"

"**좋아했다며.** 그 애가 자연을 **좋아했다고** 말했잖아."

"나도 모르겠어."

메리앤이 말을 이었다. "뭔가를 찾기는 했어. 등산로 입구로 가는 길에서 얼마 안 떨어진 덤불 속에 묻혀 있는 것을. 론 새턱네 개가 작은 불곰 조각을 냄새로 찾아낸 거야. 당신이 만드는 법을 아는 조각이랑 똑같이 생겼어."

"그렇구나."

"이상해. 이상하다고 생각하지 않아?"

"별로 그렇진 않아. 내가 나무 깎는 법을 알려준 적이 있거든. 베어한테 말이야. 두어 가지쯤 만드는 법을 알려줬을걸. 그중 하나일 수도."

"다른 사람도 그걸 알아?"

"잘 모르겠네. 빅 휴잇은 알 수도 있을 거 같아. 아이가 빅도 자주 찾아갔었거든."

그러다 칼이 멈칫했다. "찾아가거든."

메리앤이 말했다. "사람들이 말하는 걸 우연히 들었어. 그 조각에 관해 궁금해하더라고. 조각한 사람을 찾고 싶어 해. 경찰이 이렇게 말했더니 소식이 퍼지고 있어. 그 조각은 종일 수색한 끝에 찾아낸 전부야. 비 때문에 수색견도 소용이 없어. 아무 것도 없다고. 수색은 계속할 테지만."

메리앤이 말끝을 흐렸다. 그러더니 갑자기 스코티의 방 문간에서 몸을 돌려 부엌으로 걸어가, 찬장을 열고 저녁거리를 찾았다.

"도와줄까?" 칼이 물었다.

메리앤이 대답했다. "아니. 당신은 침대로 돌아가. 애초에 여기로 내려오면 안 됐잖아."

그리고 잠시 생각에 잠기더니 물었다. "그 애는 왜 그걸 갖고 있었을까?"

"잘 모르지. 좋아했나 봐."

"그런데 왜 떨어뜨렸을까?"

"잘 모르지."

칼은 몇 초씩 쉬어가면서 한 번에 한 칸씩 계단을 올랐다. 딸들이 공부하는 자리이기도 한 식탁에서 자신을 조용히 응시하는 모습이 주변 시야에 들어왔다. 칼은 아이들에게 손사래를 쳤다. **학교 공부나 마저 해라.**

위층에 이르러, 그는 왜 자신이 베어 반라에 관해 이야기할 때 과거형을 사용했는지 인정할 수밖에 없었다. 사실은 이랬다. 칼은 스코티를 생각하고 있었다. 마음속에서 두 아이가 가까워지고 있었다.

칼

1950년대 | **1961년** | 1973년 겨울 |
1975년 6월 | 1975년 7월 | 1975년 8월

메리앤은 다음 날도, 그다음 날도 수색 현장으로 돌아갔다. 매일 저녁 그날 일어난 일을 전해줬다. 소문이 퍼지면서, 사람들이 현장에 점점 더 많이 모였다. 둘째 날은 100명. 셋째 날은 500명. 섀턱이라는 마을 전체가 일상 활동을 잠시 멈추고 이 목적에 공헌했다. 학교 다닐 나이가 지난 모든 어른은 물론이고 일부 아이들도 마찬가지였다. 섀턱 부부와 직원들이 베어를 찾느라 이틀 내내 식료품점 문을 닫았고, 그 바람에 우유나 빵이나 휴지가 떨어진 사람은 30분은 차를 몰아야 뭐라도 구할 수 있었다.

메리앤이 말하길 빅 휴잇이 지금까지 수색 작업을 책임졌다. 매일 소규모 무리들을 사방으로 점점 더 멀리 보냈다. 그래도 베어가 남긴 흔적은 없었다.

빅이 아침마다 군중을 향해 외친 정중하고 희망찬 말은, 베어의 부모뿐 아니라 수색자 본인들이 듣기에도 의미가 깊었다.

다른 아내들이 메리앤에게 속삭이며 알려준 내용은 그보다 덜했다.

수색견들은 아이의 냄새를 첫째 날에 빠르게 잃어버렸다고 했다. 론 섀턱이 데려온 제니는 집과 등산로 입구 중간쯤에서 곰 조각을 냄새로 찾아냈지만, 그 뒤로 남은 하루 동안은 무언가를 찾아낼 기미가 없었다.

문제는 아이가 실종된 날 내린 폭우였다. **비만 안 왔다면**, 사람들은 그렇게 말했다. 하지만 아무도 그 문장을 끝내지는 않았다.

"빅도 희망을 잃고 있어. 다 보여. 자세가 달라." 셋째 날 저녁, 메리앤이 말했다.

칼이 고개를 끄덕였다. 베어 또래 남자아이가 이 시점을 훨씬 넘어서까지 야생에서 살아남으리라 추측하긴 어려웠다. 전문 지식이 있다 하더라도.

"사람들도 짐작하는 중이지?" 칼이 물었다.

메리앤이 대답하기에 앞서 잠시 주저하다가 조심스럽게 입을 열었다. "그렇지. 아이가 그냥 길을 벗어난 거라고 생각하는 사람이 많아. 호기심 때문인지 화가 나서인지는 아무도 모르지만. 나이랑 체구가 그만한 남자애가 얼마나 멀리까지 가다가 길을 잃었다는 걸 알아챘을지 아는 사람도 없고. 그 뒤에, 글쎄, 다치기라도 했으면, 밤새 추위를 버티기 어려우니까."

칼이 고개를 끄덕였다. 그도 그렇게 생각했다. 여러 생각을 했지만 어쨌든 주된 추측은 그랬다. 말은커녕 생각하기도 싫지만, 그게 가장 가능성이 높아 보였다. 다만—

메리앤이 말을 이었다. "하지만 칼, 사람들이 다른 생각도 해."

칼은 메리앤이 뭘 말하려는지 알았다.

"그 조각 말이지." 칼이 말했다.

매리앤이 부정했다. "아니. 그게 아니야."

"그럼 뭔데?"

메리앤이 머뭇거리다 대답했다. "소문이 있어. 당신이 살아 있는 베어를 본 마지막 사람이라는."

칼이 멈칫했다가 고개를 끄덕였다.

"맞아. 퇴근하는 길에 마침 베어를 봤어. 베어는 독립독행 현관 계단에 앉아 있었어. 신발 끈을 묶으면서."

메리앤이 칼을 바라보면서 눈을 깜박였다. "도대체 왜 나한테 그 얘길 안 했던 거야?"

"당신한테 다른 얘기를 할 게 있어."

메리앤이 양손에 얼굴을 묻었다.

"아냐, 메리앤. 그런 거 아니라고. 세상에."

칼은 손을 뻗어 메리앤의 한 손을 잡고 말했다.

"베어는 자기 할아버지를 무서워했어."

"당신이 어떻게 알아?"

칼은 아이가 자기 이름을 부르는 소리를 듣고 표정이 어떻게 바뀌었는지 설명했다. 아이가 뭐라고 했는지도 언급했다. **할아버지예요. 난 할아버지 별로 안 좋아해요.** 칼은 자기 생각을 솔직하게 말하지 않았지만, 메리앤은 그렇게 했다.

그러더니 울기 시작했다.

"왜 그래, 메리앤?"

"아무것도 아냐."

"말해줘."

그녀가 코를 훔치고는 말했다. "그래, 말할게. 내가 우는 이유는 아마 당신이 맞을 것 같아서야."

어깨를 웅크린 그녀의 모습이 가련했다. 머리도 푹 숙였다.

"그리고 아무도 당신을 안 믿을 것 같아서야."

두 사람 다 잠을 이룰 수 없었다. 메리앤이 뒤척였다. 칼은 똑바로 누워 천장을 쳐다보면서, 속에서 심장이 쿵쾅거릴 때마다 통증을 느꼈다. 글렌스폴스 병원에 있는 의사에게 월요일 아침 진료를 간신히 예약했다. 그때까지 할 일은 평정심을 유지하는 것뿐이었다. 그리고 이는 점점 불가능해지는 과제였다.

어느 시점엔가 현관문을 두드리는 소리가 들렸다. 메리앤이 일어나 앉아 귀를 기울였다. 소리가 더 크게 다시 울렸다. 칼은 몇 시인지 몰랐다. 아마 자정이나 1시쯤.

"내가 가볼게." 칼이 말했다. 하지만 앉으려 하자 시야 가장자리가 어둑해졌다.

"여기 있어." 메리앤이 말했다. 그러고는 벽장으로 가 꼭대기 선반에서 자신의 아버지 것이었던 엽총을 꺼냈다. 총알을 넣고 문으로 향했다.

"메리앤. 누가 왔든 아침에 다시 오라고 해." 칼이 무력함을 느끼며 말했다.

그녀는 못 들은 척했다.

칼은 열심히 귀를 기울였다. 현관문이 열렸다. 남자들이 낮게 중얼거리는 목소리가 들렸다. 몸을 지탱하고서, 무리하게 더 들으려고 했다.

잠시 침묵이 흐르더니 계단에서 발걸음 소리가 났다. 소리가 많이 나는 것을 보니 메리앤이 혼자 돌아오는 게 아니었다.

칼은 양손으로 얼굴을, 입 주변을 더듬었다. 사흘 동안 수염이 짧게 올라와 턱이 까칠했다. 게다가 목과 겨드랑이가 누레진 흰 러닝셔츠 차림이었다.

이내 메리앤을 따라 딕 섀턱, 밥 루이스, 밥 올컷이 방에 들어왔다.

덩치 큰 남자 셋이 천장 낮은 좁은 방에 들이닥쳤다. 칼은 침대에서 세 사람을 쳐다보면서, 아이가 된 듯한 기분을 느꼈다.

"칼, 당신한테 말할 게 있대." 메리앤이 말했다.

아침에 경찰이 칼을 데리러 올 터였다. 친구들은 그에 앞서 칼에게 일러주고 싶었다.

딕 섀턱이 말했다. "우리는 그 애가 사라진 것과 네가 무슨 관련이 있다고 믿지 않아. 그걸 알았으면 좋겠다. 그게 우리가 여기 온 이유이지 싶어."

칼이 가슴에 손을 얹었다.

"내가 뭘 해야 할까?"

자신이 듣기에도 처량하게 느껴졌다.

밥 루이스가 말했다. "도망쳐. 저 짐승 같은 놈들이 네 목을 매달 거야."

"밥." 섀턱이 나무라듯 말했다.

"미안해, 메리앤."

"잘 모르겠어, 칼." 섀턱이 말하며 고개를 숙였다. "우리가 할 수 있는 일이 있기를 바랐는데."

잠시 방에 침묵이 흘렀다.

"저쪽은 증거가 없어." 밥 올컷이 입을 열었다. 처음 내뱉은 말이었다. 그는 과묵한 남자로, 공립학교 역사 교사였다. "저 사람들한테 있는 증거는 정황뿐이야. 법정에서 통하지 않을 거야."

칼은 그 말이 무슨 뜻인지 잘 몰랐지만, 듣던 중 처음으로 위안이 되는 말이었다.

사람들이 떠난 뒤, 부부는 실제로 칼이 자취를 감춰야 할지를 두고 짧게 논의했다. 메리앤은 찬성이었다. 칼은 반대였다. 가슴이 점점 더 아팠다. 가슴에 손을 올리면 안 된다고 의식적으로 되새겼는데, 그럴 때마다 메리앤이 울 것처럼 보였기 때문이다.

마침내 오전 3시에, 메리앤이 양팔을 둘러 칼을 아이처럼 안았고, 두 사람은 그대로 잠이 들었다.

아침 7시, 문을 두드리는 소리가 또 한 번 들렸다.

앨리스

1950년대 | **1962년** | 1973년 겨울 |
1975년 6월 | 1975년 7월 | 1975년 8월

앨리스는 새 아이를 사랑하고 싶었다.

견디기 어려운 산통이 이어지는 동안, 앨리스는 이 말을 기도문처럼 읊조렸다. 나는 새 아이를 사랑할 것이다. 나는 새 아이를 사랑할 것이다.

피터는 당연히 어디에도 없었다. 다른 아버지들은 대기실에서 신문을 읽으며 기다렸지만, 앨리스의 남편은 아니었다. 빠질 수 없는 회의가 있었다. 아기가 태어나면, 누군가가 은행에서 피터를 차로 데려올 것이다. 피터는 아기를 건네받을 것이다. 그리고 나면 피터는 일터로 돌아갈 것이고, 아기는 신생아실로 들려 갈 것이고, 그제야 앨리스도 잠을 청할 수 있을 것이다.

앨리스는 지금 이 장면만을 상상했다. 휴식이 찾아오는 순간만을.

나는 새 아이를 사랑할 것이다. 앨리스는 생각했다.

베어 때는 이렇지 않았다. 아이의 발길질을 처음 느낀 순간부터 이 아이를 사랑하게 될 것을 알았다. 그때는 열여덟 살이었고, 결혼한 지 몇 달 안 됐을 때였다. 피터가 종일 나가 있으면, 앨리스는 새로운 집에서 할 일이 하나도 없었다. 아이가 버둥대기 시작했을 때, 그 움직임이 선물처럼 느껴졌다.

앨리스가 아들을 진주처럼 뱃속에 품고 다닌 뒤에 세상에 내놓자, 아들은 더는 그녀 혼자만의 것이 아니게 됐다. 집에 데려오자마자, 사람들이 그녀에게서 아들을 데려가기 시작했다.

첫 번째는 앨리스의 어머니였다. 어머니는 그녀가 올버니 집 문으로 걸어 들어오자마자 품에서 아기를 들어 올렸다. 그녀에게는 위층에 가서 머리를 감으라고 지시했다.

그다음은 반라 집안 사람들, 주축은 피터의 아버지였다. 그는 가축을 점검하듯 베어를 살펴보고 머리 크기와 다리 길이에 관해 판정을 내놨다. 둘 다 훌륭하다고. 그러더니 아기를 다시 넘겨주었다.

마지막은 두 보모였다. 피터가 내놓은 생각이었다. 주간에 한 명. 야간에 한 명.

피터가 혼자서 면접을 진행했기에, 앨리스는 보모들이 일을 시작하는 날이 되어서야 한 명씩 만날 수 있었다. 주간 보모인 프랜신은 나이가 지긋한 부인으로 머리가 하얗게 세고, 마르고, 조용히 효율적으로 일하며, 자주 미소를 짓고, 베어만큼이나 앨리스도 보살펴줬다. 베어가 태어난 뒤 몇 달 동안은 특히 그랬다. 앨리스는 실제로 그녀를 매우 좋아했고, 피터에게도 그렇게 말했다.

하지만 야간 보모인 샤론은 달랐다. 머리가 붉고 통통하며, 앨리스보다 크게 나이가 많지 않았다. 천주교도일 거라고, 앨리스는 생각했다. 여전히 부모와 한집에 살고 있었기 때문이다. 샤론은 10남매 중 첫째라고 자주 말했는데, 이때 목소리에 담긴 자부심은 자신이 하는 일에 앨리스가 의문을 표할 때면 종종 권위적으로 변했다.

최악은 피터가 보통 샤론의 편을 든다는 점이었다.

"애가 추워해요." 밤에 베어가 우는 소리를 들으며 앨리스가 말했다. "샤론이 애한테 얇은 잠옷을 입혀요. 집에 이렇게 바람이 많이 들어오는데."

그러면 피터가 말하곤 했다. "낮아진 체온이 수면을 유도해."

"애가 배고픈가 봐요. 저녁에 충분히 먹지를 않더라고요."

"밤에 먹기 시작하면 계속 더 달라고 할 뿐이야."

샤론은 베어가 삶을 시작하는 몇 해 동안 그 집에서 일했는데, 자기가 내리는 거의 모든 선택에 앨리스가 불만을 표시해도 끄떡하지 않았다. 베어를 침대로 데려가면서 즐겁게 혼자 흥얼거렸고, 앨리스는 샤론이 가는 걸 지켜보면서, 면으로 감싼 아들의 작고 부드러운 몸을 자기 품에 안기를, 그 무게를 양팔로 느끼기를 갈망했다.

앨리스는 언젠가 피터에게 말했다. "어쩌면요, 어쩌면 내가 밤마다 베어를 재우고, 그다음에 샤론이 옆에서 자면서 베어가 잠을 설칠 때 챙겨줘도 괜찮을 거 같아요."

무언가를 읽던 피터가 짜증 어린 눈으로 쳐다봤다. "솔직히 말이야, 앨리스. 우리가 뭐 때문에 샤론한테 돈을 주는데? 여기서 자달라고? 샤론이 우리한테 돈을 내야겠네. 방세를."

앨리스가 하루 중 가장 좋아했던 때는 오전에 샤론이 떠나고 프랜신이 도착하기까지 비는 두 시간과 하루가 끝나갈 무렵 두 사람이 교대할 때 생기는 두 시간이었다. 이 네 시간 동안은 지켜보거나 바로잡는 사람 없이, 베어와 놀거나, 베어에게 책을 읽어주거나, 함께 침대에 누워 베어를 바라봤다. 베어가 똑똑하다고, 앨리스는 생각했다. 그래, 가장 중요하게도, 베어는 똑똑했다. 일찍 말문이 트였고, 매우 놀랍도록 명확하게 세상에 관해 말했다. 수를 세는 것도 빨랐다. 노래하기를 좋아하는 앨리스가 가르쳐주는 모든 노래를 사랑스러운 목소리로 불렀고, 때때로 앨리스가 부추기면 피터 앞에서도 그대로 불렀다. 그럴 때는 피터마저 미소를 지었다.

샤론에 따르면, 베어는 울어도 달래기가 쉬웠다. 앨리스는 밤중에 베어가 우는 소리를 들었지만, 항상 그랬지만, 울음은 금방 그쳤다.

하지만 두 살이 되고 말문이 트이면서 베어는 갑자기 밤에 **엄마** 하며 앨리스를 소리쳐 부르기 시작했다.

베어가 이랬던 첫날, 앨리스는 침대에서 벌떡 일어나 앉았다.

"무슨 일이야?" 피터가 잠기운에 말했다.

복도 저편에서 베어가 다시 불렀다. **엄마.**

"이런 적이 없었는데." 앨리스가 말했다. 피터는 어깨를 으쓱하더니 돌아누웠다.

"샤론이 방에 같이 있잖아. 뭔가 잘못됐으면 우리한테 말하겠지."

베어는 울음을 금방 그쳤지만, 앨리스는 한 시간 동안 잠이 오지 않았다. 샤론이 무슨 짓을 해서 베어가 엄마를 부른 것이면 어쩌나? 샤론이 베어에게 어떤 상처를 입히고 있다면?

다음 날 밤, 똑같은 일이 벌어졌고, 그다음 날도 그랬다. 그러던 어느 날 밤, 앨리스는 베어가 분명하고 애처롭게 말하는 걸 들었다. 엄마, 내 말 들려요?

베어가 처음 이렇게 불렀을 때, 앨리스는 이전에 전혀 느껴보지 못한 다급한 마음으로 침대에서 뛰쳐나갔다. 아들에게 가야 한다는 절박함에 온몸이 불에 타는 듯했다. 뒤에서 피터가 불렀지만, 앨리스는 멈추지 않았다.

아기방 문을 활짝 열자 복도에서 빛이 방 안으로 쏟아졌다. 샤론은 방에서 그녀가 쓰는 공간에 있는 1인용 침대에 여전히 엎드려 있었고, 깨어 있지만 움직이지는 않았다. 그러다 앨리스를 보고는 일어나 앉았다. 잠옷 원피스가 무릎 근처에 말려 있었다. 머리에는 헤어롤을 달고 있었다.

"반라 부인, 뭐 하시는 거예요?" 샤론이 물었지만, 앨리스는 이미 베어의 침대에 가 있었다. 그곳에서 아이가, 면 잠옷에 포근하게 감싸인 아들이, 앨리스에게 양팔을 뻗으면서, 밤중에 어머니를 본다는 새로운 기쁨에 방긋 웃었다. 안아 들자 아이는 팔다리로 그녀를 꽉 감쌌고, 그녀의 몸이 이에 반응해 아들과 재회할 때마다 느꼈던 평온한 감각이 흘러넘쳤다.

"반라 부인." 샤론이 말했고 베어도 말했다. "엄마!" 기뻐하면서. 베어가 앨리스의 뺨에 양손을 댔다. 앨리스는 베어와 이마를 맞댔다.

그때, 문간에서 다른 목소리가 들려왔다. 화가 난 피터의 목소리가.

"앨리스. 무슨 생각인 거야?"

앨리스가 여전히 아이를 품에 안은 채 피터를 돌아봤다. "애가 저를 찾잖아요."

피터는 한쪽 손바닥을 펼쳐 샤론을 가리켰다. "바로 여기 보모가 있잖아." 샤론이 단호하고 의기양양하게 고개를 한 번 끄덕였다.

피터가 말했다. "애는 샤론한테 줘, 앨리스."

아들이 앨리스를 더 단단히 붙잡았다.

"앨리스." 피터가 앨리스에게 가서 베어를 부드럽게 떼어냈고, 곧바로 구슬프게 울기 시작한 아이를 잠옷 차림에 헤어롤을 단 샤론에게 넘겨준 뒤, 앨리스의 팔꿈치를 잡아 방에서 데리고 나갔다.

베어는 계속 울었다. 10분 동안 거세게 울면서 앨리스를 소리쳐 불렀다.

고문이었다. 그녀가 아는 거의 모든 통증을 넘어서는 어떤 신체적 고통이었다. 앨리스도 울며 말했다. "애가 나를 찾잖아. 피터, 애가 나를 부른다고요."

피터가 말했다. "귀에 밀랍을 좀 넣어. 돛대에 몸을 묶든가."

앨리스는 피터가 무슨 말을 하는지 알아들을 수 없었다. 그는 종종 수수께끼처럼 말하거나 그녀가 모르는 문학이나 역사를 인용했다. 그렇게 그녀는 받지 못한 교육을 과시하면서, 쾌감을 얻는 것 같았다. 어쨌든 앨리스는 피터처럼은 교육받지 못했으니까. 앨리스는 낮 동안에, 베어와 함께 있는 아침과 저녁 사이 그 긴 시간에, 이따금 피터가 대학 시절부터 서재에 보관해온 책들을 읽어보려 시도했다. 하지만 대개 지루해졌고, 대신 산책하거나 시내 공공 도서관 밖에 있는 책 상자에서 발견한 외설적인 소설을 읽었다.

엄마? 베어가 복도 저편에서 불렀다. 목소리에서 분명한 좌절이 한 번 더 묻어났다. 한 번 더 질문에 대답을 듣지 못했다. 그리고 마침내 조용해졌다.

"난 이렇게는 못 해." 앨리스가 속삭였다. 피터는 잠들었다고 확신했다. 지금까지 몇 분 동안 움직임이 없었으니까.

하지만 피터가 앨리스에게 말했다. "할 수 있어."

당신은 하게 될 거야, 그게 피터의 속내였다.

이제 두 번째 아이를 분만하면서, 앨리스는 밀어내려는 충동과 싸웠다.

앨리스는 생각했다. 아이를 그저 뱃속에 품고 있을 수만 있다면. 아들 혹은 딸을 그저 세상으로부터 1분이라도 더 오래 보호해줄 수만 있다면.

하지만 충동은 참기 힘들어졌고, 결국 머리가 벗어진 의사가 마스크를 든 채 불려 와 경고도 없이 그녀의 얼굴에 마스크를 씌웠다. 베어를 낳을 때도 이랬던 기억이 났다. 매우 무례하다고, 앨리스는 생각했지만 곧 갑자기 더 할 말을 잃었다.

바로 그때, 그녀는 자기를 부르는 소리를 들었다. 앨리스가 아니라 **엄마**라고, 아들이 고통스럽게 외치고 있음을 단번에 알아챘다.

베어가 거기에 있었다.

여덟 살 베어가 한쪽 구석에 서서, 앨리스가 어여쁜 아들의 얼굴에서 거의 본 적 없는 표정을 짓고 있었다. 간호사의 어깨 너머로 베어가 보였고, 앨리스는 소리쳤다.

"아들이 저기 있어요. 바로 저기에요."

왜 아무도 아이를 눈치채지 못할까? "애가 돌아왔어요." 앨리스가 말했다. 수색은 끝났다.

그녀는 아이를 가리키려 했지만, 간호사가 제지했다.

앨리스가 말했다. "부탁이에요. 제발 애를 제게 데려와줘요. 애가 다시 떠나면 안 돼요."

이제 베어가 촛불처럼 깜빡였다.

"아이한테 가봐요. 제발, 제발. 애가 떠나고 있어요."

그녀는 침대에서 내려가야 했다. 베어에게 가야 했다. 서둘러 가지 않으면 베어가 사라져버릴 터였다. 몸을 좌우로 흔들었다.

의사가 말했다. "반라 부인, 부인, 가만히 계셔야 합니다."

앨리스는 온 힘을 다해 의사의 손아귀에서 발목을 비틀어 뺀 다음 분만대에서 일어났다. 다리를 바닥에 내려놓으려고 했다.

구석에서 베어가 막 걸음마를 뗀 아이가 안아달라고 하듯 앨리스를 향해 양팔을 들고 있었다. 베어와 떨어져 있다니, 참을 수가, 견딜 수가 없었다.

의사가 뭐라고 소리쳤지만, 앨리스는 알아들을 수 없었다. 눈물이 쏟아져 잘 보이지 않았지만, 베어가 있는 구석에 거의 도달했다. 베어가 두 손을 뻗었고, 그녀는 베어에게 돌진했다. 아이에게 닿을 수 있을 것 같았다. 아이의 살결을 느낄 수 있을 것 같았다. 아이와 서로 단단히 손을 맞잡았다.

누군가가 앨리스를 붙잡았다. 그녀는 뒤로 끌려가 침대에 올려졌다. 처음에는 여러 손이, 그다음에는 끈이 앨리스의 팔다리를 붙들었다.

이제 앨리스는 드러내놓고 흐느끼며, 온몸이 떨리도록 크게 소리쳤다. 간호사가 앨리스의 이마에 손을 얹고서, 다 괜찮을 거라고, 아기가 곧 나올 거라고 말했다.

내 아기는 저기에 있다고, 앨리스는 생각했다. 저 구석에. 바로 저기에.

앨리스는 아들의 이름을 부르고 또 불렀다. 베어(bear). 베어. 그 이름 자체가 그 안에 담긴 많은 의미를 한꺼번에 표출하는 구호 내지는 주문이 됐다. 참는다. 견딘다. 지탱한다. 감내한다. 나른다. 민다. 낳는다.

충분히 부르다 보면, 세상이 아들을 자신에게로 소환해줄지도 모른다고, 앨리스는 생각했다.

하지만 너무 늦었다. 베어는 시야에서 차츰 깜빡거리다가 사라졌다.

앨리스를 다시 떠났다. 베어가 서 있던 구석 자리는 비었다.

갑자기 앨리스의 입에 마스크가 씌워졌는데, 이번에는 더 오래 씌웠다.

그리고 그녀는 잠에 빠졌다.

"딸입니다, 반라 부인." 의사가 말했다.

앨리스는 눈을 떴다. 다시 감았다. 머리 위에서 쏟아지는 빛이 너무 밝았다. 베어, 그 생각에 최대한 몸을 일으켰지만, 베어는 여전히 사라지고 없었다.

"내 아들." 쉰 목소리로 말이 튀어나왔다.

"딸입니다." 의사가 말하면서 담요에 싸인 아기를 데려왔다. 그가 아기를 내밀며 기대한 바와 달리, 앨리스는 양팔을 옆으로 무겁게 늘어뜨리고 있었다.

"반라 부인." 의사가 다시 말했다. 뒤로 넘어가는 머리 선을 고려해도 젊었고, 겁을 먹은 듯한 말투였다. "괜찮으십니까?"

병실에는 창문이 하나뿐인데, 안뜰 방향으로 나 있었다. 앨리스는 유리창 너머로, 매우 푸른 나무 한 그루가 가지를 흔드는 걸 볼 수 있었다. 그 나무 뒤로 건물이, 그 뒤로 하늘이 있었다.

"반라 부인?"

간호사가 와서 앨리스의 팔을 붙잡았다.

"모유를 맑게 해줄 거예요." 간호사는 그렇게 말하며 앨리스가 대답할 겨를도 없이 주사를 놨다. 앨리스는 베어에게 수유하지 않았다. 이 아이에게는 한 번쯤 시도해봐도 좋겠다는 생각이 스쳤다.

복도에서 소곤대는 소리. 피터의 목소리였다. 그가 직장에서 온 참이었다.

잠시 뒤 피터가 갓난아기를 품에 안고 병실에 들어왔다. 그대로 침대에 앉았다. 뒤에서 간호사 두 명이 꾸물거리자, 피터는 돌아보며 날카롭게 말했다.

"잠시 둘만 있게 해주시죠." 그 말에 간호사들이 흩어졌다.

피터가 앨리스를 다시 돌아봤다.

앨리스가 다급하게 말했다. "피터. 베어를 봤어요. 바로 저기에 있었어." 앨리스가 구석을 가리켰다. 베어를 그려볼 수 있었다. 나이에 비해 키가 크고, 잘생기고, 머리 손질이 필요하고, 가장 좋아하는 파란색 셔츠를 입은 모습을. 숲을 좋아하는 탓에 때가 낀 손톱을. 젖니가 하나 빠진 모습을.

"베어를 찾아야 해요. 베어가 살아 있어, 피터. 여기 있었어요."

하지만 피터는 고개를 저었다. "병원에서 당신한테 가스를 마시게 해서 그래."

"아녜요." 앨리스가 대답했다. 목소리가 높아졌고, 자신이 울게 될 걸 알았다. "내가 봤다고요."

피터가 고개를 저었다.

"내 생각엔 어떤 징조예요. 베어가 여기에는 없더라도, 살아 있다는 징조 같아요."

앨리스는 얼굴을 양손에 묻고, 가렸다. 피터는 우는 걸 싫어하니까.

어두운 손 안에서 피터의 한숨 소리를 들었다. 이제 고함 차례다.

그런데 오히려 옆얼굴에 피터의 손길이 느껴졌다. 앨리스는 그 손을 잡았다.

피터가 놀랍도록 다정하게 말했다. "나 좀 봐. 나를 봐봐. 베어는 떠났어."

"당신은 몰라요."

피터가 잠시 뜸을 들였다. "이제는 그렇게 생각하고 우리는 우리의 삶을 살아야지, 앨리스." 그가 품에 안은 아기를 내려다보자, 아기가 작은 손을 불쑥 위로 뻗었다가 떨어뜨린다.

"바버라." 피터가 말했다. 세 음절을 끊어서 발음했다. **바-버-라**. "아기 이름을 바버라로 하고 싶어."

앨리스는 당황했다. 지난달, 피터에게 이름에 관해서 두 번이나 말을 꺼내려 했다. 아들이면 **대리엔**이 좋았다. 그 이름을 가진 남자아이를 어렸을 때 알았는데, 언제나 이름이 예쁘다고 생각했다. 딸이면 **샬럿**이 좋았다. 하지만 앨리스가 물어볼 때마다 피터는 바쁘다며 일축하곤 했다.

이제 피터는 여기 앨리스 옆에서, 앨리스가 전혀 고려해보지 않은 이름을 제안했다. **바버라**. 앨리스는 그 이름을 가진 사람을 몇 명 알았다. 전부 피터 연배였다. 아기보다는 피터 세대가 더 잘 떠오르는 이름이었다.

"당신도 괜찮으면 말이지." 마침내 피터가 덧붙였다.

"왜 바버라예요?" 앨리스가 물었다.

"그냥 내가 항상 좋아했던 이름이거든. 울림이 좋다고 생각해. **바-버-라 반라**."

갑자기 부드러운 시선으로 딸을 내려다보는 그의 모습에 앨리스는 자기도 좋다고 말해버렸다. 앨리스가 듣기로, 남편이 자식 일에 관여하고 있다는 기분을 느끼게 두는 것이 중요했다. 어떤 관심이든 표현하면 보상이 이루어져야 했다.

나중에, 병원에서 일주일을 보낸 뒤 올버니 집에 돌아오고 나서야, 앨리스는 서점에서 산 이름 모음집을 찾았다. 베어를 임신했을 때 산 책이었다. 그 이름을 고를 때도 앨리스의 의견은 반영되지 않았지만.

그녀는 여자아이 이름 부분으로 넘어간 다음, **바버라**가 나온 책장을 펼쳤다.

책에 나오길, 바버라는 그리스어 **바르바로스**에서 유래했으며, **외국의**, **거친**, **이상한**이라는 뜻이었다.

앨리스는 깜짝 놀라 시선을 들었다. 너무 끔찍한 일이라고 생각했다. 아기 이름을 **이상한**이라고 짓다니, 이 얼마나 명백하게 끔찍한 일인가.

내용은 더 이어졌다. '야만인'을 뜻하는 **바버리언**도 같은 어원에서 유래했다고, 가볍게 말했다.

앨리스는 몸서리쳤다. 모두가 **바버라**에 관해 이런 사실을 알았을까? 앨리스는 상식인 지식과 잘 알려지지 않은 사실을 구분하는 데 자주 어려움을 겪었다.

그녀는 책을 홱 덮고 순응했다. 피터에게 이 이야기를 꺼내지 않을 것이다. 못 할 것이다. 이름은 정해졌고, 출생증명서도 나왔다. 그냥 받아들이고 살겠다고, 생각했다. 어쨌든 유명한 바버라도 많으니.

앨리스

1950년대 | **1962년** | 1973년 겨울 |
1975년 6월 | 1975년 7월 | 1975년 8월

바버라가 집에 온 뒤로 두 달간은, 상황이 나아지는 것 같았다. 갓난아이가 집에 있으니 앨리스도 그때까지 온 정신을 사로잡았던 슬픔으로부터 주의가 분산됐다.

앨리스는 베어 일을 겪은 뒤에 이렇게 빨리 임신하길 원하지 않았다. 시도해야 한다고 주장한 사람은 피터였다. 우리가 젊어지는 게 아니니까. 피터는 말했다.

게다가 당신한테 뭔가 할 일도 생길 테고, 라고 덧붙였다.

하지만 바버라가 오고 세 번째 달 중반에 접어들자 뭔가가 변했다. 아이가 크게 부르는 소리에 앨리스가 아침 일찍 잠에서 깼을 때부터.

바버라만 한 아기가 제 어미의 이름을, 베어가 앨리스에게 준 이름인 **엄마**를 부를 수 없다는 걸 앨리스도 개념적으로 알았다.

앨리스는 침대에 앉았다. 가만히 귀를 기울였다.

소리가 다시 들렸다.

엄마.

아이 방은 어둡고 조용했다. 앨리스는 살금살금 들어갔다. 새 보모, 로레인이 한쪽에서 자고 있었다. 바버라는 다른 쪽에서 자고 있었다. 앨리스는 잠옷 차림으로 방 한가운데에 서서 2분 동안 귀를 기울였다. 침묵만이 흘렀다.

다시 살금살금 나와서 등 뒤로 문을 닫을 때, 그 소리가 들렸다. 엄마.

앨리스는 몸을 돌렸다. 베어가 사용했던 아이 방으로 떠가듯 돌아갔다. 손잡이에 손을 올렸다.

"앨리스."

그녀가 움찔했다.

복도 끝에서 피터가 얼굴을 찡그리고 있었다.

"침대로 돌아가."

이런 일이 계속 일어났다. 앨리스는 매일 밤 목소리를 들었다. 때로는 창밖에서 들려오는 것 같았다. 때로는 아래층에서. 보통은 아이 방에서.

야간 보모가 있는데도 앨리스는 잠을 거의 못 잤다.

피터는 이를 눈치채고 가족 주치의를 데려왔다. 피터의 아버지가 20대였을 적부터 반라 집안을 담당해온 바로 그 나이 든 의사였다.

이름이 루이스였으며, 그가 앨리스에게 처음 처방해준 것은 잠을 자도록 돕는 약이었다.

하지만 그 단어는 약을 뚫고 나와, 앨리스의 꿈을 어둡고 불안한 형상으로 굴절시켰다. **엄마, 엄마,** 부르는 소리가 들렸다.

피터에게 말할 수는 없었다. 친정 식구들에게도 말할 수 없다. 앨리스의 삶 속 모든 사람이 넘어가라고, 베어를 영영 찾을 수 없다는 걸 받아들이고 나아가라고 격려하니까.

하지만 그건 앨리스에게 불가능한 임무였다.

앨리스는 아직 반대 증거를 얻지 못했기에, 아들이 이 세상에, 시야를 살짝 벗어난 어딘가에 여전히 존재할지도 모른다고 생각하기를 그만두지 않았다. 옆에 있다가 어느 순간에라도 무대에 걸어 나올 수 있는 배우처럼.

나중에 앨리스는 이런 관념 때문에 자신이 바버라를 온전히 받아들이지 못하는 건 아닐까 생각하곤 했다. 마음 한구석에서는 베어가—이 세상 혹은 다른 세상 어디에 있든—어머니의 마음이 나뉘는 걸 감지하고서 사라지거나 소멸해버릴까 봐 두려워했다.

그리하여 매일 밤, 루이스 선생이 처방해준 알약이 마법을 걸기 전에, 앨리스는 자신에게 들리는 그 목소리가 멈추는 것이 아니라 몇 번이고 다시 들려오기를 기도했다. 베어가 어떤 가능한 형태로든 남은 평생 계속 찾아와주기를.

문제는 베어의 방문이 길어지면서 시작됐다.

앨리스

1950년대 | **1962년** | 1973년 겨울 |
1975년 6월 | 1975년 7월 | 1975년 8월

좋은 곳이며 사려 깊은 곳이라고 했다.

그곳을 설명할 때 모두가 그 두 가지 말을 했다.

앨리스를 데리고 간 건 그녀의 부모였다. 추측건대 남편이나 시아버지가 부탁했을 터였다. 세 시간 동안 차를 타고 가면서 아무도 입을 열지 않았다. 라디오조차 틀지 않았다.

병원을 상상할 때 앨리스는 유서 깊은 무언가를 그려봤다. 겉보기에 독립독행과 사실상 다르지 않은 무언가를. 어쩌면 자연 속에 자리한 것을. 자신에게 쉴 시간을 줄 아름다운 건물을. 하지만 롱아일랜드 북해안에 있는 건물은 최신식 브루털리즘 양식이었고, 노르스름한 콘크리트 벽이 비에 젖어 어두워져 있었다. 구내는 나무가 없고 황량했다. 여기저기 놓인 벤치에는 유니폼을 입은 직원이 반쯤 잠든 듯한 담당 환자와 앉아 있었다.

어쩌면 잘못 찾아왔을지도 모른다고, 앨리스는 생각했다. 하지만 아니었다. **던위티 센터**라고 쓰인 표지판이 있었다. 이곳을 추천한 루이스 선생의 친구가 설립한 곳이었다.

앞 좌석에서 아버지가 어머니 쪽으로 고개를 돌리고 어머니의 시선을 붙잡으려 시도했지만 실패했다. 두 사람도 그녀 자신이 본 것을 당연히 봤을 테고, 어떤 실수가 있었다는 걸 분명 알아챘으리라. 하지만 어머니는 말 한마디 없이 차에서 내렸고, 아버지도 잠시 뒤에 어머니를 따랐다. 그러고는 앨리스를 위해 뒷문을 열어줬다.

같이 병실을 쓰는 사람은 없었다. 그나마 다행이었다. 앨리스가 이런 특혜를 얻은 건 가족이 던위티 선생과 연줄이 있는 덕분이라고 간호사는 말했다. 간호사는 중년의 마르고 인상을 쓴 여자로, 이 사실을 못마땅해하며 폭로했고, 말을 마친 뒤에는 입에서 그 말의 맛을 없애려는 듯 헛기침을 했다.

책은 허용이 안 되었다. 텔레비전도 마찬가지였다.

유일하게 허용되는 활동은 다양한 퍼즐 놀이였다. 조각 그림 맞추기, 십자말풀이, 이합체시(각 행의 첫 글자를 조합하면 특정 단어나 문장이 되는 시) 짓기. 이런 제한을 뒷받침하는 이론이 있을 게 분명했다. 앨리스는 무료함 속에서 그게 무엇일지 궁금해했다.

가장 싫은 점은 베어가 이곳을 찾아오지 않는다는 것이었다. 첫째 날 밤, 앨리스는 베어가 오길 기도했다. 누군가와 함께 있으면 좋을 것 같았다.

하지만 악몽이 찾아올 뿐이었다. 꿈속에서 앨리스는 끔찍했던 수색 초기 나날로 되돌아갔고, 자신이 통제할 수 없는 힘이나 사람에게 가로막히고 또 막혔다. 어린 시절에 델핀은 이런 악몽을 두고 **도달할 수 없는** 꿈이라고 불렀다. 열차나 시험을 놓치거나, 배가 떠나기 직전인데 교통 체증이 차를 묶어두는 꿈. 앨리스는 평생 이런 꿈을 꿨지만, 던위티 센터에서 꾸는 꿈에 비할 만한 건 없었다.

한 달 동안, 앨리스를 찾아오는 사람은 없었고, 앨리스가 전화를 걸 수도 없었다.

그곳에 입원한 지 31일째, 간호사 하나가 병실에 들어와 앨리스를 데리고 나갔다. 앨리스는 어리둥절한 채 간호사를 따라 이전까지 한 번도 본 적 없는 복도를 걸어갔다. 복도 끝에는 공중전화가 있었다. 간호사가 동전을 건넸다.

앨리스는 동전을 바라봤다.

간호사가 말했다. "어때요? 해보세요."

하지만 그녀는 전화를 걸고 싶은 사람이 없다는 걸 깨달았다.

공중전화에 동전을 넣었다. 어렸을 때부터 기억해온 번호로 다이얼을 돌렸다. 반대편에서 여자 목소리가 들렸다.

"제럴딘 집에 있나요?" 앨리스가 물었다. 브리얼리 여자 사립학교 시절 친구, 피터와 결혼하고 나서 한 번도 연락한 적 없는 친구의 이름이었다.

잠시 침묵. "누구신지 여쭤봐도 될까요?"

"앨리스예요, 디윗 아주머니. 앨리스 워드요."

디윗 부인이 말했다. "아, 앨리스구나. 앨리스, 그런 소식을 들어서 정말로 유감—"

앨리스는 서둘러 전화를 끊었다.

일주일 뒤, 찾아온 사람이 있다는 말을 들었다.

그 사람이 누군지 알았다면, 앨리스는 병실에서 나오지 않았을 것이다. 하지만 앨리스는 묻지 않았고, 그리하여 체커 게임 탁자를 사이에 두고 언니 델핀과 마주 보게 되었다.

앨리스는 간호사를 돌아보고 말했다. "나가고 싶어요. 여기 있고 싶지 않아요. 부탁이니 병실로 돌아가게 해줘요."

하지만 간호사는 말했다. "자 자, 언니분이고 이렇게 먼 길을 차를 몰아 오셨잖아요."

델핀은 먼저 간호사를 향해, 그다음에 앨리스를 향해 굳게 미소 지었다. "동생을 오래 붙잡고 있지는 않을 거예요, 간호사님." 델핀이 그 당당하고 활기찬 목소리로 말했다. 그러자 간호사는 순응하면서 허리를 굽히다시피 하고 그 방을 나갔다.

몇 분 동안 두 사람은 말없이 앉아 있었다. 이 상황을 극복할 유일한 방법은 다른 세상에 있는 상상을 하는 것이라고, 앨리스는 생각했다. 그리하여 어렸을 때처럼 꼿꼿이 앉아서 눈을 감고 현실 세계를 떠났다.

너는 베어의 방 밖에 있는 거야. 앨리스는 생각했다. 곧 베어가 깰 거야. 그러면 널 부르겠지.

"앨리스." 언니가 말했다.

엄마. 앨리스가 생각했다.

"앨리스. 내 말 듣고 있어?"

엄마.

"미안해." 델핀이 말했다.

V

발견

유디타

1950년대 | 1961년 | 1973년 겨울 |
1975년 6월 | 1975년 7월 | 1975년 8월: **첫째 날**

주디는 바깥에서 양손을 허리에 얹고 서서, 저택 옆 주차 공간에 있는 자동차들을 유심히 살펴본다. 위풍당당한 캐딜락, 올즈모빌, 링컨이 대부분이다. 이 가운데 파란색 트랜스앰이 있는 모습을 그려본다. 눈에 띄었을 것이다.

완전히 한 바퀴 몸을 돌린다. 흙길로 된 진입로에 진하고 성난 바큇자국이 나 있는 것으로 보아, 어떤 자동차가 거칠게 후진해서 29번 도로 쪽으로 빠져나간 듯하다.

주디는 존 폴 매클렐런 주니어에 관해 지금 자신이 확보한 정보가 중요하다는 사실을 안다. 늦은 시간에 저택으로 돌아온 것. 얻어맞은 얼굴. 아침에는 사라지고 없었던 것. 모든 것이 그자를 용의선상에 올려놓을 만하다. 하지만 신임 형사인 주디는 선임에게 허락을 받지 않고는 무엇도 할 권리가 없다.

그녀는 손목시계를 확인하면서 데니 헤이스가 언제 돌아올지 궁금해한다.

몇 분 뒤, 주디는 저택으로 다시 걸어 들어간다. 헤이스를 기다리는 동안 찾을 수 있는 모든 사람을 계속 따로 데려가서 면담해야 한다는 걸 안다.

거실 가구마다 널브러져 흐느적대는 젊은이들은 가장 말을 걸고 싶지 않은 사람들이다. 어쩐지 서로 포도를 먹여줘야 할 것처럼 보인다. 젊은 신들처럼. 최소한 각자 마음속으로는 말이다. 어쨌든 주디는 그들에게 다가가 한 명 한 명에게 정중하게 대화를 요청하고, 저택을 걸어 다니다가 발견한 빈 일광욕실로 데려간다.

거기서 기본 질문을 던진다. 이름, 나이, 직업, 주 거주지. 마지막 항목에는 모두 **맨해튼**이나 **로스앤젤레스**라고 대답한다.

주디가 마지막으로 면담하는 사람은 마르고 매서운 인상의 스물세 살 젊은이다. 별채가 아니라 본채에 줄곧 머물렀다고 말하는 유일한 사람이다.

그녀는 자신의 이름이 마니 매클렐런이라고 밝힌다.

이 여자의 성을 듣는 순간, 주디는 멈칫하며 잠시 가만히 있는다.

"직업은요?"

"갤러리스트요."

주디는 그 단어를 모른다. 적어둔다. 나중에 찾아봐야겠다고 다짐한다.

"반라 집안과 관계는요?"

"대녀예요."

"가까운 사이입니까?"

마니 매클렐런이 턱을 치켜든다. "엄청나게요."

주디는 메모장에서 펜을 뗀다. 여기서 신중하게 발을 내디뎌야 한다는 걸 안다.

다른 모든 사람에게 물었던 것과 같은 일련의 질문을 이 여자에게 던지고, 비슷한 답을 얻는다. 파티에 참여했고, 밤늦게까지 깨어 있었고, 매우 소란스러웠고, 술을 많이 마셨다. 오전 4시에 잠이 들었다. 여자는 바버라를 잘 안다. 두 가족이 많은 시간을 함께 보냈고, 휴가도 함께 갔다. 하지만 지금 바버라가 어디에 있을지는 짐작 가는 바가 없다.

"바버라를 어떻게 설명하시겠습니까?"

여자가 말한다. "아, 비참하죠. 그냥 정말 뚱한 애예요."

주디가 끄덕인다. 메모장에 적는다. **B를 싫어함**.

"어떤 면에서 그렇죠?" 주디가 묻는다.

"그러니까, 그 애는 늘 자기 가족을 정말 힘들게 했거든요. 학교에서도 문제에 휘말렸던 걸로 알아요. 나이에 비해 빠른 것처럼 보이긴 하죠. 그리고 걸치는 옷이며 화장이—" 마니는 여기서 잠시 멈춰 설명할 말을 떠올린다. "망측해요. 전부 검은색투성이고. 눈 주위도 까맣게 칠하고. 귓불에 뾰족한 걸 달고. 정말로 당황스러운 애라고 할 밖에요. 불행한 정신에서 나온 산물이죠."

주디가 바버라에 관해 들어본 적 없는 얘기다.

그리하여 적는다. B, 옷차림이 특이함.

마침내 주디는 물어보려고 벼른 질문을 서서히 꺼낸다.

"다른 가족분들과 함께 이 구내에 머무르고 있습니까?"

"네."

"가족분들의 성함을 알려주실 수 있을까요?"

"왜죠?"

"그저 전체 손님 명단을 작성해보려고요. 상관이 돌아오기 전에 제가 빠트린 부분은 없는지 확인하려는 겁니다." 주디가 덧붙인다. 공손하게 미소를 짓는다.

마니는 한 치의 미동도 없다.

"아버지는 존 폴 매클렐런 시니어예요. 어머니는 낸시 매클렐런이고요."

주디가 마니를 바라본다. "직업은요?"

"어머니는 주부예요. 아버지는 반라 집안의 사업 동료고요."

"은행가입니까?"

"변호사요. 집안과 은행을 전부 대변하시죠."

주디가 끄덕이며 적는다. 그러고는 애써 침착하게 묻는다. "형제가 있습니까?"

"오빠는 존 폴 매클렐런 주니어예요."

"직업은요?"

마니가 코웃음을 치더니 원래대로 돌아온다.

"별거 없어요. 작년에 대학을 졸업했고요. 언젠가 은행을 물려받을 거예요. 똑바로 처신하기만 한다면."

주디는 이 말에 주의를 기울인다. "어째서 그렇게 생각하죠?"

마니는 바보냐는 듯이 주디를 바라본다. "반라 집안은 아들이 없으니까요. 어쨌든 이제는 없죠. 우리는 있고요."

"그렇군요." 주디는 이 점을 적어둔다. "그러면 그분들을 어디서 만날 수 있을지 아십니까?"

"누구를요?"

"다른 가족분들요. 부모님과 오빠요."

"전혀 몰라요." 마니가 뜸을 들이다가 대답한다.

"오늘 아침에 가족을 만났나요?"

마니가 잠깐 머뭇대다가 대답한다. "아버지만 봤어요. 그렇지만 지금 어디 계신지는 몰라요."

5분 뒤, 주디는 저택 정문을, 흑파리 모양 두드림 쇠가 달린 문을 지나 다시 밖으로 걸어 나온다. 캠프 쪽으로 언덕을 내려다본다. 존 폴 매클렐런 주니어에게 불리한 증거가 너무 많이 쌓여 무시하기 어려울 지경에 이르렀다.

주 경찰관 한 명이 잔디밭에 서 있다.

주디가 묻는다. "실례합니다. 라로셸 경감님은 아직 안 오셨습니까?"

경찰관이 주디를 멍하니 바라본다.

"저는 럽택 형사입니다. 경감님이 곧 오실 거라고 들었습니다만? 가족과 이야기를 하시려고 말이죠?"

경찰관이 고개를 젓는다. "아뇨. 저 아래 수사국 사람들은 두어 명 더 있는데, 경감님은 아직이십니다."

주디가 감사 인사를 한다. 그러고는 마음을 굳힌 채 독립독행으로 다시 걸어 들어간다. 아까 안에서 전화기를 봤다. 양쪽으로 어깨 너머를 흘끗 보면서, 주디는 수화기를 들고, 경찰서에 전화를 걸어 수배령을 요청한다. 이 지역 전 경찰에게 무전으로 파란색 트랜스앰 자동차를 찾아야 한다는 통보가 갈 것이다.

데니 헤이스가 돌아올 때까지 기다릴 수 없을 만큼 중요한 사항이다. 자신이 잘못 판단했다면, 나중에 그 결과에 대처할 것이다.

저택에서 찾을 수 있는 모든 사람을 면담한 뒤, 주디는 현관으로 다시 걸어 나와 야외용 안락의자에 잠시 걸터앉아 메모장에 미친 듯이 휘갈긴다. 기억나는 모든 단어와 말을 정확하게 남겨두고자 한다.

조금 떨어진 곳에서, 누군가가 부르는 소리가 들려온다. "선생님?"

주디는 시선을 들지 않는다.

"선생님?" 목소리가 다시 말하는데, 이번에는 더 가깝다. 발걸음 소리가 난다. 주디가 돌아본다.

쉰 얼마쯤 되어 보이고 턱수염을 기른 삼림 순찰대원 한 명이 다가오고 있다. 몇 걸음 뒤에, 키가 큰 여자아이가, 어깨에 수건을 두르고 있다. 아이는 주디보다 머리 하나는 더 커 보인다. 순찰대원인 이 남자도 키가 작지 않은데 그보다도 더 크다.

두 사람 뒤로 남녀 한 쌍이 따라온다. 남자는 50대고 여자는 주디 자신과 비슷한 나이로 보인다. 여자아이의 언니일까?

"범죄 수사국에서 나온 사람을 찾고 있는데요." 순찰대원이 묻는다.

주디는 자신을 내려다본다. 주 경찰관, 순찰대원, 저택 손님과 명확하게 구별되는 자신의 정장을.

마침내 주디가 말한다. "접니다. 럽택 형사입니다."

순찰대원과 함께 온 여자아이는 위태로워 보인다. 저택 정면에 늘어선 안락의자에 다다르자 그중 하나에 털썩 앉는다. 양 팔꿈치를 무릎에 올린다.

순찰대원이 말한다. "이 아이는 트레이시 주얼입니다. 바버라 반라와 같은 침대를 썼던 아이죠. 형사님에게 하고 싶은 이야기가 몇 가지 있다고 합니다."

트레이시

1950년대 | 1961년 | 1973년 겨울 |
1975년 6월 | 1975년 7월 | 1975년 8월: **첫째 날**

트레이시는 잔디밭 의자에 앉아, 물을 마시면서, 누군가가 가져다준 샌드위치를 먹는다. 옆에는 어떤 여자 경찰이 있다. 트레이시가 여성 경찰을 대면하는 것은, 아니 보기라도 한 것은 이번이 처음이다.

적어도 트레이시가 **생각하기**에 이 사람은 경찰이다. 여자는 제복이 아니라 그냥 정장을 입었다. 젊어 보이지만, 메모장과 펜이 권위 있는 분위기를 더한다.

여자는 트레이시가 말하기를 조용히 기다리고 있다.

"뭐라고 하셨어요?" 트레이시가 묻는다.

"숲에서 만났다는 사람 말이야. 자세히 설명해줄 수 있니?"

"아, 잘 모르겠어요."

"남자인지 여자인지 아니?"

"남자였던 거 같아요. 그런데 확실하지는 않아요. 제가 안경을 써야 하는데, 안 쓰거든요."

트레이시가 생각하다 덧붙인다. "머리가 하얬어요."

"너한테 뭐라고 말하지는 않았고?"

트레이시는 고개를 젓는다. "아무 말도 안 했어요. 그냥 저한테 손짓했어요. 숲에서 나가게 해줬고요."

여자가 고개를 끄덕인다. 메모장에 빠르게 갈겨쓴다.

트레이시가 묻는다. "지금 그 사람을 찾고 있는 거예요? 순찰대원들이요?"

"아마 그런 것 같구나."

"저를 도와주려고 했어요. 누군지는 모르지만요."

"분명히 네 말이 맞을 거야. 우리는 그냥 그 사람이랑 대화해보려는 거야. 우리가 알아야 하는 걸 그 사람이 본 적 있나 확인하고 싶거든."

"트레이시." 여자가 잠시 말을 멈췄다가 다시 이어간다. "애초에 왜 숲에 들어갔니?"

트레이시는 말이 없다.

"그 얘기를 나한테 해줄 수 있어?"

트레이시가 샌드위치를 베어 문다. 씹는다. 물을 마신다. 걸치고 있던 수건을 더 꽉 감는다.

그러더니 바버라와 한 약속을 깨면서, 자신과의 약속을 지키면서, 럽택 형사에게 바버라가 숲으로 들어간 이유를 말한다.

"매일 밤?" 럽택 형사가 눈을 맞추며 묻는다. "바버라가 매일 밤 나갔다는 말이니?"

트레이시가 대답한다. "거의요. 다쳤을 때 한 번만 빼고요."

"항상 감시원 오두막으로?"

"바버라가 그렇게 말했어요."

"하지만 남자 친구가 누군지는 말한 적이 없고?"

트레이시가 고개를 젓는다. "없어요."

럽택 형사가 고개를 끄덕이고 말한다. "고마워, 트레이시. 큰 도움이 됐어. 그거 말고도 도움이 될 것 같다고 생각하는 게 있니? 바버라가 가족과 어떤 관계인지 뭔가 말한 적도 있을까?"

트레이시가 머뭇거린다.

"바버라는 부모님이랑 잘 지냈니?"

트레이시가 고개를 젓고는 작게 대답한다. "아니요."

"왜 그렇게 생각해?"

"제 생각에, 부모님이 바버라한테 엄하셨던 거 같아요. 어쨌든 아버지는요. 어머니는 별로 관심이 없으셨고요."

럽택 형사가 끄덕인다. "최근에 바버라가 무서워하거나 속상해하거나 화낼 만한 일이 일어났는지 아는 게 있을까?"

트레이시는 생각한다. 바버라는 가족에 관해 불만을 터트릴 때 구체적으로 말하는 법이 없었기에 모른다고 하려는 참이었는데, 무언가가 떠오른다.

"네. 바버라의 방 벽에 페인트를 칠했대요."

럽택 형사의 표정이 변한다.

"여기 이 집에서?"

"네. 어머니가 벽을 분홍색으로 바꾸셨대요."

"바버라는 왜 그것 때문에 속상해했니?"

트레이시가 말한다. "모르겠어요. 아마 그 색이 싫었나 봐요."

유디타

1950년대 | 1961년 | 1973년 겨울 |
1975년 6월 | 1975년 7월 | 1975년 8월: **첫째 날**

20분 뒤, 아버지와 그의 여자 친구로 보이는 남녀에게 보살핌을 받도록 여자아이를 보내준 뒤, 주디는 본채 안, 분홍색 방 바깥 복도에 서서 문을 주시한다. 열어도 된다고 생각한다. 안에는 아무도 없다. 하지만 그 행동이 어떤 결과를 불러올지 알 수 없기에 한동안 서성이면서 기다린다.

복도 끝에서 발소리가 들려온다.

샛문이 열리고, 남자 한 명과 여자 한 명이 걸어 들어온다. 남자는 키가 크고, 기품 있으며, 검은 머리에 은빛이 줄무늬처럼 섞여 있다. 그 뒤를 따르는 여자는 믿을 수 없게 말라서 병에 걸린 것처럼 보인다.

남자가 멈춰서 주디를 잠시 응시한다. 10미터쯤 떨어져 있다. 그러다 살짝 고개를 젓는 불가해한 행동을 하고는 복도에서 연결된 침실 중 하나로 여자를 이끈다.

저 사람들이 부모일까? 반라 부부?

남자는 방에서 혼자 나와, 주디 쪽으로 시선을 주지 않은 채 들어온 문으로 나간다.

"주디." 누군가가 부르는 소리에 주디가 움찔한다.

데니 헤이스다.

"가자. 계속 찾아다녔어. 경감이 막 도착했다고. 저 아래 캠프에서 브리핑이 열릴 참이야. 걸어가면서 아침에 뭘 알아냈는지 알려줘."

헤이스가 서둘러 떠난다. 주디는 따라가면서 뒤처지지 않으려고 약간 빠르게 걷는다.

그녀는 가장 중요한 사실을 먼저 꺼낸다. 바버라와 같은 침대를 썼던 아이가 말하길, 바버라에게 남자 친구가 있었다는 것. 바버라가 매일 밤 몰래 빠져나가 헌트산 정상에 있는 감시원 오두막으로 남자 친구를 보러 갔다는 것.

주디는 페인트칠을 한 침실 벽에 관해서도 말한다. 바버라가 이것 때문에 속상해했다는 점도.

그다음으로 존 폴 매클렐런에 관해 알아낸 것을 이야기한다. 피투성이가 된 얼굴, 늦은 복귀, 당사자와 함께 사라진 파란색 트랜스앰.

벌써 그 차에 수배령을 내렸다는 사실은 마지막에 이야기한다.

헤이스가 잠시 멈춰서 자신을 돌아보자 주디는 상관에게 허락을 구하지 않았다고 질책당할까 봐 불안하다. 하지만 오히려 그는 이렇게 말한다. "주디. 여기서 일을 막상 정말 잘하고 있잖아?"

주디가 찡그린다. 막상이라는 말은 필요 없다고, 생각한다. 그렇지만 받아들일 것이다.

"경감에게 직접 보고하도록 해, 알았지?" 데니 헤이스가 말한다. 그러고는 대답을 기다리지도 않고 계속 걸어간다.

라로셸의 지시에 따라 본부를 대강당 무대 뒤편에서 관리자 사무소로 옮겼다는 걸 주디도 전해 듣는다. 거의 끊임없이 전화를 사용해야 할 것이기 때문이었다.

따라서 그 오두막에 사는 관리자 T.J. 휴잇은 직원 숙소에 있는 빈방으로 거처를 옮겼다.

오후 5시, 현재 라로셸 경감은 관리자 사무소 안, 가장 긴 벽 앞에 차렷 자세로 서 있다. 깊은 인상을 주는 남자다. 군인 같은 머리 모양과 매우 반듯한 자세.

그의 주변으로 열 명이 넘는 형사가 서거나 앉아 있다. 절반은 아직 남아 있는 B조 사람들이다. 나머지 절반은 교대 시간에 맞춰 막 도착한 C조 형사들이다. 주디와 헤이스가 늦게 도착했을 때, 라로셸은 메모를 보면서 말을 시작하고 있다.

"현재까지 용의선상에 있는 인물은—" 라로셸이 말하면서 손가락으로 한 명씩 확인한다.

"존 폴 매클렐런 주니어. 반라 가족의 대자. 어젯밤 피투성이 얼굴로 돌아옴, 오늘 아침 어디서도 발견되지 않음. 여전히 활보 중. 수배령을 내린 상태."

주디는 깜짝 놀란다. 수사국에서 정보가 여기서 저기로 넘어가는 과정을 아직 완전히 파악하지 못하고 있다. 어떻게 라로셸 경감이 이 사실을 벌써 아는지 잘 모르겠다.

라로셸이 말을 잇는다. "루이즈 도나듀. 바버라의 지도교사. 현재 별도 혐의로 구류 중이지만, 얼마나 오래 붙잡아둘 수 있을지 확실하지 않음. 이 건은—" 메모를 확인한다. "라우리 형사에게 실마리를 추적해보라고 맡겼네."

잠시 말을 멈춘다.

"이 사유지 근처 숲을 신원 미상의 인물이 돌아다니는 걸로 보이는데, 이건 바버라와 같은 침대를 사용한 트레이시 주얼이라는 아이 말에 따른 거야. 우리는 이 사람의 인상착의를 제대로 파악하지 못했는데, 트레이시가 안경을 쓰지 않았기 때문이지. 하지만 지금까지 우리가 찾아낸 사람은 없네. 인근 숲에서 바버라 본인의 흔적도 전혀 찾아볼 수 없고. 수색견들이 바버라의 냄새를 알아채긴 했지만, 바버라가 며칠 전에 다른 준비된 일정 때 지나갔던 길을 추적하는 듯해."

라로셸이 시선을 든다. "요컨대 수색을 벌인 지 아홉 시간째인데, 우리가 이르렀어야 할 상태에 한참 못 미치고 있다는 소리야."

한 형사가 목소리를 낸다. "경감님, 부모는 뭔가 주목할 만한 것을 말했습니까?"

"딱히. 방금까지 반라 씨와 길게 이야기를 나눴네. 바버라가 불만이 많고 불안정하다고 설명하더군. 바버라가 도망쳤다고 의심하고 있어. 하지만 어디로 갔을지 짐작하는 바는 없고."

"그 사람한테 의심 가는 점이 있을까요?"

"이 시점에서 내가 알아차린 건 없네. 하지만 당연히 그 사람도 주시해야겠지."

라로셸이 C조 근무를 하러 막 도착한 형사 중 하나를 지목한다. "자네 말일세. 자네가 밤새 부모를 지켜보는 일을 맡게."

잠깐 이어지는 침묵. 그러다 부모에 관해서 물었던 형사가 다시 입을 연다. "경감님. 아버지 쪽이 저희 중 누구와도 얘기하려 들지 않는 게 전혀 수상하지 않으십니까? 경감님을 기다리길 원했던 게요."

라로셸이 곰곰이 생각하다 입을 연다. "꼭 수상하다고 말하진 않겠네. 나는 아들 사건 때 이들에게 긴밀하게 협력했어. 그저 어느 정도 신뢰가 쌓였을 수도 있지."

주디는 이 대답이 미심쩍게 들린다. 하지만 이 방에서 가장 신임인 형사로서 그렇게 말할 의사는 없다.

"다른 보고 할 건 없나?" 라로셸이 묻자 헤이스가 주디를 팔꿈치로 살짝 찌른다.

주디는 목을 가다듬고 손을 든다.

그러고는 트레이시 주얼이 말해준 것을 라로셸에게 전달한다. 남자 친구, 한밤중에 감시원 오두막에서 이루어진 만남, 페인트칠한 벽.

라로셸이 눈썹을 치켜든다. "남자 친구에 관해 뭔가 들은 사람이 더 있나?"

방 여기저기서 고개를 젓는다.

라로셸이 한 형사를 지목한다. "자네. 삼림 순찰대원을 찾게. 감시원 오두막에 가봤는지 물어봐. 아니라고 하면 가보게 해."

그가 잠시 뜸을 들인다. "바버라 반라가 어느 학교에 다니는지 아나?"

한 형사가 손을 든다. "에밀리그레인지. 레이섬 근처입니다."

라로셸이 그 형사에게 말한다. "자네. 거기로 가게. 바버라의 친구들 전화번호를 알아 와. 남자 친구에 관해서도 묻고."

이번에는 입에 반쪽짜리 샌드위치를 물고 C조에 합류하는 형사를 지목하며 말한다. "자네. 올버니에 있는 반라 가족의 집으로 가게. 거기 바버라의 방에서 관련된 게 있나 확인해봐. 가능하면 폴라로이드도 찍어 오도록."

잠시 말을 멈춘다.

"질문 있나?"

한순간 정적이 흐른 뒤, 방 뒤쪽에서 손이 하나 올라간다. 주디가 지금까지 인식하지 못한 형사로, 이 방에서 가장 연장자인 듯하다.

"제이컵 슬루터는 고려해볼 만합니까?"

방 공기 전반이 변한다. 교착 상태가 잠시 이어진다. 라로셸은 그 형사가 자기 의견을 밝히기를, 설명이나 어떤 근거를 내놓기를 기다리는 듯하다.

형사는 그렇게 하지 않는다.

라로셸이 팔짱을 끼고 대답한다. "가능할 수도 있겠죠. 그놈은 아직 잡히지 않았으니까. 하지만 내가 보기에 다른 설명보다 가능성이 작아 보이는군요."

형사는 고개를 끄덕이지만, 완전히 만족하지 않은 기색이 드러난다.

"그놈이 숲속에 있었던 신원 미상의 인물일 수도 있지 않습니까? 주얼이라는 아이를 저택 쪽으로 이끌어준 사람 말입니다."

라로셸이 얼굴을 찡그린다. "생각해봅시다. 유죄판결을 받은 성범죄자이자 살인마가 여자애를 봅니다. 혼자 길을 잃은 아이를, 숲속에서. 그가 그 여자애를 안전한 곳으로 데려다줄까요? 아니면 과거에 저질렀던 짓을 벌일 기회를 잡을까요?"

그 나이 든 형사는 말이 없다. 두 사람이 가만히 마주 보는데, 방에 있는 나머지 사람은 알아챌 수 없는 무언의 메시지를 주고받기라도 하는 듯하다.

"가능성이 없다는 말은 아닙니다." 라로셸이 말한다. "그저 말발굽 소리가 들릴 때 얼룩말 먼저 찾지는 말자는 소리죠."

유디타

1950년대 | 1961년 | 1973년 겨울 |
1975년 6월 | 1975년 7월 | 1975년 8월: **첫째 날**

보호구역에서 첫째 날을 마무리하니 6시가 다 되어간다. 주디는 이런 시간 계산이 와닿지 않는다. 그곳에 1년은 머무른 느낌이다.

헤이스가 레이브룩에 있는 수사국 본부를 향해 북쪽으로 차를 운전하는 중이다. 도착하면 주디는 스키넥터디까지 긴 운전을 시작할 것이다. 생각만 해도 울고 싶어진다.

"피곤해?" 헤이스가 묻는다.

"조금요."

"각오해. 이런 사건이 일어나면 밤낮없이 일하게 될 테니까."

그가 창문을 내린다. 손에 든 담뱃갑을 흔들어 한 개비를 권하지만 주디는 거절한다.

"담배 안 피워?"

"네."

"잘하는 거야. 우리 아버지도 이거 때문에 돌아가셨을걸. 암이라고는 안 하셨지만, 기침하시다 돌아가신 건 분명하지."

헤이스가 담배를 빨아들인다. 옆으로 기다랗게 연기를 뿜어 열린 창문으로 내보낸다. "나는 차에서만 피워. 나 자신이랑 타협한 거지."

주디는 옅게 웃는다. 듣고 있다는 걸 보여줄 정도로만.

"뭐 물어봐도 돼?" 헤이스의 말에 주디는 개인적인 무언가를 예상하면서 긴장한다. 동료들 앞에서 자기 가족이나 과거에 관한 것을 뭐든 편하게 털어놓을 수 있게 되기까지는 아주 오랜 시간이 걸릴 것이다. 하지만 그가 이어서 던진 질문은 무난하다. "왜 경찰 일을 시작한 거야?"

주디는 선택지를 고려한다. **사람들을 돕고 싶었습니다**는 진부하게 들린다. **흥미로워 보인다고 생각했습니다**는 너무 막연하다.

마침내 자신도 놀랄 만큼, 주디는 진실을 말한다.

"〈모드 스쿼드〉 때문에요."

"뭐—" 헤이스가 못 들었다는 듯이 입을 연다.

"〈모드 스쿼드〉 말입니다. 가장 좋아했던 드라마거든요."

헤이스가 웃기 시작했다. 기침이 나오도록 계속 웃으면서, 담배를 창문 밖으로 튕겨낸다. "한 대 얻어맞았네. 그런 이유는 처음 들어봤어."

주디가 씩 웃는다.

"〈모드 스쿼드〉라." 헤이스가 웃고 또 웃더니 마침내 차 안에 편안한 고요가 내린다.

그때, 무전기가 지지직거리며 살아난다.

존 폴 매클렐런이 파란색 트랜스앰에 탄 채로 적발되어 붙잡혔다. 현재 남쪽으로 16킬로미터가량 떨어진 고속도로 변에 있다.

데니 헤이스가 주디를 흘끗 본다. 자신의 손목시계도 흘끗 본다. "6시야. 우리 근무는 끝났어. 집에 가도 돼."

그가 주디를 본다. "그럴래?"

주디가 고개를 젓는다.

헤이스는 무전에 응답하면서 자석 경광등을 지붕에 탁 붙이고, 잔디 중앙 분리대를 덜컹대며 넘어 방향을 거꾸로 돌린다.

두 사람이 도착해보니, 존 폴 매클렐런을 멈춰 세운 주 경찰관이 그에게 수갑까지 채워두었다. 그는 자동차 근처 잔디에 앉아 있다. 얻어맞은 상태다. 부은 입술과 멍든 눈을 보건대 한 번이 아니다.

경찰관이 상황을 설명한다. 매클렐런은 취한 게 분명하다고 말한다. 실제로 그 점이 가장 먼저 눈에 띄었다고. 수배령이 없었어도 어쨌든 차를 세우게 했을 것이다. 매클렐런은 음주 측정 검사를 완전히 통과하지 못했다.

"알아서 하시죠." 경찰관이 말한다.

"식당에 있었어요." 바닥에 앉은 매클렐런이 말한다.

추측건대 "식당"은 술집을 뜻한다. 숨결에서 풍기는 술 냄새가 어느 정도 떨어진 거리에서도 뚜렷하다. 마리화나 냄새도 마찬가지다.

헤이스가 조수석 문을 연다. 수색을 시작한다.

매클렐런이 말한다. "그러면 안 되죠. 나는 수색을 허락한 적이 없어요."

"안됐지만—" 헤이스가 받아친다. 차 안으로 낮게 몸을 굽히고 있어 목소리가 눌리고 막힌다. "차 안에서 불법 약물 냄새를 식별할 수 있는 게 사실이므로, 내게 차를 수색할 권리가 있습니다."

헤이스는 곧이어 마리화나 집게 하나, 찌그러진 제니시 맥주 캔 두 개, 중앙 콘솔박스에서 남은 코카인 가루로 보이는 것을 찾아낸다. 심지어 트렁크는 아직 시작도 안 했다.

취한 것이 명백한 상태와 이 증거들을 바탕으로 헤이스가 매클렐런을 체포한다.

한편 주디는 매클렐런의 운전면허증과 차량 등록증을 들고 암행 순찰차로 돌아와서, 이 두 가지 정보를 레이브룩에 무전으로 보낸다.

운전석에서 무전 담당자가 응답하길 기다리는 동안, 주디는 매클렐런을 가만히 주시한다. 그가 쿵쿵거리면서, 입과 얼굴을 기묘하게 움직인다. 주디는 먼저 코카인에서 원인을 찾는다. 본인은 한 번도 해본 적이 없지만, 고등학생 때 코카인을 하는 사람들을 봤다. 주로 남자아이들, 운동 좀 한다는 애들이었다. 하지만 매클렐런이 고개를 위로, 태양을 향해 들자, 주디는 그가 울고 있음을 알아챘다.

이제 헤이스는 트렁크로 넘어갔다. 트렁크를 연다.

그는 주디를 등지고 있다. 장갑 낀 두 손으로 작은 트렁크에서 말도 안 되게 많은 물건을 꺼내 하나씩 조심스레 땅에 놓는다. 골프채. 골프채. 더플백. 사첼백. 책. 신발 한 짝. 책. 신발 한 짝.

마지막으로 종이봉투를 하나 꺼낸다.

주디가 보니, 매클렐런은 이제 위를 쳐다보고 있지 않다. 땅바닥을 노려보고 있다.

헤이스가 조심스럽게 다루는 그 봉투는 색이 이상해 보인다. 주디는 그렇게 생긴 걸 본 적이 없는 것 같다.

그러다 알아차린다. 봉투 바닥이 일반적인 것보다 색이 더 진하다.

주디는 매클렐런이 계속 앉아 있는지 주시하면서 차에서 내려 헤이스 쪽으로 걸어간다. 그는 이제 땅에 쭈그리고 앉아 봉투 안을 들여다보고 있다. 주디가 다가가는 동안, 장갑을 낀 채, 손가락 두 개로 차례차례 물건을 꺼내기 시작한다.

속옷, 반바지, 티셔츠. 작고, 희고, 파랗다.

유니폼이다. 보이는 대로라면 피에 덮인.

주디는 매클렐런을 본다. 여전히 고개를 숙이고 있다.

데니 헤이스를 보자, 잘 들리지 않게 뭐라고 말하고 있다. **젠장. 빌어먹을.**

그의 얼굴에서 색이 다 빠져나간 것처럼 보인다. 그렇게 온갖 허세를 부렸지만, 이런 일에는 각오가 되어 있지 않은 듯하다. 주디는 헤이스가 아버지라는 사실을 떠올린다. 다른 건 전부 차치하더라도, 그에게도 자기 아이들이 있다.

세 사람이 모두 조용히 차를 타고 경찰서로 가던 중 헤이스가 입을 연다.

"그 애를 죽였나?" 묻는 목소리가 총성 같다. 주디는 그 여파로 차 안 공기가 움직이는 소리를 듣는다.

주디가 백미러로 매클렐런을 흘끗 본다. 창밖을 보고 있는데, 표정을 읽어내기 어렵다. 한마디도 하지 않을 모양이라고 생각하던 그때, 그가 입을 연다.

"진술거부권을 행사하죠."

변호사 아들답게 말한다고, 주디는 생각한다.

레이브룩에서, 두 사람은 신속하게 절차를 밟아 매클렐런을 유치장에 넣는다. 매클렐런은 전화를 한 통 할 수 있다. 주디는 수화기 맞은편에 누가 있을지 확신한다.

그러면 그렇지. 그의 입에서 떨리는 소리가 나온다. "아빠?"

손이 올라가 눈썹께를 덮으며, 곧 흐를 눈물을 감춘다. 주디 눈에는 자기 연민에 찬 것으로 보이는 눈물을.

매클렐런이 말하는 내용은 놀라울 게 하나도 없다. 어려움에 부닥쳤고, 도움이 필요하다. 아버지가 와줘야 한다.

헤이스가 들어와 말한다. "주디, 집으로 가."

이제 8시다. 10시를 넘겨도 스키넥터디에 도착하지 못할 것이다.

루이즈

1950년대 | 1961년 | 1973년 겨울 |
1975년 6월 | 1975년 7월 | 1975년 8월: **첫째 날**

거의 자정이다. 루이즈는 열 시간 동안 유치장에 있었다. 물은 주었지만 먹을 것은 하나도 주지 않았다.

머리가 어지럽고 몸이 안 좋다. 바깥공기를 쐬고 싶다.

평소라면 마시지 않는 식어버린 커피에 눈이 가 한 모금 마신다.

마침내 무신경하게 문을 두드리는 소리가 난다. 누군가가 대답을 기다리지 않고 문을 연다.

50대쯤 된 남자로, 두꺼운 안경을 쓰고, 갈색 넥타이 위로 니트 조끼를 입었다. 영문학 교수처럼 보인다고, 루이즈는 생각한다. 그의 손에는 콜라가 들려 있다. 이 사람이 법을 집행하는 일을 한다는 걸 보여주는 유일한 표지는 배지뿐이다. 그가 루이즈 반대편에 앉아 다리를 꼰다.

루이즈는 마음을 다잡는다. 그냥 사실을 말할 거라고, 결심했다. 자신은 어젯밤에 나가 있었다고. 하지만 애너벨도 마찬가지라고. 봉투에 든 약은 자신이 아니라 애너벨의 것이라고.

남자는 자신을 소개하지도 않고 콜라를 한 모금 마시더니 입을 연다.

그의 외모와 옷차림은 친절함을 기대하게 만드는 구석이 있지만, 어조는 엄격하다.

"존 폴 매클렐런과 관계가 어떻게 됩니까?" 남자가 말한다. 루이즈를 똑바로 바라본다. 그녀의 대답을 기록할 메모장도 없다.

루이즈는 그 질문에 당황한다. 다뤄지리라 예상했던 주제가 아니다.

그녀가 반사적으로 대답한다. "저는 그 사람 약혼자예요. 우리는 결혼을 약속했어요. 4년 동안 사귀었고요."

"흠." 남자가 말한다.

루이즈는 경계하며 다음 말을 기다린다. 대답하지 않겠노라 다짐하면서.

"그 사람은 다르게 말하던데."

루이즈가 의자에서 조금 움직인다. 묻지 마. 자신에게 말한다. 루이즈, 물어보지 마. 하지만 참지 못한다.

"무슨 말이죠?"

남자가 엄지손톱 밑에서 티끌을 파낸다. 코웃음을 치자 테가 두꺼운 안경이 코를 따라 살짝 내려온다.

"그 사람은 당신이랑 잠만 잤던 사이라고 하던데. 예전에 말이죠. 이제는 끝났는데 당신이 아직도 자기한테 매달린다고 하더군요."

"헛소리." 루이즈가 자기도 모르게 말한다.

"반지는 어디 있습니까?"

루이즈가 얼굴을 붉힌다. 존 폴과 늘 다툰 주제다. 존 폴은 좋은 것을, 아름다운 것을 선물하고 싶은데, 진짜 직업을 얻기 전까지는 그럴 수 없다고 했다.

"오늘은 안 꼈어요. 캠프에서는 안 껴요. 너무 좋은 거라."

남자가 말한다. "이봐요, 나는 뭐가 사실인지 모릅니다. 그냥 그 사람이 한 말이에요. 당신한테 전해줄 뿐이고."

루이즈는 남자를 곁눈질로 바라보다 말을 꺼낸다. "이름이 뭐죠?"

그 형사가 눈을 깜박인다.

"내 이름은 알잖아요. 그쪽은 이름이 뭐예요?"

"라우리."

"저는 당신이랑 얘기하면 안 돼요, 라우리."

"누가 그런 조언을 해줬죠?"

조용히 해. 루이즈는 되새긴다. 아무 말도 하지 마.

잠시 두 사람은 말없이 앉아 있다. 남자는 의자에 뒤로 기대 양손으로 뒤통수를 받친다. 편안하게. 그가 시선을 들어 방에서 높은 곳에 하나 달린 창문을 내다본다.

교수 같은 복장이 책략이라고, 루이즈는 생각한다. 용의자가 경계를 풀도록 고안된 수법. 이 남자도 루이즈가 겪어본 다른 모든 경찰과 다르지 않다.

갑자기 루이즈의 배가 요란하게 울려 그 소리가 방을 가득 채운다.

"배고픈가 보네요." 남자가 말한다. 질문이 아닌 진술이다.

그가 일어나서 다른 방으로 들어간다. 사과와 작은 칼을 들고 돌아온다. 껍질을 깎은 다음 썰어서 한 번에 한 조각씩 건네는데, 루이즈는 거절하지 않는다.

"왜 존 폴에 관해서 묻는 거죠?" 사과가 거의 사라진 뒤에 루이즈가 묻는다.

"모르겠어요?"

루이즈는 아무 말도 하지 않는다.

"당신이 왜 여기에 있는지는 알죠?" 남자가 다시 질문을 시도한다. 하지만 이번에도 루이즈는 말이 없다.

"지금 당장은 경범죄로 구류 중이죠. 우리가 말하는 동안 보석 심리 일정이 잡힐 테고. 아마 내일 아침 제일 이른 시간에 진행될 거예요. 하지만 당신이 여기 있는 데는 다른 이유도 있습니다."

침묵. 루이즈는 기다린다. 남자는 루이즈를 신중하게 지켜본다. 루이즈는 그의 표정이 싫다. 그녀를 쉽게 휘둘리고, 남을 잘 믿고, 고향을 떠나본 적 없는 사람으로 여기는 표정이다. 저 남자가 알았으면, 루이즈는 그렇게 생각한다. 내가 존 폴과 어떤 레스토랑을 갔고, 무슨 영화를 봤는지 알았으면. 존 폴이 추천해줘서 또는 스스로 호기심이 생겨서 읽은 책들을 알았으면. 나는 당신이 생각하는 것과 다르다고, 루이즈는 말하고 싶다. 하지만 **변호사 없이는 말하지 말라**는 데니의 경고를 계속 염두에 둔다.

남자가 앞으로 몸을 기울인다.

"바버라 반라한테 무슨 일이 생겼는지를 당신이 안다는 걸 우리도 알지."

루이즈가 당황한다.

"전 몰라요." 루이즈가 자제할 새도 없이 대답한다. 하지만 어떤 이유에선지, 그녀 자신에게조차, 거짓말처럼 들린다. 새되고 불평하는 기색이 있는 억양.

"그것도 다른데." 남자가 말한다.

"뭐가요?"

"당신 남자 친구가 한 말과 말이죠."

앨리스

1950년대 | 1961년 | 1973년 겨울 |
1975년 6월 | 1975년 7월 | **1975년 8월**

이게 독립독행을 지은 목적이라고, 앨리스는 생각했다. 오전 10시에 거실 가운데에 서서 천천히 몸을 한 바퀴 돌리는 동안 온 사방에서 집이 부활했다. 흑파리 작별 파티든 다른 연회든, 베어가 사라진 뒤로는 열지 않았다. 하지만 피터는 이 저택의 100주년 기념일을 전통을 재개하기에 상서로운 때로 봤다. "사업에 도움이 되니까." 피터가 말했다. 초대하고픈 잠재 고객도 몇 명 있었다.

문제는 끝내야 할 일의 양이었다. 독립독행의 침실은 대부분 바버라가 산 세월보다 더 오랫동안 닫혀 있었다. 이제 문을 열고, 가구에서 먼지막이 덮개를 끌어 내리고, 창문을 열었다. 올버니에서 이용하던 꽃집에서 손질한 생화를 실어 왔다. 피터가 지시한 대로 야생화들이었다. 애기괭이밥과 듀란타꽃과 천남성 다발이 온 집 안에 있는 꽃병을, 침실마다 있는 탁자를 장식했다. 피터는 거실 소파와 의자에 덮개를 씌우게 했고, 새 가구도 샀다. 지역에서 제작한 야외용 안락의자 30여 개가 이제 조앤호수로 내려가는 잔디밭에 깔끔한 반원을 그리며 정렬해 있다. 갈라지고 구닥다리가 된 예전 것들은 직원 중 누군가가 장작용으로 처리했다.

재단장을 한 것은 저택만이 아니었다. 바버라가 캠프로 떠난 뒤 지난 몇 주 동안, 앨리스는 수년 만에 처음으로 자신에게, 자기 외모에 신경을 썼다. 반가운 전환점이었다. 이 파티와 파티 계획은 앨리스의 어떤 근본적인 부분에, 특질에 다시 불을 붙였다. 당연히 자신을 완전히 포기한 적은 없었지만, 옷과 피부와 손톱에 그다지 신경을 쓰지도 않았다. 전에는 목덜미에서 끝나는 풍성한 단발머리 같은 것을 하곤 했다. 늘 매우 세련됐다는 말을 들었다. 하지만 베어가 사라진 뒤로, 평소에 가던 미용실에 발걸음을 끊었다. 질문에 대답하고 또 대답하기가 싫었다. 이제는 머리가 길게 자라 창피할 지경에 이르렀고, 길이를 숨기려고 머리를 낮게 꼬아서 핀으로 고정해두곤 했다.

바버라가 에머슨 캠프로 떠나고 일주일 뒤, 앨리스는 직원 한 명에게 올버니까지 차로 데려다달라고 청하여 예약한 미용실에 갔다. 돌아왔을 때는 길고 반듯하게 등까지 내려오는 머리를 하고, 관자놀이에 난 흰머리도 염색으로 감춘 상태였다. 손에는 휘트니 매장 봉투가 들려 있었는데, 안에 미니스커트 두 벌과 비키니 한 벌을 포함하여 새 옷이 일곱 벌 있었다. 매우 앳된 점원이 앨리스를 꼬드겼다. "어쨌든 손님은 몸매가 좋으시니까요."

이제 토요일 오전, 파티를 시작하기로 계획한 날이었고, 앨리스는 벽장 앞에 서서 어떤 새 옷을 입을지 정하고 있었다.

"반라 부인." 누군가가 불렀다.

앨리스가 돌아봤다. 그녀는 이 젊은 남자가 누구인지 잘 몰랐다. 피터가 고용한 임시 직원 중 하나일 거라고 추측했다. 어쨌든 유니폼을 입고 있었으니까.

"무슨 일이죠?"

"현관에 누군가가 와 계십니다." 남자가 말했다.

"손님?" 앨리스는 경악해서 물었다. 당연히 아직은 아니라고 생각했다. 고작 오전 11시였다. 손님은 늦은 오후부터 도착할 예정이었다.

"잘 모르겠습니다. 부부입니다. 두 분은—" 남자가 말끝을 흐렸다.

바로 그때, 익숙한 동시에 섬뜩한, 조급하고 짜증이 담긴 어머니의 목소리가 들려왔다.

앨리스는 얼어붙은 채 눈을 깜박였다. 부모님의 도착에 전혀 대비가 되어 있지 않았다.

"고마워요." 앨리스가 물러나는 남자에게 인사했다. 그러고는 목이 살짝 올라오는 스웨터와 코듀로이 미니스커트를 마지 못해 벽장에서 꺼낸 뒤 그대로 입었다.

"맙소사, 앨리스." 어머니가 거실에서 말했다. 앨리스를 머리부터 발끝까지 눈으로 훑었다. 반듯하게 편 머리카락, 짧은 치마, 맨다리와 발. 그러더니 선언했다. "**수척하구나.**"

모욕이기도 하고 아니기도 했다.

"일찍 오셨네요." 앨리스가 말했다.

"글쎄, 네가 도움이 필요할 거 같아서 말이다." 어머니가 말하면서 거실 곳곳으로 눈길을 던졌는데, 뜻하는 바가 명확했다.

때때로 앨리스는 어머니의 창의적인 비판에, 주변 세상에서 찾아낸 그 모든 부족한 점을 설명하는 시적인 언어에 깊은 인상을 받았다. 다른 딸이라면 오래전에 어머니와 거리를 뒀거나, 최소한 이 모든 걸 웃어넘기기로 마음먹었을 것이다. 하지만 앨리스는 마흔이 넘어서도, 본인조차 당황스럽게도, 어머니가 뿜어내는 불평을, 중립적으로 들리길 의도했으나 매번 더 매섭게 쇄도하는 평가를 용케 예상하고 피하려고 분투했다.

워드 부인이 말했다. "가서 준비하렴. 나머지는 내가 맡으마."

앨리스는 얼어붙었다. 말해야 한다고 되새겼다. **저는 준비가 됐어요.**

"고마워요, 어머니." 대신 그녀는 이렇게 말했다. 아버지와는 시선을 마주치지 않으려 피했다. 그랬다가는 울음을 터트릴지도 몰랐다. 아버지가 연민 같은 것을 담아 자신을 볼 것이 확실했기 때문이다. 왜 자신은 이 모든 것에 괴로워할까? 삶의 이 지점에 이르러서까지? 피터가 수년 동안 말하길 ― 아니, 피터가 뭐라고 했든 상관없다. 피터도 문제의 일부니까.

앨리스는 복도를 따라 되돌아가면서, 이제 자기 몸이, 맨다리가 남들에게 어떻게 보일지 의식했다. 어머니가 여전히 자신을 뚫어지게 보고 있는 것이 느껴졌다.

앨리스는 침실에서 벽장 문을 열고, 지나치게 오래 서서, 눈앞에 보이는 것들을 응시하되 인지하지는 않고 있었다. 색감들, 질감들, 길이가 다양한 옷들.
그러다 옷걸이 위 칸에서 기다란 직물 하나가 주의를 끌기에 손을 뻗었다.
앨리스가 떠나 있는 동안—던위티 센터에 머물렀던 기간을 묘사하는 유일한 표현이었다—루이스 선생은 나머지 반라 가족에게 베어의 흔적을 올버니 집에서는 물론이고 독립독행에서까지 전부 없애기를 촉구했다. 그리하여 베어가 사용했던 방 두 개는 뼈대만 남긴 채 벗겨졌다. 세계지도처럼 보이게 디자인한 벽지를 발라 베어를 기쁘게 했던 벽은 흰색으로 칠했다. 베어의 옷도 사라졌다. 장난감과 책도. 루이스 선생은 이게 앨리스를 낫게 하는 방법이라고 했다. 이렇게 반라 집안은 피터 2세와 예일 대학 시절부터 친구였던 그의 조언을 받아들였다.
하지만 사람들이 보지 못한 베어의 물건이 하나 있었다.
베어가 태어났을 때 누군가가 앨리스에게 베어를 위한 담요를 주었는데, 파란색 바탕에 달과 별 무늬가 있고 가장자리는 비단으로 두른 것이었다. 베어는 자라면서 이 담요를 거의 떼어놓지 않았다. 하지만 베어가 네 살 때, 여전히 집 안에서 담요를 끌고 다닐 무렵에, 피터는 그것을 빼앗으라고 지시했다. 앨리스는 그 말에 따르면서, 담요를 이 벽장 선반에 숨겨뒀고, 아이는 일주일 동안 잠들 때마다 가엽게 울며 담요를 찾았다.

앨리스는 떠나 있다 돌아와 베어의 물건이 집에서 전부 사라진 것을 발견했지만, 절망을 감추는 법도 충분히 배운 뒤였다. (그곳에 다시 머물 바에야 이곳에, 베어의 흔적이 사라진 집에 있는 게 나았다.) 감시하는 눈길이 사라지자마자, 앨리스는 자기 방으로 돌아가서 벽장 문을 열어젖혔다. 거기에 있었다. 오래전에 앨리스가 숨겨뒀던 담요가.

이제 앨리스는 담요를 얼굴로 가져와 해진 가장자리로 뺨을 쓸었다. 베어가 버릇처럼 손가락으로 도닥이던 부분이었다.

옷을 갈아입지 않을 거라고, 앨리스는 마음먹었다. 어머니에게 아무 말도 하지 않을 것이라고. 그냥 갈아입지 않겠다고.

앨리스는 담요를 얼굴에 덮었다. 그렇게 얼마간 침대에 누워 있었다. 올버니에 다녀온 뒤로 루이스 선생이 처방해준 알약을 하나도 먹지 않았다. 이 행사를 준비하는 데 정신이 팔려 있었다. 이번만은 할 일이 있다고, 앨리스는 생각했다. 그 모든 계획을 진행하는 내내, 매우 심한 날을 보낼 수도 있다는 데는 생각이 미치지 않았다.

집 안 어딘가에서, 어머니가 지시하는 소리가 들려왔다. 거기요. 거기. 아니. 맞아요. 아니.

앨리스는 오른손을 기계적으로 뻗어 침대 옆 협탁 서랍을 당겨 열었다. 그 안에 든 병의 곡선과 알약들이 달그락대는 소리로 마음을 가라앉히며, 한 알, 두 알, 세 알, 네 알째 입에 넣었다. 물고 씹었다. 그러고는 다시 베어의 담요를 얼굴에 덮었다. **수의** 같다고, **관 덮개** 같다고, 생각하고는 속으로 살짝 웃었다.

    눈을 뜨자, 잔디밭에서 목소리가 들려왔다. 여러 목소리가. 일어나 앉으려고 했지만, 할 수 없었다. 주변이 다 어두웠다. 앨리스는 어릴 때 낮잠을 피했다. 낮잠에서 깨면 초현실적인 절망감 같은 게 마음속에 일었기 때문이다. 베어도 그랬다. 오후에 자고 난 뒤에만 눈이 흐렸다.
    앨리스는 지금 그 기분을 느꼈다. 오후의 열기에도 불구하고 이불을 당겨 몸을 감쌌다.
    1분, 아니면 한 시간 뒤, 몸을 일으켰다.
    그다음엔 협탁, 그다음엔 서랍, 그다음엔 알약. 두 알 더. 세 알.
    한 손으로 벽을 짚으며 걸었다. 길을 더듬으며 복도를 따라서 부엌으로 들어갔고, 거기서 찬장을 만지작거려 유리잔 하나를 꺼낸 뒤, 개수대 물을 틀었다. 우물에서 끌어오는 물로, 흙의 단내가 느껴졌다.
    입가로 가늘게 물줄기가 새어 나와, 앨리스는 턱 밑에 손을 대고 받아냈다. 그때, 움직임이 눈에 띄었다. 주변 시야로 머뭇거리는 사람 형상이 보였다. 그녀가 돌아봤다. 새로 온 요리사였다. 마을에서 온 젊은 여자. 이름도 모르는 사람.
    "뭐죠?" 앨리스가 물었다.

"아무것도 아니에요."

"아무것도 아닙니다, 부인." 앨리스의 이 말에 여자는 그녀를 향해 눈을 깜빡일 뿐이었다.

찬장. 벽. 거실로 올라가는 계단 두 칸. 조심스럽게, 신중하게. 소파 뒷면. 멋지게 거친 중앙 벽난로 옆면.

앨리스는 잔디밭으로 나가는 유리문 앞에서 갑자기 멈췄다. 앞에—그녀가 생각하기에— 피터뿐 아니라 자신의 손님이기도 한 사람들이 있었다.

이제 앨리스 없이 파티를 시작한 뒤였다. 아무도 그녀를 깨울 생각을 안 했다. 남편조차도. 모두가 밖에서 햇볕을 쬐면서, 유리잔을 기울이고, 흥에 겨워 머리를 뒤로 젖혀댔다.

앨리스는 피터를 찾아 무리를 훑어보다가, 그가 매클렐런 가족과 얘기하고 있는 걸 발견했다. 남편, 부인, 딸, 아들, 한 명 한 명이 제각기 끔찍하다고, 앨리스는 생각했다.

그녀는 미닫이 유리문에 손을 짚으려 했다가, 문이 열려 있는 걸 알아차렸다. 그 바람에 문틀 밖으로 몸이 기우뚱했다. 그 모습을 보고 3미터쯤 앞에 있던 한 여자가 "앨리스!"라며 소리 높여 반갑게 불렀다가 말을 멈췄다.

사람들이 인사를 듣고 돌아보더니 입을 다물었다.

앨리스는 무언가를 깨달았다. 뱃속에 알약이 너무 많았다. 더군다나 한 주 동안 약을 하나도 안 먹은 뒤에. 온종일 먹은 것도 없었다. 머리카락에 손을 댔다가 헝클어져 있는 걸 알아차렸다. 수많은 가닥이 귀 앞으로 늘어져 있었다. 옷에, 짧은 치마에 손을 댔다가 허리까지 너무 높이 올라와 있는 걸 알아차렸다.

앨리스는 피터 쪽으로 시선을 흘려보냈다. 너무 멀리 있었다. 매클렐런 가족에게 무언가를, 앨리스에 관한 것을 말하는 중이었다. 피터가 입을 움직이는 게 보였다. 매클렐런네 아들인 존 폴 주니어는 성인 남자가 됐다. 저 애가 사업을 물려받을 거라고들 말했는데, 앨리스도 알아볼 수 있었다. 이미 저 모든 남자와 같은 분위기를 풍겼다. 무언가를, 모든 것을 받는 게 당연하다는 느낌을.

앨리스는 약에 취해 몽롱한 상태에서 기시감을 느꼈다. 어떤 일련의 장면들을 두 번째로 사는 느낌을.

얼굴에 손을 대고 자신이 온전한지 확인했다.

그러고 나서 후퇴했다.

다시 집 안으로, 그늘 속으로, 무작정 베어의 방을 향해 복도를 되돌아가, 더는 아들 것이 아닌 침대에 누웠다. 몸을 웅크려 뼈와 살을 단단히 짜맞췄다. 몇 시간 뒤에 손님 두 명이 깊이 잠든 앨리스를 발견할 터였다.

밖에서 손님들 목소리가 다시 들려왔다. 서서히 커지면서 또 한 번 유쾌한 웃음이 터졌다.

파티는 앨리스 없이도 이어지리라.

루이즈

1950년대 | 1961년 | 1973년 겨울 |
1975년 6월 | 1975년 7월 | 1975년 8월: **첫째 날**

루이즈는 욕지기가 솟는다.

"안 믿어요." 말하고 또 말한다.

"마음대로 해요." 라우리 형사가 말한다. 루이즈는 하면 안 되는 말까지 그에게 이미 해버린 기분이다. 하지만 그녀를 폭발하게 만드는 것이 하나 있다면, 거짓말이다. 사람들은 그녀에 관해 거짓말을 했다. 살아오는 내내 그랬다. 오늘은 벌써 두 번이나 그랬다. 첫 번째는 애너벨, 그리고 지금 이 상황. 루이즈는 분노로, 온갖 부당함 때문에 얼굴에 열이 오른다. 응어리가 맺힌다. 입을 다물고 있을 수가 없다.

"거짓말하고 있잖아요." 말하는 동안 심장이 빠르게 뛴다.

"전혀." 라우리가 말한다. 차분하게 확신하는 모습에 루이즈는 탁자 맞은편으로 손을 뻗고 싶고—

"언제 시작했어요?" 그가 묻는다.

"꺼져요."

"좋아요. 더 오래 앉아 있든지. 나는 달리 갈 데가 없거든요."

라우리 형사는 존 폴이 바버라의 옷이 든 봉투와 함께 발견됐다고 말했다. 옷이 피투성이였다고 덧붙이면서, 루이즈의 시선을 응시했다.

그의 말에 따르면, 존 폴은 봉투에 뭐가 있는지 몰랐다.

다만 루이즈가 그 봉투를 버려달라고 했다는 것이었다.

형사가 말했다. "거기서 뭐가 떠오르는지 알죠? 당신이 오늘 더 일찍 누군가한테 버려달라고 부탁한 다른 봉투."

이제 루이즈는 라우리를 똑바로 마주 본다. 얼굴이 분노로 벌겋게 달아오른다. 목소리를 차분하게 유지하려 하지만 실패한다.

"잘 들어요. 나는 두 봉투 중 어느 쪽이랑도 관계가 없어요. 애너벨의 봉투에 관해서는 알아요. 하지만 그 안에 있던 건 **애너벨** 거예요. 내가 아니라."

라우리가 루이즈를 가늠해본다.

"그건 알겠어요. 바버라는 열세 살치고 많이 성숙해 보였죠."

루이즈는 속이 뒤틀린다. 이런 식의 표현을 자주 들었다. 자신에 관해서.

"안 그래요." 루이즈가 말한다. 현재형을 사용하려고, 형사가 문법으로 설치한 덫이라고 짐작되는 것을 피하려고 주의한다.

"바버라는 검은색 아이라인을 그리는 열세 살짜리처럼 보여요. 아이처럼 보인다고요."

라우리가 끄덕인다. "그것도 무슨 말인지 알겠어요. 사실상 말이 되는 얘기죠."

루이즈는 미끼를 물지 않는다.

라우리가 다시 시도한다. "리 타운슨과는 얼마나 오래 알고 지냈습니까?"

루이즈는 침묵한다. 리 타운슨이 앞치마를 두르고 식당 부엌에서 자신을 향해 환하게 웃는 모습을 그려본다. 지금 그가 어디에 있을지 궁금하다.

라우리가 묻는다. "그 사람 생각이었죠? 그 사람이 바버라를 데려와달라고 했죠?"

루이즈는 이 부당한 혐의에 화가 치미는 한편, 데니 헤이스가 변호사를 요청하라고 했던 것이 옳았음을 새삼 깨닫는다. 지금은 어떤 말을 하든 루이즈 본인만 불리해질 뿐임을.

"무슨 명목으로 저를 여기에 두는데요." 루이즈가 마침내 말한다. 배가 고프다 못해 메슥거린다.

라우리가 뜻밖이라는 듯 루이즈를 본다.

"당신은 나를 여기에 계속 잡아둘 수 없어요. 그렇죠? 가도 되죠?"

"아니." 라우리가 고개를 젓는다. "엄밀하게 말하면 당신은 규제 약물 소지 혐의가 있어요."

"그것도 거짓말이에요."

"글쎄, 아직은 모르죠. 우리가 아는 건 당신한테 그런 혐의가 있다는 것뿐이니. 그러니 내일 혐의에 대한 보석금이 책정되고, 그걸 낼 때까지, 당신은 우리와 있을 겁니다."

"하지만 그게 당신이 나를 여기에 붙잡아두는 진짜 이유는 아니죠. 이미 그렇게 말했잖아요."

라우리가 미소를 짓는다. "그랬나?"

루이즈는 아무 말도 안 한다.

"루이즈. 우리랑 더는 말을 안 하겠다면, 그렇게 해요. 당신 권리니까. 하지만 끝까지 들어봐요. 당신한테 도움이 될지도 모르는 걸 말해줄 테니까."

그는 말을 잠시 멈추고 콜라를 한 모금 마신다. 그러고는 재킷 안주머니에서 비닐에 싸인 오트밀 건포도 쿠키를 꺼낸다. 온기에 부드러워진 쿠키를 천천히 포장에서 꺼내 커피에 찍어 먹기 시작한다.

라우리가 씹으면서 말한다. "규제 약물 소지는 최고 형량이 5년이죠."

루이즈의 얼굴이 허옇게 질린다. 5년이 지나면 남동생 제시는 열여섯 살이 될 거다. 사실상 어른이다. 5년 뒤에는 너무 늦을 것이다.

"하지만 바버라 반라의 소재를 비롯해서 우리한테 도움이 될 만한 걸 무엇이라도 당신이 알고 있다면, 우리가 당신을 돕기에도 더 좋은 상황이 될 겁니다."

루이즈는 탁자를 내려다보고 있다. 시선을 들면, 줄곧 억누른

눈물이 흘러나올까 두렵다. 이 남자에게 우는 모습을 보일 바에야 죽어버리거나 감옥에 갈 것이다.

라우리가 말한다. "아무튼 내가 지금 전화해볼 수도 있어요. 보석 심리가 잡히는 걸 알아보려면. 그런데."

과장해서 손목시계를 확인한다.

"지금은 날이 늦었네요. 내일이 돼야 판사와 연락이 될 수도 있겠어요."

그가 방을 걸어 나간다.

루이즈는 혼자다.

한동안 조용히, 이 재난이 어깨에 내려앉도록 둔다. 첫 번째 감정은 경악이다. 존 폴이 이렇게 사악한 짓을 할 수 있다니. 두 번째 감정은 두려움이다. 저 사람들은 그녀 자신보다 존 폴을 믿을 것이다.

하나만큼은 사실이다. 존 폴은 항상 속이 좁고 보복하려는 경향이 있었다. 루이즈는 이런 면을 줄곧 목격했는데, 주로 다른 사람에게, 주로 파티에서 모두가 술과 약에 취했을 때 다른 남자들에게 향했다.

루이즈에게 이런 면을 보인 적은 단 한 번뿐이었다.

루이즈

1950년대 | 1961년 | **1973년 겨울** |
1975년 6월 | 1975년 7월 | 1975년 8월

가닛힐로지에서 맞이한 두 번째 겨울이었다. 월요일이라 안 그래도 일이 별로 없는 날이었는데, 지독하게 추운 나머지 겁을 먹고 취소한 예약이 너무 많아, 상사는 루이즈를 일찍 퇴근하게 해줬다. 그리하여 따분하고 외로웠던 루이즈는 직원용 차량을 빌릴 기회를 얻어 유니언 대학교로 몰고 갔다.

그해 존 폴은 다른 친구 몇 명과 집을 얻어 함께 살았다. 루이즈가 문을 두드리는 소리에 나온 것도 그들 중 하나였다.

"존 폴은 나갔어." 그는 루이즈의 얼굴을 알아보는 데 잠깐 시간이 걸리더니 말했다.

"아." 루이즈가 말했다. 그 남자 뒤로 파티를 벌이는 듯한 소리가 들렸다. 낮게 윙윙거리는 음이 울리고 또 울렸다. 레코드판이 튕기는 소리였다. 한 여자가 유쾌하게 웃었다. 레코드판이 제대로 돌았다. 한 남자가 포효했다.

루이즈는 그 포효에 알아챘다.

"스티븐, 존 폴이 집에 있는 거 같은데."

안에 들어가니 레드제플린 노래가 배경에 흐르는 가운데 열 명 남짓한 사람들이 작게 무리 지어 앉거나 서 있었다.

대부분은 루이즈가 모르는 여자들이었다. 어렸다. 아마 신입생일지도. 여자들은 외출복을 입고, 머리를 감고 손질하는 등 신경 써서 꾸몄다. 이런 추운 밤에 어디를 가려는 걸까, 루이즈는 생각했다. 그러다 이 집이 저 여자들의 목적지임을, 외모에 저렇게 신경을 쓴 동기가 여기에 사는 사람들임을 깨달았다. 파카를 입고 모자를 쓴 루이즈는 눈사람 친구가 된 기분이었다.

방 맞은편에서 존 폴이 살짝 기우뚱거렸는데, 루이즈의 가슴이 졸아들 만큼 취해 있었다. 한 손에 맥주를 들었고, 이 추위에 셔츠를 벗고 있었다. 어깨와 가슴이 벌겠다. 존 폴은 보기 좋게 날씬하고, 머릿결도 풍성하고, 치아가 매우 하얘서, 평소에 루이즈는 그가 잘생겼다고 생각했다. 매력적인 남자를 추하게 만드는 가장 빠른 방법은 술을 매우 많이 먹이는 것이다. 루이즈는 술 취한 남자가 두려웠다. 어릴 때부터 그런 남자들을 어르는 법을, 그들이 던지는 질 나쁜 농담에 심기를 거스르지 않으면서 부추기지는 않을 만큼 웃어주는 법을 익혔다. 유쾌한 기분이라는 표면 바로 아래에는 이들의 힘과 비열함이 똬리를 틀고 있었다. 발포를 기다리는 총 두 자루처럼.

"루이이이이즈." 존 폴이 루이즈를 발견하고 말했다. 비틀거리며 방을 가로질러 와 양팔을 루이즈의 양어깨에 두르고 너무 무겁게 기대는 바람에 둘이 같이 고꾸라질 뻔했다.

"이 사람들은 누구야?" 루이즈가 속삭였다.

"새 친구들. 너도 좋아할 거야. 이리 와." 존 폴이 말했다. 혀가 꼬인 채.

하지만 여전히 소개는 없었다. 루이즈는 한참 동안 **가닛힐로지** 문양이 들어간 폴로셔츠를, 일터에서 지급한 망할 유니폼을 입은 채로 손에 술도 없이 소파에 앉아서, 주변 사람들이 점점 더 취해가고, 음악이 더 커지고, 섹스할 법한 분위기가 더 무르익으면서 명백해지는 것을 지켜봤다.

여자들을 보고 있자니 무언가가, 아니 누군가가, 수많은 누군가가 떠올랐는데, 그 대상이 에머슨 캠프에서 자신이 맡았던 참가자들이라는 것을 마침내 번뜩 깨달았다. 부유함과 태도 면에서뿐만 아니라 어리다는 점에서도 그랬다. 가장 어린 여자는 열예닐곱 살 정도로 보였다. 두 여자가 기우뚱거리고 미끄러지면서 함께 춤추기 시작했고, 루이즈는 이들을 지켜보는 존 폴을 봤다. 이 시점에 이르러 그녀는 자겠다는 인사도 없이 존 폴의 침실로 올라갔다.

루이즈는 담배를 거의 피우지 않았지만, 침대 옆 협탁에 놓인 존 폴의 담뱃갑과 한쪽에 JPM이라고 이니셜이 새겨진 은색 라이터를 보고, 한 개비 불을 붙이고 피웠다. 폐가 따뜻해지는 느낌이 좋았다.

그녀는 라이터를 주머니에 넣었다. 존 폴의 것을 뭔가 가져가고 싶었다.

이제 담배를 끄고 거기에 오랫동안 누워 있었다. 침대 옆에 창문이 있어 내다보니 달이 거의 차오른 게 눈에 들어왔다. 아래에서 음악이 조용해지면서 차분한 곡으로 바뀌었다. 루이즈는 그때가 몇 시인지도 몰랐다.

그녀는 문이 쾅 열리는 소리에 깼다. 가슴을 움켜쥐며 똑바로 앉았다. 존 폴이 문간에 그림자 같은 모습으로 있었다.

아래층에서는 사람들이 여전히 떠들고 있었다.

"어디 갔었어." 그가 말했다. 목소리가 낮았다. 루이즈는 자신이 자리를 떴을 때보다 존 폴이 멀쩡해진 건지 더 취한 건지 알 수가 없었다.

"잤는데."

"날 얼간이 취급하지 마." 싸울 때마다 존 폴이 늘 하는 말 중 하나였다. 존 폴은 얼간이가 아니다, 그는 모든 사람이 이 사실을 알길 원했다. "왜 간다고 말 안 했어?"

루이즈는 목구멍에서 화가 치미는 걸 느꼈다. 보통 존 폴에게 무슨 말을 하든 신중하게 생각한 뒤에 꺼내야 했지만, 오늘 밤은 경계를 늦췄다.

"방해하고 싶지 않아서."

"뭐라고?"

"내가 없으면 더 재밌어할 줄 알았지."

존 폴이 뒤로 문을 닫자, 방이 다시 어두워졌다. 갑자기 그가 보이지 않았다. 루이즈의 안에서 무언가가 깨어나 두려움을 불러일으켰다.

"존 폴." 루이즈가 부르는데, 그의 손이 그녀에게 닿았다. 그녀를 거칠게 더듬어 옷을 쥐고 일으키더니 침대 밖으로 끌어냈다.

"누구랑 잤어." 그가 말했다. 목소리가 지나치게 컸다. 루이즈는 움츠러들었다. 아래층에서 들려오던 목소리들이 멈췄다. 사람들이 듣고 있었다.

"쉬잇." 루이즈가 소리를 냈다. 그 소리를 내는 게 존 폴을 자극하는 방아쇠라는 것이, 목소리를 낮추라고 하는 게 뺨을 때리는 것보다 더 나쁘다는 것이 너무 늦게 떠올랐다. 이미 존 폴이 루이즈에게 그렇게 말한 적이 있었는데.

"나한테 쉿쉿거리지 마." 존 폴이 소리쳤다. "내가 물었지. 누구랑. 잤어."

아래층에서 작게 웃는 소리가 들려왔다.

"아무도 없어. 없다고." 루이즈가 다급하게 속삭였다. 존 폴이 그녀의 옷깃을 더 세게 쥐었다.

"확실해? 왜냐하면 나는 네가 그럴 수 있다는 걸 알거든. 봤으니까."

한 번이라고, 루이즈는 생각했다. 딱 한 번. 두 사람이 사귀기 시작한 첫 번째 주에. 루이즈가 대학에 오고 두 번째 달에. 거의 기억도 안 날 만큼 취해서. 옳지 않은 짓을 할 만큼 취해서.

"존 폴, 난 잠들었었어. 피곤했어."

그는 루이즈를 잠시 더 그대로 잡고서, 얼굴에 대고 숨을 뱉었다. 그러다 천천히 손아귀에서 힘을 풀었다. 양팔을 떨어트리고 휘청이며 한 걸음 물러났다.

루이즈의 눈이 적응하고 있었다. 밖에서 들어오는 가로등 불빛에 존 폴의 안경이 반짝였다. 그는 양손을 허리에 얹고 고개를 까딱 숙였다. 그러다 루이즈를 밀치고 지나쳐 침대에 대각선으로 무너지면서, 공간을 너무 많이 차지해버렸다. 루이즈가 누울 공간은 없었다.

루이즈는 그를 바라봤다. 깨우고 싶지 않았다. 다시 화를 돋우고 싶지 않았다. 바닥에서 자도 됐다. 아니면 추위 속으로 다시 나가, 직원용 차에 올라, 시동이 걸리기를, 주유소가 이 늦은 시간에 열려 있기를 기대해볼 수도 있었다. 가닛힐로지까지 운전해서 돌아갈 수도 있었다. 존 폴을 영원히 떠날 수도 있었다.

뱃속에서 분노가 작은 불꽃처럼 타올랐다.

"죽어버려." 루이즈가 자제할 새도 없이 존 폴에게 말했다.

존 폴이 그녀에게 달려들었다. 왼손으로 루이즈의 셔츠를 움켜쥐고는 오른 주먹으로 그녀를 두 번 쳤다. 루이즈는 양팔을 마구 휘저으면서 얼굴을 보호하려 했다. 존 폴을 발로 찼다. 그러고는 바닥에 넘어졌다. 그대로 몸을 공처럼 말아서 머리를 보호하고, 배를 보호하려 했다. 존 폴이 루이즈의 등을 강하게 한 번 찼다.

울지 마. 루이즈가 되새겼다. **울지 마.**

몸을 희생해서 자존심을 지키려는 지긋지긋한 본능이었다.

아래층에서 여자들이 외출복을 차려입은 채로 자신이 맞는 소리를 듣고 있을 생각을 하니 견디기 힘들었다.

루이즈 위에서 존 폴이 헐떡였다.

"다시 말해봐."

루이즈는 말이 없었다.

필요한 만큼 기다렸다. 머릿속으로 확인할 목록을 짚어갔다. 자동차 열쇠는 현관문 바로 안쪽 탁자에 있었다. 지갑은 침대 옆 바닥에 있지만, 놔둘 것이다. 너무 어두워 찾을 수 없을 테니.

"죽어버려, 존 폴이라고 말하라고. 말해!"

루이즈는 잠시 침묵이 흐르게 두었다가, 온 힘을 다해 존 폴의 무릎께로 달려들었다. 그녀는 존 폴보다 작았지만, 맑은 정신과 중력이라는 두 가지 유리한 점이 있었다. 밀쳐진 존 폴이 바닥에 세게 나뒹굴자, 루이즈는 벌떡 일어나, 얼굴과 등에서 가시지 않는 통증을 느끼면서 계단을 달려 내려갔다. 탁자에 있는 열쇠를 움켜쥐는데, 그가 쿵쾅대며 계단을 쫓아 내려오는 소리가 들렸다.

루이즈는 거실에서 자신을 지켜보는 얼굴들이 느껴졌다. 돌아보지 않았다. 현관문을 힘껏 열었고, 얼음 낀 계단에서 미끄러져 죽을 뻔했지만, 자세를 바로잡았다. 직원용 차에 올라서 시동을 걸려고 했다. 한 번, 두 번, 세 번. 이 차는 추울 때 지독히도 시동이 안 걸렸다.

존 폴도 집을 나와 계단을 내려오려고 했는데, 얼음이 루이즈를 구했다. 그녀와 달리 존 폴은 세게 넘어졌고, 그대로 움직이지 않았다. 바로 그때, 차에 시동이 걸렸다. 바로 그때, 루이즈는 어둡고 빈 도로로 빠르게 빠져나갔고, 기어를 1단, 2단, 3단, 4단으로 올렸다.

아직도 심장이 세게 뛰었다. 연료계는 4분의 1통, 어쩌면 그보다 약간 아래를 가리켰다. 가닛힐로지로 돌아가기에는 충분하지 않을 것이다. 그 정도는 루이즈도 알았다. 지갑은 존 폴의 침대 옆에 두고 왔다.

양쪽 눈이 다 부어올랐지만, 왼쪽이 더 심했다. 루이즈는 창문을 내리고 사이드미러 위에 생긴 얼음을 조금 떼어냈다. 그것을 한쪽 눈에 댔다가 다른 쪽 눈에도 댔다.

새틱으로 가는 출구가 가까워지면서 기름이 8분의 1통이 됐다. 가닛힐로지까지는 거기서 고속도로를 타고 30분을 더 간 다음에, 지방도로를 타고 45분을 또 가야 했다. 집으로 가서, 제시와 어머니가 자신을, 엉망이 된 얼굴을 못 보길 바라며 살짝 들어갔다가 이른 아침에 다시 살짝 빠져나올 수도 있었다. 하지만 두 사람이 본다면 어쩌나. 제시가 본다면.

루이즈는 출구를 택했다. 선택지가 없었다.

그러다 진출로 끝에서 신호를 기다리는 중에, 기발한 생각이 떠올랐다.

루이즈는 겨울에 반라 보호구역에 와본 적이 한 번도 없었다. 눈을 얼마나 치워놨을지 가늠이 안 됐다. 애디론댁 공원은 눈이 빠르게 쌓이고 거의 녹지 않아, 3월쯤 되면 사설 용역으로 눈을 치우지 않는 곳에서는 허리까지 빠질 수도 있었다. 하지만 반라 가족이 거기서 크리스마스를 보냈다고 들었고, 그 뒤로 폭설이 내린 적은 없었다.

역시나 루이즈가 새벽 2시에 도착했을 때, 입구는 깨끗했다. 진입로 끝에 거대하고 어두운 저택이 잠들어 있었다. 루이즈는 전조등을 끄고 눈이 적응하기를 기다렸다. 구내에는 누구의 흔적도 없었다. 그날 밤은 달이 밝았고, 눈은 달빛을 널리 반사했다. 그 시간에도 잘 보였다. 루이즈는 차에서 내렸다.

발삼나무 오두막에 들어갈 무렵에는 발에 감각이 없었다.

안에 들어가, 여름 내내 문가 선반에 둔 손전등을 찾아 더듬었다. 다행히도 손가락에 손전등이 닿았다.

오는 길에 식당 현관에 쌓인 장작더미에서 통나무 조각을 가능한 한 많이 가져왔고, 불쏘시개도 많이 챙겼다. 이제 루이즈는 발삼나무 한쪽 벽에 자리한, 사용하지 않는 벽난로로 향했다. 사냥용 오두막이라는 과거가 남긴 몇 안 되는 흔적 중 하나였다.

손전등으로 연통 속을 비춰보니, 막힌 데 없이 충분히 깨끗해 보였다. 그리하여 존 폴에게서 훔친 라이터를 이용해, 불쏘시개에 불이 붙기를 간절히 바라면서, 활활 불을 피웠다.

그러고는 캠핑용 침대 하나를 몸이 그을리기 직전까지 최대한 불 가까이 끌고 갔다. 부츠와 젖은 양말을 벗어서 불 앞에 둔

다음, 발도 불을 쬐었다. 또 다른 침대에서 얇고 흐물거리는 매트리스를 들고 와서 몸에 덮었다.

그렇게 잠이 들었다.

루이즈는 그날 밤 두 번째로 잠에서 깼다.

"일어나." 어떤 목소리가 말했다.

루이즈는 정신이 없었다. 따듯한 불길에 두 눈이 완전히 감길 지경으로 부어, 어떤 사람이 양손에 물건을 하나씩 들고 있다는 것만 알아보았다. 그중 하나는 생김새가 권총 같았다. 곧게 뻗은 한쪽 팔이 그 물체를 루이즈 쪽으로 들어 올렸다.

"일어나." 그 목소리가 한 번 더 말했다.

루이즈는 등과 갈비뼈가 아파 천천히 움직였지만, 결국 일어섰다.

그 사람이 팔을 내렸다.

잠시 침묵한 뒤에 말했다. "루이즈 도나듀?"

그러더니 다른 손에 든 물체—알고 보니 소화기였다—로 불길을 향해 포말을 분사했다. 아주 길게 느껴지는 시간 끝에 오두막에 추위와 어둠이 돌아와 스미고, 루이즈도 다시 떨기 시작했다.

잠시 또 침묵이 이어지던 어느 시점에, 루이즈는 그 사람이 T.J. 휴잇이라는 걸 알아차렸다.

T.J.가 말했다. "이렇게 오래된 굴뚝에 불을 피워 올릴 만큼 어리석지는 않다고 생각했는데. 오두막을 다 태워버릴 수도 있

었어."

"여기서 1년 내내 사시는 줄은 몰랐어요."

"그럼 다른 데 어디서 살까?"

"마을에서 산다고 짐작했나 봐요."

"무슨 마을?"

루이즈는 입을 다물었다. 수치심이 스멀스멀 올라오기 시작했고, 후회도 됐다. 지금까지 해온 모든 일 중에서 이 일이 가장 좋았는데, 이제 틀림없이 잘릴 터였다.

"누가 얼굴을 그렇게 만든 거야." T.J.가 말했다.

루이즈는 대답하지 않았다. 일어서서, 이제 불이 없어 간신히 보이는 상사와 대면했다.

"차 기름 좀 있나요?"

T.J.는 관리자 사무소—루이즈는 비로소 이곳이 사실상 그녀의 집이라는 걸 이해했다—에서 제대로 불을 피웠다. 근처 벽에 불빛과 그림자가 깜박였다. T.J.는 루이즈의 얼굴 절반에 차가운 생고기를 붙여주면서, 붓기에 도움이 될 거라고 말했다. 이제 루이즈는 한쪽 눈, 가리지 않은 눈으로 이 오두막의 역사를 봤다. 소설과 실용서 등 책장에 꽂아둔 책들. 나무판을 댄 벽에 걸어둔 그림들, 곰과 새와 고요한 호수의 평온한 아침이 담긴 빛바랜 인쇄물들. 한쪽 벽에는 애디론댁 공원 전체 지도가, 다른 쪽 벽에는 동물들의 발자국 모양이 그려진 커다란 포스터가 있었다.

T.J.는 거실 옆에 붙은 작은 부엌으로 들어가더니, 레인지 앞에 서서 냄비를 저었다. 루이즈는 그 뒷모습을 지켜봤다. 그해에 T.J.는 머리를 길게 땋아서 등 뒤로 늘어뜨리고 다녔다. 몸은 땋은 머리보다 약간 넓을 뿐이지만, T.J.는 강했다. 의심할 여지가 없었다. 여름 내내 양말 위와 티셔츠 소매 아래로 다리와 팔 근육이 선명하게 드러났다. 루이즈는 그녀가 기다란 카누 배를 가볍게 머리 위로 들고 가는 모습도 본 적이 있었다. 남자도 그 정도로 힘을 과시하기는 힘들었다.

T.J.가 말하길, 기름이 있긴 있었다. 하지만 본채를 지나 저 위에 있고, 솔직히 피곤하다고도 했다. 그리하여 그녀는 그날 밤 루이즈에게 잠자리를 제공하기로 했다. 차는 아침에 함께 손볼 터였다.

이제 T.J.는 한 손에 수프 한 그릇을, 다른 손에 물 한 컵을 들고 돌아와 루이즈 앞에 있는 낮은 탁자에 내려놨다. 그러더니 루이즈의 얼굴에 붙은 생고기로 손을 뻗었다. 육즙이 뚝뚝 떨어지는 그 고깃덩이를 별생각 없이 두 손으로 들고서, 먹고 마시기 시작하는 루이즈를 찬찬히 봤다.

"왜요." 루이즈가 말했다. 자신을 뜯어보는 걸 좋아한 적도 없거니와 얼굴이 이 지경일 때는 말할 것도 없었다.

"그냥, 병원에 가야 할지 생각 중이야."

"안 가도 돼요."

"장기는 괜찮은 거야? 그놈이 발로 찼어?"

루이즈는 함정을 눈치채고 멈칫했다. 피해 갈 수도 있었다. 누가요? 하지만 어차피 일자리를 잃을 것이고, 이다음에 T.J.를 다시 만날 일도 없을 게 확실하기에, 고개를 끄덕였다.

"네. 하지만 속에서 뭔가가 파열되지는 않은 것 같아요. 얼굴이 더 아프죠."

T.J.가 끄덕였다. 생고기를 치우러 부엌으로 돌아갔다. T.J.가 정직함을 중요시하는 걸, 루이즈는 알았다. 여름 캠프를 시작할 때마다 그녀가 자세히 설명하는 주제 중 하나였다. **정직, 성실, 경계.**

"남자 친구 아니었어?" T.J.가 어깨 너머로 외쳤다.

"그랬죠."

"내가 죽여줄까?" T.J.의 질문에 루이즈는 활짝 웃다가 아파서 움찔했다.

T.J.가 느닷없이 복도로 갔고, 루이즈는 그녀가 자러 가나 싶었다. 하지만 잠시 뒤에 돌아와서 루이즈에게 무언가를 내밀었다. 액자에 넣지 않은 커다란 사진 한 장이었다.

루이즈는 두 손가락으로 한쪽 눈을 감기지 않게 잡고 사진을 살펴보았다. 호수와 면한 쪽에서 독립독행 앞에 사람들이 세 줄로 서 있는 단체 사진이었다. 첫 줄에는 연령대가 다양한 아이들이 앉아 있었다. 그 뒤로는 어른들이었다. 사람들은 기쁜 표정이었다. 사진사는 말하고 웃고 돌아보는 정도가 각기 다른 사람들을 포착했다. 오직 몇 명만 카메라를 보면서 웃고 있었다.

루이즈가 사진을 뒤집었다. 뒷면에 이렇게 쓰여 있었다. **흑파리 작별 파티. 1961년.**

그녀는 의아해하며 T.J.를 쳐다봤다.

T.J.가 루이즈 옆에 앉았다. 나란히 소파에 앉아 사진을 바라보다가 두 번째 줄 가장자리에 서 있는, 열두세 살 정도의 키 크고 호리호리한 소녀를 가리켰다.

"나야. 네가 맡는 캠프 참가자들 나이 정도였지."

그녀는 옆에서 자신의 어깨에 한 손을 얹은 키가 큰 남자를 가리켰다. "이건 우리 아버지."

"인상이 좋으시네요." 루이즈가 말했다.

T.J.가 정정했다. "인상이 **좋다**는 말은 어울리지 않지. 하지만 좋은 분이야."

그러고 나서 아래쪽으로 손가락을 옮겨, 첫 번째 줄에서 바닥에 다리를 포개고 앉아 있는 열 살쯤 된 남자아이를 짚었다. 금발이었고, 장난꾸러기처럼 웃으면서 한쪽 어깨를 다른 쪽보다 낮게 기울이고 있었다.

"알아보겠어?" T.J.가 물었다.

루이즈는 어렴풋이 그럴 것 같으면서도, 이유를 몰랐다.

"네 남자 친구야."

루이즈는 고개를 갸우뚱했다. 부은 눈꺼풀을 벌렸다. 이제 눈물이 나왔다. 더 또렷하게 볼 수 있는 각도를 찾으려고 애썼다.

과연 존 폴이었다. 루이즈는 유니언 대학교 기숙사 책상에서 그가 이 나이 때 찍은 사진을 본 적 있었다. 그 속에서는 다른 남자아이와 함께 서 있었다. 사진에 관해 딱 한 번 물어본 적이 있었는데, 그는 짧은 대답으로 일축했다. "옛날 친구."

"존 폴 매클렐런." 이제 T.J.가 말했다. 무언가를 곱씹는 듯했다. 무언가 불쾌한 기억을.

"그 사람이 제 남자 친구인 걸 어떻게 알았어요?"

"네가 어떻게 이 일을 얻었다고 생각해?"

그 말에 루이즈는 잠시 침묵했다. 자기 자신을 연줄이 있는 사람으로 여기기 싫었다. 지금까지 얻은 모든 건, 스스로 이룬 것이었다. 존 폴을 만나기 전까지는.

T.J.가 말했다. "나는 그 사람이 늘 싫었어. 널 고용한 건 내 선택은 아니었어. 그 가족이 선택했지."

그러더니 불쑥 일어나서 다시 복도를 따라 걸어갔다. 다만 이번에는 돌아오지 않았다.

루이즈는 앞에 있는 낮은 탁자에 사진을 내려놨다. 잠시 생각에 잠겼다.

이내 사진을 다시 집어 들었다.

뒷면에 1961년이라고 쓰여 있었다. 반라 집안 아들이 실종된 해.

그녀는 사진을 더 주의 깊게 살펴봤다. 맨 뒷줄에 열두 명이 있었다. 가운데 줄에는 옆으로 조금 떨어져 서 있는 T.J. 부녀를 포함해 열네 명. 맨 앞줄에는 바닥에 앉은 아이들 열 명. 존 폴의 한쪽 옆에는 아무래도 여동생 마니인 듯한 여자아이가 무언가에 짜증이 났는지 얼굴을 찡그리고 있었다. 루이즈가 저녁 식사 자리에 나타났을 때 지었던 것과 똑같은 표정이었다.

하지만 반대쪽 옆은 좀 더 흥미로운 구석이 있었다. 존 폴보다 약간 어린, 작은 남자아이. 여덟 살쯤으로 보였다. 아이는 환하게 미소를 지으면서 양팔을 허공에 들고 있었다. 그리고 그 뒷줄에서 한 여성이, 루이즈가 추정하기로는 아이의 어머니가, 아이의 양손을 쥐고, 아이 쪽으로 고개를 숙인 채 미소를 지어주고 있었다.

루이즈는 불현듯 두 가지 면에서 아이를 알아봤다.

이 아이는 존 폴의 책상에 있던 사진 속 남자아이였다. 그가 말했던 **옛날 친구**. 존 폴은 더는 말해주려 하지 않았다.

이 아이는 베어 반라였다. 이 가족이 잃어버린 아들, 에머슨 캠프에서 수군대는 수많은 이야기의 주인공. 루이즈는 이 아이의 사진을 본 적이 한 번도 없었다.

뒤에서 불이 시끄럽게 탁탁거리는 바람에 루이즈는 화들짝 놀랐다.

아침에 일어나보니 사진은 사라지고 하룻밤 묵게 해준 사람이 전화기를 내밀고 있었다.

"몇 시예요?" 루이즈가 물었다.

"10시 30분. 잘 자던데."

"젠장, 망했다."

루이즈는 가닛힐로지에 정오까지 돌아가야 했다. 직원용 차량이 아직 여기 있었다. 기름도 떨어진 채.

루이즈는 벌떡 일어나다 통증에 움츠러들었다. 부츠를 더듬어 찾기 시작했다.

T.J.가 침착하게 말했다. "루이즈. 잠깐 생각 좀 해봐."

"가야 해요. 일하러 가야 해요."

"얼굴이 그 모양인 걸 사람들이 보면 뭐라고 말하려고?"

루이즈가 멈칫했다. "야간 스키를 탔다고요. 그러다 나무에 부딪쳤다고 하면 돼요."

"아무튼, 그 사람들도 네가 그 상태로 일하게 두진 않을 거야. 너도 눈이 부어서 감기는데 운전하면 안 되고. 그러니 그 핑계를 직접 가서 말하기보다는 전화로 얘기하는 게 나을 거야."

루이즈는 살면서 일을 빠진 적이 한 번도 없었다. 스스로 자부심을 느끼는 부분이었다. T.J.가 자신의 이런 면까지도 감지했을 거라고, 루이즈는 생각했다. 그녀가 자신을 좋아하는 이유 중 하나라고.

"어서. 그래도 돼." T.J.가 말했다.

복도 저편에서 갑자기 기침 소리가 나는 바람에 대화가 끊겼다. 소리가 너무 커서 루이즈가 화들짝 놀랐다.

T.J.가 설명했다. "아, 우리 아버지야. 아버지가 여기 계신 걸 말해줬어야 했는데."

"함께 사세요?" 루이즈가 물었다. 이전 관리자가 물러나긴 했어도 아직 살아 있다는 걸 지난여름에 알게 됐다. 하지만 이곳에서 본 적은 단 한 번도 없었다.

"그렇지."

루이즈가 고민하더니 물었다. "만약 외출하시면, 제가 여기서 머무는 동안 뭔가 아버지를 도와드려야 할까요?"

"아니. 우리는 꽤 좋은 체계를 갖췄거든. 낮에 한두 번씩 돌아와서 아버지를 보살피지. 그 외에는 혼자 계셔도 괜찮아. 별로 할 게 없어."

루이즈는 아무 말이 없었다.

T.J.가 씩 웃었다. "겁먹은 것 같네. 아버지가 조심성은 많지만 물지는 않아."

루이즈는 T.J.의 숙소에서 일주일을 머물렀다. 그녀가 부드러운 음식을 쟁반에 담아 가져갔다가 20분 뒤에 빈 그릇을 들고 나오는 식으로 아버지를 방에서만 보살폈기에, 루이즈가 빅 휴잇과 마주친 건 두 번뿐이었다. 샤워를 마치고 욕실에서 나오다가 T.J.가 아버지와 함께 방에서 나오는 걸 본 게 첫 번째였다. T.J.는 연로한 빅 휴잇 뒤에서 걸으며, 세심하게 부축하고 있었다. 양팔을 겨드랑이 아래로 넣어 양손을 그의 가슴 앞에 단단하게 깍지를 낀 채.

루이즈는 저도 모르게 헉하는 소리를 냈다가 말했다. "죄송합니다. 죄송해요."

그 순간은 무척 내밀한 면이 있어, 보는 것조차 죄책감이 들었다. 루이즈는 고개를 숙였다.

T.J.가 말했다. "괜찮은데, 아버지를 거기로 모시고 가게 비켜줘."

이에 루이즈는 부녀가 지나갈 수 있게끔 다른 침실로 물러섰다.

휴잇의 얼굴은 못 보다시피 했다.

첫 번째는 우연이었지만 두 번째는 의도적이다. 어느 아침 T.J.가 나간 뒤, 루이즈는 그녀가 100미터쯤 멀어져 눈 위 검은 형상처럼 보일 때까지 창문으로 지켜봤다. 그러고는 가만히 있었다. 복도 저편, 빅 휴잇의 방에서 낮은 목소리가 들려오는 듯했다.

루이즈는 숨을 참고, 걸음마다 발소리를 더 낮추면서, 복도를 따라갔다. 휴잇 씨의 방은 문이 닫혀 있지만 잠겨 있지는 않았다. 문 사이로 아주 미세한 틈이 보여 거기에 얼굴을 대고, 안이 보일 때까지 문을 조금씩 열었다.

빅 휴잇은 여러 겹 쌓은 담요 위에 누워 있었는데, 코듀로이 바지와 스웨터를 입었고, 긴 발은 맨발이었다. 고통스러워 보일 만큼 마른 모습이었다. 60년대 초에 찍은 흑백사진에서 T.J.가 가리켰던, 키 크고 체격 좋은 인물과 매우 달랐다. 휴잇은 천장을 쳐다보면서 눈을 깜빡였다.

루이즈는 자신이 들었던 목소리가 휴잇의 머리 바로 오른쪽에 있는 커다란 라디오에서 나오는 걸 깨달았다. 아나운서가 말하는 호출부호를 루이즈도 바로 알아들었다. WNBZ, 새러낵레이크에서 보내드립니다. 섀턱 마을까지 닿는 유일한 라디오 방송국이었다.

루이즈가 문을 살짝 밀어 조금 더 열고 뉴스를 들으려고 애쓰는데, 별안간 휴잇 씨가 입을 열었다.

"여봐요." 휴잇이 고개를 돌리지 않고 루이즈에게 말했다.

루이즈는 휴잇이 인기척을 들으리라 생각지 못했다.

"안녕하세요." 루이즈가 말했다.

"누구요?"

"루이즈입니다."

침묵.

"필요한 거 있으세요?" 루이즈가 물었다. 하지만 휴잇은 더는 말이 없었고, 결국 루이즈도 물러났다.

매일 T.J.가 나가면, 루이즈는 책장에 있는 책을 읽었다. 상당수는 실용서나 안내서였지만, 영미 문학 고전도, 루이즈가 대학에서 보낸 유일한 해에 읽어야 했던 그런 책도 많았다. 루이즈는 그저 지루한 나머지 《월든》을 읽었는데, 어느샌가 소로 때문에 짜증이 났다. 그의 자기애, 거만한 어조, 너무 당연해서 모욕적일 지경인 충고를 조금씩 내놓는 방식 때문에. 여기 어떤 부자가 놀고 있다고, 루이즈는 생각했다. 소로보다 훨씬 더 지략이 뛰어나고 자급자족할 수 있는 가난한 사람들이 있다. 그저 그들은 떠벌리고 다니지 않을 만큼 품위와 자기 인식이 있을 뿐이다.

"이거 읽어봤어요?" 루이즈는 T.J.가 돌아오자마자 물었고, 그녀가 끄덕이자 이런 감상을 소리 높여 털어놨다.

T.J.는 부엌에서 찬장을 열어, 냄비와 팬을 집고 있었다.

T.J.가 말했다. "아, 그렇게 말할 만큼 나쁘지는 않잖아?" 하지

만 미소를 짓고 있기에, 루이즈는 그녀도 동의한다고 확신했다.

저녁에는 둘이 카드 게임을, 주로 500 러미를 거의 늘 침묵 속에서 했는데, 그러다 편안해지고 따분해진 루이즈가 T.J.의 삶에 관해 묻기 시작했다. 일부 질문에는 T.J.도 선뜻 대답했다. 어떤 질문에는 말을 돌렸다. 입을 열지 않는 것들로는 반라 집안, 반라 집안 아이들, 반라 집안을 방문하러 온 손님들에 관한 이야기가 있었다. 기꺼이 말한 것들로는 에머슨 캠프 운영, 사냥과 낚시를 향한 열정, 건물 수리와 보수, 식재 일정, 무엇보다도 아버지에 관한 이야기가 있었다. T.J.는 빅 휴잇에 관해서라면 거리낌 없이 길게 말했다. 그의 지혜와 노련함과 은은한 농담에 관한 이야기를 루이즈에게 아낌없이 들려줬다.

T.J.가 말해준 그 모든 것 중에 아버지 이야기가 반라 집안의 정체에 가장 가깝게 스쳤다. 사유지를 잘못 관리하는 어떤 행동을 빅이 바로잡거나 예방하는 내용이 자주 언급되었기 때문이다. 한편 루이즈는 T.J.가 그 집안 사람의 이름을 절대로 입에 올리지 않는다는 걸 눈치챘다. 사실 T.J.는 그 사람들이 존재하지 않는 척하기를 선호하는 것 같았다.

T.J.는 매일 저녁 호밀 위스키를 딱 4분의 1잔 마셨다. 늘 루이즈에게도 권했다. 루이즈는 마음이 계속 쓰라려 셋째 날 밤까지는 거절했지만 넷째 날 밤에는 받아들였다.

루이즈가 T.J.에게 감탄한 점 하나는 술 앞에서 발휘하는 절제력이었다. 항상 유리잔에 조금만 채워서 한 번, 그 이상은 없었다.

루이즈는 T.J.의 이 습관을 취하고자 기억해뒀다. 미래에, 언젠가 내 집을 마련하면, 언젠가 만약에 어머니가 된다면. 기왕 술을 마신다면, 이렇게 마실 것이다.

위스키 잔을 두 손으로 받아 든 날, 루이즈는 말이 많아지고 거리낌이 없어져 지금까지 피했던 영역으로 방향을 돌렸다.

"남자 친구 있어요?" 루이즈가 묻자 T.J.는 술잔에 대고 웃으면서 없다고 대답했다.

"똑똑하시네요. 절대로 만들지 마세요."

"그래. 약속할게." T.J.가 한 손가락으로 가슴 앞에 작게 X자를 그렸다. 그녀가 자신을 재밌어한다고, 루이즈는 확신했다. 웃길 의도가 있든 없든 상관없이. 그러자 살짝 광대 짓을 하고 싶은, 해보라고 부추김당하고 싶은 갈망이 마음속에서 깨어났다. 거의 꺼지다시피 한 욕구였다. 존 폴과 있을 때면 늘 조연이어야 했기에.

루이즈가 물었다. "지금부터 10년 뒤에는 어디에 있고 싶어요?"

"나를 인터뷰하는 거야?" T.J.가 의자에 등을 기댔다. 무릎은 넓게 벌리고, 턱은 내리고, 카드는 바닥 쪽으로 내렸다.

"네." 루이즈는 질문을 반복하면서 이번에는 보이지 않는 마이크를 두 손으로 잡고 있다가 T.J. 쪽으로 획 내밀었다.

"좋아." T.J.가 카드 패를 뒤집어서 탁자에 놨다. "북쪽으로 올라가고 싶어. 자급자족하면서 살아보고 싶고. 한동안 그렇게 시도해보면 좋겠다고 생각해."

"혼자서요?" 루이즈가 보이지 않는 마이크에 대고 물었다.

T.J.가 끄덕였다.

"집에서요? 텐트? 동굴에서?"

이제 T.J.는 웃음을 터트리면서 말했다. "마이크 치워."

루이즈가 고개를 저었다. "죄송하지만 그럴 수 없습니다, 선생님. 감독님들이 허락하지 않을 거예요."

"감독이 누군데?"

"마이크랑— 척이죠." 루이즈는 뻔한 이름을 대더니 놀고 있는 손으로 거의 빈 위스키 잔을 들어 전부 마셔버렸다. 더 원했다. 뱃속에서 무언가가 일었고 루이즈는 이것이 욕망이라는 걸 깨달았다. 깜짝 놀랐다. 이전까지 여자를 원해본 적이 없었다. 정말로 전혀. 하지만 T.J.는 남자나 여자와는 다른, 두 용어와 완전히 별개인 존재로 보였다. T.J.는 외모부터 시선을 끌었다. 광대가 높고, 입술이 도톰하고, 하관이 뚜렷했다. 어깨가 넓으면서 체구는 날씬하고 길쭉했다. 몇 살일까? 보여준 사진을 기반으로 산수를 좀 하면— 20대 후반일 가능성이 가장 컸다. 아마 루이즈 자신보다 대여섯 살 많을 터였다. 존 폴보다도 많고.

"알겠어요. 대답하죠. 하지만 비공개예요." T.J.가 대답했다.

그러더니 불쑥 일어서서 부엌으로 걸어가며 말을 이었다.

"북쪽으로 올라가면 나오는 호수에 오두막집을 한 채 갖고 있어. 애디론댁 공원 안에."

T.J.가 찬장을 열었다 닫았다. 위스키병을 들고 거실로 돌아와 자기 몫을 따랐다. T.J.가 처음으로 4분의 1잔 넘게 마시려는

밤이었지만, 루이즈는 놀라지 않았다. 오히려 활력이 돌면서, 살짝 짜릿하게 생기가 척추를 타고 올라왔다. 그녀도 더 마시려고 자기 잔을 내밀었다.

"오래전에 조상님들이 지은 거야. 그 뒤로 계속 우리 집안 소유였고." T.J.가 애디론댁 공원 지도가 걸린 벽으로 걸어갔다. 북쪽으로 80킬로미터 떨어진 작은 호수를 가리켰는데, 압정으로 위치가 표시되어 있었다. 그러더니 돌아와 루이즈 맞은편 자리에 다시 앉았다. 위스키는 두 사람 사이에 놓인 탁자에 올려두었다.

"한때는 1년에 두 번씩 사냥하러 그리로 올라갔어. 아버지랑 같이. 별로 이렇다 할 곳은 아니지만, 벽이 네 개 있고 지붕이 하나 있고 겨울용 화로가 있지. 배를 타야 들어갈 수 있는데, 그 전에 1.5킬로미터가량 오솔길로 배를 날라야 해. 지금쯤은 길에 수풀이 꽤 우거졌겠다."

"집이 섬에 있어요?"

T.J.가 끄덕였다.

"왜 섬에 지으셨을까요?"

"낚시하기 좋으니까. 유리한 위치이기도 하고."

"인디언에 대비하기에요?" 루이즈는 이 지역에 사냥하러 오는 앨곤퀸족과 이로쿼이족의 이야기를 거의 평생 들었다. 어느 부족도 애디론댁에 영구히 정착하여 농사를 짓지 않았다. 최초로 그렇게 한 바보는 유럽 사람들이었다. 뉴잉글랜드에 인구가 넘쳐나고 정부가 풍요로운 경작지에 관해 거짓말하는 바람에 그곳으로 유인당했다.

T.J.가 루이즈를 이상하다는 듯이 보면서 대답했다. "아니. 사냥하기에."

루이즈는 그 섬에 먹을 수 있는 동물이 뭐가 있을지 떠올려보려고 했다.

T.J.가 루이즈의 생각을 읽으며 대답했다. "그쪽을 지나다니는 사슴 무리가 있어. 뛰어난 수영 선수들이지. 물새도 있고. 너무 배가 고프면 다람쥐도 있어. 하지만 보통 우리는 낚시나 해."

"우리가 누구죠?" 루이즈는 물었다가 T.J.의 표정이 변하는 것을 보고 곧바로 후회했다. T.J.는 아버지를 생각하고 있었다. 아버지가 뇌졸중에 걸리기 전에 함께 갔던 여행을 떠올리고 있었다.

T.J.가 위스키를 한 모금 마셨다. 절대로 표정을 일그러트리지 않는 것을, 루이즈는 알아챘다. T.J.는 한동안 입에 술을 머금고 있다가 조용히 삼켰다.

그러고는 입을 열었다. "음, 이제 자러 가야겠다."

"안 돼요."

T.J.가 눈썹을 치켜올렸다.

"조금만 더 늦게 자요. 저는 아직 잔이 가득해요."

T.J.가 끄덕였다. 잠시 루이즈의 눈에 시선을 두다가, 마주 본 눈길을 끊으며 일어났다. 부엌으로 성큼성큼 걸어가 수도꼭지를 틀었다. 위스키에 물을 탔다. 그러더니 몸을 돌려 조리대에 기댔다. 루이즈에게서 멀어졌지만, 시야를 벗어나지는 않았다.

루이즈는 간혹가다 술에 취하거나 살짝 알딸딸해지기만 해도 자기 외모를 의식했다. 누구와 있느냐에 따라 그 방식은 흥분이 되기도 하고 불안이 되기도 했다. 루이즈의 몸과 얼굴은 때로는 자산이고 때로는 골칫거리였다. 그날 밤, 눈에 멍이 들긴 했어도 루이즈는 자기 외모가 기꺼웠다. 오히려 멍 때문에 기꺼웠다. T.J.의 시선이 유리잔 테두리 너머 자신에게 닿는 느낌이 좋았다. 루이즈는 자신이 무책임하게 행동하고 있다는 걸 알았다. 하지만 그날 밤, 해서는 안 되는 일을 하고픈 충동이 일었다.

루이즈가 일어나 기지개를 켜면서, 셔츠가 허리까지 올라간 채로, 부엌에 걸어 들어갔다.

T.J.는 개수대 바로 옆에서, 루이즈가 다가오는 동안 움직이지 않았다.

"저도 좀 받을게요." 루이즈는 잔에 차가운 물을 받다가 넘치게 두었다. T.J.와의 사이에는 아무것도 없었다. 몸을 돌려 자신도 조리대에 기댔는데, 우연을 가장하기에는 너무 가까웠다. 서로의 옆구리와 팔이 닿았다.

"루이즈." T.J.가 고개를 저으며 바닥을 내려다봤다.

"왜요?"

두 사람 사이로 전류가 흐르고, 낮게 진동하는 감각이 두 몸 사이를 오갔다. 루이즈는 느낄 수 있었다. 이유는 모르겠지만, T.J. 역시 이 감각을 느낄 수 있다고 확신했다. 두 사람은 동물이라고, 루이즈는 생각했다. 그러자 웃음이 나올 뻔했다. 인간도 동물이다. 똑같은 본능이, 언어의 저변에서 혹은 언어 없이 소통하는 똑같은 본능이 있다.

루이즈는 몸을 돌려 T.J.의 옆모습을 봤다. 그녀의 좁은 등에 아주 가볍게 한 손을 댔다. 의심할 여지를 없애는 첫 번째 손짓이었다.

T.J.가 말했다. "내가 널 고용하고 있어. 내가 네 상사야."

루이즈는 아무 말도 하지 않았다.

T.J.가 불쑥 조리대에서 몸을 떼고 복도를 걸어갔다. 아버지의 방에 머리를 들이밀고 확인한 뒤, 마저 걸어가 자기 침실 문을 닫았다. 불이 꺼졌다.

루이즈는 소파에 누워, 난롯불이 마지막 불꽃까지 사그라드는 모습을 지켜봤다. 눈을 질끈 감았다. 울지 않으려고 노력했다. 운이 좋다면, T.J.는 루이즈 자신이 얼마나 멍청했는지 잊어버리게 놔둘 것이다.

이제 벽난로에는 잉걸불만 남았다.

곧 방이 완전히 어두워질 것이다. 그러고 나면 아침일 것이다.

루이즈

1950년대 | 1961년 | **1973년 겨울** |
1975년 6월 | 1975년 7월 | 1975년 8월

T.J.는 그날 밤에 있던 일을 한 번도 언급하지 않았다.

루이즈는 얼굴이 낫는 동안 T.J.와 남은 한 주를 보낸 뒤, 가닛힐로지로 돌아갔다. 봄 중반이 되면, T.J.로부터 그해 여름 캠프에 참가할지 확인하는 전화가 올 것인데, 그러면 기쁘게 응할 터였다. 그때부터 유일하게 달라질 점은 T.J.가 때때로 루이즈를 관리자 사무소로 초대해서 담소를 나누리라는 것이었다.

T.J.를 향한 열병 같은 것은 한편으로는 잦아들었고 다른 한편으로는 더 강해졌다. 루이즈는 T.J. 안에서 대결하는 두 가지 힘을 느꼈다. 분노와 분노를 통제하는 힘. 그러면 안 된다고 생각하면서도, 둘 다 똑같이 매력적이라고 느꼈다.

방심하고 있으면, T.J.와 함께하는 삶을 그리는 쪽으로 이따금 마음이 흘러갔다. T.J. 곁에서 캠프를 운영하고, 부탁을 받으면 그녀의 아버지를 보살피고. 새턱에 이렇게 사는 두 여성이

있다는 걸, 루이즈는 떠올렸다. 뉴욕주 남부에서 온 전직 교수들로, 마을 바로 바깥에 거처를 마련했다. 한 명은 흰머리를 두 갈래로 길게 땋았다. 루이즈는 이 사람을 이따금 식료품점에서 봤다. 두 사람에게 많은 걸 묻는 사람은 없었다. 두 사람에 관해 이야기하는 사람도 없었다.

하지만 루이즈가 이런 삶에 품었던 환상은 오래가지 않았다.

존 폴과 그 사건이 있은 지 2주가 지난 어느 날, 일터에서 저녁 식사를 마치고 돌아오는 길에 안내 데스크 직원에게서 봉투를 하나 건네받았기 때문이다.

루이즈는 좁은 숙소에 도착해서야 봉투를 뜯었다. 거기서 딱딱한 1인용 침대에 앉아, 보자마자 존 폴이 쓴 것을 알아챈 편지를 읽었다.

편지에서, 존 폴은 용서를 구했다.

그날 밤 이후로 술을 안 마셨어. 내가 한 짓을 믿을 수가 없어. 어머니도 나를 부끄럽게 여기실 거야. 나는 더 잘하고 싶어.

그는 직접 만나 사과해도 되느냐고 물으며 끝을 맺었다. 루이즈가 절대로 자신과 다시 말하려 하지 않는다고 해도 이해한다고, 하지만 적어도 물어는 봐야 했다고 적었다.

존 폴은 편지지 맨 아래에 화살표를 그려놨다. 루이즈가 편지를 뒤집었다. **추신**이 있었다. **걱정하지 마. 무슨 얘기든 아무한테도 안 했어.**

루이즈는 침대에 편지를 내려놨다.

대답하지 않을 터였다. 그걸로 끝나기를 바랐다.

그 주 어느 저녁, 누군가가 숙소 문을 두드렸다. 루이즈가 문을 열어보니, 스키 강사 한 명이 살짝 음흉한 웃음을 지은 채 서 있었다.

그녀가 말했다. "손님이 왔어요. 지원 휴게실에서 기다리는 중이에요."

루이즈가 들어갔을 때 존 폴은 혼자 있었다. 커피 추출기 옆 둥근 탁자에 앉아 있었다. 몸을 앞으로 숙인 채, 팔꿈치를 무릎에 대고, 한쪽 다리를 초조하게 떨다가, 루이즈가 들어오자 똑바로 앉았다.

존 폴은 몰골이 끔찍했다. 루이즈보다 심했다. 그 사건이 있은 지 2주, 루이즈의 얼굴은 거의 다 나았다. 갈비뼈와 등도 더는 안 아팠고, 옆구리에 커다란 멍이 하나 아직 남아 있지만, 이제 엷은 보라색이었다. 반면, 존 폴은 눈 밑이 시커멓게 그늘져 있었다. 머리도 엉망이었다.

"이런, 맙소사." 존 폴이 루이즈를 보며 말했다. 얼굴을 양손에 묻었다. 그 동작에 루이즈는 동생 제시가 울지 않으려 애쓰던 때가 떠올랐다. 아니나 다를까, 존 폴이 양손을 치우자, 눈물이 대놓고 볼을 타고 흘렀다. 그가 안경을 벗고 얼굴을 문질러 닦았다.

그가 일어서자 루이즈는 흠칫하며 의자 뒤로 몸을 움직였다. 일부러 문을 닫지 않았다. 어깨 너머를 흘끗 돌아보면서, 누군가가 달려오려면 얼마나 크게 외쳐야 할지 생각했다.

하지만 존 폴은, 아무래도 그녀의 두려움을 느꼈는지, 천천히 다시 앉았다.

"방해받지 않을 만한 곳으로 갈까?" 존 폴이 물었다.

"아니."

"앉기라도 하면 안 될까?"

루이즈가 마지못해 맞은편 의자를 뺐다.

존 폴은 대체로 이미 편지에 썼던 이야기를 했다. 그리고 모임에 나갔다고 덧붙였다. **익명의 알코올 중독자들**이라는 금주 프로그램으로, 어디서인지는 기억이 안 나지만 루이즈도 어렴풋이 들어본 적 있었다.

존 폴이 말을 이어갔다. 루이즈는 그의 삶에서 가장 좋은 부분이라고. 자기가 아는 그 누구보다 그녀를 중히 여긴다고. 자기 가족보다 더. 루이즈의 자립심과 진취적인 성격이 좋다고. 자신이 아는 그 어떤 여자보다 똑똑하다고 생각한다고.

그는 루이즈가 기회를 한 번 더 주기를 원했다. 그 기회를 갈구했다. 천천히 시작하자고, 존 폴이 말했다. 하지만 루이즈에게 진심이며, 자기 계획은 둘이 결혼하는 것이라고. 둘이 함께라면, 의미와 가치가 있는 그런 삶을 살 수 있을 거라고 말했다. 함께 아이도 가질 수 있다고. 좋은 집도.

그는 그녀의 남동생 제시도 같이 살 수 있다고 말했다.

루이즈는 존 폴이 자기 일기장을 읽은 적이 있나 싶었다. 감춰둔 바람을 너무 구체적으로 말하는 바람에 깜짝 놀랐다.

"지금 대답하지 않아도 돼. 진지하게 생각해주기를 바랄 뿐이야."

루이즈는 침묵했다.

"우리는 함께 풍요로운 삶을 살 수 있어."

그 말을 남기고 존 폴은 어깨와 머리를 숙인 채 일어섰다. 그러고는 옆쪽 바닥에 있던 종이봉투 두 개를 들어 올렸다. "받아, 식료품을 가져왔어."

이제 나가면서 뒤로 문을 조용히 닫았다.

빌어먹을. 루이즈는 생각했다.

문제는 가져온 식료품이 지나치게 다양하다는 것이었다. 훌륭하고 사치스러웠다. 존 폴이 어렸을 때 그의 어머니가 가족을 위해 샀을 법한 종류였다. 티본스테이크가 한 덩이 있었고, 브로콜리와 새우, 탐스러운 오렌지도 세 개 있었다. 빵 한 덩이, 루이즈는 처음 보는 방식으로 포장한 버터, 기다란 병 우유도 하나 있었다. 또 케이크가—번트 케이크(도넛 모양 틀에 넣고 구운 케이크)가 통째로—흰 상자에 들어 있었다.

루이즈는 배가 고팠다. 앉은자리에서 케이크를 한 조각 떼 씹었다.

공용 부엌에 놓인 개수대와 레인지 두 개를 곁눈질로 봤다. 리조트 직원들에게 잔치를 베풀 수도 있었다. 하지만 루이즈는 오늘 밤에 근무가 없었고, 더 좋은 생각이 났다.

어머니의 집은 하얀 직육면체였다. 중앙에 있는 가파른 계단

주위로 좁은 아래층 위에 좁은 위층이 쌓여 있었다. 루이즈가 6시 반에 도착했을 때, 집은 조용하고 어두웠다. 1층 창문으로 파랗게 깜빡이는 텔레비전 불빛이 보였다. 2층 창문에서는 작은 등이 켜져 있는 게 보였다. 제시의 방에.

루이즈는 안에 들어가 부엌 식탁에 식료품을 내려놨다. 10분 전, 교차로에서 급정거해야 했는데, 그 바람에 새우가 파라핀지 포장에서 쏟아져 제설제 낀 자동차 바닥으로 흩어졌다. 루이즈는 차를 세우고 새우를 퍼 담았는데, 여전히 요리해 먹을 생각이었다.

제시는 살면서 새우를 먹어본 적이 한 번도 없었다.

루이즈는 큰 그릇에 물을 받고 새우를 담갔다.

그러는 동안, 어떤 냄새를 알아챘다.

냄새를 쫓아 중앙 계단을 둘러 움직인 다음—안락의자에서 잠든 어머니를 지나—계단을 올라갔다.

제발 그건 아니기를. 루이즈는 생각했다.

문을 두드리지 않고 제시의 방문을 열었다.

제시는 현관문 소리를 들었다. 창문을 열고 피우던 것이 무엇이든 서둘러 치웠지만, 떳떳하지 못하게 루이즈를 쳐다봤다. 눈은 평소에 돌던 호기심이 사라진 채, 지금 혈관에 흐르는 화학물질 때문에 크게 뜨지도 못했다.

"어딨어." 루이즈가 추궁했다.

"뭐가?"

"거짓말하지 마. 나한테는 절대로 거짓말하지 마. 나는 엄마가 아냐. 네 편이야."

제시는 아무 말도 하지 않았다. 침대에 앉아 양팔로 무릎을 안고 있을 뿐이었다.

루이즈는 책상 옆에 있는 작은 쓰레기통을 들여다보고 바로 찾아냈다. 서둘러 끈, 형편없이 만 마리화나 담배. 손으로 집자 아직 따듯했다. 아직도 쓰레기통 내용물에 불붙일 수 있을 정도였다.

"멍청이." 루이즈는 그 말을 하자마자 곧바로 후회했다. 돌아보니 동생이 울고 있었다.

"이런, 제시." 그녀는 동생에게 달려갔고, 옆에 앉아 그를 끌어안았다. "제시, 저거 어디서 났어?"

제시가 어깨를 으쓱했다. 루이즈는 제시를 밀어내 양어깨를 잡았다. 그의 얼굴이 빨갰다. 제시가 한 손을 뻗어 손등 쪽으로 두 손가락을 루이즈의 왼쪽 눈에, 아직 멍과 붓기가 희미하게 남아 있는 눈에 댔다. 루이즈는 그제야 자신도 설명해야 할 것이 있다는 게 기억났다.

루이즈가 말했다. "가자. 엄마는 자."

루이즈는 아래층에서 제시를 식탁에 앉히고 긴 유리컵에 물을 따라줬다.

"마셔."

그러고 나서 요리를 시작했다. 브로콜리를 삶으려고 냄비에 물을 올렸다. 스테이크에 소금과 후추를 뿌린 다음, 버터를 한 조각 써서 구우려고 팬에 담았다. 다른 팬에는 씻은 새우를 넣었다.

"새우 먹어본 적 있어, 제시?" 루이즈가 의기양양하게 묻자 제시가 대답했다. "응."

"누가 새우를 줬어?"

"하우이네 엄마."

하우이. 부모가 더는 제시와 못 놀게 하는 학교 친구였다.

"내가 한 게 더 맛있을걸." 루이즈가 말했다. 그렇게 말하면서도 사실이 아니란 걸 알았지만.

몸을 돌려 제시의 컵이 빈 것을 보고 다시 채워줬다.

약에 취한 아홉 살짜리 남자애의 유일하게 좋은 점은 만들어준 음식을 먹으며 즐거워한다는 것이었다. 제시는 눈을 감고 고개를 젖힌 채 씹으면서, 틈틈이 만족스러워하는 소리를 작게 냈다. 루이즈가 마지막으로 봤을 때보다 더 말랐는데, 부엌에 뭐가 있는지 빠르게 살펴보니 이유를 알 수 있었다.

"언제부터 마리화나를 피운 거야?" 루이즈가 물었다.

"별로 안 됐어. 한두 달."

"어디서 구했어?"

"학교 형한테."

"내가 아는 애야?"

"아니."

"걔는 몇 살인데?"

"잘 몰라. 8학년이야."

"걔네 부모님은 내가 아는 사람이야?"

"아니. 미너버에서 온 형이야."

루이즈는 천천히 씹었다. 스테이크가 맛있었다. 망치지 않아서 다행이었다.

"제시, 그걸 무슨 돈으로 구했어?"

제시는 대답하지 않았다.

"네가 파는 건 아니지?"

"응. 아니야, 누나. 맹세해."

루이즈는 아직 제시를 믿었다. 제시는 정상적인 생활을 못 할 만큼 수줍음이 많았다. 제시가 무언가를 파는 모습을 상상할 수 없었다. 하지만 8학년 남자아이가 제시에게 무언가를 공짜로 줬다는 것도— 수긍이 안 됐다.

그때, 복도에서 나는 소리에 남매가 시선을 들었다. 어머니였다. 양쪽 벽에 손을 하나씩 짚고서 몸을 지탱하고 있었다. 머리는 감지 않았고, 부엌 식탁 위에 사슬로 매단 전등 불빛에 눈을 깜박였다. 얼굴에 생기가 없고, 입꼬리는 내려갔다. 남매를 향해 천천히 오더니 이제 조리대에 기대섰다가, 찬장으로 방향을 돌려 하나씩 열어보면서 먹을 걸 찾았다.

어머니는 오래된 크래커 상자를 끄집어 내려 입에 크래커를 몇 개 넣었다. 개수대로 가서 물을 틀고 오므린 손으로 물을 입에 가져갔다.

그러더니 자기 자식 누구에게도 말 한마디 없이, 거실에 있는 안락의자로, 거의 하루 종일 떠나지 않는 자기 집으로 천천히 다시 움직였다.

루이즈는 제시를 봤다. 이제 원래대로 돌아오고 있었다. 음식과 물이 도움이 됐다. 얼굴이 덜 빨갰다. 눈도 잘 뜨고 있었다. 루이즈와 눈을 마주치진 않았다. 제시는 벽을 바라봤다가 식탁을 내려다봤다.

"제시. 그 애랑 말하지 마. 걔가 주는 마리화나도 피우지 말고."

"왜." 제시가 식탁보를 만지작거렸다.

"왜냐면 내가 널 데려가서 같이 살 거니까. 네가 감옥에 가면 그렇게 못 해."

"언제?"

"조금 있으면."

"어떻게." 제시가 못 믿겠다는 듯이 말했다.

루이즈는 한참 동안 말을 할지 말지 고민했다. 내뱉으면 되돌릴 수 없었다. 동생에게 절대로 거짓 희망을 심어주지 않고자 언제나 최선을 다했다. 동생이 살면서 만난 다른 어른들과는 달리 루이즈는 자기가 한 약속을 전부 지키려 했다.

접시에서 새우를 한 마리 집어 들었다. 꼬리를 떼고 반투명한 껍질을 찢어 검은 줄을 제거했다. 존 폴이 식당에서 이게 사실 무엇인지 말해줬었다.

루이즈는 천천히 씹었다.

"약혼했거든."

그 말에 제시가 루이즈를 쳐다봤다.

"존 폴이랑?"

"그럼 누구랑 약혼하겠어?"

제시는 루이즈와 눈을 마주치지 않을 터였다.

"제시?" 루이즈가 불렀다.

제시가 일어섰다. 자기 접시를 개수대에 가져다 뒀다.

"음, 축하한다고 말 안 해줄 거야?"

"축하해." 제시가 말했다. 그러고는 루이즈를 혼자 남기고 부엌을 걸어 나갔다.

"나랑 약속해, 제시." 루이즈가 뒤에서 부르며 말했다. "이제 마리화나는 안 돼." 하지만 한때 제시에게 조금이라도 발휘할 수 있던 자신의 권위는 줄어들거나 영영 사라졌다는 걸 루이즈도 알 수 있었다.

VI

생존

유디타

1950년대 | 1961년 | 1973년 겨울 |
1975년 6월 | 1975년 7월 | 1975년 8월: **둘째 날**

알람이 울리고 있다.

주디는 눈을 뜨다가 다시 감는다. 조금만 더, 라고 생각한다.

"**젠장, 주디!**" 다른 방에서 고함이 터진다. 화가 난 오빠다. "**새벽 4시 반이야!**"

주디는 하루를 시작한다.

이사를 나가야 한다. 그건 안다. 자금도 있다. 부모님에게 암묵적인 규칙을 깰 것이라고 말할 배짱이 필요할 뿐이다. 뉴욕주 스키넥터디에 사는 폴란드계 가족들 사이에서, 결혼 전에 이사를 나가는 딸은 잘 봐줘도 이상하다. 심하면 추문의 대상이다.

주디는 작년에 선루프가 달린 초록색 폭스바겐 슈퍼비틀을 자기 돈으로 샀다. 비쌌고, 아버지는 실용적이지 않다고 말했지만, 독립한 듯한 기분을 안겨주었다. 차에 멋진 라디오도 달았는데, 새삼 고집해서 추가하길 잘했다 싶다. 덕분에 보호구역을 두 시간씩 오가면서 졸지 않는다.

7시에 도착해보니, 데니 헤이스보다 먼저 왔다. 엄밀히 말해 B조 근무는 8시부터 시작이니 주디는 하루를 대비할 시간이 한 시간 있다.

경찰관 한 명이 이제는 본부가 된 관리자 사무소 앞 접이식 의자에서 가볍게 졸고 있다.

주디가 연철 손잡이를 밀어 문을 열자 경찰관이 눈을 뜬다.

"안녕하세요." 주디가 인사를 건넨다.

"아." 그가 말하며 잠을 쫓는다. "신분증은?"

밤새 본부가 더 잘 갖춰졌다. 원래 있던 가구는 방 한쪽으로 치우거나 부엌으로 밀어버리고, 그 자리에 접이식 탁자와 의자를 몇 개 들여놨다.

바퀴 달린 커다란 칠판이 한쪽 벽에 붙어 있다.

칠판 가운데에 누군가가 분필로 선을 세로로 그어놨다. 선 왼쪽 꼭대기에는 **베어 반**이라고 쓰여 있다. 선 오른쪽에 써둔 건, **바버**였다.

주디는 한동안 그 공간 한가운데에 서서 돌아본다.

인간이 할 법한 여러 활동을 하는 개가 그려진 작은 인쇄물들이 벽을 꾸미고 있다. 개들이 포커를 치고, 사냥하고, 서로 구애한다. 이 그림들은 호수 근처의 습도 높은 공기와 오랫동안 싸우느라 쭈글쭈글해지고 낡았다. 집 전체를 30년 전에 신중하고 꼼꼼하게 꾸민 뒤에 한 번도 건드리지 않은 것처럼 보인다. 제2차 세계대전 때 남긴 타임캡슐 같다.

개와 관련이 없는 인쇄물 중에 유일하게 액자에 든 것은 애디론댁 공원 지도다. 지도 위, 조앤호수 기슭이자 헌트산 인근, 정확히 독립독행이 있는 자리에 누군가가 압정을 꽂아놨다.

범죄 수사국에서 가져온 것으로 보이는 서류 캐비닛 하나가 구석에 있고, 그 옆으로 서류철, 종이, 펜 따위가 든 궤 몇 개와 서류 상자들이 있다. 다섯 상자나 된다. 방 맞은편에서는 분류 딱지에 적힌 말을 읽을 수 없다.

본부에 혼자 있는 주디는 상자들 쪽으로 걸어간다. 몸을 숙인다.

한 상자에 **피터 "베어" 반라 4세**라고 적혀 있다.

뚜껑을 연다. 그 뒤로 남은 시간 동안, 안에 든 서류를 읽는다.

상자 바닥에는 사진이 수십 장 있다. 몇 장은 실종 이전 해에 찍은 것이 분명한 베어의 사진이다. 사진 속 베어는 입이 귀에 걸리도록 웃으며, 자기가 잡은 물고기를 들고 있다. 어머니라는 걸 알아볼 수 있는 여자와 손을 맞잡고, 가만히 먼 곳을 바라보는 사진도 있다.

주디는 어느샌가 눈물을 참아내면서 목구멍에 생긴 응어리를 삼킨다. 반라 부인의 표정 어딘가에서, 자식을 너무 맹렬하게 사랑하여 가끔은 부담스럽기도 한 자기 어머니가 떠오른다.

7시 50분, 라로셸 경감이 본부에 들어오기 직전에, 주디는 자료를 원래대로 돌려놓고, 상자 뚜껑을 닫는다.

경감이 아침 회의에서 처음 한 일은 두 아이의 이름이 적힌 칠판을 가리키는 것이다.

"누가 이랬지?" 그가 묻는다.

모두가 서로를 흘끗 본다. 아무도 자백하지 않는다.

"A조 사람일 수도 있습니다." 누군가가 대답한다.

경감이 얼굴을 찡그린다. "누가 했든, 다시는 하지 말게."

그가 지우개를 든다. 칠판으로 가며 이어 말한다. "우리는 바버라 반라를 찾고 있네. 베어 반라 사건은 종결된 거야."

주디는 증거가 가득한 상자들이 그대로 있는 구석으로 시선이 흘러가는 걸 막을 수가 없다.

이제 깨끗한 칠판에 라로셸이 적기 시작한다.

유력 용의자는 현시점까지도 존 폴 매클렐런인데, 보석으로 풀려난 상태며, 음주운전 및 중범죄에 해당하는 규제 약물 소지에 대한 심리를 기다리고 있다. 담당 판사는 그가 별도 범죄의 용의자라는 신분을 인지하여, 해당 행정구역을 벗어날 수 없다는 단서를 보석 조건에 포함하는 데 동의했다. 그리하여 존 폴은 다음 심리까지 지역 호텔에 은둔하게 됐다.

존 폴이 주장하기로 옷 봉투를 처리해달라고 부탁했다던 루이즈 도나듀는 아직 뉴욕주 웰스의 유치장에 있다. 오늘 보석 심리가 있을 예정이다. 경감은 이번에도 판사에게 보석을 결정할 때 그녀가 바버라 반라의 실종과 관련하여 주시하는 대상임을 고려해달라고 요청할 것이다.

존 폴이 언급한 또 다른 인물인 리 타운슨은 여전히 소재 파악이 안 됐다. 뉴욕주에 그의 차량에 대한 수배령이 내려졌고, 콜로라도주로 갔다는 소문에 따라 그곳에도 마찬가지 조치가 이뤄졌다.

삼림 순찰대는 트레이시 주얼이라는 캠프 참가자가 알린, 숲속에 나타난 신원 미상의 인물을 아직 찾지 못했다.

라로셸이 말한다. "등산객이었을 수도 있지. 신원 미상의 인물이 도움을 줬을 때, 그 아이는 헌트산에서 멀리 있지 않았으니까. 하지만 계속 추적은 해볼 거야."

주디는 집중하려고 노력하면서 귀를 기울인다. 하지만 늦은 밤과 이른 아침이 붙들고 늘어져 턱 밑에 주먹을 대고 버틴다. 방 맞은편에서 데니 헤이스가 보고 있기에 똑바로 앉는다.

다음으로 라로셸은 C조와 A조가 밤새 일한 결과를 자세히 나열한다. 바버라의 남자 친구가 누구인가 하는 퍼즐의 단서를 하나 더 얻었다고 말한다. 에밀리그레인지 학교 교장 수전 요더가 말하길, 바버라는 기숙사 방에 남자 방문자를 들인 적이 있었고, 그래서 곤란해진 상태였다. 이 사실을 알아낸 C조 형사가 실마리를 쫓을 것이다.

라로셸이 말을 이어간다. "다음으로, 벽 페인트칠에 관한 단서를 가져온 사람이 누구지?"

주디가 다소 당황하면서 손을 든다.

라로셸이 칭찬한다. "훌륭했어. 이걸 보게." 그는 장갑과 상자가 놓인 탁자로 걸어간다. 장갑을 끼고, 상자에 든 올버니 집에서 가져온 물건 하나를 꺼낸다. 스케치북이라고 말한다. 그 내용 대다수는 의미가 없어 보인다. 하트 모양과 음표와 달과 별 같은 낙서다. 하지만 끝으로 가니, 흥미로운 것이 있다.

라로셸이 스케치북을 허공에 들어 보여준다.

한 장에 가구 몇 개가 놓인 방을 놀랍도록 솜씨 좋게 표현해 놨다. 침대, 화장대, 침대 옆 협탁. 침대 뒤에는 벽이 있다. 거기에는 벽화 도안처럼 보이는 것이 그려져 있다.

주디는 얼굴을 찡그리며 왜 저 그림이 익숙해 보이는지 기억하려 애쓴다. 그러다 떠오른다. 독립독행에 있는 바버라의 방이다.

벽을 새로 페인트칠한 방.

라로셸 경감이 나머지 형사들에게 이 사실을 확인해준다. "여러분한테 보여주는 이 종이에서는 뭔가 수상한 점을 알아차리지 못했네. 이 작은 크기에서는 무엇인지 알아보기 힘든 게 다소 있거든. 바버라의 방에서 분홍색 페인트를 제거하면 무언가 흥미로운 것이 드러나길 바라고 있네."

그는 하이드컬렉션 미술관의 보존 전문가 한 명을 섭외했으며 그 사람이 살펴보러 올 것이라고 말한다. 아래 그림층을 훼손하지 않으면서 페인트 한 겹만 제거할 수 있길 바라고 있다.

"마지막으로—" 라로셸이 말한다. 어젯밤 수사국은 이곳에 머무는 손님 전원이 담긴 명단을 한 직원에게, 캠프 참가자와 직원 전원이 담긴 명단을 캠프 관리자 T.J. 휴잇에게 받았다. 라로셸이 황갈색 서류철 더미를 받쳐 든다. 모두가 볼 수 있도록 이 문서를 복사해뒀다. 이미 면담을 진행한 사람은 이름 옆에 체크 표시가 돼 있다. 나머지와는 체계적으로 대화해볼 것이다. 대면으로든—이미 부모가 데려간 아이들의 경우에는—전화로든. 오늘은 그의 앞에 앉아 있는 모든 형사가 캠프에 있는 사람들을 몇 명씩 할당받아 조사할 것이다.

라로셸이 서류철을 나눠준다.

"오늘은 제대로 된 기록을 가져오게. 읽기 좋게. 할 수 있다면 진술에 서명도 받고. 그리고 빠르게 움직이길 바라네. 바버라 반라가 실종된 지 벌써 24시간이 넘었어."

그가 데니 헤이스 앞에서 잠시 멈추고 말한다. "헤이스. 자네가 지금부터 단서 관리를 담당하게."

경감이 마지막 서류철을 주디에게 준다. 주디가 안에 든 서류를 들춰보는데, 어느 명단, 어느 부분 옆에도 자기 이름이 없다. 말을 꺼내야 할지 고민한다. 그녀가 입을 열기 전에 경감이 말한다.

"럽택 형사. 오늘 자네가 할 일은 저택과 부지의 지도를 그리는 걸세. 그리고 바버라가 사라졌을 시간에 각각의 건축물과 방에 머물렀던 사람의 이름을 해당 위치에 표시하게."

주디가 본부를 떠나기 전, 데니 헤이스가 시선을 붙든다.

헤이스가 말한다. "기다려. 같이 좀 걷지."

둘이 함께 독립독행으로 향한다. 주디는 새 소지품을 팔 밑에

긴 채다. 발을 아주 살짝 끈다.

헤이스가 주디를 흘끗 보며 말한다. "피곤해?"

"아닙니다."

"있잖아, 여기에 그렇게 일찍 안 와도 돼. 그런다고 추가 점수를 주는 사람도 없어."

"네."

"가족이랑 산다고 했던가?"

"그렇습니다."

"어디에?"

주디는 망설인다. 새로운 동료 누구에게도 자신이 얼마나 멀리서 통근하는지 사실대로 말한 적이 없다. 이 심각한 상황을 드러내면 업무 수행 능력을 의심받을까 봐 걱정된다.

그녀는 대답을 정한다. "스키넥터디요. 하지만 이사를 준비하고 있습니다."

헤이스가 휘파람을 분다. "스키넥터디? 아까 잠들 만하네."

"그게 아니라—" 주디는 방어적인 자기 어조가 들린다. 다시 말한다. "괜찮습니다. 많이 안 자도 되는 편이라서요."

헤이스는 믿지 못하는 표정이다. "그래."

잠시 말없이 걷던 중, 주디는 아침 회의 때부터 궁금했던 것을 헤이스에게 묻는다.

"어떻게 매클렐런이 지도교사보다 먼저 풀려났습니까? 루이즈보다 말이죠." 주디의 말에 헤이스가 되묻는다. "어떻게 생각해?"

연줄. 돈. 변호사 아버지. 헤이스는 다른 사실도 찾아냈다. 아버지 매클렐런은 반라 가문이 소유한 은행의 수석 고문일 뿐 아니라, 사실 1961년에 베어 반라가 사라졌을 당시 그 가족을 개별적으로 대변한 변호사이기도 하다.

주디가 찡그리며 묻는다. "드문 일 아닙니까? 기업 변호사가 형사 사건에 관여하다뇨?"

헤이스가 으쓱이며 대답한다. "법적으로는 자기가 원하는 아무한테나 변호를 맡길 수 있지. 자기가 직접 변호하는 사람도 본 적 있어. 오만한 사람들."

두 사람은 앞에 있는 저택을 향해 시선을 든다.

헤이스가 말한다. "누가 좋아?"

"누가 했다고 생각하냐고요?"

"응."

주디가 생각한다. "매클렐런이요."

"내 짐작도 그래."

주디는 헤이스가 본부에 도착하기 전에 1961년 반라 관련 서류를 한 시간 좀 안 되게 들여다봤을 뿐이지만, 흥미가 생기기에 충분한 면이 있었다.

"궁금한 게 있는데요—" 주디가 말을 꺼내다 말고 고쳐 말한다. "어제 그 형사님이 제이컵 슬루터에 관해 묻지 않았습니까?"

"그랬지?"

"그러니까, 오늘 아침에 베어 반라 관련 서류를 살펴봤는데, 그 사건에서도 슬루터를 용의자로 고려했던데요."

헤이스가 걸음을 멈춘다. 주디가 헤이스를 마주 본다.

"공교롭다 싶어서요." 주디가 말한다.

잠시, 주디는 헤이스가 자기 의견을 뭉개리라 생각한다. 어제 라로셸이 뭐라고 했던가? *얼룩말을 찾지 말라.*

헤이스는 오히려 한숨을 쉰다.

"그렇지. 나도 그렇게 생각하고 있었어."

거기에 덧붙인다. "둘만 있으니까 말한다? 베어에 관한 서류들을 끌어다 놓은 게 나야. 자네도 살펴봤던 그거. 칠판에 베어라고 써놓은 사람도 나지. 내 생각에 라로셸 경감이 완전히 틀렸고, 완전히 선로를 이탈했어. 베어 사건을 종결로 보는 거 말야. 그 방에 있던 사람은 경감을 **빼면** 전부 같은 생각이야."

주디가 헤이스를 본다.

"왜 라로셸 경감님만 생각이 다르다고 보시죠?"

"경감은 그 사건 때 경위였어. 저 가족과 언론이 결국 받아들인 의견을 밀어붙였던 사람이지. 베어 반라 사건을 해결하면서 출셋길에 오르게 됐고. 곧장 경감으로 승진한 거야. 그 사건을 미제로 여기고 싶지 않을걸."

"게다가—" 헤이스가 이어 말한다. "반라 집안이 수사 결과에 만족하고 있어. 범인을 제대로 잡았다고 생각하는 것 같아. 그 사람들이 그것으로 마음이 편하다는데, 뭘 어떡해? 그걸 뒤집기는 어렵지."

주디가 끄덕인다. 이해가 간다. 어느 정도는. 하지만 자신이 반라 집안 사람이었다면, 진실을 알고 싶었을 것이다. 헤이스에게 그렇게 말한다.

"이상한 가문이야." 헤이스가 말한다. "너무 오랫동안 돈이 너무 많았지. 그러면 뇌가 뒤죽박죽된다고. 부잣집 자식이 결코 부모만큼 똑똑하지 않다는 거, 눈치챈 적 있어? 결코 그만큼 야심이 있지도, 결코 그만큼 성공하지도 못한다는 거? 인생에는 쟁취하려는 무언가가 있어야 해. 어쨌든 내 생각은 그래."

두 사람은 계속 걷는다.

"있잖아, 다른 얘기 좀 할게. 나는 경감이 매일 현장에 있는 것도 싫어. 현장을 운영하는 사람은 내가 되어야 한다고. 자존심 때문에 하는 말이 아냐. 그런 지위에 있는 사람이 이런 사건에서 매일 작전을 지휘하는 건 결단코 현명한 일이 아니라는 거지."

"왜 그렇습니까?"

"그 정도 직급인 사람 중에 영리한 사람도 있긴 있어. 하지만 이제 중간 관리자야. 실무 감각은 떨어지지. 상당수는 근 10년 동안 실제로 사건을 수사한 적도 없어. 높은 사람이 관여하면 저 가족이 안심할 수는 있겠지만, 위험해."

헤이스는 반대로 몸을 돌려 본부로 향한다. 거기서 단서를 정리하고 번호를 붙이는 작업을 시작할 것이다.

주디는 혼자서 지도를 그려야 한다.

머리 위로 헬리콥터 한 대가 빙빙 돈다. 탑승자들이 생존 신호를 조금이라도 찾으려고 그 일대를 샅샅이 훑어본다. 오른쪽에서는 다이빙 팀이 조앤호수를 수색할 준비를 하고 있다.

주디는 본채에 다다른다. 바깥에서 한쪽 무릎을 꿇고, 다른 쪽 무릎에 클립보드를 균형 잡아 올린다. 기억에 의지해서 저택 도면을 그리고, 어제 면담했던 손님들의 이름을 그들이 머문 방마다 적는다.

다 끝낸 뒤, 일어나서 저택 현관을 통과한다.

어제는 손님들과 얘기하느라 하루를 보냈다. 이제는 그들을 시중든 사람들에게 말을 걸 때라고, 주디는 생각한다.

처음으로 부엌문을 두드린다. 앞치마를 걸친 왜소한 여자가 밀가루 묻은 밀방망이를 두 손으로 든 채 나온다.

"안녕하세요." 주디가 말한다. 여자는 앞치마에 천천히 한 손을 닦는다. 아무 대답도 없다.

"괜찮으시죠?" 주디가 묻는다.

"경찰이신가요?" 여자가 되묻는다.

"형사입니다. 럽택 형사라고 합니다."

"그래도, 경찰이랑 일하는 거죠?"

주디가 끄덕인다.

여자는 조리대로 되돌아가 밀방망이를 내려놓는다.

"잠시 얘기할 시간이 있으실까요?" 주디가 묻는다.

거듭 주위를 흘끗 둘러보더니, 여자가 소리 낮춰 말한다. "시간은 있어요. 얘기를 하자는 게 제가 아니라 그쪽 생각이라면요. 그리고 여기서는 안 돼요."

주디는 여자를 이끌고 부엌문을 나간다. 저택 옆 가까이에서 멈춘다.

여자가 속삭인다. "계속 가요. 창문이 열려 있어요."

두 사람은 스무 걸음 더 가서, 딱 호숫가에 도착한다. 이제 주디는 메모장을 꺼낸다.

위에서 빙빙 도는 헬리콥터에서 확성기로 알리기 시작한다. 바버라, 부모님이 찾고 계신다. 바버라, 공터로 이동해라. 바버라, 높은 곳으로 올라가라. 바버라, 이 소리가 들리면 소리쳐라. 확성기 소리에 주디가 몸서리친다.

여자가 기대하며 주디를 쳐다본다. "안 물어보실 거예요?"

"아, 성함이?"

"지니 클루트요."

"생년월일은요?"

"1947년 6월 12일이요."

"직업은요?"

여자는 멈칫하더니 대답한다. "지금은 임시 요리사요. 그전에는 주부요."

주디가 힐끗 쳐다본다.

"아이가 있으신가요?"

"네. 셋이요. 넷째도 나올 거예요."

주디는 아직 평평한 여자의 배를 가볍게 힐끗 내려다본다.

"남편은요?"

"있어요."

"왜 이 일을 시작하셨죠?"

여자가 고개를 돌린다. 갑자기 눈물이 고이더니 흘러넘친다. 눈물을 훔친다. 화가 난 듯이.

"멍청해서요. 이 일을 해선 안 됐어요."

주디는 잠시 말이 없다. 한 번도 느껴본 적 없는 감각이 아랫배에서 일어난다. 퍼즐을 구성하는 조각 하나가 제자리를 찾는 느낌이.

"왜죠?" 주디가 묻는다.

"나쁜 사람들이니까요." 클루트 부인이 대답한다.

"어째서죠?"

"자기 아들이 사라졌을 때 엉뚱한 사람이 죄를 덮어쓰게 됐어요. 그 사람의 이름이 더럽혀지게 됐다고요."

부인은 이제 울음을 멈췄다. 단호한 표정이 눈물을 대신했고, 주디와 결연하게 눈을 마주한다.

"그게 누굽니까?"

"지금은 안 계신 분이에요. 돌아가셨어요."

"성함이?"

"스토더드." 클루트 부인이 대답한다. "저랑 같아요."

주디의 기억이 작동한다. 오늘 아침 일찍 살펴봤던 상자에서 알게 된 이름이다.

"칼 스토더드가 당신의—"

"아버지예요."

주디가 메모장에 적는다. 사실을 말하자면, 뭐라고 쓰고 있는지도 모르겠다. 하지만 다음 질문을 신중하게 준비할 시간이 필요하다. 상대방이 겁먹고 도망가지 않게 하려면.

"클루트는 결혼 뒤 성인가요?"

여자가 초조하게 고개를 끄덕인다. 이제 저택을 돌아보면서, 점점 더 불안해하며, 들킬 때를 대비한다.

"저 사람들도 당신이 스토더드인 걸 아나요?"

"맙소사, 아니요."

"이 일을 하시게 된 이유가 뭔가요?"

부인이 자세를 바꾸고 말한다. "절박해서요. 먹여야 할 입 때문에. 셔츠 공장이 닫았다는 말을 들었겠죠?"

주디는 들은 적이 없었다. 부인이 어떤 셔츠 공장을 말하는지 모른다. 그래도 끄덕인다.

"그러니, 섀턱에는 다른 일자리가 없어요. 여기 아니면 이사 해야죠. 그런데 우리가 어디로 갈까요?"

"나머지 가족분들도 알고 있나요? 스토더드가 분들 말입니다."

부인이 고개를 끄덕인다.

"동생들은 이해해줘요. 하지만 어머니는 저한테 말도 안 걸어요. 저 집안 전체가 썩었다고 말씀하셨어요. 저도 후회할 거라고요." 부인이 말하더니 호수를 멀리 바라본다. "결국 어머니가 옳았죠."

"클루트 부인. 바버라 반라가 어디로 갔을지 짐작 가는 게 있으십니까?"

이 질문에 부인은 곧바로 대답한다. "전혀 없어요. 진짜예요.

하지만 저 가족은 알 거라고 장담해요."

다시 그 감각이다. 직감이라고, 주디는 생각한다.

"왜죠?"

"뒤죽박죽으로 말하는 거긴 한데, 베어 반라가 사라졌을 때, 저 가족은 수색을 처음부터 끝까지 온통 어설프게 진행했어요. 우선, 아이가 사라지고 나서 몇 시간이 지나도록 수색할 사람을 부르지 않았죠. 그동안 온 사방에 발자국을 남긴 데다 비까지 와서, 아이를 추적할 희망이 사라졌어요. 수색견을 데려와도 마찬가지였고, 그래서 일이 더 어려워졌죠."

그녀는 그 가족의 모든 실수를 헤아리려고 준비하듯 오른쪽 엄지를 편다.

"그다음으로, 우리 섀턱 주민들이 돕는 걸 허용했지만, 일주일 만에 돌려보냈어요. 그 대신 캘리포니아 시에라마드레산맥에서 수색 팀을 비행기로 데려왔죠. 전용기를 전세 내니 어쩌니 해서. 제가 듣기로 돈도 두둑이 줬대요."

"수색에 참여한 지역 주민한테도 돈을 줬나요?"

부인이 코웃음 쳤다. "퍽이나요. 이미 자기네 일꾼처럼 취급했어요. 그렇지 않은 사람들까지, 도우려다 일자리를 잃은 사람들까지요. 우습게도 캘리포니아에서 온 수색 팀은 자기들이 뭘 하는지도 몰랐어요. 이런 지형은 본 적이 없었죠. 이렇게 빽빽한 덤불을 본 적도 없었고. 꼬리를 말더니 아이의 흔적을 하나도 못 찾고 떠났어요."

그녀는 마치 승리감에 취한 듯이 미소를 짓다가 원래 모습을 되찾는다.

"들어봐요. 저는 저 가족이 정말 안됐다고 생각해요. 저 사람들이 결백하다면—아마 그럴 테지만—그들이 겪은 일은 정말 끔찍해요. 하지만 저들이 아버지의 오명을 그대로 놔둔 걸 저는 절대로 용서하지 않을 거예요. 아버지가 돌아가신 뒤, 저들은 그냥 놔뒀어요. 아버지가 베어를 죽인 것처럼. 거기다 아이를 거의 찾으려고도 안 했죠. 죽은 사람한테 물어볼 수 없다는 듯이요."

부인이 양어깨 너머를 힐끔 되돌아보고 나서 말을 잇는다.

"베어가 실종됐을 때 여기에 왔던 사람을 또 여기서 봤어요. 라로셸이라는 사람이에요. 저희 아버지한테 불리한 주장을 했던 거로 기억해요. 거짓말쟁이죠. 제가 당신이라면 그 사람을 안 믿을 거예요."

주디는 고개를 조금도 움직이지 않는다. 아주 약간이라도 끄덕여서는 안 될 것 같다. 하지만 이 여자가 하는 말을 이해한다.

부인이 말한다. "자녀가 있어요?"

"아뇨."

"좋아요. 그럼, 언젠가 자식이 생기면, 이 대화를 떠올려봐요. 제 말을 기억해요. 그리고 자기 자신한테 물어봐요. 당신도 저 사람들처럼 일찍 수색을 중단할까요?"

주디는 클루트 부인의 시선에 담긴 깊은 감정에 불현듯 당황하여 아래를 본다.

"그러겠어요?" 부인이 한 번 더 묻는다.

두 사람은 잠시 말이 없다.

"이제 다시 들어가야 해요. 할 게 많아요."

주디가 끄덕인다. "뭔가 하실 말씀이 더 있을까요? 제가 꼭 알아야 할 것이라든지?"

부인이 생각한다. "지금 유일하게 떠오르는 건 저 가족 중 누구도 그 어린아이를 안 좋아했다는 거예요. 바버라를요. 방치라고 해야겠네요. 바버라는 여름 캠프로 내려가기 전에, 먹을 걸 찾아 부엌에 오곤 했어요. 자기 집에서 길을 잃은 표정으로. 저는 먹일 수 있을 때마다 먹였죠. 그 애 어머니는 좋아하지 않았어요. 애한테 음식을 주지 말라고 하곤 했으니까. 저는 고개를 끄덕이면서 듣는 척했지만, 늘 아이가 오는 게 좋았어요. 바버라는 특이한 아이고, 이상한 옷을 입지만, 여기서 시간을 내서 제 이름을 알아 간 유일한 사람이에요. 선한 아이라는 게 제 생각이에요."

"감사합니다." 주디가 인사한다.

클루트 부인이 끄덕인다.

주디는 경감이 아까 했던 말을 떠올린다. 좋은 정보를 얻었지만, 사실관계를 정확히 파악했는지 확실히 하고 싶다.

"클루트 부인, 해주신 모든 이야기를 제가 최선을 다해 기록해도 괜찮을까요? 살펴보실 수 있고, 맞으면 서명해주시면 됩니다."

여자는 경악하여 주디를 보고 말한다. "말도 안 돼요. 얘기한 걸 후회하지는 않아요. 하지만 도와드리는 건 거기까지예요."

주디는 현재 이 정보가 지도보다 중요하다고 생각한다. 본부로 걸어 내려가 단서 관리를 맡은 헤이스를 찾는다. 밖에서 형사 두 명이 계단에 앉아, 진술을 클립보드 메모장에 적고 있다.

"헤이스 선배님 안에 계십니까?" 주디가 묻자 둘 중 하나가 끄덕인다.

"나라면 안 들어갈걸. 라로셸 경감이 10분째 한바탕 퍼붓는 중이야."

주디는 가던 길을 멈춘다. 문밖에서는 고함 소리가 뭉개진다.

거기에 주디가 앉을 만한 자리는 없다.

"안에서 이야기가 끝나면 선배님한테 제가 찾는다고 전해주시겠어요?"

"당연하지, 아가씨." 나머지 한 형사가 대답한다. 고개도 들지 않고.

"저는 럽택 형사입니다."

"그러시군."

주디는 헤이스를 기다리는 동안 에머슨 캠프를 돌아다니며 그날 아침 라로셸이 맡긴 일을 한다. 클립보드와 펜을 들고 다니며, 보이는 건물마다 앞에 멈춰 서서 평면도를 그린다. 용도가 분명하면 이름을 붙인다.

작업을 마친 뒤, 북서쪽으로 몸을 돌려 더는 사용하지 않는 농장 건물들 쪽으로 향한다.

철저하게 수색을 마친 곳이다. 또 주디가 아는 한, 누군가가 머무는 데 사용하지도 않는다.

    그래도 헤이스와 라로셸이 말을 끝낼 때까지 달리 할 일이 없기에, 클립보드를 팔 아래 끼고 그쪽으로 걸어간다.

    구조물이 네 개 있다. 주디는 농업을 전혀 모르지만, 하나는 젖소 축사였던 것으로 보인다. 커다란 문이 바깥쪽으로 활짝 열려 있다. 안으로 들어가니 버려진 지 오래인 듯한데도, 여전히 외양간에서 냄새가 난다. 축사 위로 건초 다락이 있다. 주디는 무너질 듯한 사다리를 타고 머리를 들이밀 수 있을 정도로 올라가, 벽에 기대어둔 남은 건초 몇 묶음을 찬찬히 본다.

    그러고 나서 내려온다.

    축사 옆에는 작고 창문 없는 건물이 기둥 위에 세워져 있다. 원래 용도가 뭐였든, 지금은 녹슬어가는 농기계들의 집이 됐다. 주디는 이 건물에 잠깐 들어가본 다음 서쪽에 있는 건물로 이동한다.

    세 번째 건물 내부도 처음 봐서는 혼란스럽다. 바닥은 콘크리트고 배수로 쪽으로 기울어져 내려간다. 주디는 활동을 마친 말을 씻기던 곳이 아니었을까 짐작해본다. 여기서는 정체를 알 수 없는 냄새가 나고, 신경에 거슬린다.

    그녀는 위를 쳐다본다.

    금속 막대 다섯 개가 천장을 끝에서 끝까지 가로지른다. 막대마다 갈고리 수십 개가 쭉 매달려 있다.

    마침내 주디는 이 냄새를 이해한다. 이곳은 도축장이었다.

거기에 잠시 더 서 있으니, 몸이 긴장한다.
그때 소리가 난다. 머리 위에서, 발걸음 소리가.

트레이시

1950년대 | 1961년 | 1973년 겨울 |
1975년 6월 | **1975년 7월** | 1975년 8월

생존 여행은 미리 공지해주는 법이 없었다. 대신 닥쳐왔다. 오전 5시 30분, 해가 뜬 직후에, 경적과 함께.

여름 내내 지도받았다. 경적이 울리면, 침대에서 뛰쳐나와 샤워할 새 없이 옷을 입고, 게양대까지 가능한 한 빨리 뛰어가야 했다.

누구든 처음 도착하는 사람은 보급품을 추가로 받았다. 마지막에 도착하는 사람은 아무것도 못 받았다.

바버라는 오두막에서 누구보다 먼저 일어나 옷을 입었다.

"유니폼 위에 따듯한 옷을 입어." 그러고는 트레이시에게 이렇게 속삭여주고 가버렸다.

트레이시는 조에서 꼴찌로 게양대에 도착하진 않았지만, 그럴 뻔했다. 따라서 지도교사에게 받은 배낭에는 고작 콩 통조림 네 개와 가득 찬 물통 하나만 들어 있었다. 주위를 둘러봤다. 바

버라와 로웰 카길은 방수포, 나침반, 스위스아미나이프를 점검하고 있었다. 같은 조에서 제일 어린 두 명은 거의 마지막에 도착했고, 배낭을 열어 텅 빈 것을 발견했다. 트레이시는 그 아이들의 얼굴을 봤다. 의젓해지려 애쓰지만, 눈물을 참느라 턱에 힘이 들어가 있었다.

T.J. 휴잇이 게양대 밑에 서서, 이 혼돈을 냉담하게 감독했다. 캠프 참가자가 전부 배낭을 받아 들자, 깃대를 조금 타고 올라가, 대너 등산화의 두꺼운 밑창을 밧줄 걸이에 걸치고 확성기를 들어 말했다.

"생존조들. 곧 인솔자들이 너희를 찾아갈 거다. 하지만 기억해라. 이들은 비상사태를 대비해 있을 뿐이다. 그 외에는 너희를 도와주지 않는다. 전반적으로는―" 이때 T.J.는 집합 장소를 오랫동안 둘러봤는데, 마치 캠프 참가자 모두와 눈을 맞추려는 듯했다. "너희 스스로 해내야 한다. 행운을 빈다."

무리 가운데에서 지도교사들이 바깥쪽으로 이동하며 배정받은 조를 찾아가기 시작했다. 트레이시는 그들을 살펴보면서 누가 자기네 쪽으로 올지 궁금해했다.

그런데 다가오는 사람은 T.J. 휴잇 본인이었다.

"너희는 나와 간다."

5분 뒤, 출발했다.

T.J.가 선두에 있었다. 그 뒤를 조에서 가장 어린 참가자들이 따랐다. 이 아이들이 새끼 오리처럼 따라가자, T.J.는 놀랍다는

듯 또는 성가시다는 듯 자주 돌아봤다.

"내가 안 보이는 것처럼 행동해." 그녀가 계속 말했다. 그러면 아이들은 후퇴해서 나머지 조원들 옆으로 갔다가, 이내 T.J. 곁으로 돌아갈 뿐이었다.

바버라와 트레이시와 로웰과 그의 친구 월터―나이가 가장 많았다―는 넷이 나란히 걸었다. 트레이시는 이따금 로웰을 곁눈질하면서, 화음을 맞춰 함께 노래할 때 어땠는지를 떠올렸고, 그 생각에 얼굴이 새빨개졌다.

이들은 북쪽으로 걸어가면서, 본채인 독립독행의 전면을 지나갔다. 트레이시는 창문으로 사람들이 움직이는 게 보인다고 생각했는데, 이렇게 말하자 바버라는 앞을 똑바로 보면서 어깨를 으쓱했다.

"준비하고 있거든." 바버라가 말했다.

"뭐를?"

"파티를 열 거야. 저택 100주년 기념일이라."

"너도 초대받았어?"

바버라가 고개를 저었다.

"어쨌거나 나는 가기 싫어."

도로를 건너 숲속을 한 시간 더 걷다가, T.J.가 마침내 아이들을 멈춰 세웠다.

"여기가 좋네." T.J.는 그렇게 말하더니 멀어져버렸다.

침묵을 깨고 입을 연 사람은 바버라였다. "배낭 열어봐."

12명이 가진 것은 다음과 같았다. 다양한 음식 통조림 62개, 견과 및 건과 모둠 12봉지, 물통 12개, 요오드팅크 소독약 작은 것 4병, 방수포 9장, 깡통 따개 4개, 여러 가지 칼, 다용도 철사 1묶음, 밧줄 10묶음, 그리고 마지막 가방에서 나온 마지막 물건이자 가장 크게 안도의 한숨을 자아낸 물건인 성냥 1상자.

　바버라가 일어서서 물품을 점검하며, 이 모든 것을 어떻게 사용할지 계산했다. 그런 다음 T.J.를 흘끗 봤다. 그녀는 한쪽 다리를 굽혀 신발 밑창을 나무껍질에 걸치고, 나무에 기대어 있었다.

"날 보지 마. 나는 안 보이는 거다. 여기에 없어."

　T.J.는 그렇게 말하더니 몸을 돌려 배낭을 어깨에 메고 완만한 오르막을 10미터 정도 올라가, 비교적 평평한 자리를 찾은 다음 텐트를 치기 시작했다. 눈 깜짝할 새에 자기가 사용할 모닥불을 피우고, 나무 두 그루 사이에 그물 침대를 매달고, 커피 물을 끓이면서 책을 읽기 시작했다.

　정오 무렵, 바버라가 이끄는 대로 캠프 참가자들도 준비를 마쳤다. 트레이시는 바버라가 얼마나 막힘없이 움직이는지, 숲을 얼마나 잘 아는지를 보며 새삼 감탄했다. 근처에서 개울을 발견해, 아이들을 몇 명 이끌고 가서 흐르는 물로 물통을 다시 채우고 요오드를 위에 떨어뜨린 사람이 바버라였다. 밧줄과 방수포로 소박한 텐트를 치고, 일정 영역의 땅을 치우고, 큰 돌로 커다랗게 원형 테두리를 만든 사람도 바버라였다. 그러고는 아이들을 보내 최대한 마른 나무와 불쏘시개를 찾아오게 했다.

바버라는 다른 조원들보다 나이가 그리 많지 않았는데도—사실 월터와 로웰보다 어렸는데도—그날 트레이시에게는 어른처럼 보였다.

근처 둔덕에 있던 T.J.는 이따금 책에서 시선을 들어 흘낏 무심하게 볼 뿐 아무 말도 하지 않았다.

트레이시는 바버라의 지시가 없을 때는 땅바닥에 앉아 자기보다 어린 아이 하나가 지어낸 게임을 했는데, 크리스토퍼라는 이 남자아이는 성격이 상냥하고 겁을 먹은 것처럼 보였다. 크리스토퍼는 여덟 살로, 이 무리에서 가장 어렸다. "캠프 전체에서 제일 어려요." 아이가 우울하게 언급했다.

저녁을 먹고 나서 밤에는 다 같이 무서운 이야기를 했다. 재밌다기에는 너무 생생한 제이컵 슬루터, 아니 슬리터는 언급하지 않았다. 로웰은 무시무시한 메리, 캠프에서 가장 인기 있는 백발 여자 유령에 관해 이야기했다. "우리 오두막에 있는 애가 바로 며칠 전 밤에 그 유령을 봤대." 말을 이어가던 그는 어린 여자아이 하나가 울기 시작하자 이야기를 거두었다. 그들은 대신 함께 캠프 노래를 불렀고, 뒤이어 로웰이 바다에서 길을 잃은 어느 선원에 관한 아름답고 슬픈 노래를 반주 없이 불렀다.

어떤 멋진 일이 벌어지고 있었다. 트레이시는 느낄 수 있었다. 물론 T.J.가 바로 옆 둔덕에 있지만, 그녀는 눈에 띄지 않겠다는 약속을 잘 지키는 중이었다. 그러자 책임은 아이들의 몫이 됐다. 바버라의 몫이 가장 컸지만, 예외는 없었다. 어른이 없는 상황에서, 자신들이 진정한 자신으로 성장하는 모습에 트레이시는 자부심을 느꼈다.

바버라가 방수포 텐트를 배정했다. 트레이시와 바버라가 첫 번째 텐트, 로웰과 월터가 두 번째 텐트에 머물게 됐다. 가장 어린 남자아이 네 명이 세 번째 텐트―이 불공평함에 짧게 항의가 쏟아졌지만, 바버라가 가만히 응시하자 결국 조용해졌다―에, 가장 어린 여자아이 네 명이 네 번째 텐트에 머물게 됐다.

밤 10시가 되니 불가에서 멀어지면 쌀쌀했다.

그날 아침, 트레이시는 바버라가 알려준 대로 유니폼 위에 운동복 바지, 긴소매 셔츠, 두툼한 스웨터를 입고 게양대로 달려갔다. 캠프 참가자는 대부분 지도교사나 친구에게 귀띔으로 이 전언을 들었지만, 가장 어린 크리스토퍼는 반바지와 티셔츠 차림으로 떨고 있었다.

이를 눈치챈 바버라가 운동복 상의를 벗어 크리스토퍼에게 던져줬다.

"입어." 바버라가 명령했다.

몸집이 작은 크리스토퍼가 입으니 원피스처럼 보였지만, 아이는 그 속에서 편안하게 활짝 웃었다.

이 여행에는 침낭이 없었다. 침낭을 받은 캠프 참가자가 단 한 명도 없었다. 어느 정도 불편을 감수하면서 생존하는 것도 이들이 해야 할 일이었다.

바버라가 말했다. "잘 들어. 밤에 깼는데 불이 약해지는 게 보이면, 본 사람이 불을 뒤적이거나 새 땔감을 넣어야 해." 그녀는 잠시 말을 멈추고 되는대로 쌓아둔 장작더미를 가리켰다. 비가 올 때를 대비해서 바버라가 거기에 한 장 남은 방수포를 둘러놨다. "하지만 돌아다니지는 마. 누가 어두울 때 길을 잃으면, 우리 모두한테 안 좋으니까."

그녀는 잠시 잠자코 생각했다.

"하나 더. 붙어 있어. 밤새 서로 몸을 붙이고 있으라는 소리야. 그러면 훨씬 더 따듯할 거야."

어린 남자아이들 몇 명이 투덜댔다.

바버라가 말했다. "좋아. 원하면 얼어 죽든지. 난 신경 안 써."

누군가가 작게 웃었고, 다들 그 아이가 팔을 뻗은 쪽을 봤다.

가장 어린 크리스토퍼가 바버라의 운동복에 양 무릎을 넣은 채, 땅바닥에서 몸을 공처럼 말고 곤히 잠들어 있었다.

바버라가 손뼉을 치고 말했다. "나, 트레이시, 월터, 로웰을 빼고 다들 텐트로 들어가. 잘 시간이야."

야영지가 조용해졌다. 둔덕 위 T.J.도 자러 들어간 듯했다. 챙겨 온 침낭 안이 충분히 따뜻한지, 모닥불이 약해지게 두었다.

나이가 많은 네 캠프 참가자가 자리 정리를 마쳤을 때, 월터가 세 사람을 향해 자기 쪽으로, 그와 로웰에게 지정된 텐트로 오라고 손을 흔들었다.

"내가 가져온 게 있어." 월터가 속삭였다. 어둑한 모닥불 빛 속에서 씩 웃자 치아 교정기가 반짝이는 게 트레이시에게 보였다.

네 사람은 텐트 안에 작게 둘러앉아 추위에 떨었다. 트레이시는 이를 악물지 않으면 계속 치아가 딱딱 부딪쳤다. 크리스토퍼에게 옷을 주는 바람에 한 겹 얇게 입은 바버라가 어떤 느낌일지는 상상만 해볼 따름이었다.

말랐지만 굳세고 어려 보이는 열네 살 월터도 눈치를 챘는지, 입고 있던 운동복 상의를 벗어 바버라에게 건넸다.

"됐어." 바버라가 거절했다.

"받아. 난 이것도 입고 있으니까." 월터가 받쳐 입은 긴소매 셔츠를 가리켰다.

"게다가 나는 오늘 밤에 그냥 로웰을 껴안아도 되거든."

그러더니 한쪽 팔을 로웰에게 걸쳤고, 로웰은 씩 웃으며 그를 밀어냈다.

바버라가 물었다. "뭘 보여주려고 했는데?"

월터가 로웰의 어깨에서 손을 내리더니 입고 있던 셔츠를 올렸다. 옆구리에 휴대용 술병이 묶여 있었다.

트레이시는 그게 휴대용 술병이라는 것을 바로 알아봤다. 아버지도 경마장에 들고 가는 그런 병이 있었다. 아버지는 그것을 재킷 안주머니에 넣어두고는 이따금 남의 눈을 신경 쓰지 않고 홀짝였다. 언젠가 자기 말이 경주에서 이기자, 아버지는 트레이시에게도 술병을 내밀었다. 트레이시는 호기심에 못 이겨 한 모금 마셨다. 목구멍을 타고 내려가는 타는 듯한 느낌이 아직도 기억났다.

"대단한데." 바버라가 말했다.

"고마워." 월터가 대답하고는 뚜껑을 돌려 열고 꿀꺽 마셨다.

"뭐가 들었어?" 바버라가 물었다.

"박하 리큐어. 우리 아빠가 계속 확인하지 않는 유일한 술이거든."

월터가 술병을 넘겼다. 다 함께 마셨다. 트레이시는 조금 홀짝인 다음에 좀 더 마셨다. 아버지가 마시던 것보다 달았지만, 더 역겹기도 했다.

트레이시가 기침했다.

"쉬이이잇." 바버라가 소리를 냈다. 그러고는 트레이시에게서 술병을 받아 길게 쭉 들이켜고 손등으로 입을 문질렀다.

몇 분 지나지 않아 텐트가 좀 따뜻해졌다. 트레이시는 어둠 속에서 활짝 웃었다. 여태까지 있었던 모든 걱정이 갑자기 수 미터 밖으로 밀려난 것 같았다.

바버라가 오른쪽에 있다. 로웰은 맞은편에 있다. 월터는 로웰 옆에 있다. 트레이시는 보이지 않았지만, 로웰의 발이 있다고 생각하는 쪽으로, 한쪽 발을 운동화 안에서 조금 움직였다. 로웰과 입술이 맞닿으면 어떤 느낌일지 그려봤다. 로웰의 운동화에 닿자 그대로 있었는데, 플러그를 콘센트에 꽂은 느낌이었다.

월터가 말했다. "심심해. 게임 하자."

"여기는 너무 깜깜하잖아." 트레이시가 대답했다. 카드놀이나 체커나 크리스토퍼에게 만들어줬던 나무 막대기 빼기 놀이를 떠올렸던 것이다.

"그런 거 말고. 진실 아니면 도전." 월터가 말했다.

바버라가 조용히 웃었다.

트레이시는 책과 텔레비전 프로그램으로만 이 게임을 접해 봤다. 자기 또래 아이들이 친구네 집에서 자거나 할 때 이 게임을 하는 건 알았다. 하지만 그녀는 이종사촌들이나, 어머니가 야간근무를 하는 이웃집 소녀 데비 핀리를 제외하고는 또래와 같이 자본 적이 없었다. 이번에는 그런 경험과 느낌이 전혀 달랐다.

일부는 위험에서 오는 느낌이었다. 모두가 속으로는 최근에 탈옥한 제이컵 슬루터가 굶주리고 화가 난 채 야영지 근처에 있는 모습을 떠올리고 있으리라고 트레이시는 확신했다. 하지만 아무도 그 이름을 말하지는 않았다. 그 이름을 언급하는 건 바버라에게 무례한 일이라고 느껴졌다. 오빠에 대한 바버라의 기억을, 그의 실종에 어떻게든 슬루터가 관련되어 있다는 소문을 감안하면 말이다.

"내가 먼저 할래." 트레이시가 대담해진 기분으로 말했다. 역겨운 박하 리큐어로 손을 내밀었다.

"진실 아니면 도전?" 월터가 말했다. 그 말이 주문 같았다.

"진실." 트레이시가 술을 마시며 대답했다.

"누구를 좋아해?" 월터가 물었다.

트레이시는 거짓말하게 될 것을 즉시 깨달았다. 헴프스테드에 있는 학교에서 자기와 같은 학년인 온갖 남자애를 떠올렸다.

"필립 디자코모." 대체로 가장 멋지다고 꼽히는 남자애의 이름을 댔다.

"아, 그건 불공평해. 이 캠프에서 누구를 좋아해?" 월터가 말했다.

"너무 늦었어. 네 차례야. 진실 아니면 도전." 트레이시가 신이 나서 말했다.

"도전." 월터가 대답했다.

트레이시는 잠시 생각했다. 자신이 내미는 도전이 창의적이기를, 재미있기를 원했다. 다른 사람들을 웃기고 싶었다.

"좋아. 월터, 네가 할 도전은 T.J.의 텐트까지 올라간 다음 밖에서 곰 소리를 내는 거야."

남자아이들이 조용히 웃음을 터트렸다. 트레이시는 옆에서 바버라가 자기 쪽으로 고개를 홱 돌리는 걸 느낄 수 있었다.

바버라가 말했다. "좋은 생각은 아냐."

"왜? 엄청 웃기잖아." 로웰이 물었다.

바버라의 길고 신중한 망설임. 그러다 입을 열었다. "총을 갖고 있거든."

나머지 세 명이 침묵에 빠졌다.

"총을 갖고 있을 게 거의 확실해." 바버라가 말했다.

"왜?" 로웰이 물었다.

바버라가 대답했다. "정확히 그런 이유지. 곰이나 이것저것."

"아니면 슬리터 때문이든가." 월터가 말했다.

긴 침묵이 이어졌다.

월터가 물었다. "그래서 올해 지도교사들이 우리를 따라오게 된 거 아닐까? 그놈이 잡히지 않아서?"

바버라가 대답했다. "아니. 그냥 불평하는 부모가 너무 많았던 걸 거야. T.J.가 그러는데 이번 기수는 이전이랑 다르대. 부모들이 그냥 더 걱정이 많더라."

네 사람이 이 의견을 곱씹느라 침묵이 또 찾아왔다. 트레이시는 자기 부모님은 별로 걱정할 것 같지 않았다. 하지만 다른 여자아이들의 어머니들—그들의 무늬가 들어간 랩원피스와 낮은 구두—을 떠올리자, 그럴 수도 있겠다는 생각이 들었다.

월터가 말했다. "그럼, 하지 말자. 다른 제안은?"

트레이시가 머리를 쥐어짰다. 술을 다 마셔버리라고 할까 생각했지만, 자기도 더 마시고 싶었다. 다른 사람과 키스하거나 옷을 벗고 야영지를 질주하라고 할까도 생각했지만, 그러다 본보기가 될까 봐 걱정됐다. 자기에게도 뭐가 됐든 옷을 벗으라고 할까 봐 두려웠다. 그래서 대신 이렇게 말했다. "네가 할 도전은 로웰의 가장 큰 비밀을 우리한테 말하는 거야."

누구의 얼굴도 잘 보이지 않았지만, 월터가 어떻게 대답할지 생각하는 건 알 수 있었다.

"그건 쉽지." 마침내 그가 말했다. "로웰은 집에서 불을 켜고 자는데, 어두운 걸 무서워하기 때문이야."

그가 로웰을 돌아보며 말했다. "그렇지만 걱정하지 마, 친구. 내가 지켜줄게."

트레이시는 두 가지를 바로 이해했다. 이건 로웰의 가장 큰 비밀이 아니라는 것. 월터는 무슨 일이 있어도 로웰과의 의리를 지킬 거라는 것. 트레이시는 낙담했다. 심술궂게 굴려는 의도는 없었다.

30분, 한 시간이 지났다. 다들 알딸딸하게 취했고, 전보다 따듯했다. 트레이시는 서로 친밀감을 나누며 기분이 다시 좋아졌다. 받아들일 만한 도전이 바닥나자, 진실로 방향을 돌렸고, 얼마 안 있어 여름 내내 알던 것보다 서로를 더 많이 알게 됐다. 트레이시는 굉장하다고 생각했다. 누군가가 가장 열심히 숨기고자 했던 일면을 알아보고, 밖으로 꺼내, 깔아뭉개기보다 추켜세워주는 식으로 가볍게 놀리며 노는 그런 친구들이 생기다니. 그녀는 로웰이 **정말로** 어둠을 무서워한다는 것을 알게 됐다. 타고난 소질이 있는데도 운동을 싫어해, 미식축구를 하는 아버지를 경악하게 했다. 월터는 학교생활에 매우 서툴렀다. 난독증이라는 것을 앓았고, 본인이 하버드에 갔으며 기대를 그 아래로 낮추지 않는 아버지가 있었다. 트레이시는 동네에서 얼마나 친구가 없는지, 같은 중학교에 다니는 여자아이들이 자기와 얼마나 다른지를 밝혔다. 어떻게 아버지가 아델피 호텔에서 술을 나르는 도나 로마노 때문에 어머니를 떠났는지도. 그 사건이 일어난 뒤로 얼마나 어머니가 조용해지고 활기를 잃었는지도.

진실을 말할 때마다 네 사람은 건배하며 술을 마셨다. 불이 약해지면 돌아가면서 뒤적거렸다.

조금도 속사정을 드러내지 않는 듯한 사람은 바버라뿐이었다. 바버라는 함께 조용히 웃었다. 참여는 했다. 하지만 진실을 말할 때 검열을 거치는 걸 트레이시는 감지했다.

친구들과 이런 식으로 친밀감을 나누니 무척 자유로워진 기분이라고, 트레이시는 생각했다. 바버라만 다른 경험을 하고 있는 게 안타까울 지경이었다. 그리하여 트레이시는 자기 차례가 됐을 때, 바버라를 지목했다. 바버라는 진실을 선택했다.

트레이시는 마음을 바꾸지 않고 여름 내내 궁금했던 질문을 던졌다.

"남자 친구가 누구야?"

침묵.

뒤에서 모닥불이 시끄럽게 탁 튀는 바람에 트레이시가 움찔했다.

"진실은—" 바버라가 마침내 대답했다. "진실을 말할 수 없다는 거야."

목소리에 분노가 서려 있었다. 트레이시는 분노가 향하는 쪽이 자신인지, 남자 친구인지, 세상인지 알 수 없었다.

바버라는 월터에게서 술병을 낚아채더니 뒤집어서 전부 마셔버렸다.

그러더니 말했다. "로웰, 진실 아니면 도전."

로웰이 생각에 잠겼다. 마침내 도전을 선택했다.

"네가 할 도전은 나한테 키스하는 거야." 바버라가 말했다.

트레이시는 목 아랫부분에서 시린 감각을 느끼며 그것이 두려움임을 깨달았다.

어둑한 모닥불 빛 속에서, 트레이시의 눈에 로웰의 넓은 어깨가, 양 무릎을 세운 다리 위로 팔짱을 낀 팔뚝이 보였다. 로웰이 한쪽 팔을, 이어서 다른 쪽 팔을 내리더니, 결심을 한 듯 무릎을 꿇고 몸을 일으켜 바버라 쪽으로 기울였다. 바버라의 얼굴 양옆을 두 손으로 감싸고, 자기 얼굴을 가까이 움직여 입을 맞췄는데, 트레이시는 로웰이 많은 여자와 키스해봤음을 즉시 알아차렸다. 더불어 이 키스가 명령에 따라 형식적으로 한 것이 아님을 알았다. 오히려 감정이, 욕망이 담긴 키스였다. 트레이시는 시선을 돌리고 싶었지만 그러지 않았다. 이것은 방심한 벌이라고, 트레이시는 생각했다. 자초한 일이었다. 그러니 받아들였다.

입맞춤이 끝나자 월터가 작게 와 소리를 냈지만, 그게 전부였다.
바버라가 피곤하다고 말했고 로웰도 동의하면서, 네 사람은 갑자기 갈라졌다. 남자아이들은 마지막으로 모닥불을 돌보러 갔고 여자아이들은 자기네 텐트 쪽으로 갔다.
안에 들어가자 트레이시는 다시 추위를 느꼈다. 떨렸다. 옆으로 누워, 무릎을 들어 운동복 상의에 넣고 아기처럼 몸을 말았다.
잠시 후, 바버라가 다가오는 게 느껴졌다. 그녀가 양팔을 트레이시의 허리에 두르고 뒤에서 껴안았다.
"하지 마." 트레이시가 말했다.
"미안해. 내가 무슨 생각이었는지 모르겠어. 미안해, 트레이시."

트레이시는 울고 싶지 않았지만, 어느새 울고 있었다. 화가 나서라기보다는 부끄러워서였다. 로웰 카길 같은 사람이 자기에게 관심이 있을지도 모른다고 생각한 게 부끄러워서.

바버라가 달랬다. "울지 마, 트레이시. 부탁이야. 미안해."

트레이시는 두 눈을 감았다. 적어도 이제 더 따뜻했다. 함께 몸을 붙이고 있으면 온기를 유지하는 데 유용하다던 바버라의 말이 옳았다.

"그 애를 좋아해?" 트레이시가 속삭였다.

"아니."

"왜 그랬어?"

바버라가 잠시 뜸을 들였다.

"나는 가끔 나쁜 짓을 해. 그런 문제가 있어. 이 순간에 내가 저지를 수 있는 가장 나쁜 짓은 뭘까 생각해. 그런 다음 해버려. 스스로 멈출 수가 없는 것처럼."

트레이시는 내키지 않았지만, 바버라가 한 말이 무슨 뜻인지 이해했다. 자신도 그런 생각을 한 적이 있었다. 다른 점은 자신은 겁이 많은 나머지 행동으로 옮기지 못했다는 것이었다. 대다수 사람이 마찬가지라고 생각했다.

"검사받아봐야겠네." 트레이시가 말하자 바버라가 살짝 웃었다. 트레이시도 미소를 지었다. 이런 상황에서도, 바버라를 웃게 하고 싶었다.

바버라가 말했다. "아, 받아봤지. 다섯 살 때부터 아버지가 정신과 의사를 만나게 했는걸."

"같은 사람?"

"다 달라. 매년 새로운 사람이 있어. 올해는 로스(Roth)라는 선생님이야. 나는 나무늘보(Sloth) 선생님이라고 불러, 그렇게 생겼거든. 말도 나무늘보처럼 해. 이렇게." 바버라가 느리고 둔한 누군가를 흉내 냈다.

그러더니 곧 말을 이어갔다. "적어도 그 선생님은 여자야. 나는 여자가 더 좋아."

"나도." 트레이시가 동의했다. 하지만 사실은 진심인지 확신이 안 섰다.

"로스 선생님이 보기엔 네가 뭐가 잘못됐대?"

"충동 조절. 그게 잘 안 된다고 하더라. 아버지도 같은 의견이야."

"너는 아버지와 안 친한가 봐."

"하, 올해 최고의 절제된 표현이다."

"그래서 올여름에 캠프에 온 거야? 아버지한테서 벗어나려고?"

"어느 정도는."

"다른 이유도 있어?"

바버라는 가만히 있었다.

"모두한테서 벗어나려고." 바버라가 말했다. "올여름에 그 파티를 하는데, 나는 그냥 거기에 있기 싫었어. 부모님의 친구들은 다 끔찍해. 나는 그 사람들이 전부 싫어."

트레이시는 또 다른 추측을 내놨다.

"캠프에서 남자 친구를 보러 가는 게 더 쉬워?"

바버라가 끄덕였다. 트레이시는 바버라가 자기 뒤통수에 턱을 대고 위아래로 움직이는 걸 느낄 수 있었다.

"몰래 빠져나가기가 더 쉽지. 저 위 집에서는 누군가가 항상 깨어 있거든."

"어머니는 어떠셔?" 지금 두 사람은 바버라의 가족에 관해 어느 때보다 많이 이야기하고 있었다. 보통 바버라는 주제를 바꿨다. "어떤 분이셔?" 트레이시가 밀어붙이며 질문했다.

잠시 침묵.

"엄마는 무력해." 바버라가 대답했다. "겨우 살아가시지."

"어째서?"

트레이시를 감싼 바버라의 팔이 살짝 느슨해졌다.

"오빠가 사라졌으니까." 바버라가 침착하게 말했다. "그리고 다시 돌아오지 않았으니까. 그 일 때문이라고 생각해. 어머니가 10대일 때 찍은 사진을 본 적 있는데 괜찮아 보였거든. 다른 사람 같았어."

트레이시는 바버라의 손에 자기 손을 얹고 꽉 쥐었다. 추위에 술이 깨는 것 같았다. 이 중 어떤 일은, 아니 이 모든 일이 내일이면 창피해질 듯한 느낌이 들었다. 그래서 로웰과 월터와 바버라를 보기가 어려워질 듯한 느낌이. 하지만 지금은 알코올이 준 용기가 남아 있기에, 이를 이용해서 바버라의 손에 깍지를 끼고, 그녀의 팔을 자기 주위로 더 꽉 잡아당겼다.

바버라가 말했다. "우리 오빠에 관해서 알고 있었어? 다들 알아?"

트레이시가 끄덕이며 말했다. "미안해."

침묵.

바버라가 입을 열었다. "우리 엄마는 오빠가 돌아올 거라고 생각해. 하지만 아버지한테는 비밀이야. 그런 건 나한테만 말해. 아버지는 엄마가 오빠 얘기만 해도 화를 내거든."

"너도 오빠가 돌아올 것 같아?"

"아니. 그렇게 생각 안 해."

어둠 속에서, 트레이시는 바버라가 입을 열었다 닫는 소리를 들을 수 있었다.

"뭐라고?"

"나는 오빠 생각을 많이 해. 없어지지 않았으면 좋았을 거야."

"오빠를 만나고 싶어?"

"아니. 그러니까, 그래서만은 아니라는 뜻이야. 오빠 사진을 본 적이 있는데 착해 보였어. 다들 그랬다고 하더라."

바버라가 잠시 말을 멈췄다. 트레이시는 이 마법이 깨지지 않기를 바라며 숨을 참았다.

"어렸을 때는 상상 속에서 오빠랑 얘기하곤 했어. 오빠가 여전히 우리랑 사는 척, 내게도 돌봐주는 오빠가 있는 척했지. 부모님이 싸우거나 나한테 화를 낼 때, 나를 보호해주는."

트레이시가 끄덕였다. 외동인 자신도 비슷한 공상에 잠겼던 적이 있었다.

"그런데 오빠가 사라지지 않았다면—"

바버라는 말을 마치지 않았다.

트레이시가 물었다. "그랬다면?"

"그랬다면 나는 태어나지 않았을 거야. 그게 더 나았을 거라고 생각해."

두 사람은 오랫동안 말이 없었다.

어른이라면 놀라는 기색을 보였을 것이고, 삶에는 의미가 있다고 강하게 주장했을 거란 걸 트레이시도 알았다. 하지만 곧 열세 살이 되는 그녀는 이 발언을 도와달라는 절규가 아니라 사실 진술로 이해했다. 그리하여 아무 말도 하지 않았고, 두 사람은 각자 상대방이 잠들었다고 생각할 때까지 오랫동안 함께 숨을 쉬었다.

갑자기 바버라가 다시 말했다.

"지금 몇 시인 거 같아?"

트레이시는 손목을 올려 모닥불 빛에 시계를 이리저리 비춰봤다.

"12시."

"망했다." 바버라가 속삭였다.

"뭐?"

"가야 해."

바버라가 벌떡 일어나 앉았다.

그 옆에서 트레이시도 덩달아 앉았다.

"간다고?" 트레이시가 물었다.

바버라가 배낭을 뒤지며 안을 더듬었다.

"어디 가는데?"

"내가 매일 밤마다 가는 거기."

바버라가 작은 손전등을 끄집어냈다.

"그건 어디서 났어?"

"발삼나무에서 가져왔지."

"어디로 갈지 어떻게 아는데?" 트레이시가 믿을 수 없다는 듯이 물었다.

바버라가 코웃음 쳤다.

"걱정하지 마. 나는 이 숲을 속속들이 다 알아."

그러더니 출발해서, 모닥불을 지나, 내리막으로 향했다. 트레이시는 손전등 불빛만 보일 때까지 지켜봤다. 그마저도 사라질 때까지.

트레이시

1950년대 | 1961년 | 1973년 겨울 |
1975년 6월 | **1975년 7월** | 1975년 8월

트레이시는 추위에, 이따금 다른 누군가가 모닥불을 돌보는 소리에 깨면서 잠을 설쳤다.

어느 순간 눈을 뜨니 밖이 밝았는데, 여전히 텐트에 혼자 있었다.

트레이시는 벌떡 일어나 앉았다. 이제 걱정스러웠다. 다른 사람들은 아직 자고 있었다. 로웰과 월터의 텐트로 살금살금 가서 로웰 옆으로 몸을 숙이고, 그가 한쪽 눈을 뜰 때까지 작게 불렀다.

"바버라가 여기에 없어. 사라졌어."

로웰이 햇살에 눈을 깜박이면서 비비더니 기지개를 켰다.

"무슨 소리야? 내가 방금 봤는데. 나무를 더 모으고 있었어."

아니나 다를까, 작은 잡목 숲 뒤에서 바버라가 나타났다. 양팔 가득 나뭇가지를 든 채, 아침 모닥불에 넣을 불쏘시개를 모

으고 있었다.

그녀가 트레이시를 향해 활짝 웃었다. **좋은 아침이야.** 입 모양으로 말했다.

오늘은 단순한 다람쥐 덫을 설치할 계획이었다. T.J.가 야외 활동 수업에서 그 방법을 가르쳐준 적이 있었다. 당연히 바버라가 감독했다.

저녁 무렵, 다람쥐 덫에는 미끼도 다람쥐도 없었다. 누군가가 작은 산딸기 덤불을 발견했지만, 거기서 얻을 열량보다 수확해 오는 데 소모할 열량이 더 클 게 명확했다.

분위기가 변했다. 하는 일도 없이, 바버라가 그날 저녁 식사로 떼어둔 통조림 콩과 견과 및 건과 소량을 기다렸다. 어린 캠프 참가자들이 배고프다고 칭얼댔다. 나이가 많은 아이들은 짜증을 냈다.

바버라가 결심하고 한 번 더 덫을 확인하러 숲으로 들어갔다. 곧이어 외침이 들려왔다.

트레이시가 일어났다. 야영지 저편에서 로웰도 서 있는 게 보였다. 로웰이 바버라의 목소리 쪽으로 자리를 박차고 뛰어갔다.

잠시 뒤 두 사람이 나타났는데, 다람쥐 덫 막대 두 개를 양쪽에서 어깨에 멘 채 싱글벙글 웃고 있었다. 두 사람의 걸음에 맞춰, 막대에 매달린 죽은 붉은다람쥐 세 마리가 흔들렸다. 그중 하나가 아직도 꿈틀대며 다리를 휘젓는 걸 보고 트레이시는 경악했다.

"바버라! 바버라, 한 마리가 살아 있어!" 트레이시가 비명을 질렀다.

바버라가 끄덕이더니 말했다.

"돌을 잡아."

트레이시가 물었다. "내가?"

"응, 네가."

트레이시는 야영지를 둘러봤다. 단단해 보이는 돌을 빠르게 찾은 다음 머리 위로 들어 바버라에게 확인을 받았다.

바버라가 말했다. "좋아. 이제 양말 한 짝을 벗어서 돌을 집어넣어."

트레이시는 속이 울렁거렸다.

"그렇게 해. 어서, 트레이시. 내가 막대를 내려놓으면 도망가 버릴 거야."

바버라의 시선 속 무언가가 이것은 시험이라고, 실패하면 두 사람의 우정에 파국이 찾아올 거라고 말했다. 그리하여 트레이시는 순응했고, 땅바닥에 앉아 신발을 한 짝 벗고, 양말을 한 짝 벗어 돌을 넣었다.

한쪽이 맨발인 채로 트레이시는 발광하는 다람쥐를 향해 절뚝이며 걸어갔다. 나머지 캠프 참가자들은 조용했다. 그녀는 무기를 겨누고, 붉은다람쥐의 머리를 향해 방망이처럼 휘둘러, 더는 움직이지 않게 만들었다.

마침내 고개를 들자, 자신을 지켜보는 시선들이 눈에 들어왔다. 친구들뿐 아니라 T.J. 휴잇도 둔덕 위에서 손을 허리에 얹고 칭찬하듯 미소 지으며 트레이시를 내려다보고 있었다.

"잘했어." T.J.가 외쳤다.

자신은 눈에 보이지 않는 사람이라고 선언한 뒤로 유일하게 꺼낸 말이었다.

그러고는 신속하게 등을 돌리더니 몸을 숙여 텐트로 다시 들어갔다.

다람쥐 손질은 바버라가 했다. 땅에 방수포를 깔고 몸을 앞으로 숙인 채 작업했다.

가죽을 거의 다 제거하고는 다람쥐를 허벅지에 올리더니 작은 칼로 남은 가죽을 벗기기 시작했다.

나머지 아이들은 지켜봤다.

그러다 아무도, 바버라조차 어떻게 된 일인지 몰랐지만, 바버라가 갑자기 미동도 없이 앉아 있었는데, 오른쪽 무릎에 가죽을 벗기다 만 다람쥐가 놓인 채, 왼쪽 허벅지에 사용하던 칼의 끝이 들어가 있었다.

손은 여전히 칼자루를 쥐고 있었다. 바버라가 반사적으로, 단번에 칼을 휙 뽑더니 말했다. "이러면 안 되는데."

당연했다. 상처는 3초 동안 휴면 상태로 주저하는 듯하더니, 피가 조금 고이다가 넘쳐흘렀다.

바버라가 다시 말했다. "뽑으면 안 되는데. 그대로 놔뒀어야 했는데."

반바지를 입고 있었기에 다리가 훤히 눈에 들어왔다. 피가 개울을 이루며 허벅지 안쪽으로 흘러내려 흙바닥에 후드득 떨어졌다.

일부 캠프 참가자는 양손으로 머리를 감싸며 물러났다. 일부는 다가왔다.

"T.J.한테 말해야 해." 로웰이 말했다.

"안 돼." 바버라가 서둘러 말렸다.

월터가 말했다. "왜 안 돼? T.J.도 그러라고 했어. 응급 상황일 때는 자기를 찾으라고 했잖아."

바버라가 대답했다. "응급 상황 아냐. 내가 처리할 수 있어."

그녀는 주위를 둘러봤다. 다리에서 피가 방울방울 흘러 땅에서 툭툭 소리가 났다.

"크리스토퍼." 바버라가 불렀다. 그 아이는 피를 보자마자 도망친 뒤였다. 이제 텐트에서 아이가 주저하며 나왔다.

바버라가 말했다. "운동복을 돌려줬으면 해. 미안."

아이는 허둥지둥 옷을 벗더니 뛰어와서 건넸다. 바버라가 한쪽 소매를 칼로 찢어 다리에 단단히 감았다. 소매 천이 빠르게 흰색에서 분홍색으로 변했다.

바버라는 그 상태로 한두 시간가량 이전처럼 할 일을 했고, 침착해 보였다.

저녁으로 다람쥐를 먹었는데, 고기를 각자 한 입 정도밖에 못 받아서 배고픔이 가시지 않았는데도, 다들 의욕이 샘솟았다.

늦은 저녁, 트레이시는 바버라가 평소보다 조용한 걸 눈치챘다. 바버라가 피를 많이 흘린 건 분명했다. 운동복 소매를 다른 천으로 바꾸고 또 바꿔야 했다.

"괜찮아?" 트레이시가 물었다.

"괜찮아." 바버라가 대답했다.

하지만 얼굴이 매우 창백했다. 트레이시는 한 박자 더 오래 바버라를 바라봤다.

"왜?" 바버라가 물었다.

트레이시는 뒤에서 다른 캠프 참가자들이 둘을 향해 시선을 돌리는 것을 느낄 수 있었다. 야영지는 고요했다.

"T.J.한테 말해야 해." 로웰이 말했다. 바버라를 내려다보면서 얼굴을 살폈다. "정말로. 너는 피를 너무 많이 흘렸어. 안전하지 않다고."

"나는 괜찮아." 바버라가 다시 말하는데, 힘이 없었다.

로웰은 그 말을 듣지 않을 셈이었다. 그는 T.J.의 야영지 쪽으로 성큼성큼 멀어졌다. 바버라가 뒤에서 한 번 불렀지만, 목소리가 너무 작아 닿지 않았다.

곧 T.J.가 커다란 냄비를 앞에 들고, 자기 야영지와 아이들의 야영지 사이에 있는 작은 비탈을 달려 내려왔다. 바버라 앞에 무릎을 꿇고 앉았는데, 바버라는 더는 머리를 들고 있기도 힘든지 이제 등을 대고 누워 있었다.

T.J.는 이 담당 참가자를 살펴본 다음, 벌떡 일어나서 주위를 둘러보며 모두를 가늠해봤다.

그러더니 위기 상황에서 가장 도움이 될 만한 사람으로 로웰 카길을 정확히 알아봤고, 손에 든 냄비를 내밀면서, 모닥불을 살리고 그 위에 물을 끓이라고 지시했다. 한편 양팔로 바버라를 신속하게 들어 올린 뒤, 최대한 서둘러 다시 둔덕을 올라갔다.

"물이 끓으면 소리쳐." T.J.가 외쳤다.

그러고는 바버라와 함께 텐트 안으로 사라졌다.

해가 질 무렵, 바버라는 상처를 닦고 봉합하고, 배를 채우고, 목을 축이고, 더 따뜻한 옷을 입게 됐고, 얼굴에 훨씬 더 혈색이 돌았다. 야영지에 있는 친구들 곁으로 돌아와서는, 앞서 벌어진 일의 위험성을 벌써 가볍게 취급했다.

나중에 텐트에서, 트레이시와 바버라는 어제처럼 웅크리고 붙어 있었다.

"바버라." 트레이시가 말을 걸었다.

"왜?"

"괜찮아져서 다행이야."

바버라가 코웃음을 쳤다. "그냥 놔둬도 별일 없었을 거야."

"모르겠어. 괜찮아 보이지 않았는걸."

"내 몸은 내가 돌볼 수 있었어. 더 심각해졌으면 에머슨 캠프까지 걸어서 돌아갔을 테고. 거기까지 걸어갔다가 다시 걸어왔을걸. T.J.를 끌어들일 필요는 없었어."

이상하게도, 트레이시는 그 말이 믿겼다.

"그런 건 다 어디서 배웠어?"

"어떤 거?"

"알잖아. 덫을 놓고, 텐트를 치고 그런 거. 다람쥐 손질하는 거. 응급처치도."

"너랑 같은 곳에서. T.J.가 하는 수업 말이야."

트레이시가 고개를 저었다. "나는 네가 아는 걸 모르는걸. 다른 애들도 그럴 거야."

바버라가 잠시 말이 없더니 대답했다. "가족한테 배웠어."

두 사람은 입을 다물었다. 사정이 더 있다는 걸 트레이시는 알 수 있었다. 하지만 캐묻지 않았다.

"오늘 밤에 다시 나갈 거야?" 트레이시가 속삭이며 말했다.

"못 갈 거 같아." 바버라가 대답하며 약간 움직였다. "이 다리로는 안 되겠어."

바버라가 한숨을 내쉬었다.

트레이시가 물었다. "안 가도 괜찮아?"

조심스럽게 꺼낸 말이었다. 실수를 반복하는 건, 명백하게 말하기 싫어하는 주제를 밀어붙여서 바버라의 화를 돋우는 건 원치 않았다.

트레이시는 바버라가 너무 오랫동안 조용하기에 잠든 줄 알았다. 바버라가 T.J.에게서 받은 여분의 옷은 두 사람에게 온기를 빌려줬고, 트레이시도 점점 더 졸렸다.

그때 어둠 속에서, 바버라가 숨을 내쉬는 소리가 들렸다.

바버라가 조용히 말했다. "아마 아닐 거야. 아마 안 괜찮겠지."

앨리스

1950년대 | 1961년 | 1973년 겨울 |
1975년 6월 | 1975년 7월 | 1975년 8월: **둘째 날**

바버라가 사라진 지 이틀째, 잠에서 깬 앨리스는 입이 사막처럼 건조하다.

밤새 엎드려 잤다. 침대보 위, 입가에서부터 축축한 부분이 퍼져나간다.

무언가 안 좋은 일이 벌어진 것은 안다. 그런 느낌이 맴돈다. 하지만 실체가 아직 도착하지 않았다. 그녀가 일어나 앉는다. 침대 옆 협탁에 놓인 진이 담긴 잔으로 손을 뻗는다. 고통스럽게 마신다.

일어선다.

바버라.

그렇다. 딸이 어제 아침부터 실종 상태다.

5분 뒤, 앨리스는 일광욕실 안에 서 있다. 창문으로 지켜본다. 부모들이 더 도착해서 계획보다 일주일 이르게 아이들을 데려가는 것을.

올버니, 니스카유나, 버몬트 같은 곳에 사는 일부는 어제 아이들을 데리러 왔다.

서부 해안이나 콜로라도처럼 비행기를 타고 와야 하는 곳에 사는 사람들은 오늘에서야 도착하는 중이다. 그들은 다른 아이가 실종된 지 24시간도 안 된 곳에서 자기 아이가 꼬박 하룻밤을 보내야 했다는 점에 경악하면서, 빌린 차를 서둘러 보호구역에 댄다.

앨리스는 이해한다. 베어를 향해 이런 감정을 느꼈던 기억이 난다. 베어를 보호하기 위해서라면 무엇이든 할 듯했던 감정을. 베어를 해칠 생각을 하는 사람이라면 누구든 실제로 다치게 할 수 있다는 감정을. 베어는 앨리스가 필요했다. 그게 핵심이었다. 그 전까지 아무에게도 필요한 적 없던 앨리스를 베어는 필요로 했다. 베어는 그녀에게 꼭 붙어 있었다. 피터가 정상적이지 않다고 여긴 습관이었다. 하지만 앨리스는 누군가의 보호자가 돼본 적이 전혀 없었기에, 둘이서만 있을 때마다 그 감정을 즐기고 몰래 탐닉했다.

뒤에서 누군가가 일광욕실로 들어온다.
앨리스는 돌아보지 않아도 누군지 안다.
오늘 올버니로 가게 될 거라는 것도 안다. 늘 그랬듯 피터는 그녀를 자기 앞에서 치워버린다.

괜찮다. 앨리스는 올버니에 있는 게 좋다. 거기서는 아들의 목소리가 더 잘 들린다.

앨리스

1950년대 | **1961년** | 1973년 겨울 |
1975년 6월 | 1975년 7월 | 1975년 8월

베어는 기대에 차 깡충거렸다. 앨리스는 일광욕실 유리로 아이를 지켜봤다. 흑파리 작별 파티를 열기로 예정한 날이면, 베어는 늘 앞뜰에 나가 손님이 도착하기를 간절히 기다렸다. 이제 옆 구르기를 하더니 야구공을 허공 위로 던지고 또 던졌다. 앨리스가 모르는, 학교에서 들은 게 분명한 노래를 불렀다. 때때로 그녀는 베어가 집 밖에서 자신은 모르는 삶을 온전히 살고 있다는 점이 재밌다고 생각했다. 베어가 정말 **사람**이 되었다고, 최근에 피터에게 말하기도 했다. 피터는 그녀가 무슨 말을 하는지 모르겠다는 듯이 눈알을 굴렸다. 하지만 피터는 알았다. 앨리스도 피터가 안다는 걸 알았다.

여덟 살이 된 베어는 쾌활하고, 똑똑하고, 호기심이 넘치고, 재미있고, 점점 더 독립적으로 변했다. 앨리스가 바라던 정도를 넘어섰다. 이제 때때로 베어가, 늘 옆에 있던 아이가, 1분에 열

여덟 번씩 **엄마**를 부르던 맑고 높은 목소리가 그리웠다.

하지만 피터는 감격했다. 그것이 피터가 아이에게 바란 전부였다. 독립독행이. 이 모든 상황에서 가장 좋은 부분은 피터와 앨리스가 가까워졌다는 것이었다. 두 사람은 가만히 함께 앉아서, 아들을 공연을 보듯 지켜볼 수 있었다. 전에 없던 방식으로 서로가 곁에 있는 걸 즐기기 시작했다. 그리고 이제 앨리스도 나이가 들었다. 그해에 26세였다. 마침내 존중받을 만한 나이가 됐다.

앨리스는 남편이 자신과 사랑에 빠졌다는 설레는 생각을 이따금 했다. 사실상 처음으로. 세상 물정을 전혀 몰랐던, 18세 어린 앨리스를 생각하면 안타까웠다. 하지만 지금으로서는 스스로에게 만족했다. 같은 남자와 평생을 함께하면서 이토록 다양한 관계를 맺는다는 것이 재밌다고 생각했다.

피터와 그의 아버지는 그해 행사에 이전보다 손님을 더 초대했다. 앨리스가 세어보니 37명이었다. 본채에 있는 침실을 전부 배정했고, 별채들에 있는 방도 모두 그렇게 했다. 방을 함께 쓸 수 없는 독신 남녀들 때문에, 일부 직원들은 숙소를 내놔야 했다. 그들은 방을 비워야 하는 직원들을 위해 남쪽으로 8킬로미터 떨어진 곳에 빈 여름용 별장을 두 채 임대했고, 차량을 제공했다.

첫 번째 손님이 차를 세우자 베어가 진입로를 향해 인사하러 달려갔다. 일광욕실에서 자기 자리를 지키던 앨리스는, 그 차가 언니 델핀의 것임을 바로 알아봤다.

조지가 죽은 지 3년이 지났고, 델핀은 그동안 계속 혼자 왔는데, 실용적인 뷰익을 고집스레 팔지 않고 언제나 몰고 왔다.

"베어!" 델핀이 말했다. 앨리스는 언니의 입에서 그 이름이 만들어지는 것을 유리 너머로 볼 수 있었다. 언니와 베어 사이에는 언제나 특별한 유대가, 좋은 우정이 있었다. 여름 파티 때마다 언니는 베어를 동등한 사람으로 대했고, 종이와 물감을 가져다줬고, 몇 시간씩 함께 앉아 베어가 학교에서 배우는 것에 관해 이야기했다.

앨리스는 복도로 나와, 피터와 그의 부모가 중앙 벽난로 가까이에서 무언가를 읽고 있는 거실로 걸어갔다.

"언니가 왔어요."

그해 손님들은 다채로웠다. 단골 참석자들도 있었다. 피터와 앨리스의 가족, 막 걷기 시작한 딸 애너벨을 데려온 사우스워스 부부, 매클렐런 부부와 아이들, 으레 오는 소수의 고객들, 의무적으로 부르는 예술가들.

모두가 음식을 칭찬했다. 사실 모두가 모든 것을 칭찬했다. 실내장식, 꽃, 초청한 음악가들, 앨리스가 입은 옷, 베어의 총명함과 쾌활한 태도와 잘생긴 외모까지.

그 주 내내 앨리스는 피터가 달라 보였다. 가장 좋은 면만 보였다. 피터는 더 유쾌하고 열정적이었다. 심지어 느긋하기까지 했다. 이따금 잔디밭에 앉아 신문을 읽는 모습이 눈에 띄었다.

다른 해에는 전혀 앉지 않는 것처럼 보였는데 말이다.

하루는 손님 대부분이 헌트산 등산을 갔고, 앨리스는 뒤에 남았다. 밤늦게까지 깨어 있었더니 피곤했다. 짧게 낮잠을 자야겠다고 생각했다.

그렇게 침실에 들어가다가 급히 멈춰 섰다.

피터가 거기 그녀의 침대에 있었다. 깨어 있는 채로.

피터는 그녀를 쳐다봤다. 처음에는 놀란 듯이. 그러다 미소를 지었다.

"등산 안 가?"

"네. 좀 쉴 생각이었어요."

그녀는 살짝 긴장하며 기다렸다. 피터는 **쉰다**는 말을 혐오했다. 자신이 쉬는 것도 즐기지 않았고, 주변 사람 누군가가 쉬는 것도 좋게 보지 않았다.

하지만 피터는 뜻밖의 말을 했다. "와서 같이 쉬자고."

결혼 첫해에 부부 관계는 무언가 필요에 따른 일이었다. 양쪽 모두 늘 약간의 당혹스러움을 느꼈다. 처음으로 단둘이 있던 순간부터, 앨리스는 피터의 욕망을 진정으로 느껴본 적이 없었다. 의무를 치르거나 은혜라도 베푸는 듯한 느낌이었다.

시간이 흐르자 피터는 올버니 집과 독립독행에 앨리스가 쓸 방을 따로 마련했다. 앨리스의 의견이 반영된 결정은 아니었다. 그저 두 방을 앨리스에게 보여주면서, 자신의 불면증 때문에 이렇게 해야 했다고 말할 뿐이었다.

그 뒤로 앨리스는 혼자서 잤다.

아직 젊은 여성인 앨리스는 이따금 강하게 드는 욕구를 어떻게 처리할지 몰랐다. 친구들에게, 거리에서 본 낯선 이에게 욕망을 느꼈다. 하지만 피터에게 몇 차례 잔인하게 거절당하며 눈물을 흘린 뒤, 앨리스는 남편과 그런 식으로 지내려 시도하기를 멈췄다. 그 대신 스스로를 달래면서, 이 세상 어떤 여자가 자기처럼 할지 자문했다.

하지만 그날, 피터는 전에 없이 부드럽게 앨리스를 어루만졌다. 다정한 동시에 격렬했다. 이윽고 그녀는 경이에 차 피터와 함께 누워 있었다.

앨리스는 울었다. 피터 앞에서 되도록 보이지 않으려는 모습이었다.

"왜 그래?" 피터가 다정하게 물었다.

당신을 사랑해서 운다고, 앨리스가 대답했다. 그 순간에는 실제로 그랬다. 피터를, 그리고 두 사람이 함께 쌓은 삶을 사랑했다. 하지만 그때까지 박탈당했던 모든 것 때문에 우는 것이기도 했다.

"바보야." 피터는 앨리스를 이렇게 부르면서도 목소리에 애정이 있었다. 그리하여 앨리스는 피터의 품에 몸을 맡겼다.

이 순간을 평생 기다려왔다고, 생각했다.

마침내 여기에 있었다.

모든 게 달랐다. 남은 한 주 동안, 두 사람은 서로를 맴돌았다. 가능한 모든 순간에, 서로를 찾아냈다. 피터는 자기가 마련해줬던 앨리스의 방에서 잤다. 아침에 옷을 갈아입을 때만 복도 반대편에 있는 자기 방으로 갔다.

베어마저 눈치챘다. 한번은 다가오더니, 두 사람의 손을 잡고, 두 사람의 얼굴을 보며 활짝 웃었다. 두 사람의 사랑을 느껴 보는 것처럼.

보통 흑파리 작별 파티는 토요일부터 토요일까지 열렸다. 그런데 그해 송별 만찬에서, 직원들이 모래사장에 전통대로 차려둔 해산물 파티에서, 피터가 일어나 모두 주목하길 요청하더니 이렇게 말했다.

"내일 떠나지 마십시오. 하루 더 머무르시죠."

그러고 나서 이 발상에 내포된 바를 이제 막 깨달았다는 듯이 주위를 둘러봤다. "워런!" 피터가 요리사의 이름을 불렀다. "워런, 내일까지 음식이 충분히 있겠지?"

워런이 머뭇거리며 고개를 끄덕였다. 시내에 더 다녀와야 한다는 뜻일 거라고, 앨리스는 이해했다. 애초에 일주일만 일하기로 계약했던 임시 고용인이 전부 개인 일정을 변경해야 한다는 뜻이기도 했다.

하지만 피터가 이미 결정했다. 손님들도 이미 환호했다.

만찬을 이어갈 준비가 돼 보였다. 가장자리에서 누군가가 크게 말하기 전까지는.

"그래도 괜찮아요?" 델핀이 말했다. 모두가 그리로 시선을 돌렸다. "워런, 다른 일정이 있었나요?"

침묵.

모래사장에 있는 모두가 보기에 이 상황은 명백히 부적절했다. 델핀이, 혼자 파티에 온 과부가, 무슨 권리로 반라 집안에서 일하는 사람을 직접 부를까?

대체로 아들이 상황을 주도하게 두는 피터의 아버지가 한껏 젖혀진 야외용 안락의자에 앉아 있다가, 그 나이대 남자로서는 놀라울 만큼 힘차게 불쑥 일어섰다.

그리고 사람들을 향해 말했다.

"워런은 여러분 모두를 기쁘게 대접할 겁니다. 우리가 그렇듯이. 걱정해줘서 고맙네, 발로 부인."

그날 밤 침대에서, 피터의 좋은 기분은 사라졌다. 그 자리를 조용한 분노가 대신했다.

"그 여자는 무슨 생각이었던 거야." 피터가 말하고 또 말했다. 그 여자란, 델핀을 말한다고 앨리스는 짐작했다.

그녀가 대답했다. "좋은 의도였을 거예요. 언니는 그저…… 언니는 항상 별났어요. 어렸을 때부터요."

피터는 침묵했다.

"좋은 점도 있어요. 언니는 베어한테 굉장히 잘해줘요." 앨리스는 남편을 달랠 만한 거리를 무엇이든 정신없이 생각해냈다. "베어한테 항상 친절하고요. 베어랑 잘 맞는 거 알잖아요. 올 때마다 장난감도 가져다주고."

"주제넘은 여자야. 앨리스, 당신 언니인 건 알지만, 계속 초대할 수 있을지 모르겠어."

그러더니 앨리스에게서 몸을 돌렸다.

앨리스가 머뭇거리며 남편의 어깨에 한 손을 올렸다. 피터는 어깨를 으쓱여 손을 밀어냈다. 그러더니 일어나 로브를 걸쳤다. 그는 앨리스의 방에서 걸어 나가 복도를 건너 자기 방으로 들어갔다.

앨리스는 그 주에 걸린 마법이 끝나기를 원하지 않았다. 예전 같은 관계로 돌아가고 싶지 않았다.

그 주에는 평소만큼 술을 마실 필요가 없었다. 피터가 주는 관심에 기꺼이 정신이 팔려 있었다. 하지만 흑파리 작별 파티가 끝나가는 토요일, 앨리스는 피터가 자기 방에서 나오지 않을 거라는 걸 깨닫자, 점심에 와인을 한 잔 마셨고, 혼자가 될 때마다 부엌에서 계속 잔을 다시 채웠다.

오후에, 공기 냄새가 변했다. 비가 올 거라고, 모두가 말했다.

직원들은 시내에서 식료품 봉투를 날라 오며 온종일 바쁘게 일했다.

어느 시점에 누군가가 조앤호수로 소풍을 나가자고 제안했다. 폭풍우가 오기 전에 뱃놀이할 마지막 기회가 될 터였다. 나가기로 결정이 났고, 다들 옷을 갈아입으러 각자 방으로 갔다.

베어도 좋아할 것이라고, 앨리스는 생각했다. 그리하여 베어를 찾으러 나섰다.

아이는 그 주를 대부분 매클렐런 집안의 존 폴과 마니와 이리저리 뛰어다니며 보냈다. 앨리스는 베어를 한참씩 못 봐도 잘 지냈다. 그 주처럼 베어에게 신경을 거의 안 썼던 적이 없었다. 그 무엇도 피터에게 정신이 팔렸던 식으로 그녀의 주의를 빼앗은 적이 없었다. 괜찮다고, 앨리스는 자신을 다독였다. 베어도 재미있게 지내고 있으니까.

테시 조 휴잇도 그 무리에 있었다. 나머지보다 나이가 조금 많은 그 아이가 무리를 통솔하는 듯 보였다. 앨리스는 확실하진 않지만, 빅 휴잇이 자기 딸에게 다른 아이들을 돌보는 역할을 하도록 임무를 맡겼을 수도 있다고 생각했다.

앨리스는 베어의 방이나 매클렐런 가족이 쓰는 방들 어디에서도 베어를 찾지 못했다.

모래사장을 내려다보고, 선박 창고 안도 들여다보았다. 직원 둘이 오후 유람에 사용할 배를 몇 채 준비하는 중이었다.

"베어 봤어요?" 앨리스가 물었지만, 두 사람은 보지 못했다고 했다.

그녀는 피터의 방은 마지막까지 남겨뒀다. 우선, 아들이 거기 있을 가능성이 적다고 생각했다. 최근에 자기 아버지와 더 가까워지긴 했지만, 사실 베어는 앨리스만의 것이었다. 피터는 항상 아이를 관망하는 것 같았는데, 같은 공간에 있을 때조차 그랬다.

앨리스는 카펫이 깔린 독립독행의 복도를 따라 걸으면서, 아이들의 목소리를, 아들의 목소리를 찾아 귀 기울였다.

피터의 방 바깥에 서서 문에 귀를 댔다.

그러다 아무 소리도 들리지 않자, 문손잡이를 돌렸다.

유디타

1950년대 | 1961년 | 1973년 겨울 |
1975년 6월 | 1975년 7월 | 1975년 8월: **둘째 날**

이제 버려진 도축장 안에서 주디는 조용히 서 있다.

귀를 기울인다. 더 이어지는 발소리. 연이어 다섯, 여섯, 일곱 걸음.

그늘진 내부 뒤편에서 위쪽 어둠 속으로 올라가는 계단이 보인다. 영화 속에서였다면 그리로 향했을 거라고, 주디는 생각한다. 하지만 그녀 자신이 받은 모든 교육에 따르면, 혼자서 잠재적 위험을 향해 가서는 안 되었기에, 물러나 그곳을 빠져나온다.

그러고는 햇빛 속에서 에머슨 캠프를 향해 천천히 달리기 시작한다.

15분 뒤, 주디는 흙길로 된 진입로에서 데니 헤이스와 라로셸 경감 옆에 서 있다. 이들 맞은편에서, 경찰관 여섯 명으로 구성된 분대가, 총을 꺼내 들고 등을 벽에 붙인 채로 있다가, 두 명씩 도축장으로 들어간다.

"이럴 필요는 없는 것 같은데요." 주디가 속삭이자, 헤이스가 돌아보며 쉿 소리를 낸다.

"경감님 명령이야."

마지막 경찰관들이 시야에서 사라졌을 때, 주디는 자신이 한 일의 무게를 느낀다.

기나긴 3분 동안, 하늘을 올려다본다. 땅을 내려다본다.

실제로 몇 걸음이나 들었지? 얼마 안 된다고, 주디는 생각한다. 소리가 컸나? 딱히 그렇지는 않았다. 뭔가 다른 것이었을 수도 있나? 지붕을 치는 나무. 떨어지는 도토리. 수십 가지 가능성을 떠올리던 중, 마침내 경찰관들이 도축장에서 줄지어 나오는데, 이제 긴장이 풀려 있다.

맨 앞 두 명이 흙길을 건너와 라로셸 경감에게 보고한다.

"범인을 찾았습니다." 한 명이 말한다.

"다람쥐 가족입니다." 다른 한 명이 말하며 씩 웃는다.

라로셸은 목을 가다듬는다. "그게 끝인가? 확실해?"

"네. 위층을 전부 뒤졌습니다."

라로셸은 아무 말이 없다. 그러다 주디는 보지도 않고 헤이스에게 시선을 돌린다.

"반라 씨와 대화를 하다 말았네. 그러니 나는 이제 돌아가보는 게 최선일 것 같군."

그러고는 성큼성큼 가버린다.

유디타

1950년대 | 1961년 | 1973년 겨울 |
1975년 6월 | 1975년 7월 | 1975년 8월: **둘째 날**

관리자 사무소에 있는 본부로 돌아온 데니 헤이스는 방 앞쪽에 자리를 잡고, 자기 앞에 모인 몇몇 형사들과 함께 그만둔 부분부터 다시 시작할 준비를 한다.

경찰청장이 지금까지 이들이 해온 일을 탐탁지 않게 여긴다고, 헤이스가 말한다. 오늘은 주변 숲으로 민간 봉사 팀인 애디론댁 수색 구조 팀을 파견해 정밀 수색을 진행하는데, 어제 삼림 순찰대가 사람은커녕 그 어떤 것도 찾지 못한 뒤다.

"오늘 아침에 나온 단서는?" 헤이스가 묻는다.

다른 형사들이 주변을 흘끗 둘러본다. 얼굴에 나타난 표정이 명백하다. 별것 없다.

한 명이 말한다. "아이 두어 명이 예전에 숲에서 한 여자를 본 적 있다고 말했습니다. 올여름에만 본 게 아니래요. 듣자 하니 이 지역 전설 속 인물인가 봐요. 유령 이야기 같은."

헤이스가 눈을 깜빡인다.

"한 여자에 관한 유령 이야기라. 그래. 이 유령이 어떻게 생겼는지 더 말해줄 수 있는 사람 있습니까?"

같은 형사가 대답한다. "나이 든 여자. 말랐음. 흰머리. 이게 제가 알아낸 전부입니다. 더불어 그 여자를 뭐라고 부르는지까지요."

"뭐라고 하는데?"

그 형사가 난감해하면서 부러 과장해 메모장을 살펴보고는 읽는다. "무시무시한 메리."

"무시무시한 메리." 헤이스가 말한다.

형사가 끄덕인다.

"다른 사람은?" 헤이스가 묻는다.

침묵.

또 다른 형사가 말한다. "다들 바버라는 인기가 많았다고 합니다. 누군가와 싸운 적도 없다고 하고요."

헤이스는 전보다 더 절망한 듯 보인다.

앞서 도축장에서 저지른 실수 때문에 여전히 창피함이 가시지 않은 주디는, 오늘 아침에 요리사 클루트 부인이 제공한 정보를 이 순간에 꺼낼지 말지 곰곰이 생각한다. 이미 이곳에 자기 이야기가 돌고 있으리라고 생각한다. 무능력자라고 불릴 것이라고. 주디는 데니 헤이스에게 따로 말하는 게 낫겠다고 생각하면서도 그가 회의를 끝낼 태세로 보이자 손을 든다.

헤이스가 말한다. "손 내려, 주디. 자네는 형사지 학생이 아니야. 말해봐."

주디가 얼굴을 붉힌다.

"저 위 저택에 있는 요리사가 제게 얘기해준 게 있습니다. 알고 보니 그 요리사는 베어 반라를 유괴했다고들 하는 남자의 딸이었습니다."

잠시, 아무도 말이 없다.

그때 지금까지 한마디도 없던 형사가 입을 연다. "칼 스토더드?"

주디가 끄덕인다. 그를 알아본다. 여기서 가장 나이가 많은 형사다. 바버라의 실종과 관련하여 제이컵 슬루터도 고려 대상이냐고 어제 라로셸에게 물었던 사람이다.

"나도 그 사건을 수사했지." 그가 말하면서, 모두가 넘겨짚었던 사실을 확인해준다.

주디는 언제든 그가 혼자 있을 때 말을 걸어봐야겠다고 마음먹는다.

헤이스가 말한다. "도대체 왜 칼 스토더드의 딸이 반라 집안에서 일하지? 말이 안 돼. 어느 쪽에서 보든. 반라 집안은 그의 딸이 여기서 일하는 걸 원하지 않을 게 확실하잖아. 그리고 딸도 아마 여기 있고 싶지 않을걸."

"그 요리사는 결혼 후 성을 사용합니다. 클루트죠. 그 사람이 말하길, 반라 가족은 그녀가 누군지 모른다고 합니다. 남편이 실직한 뒤에 어쩔 수 없이 이 일을 얻었다고 해요. 아이들이 많아서요. 하나 더 출산할 예정이고요."

"그래서 바버라의 실종에 관해서는 뭐래?"

주디는 어떻게 표현할지 고민한다. "바버라의 가족은 바버라를 결코 잘 대해주지 않았다고 합니다. 방치하듯 했다고요. 하지만 요리사는 바버라가 어디로 갔을 만한지는 전혀 짐작하지 못했습니다."

"무언가…… 부적절한 건? 방치 이상으로?" 헤이스가 묻는다.

"요리사가 언급한 건 없습니다. 하지만 그 사람이 모든 걸 알지는 못하는 것 같습니다. 이번 여름에 처음 왔다고 합니다."

"그러면 자기 아버지에 관해서는 뭐래?"

방 전체가 숨을 참는 듯하다.

"칼 스토더드가 누명을 썼다고 했습니다. 자기 아버지가 그랬을 리가 없다고요. 하지만 그는 결백을 입증하기 전에 심장마비로 죽었고, 고작 몇 안 되는 증거를 근거로 그가 저지른 일인 양 추정하는 걸 반라 가족이 그냥 방치하다시피 했답니다." 주디가 잠시 말을 멈췄다. "제 생각에 라로셸 경감님이 동의했던 것 같습니다. 그 추정 내용이 공표되기도 했고요."

정적.

주디는 첫 번째 사건을 수사했던 형사를 힐끗 본다.

"골드먼." 헤이스가 부르자 그 형사가 돌아본다. "어떻게 생각하시죠?"

골드먼이 생각한다.

어깨 너머를 흘끗 돌아보며 라로셸이 있는지 확인한다.

그가 말한다. "그 사건 때 칼 스토더드를 범인으로 생각한 적은 없습니다. 하지만 경감님 앞에서는 묻지 마시죠."

"클루트 부인이 진술에 서명했나?" 헤이스가 주디를 돌아보며 묻는다. "공식적으로 표명하겠대?"

주디가 서둘러 대답한다. "아니요. 제가 요청하자 사실상 도망쳐버렸습니다."

헤이스가 말한다. "그래도, 고맙군, 럽택 형사. 오늘 들은 이야기 중에 가장 흥미로웠어. 클루트 부인이 그 이야길 할 만큼 자네를 믿었던 게 분명해."

헤이스가 주디와 시선을 마주친다. 그러다 말한다. "다른 건? 누구 있습니까?"

갑자기 문이 홱 열린다. 라로셸 경감이 걸어 들어온다.

즉시 방 안 분위기가 변한다. 골드먼은 서류를 바쁘게 본다. 다른 두 형사는 밖으로 향한다. 주디는 모두가 무언의 결정을 내렸음을 깨닫는다. 형사들은 다시는 라로셸 앞에서 무언가를 말하지 않을 것이다. 헤이스에게 먼저 따로 털어놓지 않고서는.

라로셸 경감은 자신이 없는 동안 무엇이 밝혀졌는지에 대해 아무 질문도 하지 않는다.

유디타

1950년대 | 1961년 | 1973년 겨울 |
1975년 6월 | 1975년 7월 | 1975년 8월: **둘째 날**

라로셸이 발표하길, 애디론댁 수색 구조 팀은 헌트산 정상에 있는 감시탑 옆에서 무언가를 발견했다. 인근 오두막 안팎에서 엄청나게 많은 맥주병을 수거했다. 그리고 여기서 분석 가능한 지문을 채취했으며, 그중 다섯 개가 존 폴 매클렐런과 일치했다.

이게 끝이 아니다.

누군가가 레이브룩 본부에 전화를 걸어 익명으로 제보했다. 듣자 하니 존 폴 매클렐런은 저택에서 행사가 열리는 일주일 동안만이 아니라 여름 내내 반라 보호구역 근처에 머물렀다는 듯했다. 따라서 바버라 반라가 매일 밤 감시원 오두막으로 만나러 간 남자 친구가 실제로 매클렐런일 가능성이 커졌다.

골드먼이 말한다. "됐군요. 거기에 피에 젖은 유니폼을 더하면. 매클렐런이 우리 용의자입니까?"

문제가 하나 있다고, 라로셸이 대답한다. 매클렐런과 변호사 아버지가 다른 주장을 펼쳤기 때문이다. 매클렐런에게 바버라의 지도교사인 루이즈 도나듀가 옷이 든 봉투를 없애달라고 부탁했다는 것이었다.

봉투 속 내용물은 현재 법의학적으로 혈액형을 분석하는 중이라고, 라로셸이 덧붙인다.

"그러니까 우리는 매클렐런을 가리키고 있고 매클렐런은 도나듀를 가리키고 있군요?" 골드먼이 말했다.

라로셸이 대답한다. "리 타우슨이라는 젊은이도요. 부엌 일꾼이고, 매클렐런이 말하길, 도나듀와 한패라고 합니다."

방 여기저기서 헛기침이 나온다.

라로셸이 이어 말한다. "아무튼. 혈액 분석 결과를 받을 때까지, 우리가 확보한 단서를 계속 쫓도록 합시다."

본부 여기저기에 형사들이 서 있다. 라로셸은 본채로 다시 떠난다.

서서히 공간이 비어간다. 완전히 비자, 데니 헤이스가 주디를 돌아본다.

"그 지도 좀 보자."

주디가 벽에 기대뒀던 클립보드를 가져온다. 헤이스가 받아서, 지도를 그려둔 몇 장을 점검한다. 저택, 캠프, 별채. 건물 위에는 주디가 어디 있었는지 알아낸 사람들의 이름이 적혀 있다.

헤이스가 펜을 달라고 한다. 농장 건물들 위에 **비어 있음**이라고 쓴다. 주디는 얼굴이 빨개진다. 헤이스가 한참 말이 없다. 그러다 지도 중 하나에서 북쪽 지점을 짚는다. "여기에 감시원 오두막을 넣지. 매클렐런의 이름을 붙여놓으면 될 거야."

주디가 묻는다. "왜 루이즈 도나듀는 매클렐런이 여름 내내 이곳에 있던 걸 몰랐을까요? 사귀는 사이 아닙니까?"

"모르지. 매클렐런이 루이즈한테 거짓말을 했을지도."

"루이즈 도나듀는 매클렐런이 어디에 있었다고 생각할까요?"

"나도 잘 모르겠어. 하지만 알아낼 수 있을 거야. 앨비언에 다시 구류되기 전까지는 계속 웰스에 있으니까. 내가 들러볼게."

주디가 고개를 끄덕이더니 묻는다. "매클렐런 본인 쪽은요? 그 사람도 누가 주시하고 있나요?"

헤이스는 그렇다고 확답한다. 근무조별로 한 명씩 돌아가며, 형사들이 그가 묵는 호텔 주차장에 자리 잡고 그와 부모를 계속 감시하는 중이다.

"문제는 우리가 아무리 증거를 많이 쌓아도 시신이나 살아 있는 그 아이가 없으면, 매클렐런을 체포할 수 없다는 거야. 우리가 그자에게 적용하고 있는 혐의는 전부 상당히 사소한 것들이거든. 음주 운전. 규제 약물 소지. 변호사 아버지가 있으니, 이런 걸로는 우리 시야에 오래 붙들어둘 수 없을 거야."

"하지만 유니폼이 있잖습니까."

"그것도 도나듀가 유니폼이 든 봉투를 없애달라고 부탁했다는 주장을 여전히 고수하고 있고 말야."

오후 7시 무렵, 진이 다 빠진 주디는 드디어 자기 차로 걸어간다.

독립독행의 기다란 흙길 진입로를 따라 비틀을 몰다가, 좌회전하여 29번 도로를 타고 남쪽으로 향한다. 이제 혼자인 주디는 아까 경험한 굴욕에서 주의를 돌릴 데가 없어, 이를 차단하듯 잠시 눈을 질끈 감는다. **빌어먹을**이라고 몇 번이고 말한다. 거기 있던 모든 주 경찰관. 라로셸 경감 본인. 헤이스. 모두가 주디를 미심쩍게 바라본다. 심지어 웃는다.

그냥 계단을 올라갔다면, 하고 주디는 생각한다. 그냥 조금 더 오래 들어봤다면.

눈이 무겁다. 더위 속에서 긴 하루를 보냈다. 형사로 발탁됐을 때, 사람과 소통하는 임무를 얼마나 더 많이 맡게 될지 깨닫지 못했다. 일반 경찰관일 때는 고속도로 변에 앉아 대기하면서 긴 고독을 즐겼다.

견딜 수 있는 한 크게 라디오 소리를 키운다. 반 매코이가 허슬(반 매코이의 노래 '더 허슬'을 말한다) 춤을 추라고 명한다. 주디는 잠기운을 느끼며 그 명령에 따르려고 노력한다.

주디가 깜짝 놀라며 깬다. 완전히 깜깜하다. 여전히 29번 도로에 있다. 양손은 무릎에 있다. 차는 시동이 꺼져 있다. 자신은 아직 살아 있다.

보아하니 길가에 차를 세우고 잠든 것 같은데, 그렇게 한 기억이 전혀 없다. 문을 잠그지도 않았다.

갑자기 흥분과 공포가 쇄도한다.

길 한쪽에 차를 대지 않았으면 어쩔 뻔했나 하고 주디는 생각한다.

이제 주디는 완전히 깨서 방향 지시등을 켜고, 사각지대를 확인한 다음 도로로 다시 들어간다.

저 앞에 표지판이 눈에 띈다. **섀턱 마을.**

그 아래로 작은 기호가 두 개 있다. 음식과 숙소.

주디는 진출로 끝에서 우회전한다. 잠시 뒤, 아담한 도로변 모텔이 눈에 들어온다. 외부에 네온사인이 있고 건물 가까이에 야외수영장이 있다.

한 여자가 프런트에서 소설을 읽고 있다. 주디가 들어가자 쳐다본다.

"묵을 수 있는 방이 있을까요?" 주디가 묻는다.

여자가 고개를 끄덕인다.

주디는 갑자기 자신이 어떻게 보일지 의식한다. 미혼 여성이 얼마나 자주 이 근방 모텔에 투숙하는지는 모르지만, 그런 여자들은 특정한 유형일 것으로 짐작한다.

그리하여 묻지도 않은 것을 자진해서 털어놓는다. "저는 경찰입니다. 형사요. 이 근처에서 사건을 수사하고 있죠."

"그렇군요." 여자는 그렇게만 말한다. 하지만 아까보다 약간 더 흥미가 생긴 듯 보인다.

"여기 전화기가 있나요?"

"있기는 한데, 방에 있는 건 프런트랑만 연결돼요. 밖으로 전화하려면 저기 있는 공중전화를 사용해야 해요." 여자가 방향을 가리킨다.

어머니가 받는다.
"유디타?" 어머니가 기다리지도 않고 말한다.
"안녕, 엄마."
"유디타, 굉장히 걱정했어. 괜찮다고 말해주렴."
어머니, 열다섯 살에 미국에 와, 억양의 흔적을 전부 없애려고 무척 애를 썼고, 자녀들에게 폴란드어로 말하기를 거부했고, 이 모든 노력에도 불구하고 여전히 **외국인**으로 식별되는 이방인의 무게를 짊어진 어머니가 자기 이름을 부르는 소리를 듣자 주디는 갑자기 울고 싶어진다.
"전 괜찮아요, 엄마. 피곤할 뿐이에요. 긴 하루였어요."
몇 시에 집에 올 거래? 뒤에서 아버지가 묻는 소리가 들린다.
주디가 말한다. "엄마, 아빠가 안 좋아할 거 알아요. 그래도 이사를 나가야겠어요. 더는 집에 못 살겠어요. 이 일을 하려면요."
침묵. "지금 어디에 있어?"
"모텔에 있어요. 이름이—" 주디가 계산대 위에 있는 업소명을 확인한다. "올컷가 여관이에요. 제가 일하는 현장에서 가까워요."
어머니가 말한다. "어디라고? 유디타 럽택, 너 지금 있다는 데가—"

"아버지한테는 말하지 마세요. 부탁이에요."

뒤에서 들리는 소리. 어디에 있대? 어디?

어머니가 길게 한숨을 쉰다. 그러고는 말한다. "친구네 집에 있대, 마티. 사건을 수사하는 데서 가까운 데 사는 친구."

잠시 말이 없다. 어떤 친구가 그렇게 한참 위쪽에 살아?

어머니가 말한다. "얘야. 안전하게만 있어, 알았지?"

"그럴게요, 엄마."

방은 완벽하게 적당하다. 꽃무늬 침대보, 꽃무늬 커튼, 벽에는 꽃 사진이 든 액자.

주디는 옷도 벗지 않고 침대에 쓰러진다.

유디타

1950년대 | 1961년 | 1973년 겨울 |
1975년 6월 | 1975년 7월 | 1975년 8월: **셋째 날**

그녀는 문 두드리는 소리에 잠이 깬다. 천천히 정신을 차리면서 어디에 있는지 기억해내려 한다. 침대 옆 협탁에 있는 시계를 붙잡으며, 늦잠을 잤을까 겁에 질린다.

아직 오전 6시, 주디는 안도한다. 그리고 짜증이 난다.

구겨져버린 정장을 여전히 걸친 채로 일어나 문으로 간다. 문구멍으로, 머리를 깔끔하게 한쪽으로 치우치게 빗어 넘긴 중년 남자가 보인다. 황갈색 반소매 와이셔츠에 갈색 넥타이를 매고 있으며 머리 위로 우산을 들었다.

남자를 지나쳐, 모든 방 앞을 잇는 지붕 통로 너머 주차장으로 시선을 보내자 비가 쏟아지는 게 보인다. 수색하기에 안 좋겠다는 생각이 반사적으로 떠오른다.

주디는 문을 열되, 안전 고리는 풀지 않는다.

"안녕하세요. 럽택 씨이십니까?" 남자가 묻는다.

"네."

"제 이름은 밥 올컷입니다. 잠시만 실례해도 괜찮을까요?"

안전 고리가 걸려 살짝 열린 문 뒤에서 주디가 끄덕인다.

남자가 어깨 너머로, 주차장을 흠뻑 적시는 폭우 속을 흘끗 돌아본다. "제가— 들어가도 괜찮을까요?"

"아니요."

남자가 멈칫한다. 그가 말하길, 그는 프런트에서 일하는 여자의 남편이며 올컷가 여관의 공동소유자다. 또 인근 공립학교 역사 교사다.

"비어트리스가 그러는데 형사시라고요. 근처에서 사건을 수사하시고요?"

주디가 고개를 끄덕인다.

"반라 집안 여자아이 일입니까?" 남자가 주디에게 묻는다.

주디는 아무 표정도 짓지 않는다.

"괜찮습니다. 대답하지 않으셔도. 하지만 그 아이 일이 맞다면, 말씀드릴 것이 있습니다."

"듣고 있습니다."

"그 아이 오빠에 관한 겁니다." 밥 올컷이 말한다. "베어요."

루이즈

1950년대 | 1961년 | 1973년 겨울 |
1975년 6월 | 1975년 7월 | 1975년 8월: **셋째 날**

루이즈는 웰스에서 이송을 기다린다. 앨비언으로, 서쪽으로 몇 시간을 이동하여 로체스터 근처로 보내질 것이다. 사실상 이제껏 가본 그 어떤 곳보다 멀리.

밖에 비가 내리는 것을 볼 수는 없지만 들을 수는 있다. 눈을 감는다. 숲속에 있는 바버라를 그려본다. 살아 있는 모습을, 그다음엔 죽어 있는 모습을. 발삼나무라고 부르는 오두막으로, 바버라 반라가 사라지기 전날 밤으로 자신을 돌려놓는다. 그곳 작은 간이침대에서 청하는 잠, 멀지 않은 곳에서 조앤호수가 찰랑이는 어렴풋한 소리, 시원하고 상쾌한 저녁 공기를 그려본다. 에머슨 캠프는 살면서 가장 집처럼 느꼈던 곳임을, 찌르는 듯한 아픔과 함께 깨닫는다.

루이즈는 제시가 그곳에 갈 수 있기를 바란다. 딱 한 해 여름만이라도 갈 수 있기를.

"도나듀." 어느 목소리가 말하자 루이즈는 일어선다. 이송될 준비를 한다.

그러나 경찰관이 유치장 문 자물쇠를 열더니 말한다.

"누군가가 보석금을 내줬어요."

트레이시

1950년대 | 1961년 | 1973년 겨울 |
1975년 6월 | 1975년 7월 | 1975년 8월: **셋째 날**

　새러토가스프링스에 아버지가 빌린 집으로 돌아온 트레이시 주얼은 두 손으로 책을 들고 거실에 서 있다. 아버지와 도나 로마노가 마침내 경마장으로 돌아가고, 며칠 만에 처음으로 혼자 있는 것이다.
　이제 블라인드를 반쯤 내리고 창문을 반쯤 열고 집에 있는 선풍기를 전부 자기 방향으로 맞춘다. 갓 내린 비의 기분 좋은 냄새가 들어온다. 트레이시는 자기가 먹을 간식을 공들여 준비해서, 옆 바닥에 놓는다. 두 달 전, 반라 보호구역이나 에머슨 캠프에 관해 들어보기 전에는 이렇게 여름을 보내길 기대했다. 오늘은 이 상황에 실망감이 든다.
　한 시간 동안 책이 안 읽힌다.
　트레이시는 바버라 반라를 생각하면서, 두 사람이 주고받았던 말을 되짚어보고, 바버라가 집으로 돌아오는 데 도움이 될 만한 증거를 찾아 머리를 쥐어짠다.

    떠오르고 또 떠오르는 기억이 하나 있다. 8월 초, 생존 여행에서 막 돌아온 다음이자 바버라가 실종되기 일주일 전에, 야외 활동 수업을 마치고 걸어 돌아오며 자유 시간을 보내려던 때, 바버라가 한 가지 아이디어를 냈다.
    "따라와." 바버라가 말했다.
    "어디로?"
    바버라는 그저 씩 웃더니 동쪽으로 방향을 돌려 모래사장으로 향했다.

    캠프 기간을 통틀어 가장 쾌청한 날 중 하나였다. 바버라는 모래사장에서 멈추지 않고 북쪽으로 경로를 이탈하여, 모래사장과 경계를 맞댄 숲으로 향했고, 선박 창고를 지나갔다. 햇살이 금빛 기둥을 이루어 소나무를 뚫고 땅바닥을 가로지르며 여기저기에 스포트라이트를 비췄다. 어느 시점에, 트레이시는 어디로 가는지를 이해했다. 그녀는 보통 규칙을 따르는 사람이니, 원래대로라면 두려움을 느꼈을 것이다. 하지만 에머슨 캠프에서는 바버라에게 영향을 받아 대담해지고 있었다.
    짧고 조용한 하이킹 끝에, 두 사람은 자동차가 가득한 주차장을 마주했다. 그 너머로 독립독행의 남쪽 별관이 있었다. 샛문을 살짝 연 채로 받쳐뒀다. 그 문으로 유니폼을 입은 가정부 한 명이 성큼성큼 나와서는 빨래 수레를 밀며 모퉁이를 돌아 시야에서 사라졌다.

트레이시는 호수 쪽으로 비탈져 내려가는 잔디밭에서 움직임을 바로 감지하지는 못했지만, 몇몇 목소리에 그리로 시선이 끌렸다. 많은 사람이 등받이 의자나 누울 수 있는 긴 의자에 앉아 있었다. 손에 유리잔을 들고 있었고, 목소리가 크고 유쾌했다. 바버라가 언급했던 100주년 기념 파티 중이라는 것을 트레이시는 깨달았다.

트레이시는 곧장 나무 뒤로 물러났다.

그리고 속삭였다. "바버라."

"긴장 풀어. 칵테일 마시는 시간이야. 다들 취했을 게 분명해."

바버라는 성큼성큼 앞으로 가다가 트레이시가 따라오지 않는 걸 알아채고서야 돌아봤다.

"빨리 와. 우리가 조심해야 하는 사람은 부모님이 고용한 사람들뿐이야. 게다가 그 사람들은 우리를 봐도 말 안 할 거야."

두 사람은 열린 샛문으로 저택에 들어갔다. 복도를 따라 문이 두 줄로 늘어서 있었다. 문틈으로 정리된 침대, 액자에 든 그림, 동물 가죽, 벽에 걸린 동물 머리가 보였다.

트레이시는 이따금 몇 걸음씩 뛰어가며 바버라를 따라잡았는데, 바버라가 자기 방으로 가려는 것이라고 생각했건만, 대신 거대한 부엌으로 향했다.

바버라는 냉장고를 열고 먹음직스러운 것을 몇 가지 꺼냈다. 그러더니 근처 조리대에, 두 사람 앞에 전부 내려놓고는 달려들었다.

바버라가 말했다. "먹어. 배 안 고파? 나는 늘 굶어 죽을 거 같아."

트레이시도 같이 먹었지만 조심스러웠다. 바버라 반라처럼 손을 벌려 음식을 입에 밀어 넣으면서 자유분방하게 먹는 여자아이를 지금까지 본 적이 없었다. 바버라는 시끄럽게 씹고 마구 삼켰다. 트레이시는 홀린 듯이 지켜봤다.

바버라는 마음껏 먹은 뒤, 아무것도 치우지 않았다. "우리가 한 짓인지 모를 거야." 그렇게 말하고는 왔던 복도를 그대로 되짚어갔다.

갑자기 두 사람의 목소리가 들렸다. 남자와 여자였다. 바버라는 방향을 바꾸지 않고 오른쪽에 있는 문을 열어, 트레이시를 청소 도구 보관장에 밀어 넣었다. 너무 좁아서 한 사람 공간밖에 없었다.

"**침착하게 있어.**" 바버라가 문을 닫으며 말했다. 트레이시는 문 아래 틈으로 바버라의 그림자가 멀어지는 걸 볼 수 있었는데, 그러다 복도 어딘가에서 문 경첩이 살짝 삐걱대는 소리가 났다. 바버라가 어딘가에 몸을 숨겼다고, 트레이시는 추측했다.

트레이시는 가능한 한 조용히 숨을 쉬었다. 들킬까 봐, 벌을 받을까 봐 몹시 두려웠다. 캠프를 시작할 때에는 집에 보내주길 바랐는지 몰라도, 글쎄, 이제 그런 생각은 사라졌고, 끝날 때까지 에머슨 캠프에 남아 있고 싶은 확고한 욕구가 그 자리를 채웠다. 바버라 반라에게 배울 수 있는 모든 것을 배우고 싶었다.

두 목소리와 함께 들려오던 발소리가 점점 커졌다. 트레이시는 숨을 참고 귀를 기울였다. 갔나? 30초를 기다렸다. 더 오래. 그런 다음 어둠 속에서 더듬거리며 문고리를 찾는데, 그때 여자가 내뱉은 이름이 하나 들렸다. **피터**. 트레이시는 여자의 목소리에서 욕망이 분명하다고 짐작할 만한 것을 들었다.

알아들을 수 없는 소리가 더 나더니, 발소리가 빠르게 타다닥 이어졌다. 아마 한 사람이 다른 사람을 쫓아가는 듯했고, 한동안 진정한 적막이 흘렀다.

문이 홱 열렸을 때, 트레이시는 화들짝 놀랐다. 밝은 햇빛에 눈을 가늘게 떴다. 바버라가 트레이시 앞에 서서, 샛문 쪽으로 머릿짓을 했다.

종이봉투 하나를 두 손으로 들고 있었다.

몹시 화가 나 보였다.

무슨 일이야? 트레이시가 입 모양으로 물었지만, 바버라는 맹렬하게 고개를 흔들기만 하더니 성큼성큼 멀어졌다.

트레이시는 조용히 따라갔다. 좌우를 흘끗흘끗 보며, 저택을 보이는 대로 눈에 담았다.

그녀는 바버라의 방이 보고 싶었다. 나머지 집도 보고 싶었다. 자신이 들었던 것, 그 속삭이던 목소리들에 관해 더 알고 싶었다.

하지만 트레이시는 이 모든 것을 향한 호기심을 신중하게 제압했다. 바버라가 이런 유의 질문을 달갑지 않게 여길 것임을 본능적으로 이해했다. 그리하여 아무 말도 하지 않았고, 숲에

닿고 나서도 마찬가지였다. 트레이시는 숨을 헐떡이며 걸어갔다. 어느 시점에, 모래사장에 도착하기 직전에, 바버라가 마침내 멈추더니 몸을 돌렸다.

바버라가 말했다. "내 방을 페인트칠했어. 그 개 같은 인간들이 내 방을 페인트칠했다고."

그 말이 뺨을 치는 듯했다. 트레이시는 그런 말을 읽어본 적은 있지만, 들어본 적은 한 번도 없었다.

"속상하겠다." 그렇게 말했지만 완전히 이해한 것은 아니었다.

바버라가 말했다. "그 **작업** 전부를. 모든 작업을."

그러더니 털썩 쭈그리고 앉았다. 양손에 얼굴을 묻었다.

트레이시도 천천히 몸을 낮췄다.

"무슨 작업?" 시간이 많이 흘러 무릎이 욱신거리기 시작할 때에야 물었다.

하지만 바버라는 계속 큰 소리로 불만을 터트릴 뿐이었다.

"그래서 나를 캠프에 보내준 걸 거야. 그래야 들어가서 나한테 허락도 안 받고 페인트로 덮어버릴 수 있으니까."

바버라가 일어서더니 느닷없이 다시 출발했다.

"**분홍색**이라니. 내 망할 방을 **분홍색**으로 칠했어."

"왜 그런 것 같아?" 트레이시가 물었다. 다시 한번 약간 뛰면서 바버라를 따라잡았다.

"아, 손님들 때문이지. 파티 때문이야. 저 집에서는 누군가가 그 어떤 **창의성**도 목격하면 안 되거든."

바버라가 다시 제자리에서 몸을 돌렸다. 들고 있던 봉투가 무기가 되어, 팔 끝에서 몽둥이처럼 휘둘렸다.

"웃긴 건, 예술가와 작가와 배우를 저만큼이나 초대했다는 거야. 하지만 그 사람들은 오락거리야. 장식품이지. 아무도 그 사람들을 진지하게 여기지 않아."

두 사람은 자유 시간이 끝나기 직전에 발삼나무에 도착했다. 루이즈와 애너벨이 아이들을 이끌고 저녁 식사를 하러 식당에 가려고 기다리는 중이었다.

트레이시는 들키지 않아 너무 기쁜 나머지, 몇 시간이 지난 뒤에야 무언가가 기억났다. 소등 시간 뒤, 침대에 누워 점점 더 호기심을 키우다가, 마침내 자제할 수 없는 지경에 이르렀다. 그녀는 침대 옆으로 고개를 숙였다.

"바버라." 트레이시가 속삭였다. "그 봉투에 뭐가 있는 거야?"

잠시 침묵이 흘렀다.

그러다 바버라가 어둠 속에서 속삭였다. "무슨 봉투?"

루이즈

1950년대 | 1961년 | 1973년 겨울 |
1975년 6월 | 1975년 7월 | 1975년 8월: **셋째 날**

보석금으로 막 풀려난 루이즈는 또다시 데니 헤이스와 차에 타 있다. 이번에는 조수석에. 루이즈가 달리 설득하려 노력했지만, 데니는 그녀의 어머니네 집으로 차를 몰고 있다.

루이즈를 재판 전에 석방하는 조건 중 하나가 알려진 주소지 한곳에 머무르면서 6시 이후 외출 금지를 준수하는 것이다. 루이즈가 구류될 때 제공할 수 있었던 주소는 어머니네뿐이었다.

이제 두 사람은 조용히 그 집으로 차를 타고 간다.

갑자기 루이즈가 말한다. "누가 제 보석금을 내줬는지 알아요?"

데니는 놀란 듯 보인다. "모르는 거야?"

"네. 어떤 여자분이 해줬다고만 들었어요. 경찰관이 그렇게 말하던데요."

"네 엄마 아냐?"

"그렇겠네요." 루이즈는 스스로를 희망이 차오르게 두고 싶지 않다. 몇 년 동안 집 밖에서 어머니를 본 적이 거의 없었다. 어머니가 지갑에 한 번에 5달러 넘게 넣어놨던 적이 있는지도 전혀 알 수 없었다.

"너는 어릴 때랑 많이 바뀌었네." 데니가 말한다.

루이즈가 긴장한다. 수작을 부리기 시작하려는 말처럼 들린다. 아무 남자와 차 안에 단둘이 있으니, 신체 위협을 느낀다.

하지만 데니가 말을 이어가자 루이즈는 안심한다. "너는 참 해맑은 아이였는데. 내가 들를 때면 늘 아주 밝은 미소를 지었어."

루이즈가 집에 갈 때마다 지나다녀 익숙한 언덕마루에 가까워진다. 좁은 새턱 중심가가 시야에 잠시 들어왔다가 다시 사라진다.

"내가 두 사람을 데리고 스토리타운 놀이공원에 갔던 거 기억나?"

루이즈는 깜짝 놀란다.

"너는 분명히 여섯 살이었을 거야. 그쯤이었지. 내가 너랑 네 어머니를 태우고 조지호수까지 함께 갔어. 네 어머니는 조용했지. 하지만 너는 아주 좋아했어. 폴짝폴짝 뛰었다니까. 너한테 아이스크림을 사줬는데, 콘에서 떨어져버리지 뭐냐. 바로 하나 더 사줬지. 네 표정을 도저히 그냥 넘길 수가 없었거든."

루이즈는 차오르는 눈물을 애써 억누른다. 왜 울음이 나는 걸까? 의아하다. 그러다 답이 떠오른다. 자신이 누군가를 돌보기만 한 것이 아니라 이 세상에서 누군가가 루이즈 자신을 돌봐준 적이 있다는 생각 때문이다.

그날이 기억나긴 하지만, 그 사람이 데니 헤이스였다는 건 몰랐다. 그저 어머니의 남자 친구들 중 하나로, 다른 사람과 이름을 혼동하기 싫어 잘 안 부르려고 했던 누군가로 기억할 뿐이었다. 어머니를 보러 들렀던 모든 남자 중에, 그 사람만이 호의를 돌려주길 요구하지 않으면서 루이즈에게 무언가 좋은 일을 해줬다.

어머니 집 앞에서, 루이즈는 데니 헤이스와 나란히 집을 살펴본다. 덧창 두 개는 완전히 사라졌다. 다른 하나는 비뚤게 달려 있다. 우편함에 우편물이 많이 쌓이다 못해 이제 흠뻑 젖은 봉투가 그 아래 땅바닥에 쌓여 있다. 우체부도 진작에 포기했다.

루이즈는 우편함을 책임지는 일을 제시와 얘기해볼 것이다. 적어도 제시가 우편물을 챙겨야 한다.

"그대로인 것 같네." 데니가 좋게 표현한다.

"태워다줘서 고맙습니다." 루이즈는 그렇게 말하고 차에서 내린다. 데니가 떠나길 바란다. 하지만 데니도 나오더니, 몸을 세우고, 셔츠와 바지를 매만진다.

루이즈는 열쇠를 자물쇠에 꽂고 요란스레 달그락거리면서, 누구든 안에 있는 사람에게 자신이 들어갈 것임을 알린다.

제시가 위층에서 아무것도 피우지 않고 있기를 바란다. 부엌 냄새를 맡자마자, 바람대로라는 걸 안다.

루이즈가 큰 소리로 부른다. "엄마? 엄마, 여기 손님이랑 같이 왔어요."

짧은 침묵.

"누군데?" 어머니의 목소리는 쓰지 않아 삐걱댄다.

"데니 헤이스요." 루이즈가 큰 소리로 대답한다.

그리고 기다린다. 어머니가 **누구?**라고 묻는 걸 아주 쉽게 떠올릴 수 있다. 세월이 흘렀고, 그 세월은 가혹했다.

"잠깐만." 대신 어머니는 그렇게 외친다. 그 뒤에 천천히 계단을 올라가는 소리가 들린다.

"제시는 집에 있어요?" 루이즈가 외치지만, 대답은 없다.

다시 내려오는 어머니는 옷을 제대로 차려입고 있다. 몇 년 만에 처음으로 화장도 했다.

루이즈는 **부끄러운 줄도 모른다**고 생각하면서도, 어머니가 아직 그 정도 노력은 할 수 있다는 걸 알고 몰래 안도한다.

어머니를 보자 데니의 표정이 바뀐다. 부드러워진다. "이런, 안녕, 캐럴. 오랜만이지?"

어머니의 이름이 불리자 루이즈 안에서 아픈 무언가가 깨어난다. 지난 몇 년간 그 이름이 불리는 걸 별로 듣지 못했다.

어머니는 루이즈와 데니를 번갈아 바라본다.

"이제 경찰이네, 데니?"

데니가 대답한다. "예전에 당신이랑 알고 지낼 때도 경찰이었어. 기억 안 나?"

어머니가 생각한다.

"기억나긴 하네."

"이제 선임 형사야. 진급하고 또 진급했지."

"그래, 축하해." 루이즈의 어머니가 말한다.

그때, 무언가를 깨닫는다. "내 딸이 무슨 짓을 했는데?"

루이즈가 긴장한다.

"나는 엄마가—" 루이즈가 입을 연다. 하지만 그만둔다. 눈을 빠르게 깜박이면서, 돌연 쏟아지려는 눈물을 머리 안으로 다시 밀어 넣는다. 그 세월을 겪었으면서 어떻게 어머니가 보석금을 해결해줬으리라는 희망이 피어오르게 둘 수 있었을까?

"데니?" 어머니가 묻는다.

데니가 루이즈를 힐끗 바라본다. "글쎄, 그거에 관해서는 루이즈가 말하게 둘게. 열여덟 살이 넘었으니까."

어머니는 잠자코 있지만 눈빛이 날카롭다. 루이즈가 최근에 봤을 때보다 정신이 또렷해 보인다. 의지에 의한 것인지 시기가 잘 맞은 것인지는 알 수가 없다.

데니가 말한다. "캐럴, 내가 루이즈랑 몇 마디 나눠도 될까? 둘이서만?"

"그러든지."

어머니가 다른 방으로 물러난다.

둘만 남자, 루이즈와 데니는 대치한다.

데니가 말한다. "루이즈, 가기 전에 두 가지를 물어봐야겠어."

루이즈는 기다린다.

"나는 옛 친구잖아. 내가 옳은 일을 한다는 걸 믿어주면 좋겠어. 나는 네가 바버라 반라와 관련해서 무슨 죄를 지었다고 생각하지 않아. 그리고 네가 곤경에서 빠져나오게 도와주고 싶어. 나를 믿어?"

루이즈는 고개를 가만히 둔다. 이 남자를 믿으면서도 믿지 않는다.

데니가 개의치 않고 말을 이어간다. "첫 번째 질문. 존 폴 매클렐런이 너한테 올여름에 어디에 머물고 있다고 말했지?"

루이즈가 대답한다. "여기저기에서요. 친구들을 방문하고 있었어요. 로스쿨에 가기 전에 1년 동안 여행을 하고 싶다고 했어요."

데니가 고개를 끄덕인다. "그게 아니라 올여름 중 상당 기간을 바로 헌트산 꼭대기에서 머물렀을 가능성이 가장 크다고 한다면?"

루이즈는 그 정보를 처리하는 데 조금 시간이 걸린다.

"지금은 그 사람에 대해 뭐라고 하든 믿을 거예요." 루이즈가 말한다.

데니가 끄덕인다. 안쓰럽다는 듯이.

"다른 질문은 뭔데요?" 루이즈가 묻는다.

"리 타우슨과 얼마나 잘 아는 사이였어?"

루이즈가 얼굴을 붉힌다. 그 이름만으로도 몸에서 욕망이 일어난다.

"잘은 몰라요."

"너랑, 그러니까, 사귀었어?"

"아니요."

"어디로 갔을지 짐작 가는 건?"

"없어요." 사실, 루이스도 궁금하던 차였다.

"확실해?"

"왜요?"

"글쎄. 보통은 알려주지 않는데 말이지. 너는 옛 친구니까, 말해줄게."

루이즈가 기다린다.

"듣자 하니, 바버라는 남자 친구라는 누군가를 만나러 매일 밤 오두막을 몰래 빠져나간 것 같아. 여기에 관해 뭐 아는 거 있어?"

루이즈가 고개를 젓는다. 정말로 모른다.

"그게 다가 아니야. 리 타운슨이 감옥에 한 번 갔던 건 알아?"

루이즈도 그 소문을 들은 적이 있다. 에머슨 캠프에서 리에 관해 떠도는 많은 말 중 하나다. 이 소문은 리를 더 매력적으로 만들 뿐이었다. 루이즈가 주저하며 고개를 끄덕인다.

"무엇 때문이었는지도 알고?"

"마리화나 거래요?"

데니 헤이스가 대답한다. "의제 강간."

루이즈가 얼어붙는다. 의제가 무슨 뜻인지 모른다.

그 마음을 또는 표정을 읽은 듯 데니가 말을 잇는다. "16세 이

하 여자아이와 성관계를 한 거야."

루이즈는 아무 말도 하지 않는다.

"그자가 어디에 있는지 모르는 거 확실하지?"

"확실해요."

"그래, 뭐든 다른 게 생각날지도 모르니. 여기 내 명함이야."

루이즈가 두 손으로 명함을 받아 든다.

"이제 가봐야겠다." 데니가 말한다. 루이즈는 데니가 집으로, 가족에게로, 부인과 아이들에게로 가는 모습을 그려본다. 돌연 질투를 느낀다. 데니 헤이스 같은 아버지가, 또는 젠장, 그런 어머니가 있었다면, 자신은 더 잘됐을지도 모른다.

"달리 물어보거나 말하고 싶은 거 있어?"

루이즈가 대답한다. "네. 누가 제 보석금을 내줬는지 알게 되면요, 저한테 알려주시겠어요?"

"그렇게 할게." 데니 헤이스가 말한다.

트레이시

1950년대 | 1961년 | 1973년 겨울 |
1975년 6월 | 1975년 7월 | **1975년 8월**

마지막 댄스파티가 열리는 저녁, 발삼나무 여자아이들은 어울려 지낸 나날 동안 서로 가르쳐줬던 치장 기술의 정점이 될 정교한 의식을 치르면서 함께 준비했다. 양동이들에 물을 담아 현관에 내놓고 다리털을 밀었다. 저마다 이런 때를 대비해 가져온 몇 가지 중에서 의상을 골랐다. 마지막으로 모두가 인정하는 대가가 정교하게 화장을 해줬다. 바버라 반라가 직접.

루이즈와 애너벨은 그들의 작은 별도 공간에서 준비를 마치고 나와, 담당하는 아이들을 보고 크게 헉 소리를 냈다. 모두가 얼마나 성숙해 보이던지. 초여름 때와 얼마나 다르던지.

트레이시는 이해했다. 자기들이 달라진 건 사실이었다. 두 달 만에 1년 치를 성장했다. 연대감이 생겼다.

트레이시는 대강당에서 발삼나무에 속한 모두와 춤을 추고 생존 여행을 함께 다녀온 모두와도 춤을 췄다. 대체로 바버라와 춤췄다. 수영 강사 미첼이 스키넥터디에서 불러온 세 친구와 어지간한 밴드 역할을 했다. 트레이시는 로웰 카길이 이 공간 어딘가에 있다는 걸 알고 있었다. 어느덧 미첼과 친구들이 '나는 진심으로 그대를 사랑해'를 연주하자 강당을 채우던 떠들썩함이 더뎌지다 멈췄고, 트레이시는 주변 사람들이 짝을 짓는 걸 불현듯 깨달았다. 지금까지 줄곧 곁에 있던 바버라도 다른 누군가에게 춤 신청을 받았다. 크랜들이라는 남자아이였는데, 로웰을 제외하면 에머슨 캠프에서 가장 인기 많은 남자 참가자로 널리 통했다.

갑자기 무도회장 중앙에 혼자 남겨진 트레이시는 당황했다. 그래서 재빨리 가장자리로 달려가 음식이 놓인 탁자 옆에 섰다.

막상 로웰은 어디서도 안 보였다. 아마 맑은 공기를 쐬러 밖에 나갔을지도 몰랐다.

"나는 느린 노래가 싫어." 누군가가 옆에서 말했다.

트레이시가 고개를 돌렸다.

그녀가 알기로 부엌에서 일하는 사람이 옆에 있었다. 스물 몇 살쯤 된 잘생긴 남자로 이따금 지도교사인 루이즈와 함께 걷는 걸 본 적이 있었다. 이름이 리였다.

"저도요." 트레이시가 대답했다.

"너무 당황스럽잖아. 저기 나가서 방금까지 친구들과 재밌게 놀고 있었는데, 갑자기 밴드가 속도를 늦춰 모두를 어려운 상황에 몰아넣기로 하다니. 정말로 가학적이야."

트레이시는 **가학적**이라는 말의 의미를 자신이 제대로 알고 있는지 확신하지 못했지만, 어쨌든 끄덕였다.

"나는 부엌으로 돌아가야 해. 그나저나 너 참 근사해 보인다. 멋진 원피스야."

"고맙습니다." 트레이시가 말했다. 그리고 그는 가버렸다.

그가 떠난 뒤에야 트레이시는 강당 맞은편에 있는 로웰을 봤다. 남자아이들이 댄스파티를 대비해서 가져오는 우스꽝스럽게 깃이 넓은 폴리에스터 재질 정장 같은 것을 입고 있었는데, 이 와중에도 그런 모습에조차 심장이 빠르게 뛰기 시작했다.

로웰은 맞은편 벽에 기대어 조각상처럼 가만히 서서 강당 한가운데에 있는 한 쌍을 지켜보고 있었다. 바버라 반라와 파트너였다. 로웰의 얼굴에는 고통스러운 표정이 떠올라 있었다.

밖으로. 트레이시는 가고 싶었다. 싱그러운 소나무와 흙과 호수 냄새를 향해 밖으로. 물 위에 비친 달빛을 향해 밖으로.

아무도 보지 않을 때, 기회를 틈타 자리를 비웠다.

어둠 속으로 걸어 들어갔다. 밤에는 에머슨 캠프 전체가 놀랄 만큼 빛이 적었다.

갑자기 그 어둑한 빛 속에서 움직임이 나타났다. 트레이시가 가는 길을 누군가가 가로질렀다. 트레이시가 알아본 누군가가. 보조교사 애너벨이 댄스파티에 참여하는 차림새 그대로 북쪽을 향해 갔다.

저 위에는 아무것도 없다고, 저택뿐이라고, 바버라네 집뿐이라고, 트레이시는 생각했다. 트레이시도 애너벨의 부모님이 이번 주에 그곳에 머무르고 있다는 것을 알고 있었고, 아마 그래서 그쪽으로 가나 보다 했다.

트레이시는 잠시 불러볼까 고민했다. 댄스파티가 끝나면 애너벨이 자신들을 발삼나무로 데려가야 했으니까. 하지만 그녀가 결의에 차 성큼성큼 걷는 모습에 트레이시는 멈칫했다. 아무 말도 안 하는 게 낫지 싶었다.

그때 누군가가 트레이시를 부르는 바람에 생각이 흩어졌다.

그녀는 돌아보고 자기 이름을 계속 부르는 목소리 쪽으로 걸어갔다.

달빛 아래 모래사장에서, 로웰의 가장 친한 친구, 월터가 보였다. 그가 모랫바닥에 앉아 있었는데, 낙담한 모습이었다.

트레이시도 구부정하게 그 옆에 앉았다. 트레이시는 자기 몸이라는 주거지 안에서 집 같은 편안함을 느낀 적이 없었다. 바버라처럼, 두 멀리사처럼, 로웰 카길처럼 우아하게는 절대로 느껴지지 않았다.

"너도?" 조그마해진 월터가 말했다. 두 팔로 양 무릎을 감싸고 팔 위에 턱을 얹고 있었다.

"나도 뭐?" 트레이시가 되물었다.

"슬퍼?"

"아, 아니, 별로. 괜찮아."

월터는 조용했다.

"너는 슬퍼?"

월터가 끄덕였다. 트레이시는 그 모습을 간신히 알아볼 수 있었다. 하지만 왜 슬픈지는 묻지 않아도 알았다.

월터가 말했다. "있잖아, 걔가 바버라한테 춤을 신청했어. 그런데 바버라가 싫다고 했어."

트레이시는 가만히 앉아, 월터가 한 말이 자신에게 내려앉도록 뒀다. 그 전에 뭐라고 생각했건, 생존 여행에 다녀온 뒤로는 로웰이 자신에게 관심이 없다는 걸 모를 수가 없었다. 로웰이 좋아하는 사람은 바버라였다. 그래도 이런 말을 들으니 다시 한 번 숨을 쉴 수가 없었다.

월터가 말을 이었다. "굉장히 아파했어. 바버라가 싫다고 했을 때 말이야. 로웰 같은 애는 거절당하는 게 익숙하지 않으니까."

월터는 잔인하게 굴려는 것이 아니었다. 트레이시는 그 점을 확실히 알았다. 바버라가 이미 트레이시에게 말했으리라 짐작했을 가능성이 제일 컸다. 어쨌든 두 사람은 에머슨 캠프에서 단짝이니까. 월터와 로웰이 꼭 그렇듯이.

한동안 두 사람 사이에 침묵이 이어지다가, 트레이시는 월터가 크게 한 번 훌쩍이는 소리를 들었다. 월터가 울고 있는 걸 알아챘다.

월터가 말했다. "로웰은 정말 멋지지. 왜 아니겠어."

루이즈

1950년대 | 1961년 | 1973년 겨울 |
1975년 6월 | 1975년 7월 | **1975년 8월**

루이즈는 모든 걸 봤다. 강당이 내려다보이는 무대에 걸터앉아, 승리를 거두거나 실패를 경험하는 캠프 참가자들을, 진심으로 즐기고 있는 아이들을, 즐기는 척하는 아이들을 지켜봤다.

루이즈가 하느님을 믿었다면, 이 순간의 자신처럼 기능하는 그런 존재에 대한 믿음이었을 것이다. 멀리서 제 몫의 아이들을 응원하면서, 이들이 거절당할 때 함께 슬퍼하고, 작은 승리를 거둘 때마다 축하해주는 존재. 루이즈는 외로운 아이들을, 군중 가장자리에 있는 아이들을 주목했다. 이들을 향한 격렬한 애정 같은 것을 마음 깊이 느꼈고, 다가가 그 옆에 서서, 끌어당겨 안아주고 싶었다. 하지만 그런 식으로 끼어들면 신성한 무언가를, 열둘, 열셋, 열넷 시절에 자기 자신과 세상에 관해 배우는 것을 방해하게 되리란 걸 알았다. 그리고 이런 관조 역시 루이즈가 생각하는 하느님의 모습이었다.

어느 시점엔가 루이즈는 머릿속으로 게임을 하기 시작했다. 자신이 담당하는 아이들을 하나씩 헤아리면서, 이름을 하나 선택하고 군중을 훑어보며 그 아이를 찾아냈다. 고르는 이름마다 성공하다가 애너벨 차례가 됐다.

이 보조교사는 무도회장 어디서도 찾을 수 없었다.

나중에는 달리 보일 일이었지만, 당시에는 애너벨이 캠프 기간에 남자를 만나고 있다고 짐작하며 거기서 원인을 찾았다.

앞서 루이즈는 애너벨이 특별히 공들여 준비하는 걸 눈치챘다. 따지고 보면, 이 댄스파티는 캠프 참가자를 위한 것이지만, 앞서 수년간 종종 지도교사와 보조교사도 여기서 짝을 이루는 것이 자주 보였다. 어두운 숲으로 몇 분 또는 한 시간 동안 나가 있다가 상기된 채 돌아왔다.

루이즈는 애너벨도 그리로 간 것이 아닌가 추측했다. 그리고 무대 위 자리에서 미소를 지으며, 애너벨도 에머슨 캠프에서 사랑을, 최소한 열중할 대상을 찾았다는 사실에 기뻐했다.

유디타

1950년대 | 1961년 | 1973년 겨울 |
1975년 6월 | 1975년 7월 | 1975년 8월: **셋째 날**

"모두라는 게 누군데?" 데니 헤이스가 묻는다.

벌써 정오이고, 오늘 처음으로 헤이스를 보는 것이다. 헤이스가 차에서 반만 나오고 반은 안에 있는 상태에서 주디가 최신 정보를, 오늘 아침부터 구상한 새 가설을 늘어놓기 시작한다.

"온 마을이요. 섀턱 사람 모두 베어가 사라졌을 때 엉뚱한 사람이 죄를 뒤집어썼다고 생각해요. 반라 가족이 지나치게 빠르게 수긍했다고도요."

헤이스는 관리자 사무소에 차린 본부 쪽으로 고갯짓을 한다.

"가지. 커피가 필요해."

두 사람이 함께 걷는다. 헤이스가 주디를 흘끗 본다.

"주디, 어제랑 똑같은 옷을 입은 거야?"

주디가 얼굴을 붉히고 대답한다. "기억 안 납니다."

여전히 비가 오락가락하고, 주디의 머리카락과 옷은 젖었다가 말라가기를 몇 차례 반복했다. 분명 물에 빠진 생쥐 꼴이리라, 그녀는 생각한다.

헤이스가 말한다. "주디. 베어 반라에 관해 그 이야기를 정확히 어디서 들었지?"

주디는 지난밤과 오늘 이른 아침에 있었던 일을 말한다.

헤이스가 눈썹을 치켜든다. 두 사람은 이제 관리자 사무소에 도착했고, 헤이스는 주디를 위해 문을 열어 잡아준다. 주디가 먼저 안에 들어간다. 잠시 생각에 잠겨 타임캡슐 같은 장식, 제2차 세계대전 시대 부엌 집기를 바라본다. 전부 관리자 본인보다 이전에 존재하던 것이 분명하다. 주디는 관리자가 구내를 돌아다니는 것을 고작 몇 번 봤을 뿐이다. 그때마다 그녀는 슬픔에 넋이 나간 듯 보였다. 반라 부모보다 더 제정신이 아닌 것 같았다.

헤이스가 직접 머그잔에 커피를 따른다. 주디에게도 한 잔 내민다.

주디가 받아 든다. 그녀는 커피를 자주 마신다고 할 만한 사람은 결코 아니었다. 그녀에게 커피는 나이가 더 많은 사람이, 자기 아버지가 떠오르는 무언가였다. 하지만 반라 보호구역에 머무르면서부터—지금도 축축한 머리와 옷에 파고드는—그 쓴맛과 온기가 발휘하는 진가를 알아보기 시작했다.

한 모금 마신다. 찡그린다. 다시 한 모금 마신다.

헤이스가 묻는다. "그럼 섀턱 마을에서는 누가 한 짓이라고 생각한대? 칼 스토더드가 결백하다면 말이지."

"그러니까, 올컷 씨가 말하길 두 가지 가설이 지배적이랍니다."

"응, 말해봐."

"첫 번째는 제이컵 슬루터가 벌인 짓이라는 겁니다."

헤이스가 주디를 바라본다. "어제도 나한테 슬루터에 관해 물어보지 않았나?"

"그러긴 했죠. 하지만— 말이 되지 않습니까?"

"그 옛날 슬루터. 북부 숲의 유령. 사고든 고의든 여기부터 로체스터 사이에 발생한 모든 사망 사건과 관련해 그놈을 탓하는 걸 들었지."

헤이스가 조리대에 몸을 기댄다.

"이상한 소리는 아닙니다. 생각해보세요. 슬루터는 대부분 여기서 멀지 않은 곳에서 살인을 저질렀죠. 전부 60년대 초, 베어가 사라진 그때이자 슬루터가 잡히기 직전이었고요."

"사실이야."

"그리고 지금, 그자가 탈옥했어요. 바버라 반라가 실종된 바로 이 순간에요. 제가 뭔가 틀린 말을 하고 있습니까?"

주디가 짜증이 난 기색으로 말을 멈춘다. 헤이스가 웃는다.

"불이 붙었네."

"뭐가요?"

헤이스가 대답한다. "좋은 일이야. 우리 모두 마찬가지지. 계속해."

"두 번째 가설이 마을에서 더 우세해요. 듣기 싫으실 만한 것이고요."

"왜 그렇지?"

"그러니까, 이게 더…… 논란이 될 만하다고 생각합니다. 더 파문을 일으킬 거예요."

"계속해."

주디는 커피를 한 모금 마시면서 신경을 진정시킨다.

"올컷 씨가 말하길 섀턱 사람 대부분은, 어쨌든 슬루터가 한 짓이라고 생각하지 않는 사람들은, 베어의 할아버지가 한 거라고 생각한답니다."

주디는 헤이스가 비웃으리라 예상한다. 하지만 그는 몸을 돌려 개수대 옆 조리대에 양손을 얹고 창밖을 바라본다. 주디가 불안해질 만큼 오래 입을 열지 않는다.

"괜찮으십니까?"

헤이스가 대답한다. "그 가설은 기억해. 아이가 실종됐을 때 그 말이 입에 오르내렸었지."

주디는 헤이스를 응시한다. 왜 전에 언급해주지 않았을까? 여기 온 첫날에 그녀가 그 남자를 면담했는데. 헤이스에 따르면 그 사람은 중요하지 않은 사람이었다. 혐의에서 벗어난 사람. 주디는 그 사람이 수상하게 들리는 말을 한 것이 있나 정신없이 기억을 뒤졌지만, 떠오르는 것은 태도뿐이다. 거만함. 성급함. 불친절함.

주디가 묻는다. "무슨 일이 있었죠? 그 당시에도 그자에 대한 면담이 이루어졌습니까? 수사국에도 그 사람이 한 짓이라고 생각하는 사람이 있었나요?"

"내가 살펴본 기록에 따르면, 일부는 그랬지. 하지만 아무도 그쪽을 추적하지는 않았어."

"왜 안 했습니까?"

헤이스가 잠시 침묵하다 말한다. "글쎄, 두 가지 이유가 있어. 그때를 기억할 만큼 오래 활동한 이곳 사람들 몇몇에 따르면, 누가 봐도 칼 스토더드가 상당히 의심스러웠대. 그 사람이 베어를 마지막으로 본 사람이었어. 또 나무로 깎은 곰 조각 같은 걸 발견했는데, 아무래도 베어가 사라지기 직전에 그걸 들고 다닌 것 같았대. 그게 유일하게 찾아낸 아이의 흔적이었지. 그런데 알고 보니 스토더드가 아이에게 나무 깎는 법을 가르쳐줬던 모양이야. 다들 스토더드가 베어한테 집착 같은 것을 한다고 생각했어."

주디가 기다린다.

헤이스가 말을 이어간다. "다음으로, 반라 집안 변호사가 칼 스토더드를 범인으로 생각했어. 그리고 처음부터 공격적으로 나갔지."

이제 주디가 따라잡기를 헤이스가 기다릴 차례다.

주디가 입을 연다. "매클렐런."

헤이스가 끄덕인다.

"아버지 쪽이군요."

헤이스가 다시 끄덕인다.

주디가 생각하더니 말한다. "제가 그쪽 실마리를 쫓아도 됩니까?"

"베어의 할아버지?" 헤이스가 묻자 주디가 끄덕인다. 자신은 그런 사람들과 이야기할 줄 안다고, 그녀는 생각한다. 어떻게 해야 하는지를 안다.

데니 헤이스가 말한다. "좋아, 그 사람이 놀라 도망가게 하지만 않는다면 말이야. 내가 알기로 바로 저 위, 본채에 있어."

주디가 출발하기 전, 관리자 사무소 현관문을 두드리는 소리가 나더니, 골드먼 형사가 숨을 헐떡이며, 셔츠가 삐져나온 채, 들어온다.

주디에서 헤이스로, 다시 주디로 시선을 옮긴다.

"둘 중에 아이를 잘 다루는 사람?" 골드먼이 묻는다. 중립적으로 묻고자 최선을 다하지만, 암시하는 바는 명확하다. 여자인 주디가 이 일을 맡아야 할 것이다.

유디타

1950년대 | 1961년 | 1973년 겨울 |
1975년 6월 | 1975년 7월 | 1975년 8월: **셋째 날**

관리자 사무소 밖, 작은 남자아이가 부모와 기다리고 있다.

헤이스가 말한다. "멀다워 씨 그리고 멀다워 부인, 이쪽이 럽택 형사입니다. 괜찮으시다면, 럽택 형사가 크리스토퍼와 얘기를 나눠보려 합니다."

멀다워 부인—갈색 머리에, 안경을 썼고, 아들만큼 왜소했다—은 불안해하는 듯 보인다. "저희가 같이 있어도 될까요?"

주디가 대답한다. "물론입니다. 들어오시죠."

헤이스는 관리자 사무소 바깥에 서서 주디가 일하는 동안 보초를 자처한다.

안에서, 주디는 벽에 밀어붙여놨던 푹 꺼진 소파를 앞으로 당긴다. 소파를 가족에게 권하고, 딱딱한 접이식 의자를 끌고 와 마주 앉는다. 부모 사이에 앉은 크리스토퍼는 두 다리가 허공에 뻗어 있다.

주디가 메모장과 펜을 꺼낸다.

"오늘 왜 여기에 왔니, 크리스토퍼?"

크리스토퍼는 조용하다. 무릎을 내려다본다.

"어서 말해봐." 아버지가 말한다.

말이 없다.

"몇 살이니, 크리스토퍼?" 주디가 말을 걸어본다.

말이 없다.

"열둘? 열셋?" 주디가 말한다. 살짝 미소를 짓는다. 장난이다.

"여덟 살이요." 크리스토퍼가 입을 여는데, 목소리가 너무 작아 간신히 알아듣는다. "에머슨 캠프 참가자 중에서 가장 어려요."

주디가 묻는다. "캠프는 좋았니?"

"아니요. 싫었어요." 아이가 대답한다. 아이의 머리 위에서 부모가 서로를 흘끗 본다.

"크리스." 아버지가 초점을 다시 맞춰준다. "우리한테 한 얘기를 이 여성분한테 말해줄 수 있니? 이분은 다른 일도 해야 해."

주디가 말한다. "괜찮습니다, 멀다워 씨. 크리스토퍼가 필요한 만큼 시간을 써도 됩니다."

크리스토퍼는 그렇게 했다. 30초, 1분이 지났다.

주디가 묻는다. "부모님께 말했던 걸 나한테는 말하고 싶지 않은 이유가 있니?"

아이가 대답한다. "곤란하게 하고 싶지 않아요."

"부모님을?"

"친구들요."

그렇게 말하는 목소리에 자부심이 담겨 있다. 이 아이는 친구가 많이 없다는 걸, 주디는 알아챘다.

"친구들이 누구니, 크리스토퍼?"

"바버라 누나랑 트레이시 누나요." 아이가 대답하는데, 너무 소리가 작아 제대로 들었는지 확실하지 않다.

"바버라와 트레이시?"

아이가 고개를 끄덕인다.

주디가 말한다. "크리스토퍼. 지금 가장 중요한 일은 바버라를 찾아 집으로 데려오는 거야. 바버라가 무언가 나쁜 짓을 했다면, 그건 나중에 언젠가 이야기해볼 수 있어. 그렇지만 무엇이든 네가 해주는 이야기는 우리가 바버라를 안전하게 보호하는 데 도움이 될 거야."

짧은 침묵.

아이가 입을 연다. "우리는 다 같이 숲에 들어갔어요."

"언제?"

"생존 여행 때요."

아이는 설명한다. 자기 조원을 전부 나열한다. 야영지를 어떻게 구축했는지 알려준다.

"거기에서 세 밤을 보냈어요. 그런데 제가 어떤 문제 때문에 늦게 자거든요. 그래서 세 밤 중 두 밤에 바버라 누나가 트레이시 누나랑 같이 쓰는 텐트에서 나오는 걸 봤는데, 숲속으로 걸어가는 줄 알았어요. 그런데 그때 이상한 일이 생긴 거예요."

"무슨 일?"

"음, 누나가 돌아섰어요. 저는 계속 봤거든요. 누나가 든 손전등이 꺼졌는데, 깜깜한 밖에서 한동안 기다리는 거 같았어요. 그렇게 좀 있다가 손전등이 다시 켜졌고, 누나는 우리 쪽으로 걸어 돌아왔어요. 첫 번째 밤에는 누나가 그냥 오줌을 싸거나 하러 갔다고 생각했어요. 그런데 누나는 우리 야영지를 지나가더니, 완전히 멀어졌어요."

"어디로 갔니?"

"T.J. 휴잇 선생님 텐트요."

"T.J.? 캠프 관리자 말이니?"

아이가 끄덕인다.

주디의 뱃속에서 바로 그 낮은 울림이 시작된다. 클루트 부인과 이야기할 때 느꼈던 감각이다. **불이 붙었다**. 데니 헤이스는 그렇게 표현했다.

"바버라가 거기에 얼마나 오래 머물렀니?"

"모르겠어요. 항상 누나가 나오기 전에 잠들어서요. 아침에는 우리 야영지에 와 있었어요."

"고맙구나, 크리스토퍼. 정말 도움이 됐어. 더 말해주고 싶은 게 있니?"

크리스토퍼가 말한다. "누나가 그 여행에서 다쳤어요."

"바버라가?"

크리스토퍼가 끄덕인다. "바버라 누나는 다람쥐 가죽을 벗기고 있었거든요. 칼 때문에 사고가 났어요. 그래서 심하게 다쳤고요. T.J. 선생님이 치료해줬어요."

"다른 것도 있니?"

"계속 그랬어요." 크리스토퍼가 말한다. "우리가 캠프에 돌아온 다음에도요. 누나가 T.J. 선생님 오두막에 매일 밤 가는 걸 봤어요."

아이는 어느 정도 포기한 듯이 이 말을 작게 한다. 여덟 살이지만, 자기가 말해주는 내용이 암시하는 바를 이미 이해하고 있다. 적어도 옳지 않다는 것을. 아이가 밤늦게, 비밀리에, 어른이 거주하는 곳에 가는 것이 말이다.

크리스토퍼는 울음을 터트릴 것처럼 보인다.

"정말로 용감한 일을 해줬어, 크리스토퍼." 주디가 말한다. "너는 용감한 사람이야. 고맙구나. 네게 물어볼 게 딱 하나 더 있는데."

"알겠어요."

"너는 어떤 문제를 겪고 있니?"

아이가 주디를 쳐다본다. 어리둥절해한다.

"네가 겪는 문제, 그거 때문에 늦게 잔다면서?"

"아." 아이가 말한다. 얼굴이 새빨개진다. "아. 이불에 오줌을 싸요." 이제 사실상 속삭이는 지경이다. 아버지가 아들의 어깨에 손을 얹는다.

주디가 말한다. "그런 일이 생기지. 있잖니, 나도 어릴 때 이불에 오줌을 쌌어."

"그랬어요?"

주디는 그러지 않았다. "그럼."

크리스토퍼가 말한다. "많이 늦게 자면, 다들 잠든 다음에 화장실을 마지막으로 한 번만 가면 돼요. 그러면 보통 도움이 돼요."

"하지만 그러면 네가 몹시 피곤하겠구나." 주디가 말하자, 크리스토퍼가 의젓하게 고개를 끄덕인다.

멀다워 가족이 집으로 떠나기 직전, 부인이 주디를 한쪽으로 끌고 간다. 속삭이며 말한다.

"우리는 친구한테 이 캠프가 근방에서 최고라고 들었거든요. 분명 참가하는 사람들도 품위가 있다고 했고요. 그런데—" 그녀는 주디 쪽으로 머리를 기울이고 시선을 마주치며 말을 잇는다. "제가 캠프 관리자를 미리 **봤다면**, 다시 생각해봤을 거예요."

주디는 매우 침착한 표정을 유지한다.

"특히 딸이 있다면요. 무슨 뜻인지 이해하죠?"

유디타

1950년대 | 1961년 | 1973년 겨울 |
1975년 6월 | 1975년 7월 | 1975년 8월: **셋째 날**

"내가 할아버지 쪽 단서를 조사할게. 자네는 가서 T.J.와 얘기해봐." 헤이스가 말한다. 그는 용케도 주디에게 추진력이 붙은 것을 알아본다.

"제대로 기록해 오고." 헤이스가 주디에게 일깨운 뒤 멀어진다.

주디는 고개를 끄덕인 다음 직원 숙소로 걸어간다. T.J. 휴잇은 자기 거주지가 수사국 본부가 된 뒤로 그곳으로 옮겨 갔다.

T.J. 휴잇은 짧은 머리가 헝클어진 채, 방금 잠에서 깬 듯 얼굴을 문지른다. 하얀 러닝셔츠와 잘라 만든 파란 청반바지를 입고 있다. 맨발이다.

"미안합니다. 정신이 없네요. 잠을 별로 못 자서요." T.J.가 기지개를 켠다.

그러다 주디의 표정을 알아챘는지 멈춘다. 자세를 바로 한다.

"무슨 일이실까요, 럽택 형사님?" T.J.가 묻는다.

주디는 걸어오면서 첫 번째 질문을 고민했다. 열린 질문이 좋겠다고 생각했다. 중립적인 무언가.

그리하여 말문을 연다. "휴잇 씨—"

"T.J.입니다."

"아 네, T.J., 바버라 반라와 어떤 관계인지 말해줄 수 있을까요?"

T.J.가 자세를 바꾸고 대답한다. "분명히 헤이스 형사님한테 이미 다 말했습니다만."

"음, 저한테도 말해주시면 안 될까요? 제가 따라잡으려는 중이라서요."

T.J.가 목을 가다듬는다. "저는 바버라가 태어났을 때부터 알았어요."

"그때 본인은 몇 살이었죠?"

"열넷이요."

T.J.는 목소리가 차분하다. 말하면서 주디의 머리 바로 왼쪽을 응시하는데, 너무 골똘히 보기에, 주디는 잠깐 고개를 돌려 무언가가 또는 누군가가 뒤에 있는지 확인한다. 하지만 보이는 거라곤 마감 처리를 하지 않은 나무 벽뿐이다.

"바버라가 에머슨 캠프에 오기 전에도 함께 많은 시간을 보냈습니까?"

"그랬죠."

"바버라와 함께 보낸 시간을 설명해줄 수 있을까요?"

T.J.가 시선을 내린다. "저는 처음에는— 베이비시터, 그렇게 불릴 만한 사람이었죠. 바버라가 태어났을 때부터요."

"여기서요?"

"여기 보호구역에서, 그렇죠. 여름 내내. 여름마다. 보수를 받고 일했어요."

"그럼 당신은 평생을 여기서 지냈나요?"

T.J.가 끄덕인다. "여기가 저의 집이죠."

"맨 처음에는 어떻게 이 보호구역에 왔죠?"

"아버지가 토지 관리자이자 캠프 관리자였습니다. 아버지가 기억력이 떨어지기 시작하면서 제가 두 가지 일을 다 물려받게 됐고요."

주디가 이 말을 적는다.

"반라 가족이 올버니에 있을 때는 어땠습니까?"

"글쎄요, 바버라가 아주 어릴 때는 저도 학교에 다녔죠. 그러니 여기에 있었어요. 대학이나 그런 건 다니지 않았다 보니 열일곱 살이 되면서 꽤 자유로워졌는데, 그때 바버라는 세 살이었죠. 저는 그 가족과 같이 움직이곤 했어요. 바버라의 부모님이 도시 밖으로 나가야 할 때면 올버니로 내려갔어요."

"그럼 바버라와 친했겠군요."

T.J.가 끄덕인다.

"그렇죠, 맞아요."

"바버라는 어릴 때 다루기 힘든 아이였나요?"

T.J.가 살짝 웃는다. 표정과 목소리에 슬픔 같은 것이 묻어나

주디는 불현듯 심란해진다.

"맙소사, 아니요. 더할 나위 없이 좋은 아이였어요. 그 애와 그 애의 오빠 둘 다. 그저 착하디착한 애들이었죠."

주디는 잠시 가만히 있는다.

"바버라의 오빠와도 친했나 보네요?"

"그렇죠. 나이 차도 덜 났고요. 제가 열두 살 때 그 애가―" T.J.가 말을 멈춘다. "사라졌어요. 여덟 살 때요."

밖은 따듯하지만, 주디는 갑자기 한기를 느낀다.

"반라 집안 아이들과 부모의 관계를 어떻게 설명하시겠습니까?"

"어떤 아이를 말하느냐에 따라 다르죠. 어느 쪽 부모냐에 따라서도."

"베어부터 시작하죠."

"글쎄, 그 애 어머니는 그 애를 사랑했어요. 그 무엇보다 사랑했죠. 그 애가 떠난 뒤로 완전히 달라졌고요."

"아버지는요?"

"아버지. 아버지라……, 어렵네요."

T.J.는 무언가를 말로 설명할 방법을 진심으로 고민하는 듯 보인다.

"그러니까, 그 애 아버지도 자기 방식으로 그 애를 사랑했어요. 하지만 반라 씨는 그 애를 채권처럼 생각하는 것 같았죠. 오직 나중에 무언가가 될 것이기에 곁에 둘 가치가 있는 어떤 것처럼. 이게 설명이 되는지 모르겠네요."

주디는 이 말도 적는다.

T.J.가 묻는다. "뭘 쓰고 있죠? 저에 관해 쓰는 겁니까?"

"음, 당신이 하는 이야기를 적고 있어요."

"그걸 누가 보는 거죠?"

주디가 머뭇거리다 말한다. "지금은 저뿐입니다. 그리고 아마 제 수사국 동료들도요. 하지만 결국에는 어떤 증거처럼 사용될 수도 있어요. 그러면 공식 기록으로 남을 겁니다."

T.J.가 끄덕인다. 잠시, 주디는 그녀가 입을 꽉 다물고 말을 멈추는 것이 아닐까 생각한다.

주디가 펜을 내려놓는다. 그 즉시 T.J.는 안심하는 듯하다.

"바버라는 부모님과 관계가 어땠죠?"

주디의 질문에 T.J.는 한참 생각한다.

그녀가 마침내 대답한다. "**전무했다**가 맞는 표현인지 모르겠네요. 하지만 그와 비슷해요."

주디가 뜸을 들인다. 시간을 벌고 있다.

나직이 묻는다. "그게 바버라가 당신과 친해진 이유입니까?"

이 시점에서 패를 다 드러낼 만큼 어리석지는 않다. T.J.가 스스로 뭐라고 말할지 보고 싶다.

"어쩌면요."

"얼마나 친했다고 할 만하죠?"

"글쎄, 설명하기 어렵네요."

"여기서부터 시작하죠. 바버라가 올여름에 캠프에 온 건 알고 있어요. 그건 바버라 생각이었나요, 아니면 당신 생각이었나요?"

"바버라 생각이죠. 전부 그 애 생각이에요. 저 집에서 나오고 싶어 했어요. 자기 부모가 계획하는 큰 파티에도 가기 싫어했고요."

"왜 그랬다고 생각하나요?"

T.J.가 깊이 숨을 들이쉰다. "반라 가문에 돈이 얼마나 많은지 알죠?"

"어느 정도는요. 네."

"저 집 부모가 작년에 딸을 기숙학교에 돌려보내면서 겨울 코트도 없이 옷 두 벌만 챙겨준 건 알고 있습니까? 용돈도 안 주는 건 알아요?"

"왜 그런다고 생각하죠?"

"잊어버렸거나 신경 쓰지 않으니까요. 들여다보는 사람은 저예요. 제가 주말에 먹을 걸 챙겨다 주고, 바버라가 좋아하는 책과 음반을 가져다주죠. 시간이 날 때마다 거기로 차를 몰고 내려가요. 제가 바버라를 돌보고 있어요. 다른 누구도 그러지 않아요."

"바버라가 캠프에 있을 때, 얼마나 자주 봤나요?"

"뭐, 날마다요. 캠프 참가자 전원을 매일 봤으니까요. 저는 항상 여기에 있잖아요? 뭐가 됐든 늘 뭔가를 고치고, 뭔가를 계획하면서요."

"밤에는요?"

T.J.의 시선이 벽으로, 주디의 머리 왼쪽으로 다시 옮겨간다.

한동안 오두막에 정적이 흐른다.

"럽택 형사님, 형사님이 뭘 말하고 싶은지 알 것 같군요."

침대에 앉아 있던 T.J.는 갑자기 침대 끝으로 몸을 당겨 양손을 무릎에 얹는다. 몸을 앞으로 숙이고, 이제 주디를 똑바로 본다.

"마을에서 사람들이 저를 두고 뭐라고 하는지 알아요. 아마 형사님도 수사하는 동안 사람들한테 들었나 보네요."

주디가 무표정을 유지한다.

"무슨 말인지 잘 모르겠군요."

"제 옷차림이 그렇다는 거죠. 말하는 것도, 걷는 것도 그렇고."

"그렇군요."

T.J.가 말한다. "바버라는 나한테 동생 같은 아이예요. 진실을 알려주자면, 아마 내 자식에 가까운 존재일 수도 있겠죠. 그 아이를 사랑해요. 하지만 당신이 암시하는 식으로는 아니에요."

주디는 가능한 한 오래 T.J.의 말이 허공에 내려앉게 둔다.

그러다 차분하게 직설적으로 말한다. "바버라가 한밤중에 당신이 사는 오두막으로 들어가는 걸 봤다고 증언해줄 목격자가 있습니다. 그것도 매일 밤."

형사로서 면담을 진행하며 상대방에게 맞선 건 이번이 처음이다.

허풍을 날려본 것도 처음이다. 크리스토퍼가 증인석에 설지 전혀 짐작할 수 없다. 그 아이의 부모가 그렇게 둘지조차도.

이내 T.J.가 빨갛게 변한다. 얼굴 전체가, 그다음에는 목이, 그다음에는 가슴 윗부분이.

그러더니 일어난다. 방을 가로질러 갈색 등산화 옆에 무릎을 꿇고 앉더니, 신발 끈을 꿰기 시작한다.

"T.J.." 주디가 부른다.

그녀가 대꾸한다. "나는 멍청이가 아니에요. 누군가가 어떤 가설을 입증하려고 한다면, 얼마나 틀렸는지와 상관없이 그 자체가 뭘 의미하는지 알아요. 내가 여기에 남아서 당신이랑 얘기할 법적 의무가 없는 것도 알고. 그러니 체포 영장을 받아서 다시 오시죠."

T.J.는 일어나서 방을 걸어 나간다.

주디는 점차 절박함을 느끼면서 따라 일어나, 빈 복도 저편으로 T.J.를 부른다.

"당신이 생각하는 가설은 뭔가요? 바버라가 어디로 갔을지 생각한 바가 있어요?"

T.J.가 멈춘다. 양손을 허리에 얹는다. 마지못해 돌아본다.

"뭔가 말해줄까요? 여자 대 여자로? 그 메모장에 적지 않을 것으로?"

주디가 메모장을 옆으로 내린다.

"존 폴 매클렐런이 그쪽이 찾는 사람이에요. 어떻게 아는지는 말해줄 수 없어요. 하지만 알아요."

제이컵

1950년대 | 1961년 | 1973년 겨울 |
1975년 6월 | 1975년 7월 | 1975년 8월: **셋째 날**

그는 밤새 강을 따라 걸음을 되짚어가면서, 이번에는 하류 방향으로 걸었다. 새벽이 다가오며, 비가 내리기 시작했다.

보통은 낮에 밖에서 잠을 청했지만, 오늘은 집, 침대, 지붕 밑 식사가 주는 안락함을 누리고 싶었다. 그리하여 어느 시점엔가 조짐이 좋은, 비어 보이는 집을 발견하여 들어갔다.

그는 먼저 식료품 저장실로 갔다. 실망스럽게도 텅 빈 가운데, 퀘이커오츠(인스턴트 오트밀 브랜드명)가 큰 통으로 있어, 그걸로 전기 레인지에 죽을 끓여 먹었다.

그다음에 침실 벽장을 전부 살폈다. 경험상, 사람들은 거기에 총과 탄약을 보관하는 경향이 있었다. 침실 벽장 높은 선반에, 아이들 손이 닿지 않게 깊숙이 넣어놨다. 역시 거기 있었다. 2연발 산탄총 두 자루와 탄약 세 상자가.

애석하다고, 제이컵은 생각했다. 권총이면 더 좋았을 것이다.

산탄총은 들고 다니기 무거울 터였다. 그래도 탄띠가 같이 있었다. 거기에 탄약을 채우고 총도 장전했다.

이제 오후 4시고, 제이컵은 온종일 잤다. 침대에서 일어나 장전한 총을 쥔다. 갑자기 마룻바닥이 삐걱대는 소리가 들린다.
그는 가만히 있는다.
최대한 조용히 침대 건너편으로 이동하여 그 뒤로 몸을 숙인다. 거기서 침실 문을 향해 총을 겨눈다.
이 자세가 익숙하다. 어린 시절에 했던 사냥이 떠오른다.
문이 홱 열린다. 제이컵이 그대로 총을 쏜다. 하지만 아무도 맞지 않았다. 보아하니 아무도 침실 문지방을 넘어 들어올 생각이 없었던 듯하다.
함정인가? 제이컵은 확인할 길이 없다.
그때, 뒤에서 어떤 목소리가 말한다. "움직이지 마."
제이컵이 얼어붙는다.
머리 옆쪽에 열린 창문으로 경찰이 쓰는 무기가 자신을 겨누고 있다.

유디타

1950년대 | 1961년 | 1973년 겨울 |
1975년 6월 | 1975년 7월 | 1975년 8월: **셋째 날**

주디는 언덕을 걸어 올라간다. 데니 헤이스에게 전할 T.J.에게 얻은 새 정보가 머릿속에 가득하다.

기록을 잘해 오라는 게 헤이스가 요구한 전부라고, 주디는 생각한다. 그런데 가진 게 하나도 없다.

그래서 저택을 돌아 호수를 면한 쪽으로 간다. 야외용 안락의자를 찾아 거기 앉아서 잊어버리기 전에 T.J.가 했던 말을 전부 적을 작정이다.

도착해보니 이미 의자를 하나 차지한 사람이 있어 실망한다.

앉아 있는 여자의 뒷모습은 낯설다. 하지만 여자가 고개를 돌리자 주디는 불현듯 알아본다. 노 반라 부인, 바버라의 할머니다. 주디가 이 일에 착수한 지 한 시간도 안 됐을 때 그녀에게 무척 오만하게 말했던 남자의, 오늘 아침부터 유력한 용의자 중 하나가 된 남자의 아내다.

반라 부인이 말한다. "앉아요. 나 때문에 주저하지 말고."

주디가 순응한다. 메모장으로 고개를 숙이고 일하는 척한다. 하지만 속으로는 질문에 질문을 구상한다. 이 여성의 남편에 관한 어떤 측면을 밝힐 수 있을 만한 것을.

주디보다 먼저 반라 부인이 입을 연다.

"아름다운 풍경이지."

"그렇네요."

"여기는 보호구역 전체에서 내가 앉아 있기를 제일 좋아하는 곳이에요. 지금이 하루 중 내가 가장 좋아하는 시간이고."

주디는 고개를 끄덕인다.

"저 풍경을 보면 추억이 떠오르시나 봐요."

반라 부인이 생각에 잠긴 듯 잠시 말이 없다. 그러다 말한다. "딱히 그렇지는 않아요."

주디가 여전히 어떻게 질문의 물꼬를 틀지 빠르게 머릿속을 뒤적일 때, 반라 부인이 의자에서 일어나 본채로 향한다.

"반라 부인." 주디의 목소리에 본인도 원치 않는 호소가 깃들어 있다.

여자가 천천히 돌아본다. 여전히 상냥한 표정이다.

주디가 말한다. "그냥— 여기에 온 첫날부터 부인과 이야기할 기회가 없었으니까요. 뭔가 더 생각나서 추가하고 싶으신 게 있을까요?"

반라 부인이 입을 연다. 닫는다. 어떤 결심을 하듯 어깨 너머를 돌아본다.

그러더니 말한다. "빅 휴잇을 면담해볼 기회는 있었어요?"

그 이름에 주디가 멈칫한다. 당연히 휴잇은 안다. 하지만 성을 빼면 생소하다.

"그게―"

"테시 조의 아버지요. 첫 번째 캠프 관리자."

주디가 얼굴을 찌푸린다. **테시 조**. 아까 적은 기록을 훑어보면서 T.J.가 면담 때 아버지에 관해 뭐라고 했는지 찾아본다.

기억력 저하. 이렇게 적어뒀다.

주디가 말한다. "미처 몰랐는데, 그분이―"

반라 부인이 주디의 생각을 읽으며 말을 잇는다. "아직 살아 있지, 그래요. 아마 그 사람을 면담해야 할 거예요. 아주 흥미로운 사람이지. 그 사람도 손님이 오면 좋아할 게 분명해요."

"어디서 그분을 찾을 수 있죠?"

"요즘에는 딸이랑 관리자 사무소에서 살 거예요. 딸이 아버지를 보살피거든."

주디가 고개를 젓는다. "저희가 그곳을 넘겨받았습니다, 부인. 지금은 저희 본부입니다."

반라 부인이 주디를 똑바로 보고 말한다. "아, 저런. 그럼 조사해봐야겠군요. 그게 당신이 하는 일 아닌가요?"

그러더니 몸을 돌려 어둡고 서늘한 저택 안으로 사라진다.

VII

독립독행

앨리스

1950년대 | **1961년** | 1973년 겨울 |
1975년 6월 | 1975년 7월 | 1975년 8월

계속 베어를 찾고 있던 앨리스는 숨을 들이쉰 다음 남편 방 문손잡이를 돌렸다.

다른 누구였다면 이렇게 가혹하지는 않았을 것이다.

그 주에 그곳에 와 있던 배우든 가수든 모델이든, 그런 여자 중 하나였다면. 젊고 경박한 누군가, 진지하게 받아들이기 어려운 누군가였다면.

아니면 직원 중 하나였다면, 임시 고용인 중 하나였다면, 앨리스는 피터가 그저 열기를 발산했을 뿐이라는 걸 확실히 알았을 것이다. 피터는 자기가 고용한 누군가와 그 이상을 추구한 적이 결코 없었으니까.

하지만 피터의 침대에 있는 건 배우나 가수나 직원이 아니

었다.

그 침대에 있는 건 자신의 언니, 델핀이었다.

앨리스가 믿기로, 피터가 비방하는 누군가였다. 피터가 **총명하다고** 여기는, 그가 언급했던 신념 체계에 따르면 헛된 가치를 지녔을 뿐인 여자였다.

앨리스는 모든 걸 잘못 알고 있었다.

그들의 모습을 보니 최근에 가까워진 것이 아님을 알 수 있었다. 머릿속에서 연결과 추론이 일어나기 시작했다. 직원을 친근하게 대하는 델핀. 어제 워런에게 손님을 대접할 준비가 되었냐던 선 넘는 질문. 마치 **자신이** 이 집 여주인인 것처럼.

피터가 한 달에 두세 번씩, 맨해튼으로 갔던 출장. 그는 늘 일 때문이라고 말했다. 늘 은행 변호사, 매클렐런을 만나기 위해서라고.

머리가 어지러웠다. 얼마나 오래 피터와 델핀이 이렇게 지냈을까? 몇 년? 델핀이 앨리스의 보호자로서 독립독행을 처음 방문했을 때부터?

그보다 이전부터?

델핀은 언제나, 항상 앨리스보다 존중받았다. 피터가 델핀에 관해 불만을 터트릴 때조차, 목소리에서 어떤 감탄이 묻어났다.

어쩌면 전부 계략일지도 모른다.

어쩌면 사람들은 줄곧 알고 있었는지도 모른다. 피터의 어머니와 아버지. 친구들도 전부.

어쩌면 피터와 델핀과 매클렐런과 그의 부인이 다 같이 맨해튼에서 저녁 식사를 하러 갔을지도 모른다. 어쩌면 그런 자리가 묵인되었을지도 모른다. 어쩌면 앨리스가 올버니에 있는 시기에 이곳 독립독행에 그들이 다 같이 왔을지도 모른다. 어쩌면 그런 이유로 델핀이 직원을 그토록 잘 알았는지도 모른다.

피터와 그의 아버지는 앨리스가 어리고 미숙하지만—두 사람은 이 두 가지 특징을 종종 소리 내 한탄하며 앨리스가 노력해서 극복해야 하는 약점처럼 여겼지만—**그래도** 앨리스를 고른 것이 아니라, 그래서 앨리스를 골랐을까? 언제나 무엇이든 두 사람이 시키는 대로 따를 것이라서. 까다롭게 굴지 않을 거라서.

앨리스는 델핀 같은 여성이 피터가 정말로 원하는 인간 유형이라는 생각을 떠올리지 못할 거라서.

두 사람은 나체로 잠들어 있었다. 델핀은 피터의 가슴을 베고 있었다. 피터는 한쪽 팔로 델핀의 어깨를 감싸고 있었다. 델핀의 머리카락이 침대에 펼쳐져 있었다.

피터와 앨리스는 이렇게 잔 적이 한 번도 없었다.

앨리스가 열여덟 살이었을 때, 열 살 넘게 연상인 남자와 갓 결혼해 생애 처음으로 어린 시절을 보낸 집을 떠나 살면서, 임신하고 마음이 편치 않고 겁이 났던 때도 그랬다. 피터는 저리 부드럽게 앨리스를 안아준 적이 단 한 번도 없었다. 오히려 불면증을 언급하면서 침대 반대편으로 굴러가 연필처럼 똑바로 누웠다. 그러면 앨리스는 옆으로 몸을 말고, 위안을 찾아 베개를 안고, 뉴욕시에 있는 옛 친구들과 언니와 아버지를, 심지어 어머니까지도 그리워했다.

앨리스는 거기에 서서 한동안 더 두 사람을 지켜봤다. 두 사람을 깨울까도—문을 쾅 닫고, 소리를 치고, 자기가 안다는 것을 두 사람에게 확인시켜줄까도—잠시 생각했지만, 그러면 모든 것이 변할 터였다. 그녀의 온 삶이 변할 터였다.

앨리스가 개인적으로 아는 이혼한 부부는 한 쌍뿐이었다. 부모님과 줄곧 친구로 지내는 사람들이었다.

그중 남자는 훨씬 더 젊은 부인과 함께 여전히 무리에 속해 있었다. 여자는 사라진 것이나 다름없었다. 더는 뉴욕주에 살지 않는다는 말이 돌았다. 코네티컷주로 이사했다고. 사람들이 이 여자에 관해 이야기하는 방식을 보면, 마치 그녀가 죽은 것처럼 느껴졌다.

앨리스는 자신에게 물었다. 이런 식으로 늘 거짓된 삶을 살아갈 수 있을까? 방을 걸어 나가 복도로 갈 수 있을까? 문을 조용히 닫고, 만찬 때 피터와 델핀을 마주하고, 남은 평생 아무것도 못 본 척할 수 있을까?

그렇고, 그렇고, 그렇다고, 앨리스는 생각했다.

베어가 있는 한, 대답은 그렇다였다.

앨리스는 가능한 한 조용히 문을 닫았다.

일광욕실에 가니 진이 든 유리잔이 보였다. 잔에 술을 잔뜩 채우고 몇 모금 만에 비웠다. 이럴 만한 자격이 있다고, 정당화했다. 한 잔 더 따라 마셨다.

마시면서, 눈물이 흐르게 두었다.

다 마셨을 무렵에는 제대로 서 있지 못했다.

그날 먹은 게 하나도 없었다.

일광욕실을 걸어 나가니, 복도가 뱅글뱅글 돌고, 땅이 솟아오르며 다가왔다. 거실에 들어가자, 나머지 사람들이 모여 있었다. 노 반라 부부, 매클렐런 가족, 배우들, 고객들. 그리고 거기, 벽난로 옆에 테시 조와 베어가 있었다.

앨리스가 들어가자 사람들이 동작을 멈췄다. 앨리스는 살짝 휘청였다. 뒤쪽에 놓인 발로 버텨 섰다.

사람들이 앨리스를 보는데, 얼굴이 비난으로 덮여 있었다.

그들 중 앨리스에게 중요한 사람은 없었다. 앨리스는 베어를 향해서만 말했다.

"이리 오렴." 앨리스가 미소를 지으려고 애쓰면서, 베어 쪽으로 양손을 내밀었다.

불편한 침묵.

"어딜 가려는 게냐, 앨리스?" 피터의 아버지가 물었다. 이맛살을 찌푸렸다.

"베어가 나가서 놀잇배를 타자고 계속 졸랐거든요." 앨리스가 대답했다. 시아버지는 앨리스가 이해가 안 된다는 듯이 얼굴을 찡그렸다. 설마하니 자기가 그렇게 심각하게 혀 꼬부라진 소리를 내지는 않았을 거라고, 앨리스는 생각했다.

그리고 다시 말했다.

이번에는 베어가 주춤거리며 일어섰다. 할아버지가 다시 앉으라고 손짓했다.

"미안하지만 베어랑 나는 이미 약속이 있구나. 산책하러 나가려던 참이다." 그는 앨리스에게 말하더니 자기 손자를 돌아봤다. "베어. 등산화 신었느냐?"

베어는 긴장한 채 할아버지와 어머니를 번갈아 쳐다봤다. 앨리스는 베어의 이런 점을 사랑했다. 다른 사람을 배려심 있게 대하는 점을 사랑했다. 다른 사람의 안위를 걱정하는 점을. 베어는 어떻게 사람들을 더 기쁘게 할지 자주 생각했다. 앨리스에게 정원에서 꽃을 따다 줬다. 학교에서는 앨리스에게 사랑을 담은 쪽지를 썼다.

내면에서 관대한 충동이 일어나 앨리스에게 아들을 곤경에서 벗어나게 해주라고 말했다. "괜찮아, 베어. 배는 다음에 타러 가자." 감정이 북받쳐 목소리가 갈라지는 걸 말하면서 깨달았다. 너무 늦게. 그녀는 뒤꿈치에 힘을 주고 돌아서서 비틀거리며 거실을 나온 뒤, 복도를 따라 내려가 남쪽 문을 나섰다.

밖에서는 하늘이 어두워지고 있었다. 몇 방울의 비가 얼굴을 후두두 두드리면서, 술에 취해 무뎌진 감각을 잠시 깨웠다. 드러내놓고 울기를 허락하면서.

혼자 나가서 배를 타야겠다고, 앨리스는 생각했다. 파티로부터, 언니와 남편으로부터 벗어나야겠다고. 앨리스는 노를 저어 호수 가운데까지 나간 다음, 배의 중간 부분에 누워, 그저 한동안 그대로 떠다니며, 마음을 다잡을 때까지 완벽한 고독 속에서 물결에 흔들리는 자신의 모습을 그려봤다.

그러고 나서 파티로 돌아가리라.

선박 창고를 15미터쯤 앞두고, 심하게 발을 헛디뎌 무릎으로 넘어지면서 양 손바닥이 까졌다. 그녀는 일어서서 손을 털어내고 걸음을 이어갔다.

창고 문을 열었다.

내부는 그늘지고, 평소보다도 더 어두웠다. 유령 같은 배들이 세 줄로 나란히 받침대에 서 있었다. 앨리스는 알루미늄 배 쪽으로 다가갔다. 지금까지 배를 받침대에서 손수 내리려고 해본 적은 없었지만, 내릴 수 있을 거란 생각이 들었다.

몇 차례 힘껏 잡아당겼다. 덜커덩 소리. 노 하나가 드르륵 튀며 지면을 미끄러졌다.

앨리스는 호수로 내려가는 비탈까지 배를 간신히 끌고 갔다. 물에서 차가운 바람이 불어 올라오는데도 땀이 흘렀다. 동작은 어설프고 손발이 맞지 않았다.

갑자기 뒤에서 선박 창고 문소리가 났다.

앨리스

1950년대 | **1961년** | 1973년 겨울 |
1975년 6월 | 1975년 7월 | 1975년 8월

앨리스는 자신이 어디에 있는지 몰랐다. 눈을 떴다. 입이 너무 말라 침도 삼킬 수 없었다. 위에서 방이 서서히 회전하면서, 천장에 매달린 등이 허공에 느리게 호를 그렸다.

말을 구성할 수 없는 느낌이 들었다. 생각조차 말이 없었다. **물**을 생각했지만, 형상이지 단어가 아니었다. 개수대를 찾아 방을 둘러보면서, 몸통 전체를 이쪽저쪽으로 돌렸다. 며칠 동안 고개를 움직이지 않았던 것처럼 목이 뻣뻣했다.

방에 창문이 있긴 했지만, 널조각이 촘촘한 덧창을 닫고 외부에서 걸쇠를 걸어두어 창문 자체가 깜깜했다. 밖이 낮인지 밤인지 확인할 수 없었다.

누워 있는 침대는 너무 딱딱해서 나무판자처럼 느껴졌다.

앨리스는 휘청이며 일어섰다. 자신이 원피스를 입은 것이 보였다. 젖은 뒤에 밖에 널어 말린 것처럼 천이 뻣뻣했다.

화장실. 앨리스가 생각했다. 형상으로. 갑자기 요의가 강하게 느껴져 몸을 구부렸다.

어디에 있는 걸까? 답이 금방이라도 떠오르면서 원치 않을 어떤 끔찍한 깨달음까지 찾아올 듯한 기분이 들었다. 천천히 다시 허리를 폈다.

화장실은 없었다. 고작 몇 개뿐인 변변찮은 세간은 앨리스가 오랫동안 사용하지 않은 누군가의 침실에 있다는 걸 알려줬다. 투박한 서랍장 하나. 물그릇 하나. 하나 있는 거울은 완전히 회피해버렸다.

문이 보였다. 앨리스는 다가가서 문을 밀었다. 잠겨 있었다. 왠지 그러리란 걸 알았다.

바닥에 누워, 생각의 문에 빗장을 질렀다. 무언가 끔찍한 일이 벌어졌다는 걸 알았다. 다시 잠에 빠지면, 그게 무엇인지 알 필요가 없을 것이다.

앨리스는 두 눈을 감았다.

문이 열렸다.

피터의 아버지가 들어왔다.

유디타

1950년대 | 1961년 | 1973년 겨울 |
1975년 6월 | 1975년 7월 | 1975년 8월: **셋째 날**

교대 시간이 가까워진다. 헤이스를 찾아야 한다. 반라 부인이 해준 이야기를 그 말고 다른 누군가에게 말하는 위험을 감수할 수는 없다. 라로셸 앞에서 다시 헛다리를 짚을 수는 없다. 어제 이후로는 안 된다.

아마 그 사람을 면담해야 할 거예요. 아주 흥미로운 사람이지.

관리자 사무소에 도착해보니, 밖에서 담배를 피우던 두 형사가 헤이스는 퇴근했다고 말한다.

"망할." 주디가 그렇게 말하자 형사들이 자세를 바로 세운다.

"입이 험하시네." 한 명이 말한다.

주디는 대꾸하지 않는다.

다른 한 명이 말한다. "아무튼, 이걸 남기고 가셨어요." 그가 전화번호가 적힌 종잇조각을 떨떠름하게 내민다. 종이에 데니.

집이라고도 쓰여 있다.

"둘이 뭔가 진행돼가고 있어요?" 첫 번째 형사가 말한다. 동료가 옆에서 씩 나오려는 웃음을 참는다.

주디는 두 사람을 무시한다. 사무소로 돌진해 들어간다.

혼자 있으니 기분이 낫다.

거실에서 건물 가장 안쪽까지 복도가 길게 이어진다. 끝에는 화장실이 있다. 지난 며칠 동안 쉴 새 없이 사용되어 이제 사실상 완전히 망가졌다.

그리고 다른 방도 여러 개 있다. 반라 부인 말에 따르면, 그중 하나가 빅 휴잇이 쓰는 또는 쓰던 방이다.

주디는 복도를 따라 걸어간다. 발끝에서 뒤꿈치까지 순차적으로 내려놓으며 가능한 한 소리를 적게 낸다.

첫 번째 문을 열어본다. 안에는 깔끔하게 정돈된 침대 하나, 그 옆 협탁에 쌓인 읽을거리들, 〈캠프라이프〉라는 잡지 한 권이 있다. 벽장 문을 연다. 안에는 남녀 구별이 안 되는 옷가지와 가지런히 한 줄로 늘어선 낚시 모자가 있다.

이 시점에서는 자신이 빅의 방에 있는지 아니면 T.J.의 방에 있는지 짐작이 안 간다. 주디는 검은색 나무 서랍장으로 걸어가 맨 위쪽 작은 서랍 두 개 중 하나를 당겨 연다.

거기에, 마침내 답이 있다. 속옷이 명백히 여성용이다. 삼각 팬티 몇 장, 아직 가격표도 떼지 않은 브래지어 하나. 마찬가지로 착용한 적이 없는 듯한 양모 스타킹 한 켤레.

주디는 복도 건너편으로 가 또 다른 침실 문을 연다. 이번에는 누구의 방에 있는지가 명백하다. 금속 지팡이 하나가 벽에 기대어 있다. 다른 벽 아래에는 남성용 운동화가 정렬되어 있다. 침대 옆 협탁에는 액체가 든 긴 유리잔 속에 틀니 한 벌이 떠 있어 좀 더 호기심을 자아낸다.

이에 의문이 떠오른다. 빅 휴잇의 틀니가 여기 있다면, 빅 휴잇은 어디에 있나?

주디는 빅의 서랍장으로 다가간다. 옷가지 대신 귀중하게 보관한 듯한 흑백사진들을 발견한다. 대부분은 아이들을 찍은 사진이다. T.J.의 어릴 적 모습. 바버라도 있다. 그리고 베어도. 수많은 사진 속에서 베어 반라가 이런저런 자세로 낚시하고, 수영하고, 크로스컨트리용 스키를 신은 채 씩씩하게 서 있다.

가장 흥미를 끈 건 단체 사진이다. 주디는 눈을 가늘게 뜨고, 사진 속 사람들을 알아보려고 애쓴다. 그중 둘은 바버라의 조부모, 노 반라 씨와 부인이다. 그들은 맨 뒷줄에 서 있다. 부인은 미소를 짓고 있다. 남편은 그렇지 않다.

사진 속에서 가장 어린 남자아이는 짐작건대 베어다.

베어를 사랑스럽게 내려다보는 여자는 아이의 어머니, 앨리스다. 그녀의 오른쪽에 선 남자는 아이의 아버지다.

그리고 한쪽으로 조금 떨어져서, 무리에 속하는 동시에 떨어져 있는 채로 T.J.와 아버지 빅이 서 있다.

주디는 사진을 뒤집는다. 뒷면에 연필로 연하게 적혀 있다. **흑파리 작별 파티. 1961년.**

베어가 사라진 해.

주디가 몸서리친다. 사진들을 서랍에 돌려놓는다. 다시 거실로 걸어 나간다.

그녀는 반라 부인이 귀띔해준 내용에 관해 누군가에게 말할 때라는 것을 안다. 주머니에서 종잇조각을 찾아 들고, 본부에 있는 전화기로 가서 지시받은 대로 데니 헤이스의 집 전화번호를 돌린다.

어느 여자가 전화를 받는다. 그의 아내가 틀림없다. 뒤에서 아이들 목소리가 들린다.

주디가 말한다. "여보세요. 헤이스 형사님 계십니까?"

여자의 목소리가 멈칫한다. "전화 거신 분이 누군지 여쭤봐도 될까요?"

"럽택 형사입니다. 전— 헤이스 형사님과 일하고 있습니다."

"그이한테 여자— 동료가 있는 줄은 몰랐는데요. 여자도 형사를 시켜주는지 몰랐네요."

"아 네, 시켜줍니다." 주디가 말한다.

"아무튼 그이는 아직 집에 안 왔어요. 원하시면 저한테 전화번호를 남겨주세요."

"뉴욕 섀틱에 있는 올컷가 여관에 제가 머물고 있다고 전해주시겠습니까? 저는 20분 정도 뒤에 거기에 있을 거라서요. 헤이스 형사님이 프런트로 전화를 하시면 거기서 저를 연결해줄 겁니다."

길고 의심에 찬 침묵.

"그럼요. 그러죠." 헤이스 부인이 대답한다.

하지만 주디는 부인이 그러지 않을 것을 이미 장담할 수 있다.

깜깜한 밤에 주디는 여관에 도착한다. 지금은 8월 중순이고, 한여름에서 늦여름으로 넘어가는 시기다. 주디는 비틀에 잠시 가만히 앉아, 엔진이 식으며 핑핑거리는 소리를 듣다가, 내려서 문을 잠근다. 방으로 걸어간다. 열쇠를 꺼낸다.

그때, 뒤에서 자기 이름을 크게 부르는 소리를 듣는다.

돌아보기도 전에 누구인지 알아차린다.

주디가 말한다. "아빠. 여기서 뭐 하시는 거예요?"

아버지가 성큼성큼 다가오는데, 지금까지 이렇게 화가 난 모습을 본 적이 없었다. "너 여기서 뭐 하는 거냐? 여자 혼자 이러는 게 안전하다고 생각해? 이런 데가? 밖이 깜깜할 때, 밤늦게 돌아오는 게? 나는 그렇게 생각 안 한다."

"어떻게 저를 찾으셨어요?"

"네 엄마가 크게 걱정했다. 어젯밤에 잠도 못 잤어. 오늘은 먹지도 못했고. 나한테 여기 이름을 알려주더구나."

주디가 무겁게 한숨을 쉰다.

"엄마 탓하지 마라. 네 엄마는 너를 보호하려는 거야. 나한테 말하는 게 옳은 일이었어. 이런 허름한 곳에? 아직 너한테 아무 일도 안 생긴 걸 다행으로 여기거라."

아버지는 자기 차로 돌아간다. 조수석 문을 연다.

"얼른 와. 집까지 태워다 주마. 내일 네 차 가지러 올 때 다시 데려다줄게."

아버지는 주디를 보고 있지 않다. 주디가 가타부타 않고 차에 탈 것이라고 예상한다. 주디와 형제들은 어렸을 때 아버지를 종교처럼 따랐다. 아버지는 절대로 자식들을 때리지 않았지만, 위압적인 남자였고 고함을 쳤다.

잠시, 주디는 아버지에게 가는 것을 상상한다. 차에 타는 것을. 가족과의 평화를 유지하는 것을. 기대되는 대로 행동하는 것을.

그 대신 말한다. "허름하지 않아요."

"뭐가 말이냐?"

"이 호텔이요."

"모텔이지."

"네, 모텔요. 아주 좋은 가족이 운영하는 곳이에요. 올컷 가족이요. 남편은 역사 교사예요. 아내는 책을 읽고요."

아버지가 주디를 바라본다.

"저는 오늘 밤에 여기서 머물 거예요. 왜냐하면 아침에 굉장히 일찍 출근해야 하거든요. 그리고 피곤해요."

아버지가 말한다. "주디. 차에 타거라."

"저는 이 사건을 수사하는 동안 계속 여기에 머물 거예요. 그 뒤에는 레이브룩 수사국 본부와 더 가까운 아파트를 얻을 거예요. 임금이 올라서 그럴 여유도 있어요."

"주디."

"진급했으니까요." 주디가 강조하며 덧붙인다.

아버지가 천천히 조수석 문을 닫는다. 순간, 주디는 아버지가 거의 안쓰럽게 느껴진다. 얼굴이 슬픔과 화로 뒤덮인 채, 혼자서, 집으로 차를 모는 아버지를 그려본다. 이 순간은 주디가 살면서 처음으로 아버지가 바라는 것을 대놓고 거스른 때로 남을 것이다.

아버지가 말한다. "네 엄마가 계속 울고 있어. 너 때문에 울고 있다고."

"저는 스물여섯 살이에요. 이제 성인이라고요, 아빠. 제 앞가림은 할 줄 알아요."

아버지는 말이 없다. 자기 차—아주 오래된 차, 아버지가 구입 후 자랑스럽게 집에 몰고 오던 때가 지금도 기억나는 1950년대 후반식 페어레인 스카이라이너(포드사에서 나온 자동차 모델)—에 오른다. 두꺼운 한쪽 팔을 조수석에, 평소라면 어머니가 앉아 있을 곳에 걸치고, 어둠 속으로 후진한다.

이제 주디는 혼자다.

유디타

1950년대 | 1961년 | 1973년 겨울 |
1975년 6월 | 1975년 7월 | 1975년 8월: **넷째 날**

올컷가 여관의 객실에서, 주디는 상자처럼 생긴 텔레비전을 보며 나갈 채비를 한다. 진행자가 날씨를 이야기해준다. 오늘은 좀 더 화창하고 8월치고 선선하다. 주디는 이 새로운 일과가 좋다. 다른 방에서 고함치는 형제도 없이, 적당한 시간에 혼자서 깨는 것이.

샤워기를 참을 수 있는 한 뜨겁게 튼다. 어머니가 허락했을 정도보다 훨씬 더 오래 샤워기 아래 서 있는다.

마침내, 마지못해 물줄기 밖으로 나선다. 샤워기를 끄자 때마침 욕실 밖에서 뉴스 진행자가 하는 말이 들려온다. **현재 구류 중입니다.**

수건을 앞쪽으로 움켜쥐고 서둘러 밖으로 달려 나가자, 화면에 제이컵 슬루터의 모습이 보인다.

그 순간 뉴스가 뉴욕주 경찰청장 인터뷰로 넘어간다. 올버니에 있는 경찰 본부에서 청장이 공식적으로 밝히길, 슬루터는 노스크리크 근처 어느 민가에서 체포됐다.

현장에 도착하니 데니 헤이스가 아침 회의를 맡아서 이끌고 있었다. 그가 말해주길, 라로셀은 저택에 올라가 바버라의 아버지와 다시 이야기하는 중이다.

헤이스가 말한다. "자, 아직 못 들었다면, 이제부터 들어."

그는 모두에게 어젯밤에 일어난 사건—자기 집을 지나쳐 걸어가는 슬루터를 알아본 어느 외딴집에 사는 사람, 슬루터가 자는 동안 잠복한 경찰—에 관해 알려준 뒤, 몇 가지 사실을 명확히 밝힌다. 첫째로 슬루터는 구류 중이고 다친 곳은 없으며 건강하다.

둘째로 슬루터는 입을 열 의향이 있어 보인다.

셋째로, 그렇다, 슬루터가 나흘 전에 반라 보호구역에 도착하여, 딱 그때 바버라 반라를 납치한 뒤, 남쪽을 향해 노스크리크로 되돌아가는 시간 흐름이 가능할 수는 있다. 하지만 가능성이 적어 보인다. 게다가 아직 이에 대한 증거도 없다.

마지막으로, 누구에게 슬루터를 면담할 첫 번째 기회를 줄지 결정하는 건 헤이스의 몫이다.

잠시, 주디는 헤이스가 자신에게 시키리라 생각한다. 심지어 헤이스가 자신을 똑바로 보고 있다. 하지만 이내 시선을 돌린다.

헤이스가 말한다. "골드먼. 베어 반라 사건을 수사할 때 슬루터와 접촉해보셨습니까?"

골드먼이 고개를 젓는다. 안 해봤다.

"지금은 해볼 의향이 있습니까?" 헤이스가 묻는다.

타당하다. 주디는 실망하지 않으려 노력한다. 골드먼은 견실하고, 너그럽고, 험악하지 않다. 좋은 형사라고, 모두가 말한다. 소문에 따르면, 진급을 여러 번 제안받았어도 절대 수용한 적이 없는데, 형사로서 발로 뛰는 수사를 좋아하기 때문이다.

주디는 숨을 참는다. 골드먼이 거절할지 궁금하다.

"네." 골드먼이 대답한다.

헤이스가 고개를 끄덕인다. 그러고는 나머지 사람들에게 한 명씩 그날 할 일을 배정한다. 주디에게도 추적해야 할 일부 부모의 명단을 건넨다.

이제 그는 모두를 해산시키면서 오두막 밖으로 내보낸다.

주디는 시간을 끈다. 다른 사람이 모두 나갈 때까지 기다리다가 헤이스에게 다가간다.

"어제 집으로 전화를 드렸습니다. 부인께 전할 말을 부탁드렸는데요."

헤이스가 얼굴을 찡그리다가 한숨을 쉰다.

"전해드리지 않았군요."

헤이스가 고개를 끄덕인다.

"어제 할아버지 쪽과 이야기해보셨습니까?"

"어디서도 찾을 수 없었어. 그 사람이 어디 있는지 다들 나한테 다른 이야기를 하더라고." 헤이스는 잠시 말을 멈춘다. "자네는?"

"정확히는 그 사람을 만난 건 아닌데요, 말씀드릴 새 단서가 있습니다." 주디는 헤이스가 대답하길 기다리지도 않고 어제 오후에 대해 설명한다. 노 반라 부인이 귀띔해준 이야기. 빅 휴잇을 찾아봤던 일. 지팡이. 틀니. 빈 침실.

"직접 보실 수 있습니다." 주디가 말하면서 복도 쪽으로 고갯짓을 한다. "바로 저기예요."

"T.J.는 면담할 때 뭐라고 했어? 자기 아버지가 어디에 있는지에 대해서?"

"그게 묘한 점입니다. 자기 아버지를 현재형으로는 일절 언급하지 않았어요. 기억력이 떨어지기 전까지 캠프 관리자였다고 말했을 뿐이죠. 여전히 관리자 사무소에서 살고 있었으리라고는 짐작하지 못했습니다."

"이제 더는 아니고 말이지."

"그렇죠."

헤이스가 생각하더니 말한다. "알겠어. 아까 내가 말한 건 잊어. 오늘 자네가 할 일은 빅 휴잇을 만나보는 거야."

유디타

1950년대 | 1961년 | 1973년 겨울 |
1975년 6월 | 1975년 7월 | 1975년 8월: **넷째 날**

이제 에머슨 캠프에는 주 경찰관과 삼림 순찰대원과 형사를 제외하면 인적이 없다. 지도교사와 캠프 참가자와 직원은 전부 떠났다. 원칙적으로, 아직 이곳에 있어야 하는 유일한 고용인은 T.J. 휴잇이다.

하지만 주디가 직원 숙소로, T.J.를 마지막에 봤던 장소로 돌아가보니, 방문이 닫혀 있을 뿐 아니라 걸쇠와 자물쇠로 잠겨 있다. 바닥에 나무 부스러기가 있는 걸로 보아 새로 설치한 듯하다.

밖에 자물쇠가 걸려 있지만, 그래도 주디는 문을 두드린다. 살살 그러다 세게.

반응은 없다.

그 뒤로 몇 시간을 들여 만나는 사람마다 T.J.를 본 적 있냐고 묻지만, 어제 이후로는 본 사람이 없는 듯하다. T.J.가 모는 트럭

역시 구내 어디에도 없다.

이 사건에서 T.J.는 요주의 인물이 아니다. 어쨌든 공식적으로는 그렇다. 내키는 대로 오고 갈 권리가 있다. 그래도 T.J.와 아버지가 모두 없다니—특히나 어제 대화를 나눈 뒤에—수상한 느낌이 들면서, 주디는 뱃속이 요동친다.

정오, 주디는 점심거리를 찾아 관리자 사무소로 돌아간다. 들어가니, 데니 헤이스가 전화를 끊고 있다.

헤이스가 말한다. "럽택 형사. 마침 자네를 찾고 있었어."

"저요?" 주디가 묻자 헤이스가 끄덕인다.

"자네한테 부탁할 게 있는데—" 그가 말을 떼다가 멈춘다. "빅 휴잇 일은 뭔가 진전이 있어?"

"아뇨. 게다가 이제는 T.J.도 사라진 것처럼 보입니다."

짧은 침묵.

헤이스가 말한다. "그 일은 내가 다른 사람한테 맡길게."

"누구한테요?" 주디가 묻는다. 그러다 상황을 파악한다. "부탁하실 일이 뭐죠?"

헤이스가 한숨을 쉰다.

"여자랑 얘기하고 싶어 해."

"누가 말입니까?"

"슬루터. 골드먼이 최선을 다했지만, 아무것도 못 얻었어. 슬루터는 여자랑 얘기하고 싶어 해."

"그렇군요."

"범죄 수사국에는 여자 형사가 한 명 있지." 헤이스가 조심스럽게 말한다.

"그렇습니다."

"나는 반대했어. 그놈이 원하는 걸 들어주는 게 옳은지도 모르겠고. 게다가 그놈이 자네한테 뭐라고 할지 짐작도 안 가고. 모르긴 몰라도 온갖 변태 같은 개소리를 할 수도 있지. 하지만 내 손을 떠난 일이야. 라로셸이 허락했거든."

주디가 대답한다. "괜찮습니다. 두렵지 않아요."

주디는 두렵다. 두 시간 뒤, 레이브룩에 있는 한 취조실 밖에 서서, 제이컵 슬루터 본인을 단방향 거울 너머로 보고 있다.

그는 키가 크고 호리호리하다. 머리는 벗어지고 있다. 현재 50세인데, 팔은 근육질이고 몸에 기운이 넘쳐 보인다. 30대 때는, 이자가 연쇄 살인을 저지르기 시작했을 때는 제압하기 훨씬 더 어려웠으리라 짐작할 수 있다. 도주하는 동안 면도를 못 했는지 수염이 듬성듬성 나 있다.

주디는 1960년대 초에 슬루터가 처음 활개 치던 기간부터 실정을 잘 파악하고 있는 법심리학자와 통화하면서 사전 준비를 했다.

심리학자는 말했다. "그자는 아버지를 싫어합니다. 아버지한테 심하게 학대당했거든요. 아버지에 관해서나 전반적으로 부모에 관해서 아무것도 언급하지 마세요."

"알겠습니다." 주디가 대답했다.

"그자는 성적으로 폭력적입니다. 특정한 이야기를 하면서, 당신을 자극하려고 할 수도 있어요. 되도록 그자가 만족할 만한 반응을 하지 마세요."

"알겠습니다."

이제 주디는 이가 딱딱 부딪히는 것을 막으려고 입을 꽉 다문다. 이렇게 해서라도 강하게 보이기를 바란다. 긴장과 추위 때문에 명치에서부터 떨림이 퍼져나간다. 레이브룩 본부에서는 창문에 설치된 에어컨을 너무 세게 틀어서, 주디는 8월에도 재킷을 들고 출근해야 했다. 하지만 이에 대해 한마디라도 언급하는 건, 공개 선언하는 기분이다. 나는 **약하다**라고.

주디의 뒤로 사람들이 무리 지어 섰다. 그중에는 헤이스는 물론이고, 골드먼도 있다. 라로셸 경감과 그를 보좌하는 경위 두 명도 있다.

주디는 이들을 돌아보지 않으려고 애쓴다. 언제나 그렇듯, 자신의 나이와 성별을 통렬하게 인식한다. 헤이스가 옆에 서서 주디를 힐끗 본다.

"괜찮은 거 확실해?" 헤이스가 묻는다.

"확실합니다."

주디가 홀로 걸어 들어간다. 이 방에 마이크가 여럿 있다는 걸 안다. 마이크로 단방향 거울 반대편에 있는 스피커와 녹음 장치로 소리를 보낸다. 실시간으로 듣는 사람이 있다는 생각에 남의 이목이 의식된다. 좀 덜 공개적이었으면 좋았으리라.

의자에 등을 기대고 있던 제이컵 슬루터는 주디가 걸어 들어오자 꼿꼿이 앉는다.

"슬루터 씨. 저는 럽택 형사입니다." 주디는 목소리를 밝게 유지하려고 노력한다.

잠시, 슬루터는 아무런 말이 없다. 그러다 입을 연다. "추운가 보군?"

주디는 아주 잠시 망설인다. 심리학자가 약한 기색을 보이면 안 된다고 했다. 슬루터는 그 점을 즐긴다고. 여성을 대상으로 이자가 이루려는 목표는 겁을 주는 것이다. 1960년대 초에 단 한 사람만이 슬루터에게서 탈출했다. 이 여성이 전한 바에 따르면, 슬루터는 자비를 구걸하게 시켰고, 그녀는 거절했다.

주디가 대답한다. "아뇨. 괜찮아요."

슬루터는 거의 실망을 느끼는 듯하다.

"몇 살이신가?" 슬루터가 묻는다.

"당신은 몇 살이죠?"

"곧 쉰하나지. 다음 주가 내 생일이거든."

"그렇군요. 미리 축하해요."

주디는 슬루터를 향해 미소를 짓는다.

슬루터는 주디를 응시하면서 무언가를 읽어낸다.

"아주 어려 보이네. 집에서 부모님이랑 살고 있소?"

주디가 눈을 깜빡인다. 모든 신체 부위와 얼굴을 움직이지 않으려 의지를 발휘한다. "아뇨."

"결혼은 했고?"

주디는 침묵한다.

"손가락에 반지가 안 보여서 말이지. 그래서 물어본 거요."

그가 미소를 지으며 다리를 꼰다. "불쾌하게 하거나 그럴 생각은 없었어."

주디가 묻는다. "슬루터 씨. 피시킬에서 나온 뒤로 어디 있었는지 조금 말해줄 수 있습니까?"

"아, 내가 어디에 있었는지 전혀 모르겠는데. 그냥 북쪽으로 걷고 있었지."

"그렇군요. 정해둔 목적지가 있었나요?"

"아니."

"누군가와 마주쳤나요? 북쪽으로 이동하는 중에?"

"아니."

주디가 방에 들어오고 나서 처음으로, 슬루터가 지루해 보인다. 그녀에게서 단방향 거울로 얼굴을 돌리는데, 참관자들이 있는 걸 아는 듯하다.

"조금 얘기해줄 수 있습니까? 어떻게 — 생활했는지? 어디서 잤고, 뭘 먹었습니까?"

"정말로 기억이 안 나는데."

한동안 이런 식으로 이어진다. 질문하는 주디, 발뺌하는 슬루터. 그러다가 주디는 걱정이 되기 시작한다. 방 밖에 서서 듣고 있는 남자들이 생각난다. 서로 곁눈질하면서, 주디가 이자에게서 뭐라도 정보를 빼낼 능력이 있는지에 대해 주디 본인만큼 의심하는 모습이 떠오른다. 골드먼에게 털어놓은 것 이상을 말하지 않을 거면 왜 여자 형사를 요구했을까?

머릿속에서 심리학자의 목소리가 들린다. **약한 기색을 보이면 안 된다.**

주디는 그 말을 무시한다.

"그러게, **춥긴** 하네요. 이렇게 추운 건물에 있어본 적이 없어요."

양팔로 몸을 감싼다. 살짝 몸을 떤다.

슬루터가 주디 쪽으로 다시 얼굴을 돌린다. 안경 너머의 눈이 살짝 가늘어지는데, 주디에게 좀 더 선명하게 초점을 맞추려는 듯하다.

그리고 말한다. "럽택 형사. 내가 뭘 좀 물어봐도 되나?"

"네."

"당신 처녀요?"

주디는 쇄도하는 모욕감을 느낀다. 뺨을 맞은 것처럼 얼굴에 피가 몰린다. 스물여섯 살인 주디는 실제로 처녀다. 부인하고 싶지만, 방 안에 있는 마이크와 바로 바깥에 있는 스피커가 떠오른다. 거기에 서서 모든 말을 듣고 있는 네 남자, 동료들이 떠오른다.

그녀는 아무 말도 하지 않는다.

"미안하군. 내가 당황스럽게 했나?"

"네. 당황스럽네요."

슬루터가 미소를 짓는다. 의자에서 자세를 바꾼다.

"말 안 해주려고?"

"거래라면 할게요. 당신이 몇 가지를 먼저 말해주면 저도 말하죠."

"그런 게임이 있는데, 뭐였더라?"

주디가 대답한다. "진실 아니면 도전."

슬루터가 씩 웃는다. 다소 재미를 볼 준비를 하듯이 안경을 고쳐 쓴다.

주디는 지금 자기 모습이 완전히 생소하다. 연기를 하는 중이다. 그녀는 남자든 여자든 누구와도 경험이 없다. 열두 살 때, 아주 예쁘지는 않되 그럭저럭 예쁜 누군가로서 어중간한 자기 위치를 이미 깨달았을 때, 아버지가 데이트에 관해 조언을 하나 해준 적이 있었다. **현금으로 바꾸지 않으려면 남자한테 수표를 써주지 마라**(현금으로 바꿔주지 않을 말을 수표로 써주지 말라, 즉 책임지지 못할 말을 하지 말라는 뜻의 표현을 변형한 것이다).

주디는 이 말이 얼토당토않다고 느꼈다. 하지만 잊어버릴 수가 없었다. 어쩌면 이 말 때문에 주디는 지금처럼 성별이 모호한 차림을 하는지도 모른다. 어쩌면 그래서 잘 모르거나 믿을 수 없는 남자 앞에서 어깨를 구부리고, 머리를 숙이는지도 모른다. 즉, 대다수 남자 앞에서 말이다.

오늘, 살면서 처음으로, 주디는 자기 성별을 무언가 유용한 것으로 여긴다. 자백을 받아내고 싶다. 살면서 가장 원했던 무언가만큼이나 몹시 자백을 원한다.

"진실 아니면 도전?" 슬루터가 묻는다.

"진실."

"당신은 처녀요?"

주디가 대답한다. "네. 맞아요."

주디는 다른 방에 있는 사람들의 모습을 머릿속에서 떨쳐낸다. 그들이 이 작업을 한동안 놔두기를, 그녀의 연기를 진짜 괴로움으로 착각하여 너무 일찍 개입하지 않기를 바란다.

슬루터가 목을 가다듬고 말한다. "그럴 것 같았어."

주디가 말한다. "제 차례예요. 진실 아니면 도전?"

"도전."

"당신이 할 도전은 지금까지 죽이거나 납치한 적 있는 모든 사람에 관해 나한테 말하는 거예요."

무거운 침묵이 방을 채우고, 그 즉시 주디는 자신이 너무 서둘렀던 것은 아닐까 생각한다. 재빨리 입을 비틀어 작게 미소를 짓는다. 태연함을 전달하려는 의도로.

길게 뜸을 들인 뒤, 슬루터가 마주 미소 지으면서 손가락 하나를 허공에 흔든다. "안 되지, 아가씨. 그건 속임수지."

"왜죠?"

"**도전**이라는 단어는 행동을 나타내니까. 자백이 아니라."

"내가 원하는 건 뭐든 도전하라고 시킬 수 있죠. 그걸 막는 규칙은 없어요."

슬루터가 다시 목을 가다듬는다. "조사 안 해봤나 보지? 나는 누구를 죽이거나 납치한 적이 결코 없소." 그가 씩 웃는다. 희롱하려 한다. 주디는 뱃속이 조여든다. 메스꺼움 때문이든 긴장감 때문이든 둘 다이든.

"자백한 적이 없는 거겠죠." 주디가 받아친다.

"맞아. 전혀 없지."

"하지만 증거가 전부 있고 당신은 두 번째로 잡혔죠. 뭔가 마음속에서 털어내고 싶은 거 없어요?"

주디는 이 면담에서 두 번째로 자신이 슬루터를 지루하게 만들고 있다는 걸 느낀다.

다시 시도한다. "슬루터 씨, 당신은 신앙심이 깊은 사람입니까?"

슬루터가 비웃는다. "그럴 리가. 아버지가 그런 부류긴 했지."

"그러면 당신은 이성적이군요. 추론과 증거가 발휘하는 힘을 믿겠어요."

"그것도 나름이고."

"뭐 나름이죠?"

"누가 증거를 모으냐 나름. 그 사람을 믿을 수 있느냐 나름."

주디는 그가 하는 말을 자기가 마음 한편으로 이해한다는 것을 깨닫고 깜짝 놀란다. 심지어 동의한다.

"저는 어떤가요? 저 같은 사람은 믿겠어요?"

슬루터가 대답한다. "그럴 것 같은데. 자, 그게 당신 질문이었으면 — 이제 내 차례군."

"당신 차례가 아니죠. 지금도 여전히 용어를 따지는 중이잖아요. **도전**이라는 단어 뜻에 관해서."

슬루터가 얼굴을 찡그린다.

"좋아. 질문을 하나 더 받지. 그다음에 내가 좋은 걸 하나 해줄 테니. 받아들일지는 모르겠지만." 그가 씩 웃는다.

주디는 한숨 돌리면서 생각할 시간을 번다. 질문을 하나 더 한 다음, 이 방을 탈출해도 된다. 바버라 반라라는 이름을 언급하는 게 허용되는지 확실치 않지만, 자신이 무언가의 직전에 있음을 감지한다. 다른 방에 있는 남자들에게 무언가를 증명하고 싶기도 하지만, 자신에게 무언가를 증명하고 싶은 마음이 더 크다.

주디가 운을 뗀다. "우리는 어떤 여자아이에 관한 정보를 찾고 있어요. 실종된 아이죠."

"바버라 반라." 슬루터가 말한다.

한기가 주디의 등을 따라 내려간다.

"그 애 이름을 아네요." 그녀는 말하면서 무엇이든 질문으로 표현하지 않게 주의한다.

슬루터가 끄덕인다. 탁자를 내려다본다. 그의 자세에서 느껴지는 건 회한일까? 주디는 호흡을 늦추려고 애쓴다.

"슬루터 씨, 최근에 그 아이네 집 주변에 간 적이 있습니까? 사라진 그 아이와— 그 아이의 실종과 뭔가 관련되어 있나요?"

슬루터가 주디를 주시하면서 가늠한다.

"질문이 두 개네. 하나를 고르지."

주디가 대답한다. "좋아요. 첫 번째 거요."

서서히, 슬루터가 끄덕인다.

"간 적이 있어."

"그 아이네 집 근처에." 주디가 이어 말한다.

"그렇지."

주디가 입을 열고 말하려는데, 슬루터가 손가락 하나를 든다.
"내가 질문할 차례요."

주디는 아무 말도 하지 않는다. 지켜본다.

"처녀를 선택한 거요? 아니면 아무도 당신이랑 하고 싶어 하지 않은 거요?"

슬루터가 문장을 끝내기 전에, 주디 뒤에서 문이 열린다. 그녀가 돌아본다. 헤이스와 골드먼과 라로셸 경감을.

"잠시만요." 주디가 말리지만, 이미 그들이 더 크게 말하고 있다.

"수고했네, 럽택 형사." 라로셸 경감이 말한다.

슬루터가 이들을 노려보며 안색이 어두워진다.

"우린 안 끝났어." 슬루터가 말한다.

안 끝났어요. 주디도 이렇게 말하고 싶고, 소리치고 싶지만, 이제 할 일은 라로셸이 단호한 시선으로 말없이 전달하는 명령에 순응하는 것임을 이해한다.

그녀는 마지못해 의자에서 일어난다.

골드먼이 문으로 손짓해 주디를 데리고 나간다.

뒤에서 슬루터의 목소리가 들리는데, 판독하기 어려운 어조가 조롱과 진심 사이를 맴돈다.

"럽택 형사. 잘하셨소." 슬루터가 말한다.

취조실 밖에 나오니 온몸에서 기운이 빠진다. 바닥으로 주저

앉지 않으려고 안간힘을 다한다.

"괜찮아?" 골드먼이 걱정스럽게 묻는다.

"제가 말하게 만들 수 있었습니다. 할 수 있었어요." 주디가 대답한다.

골드먼이 위로한다. "나도 알아. 알다마다. 그저 ― 슬루터가 하는 말이 앞으로도 쓸모가 있을지 확신이 안 섰던 거야."

"그걸 제가 알아볼 수 있었습니다."

골드먼이 한 손을 들어 주디의 등을 토닥이려다가 생각을 바꾼다. 헛기침을 한다.

이제 주디는 단방향 거울 반대편에서, 제이컵 슬루터가 헤이스와 라로셸에게서 몸을 멀찍이 젖히는 걸 지켜본다. 두 형사가 말을 시작하는데도 그가 심통 난 아이처럼 몸통 앞으로 양팔을 꼬고 있는 것을.

루이즈

1950년대 | 1961년 | 1973년 겨울 |
1975년 6월 | 1975년 7월 | 1975년 8월: **넷째 날**

루이즈가 어제 집에 돌아온 뒤로, 동생 제시는 어디서도 안 보였다.

어머니는 제시가 어디에 있을지 짐작도 못 한다.

"없어진 지 얼마나 오래됐어요?" 루이즈가 점점 더 두려움을 느끼며 묻는다.

어머니가 대답한다. "아, 하루는 안 넘었어. 어제 부엌에서 본 것 같은데."

제시는 열한 살이에요. 루이즈는 그렇게 말하고 싶다. 하지만 한동안 어머니와 살아야 하니, 평화를 유지하고자, 그저 엮이지 않음으로써 자신의 평온을 유지하고자, 가능한 한 뭐든 할 셈이다.

정오, 루이즈가 마침내 시내로 가서 수소문할 생각이던 그때,

제시가 현관문으로 걸어 들어오다가 부엌에 있는 루이즈를 보고 우뚝 선다.

"어디 갔었어?" 루이즈가 침착하게 말하려고 애쓴다.

"친구네 집."

"친구 누구?"

"닐. 누나는 모르는 애야."

"왜 다른 사람한테 말 안 했어?"

제시가 억울해하며 말한다. "했어! 엄마한테 말했어. 닐네 엄마가 나를 데리고 갔다가 데려다줄 거라고도 말했어."

루이즈는 제시를 응시한다. 시선을 움직이지 않으면서 다른 방을 향해 소리친다. "엄마, 제시가 어젯밤에 닐이라는 친구네 있는 거 알았어요?"

짧은 침묵.

"알긴 알았던 거 같네." 어머니가 말한다.

루이즈는 고개를 떨군다. 제시가 만족스럽게 씩 웃는다.

"미안해. 널 걱정해서 그래." 루이즈가 사과한다.

"누나가 걱정하는 거 알아."

그녀가 두 팔을 벌리자 제시가 머뭇거리며 다가온다.

루이즈가 열네 살이고 제시가 세 살일 때, 루이즈는 꼭 이렇게 제시를 안아줬다. 그러면 제시는 고개를 옆으로 돌려 그녀의 어깨에 기댔다. 그녀에게 무게를 축 실었다. 오늘 제시는 마침내 누나보다 커버렸지만, 여전히 누나의 뼈와 근육 위에 자신의 뼈와 근육을 이완시킬 방법을 찾아낸다. 잠시, 평소 모습으로 돌아가기 전에, 아무 생각 없이 그대로 누나와 함께 숨을 쉰다.

루이즈가 말한다. "제시. 아무도 임신시키지 마."

"그만해." 그렇게 말하며 제시가 똑바로 선다.

"집에 있을 거야?" 그가 묻는다.

"당분간은."

두 사람이 어머니와 텔레비전을 본다. 〈코작(미국 범죄 드라마)〉. 제시가 좋아하는 드라마다.

어느 시점에 제시와 어머니가 잠이 들자, 루이즈는 부엌으로 돌아가 찬장을 연다. 어제 그녀는 자신이 전화로 해달라고 부탁한 일을 제시가 완수한 걸 보고 좀 흡족했다. 제시가 어느 정도 먹을거리를 갖춰놨다. 성장하고 있다.

루이즈가 치즈위즈(가공 치즈 소스 브랜드명)병에 숟가락을 넣고 있을 때, 문 두드리는 소리가 난다.

처음에는 밖에 있는 사람을 알아보지 못한다.

보이는 거라곤 여자라는 것과 머리가 하얗다는 것뿐이다.

유디타

1950년대 | 1961년 | 1973년 겨울 |
1975년 6월 | 1975년 7월 | 1975년 8월: **넷째 날**

데니 헤이스가 주디를 찾는다. 그녀는 패배한 권투 선수처럼 책상 주위를 뱅글뱅글 돌고 있다.

헤이스가 안타깝다는 듯이 주디를 지켜본다.

"자네가 속상해한다고 골드먼이 그러던데."

주디는 애써 의자에 앉는다. "그자로부터 뭔가 알아내셨습니까?"

헤이스는 잠시 말이 없다가 인정한다. "아니. 자네가 떠나자 입을 꽉 다물어버렸어. 더는 한마디도 안 했지."

그러다 어깨 너머를 돌아보더니 목소리를 낮춘다. "라로셸이 우리를 들여보냈어. 방 밖에서, 슬루터가 자네를 데리고 노는 것 같아 걱정이라고 하더라고. 자네한테 진실을 말해주지 않을 것 같다고. 하지만 내 생각에, 사실 라로셸은 자기가 직접 일을 끝냈다고 말할 수 있기를 원했던 거야."

주디의 양어깨가 처진다.

"나라면 자네가 계속하게 뒀을 거야."

주디가 끄덕인다. "압니다."

"이걸로 자네 기분이 나아질지 모르겠지만, 하이드컬렉션 소속 보존 전문가가 바버라의 방에서 그 페인트를 제거할 수 있을지 보려고 지금 보호구역에 가는 중이야."

주디는 슬루터에 너무 집중했던 나머지 기억을 되살리는 데 시간이 잠시 걸린다.

기억이 나자 머릿속에 질문이 하나 떠오른다. "부모는 어떻게 반응했습니까? 그래도 된답니까?"

헤이스가 대답한다. "좋은 지적이야. 나도 같은 게 궁금했거든. 그런데 경감 말로는 부모는 개의치 않는 모양이야. 적어도 아버지 쪽은. 망설이지 않았대."

주디가 생각하기에 이는 둘 중 하나를 의미한다. 반라 부모가 결백하다는 걸 보여주는 것일 수도 있다. 아니면 애당초 그 벽에는 흥미로운 무언가가 전혀 없을 수도 있다.

주디는 보호구역으로 떠나기 전에, 헤이스에게 부탁한다. "오늘 슬루터와 관련해서 일어나는 일을 나중에 말씀해주시겠습니까? 보호구역에 안 오시면 전화라도 해주시겠어요?"

헤이스가 고개를 끄덕인다.

미술품 보존 전문가는 키가 크고 젊은 여성으로, 주디 또래로 보인다. 큰 안경과 상하의가 붙은 흰색 작업복 차림에 오른손에는 양동이를 하나 들고 있다. 왼손에는 덮개 천이 있다.

그녀는 애나라고 이름을 밝힌다. 페인트를 살펴보러 왔다고.

주디는 이 아이디어를 촉발한 사람이자, 감독할 사람이기도 하다.

그녀가 애나를 본채 안으로, 그다음에 복도를 따라서 그 분홍색 방으로 데려간다.

보존 전문가인 애나가 방에 먼저 들어가 양동이를 내려놓는다. 분홍 일색인 벽, 깔끔하게 정리한 침대, 놀랄 만한 방 크기를 눈여겨본다.

애나가 묻는다. "어느 벽부터 시작할지 생각해두셨어요?"

"침대 뒤에 있는 벽이 좋겠어요." 주디는 바버라의 그림을 떠올리면서 대답한다. 벽화 도안을.

애나는 자신 있게 움직인다. 덮개 천을 바닥에 편다. 바닥에 무릎을 꿇고 앉아 양동이 안으로 손을 뻗어, 금속 용기에 든 아세톤과 커다란 면봉처럼 생긴 무언가를 꺼낸다.

그녀는 면봉에 아세톤을 찍어서, 한구석에 좁은 면적만 발라본다.

면봉을 떼자 분홍색을 뚫고 작게 초록색이 피어난다.

애나가 말한다. "음, 좋은 신호네요. 밑에는 유성인 것 같아요. 아래층을 훼손하지 않으면서 위에 바른 라텍스페인트를 제거할 수 있을지도 모른다는 뜻이죠."

그녀는 하던 일로 되돌아가서, 작은 원을 아주 조금 더 크게 만든다. 그렇다. 초록색이 더 드러나고 그 옆에 검은색도 조금 보인다.

애나가 어깨 너머로 주디를 흘끗 돌아본다.

"시간이 정말로 오래 걸릴 거 아시죠? 그러니까, 며칠까지도요."

저녁이 가까워질 무렵, 젊은 형사 하나가 언덕을 올라 본채에 있는 두 사람을 찾아온다. 허둥지둥하는 모양새다.

"럽택 형사이십니까?" 형사가 주디에게 말한다. 주디가 끄덕인다.

"라로셸 경감님이 전화로 찾으십니다. 긴급하다고 하십니다."

주디가 관리자 사무소에 전화를 받으러 와보니, 데니 헤이스도 도착해 있다. 수화기를 들고 있는 게 헤이스다. 그 주변으로, 호기심에 찬 구경꾼들이 작게 무리를 이뤘다. 주디가 두 손으로 수화기를 받고, 사람들 쪽으로 비스듬히 등을 돌린다.

"지금 슬루터 씨와 함께 있네." 경감이 엄숙함과 분함 사이 어딘가에서 말한다. "자네랑 얘기하고 싶다는군. 그러는 동안 나도 방에 같이 남아 있는 걸 허용하기로 슬루터 씨도 동의했네."

주디가 무슨 영문인지 전혀 모르는 헤이스를 흘끗 본다. 예의상 한 손으로 송화구를 덮고 입 모양으로 말한다. **슬루터가 저랑 얘기하기를 요청한대요.**

헤이스가 눈썹을 치켜올린다. **전화가 녹음될 거야,** 입 모양으로 대답한다.

"압니다." 주디가 말한다.

"뭘 알고 있지?" 슬루터가 전화선 반대편에서 묻는다.

이번에 제이컵 슬루터는 잡담하지 않는다. 명확하게 곧바로 말한다.

"나는 바버라 반라에 관해 아는 게 없어. 사실을 얘기하는 거야."

주디가 묻는다. "어떻게 그 아이의 이름을 알았죠? 제가 그 아이에 관해 물었을 때, 저보다 먼저 아이의 이름을 말했죠."

슬루터가 대답한다. "신문에서 봤는데. 다른 사람들이랑 똑같이." 의기양양하게 활짝 웃는다. 주디는 전화선 너머의 웃음기를 들을 수 있다.

그녀는 기다린다. 뭔가 더 있다. 더 있는 게 분명하다.

슬루터가 숨 쉬는 소리가 들린다. 속을 메스껍게 하는 축축한 소리.

마침내 그가 말을 이어간다.

"그 애 오빠가 어디에 있는지는 알지만."

주디는 잠깐 눈을 감는다. "말해줄 수 있습니까?" 대답을 거의 맛볼 수 있을 것 같다. 답을 간절히 원한다.

"아니, 안 그러려고."

아무 말도 하지 마. 주디가 자신에게 말한다. **기다려.** 주디는 라로셸도 입을 다물기를 전화선 너머로 말없이 요구한다.

효과가 있다.

마침내 슬루터가 말한다. "하지만 보여주지."

루이즈

1950년대 | 1961년 | 1973년 겨울 |
1975년 6월 | 1975년 7월 | 1975년 8월: **넷째 날**

루이즈는 문을 연다.

이 사람을 안다. 어떻게 아는지는 기억나지 않는다.

여자는 백발을 낮게 하나로 묶어 거의 허리까지 닿게 늘어뜨렸다. 긴 무명 원피스를 입었고, 운동화와 양말 차림이다.

한동안 두 사람은 움직이지 않고 서로 바라본다.

그러다 여자가 말을 꺼낸다. "루이즈?" 독특하고 낮은 목소리를 듣는 것만으로 그녀가 누구인지 퍼즐이 맞춰진다.

루이즈가 말한다. "스토더드 아주머니. 무슨 일이세요?"

스토더드 부인. 한때 교회학교 교사였고, 이 마을 토박이이며, 유치원부터 학창 시절이 끝날 때까지 루이즈와 같은 반이었던 앤토니아 스토더드의 어머니는 남편이 세상을 떠난 뒤로 거의 모습을 드러내지 않았다.

10년이 넘도록, 그녀에 관해서는 소문이 사실보다 많았다.

루이즈의 어머니처럼, 스토더드 부인도 집에 틀어박혔다고들 말했다. "신경쇠약"에 걸렸다고.

하지만 루이즈의 어머니와 달리 부인은 소문처럼 세상과 연을 끊을 만한 이유가 명백했다. 아들을, 그 뒤에 남편을, 잔인하리만큼 빠르게 연달아 잃었다. 게다가 남편이 큰 불명예를 안고 세상을 떠났기에, 제대로 애도조차 할 수 없었다. 적어도 사람들 앞에서는.

"들어가도 되니, 루이즈?" 스토더드 부인이 묻는다.

루이즈가 물러나며 길을 터준다. 의자를 향해 손짓한다. 부인은 손짓에 따라 앉는다. 손가방을 무릎에 놓고, 누군가가 뺏어 갈까 두렵다는 듯이 손잡이를 꽉 쥔다.

루이즈가 부인에게 묻는다. "마실 걸 드릴까요? 차는 어떠세요?" 하지만 집에 차가 있는지 전혀 알 수 없다.

부인이 대답한다. "괜찮아."

"앤토니아는 어떻게 지내요?" 루이즈가 묻는다.

"아, 잘 있지. 애들은 다 잘 지내. 나는 다섯 번도 넘게 할머니가 됐단다."

부인은 의자에서 자랑스럽게 등을 꼿꼿이 편다. 하지만 루이즈는 어쩐지 가족에 관해 더 캐묻지 말아야겠다는 느낌을 받는다. 아마 서로 연락을 잘 안 하는지도 모른다.

"정말 뿌듯하시겠어요." 루이즈가 말한다.

"그렇단다."

"앤토니아는 피아노를 정말 잘 쳤었는데. 노래도 잘했고요."

"그래, 그랬지?"

길고 어색한 침묵이 뒤따른다.

불현듯, 부인이 의자에서 몸을 앞으로 기울인다.

"그 사람들이 너한테 무슨 짓을 하려는지 안단다."

루이즈가 눈을 깜박인다. "그렇군요?"

스토더드 부인이 고개를 끄덕인다. 급격하게 눈물이 차오른다. 식탁을 가로질러 메마른 손 하나를 뻗는데, 손바닥이 위를 향해 있어, 루이즈는 스토더드 부인의 손에 자기 손을 올리지 않을 수가 없다.

"하지만 걱정하지 마. 내가 그 사람들이 또 그러도록 두지 않을 테니."

부인이 무릎에 둔 가방을 열고, 안을 뒤지며 뭔가를 찾는다.

구겨진 서류를 끄집어내서 두 사람 사이 식탁에 놓고, 주먹으로 매끄럽게 편다.

"자. 받으렴. 네가 가지고 있어."

루이즈는 다소 망설이면서, 스테이플러로 묶은 종이들을 자기 앞으로 당긴다.

처음에는 자신이 보고 있는 게 무엇인지 알아채지 못한다. 무언가를 복사한 것인데, 글자가 너무 희미해서 몇몇 부분에서는 눈을 가늘게 떠야 한다. 서류 맨 위에 쓰인 말은 이해할 수 없다. **담보 영수증 및 안내문.**

맨 아래에는 서명이 있다. **메리앤 스토더드**.

"나라고 말해줬니?" 부인이 묻는다.

"누가요?"

"법원 사무소에서 말이다. 네 보석금을 낸 사람이 나라고 말해줬니? 집을 담보로 맡겼지." 부인은 이제 흥분으로 양손이 살짝 떨린다. "봐봐. 다음 장을 보렴."

다음 장은 약속어음으로, 스토더드가의 집 주소가 맨 위에 기입되어 있다. 세 번째 장은 등기 사본이다.

루이즈가 말한다. "아주머니, 왜 그러셨어요."

"왜 안 되니."

"정말로 감사한 일이지만, 너무 과분해요."

스토더드 부인이 이제 강하게 말한다. "허튼소리 마라. 나는 지난 14년을 살아오는 동안, 남편이 짓지도 않은 죄로 뒤집어쓴 오명을 벗기려고 노력했어. 눈에 흙이 들어와도 그 개자식들이 또 다른 사람한테 똑같은 짓을 저지르게 놔둘 수 없지."

루이즈는 여전히 서류를 보고 있다. 서면 아래쪽에 있는 서명을 세심히 살펴본다.

부인이 말을 이어간다. "내가 살면서 얼마나 많은 시간을 헌트산 주변 숲에서 보냈는지 아니? 사실상 그것밖에 안 했단다. 우리 애들은 내가 미친 줄 알지. 하지만 난 늘 생각해, 그저 무언가를 찾을 수 있기를, 그 아이의 옷 같은 거나―" 잠시 말을 멈추고 얼마나 솔직하게 털어놔도 될지 가늠한다. 그리고 마침내 말한다. "그 아이를 말이다. 불쌍한 것."

루이즈는 집중해서 듣는다. 부인이 말하는 모든 것은 자신이 지난 몇 분 동안 추측한 바를 확인해준다. 그녀는 눈을 가늘게 뜨고 서명을 뜯어본다.

루이즈가 묻는다. "아주머니, 무례하게 굴려는 건 아닌데요. 성함이 메리앤인가요?"

"그렇단다."

"베어 반라가 사라진 뒤로 인근 숲을 수색하시면서 여러 해를 보내셨고요?"

부인이 끄덕인다. "남편이 경찰에 붙잡혀 있다가 죽은 뒤로. 정확히 말하면 그렇지만. 맞아."

루이즈는 뜸을 들인다. 물어보기가 어렵다.

메리앤 스토더드가 말한다. "무시무시한 메리. 말해도 된단다. 사람들이 나를 그렇게 부르는 걸 들었거든."

유디타

1950년대 | 1961년 | 1973년 겨울 |
1975년 6월 | 1975년 7월 | 1975년 8월: **넷째 날**

조앤호수를 가로지르는 카누 가운데에 주디가 앉아 있다. 삼림 순찰대원 두 명이 조용하고 침착하게, 물살을 거의 일으키지 않으면서 똑같은 속도로 길게 노를 젓는다.

주디가 탄 카누 옆으로 카누가 두 척 더 있다. 하나에는 헤이스와 스키넥터디에서 온 검시관이 타 있다.

다른 하나에는 슬루터와 무장한 감시 요원이 타 있다.

지방법원에 이 계획을 허가받고자 주에서 배정한 슬루터 측 변호사와 몇 차례 협상을 거쳐야 했다. 데니 헤이스가 말하길, 우려되는 점은 슬루터의 도주 전력이었다. 주변 사람을 조종하는 능력도.

슬루터처럼 탈주 위험이 있는 사람은 발목에 족쇄를 차고, 손목에 허리띠와 연결된 수갑을 차야 했다. 그리하여 슬루터는 지금 그런 꼴을 하고, 뱃머리와 배꼬리에 앉은 순찰대원이 이끄는 대로 감시 요원과 함께 나아가고 있다.

주디는 계속 앞을 똑바로 응시하고자 의지를 발휘한다. 시선을 돌리면, 제이컵 슬루터와 마주 보게 될까 두렵다.

이들은 조앤호수 맞은편 기슭으로, 만 가운데, 걸어서는 접근이 불가능해 보이는 짧게 뻗은 바위투성이 땅으로 향하고 있다. 가파른 노두가 작은 만을 양쪽에서 가둔다.

접근할수록 물을 헤치고 걸어가야 할 것이 분명해진다. 섬 기슭에는 모래사장이 없고 바위뿐이라 안쪽 숲으로 들어가는 게 지연된다. 한 명씩 배가 흔들리지 않도록 잡으면서 내린다. 애원하는 듯한 모습으로 양손이 앞쪽에 하나로 묶인 슬루터는 그에게 배정된 덩치 큰 요원에게 도움을 받아야 배 밖으로 나올 수 있다. 슬루터가 몸을 낮추고 뱃머리로 걸어가자, 배가 흔들리며 뒤집힐 조짐이 보인다. 요원이 양팔을 벌리자 슬루터가 그리로 떨어진다.

바위 너머 숲은 인정사정없이 빽빽하다. 호숫가에서 멀어지니 햇빛이 땅에 잘 닿지 않는다.

북부 숲의 공포, 제이컵 슬루터의 뒤를 따라 한 줄로 걸어가면서, 주디는 그의 모습 너머로 땅을 훑어본다.

앞선 통화에서, 슬루터는 그들이 무엇을 찾아야 할지 설명했다. 돌무더기. 어떤 위치를 표시하고자 차곡차곡 쌓은 작은 돌들.

이제 주디는 그 돌무더기를 처음으로 확인하는 사람이 되고 싶다. 슬루터의 말이 사실이라면 말이다. 그것도 두고 볼 일이다. 마음 한편으로는 슬루터가 그저 현장학습을 원할 뿐이라고 생각한다. 연방 교도소에 갇혀 여생을 보내기 전, 바깥세상을 볼 마지막 기회를.

덤불을 헤치며 걸어가기를 몇 분, 마침내 슬루터가 목소리를 내어 이 적막한 행군을 중단시킨다.

"위를 보시오." 슬루터가 말한다. 일행들이 따른다.

오면서 본 가파른 암벽에 도착한 상태다. 머리 위로 3미터가량 떨어진 곳에 동굴이, 아득히 깊은 곳으로 이어지는 입구가 있는 것처럼 보인다.

"아래를 보시오." 슬루터가 말하고 나서 고개를 숙인다. "여기 그 아이가 있군."

그의 발치에, 맨땅에. 작은 돌탑.

돌무더기.

그 표지 밑에서 그 아이를 찾을 수 있을 거라고, 제이컵 슬루터가 말한다.

루이즈

1950년대 | 1961년 | 1973년 겨울 |
1975년 6월 | 1975년 7월 | 1975년 8월: **넷째 날**

루이즈는 어릴 때 쓰던 침실에 서 있다.

줄곧 회피해왔다. 어젯밤에는 소파에서 잤다. 자신의 장래성이 담긴 물건들이, 공립 고등학교에서 졸업식 개회사를 맡았고 전액 장학금을 받아 유니언 대학교로 떠나는 17세 루이즈 도나듀의 물건들이 여전히 가득한 그곳에 들어가기 싫었다.

하지만 이제 이 공간과 휴전협정 같은 것을 맺어야 한다. 공판 때까지 몇 주 또는 몇 달 동안 이곳에 있어야 할지도 모른다.

그녀는 완전히 한 바퀴를 돌아본 뒤, 꾸며놓은 벽을 치우기 시작한다. 전국 우등생 협회 인증서, 졸업 모자와 가운을 입고 교장 선생님과 악수하며 찍은 사진이 떨어진다. 마지막으로 받아본, 에이와 에이플러스가 가득한 성적표가 떨어진다.

이것들을 붙인 사람은 그녀 자신이었다. 열네 살, 열여섯 살에. 루이즈가 살면서 만난 어른은 아무도 구태여 이런 걸 해주지 않았다. 창피하다고, 루이즈는 생각한다. 불쌍하다.

졸업 사진을 마지막으로 뗀다. 사진 속 소녀는 미소 짓고 있지만, 미래를 들여다보기라도 하듯 이맛살을 찌푸리고 있다.

루이즈는 바닥에 쌓인 기록물들을 두 팔로 모아 든다. 쓰레기통에 버리려고 부엌 쪽으로 걸어가는데 제시가 밖에 있는 누군가와 이야기하는 소리가 들린다.

루이즈가 걸음을 재촉한다.

"누구신데요?" 제시가 묻는데, 대답이 들리지 않는다.

제시가 루이즈에게 고개를 돌리며 쏘아본다. 이 표정은 남자일 가능성이 크다는 뜻이다.

그가 문을 닫고 나서 묻는다.

"누나, 리 타우슨이라는 사람 알아?"

3분 뒤, 루이즈는 어머니 집 앞에서 리 타우슨을 직접 마주하고 서 있다. 제시에게 나오지 않겠다는 맹세를 받아냈다. 곧 죽어도 듣는 사람 있는 데서 대화할 생각이 없다.

캠프에 있는 직원 숙소 복도에서 리와 마주 보고 섰던 날이 불과 며칠 전이다. 그런데 한 달은 된 것처럼 느껴진다. 데니가 한 말이 아직도 귓가에 울린다. **의제 강간**. 루이즈가 바닥을 내려다보며 말한다.

"여긴 어떻게 알고 왔어?"

리가 대답한다. "전화번호부. 뉴욕 섀턱에는 도나듀가 그리 많지 않더라고."

"그렇지만 내가 여기 있는 건 어떻게 알았는데?"

"이 근방에 친구들이 있거든."

루이즈는 그 말이 뜻하는 바를 곱씹는다. 남의 입에 오르내리는 것이 늘 싫었다. 하지만 섀턱처럼 좁은 동네에서는 피할 수 없는 일이겠다는 생각이 든다.

"사람들이 너를 찾고 있는 거 알아?" 루이즈가 리에게 묻는다.

"들었어."

"어디에 있었어?"

"여기저기."

"숨어 지내?"

"그런 셈이지. 어쨌거나 떠날 생각이야."

루이즈는 드디어 리를 쳐다본다. 그리고 그 너머까지. 이 막다른 골목에는 집이 고작 두 채 더 있는데, 둘 다 밤이 되어 덧창을 닫은 듯 보인다. 섀턱은 골목길에 가로등이 없다. 오직 어머니 집에서 나오는 빛에 의지해 리의 형체를 볼 수 있다.

"루이즈?"

"왜?"

"그동안 마음을 짓누르던 게 있었어. 떠나기 전에 말해야겠어서."

루이즈는 심장이 몇 박자 멎는 기분이다. 마음속으로 온갖 얼토당토않은 추측을 한다.

아무렇지 않은 척 애쓰며 묻는다. "뭔데?"

리가 대답한다. "네 남자 친구. 참, 약혼자지, 미안."

"그 사람이 왜?"

"다른 여자랑 자고 다녀."

루이즈가 눈을 감는다.

"어떻게 알았어?"

"그 사람한테 공급해줬으니까. 그러다 다른 여자랑 있는 걸 두어 번 봤어. 같은 여자였어."

"설마 그게—"

"바버라는 아니야. 아니지. 그 사람은 본채에 있었어. 독립독행 뒤에 있는 모래사장에. 같이 있던 여자애를 애너벨이라고 부르던데."

루이즈는 눈을 감는다. 주변 세상이 희미해진다. 세상에 관해 그녀가 알고 있던 것들도. 이제 다른 것이 뚜렷해진다. 부모님이 생각해둔 결혼 상대가 있다고 일찌감치 선언했던 애너벨. 오랜 친구이자 독립독행에 함께 머무는 사우스워스 집안과 매클렐런 집안. 루이즈를 본채 근처 어디로도 데려가길 완강하게 거부했던 존 폴. 그 주 내내 모습을 드러내지 않은 존 폴. 마지막이자, 가장 잔인한 연결 고리, 캠프에서 댄스파티가 한창일 때 떠난 애너벨. 바버라가 사라진 바로 그날 밤에.

"애너벨은 열일곱 살이야." 루이즈가 말한다.

"나는 보통 남 일에 신경 안 써. 그렇지만 네가 이 사실을 알아야 할 것 같았어, 혹시 모르니까."

"혹시 뭐?"

"혹시 이게 — 뭔가를 증명해줄지도 모르니까. 혹시 너한테 도움이 될지도 모르고. 그 사람들이 너한테 무슨 혐의를 적용했는지 알아. 그렇지만 장담하는데 뭔가 다른 이유로 널 주목하는 거야. 그 사람들이 일하는 방식이 그래."

"나한테 일어난 일에 왜 신경을 쓰는데?" 루이즈가 불쑥 묻는다. 의도한 것보다 더 매몰차게 들린다. 하지만 모두 제 꿍꿍이가 있는 법이다.

리가 말한다. "그거야, 널 좋아하니까."

루이즈는 아무 말도 하지 않는다. 눈을 감는다.

긴 정적. 그러다 들리는 말. "루이즈. 나랑 같이 가지 않을래?"

"뭐라고?" 루이즈는 이제 마음이 어지럽다. "어디로?"

"내일 콜로라도주로 갈 거야. 크레스티드뷰트라는 도시로. 친구가 거기에 나가 사는데, 천국 같대."

루이즈가 딱딱하게 말한다. "나는 집을 못 떠나. 어머니 집을. 보석금을 내고 나온 거라서. 약물 소지 혐의로 붙잡혔잖아. 내 것도 아닌 어떤 약 때문에."

"아. 이런, 그럼 그건 물 건너 갔네. 보니와 클라이드(1930년대 미국에서 연쇄 강도 및 살인을 저지른 범죄자 연인)를 따라 할 기분이 아니라면. 상황이 진정될 때까지 한동안 숨어 지낸다든가."

루이즈는 고개를 젓는다. "어쨌든 그 사람들도 네가 거기로 간다고 생각해. 그러니 다른 곳을 골라야 할지도 몰라."

"누가?"

"경찰."

리가 잠자코 고민한다.

정적이 이어지는 가운데 루이즈가 말한다. "너에 관해 들었어. 왜 감옥에 갔었는지."

리가 숨을 들이쉬고 내쉰다. 그러더니 갑자기 지쳐버린 듯이 땅바닥에 주저앉는다. "누가 말해줬어?"

"엄마 친구." 루이즈는 사실을 전부 얘기해줄 기분이 아니다.

리가 길게 한숨을 내쉬더니 입을 연다.

"나는 열아홉 살이었어. 그 애는 열여섯이었고. 내가 요리사로 고용된 집 딸이었어. 부유한 집이었지. 캐츠킬에 집이 있었다니까? 반라 저택만큼 멋지지는 않지만, 그런 데였어."

루이즈가 들으면서 생각에 잠긴다.

"그 애 아버지가 우리를 봤어. 기겁하더라고. 경찰을 불렀지. 내가 자기 딸한테 강요했다고 했어. 그 애가 뒤에서 사실이 아니라고 소리를 지르는데도. 그건 사실이 아니었어."

여전히 서 있던 루이즈는 이제 리 옆에 앉는다.

"루이즈? 날 믿어?"

"모르겠어." 루이즈가 대답한다. 정말로 모른다. 자기 직감이 전부 틀린 느낌이다. 지금까지 계속 그랬다. 루이즈는 궁금하다. 사람에 관한, 남자에 관한 직감을 어떻게 바로잡을 수 있을까?

"부자 밑에서 일하는 건 이제 끝이야." 리가 말한다. 이제 루이즈에게 말한다기보다 혼잣말에 가깝다. "내가 또 그 밑으로 들어갔다는 게 믿기질 않아. 그래서 숨은 거야. 반라 집안 여자애한테 무슨 일이 생겼는지 듣자마자 뛰었어. 전과가 있으니…….' 리는 말을 흐렸다가 다시 이어간다. "어쨌거나, 저쪽에 새로운 일이 벌어지고 있대. 1975년이야. 서쪽으로 가야 한다고 들었어."

루이즈는 자기 방 벽에서 떼어낸 종이와 사진을 여전히 왼손에 들고 있다. 그것들을 내려다본다. 또 다른 남자가, 지키지도 않을 또 다른 약속을 하는 소리를 듣고 있다. 살면서 얼마나 자주 남자에게 '그래'라고 말했던가? 그저 그게 가장 쉬운 일이라는 이유로. 살면서 얼마나 자주 그들이 원하는 것을 내주고 말았던가? 그녀 자신을 위해 무언가를 챙기는 대신에.

그녀는 들고 있던 것을 살며시 바닥에 놓는다. 리를, 여름 내내 만져보기를 꿈꿨던 팔뚝과 손을 흘끗 돌아본다.

이제 행동으로 옮긴다. 왼손을 리의 팔꿈치 안쪽에 올린다. 리가 의아해하며 루이즈를 쳐다본다.

루이즈가 묻는다. "잠깐 놀고 싶지 않아?"

리는 아무 말도 하지 않는다. 루이즈가 자기 앞에서 땅에 무릎을 짚고 코앞까지 다가오는 동안, 꼼짝하지 않고 앉아 있다. 그녀는 불 켜진 집 쪽을 흘끗 쳐다본다. 어두운 밖에 나와 있는 자신이 보이지 않을 것을 안다. 셔츠를 머리 위로 올린다.

"맙소사." 리가 말한다. 앞으로 손을 뻗어, 루이즈의 허리를 두 손으로 감싼다.

"아니, 너도." 루이즈는 리의 셔츠도 벗긴 다음, 앞으로 몸을 기울여, 바닥에 눕는 리 위에서 살결을 맞댄다.

이 남자에게서 원하는 것을, 이 깜깜한 어둠 한복판에서 한순간의 쾌락을 취할 것이다. 존 폴과 매클렐런 가족과 반라 가족을, 루이즈가 무엇을 하든 결코 초대받아 들어갈 수 없었을 그 거대한 저택을 잊어버릴 것이다.

내일, 리 타우슨은 콜로라도주로 떠날 것이다. 루이즈는 따라가지 않을 것이다.

앨리스

1950년대 | 1961년 | 1973년 겨울 |
1975년 6월 | 1975년 7월 | 1975년 8월: **넷째 날**

앨리스는 올버니로 되돌려 보내졌다. 이번 시련이 이어지는 동안 대체로 방에서 나오지 않았던 부모님이 앨리스의 이송을 감독하는 역할을 맡았다. 올버니에 도착하자 이들은 바버라를 찾을 수 있을 거라고 중얼중얼 장담하며 맨해튼으로 서둘러 떠났다.

이제 앨리스는 혼자다.

이렇게 모두 앞에서 걸리적거리지 않게 됐다는 생각에 어깨를 살짝 떨며 웃는다. 오늘은 매일 그렇듯 매우 심한 날이고, 그리하여 루이스 선생의 허락하에 필요하면 약을 세 알 먹어도 된다는 권고를 받았다.

이제 알약을 먹는다. 알약이 유리병이라는 제집에서 나오자 머리가 몸보다 먼저 화학물질이 치솟을 걸 예상하면서, 안도의 한숨이 나온다. 더 빨리 그 상태에 이르고자 알약을 씹는다.

눈을 감는다. 마음이 이완되면서 별안간 던위티 센터로 돌아간다.

델핀 언니, 그곳에 있던 내내 유일하게 찾아온 방문자에게로.

미안해. 언니는 말했다. 그러고 나서 몇 가지를 더 말했다. 조지가 죽은 뒤로 자신이 급격히 무너지고 있었다는 것. 자신과 피터가 함께한 것이 처음이 아니었다는 것. 어렸을 때도 친밀한 사이였다는 것. 사교계 데뷔 파티 때문에 앨리스를 피터에게 처음 소개해줬던 그 옛날에도.

앨리스를 피터에게 소개해준 것은 델핀이 그와 계속 친밀하게 지내려는 방법일 뿐이었을까? 피터를 순진하고 아둔한 여동생과 짝지어주는 것이? 델핀과 피터, 이 지적인 한 쌍이 피터가 뉴욕시에 내려갈 때마다 부적절한 관계를 이어나가는 동안 앨리스를 번식용 암말로 만든 것이?

델핀이 앨리스의 생각을 읽으며 말했다. "네가 상상하는 것과 전혀 달라. 조지와 나는 서로 몹시 사랑했어. 하지만 우리는 전통적인 결혼에 전혀 관심이 없었어. 조지는 원하는 대로 자유롭게 행동할 수 있었어. 나도 그랬고. 네가 기억할지 모르겠지만, 언젠가 너한테 일러주려 한 적도 있었어." 그녀는 몸을 뒤로 기댔다. "즐길 줄도 알아야 한다고, 그랬던 것 같은데. 그러려고 해본 적 있니?"

앨리스는 아무 말이 없었다.

델핀이 말했다. "우리가 잘못한 거야, 앨리스. 우리 모두. 너를 가혹하게 대했어."

침묵.

"그 사람을 떠날 거니, 앨리스? 너도 알다시피, 그래도 돼."

침묵.

"앨리스. 앨리스, 자는 거야?"

마침내, 앨리스가 미소를 지었다. 어떤 면에서는 정말로 자고 있다고, 생각했다. 백일몽을 꾸고 있었다. 언제나 꿨던 꿈을.

이 꿈에서 앨리스는 낯선 방에 갇혀 있고, 그동안 사라진 아들을 찾는 수색이 그녀 없이 진행 중이었다. 그리고 알 수 없는 누군가가 바로 문밖에 서 있었다.

앨리스가 올버니에서 눈을 뜬다. 이곳에 혼자 있는 것이 싫다. 이 집은 여름인데 춥고, 올버니 전체는 황량하고 버려진 것처럼 보인다. 공무원들도 북쪽이나 남쪽으로 멀리 떨어진 곳에서 휴가를 보내고 있다. 이 도시에서, 어쩐지 앨리스는 역병에서 유일하게 살아남은 자가 된 느낌을 받는다.

이제 약 세 알이 혈액 속에 있다. 몸이 축 늘어진다.

이런 상태에서 아들의 소리가 가장 잘 들린다. 장막 반대편, 다른 세상의 소리가. 베어가 사는 세상의 소리가.

언젠가 사전 게임을 하면서 nonsecular(초월적)라는 단어를 우연히 발견했는데, 아들을 만나는 삶과 죽음 사이의 경계 공간을 생각하면, 이 단어가 머릿속에 떠오른다.

자신이 무슨 짓을 했는지 받아들이게 두는 이 공간은 **초월적**이다. 이따금 예기치 않은 순간에 찌르듯 매우 선명하게 쇄도하는, 빛과 기억의 파편을 막으려 노력하지 않는 이 공간은 **초월적**이다. 이 세상에서는 그때 기억이 떠오르면 받아들이고, 가만히 살펴보고, 애써 물리치기보다는 마음을 연다.

    이제 앨리스는 눈을 깜박인다. 삶으로 돌아온다.
    창밖에서 해가 지고 있다. 한 의자에 얼마나 오래 앉아 있었을까? 그녀는 알지 못한다.
    일어나서 화장실에 가 소변을 본다. 그다음에 몽상에 잠긴 채, 아이 방이었던 곳으로 표류해간다. 또 다른 초월적 공간으로.
    엄마 왔어, 앨리스가 말한다. **엄마 여깄어.**
    앨리스는 귀를 기울이면서 아들이 대답하기를 기다린다.

유디타

1950년대 | 1961년 | 1973년 겨울 |
1975년 6월 | 1975년 7월 | 1975년 8월: **넷째 날**

주디는 전에도 시신을 본 적이 있었다. 조부모님 중 세 분이 열어둔 관에 누워 있는 걸 보았다. 일반 경찰로서 도로 순찰대에 몸담던 기간에, 막 숨진 사람들을, 자동차 사고를 당한 희생자들을 보았다.

하지만 유골을 보는 것은 처음이다.

검시관이 지시를 내리고, 삼림 순찰대원들은 작고 온전한 뼈를 10년도 넘게 잠들어 있던 곳에서 장갑 낀 손으로 조심스럽게 들어 올려 감식할 수 있게 판자에 놓는다.

고인에 대한 예의로, 슬루터는 이미 무장 요원이 데리고 갔다.

이제 살펴보기 시작하는 검시관의 목소리에서 무감정한 관심 같은 것이 묻어난다. "유골 자체가 부식되었을지도 모른다고 생각했습니다. 그런데 여기는 흙이 심한 산성은 아닌가 봐요. 아마 물이랑 가까워서겠죠."

그는 판자 옆에 무릎을 꿇고, 줄자를 꺼내서, 뼈별로 여러 지점에 대본다.

"아이라고 봐야겠네요. 아마 일곱 살에서 열한 살가량."

"남자인지 여자인지 알겠습니까?" 헤이스가 묻는다.

"미성숙 골격이라 오류가 생길 여지가 있습니다. 하지만 지금 당장은 남자라고 말씀드리죠."

데니 헤이스는 본부로 돌아와 자기테이프 재생기에 손가락을 하나 올리고, 제이컵 슬루터와 주디의 통화 녹음을 들으려 준비한다. 베어 반라의 시신이 어디에 있는지 알려줬던 통화를. 슬루터가 구금된 레이브룩 본부에서 통화 기록 사본을 하나 만들어서 반라 보호구역으로 보내줬다.

헤이스가 듣기 전에 묻는다. "자네는 그자를 믿었어? 그자가 하는 이야기가 믿겼어?"

주디가 끄덕인다. 믿었다. 지금도 믿는다.

"어떻게? 거짓으로 악명이 높은 자잖아. 지금까지 그 무엇도 절대 인정하지 않았어."

"그냥 직감이죠. 그 사람이 이번에 우리를 도와줄 이유가 없었잖습니까. 하지만 도왔고요."

헤이스가 재생 버튼을 누른다. 지직거리며 제이컵 슬루터의 이야기가 시작된다.

베어 반라가 어디에 있는지 알아. 녹음 속에서 슬루터가 말한다.

하지만 내가 죽인 건 아니야.

유디타

1950년대 | 1961년 | 1973년 겨울 | 1975년 6월 | 1975년 7월 | 1975년 8월: **다섯째 날**

아침 회의 때, 라로셸이 확실하게 공표한다. 치과 기록이 완벽하게 일치한다. 그 유골은 베어 반라가 확실하다.

그는 헤이스에게 제이컵 슬루터가 한 이야기를 요약해서 전달할 것을 지시한다.

헤이스가 말한다. "럽택 형사가 해야 하지 않겠습니까? 이야기를 들은 당사자이니까요."

라로셸이 얼굴을 찡그린다.

"그러든지. 아무나. 시작하게."

주디는 마지못해 몸을 돌려 라로셸 경감과 자리를 바꾼다. 주디가 방 앞으로 나가는 동안 경감은 뒤편으로 걸어간다. 거기서, 이야기하는 주디를 흔들림 없이 주시한다.

제이컵 슬루터에 따르면, 반라 보호구역은 그의 선조가 소유했던 땅이다.

1700년까지 거슬러 올라가는 먼 과거에 올버니에 온 네덜란드계 이민자 집안인 슬루터가는 벌목업이 호황이던 1820년대에 뉴욕주 북부에 정착했다. 선조 중 하나가 나중에 반라 보호구역이 된 넓은 토지를 구매했다. 그와 아들들은 원생림을 착착 벌목했고, 그러는 동안은 벌이가 좋았다. 하지만 1870년대 들어, 정치인들은 벌목이 주 남쪽 물 공급에 미칠지도 모르는 영향을 점점 더 경계하기 시작했고—미래에 애디론댁 공원이 될 구역 안에서 벌목을 완전히 금지하겠다고 위협했다—슬루터가는 땅을 내놨다.

그 땅을 산 사람이 바로—주디는 더 극적인 효과를 내고자 잠시지만 말을 멈췄다—피터 반라 1세였다.

베어와 바버라의 증조부.

따라서 슬루터가 도주할 때마다 자기도 모르게 이 지역에 오게 된 것은 우연이 아니다. 그는 자신이 이곳으로 이끌렸다고 말한다. 그가 어렸을 때, 할아버지는 그를 데리고 더는 자기네 것이 아닌 사유지에 몰래 들어와, 거대한 저택과 캠프를 체념을 담아 가리키고는 했다. 행운이 사람을 가려 찾아온다는 증거를, 자기들, 슬루터 집안이 늘 나쁜 타이밍과 불운에 시달렸다는 증거를.

하지만 이 땅에는 반라 집안조차 모르는 듯한 비밀이 있었다.

가파르고 바위투성이인 데다가 나무가 빽빽해서, 대다수 사람은 지나다닐 수 없으리라 여기는 조앤호수 맞은편 기슭에 일련의 천연 동굴이 있었다. 슬루터 집안 사람들은 처음 이 땅에서 벌목했을 때 이 동굴들을 발견했고, 그 지식을 대대손손 물려줬다. 할아버지도 마찬가지로 슬루터를 거기로 데려갔는데, 봐야지만 믿을 수 있는 놀라운 공간이었다.

슬루터에 따르면, 그는 1961년에 당국을 피해 도망치는 동안, 이 동굴들을 그해 여름을 보낼 은신처로 삼았다. 겨우내 의지했던 집들을 주인들이 차지하는 시기였기 때문이다.

완벽한 위치였다. 배로만 접근할 수 있고, 빽빽한 나무 뒤에 숨어 있으며, 비를 막아줬다. 그는 호수를 이리저리 헤엄쳐 건너서, 임시 보금자리에 도달했다. 낚시하고, 덫을 놓고, 먹을 것을 구하러 다녔다.

동굴에 있던 그는 어느 날 오후, 사람 발소리 같은 것을 듣고 깼다.

처음에는 붙잡힐까 봐 두려웠다. 경찰이 자신을 추적하는 걸 알았으니까. 하지만 귀를 기울이니, 접근하는 사람이 한 명뿐인 듯했다. 그리하여 호기심이 동해, 눈에 띄지 않게 그늘에 가까이 붙어, 동굴 앞쪽으로 이동했다.

마침내, 한 남자가 시야에 들어왔다. 남자는 무언가를 들고 왔는데, 처음에는 그 정체를 알아볼 수 없었다.

마침내, 명확해졌다. 아이였다. 남자아이. 생명을 잃은 채 그 남자의 품에 있었다.

남자는 바닥에 무릎을 꿇었다. 울면서 아이를 앞에 내려놓고 땅을 파기 시작했다.

슬루터는 이들보다 3미터가량 위에 있는 동굴 안에서 조용히 전부 지켜봤다.

주디가 이야기를 멈춘다. 잠시 방에 정적이 흐르더니, 뒤따를 것으로 예상했던 질문을 누군가가 던진다.

"그 남자는 어떻게 생겼지?" 마침내 날아온 질문에 사람들 머리가 전부 골드먼 쪽으로, 뒤에서 큰 소리로 말한 최고령 형사 쪽으로 돌아간다.

주디가 대답한다. "슬루터가 내놓은 묘사는 대부분 구체적이지 않습니다. 큰 키, 갈색 머리, 중년 등이죠."

그녀는 잠시 한숨 돌린다. 다음에 할 말을 신중하게 고른다. "하지만 그 집안 사람이 아니라 지역 주민처럼 보였다고 말하기도 했습니다."

뒤에서 누군가가 목소리를 낸다. "그게 무슨 뜻이죠? 남자가 입고 있던 뭔가를 말하는 겁니까?"

"그건 설명해주지 않았습니다."

또 다른 손이 올라간다. "슬루터는 왜 아무한테도 얘기하지 않았을까요? 처음에 체포된 뒤에."

"아무도 안 믿을 거라고 생각했답니다. 자신이 그 남자아이를 죽이지 않았다는 사실부터도. 나중에 베어가 사라졌다는 걸 뉴스에서 듣고, 이리저리 짜맞춘 끝에 그 남자아이가 누구였는지 알아냈다고 합니다. 하지만 그걸 말할 동기는 없었죠."

짧은 침묵.

헤이스가 묻는다. "그럼, 우리는? 그자를 믿을 만한 동기가 있나?"

주디에게는 있다. 하지만 소리 내어 말하지는 않을 것이다. 아직은.

누군가가 묻는다. "왜 지금은 우리한테 말했을까요?"

헤이스가 주디에게 시선을 돌린다. "럽택 형사. 생각하는 바가 있나?"

주디는 헛기침을 한다. 정말로 대답해야 할까?

"말해봐." 헤이스가 재촉한다.

"글쎄요. 저를 믿는다고 했습니다."

방에 있는 누군가가 코웃음을 친다. 누군가는 기침한다.

헤이스가 말한다. "자, 자. 이야기 전체가 허황되게 들리긴 하지. 맞아. 하지만 한 가지는 인정해야 해. 그 남자아이는 제이컵 슬루터한테 열외였을 거야. 그자에게 희생된 것으로 확인된 사람들과는 달라. 슬루터는 성범죄자지만, 대상은 여성이야. 성인 여성. 우리가 알기로 어린 남자애한테 관심을 보인 적은 한 번도 없어. 그러니 이 가설도 잠시 고려해보자고. 슬루터가 베어 반라를 죽이지 않았다 치고, 사실을 말하고 있다 치면, 누구 짓이지? 어떻게 그 애의 시신이 거기에 묻히게 된 거지?"

라로셸이 뒤쪽에서 말한다. "칼 스토더드는 고려 안 하나? 그자도 지역 주민이었지. 슬루터가 말하는 게 사실이라면, 그 설명에 들어맞는 자야."

헤이스가 잠시 뜸을 들이며 외교술을 발휘한다. "아마도요.

맞습니다. 그렇지만 이 시점에서 다른 의견도 조사해볼 만하다고 생각합니다, 경감님."

"예를 들면?" 라로셸이 성마르게 말한다.

잠시, 모두가 침묵한다.

그러다 헤이스가 묻는다. "가족은 소식을 들었습니까, 경감님? 베어가 발견됐다는 것을요?"

라로셸이 시선을 돌린다. "그렇네."

"가족이 어떻게 반응했는지 여쭤봐도 될까요?"

라로셸이 찡그린다. "나는 베어의 아버지한테만 말했네. 그는 소식을— 내가 보기엔 담담하게 받아들였어. 현재는 부인한테 직접 이야기를 전하러 올버니로 돌아간 상태야."

라로셸은 정신이 산란해 보인다. 그러다 불쑥 자세를 바로 한다.

"실례하지." 이 말을 남긴 채 그는 오두막을 걸어 나간다. 가면서 담뱃갑을 손바닥에 대고 툭툭 친다.

헤이스가 주디의 시선을 붙잡는다.

이 사건은 재수사에 들어갈 것이다. 모두가 그 사실을 알고 있다. 라로셸마저도.

라로셸이 떠난 뒤, 헤이스는 몸을 돌려 방에 남은 형사들을 마주한다.

"이해가 안 가는 점은 이거야. 왜 수색하는 사람들이 아무도 못 봤지? 호수 바로 건너편에 땅을 새로 뒤엎은 자리를? 돌무더기로 표시까지 해놨는데. 몇 주 동안 대규모 수색조가 현장에 있었어. 호수 주변을 제일 먼저 수색했으리라 보는데 말이지."

주디가 대답한다. "어쩌면 엉뚱한 지시를 받았을지도요."

헤이스가 주디를 본다. "누구한테?"

"가족일 수도 있죠." 그렇게 답하며 주디는 골드먼 형사를 돌아본다. "그런 느낌을 받으셨습니까? 사건을 수사하셨을 때요?"

골드먼이 망설인다. 아래를 내려다본다.

"가족들이 아이를 찾기를 원하지 않는 듯한 기묘한 느낌을 계속 받긴 했네. 맞아."

"가족 중 누군가가 아이를 죽였을 거라고 생각하세요?" 헤이스가 묻는다.

그러나 골드먼은 이런 주장을 펼 준비가 되어 있지 않은 듯하다. 그는 입을 다문다.

"사고였다면요?" 주디가 말한다.

헤이스가 되묻는다. "그러면 왜 칼 스토더드가 죄를 뒤집어쓰게 두지? 그보다— 왜 그를 적극적으로 고소하지?"

주디는 말을 거드는 사람이 없는지 잠자코 둘러본다. 하지만 잠시 침묵이 흐른다.

"칼 스토더드는 어떻게 죽었습니까?" 누군가가 묻는다.

골드먼이 대답한다. "심장마비. 경찰에 구류되어 심문을 기다리던 중에 심장마비로 사망했네."

주디가 가설을 세운다.

"편리해서라면요? 스토더드가 저지른 짓이라고 모두가 생각하도록 놔두는 게 그 가족한테 그저 편리해서라면요? 어쨌거나 그는 죽었으니까. 그러니 아무한테도 피해를 주지 않을 거라고 생각했을지도요."

헤이스가 말한다. "그래. 어쩌면. 하지만 그렇다 해도 여전히 그들이 무언가를 덮으려 했다는 뜻이야."

침묵.

"뭐였을까요?" 골드먼이 묻는다.

주디가 벽에 있는 무언가를 바라본다.

"주디?" 헤이스가 부른다.

주디가 묻는다. "골드먼 형사님. 베어를 수색할 때 지휘하는 사람은 누구였습니까?"

"글쎄, 가족이었지."

"아뇨. 지시를 내린 사람요. 수색을 실제로 감독한 사람 말입니다."

골드먼이 바닥을 내려다보며 생각한다. 그러다 시선을 든다. "실제 감독한 사람은 이전 캠프 관리자였지 싶어. 지금 관리자의 아버지. 이름이 빅 휴잇이었네."

잠시 주디가 침묵한다.

그러더니 복도를 따라서, 이제 빅 휴잇의 것임을 아는 침실로 걸어간다.

돌아와 자신이 찾았던 단체 사진을 데니 헤이스에게 내민다.

"보시죠." 주디가 뒷면에 연필로 쓴 글자를 가리킨다. **흑파리 작별 파티. 1961년.** 다시 앞면으로 뒤집는다. "다시 보세요."

몇 안 되는 형사들이 주변에 모여 사진을 본다.

사진 속 사람들은 아이든 어른이든 가릴 것 없이 모두 드레스나 정장을 격식 있게 차려입고 있다. 여자들은 작은 모자도 썼다. 흑백사진이지만, 립스틱과 마스카라를 바른 것도 보인다.

한쪽으로 떨어져 선 두 사람만이 다른 차림새다. 10대 초반의 T.J. 그리고 아버지 빅이다. 빅은 중년이고, 수염을 길렀다. 챙이 축 처진 낚시 모자를 쓰고, 격자무늬 셔츠를 팔꿈치까지 말아 올리고, 무릎에는 코듀로이 조각을 덧댔다.

주디는 손가락으로 소녀를 짚는다. "이게 T.J. 휴잇입니다. 그렇죠? T.J.처럼 생기지 않았습니까?"

헤이스가 끄덕인다.

"따라서 이 남자는―" 주디의 말을 헤이스가 이어받는다. "빅 휴잇이군."

주디는 사진 속 더 큰 무리 쪽으로 손가락을 다시 옮긴다. "저라면 이 사람들을 피서객으로 설명할 겁니다. 차림새 때문에요. 하지만 빅은 어떻게 설명하시겠습니까?"

헤이스가 주디를 본다. "지역 주민 같군."

그가 한 형사를 돌아본다. 사진을 건네며 지시한다. "이걸 제이컵 슬루터한테 가져가. 이 사진 속에 베어 반라를 묻었던 남자로 보이는 자가 있는지 물어봐."

문을 두드리는 소리가 형사들을 방해한다.

미술품 보존 전문가 애나가 녹초가 된 채, 밝은 햇볕 아래 서서 눈을 깜박인다.

라로셸이 그녀의 옆에 서서 짧아질 대로 짧아진 담배를 몇 모금 빨아들인다.

"애나, 퇴근은 했었어요?" 주디가 묻는다.

"아니요. 신이 나서요."

애나는 몸을 돌리더니 본채 방향으로 걷는다. 주디가 어깨 너머로 헤이스를 흘끗 돌아보고, 헤이스는 라로셸을 흘끗 본다. 그러다 세 사람이 애나를 뒤따른다. 긴 보폭을 따라잡고자 뛰듯이 걸어간다.

바버라의 부모가 둘 다 올버니로 돌아갔고, 손님도 이제 대부분 떠났기에, 저택은 거의 비어 있다.

주디와 애나는 함께 분홍색 방으로 걸어간다. 안에 들어가니, 드러난 벽화가 확연히 보인다.

주디는 일단 수준 높은 예술적 기교에 놀란다. 바버라 반라는 그림을 그릴 줄 안다. 그건 분명하다. 주디가 이해하지 못하는 상징들이 벽을 뒤덮고 있다. 안전핀과 깃발과 이상해 보이는 얼굴에 더 이상해 보이는 머리 모양. 음표도 많다.

벽의 왼쪽 꼭대기 모서리부터 오른쪽 밑바닥 모서리까지 강이 흘러간다.

주디는 전체를 바라보면서, 무언가 시선을 사로잡는 것이 있는지 확인하고자 빠르게 훑는다.

"아직 안 보이세요?" 애나가 말한다.

주디의 심장박동이 빨라진다.

"뭐가 보인다는 거요?" 라로셸 경감이 말하면서, 벽 전체를 시야에 담은 채 빠르게 원을 그리듯 고개를 움직인다.

애나가 대답한다. "안 보일 수도 있죠. 전체적으로 압도하니까. 하지만 가까이에서 봐보세요."

주디가 강으로 걸어간다. 물결이 그냥 물결이 아님을 알아챈다. 글자다.

BVL + JPM. 이렇게 쓰여 있다.

수십 년 또는 수백 년 동안 아이들이 자기네 사랑을 기념해온 방식이다.

"바버라 반라 더하기 존 폴 매클렐런." 헤이스가 말한다.

그는 관리자 사무소를 잠시 비워달라고 요청했다. 선임 형사로서 그 정도 권한은 있다. 이제 주디는 헤이스를 마주하고 접이식 의자에 앉아, 양 팔꿈치를 무릎에 얹고, 바닥을 응시한다.

헤이스가 말한다. "그 정도면 확실한 증거로 내밀 수 있겠어. 어느 판사한테라도. 존 폴에 대한 체포 영장 발부 절차에 들어갈 거야. 이제 의문은 하나뿐인데— 그자가 아이를 어디에 데려다놨을까?"

"그게 유일한 의문은 아니죠." 주디가 말한다.

"응?"

"다른 의문이 있잖습니까. 빅 휴잇이 바버라의 오빠 베어를 죽였는가."

헤이스가 주디를 본다. 그러다 무릎을 치고 일어선다.

"그게 자네가 담당할 임무야, 주디. 당분간 할아버지는 잊어버려. 제이컵 슬루터도 잊고. 내가 단서를 관리하고 있으니, 자네한테 그쪽 단서를 배정하지. 그사이에 나는 매클렐런이 머무는 호텔로 차를 몰고 직접 내려갈 거야. 거기 있는 경찰관들이 계속 잘 감시할 거라는 믿음이 안 가."

유디타

1950년대 | 1961년 | 1973년 겨울 |
1975년 6월 | 1975년 7월 | 1975년 8월: **다섯째 날**

주디는 몇 시간을 들여 휴잇 부녀가 남긴 흔적을 찾아다닌다. 직원 숙소에 다시 가본다. T.J.가 식사를 해결하는 곳이 분명한 식당에도 가서, 혹시 거기 있는지 살펴본다. 본채로 올라가 직원들에게 물어본다. 아무도 T.J.를 본 적이 없고, 어디로 갔을지 짐작할 만큼 그녀를 잘 알지도 못하는 듯하다.

그게 아니라면 말을 하지 않는 거라고, 주디는 생각한다.

오후 4시, 주디가 교대 시간을 앞두고 관리자 사무소 밖에 앉아 호수를 바라보고 있는데, 자동차 소리가 주의를 끈다.

트럭 안에 T.J. 휴잇이 타고 있다. 주디 쪽은 못 본 채 차를 몰고 지나간다. 100미터쯤 떨어진 직원 숙소 앞에 차를 댄다.

주디가 지켜보는 동안 T.J.가 차에서 봉투를 꺼낸다. 그러더니 아무렇지 않게 건물로 들어간다.

주디는 따라간다.

안에 들어가니 자물쇠를 풀고 문을 열어둔 것이 보인다. 주디는 그래도 문을 두드린다.

T.J.가 방 안에서 흠칫한다.

"놀라게 해서 죄송합니다." 주디가 말한다.

"괜찮아요." T.J.가 대답한다.

"시간 좀 내줄 수 있어요?"

"당신한테요? 그럼요." T.J.가 미소를 짓자 주디는 잠시 마음이 누그러진다. 그러다 정신을 차리고 문지방을 넘어간다.

"무슨 일이죠?"

"왜 아버지가 살아 계신다고 말하지 않았어요?"

"제가 말 안 했나요?"

"네. 아버지 이야기를 할 때 돌아가셨다는 투였습니다."

T.J.는 좁은 침대에 걸터앉는다. "글쎄요. 제가 그렇게 느끼나 보죠. 아버지가 요즘 안 좋으시거든요."

주디가 끄덕인다. 계속 서 있는 채로 말한다. "지금은 어디에 계세요?"

"가족과 있어요."

"가족과 있군요."

T.J.가 끄덕인다.

"왜죠?"

"우리 집을 당신네 본부로 써야 한다면서요. 아버지를 모시고 갈 만한 더 나은 곳이 없었어요. 늘 보살펴드려야 하거든요."

주디는 복도를 흘끗 돌아본다. "이 건물에 빈방이 많은데요."
주디의 말에 T.J.는 고개를 젓는다.

"이해를 못 하시네요. 아버지는 여기에 익숙하지 않아요. 헤매고 다니실 거예요. 아버지는— 지켜봐드려야 하죠."

T.J.가 창밖을 내다본다.

"어떤 가족분 집에 머물고 계세요?"

"어떤? 아, 삼촌 댁이요."

"아버지 형제분이요?"

"네."

잠시, 침묵이 흐른다. 그러다 주디가 명함을 꺼내 건넨다.

"휴잇 씨— 아니, T.J.. 왠지 모르게 당신이 사실을 전부 털어놓지 않는다는 느낌이 드네요. 털어놓을 의향이 생기면, 아무 때나 전화 주세요."

유디타

1950년대 | 1961년 | 1973년 겨울 |
1975년 6월 | 1975년 7월 | 1975년 8월: **다섯째 밤**

주디는 잠들 수가 없다. 여관방에 누워 몸을 이쪽으로 돌리고 저쪽으로 돌린다. 텔레비전을 켰다가 끈다. 그날 알게 된 사실을 곰곰이 반추한다. 빅 휴잇. T.J. 휴잇. 매클렐런의 차에서 나온 유니폼의 혈흔을 분석한 결과. RH+ A형. 바버라 반라와 일치하지만, 확실한 증거물은 아니다.

한 시간, 또 한 시간이 흐른다.

자정이 되어서야 저녁에 아무것도 안 먹었다는 걸 깨닫는다.

그녀는 더는 버티지 못하고 침대에서 일어나, 구겨진 정장을 다시 걸치고, 지갑에서 25센트짜리 동전을 몇 개 꺼낸다. 지붕 덮인 통로를 지나 여관 본관으로 향한다. 그곳에 있는 자판기에서 뭔가를 구할 것이다.

현관문이 잠겨 있지는 않지만, 프런트는 비어 있다. 주디는 로비 형광등 아래서 선택지를 살펴본다. 밀키웨이 초콜릿 바를 고른다. 어머니가 가장 좋아하는 것을. 하지만 선택을 마치고 나니 초콜릿 바가 내려오다가 유리에 붙어 꼼짝도 안 한다.

주디는 욕설을 뱉는다. 자판기를 발로 찬다. 한 번, 두 번.

세 번.

손으로 유리를 친다.

"손님?" 누군가가 부르기에 주디가 헐떡이며 돌아선다.

밥 올컷, 여관 주인이다.

"죄송합니다." 주디가 거듭 사과한다. "저 때문에 깨셨나요?"

"아니, 아니에요. 안 그래도 깨어 있었어요." 올컷 씨가 주머니를 더듬어 무언가를 찾는다. 열쇠 꾸러미다. 그는 가장 작은 열쇠를 골라 자판기에 꽂고 문을 연다.

초콜릿 바가 곧장 바닥에 떨어진다. 주디는 몸을 굽혀 초콜릿 바를 집으면서 멋쩍어한다.

올컷 씨가 말한다. "하나 더 가져가요. 아무거나 원하는 거로 집어요."

"괜찮습니다." 주디는 사양하지만, 올컷 씨는 벌써 말없이 자판기에서 사탕과 과자 이것저것을 조금 모으고 있다.

"받아요. 별거 아니에요."

이제 그는 자판기를 닫고 문을 잠근다.

주디는 그를 가만히 바라보다가 말한다. "올컷 씨. 역사 선생님이시죠?"

그가 고개를 끄덕인다.

"반라 보호구역의 역사에 관해 얼마나 많이 알고 계신가요?"

"아, 알아야 할 것은 거의 다 알죠."

말하면서 몸을 꼿꼿이 편다. 올컷 씨가 그 일에 일생을 바쳤다는 걸, 주디는 알아본다.

"럽택 씨, 들어와서 차 한잔하겠어요? 밀키웨이 바에 곁들여서요." 밥 올컷이 제안한다.

"부인께서 깨지 않으실까요?" 주디가 묻자 그가 고개를 젓는다. "아, 아니에요. 아내도 아직 안 자요. 이제 자식들도 다 크고 해서, 우리는 올빼미처럼 살지요."

"신경 써주셔서 감사합니다."

주디는 잠시 자리를 비우고 방에서 메모장을 찾아 돌아온다.

로비를 살짝 벗어난 올컷 부부의 방에서, 주디는 탁자를 사이에 두고 부부와 마주 앉아 있다.

앞에 둔 메모장 위로 펜을 들고 잠시 망설인다. 그러다 본론으로 뛰어든다.

"올컷 씨 그리고 부인. 첫 번째 질문을 드리겠습니다. 휴잇 일가가 언제부터 보호구역에 살게 됐는지 아시는지요?"

올컷 씨가 대답한다. "아, 그건 쉽죠. 반라 일가와 같아요. 사실 반라 사람을 그 땅으로 안내한 이가 휴잇가 사람이거든요. 댄 휴잇은 빅의 아버지예요. 북쪽으로 한 시간 정도 올라가면 새러낵레이크가 나오는데, 그 인근에 사는 안내인 집안에서 태어났죠. 첫 번째 피터 반라가 저택을 지을 땅을 찾아 돌아다니다가 댄 휴잇을 처음 만났어요. 남쪽으로 조금 떨어진 곳에 벌목꾼 가족이 팔려는 땅이 있었는데, 거기를 아는 사람이 댄이었어요. 댄은 피터 1세한테 그쪽을 알려줬죠."

"그 가족은 누구였나요?" 주디가 묻는다.

"반라 가문에 땅을 판 가족 말인가요?"

주디가 끄덕인다.

"재밌는 질문이네요. 슬루터라고 불리는 집안이었죠. 그 집 자손에 관해 들어봤을 테죠."

"네, 들어봤어요."

"아무튼. 피터 반라는, 그러니까 피터 반라 1세는 그 땅에 반한 나머지 댄 휴잇한테 빚을 졌다고 느꼈어요. 그래서 반라 보호구역이 될 곳으로 그를 데려가 자기 집안 전담 안내인으로 고용했죠."

올컷이 말을 멈추고 차를 한 모금 마신다.

"10년이 흘러, 첫 번째 피터 반라는 부인을 만나 결혼했고, 슬하에 아들을 한 명 뒀어요. 그게 피터 2세고, 지금도 여전히 살아 있죠. 댄 휴잇도 클래라라는 여자를 만나 아들 쌍둥이를 얻었어요. 하지만 내가 조사해본 바로는 클래라는 그 뒤에 얼마 못 살았어요. 아이들은 열다섯 살 무렵까지는 아버지 손에 자랐는데, 아버지마저 그때 세상을 떠났죠. 반라 보호구역 안에 사는 고아가 된 거예요. 이 형제를 거둔 사람이 첫 번째 반라였어요. 그 애들을 살던 오두막집에서 반라 저택으로 곧장 데려왔죠. 그해에는 형제가 올버니에서 반라 가족과 함께 살기도 했어요."

주디는 이 부분을 곰곰이 생각한다.

"피터 2세와 휴잇 형제는 나이 차이가 얼마나 났죠? 형제 쪽이 나이가 더 많았나요, 아니면 어렸나요?"

"고작 몇 살 어렸어요." 올컷 씨가 말한다.

"여섯 살 차이일걸요." 아내가 말한다.

"여섯 살 차이요. 그리고 마을에 떠돌았던 소문인데, 피터 2세가 휴잇 형제를 전혀 안 좋아했대요. 자기 아버지가 형제를 아꼈으니까요. 매일 산책에 데려갔고, 집에 마음대로 드나들 수도 있게 해줬죠. 찰리 휴잇을 자상하게 대하면서, 늘 칭찬했어요. 하지만 정말로 아낀 쪽은 빅이었죠. 또 다른 아들처럼 대하면서요. 공식적으로 밝힌 적은 없지만 사실상 입양한 거나 다름없었어요."

올컷 씨가 말을 이어간다. "이렇게 보면, 휴잇 형제는 피터 2세한테 형제 같은 존재일 법하죠. 하지만 피터 2세는 질투했다고 생각해요. 어쩌면 지금도요."

주디는 최대한 빠르게 적는 중이다. 그래도 따라가기가 벅차다. 올컷 씨가 눈치를 채고 잠시 쉬어 간다.

주디가 다시 시선을 들자 그가 입을 연다. "에머슨 캠프는 빅이 제안했어요. 거기에 필요한 일을 전담한 사람이 빅이죠. 물론 피터 1세는 처음부터 지지해줬고요. 그는 말년에 에머슨 캠프를 자기가 이룬 가장 큰 업적으로 설명했죠. 미래 세대한테 그 땅이 얼마나 중요한지, 얼마나 아름다운지 가르쳐주는 방식으로 봤어요. 은행업으로 번 돈에는 전혀 관심이 없었죠. 자기 돈이 얼마나 많은지에 매번 놀랐던 모양이에요. 게다가 새턱에 와서 이름을 부르며 모두와 인사를 나누곤 했어요. 자손들과는 달랐어요. 굳이 말하자면 반라보다는 휴잇 사람 같았죠. 왜냐하면 나머지 가족은 늘 에머슨 캠프를 어리석은 투자로 여겼거든요. 그 사람들은 캠프와 관련해서 그 무엇도 원하지 않았어요. 지금도 그렇고요."

올컷 부인이 일어난다. 다시 주전자를 데운다.

올컷 씨는 이야기를 이어간다. "휴잇 집안과 반라 집안 간 문제는 피터 1세가 죽었을 때 시작됐어요. 남에 대해 잘 모르는 얘길 하고 싶지 않고 솔직히 말해 확인할 길도 없지만, 소문에 따르면 피터 1세가 에머슨 캠프와 운영권을 전부 빅 휴잇한테 물려줬대요. 보호구역을 반으로 나눠서요. 저택과 농장은 반라 가족에게 갈 거였죠. 캠프는 휴잇 가족한테 가고. 원칙적으로는 성공했을지도 모르는 계획이었죠. 다만―"

"다만?"

"피터 1세가 실수를 했어요. 자기 아들, 피터 2세한테 유언을 신탁했던 거죠. 그리하여 캠프 기금을 자의적으로 분배할 권한을 아들한테 부여하고 만 거예요. 아들이 죽을 때까지."

"아들이 죽은 뒤에는요?" 주디가 묻는다.

"그러면 캠프는 빅한테 갈 거예요. 아니, 딸 테시 조한테 갈 가능성이 더 크겠네요."

주전자에서 삑 소리가 난다. 주디가 시선을 든다.

올컷 씨가 말한다. "하지만 아까 말했죠. 전부 소문이고, 추측이에요. 역사 교사로서 이런 얘기를 퍼트릴 만큼 어리석지는 않아야 하죠."

주디가 말한다. "이해합니다. 직접 조사해볼게요."

그녀가 일어선다. 올컷 부인에게 차를 대접해준 것에 감사를 전한다. 문가에서 뒤돌아본다.

"질문이 하나 더 있긴 합니다만."

"해봐요."

"빅 휴잇의 형제요. 찰리 말이죠. 그 사람은 어떻게 됐죠?"

"아, 못해도 10년 전에 세상을 떠났어요." 올컷 씨가 말한다.

"20년 전이에요." 올컷 부인이 정정한다.

"20년 전에요. 베어가 사라지기 전에. 그게 맞아요."

"어떻게 사망했나요?"

올컷 씨가 말한다. "자연사요. 수상한 점은 전혀 없었어요."

"그분은 보호구역에서 무슨 일을 했죠?"

올컷 씨가 찡그리며 말한다. "음, 그건 생각해봐야 해요." 고개를 숙이는데, 기억해내려고 애쓰는 듯하다. "짐작건대…… 맞게 기억한다면, 농장을 운영했던 것 같네요. 그 시절에 본채로 생산물을 전부 공급하던 농장을 감독했던 것 같아요."

"그러면 살던 곳은—" 주디는 그렇게 말하면서 올컷 씨가 어떻게 대답할지 이미 알아챈다. 지금은 어디에 계세요? 주디가 묻자 T.J.는 대답했다. 삼촌 댁이요.

"도축장 위에 살았어요." 올컷 씨가 말한다. "위에 있는 작은 방에요. 맞게 기억한다면요." 그가 덧붙인다.

주디는 그에게 감사 인사를 한다. 방으로 걸어 돌아가 자동차 열쇠를 챙긴다. 그리고 총도.

5분도 지나지 않아 주디는 운전 중이다. 전조등이 보호구역을 향해 북쪽을 가리킨다.

유디타

1950년대 | 1961년 | 1973년 겨울 |
1975년 6월 | 1975년 7월 | 1975년 8월: **다섯째 밤**

밤늦게 이곳에 있어본 적이 없었다. 이제 달이 긴 흙길 진입로에 색다른 면모를 선사한다. 양쪽에 늘어선 소나무가 거인처럼 하늘로 뻗어간다. 자동차 전조등이 내뿜는 빛 안에서, 농장 건물들이 훨씬 더 퇴락해 보인다.

주디는 진입로 한쪽에 차를 댄다. 엔진을 끈다. 전조등도 끈다.

보호구역에 내린 광활한 어둠 속에 잠시 앉아 눈을 적응시킨다. 이번 달은 애디론댁 공원에 페르세우스 유성우가 내리는 달이고, 하늘에 별이 밝게 빛난다.

가능한 한 조용히 차 문을 여닫는다. 트렁크를 열어 구급상자에서 손전등을 꺼낸다.

이제 손전등을 앞으로 들고 도축장으로 걸어간다.

어린 시절 찬물에 뛰어들던 방법으로 접근한다. 신속하게, 자신 있게, 너무 깊게 생각하지 않고.

멈춰서 어떻게 행동할지 숙고한다면, 뒷걸음칠지도 모른다는 걸 안다.

안에서 곧장 뒤편으로, 2층까지 올라가는 계단으로 향한다. 계단을 오른다. 손에 쥔 손전등 빛이 살짝 떨린다.

그녀는 반쯤 올라가, 멈춘다.

무슨 소리가 들린다.

목소리 같다, 남자 목소리. 그러다 갑자기 음악이 나온다. 가사를 알아들을 수 없지만, 곡 자체가 유행이 지난, 주디가 생각하기에 자신의 조부모님이 들을 법한 무언가다.

계단을 마저 올라간다. 꼭대기에서, 손전등 빛에 닿힌 문이 보인다. 걸쇠와 자물쇠로 잠겨 있는데, 직원 숙소에 있는 T.J.의 방에서 봤던 것과 종류가 같다.

주디가 잠시 머뭇거린다. 그러다 조심스럽게 총을 뽑는다.

다른 손으로 문을 똑똑 두드린다.

"빅 휴잇 씨? 안에 계십니까?"

라디오 소리가 멈춘다.

주디가 부른다. "휴잇 씨. 저는 유디타 럽택 형사입니다. 몇 가지 질문을 드리고 싶습니다."

침묵.

"휴잇 씨?"

진실에 매우 근접한 느낌이다. 심장박동이 빨라진다.

"선생님—" 주디가 입을 여는데, 드디어 빅의 목소리가 들린다.

"바버라?"

주디는 살짝 전율한다. "아니요, 휴잇 씨. 제 이름은 유디타—" 빅 휴잇이 주디의 말을 끊어버린다.

"바버라. 너는 여기 있으면 안 돼."

"휴잇 씨. 저는 바버라가 아닙니다. 안에 바버라가 함께 있나요?"

침묵.

"휴잇 씨?"

그녀는 두 손으로 쥔 총의 무게를 느낀다. 선택지를 고려한다. 후퇴할 수도 있다. 본부까지 걸어가거나 운전해 갈 수도 있다. 다시 한번 기동대를 이 건물로 불러올 수도 있다. 또다시 바보처럼 보일 위험을 감수할 수도 있다.

그 대신 주디는 말한다. "휴잇 씨, 문에서 물러나 계십시오."

그녀는 총알이 문을 뚫고 들어가지 않도록 자물쇠 측면을 겨냥한다.

자물쇠가 바닥에 쿵 소리와 함께 떨어지고, 주디가 문을 연다.

세간이 거의 없는 방 안에 나이 든 남자 한 명이 1인용 침대에 누워 있다. 턱부터 발까지 담요를 덮고 있다. 체격이 작다. 혼란스러운 표정이다.

"누구—" 노인이 거듭거듭 말한다.

그 순간, 주디는 죄책감을 느낀다.

"선생님을 해치러 온 게 아닙니다. 질문을 좀 드려야 할 뿐이에요."

하지만 빅 휴잇은 주디가 알아들을 수 없는 소리를 연달아 낼 뿐이고, 종내 주디는 자신이 빠져나갈 수 없는 상황에 놓였음을 깨닫는다. 자물쇠가 부서졌으니 문을 다시 잠글 방법이 없다. 이 남자의 상태로 볼 때, 밖으로 데려갈 방법도 없다. 이 남자를 홀로 남겨두지 않으면서 다른 사람을 불러올 방법도 없다.

주디는 바닥을, 발 사이를 똑바로 내려다본다. 어쩌면 결국 이쪽 일이 자신에게 맞지 않는지도 모른다는 생각이 든다. 어쩌면 일반 경찰로 남아 있는 편이 더 좋았을지도 모른다.

그때, 침대에서 움직임이 있다.

빅 휴잇이 말한다. "아. 아. 아. 베어 때문에 온 거로군."

목소리는 회한이 묻어나지만, 머릿속에서 인생의 다른 시기로 되돌아가는 듯, 젊어지고 힘도 더 깃들어 있다.

주디는 주저한다. 학교에서 배운 용어로 하면 **심신박약**인 사람에게 얻은 진술을 법정에서 채택해줄지 확신이 안 선다. 하지만 이 상황에서 개인적인 호기심이 승리한다.

"네. 유감이지만, 베어 때문에 왔습니다."

이제 빅 휴잇은 침대에서 일어나 앉으려고 애쓴다. 주디가 몸을 숙여 한 손을 빅의 등에 대고 도와준다. 그다음에 자신도 침대에 걸터앉는다. 이제 꼿꼿이 앉은 휴잇이 주디를 똑바로 응시하는데, 그의 눈에 눈물이 차오르는 게 보인다.

빅 휴잇이 말한다. "나는 도왔을 뿐이오. 도왔을 뿐이야."

"죽이지 않았습니까?" 주디가 묻는다.

"죽였다고? 맙소사, 아니오."

"누가 했습니까?"

그때, 문밖 계단을 오르는 발걸음 소리가 들려온다. 주디가 입을 다문다. 총을 뽑는다. 문가 벽으로 신속히 걸어가 등을 댄다.

휴잇이 말한다. "아, 안 돼. 아, 안 돼."

문밖 사람이 멈춘다. 주디는 숨소리를 들을 수 있다. 꼭 필요할 때만 총을 쏠 것이라고 다짐한다.

마침내 T.J. 휴잇이 방 안으로 한 걸음 들어오는데, 누가 어디에 있을지 안다는 듯이 이미 주디 쪽을 보고 있다.

T.J.가 주디를 위아래로 훑어보고, 총을 똑바로 본다.

그리고 온화하게 말한다. "나도 그런 게 있죠. 하지만 사람을 향해 뽑지는 않아요."

"엎드려요." 주디가 말한다. "부탁하죠."

T.J.가 한숨을 쉰다. 서두르지 않는다. 이 행위가 어처구니없다는 의사를 표시하려는 듯, 무릎을 꿇는 내내 주디를 쳐다본다. 그러다 느리게 팔을 굽혀 바닥까지 몸을 낮춘다.

주디는 여전히 총을 든 채 T.J.의 몸을 수색한다.

"좋아, 잘 들어요. 나랑 본부까지 걸어서 동행해줘야겠어요."

"우리 집까지 말이죠." T.J.가 정정한다.

"그래요."

"글쎄, 안 되겠는데요."

"왜요?"

"아버지를 여기 남겨둘 수 없으니까요. 아버지는 돌아다녀요.

저 문을 잠가놔야 하죠."

주디는 화가 치밀어 한숨을 쉰다. "우리랑 함께 가실 수는 없어요?"

T.J.가 반쯤 웃는다. "될 리가요. 보세요. 아버지를 여기로 모셔 오느라 업고 계단을 올라와야 했어요."

잠시, 주디와 T.J.가 마주 본다. 그러다 T.J.가 말한다. "우리를 묶어요."

주디가 눈을 깜박인다. "뭐로요?"

"내려가면 밧줄이 있어요. 온갖 종류가 다. 우리를 묶어요. 도와줄게요."

주디가 머뭇거린다. 함정처럼 느껴진다. 하지만 휴잇 부녀를 둘 다 데려갈 선택지가 달리 떠오르지 않는다.

따라서 주디는 그렇게 한다. T.J.를 따라서 도축장으로 내려간 다음, 건물 옆을 돌아서 T.J.가 곡창이라고 부르는 또 다른 건물로 향한다. 거기서 밧줄을 챙기고, 도축장 위 작은 방으로 다시 올라와, 침대에 앉아 등을 맞댄 휴잇 부녀를 한꺼번에 묶는다. 그다음에 밧줄 자체를 침대 틀에 묶는다.

15분 뒤, 주디가 형사 넷과 경찰관 다섯을 대동하고 돌아온다.

30분 뒤, 주디는 순찰차 조수석에 앉아 있다. 휴잇 부녀는 뒷좌석에 있다.

빅터

1950년대 | **1961년** | 1973년 겨울 |
1975년 6월 | 1975년 7월 | 1975년 8월

관리자 사무소에서 빅터 휴잇은 반항하는 열두 살짜리 남자아이와 이야기를 하는 중이었다. 아이는 또래에게 따돌림을 당했고, 최근에 이 같은 상황에서 느끼는 창피함을 물리적인 공격으로 전환했다.

대화가 한창일 때, 아이가 갑자기 말을 멈추더니 가까이 있는 창문 너머를 가리켰다.

"왜?" 빅이 물으면서 돌아봤다.

"호수에 뭔가가 있어요." 악을 쓰던 아이의 말투에 불안이 담겼다.

그럴 만했다. 조앤호수 한가운데에 언뜻 수면에 올라온 고래처럼 보이는, 하얗고 볼록한 물체가 있었다.

빅이 일어나 창문으로 걸어갔다.

전복된 놀잇배였다.

빅이 말했다. "여기 있거라. 그 의자에서 일어나면 안 돼."

밖으로 나온 빅은 달리기 시작했다. 거센 뇌우에 지도교사와 캠프 참가자는 실내로 들어간 뒤였다. 비 때문에 잔디가 미끄러웠다. 한 번 발부리가 걸렸고, 무릎으로 넘어졌다. 이내 다시 일어섰다.

구내가 텅 빈 느낌이었다. 고개를 획획 돌려보지만, 사람 형체가 하나도 보이지 않았다.

언덕 위, 독립독행조차 고요했다. 일주일 만에 처음인 듯했다. 반라 가족은 연례 파티를 벌이는 중이었는데, 피터 1세가 살아 있던 때는 그도 함께하곤 했지만, 최근 수년 동안은 초대받지 못했다.

모래사장에 도착한 빅은 양손을 허리에 얹고 서서, 뒤집힌 배를 살펴봤다. 저 위 본채에 머무는 손님 중 하나라고 생각했다. 누군가가 배를 전복시켜놓고 가라앉게 둔 것이라고. 그들이 매번 이런 멍청한 짓을, 술에 취해 터무니없는 짓을 벌이는 바람에, 이곳의 다른 모두는 할 일이 늘어났다. 호숫가를 훑어보며 움직임을 찾는데, 눈에 띄는 것은 없었다.

이제 그는 한숨을 내쉬면서 몸을 돌려 독립독행을 향해 언덕을 뛰어 올라갔다.

아침부터 테시 조를 한 번도 못 봤다는 데 생각이 미쳤다. 평소라면 빅은 크게 걱정하지 않았을 것이다. 딸아이는 여름 내내 구내를 마음껏 쏘다니며 놀 자유를 얻었다. 대체로 베어를 뒤에 달고서. 테시 조와 반라 집안의 관계는 제 아비와 그 집안의 관계와는 달랐다. 그들은 베어의 놀이 친구로서, 모험심 넘치는 자기네 아들을 지켜봐줄 수 있는 누군가로서 테시 조를 받아들였다. 그녀는 베어와 함께 독립독행을 자유롭게 드나들었다. 한편 빅은 저택을 완전히 피했다.

빅은 마음을 단단히 먹고, 어깨를 쫙 편 다음, 반라 집안 저택의 현관문을 두드렸다.

문이 곧바로 열렸다.

맞은편에 나타난 베어의 할아버지, 피터 2세는 보초를 서던 것 같은 모양새였다.

얼굴이 굳은 채 창백했다. 머리는 젖어 있었다.

"별일 없으십니까? 배를 봤는데—" 빅이 말했다.

피터 2세가 빅의 양어깨를 재빠르게 움켜쥐더니 문간에서 그를 거칠게 떼어냈다. 문이 닫히면서 뒤이어 흑파리 모양 장식이 문을 한 번 쾅 쳤다.

"따라와." 피터 2세가 명령했다. 목소리가 낮고 다급했다.

"내 딸을 찾아야 해요. 애가 괜찮은지 확인해야겠어요."

"그 애는 괜찮아." 피터 2세가 대답했다. "베어는 아니고."

빅은 그를 바라봤다. 이름뿐인 형제를. 숙적을. 그 순간, 피터 2세는 소리치거나 졸도하거나 울지 않으려고 애쓰는 듯이, 온 얼굴이 미세하게 떨리고, 입가가 아래로 당겨지고, 눈이 불거져 나왔다.

그가 선박 창고를 향해 출발했다. 빅은 말없이 따라갔다.

반쯤 갔을 때, 어떤 소리가 들려 빅이 그 자리에 멈췄다. 경계하며, 온몸을 굳힌 채, 귀를 기울였다.

여우라고, 빅은 생각했다. 밤에 그 소리를, 목덜미 털이 쭈뼛설 만큼 으스스하고 목 졸린 듯한 울음소리를 들어본 적이 있었다.

하지만 여우는 야행성이었다. 이건 동물이 아니었다.

여자가 울부짖는 소리라고, 빅은 마침내 깨달았다.

빅터

1950년대 | **1961년** | 1973년 겨울 |
1975년 6월 | 1975년 7월 | 1975년 8월

두 남자는 선박 창고 문간에 함께 서서 호수와 뒤집혀 가라앉는 배를 내다봤다.

앨리스를 찾은 사람은 피터 2세였다. 앨리스가 당황스러운 모습으로 거실에 들어온 뒤에―상태가 명백히 비정상적인 제 어미와 배를 타는 데서 손자의 주의를 돌리려고 한 뒤에―피터 2세는 손자와 등산을 가기 위해 만나기로 한 장소로 나갔지만, 손자가 오지 않았다.

처음에는 아이가 헌트산으로 먼저 갔을지도 모른다고 생각하면서 한동안 그 방향으로 걸었다. 그러다 비가 본격적으로 쏟아지기 시작하자, 그 순간 끔찍한 생각이 떠올랐다. 아이는 등산로 입구에 없을 것이라고. 자기 어머니와 호수에 있을 것이라고.

아이는 어머니를 끔찍이 생각했다. 어머니가 붐비는 거실로

휘청이며 들어와 배를 타러 가자고 제안했을 때, 괴로워하고 있다는 걸 눈치챘을 것이다.

"그 순간 나는 달렸어." 피터 2세가 빅 휴잇에게 말했다. 호수를 바라보는 표정이 침착했다. 그는 이런 순간조차 격식을 잃지 않았다.

피터 2세가 선박 창고에 도착했을 때, 폭풍우는 물러가고 있었다. 그리고 거기, 비탈을 올라가는 피터 2세의 앞에, 끔찍한 광경이 펼쳐졌다. 앨리스가 물에 흠뻑 젖은 채 발작하며, 이해할 수 없는 비명을 지르는 광경이. 저 멀리, 놀잇배가 뒤집힌 광경이.

"베어는 어디 있는 게냐?" 그가 다급하게 물었지만, 앨리스는 알아들을 만한 소리를 내지 않았다. 육체적 고통에 휩싸인 것처럼 몸을 접은 채, 호수 쪽을 가리킬 뿐이었다.

피터 2세는 호수를 훑어보고 기슭도 살폈다. 지금과 마찬가지로. 베어는 보이지 않았다.

"나는 앨리스를 앉혔네. 가만히 있으라고 하고 뛰어들었어."

그는 선체 밑에서 살아 있는 아이를 발견하기를 바랐다. 그러기를 기도했다.

하지만 놀잇배에 도달하여 잠수했을 때, 끔찍한 광경과 맞닥뜨렸다. 생명을 잃은 손자와.

아이 옷이 노 받이에 걸려 있었다.

"아이를 기슭으로 끌고 나왔어. 맥박이 없었네." 피터 2세가 말했다.

인공호흡을 해봤어요? 빅은 묻고 싶었다. **가슴 압박은요?** 그가 아버지에게 배운, 아버지가 할아버지에게 배운 방법이었다.

이런 질문을 소리 내 하는 것이 잔인하게 느껴져, 빅은 침묵했다.

피터도 마찬가지였다. 한동안 어느 쪽도 입을 열지 않았다. 피터 2세가 연거푸 헛기침하자 빅이 그를 돌아봤다. 빅은 이 남자를 태어날 때부터 알았다. 피터 1세는 임종 때 빅에게 두 사람이 서로 형제처럼 여기게 되길 바란다고 말했다. 그토록 오래 알고 지내면서도, 빅은 이 남자를 향해 어떤 연민도 솟구쳐본 적이 없었는데, 지금은 달랐다.

빅은 망설이면서 남자의 어깨에 한 손을 얹었다.

하지만 피터 2세에게서 날아오는 오만하고 서늘한 시선에 서둘러 손을 거뒀다.

"앨리스는 알면 안 돼." 잠시 침묵한 뒤 피터 2세가 말했다. "지금 피터가 곁에서 앨리스를 진정시키려고 하고 있어. 그리고 우리 둘은 앨리스가 무슨 일이 일어났는지 알면 안 된다고 판단 내렸네."

빅은 이맛살을 찌푸렸다.

"어디에 있는데요?"

"농장 건물 중 하나일 거야. 자네 형제가 옛날에 쓰던 방. 앨리스가 내는 소리가 들리지 않을 만큼 멀리 떨어져 있지."

옳게도 유용하게도 보이지 않는 처사였다.

하지만 반라 부자가 염려하는 것이 앨리스의 안위가 아니라는 것을 빅은 알았다. 그들은 자신들의 안위를 걱정했다. 그리고 은행의 안위를.

반라 부자는 성공을 제외한 그 어떤 일로도 자기네 이름이 신문에 오르는 것을 용납하지 않았다. 이런 추문은, 술 취한 어머니가 아들을 데리고 나가 폭풍우 속에서 배를 탔다는 이야기는, 사업에 영향을 주고 기업 전체에 대한 고객의 신뢰를 흔들 만한 소문은, 글쎄, 나돌게 두지 않을 터였다. 그 정도는 명확했다.

긴 침묵이 이어진 끝에 피터 2세가 말했다. "저기 봐."

그가 놀잇배 쪽을 가리켰다. 이제 아주 희미한 흔적만이, 구름이 걷혀가는 하늘로 내민 흰색 선체의 이음매만이 보였다.

두 사람은 배가 호수 밑으로 가라앉는 것을 함께 지켜봤다. 이제 배가 사라졌다.

빅 앞에 두 가지 명백한 길이 놓였다. 하나는 반라 부자에게 반대하는 것이었다. 거짓말하지 않겠다고 말할 수 있었다. 이렇게 거대한 거짓은 예기치 않은 결과를 초래할 것이라고 말할 수 있었다. 이는 그가 길을 안내하는 법을 배울 때, 아버지가 철저하게 가르쳐준 것이었다. 숲속에서는 한번 결정을 내리면 뒤집을 수 없으며, 때로는 비극을 부르기도 한다고. 잃어버린 나침반, 잘못 든 길, 가뭄에 피운 불. 그는 이 결정을 옹호하지 않겠다고 말하고 떠나버릴 수 있었다.

하지만 그 과정에서 유산 수탁인의 신뢰를 잃을 것이다. 캠프를 잃을 것이다. 생계 수단을.

그가 자신만 생각하고 결정을 내렸다면, 분명히 이 길을 따라갔을 것이다. 그래야 한다고 스스로를 다독였다. 이 생각을 마음속에 새기듯 고개를 한 번 끄덕였다.

하지만 자기만 생각해서 결정할 수는 없었다. 테시 조도 생각해야 했다. 자신만큼 이 땅을 사랑하는 딸을. 유별난 태도와 외모와 행동이 벌써 마을에서 오래 시선을 끄는 딸을. 캠프가 있으면 딸의 미래가 보장됐다. 원하지 않으면 결혼할 필요도 전혀 없을 터였다. 그가 **관습에 얽매이지 않는** 삶이라 여기는 삶을 제약 없이 살 수 있을 터였다.

딸에게 모든 선택지가 열릴 터였다. 그는 이렇게 되새기면서 앞에 놓인 다른 길로 한 걸음 내디뎠다. 반라 가족이 지시하는 대로 진실을 숨기는 길로.

"어떻게 도우면 되죠?" 빅이 물었다.

그는 손에 나침반을 들고서 바늘이 흔들리다가 잠잠해지는 걸 지켜보는 아버지를 떠올렸다.

빅터

1950년대 | **1961년** | 1973년 겨울 |
1975년 6월 | 1975년 7월 | 1975년 8월

 그들은 선박 창고 바닥에 누인 베어의 시신을 함께 들어서 빨간 카누 안으로 옮겼다. 피터 2세가 아들과 자리를 바꾸러 도축장으로 걸어 올라가는 동안 빅이 보초를 섰다. 이제 얼굴이 하얗게 질린 피터 3세가 오더니 잠시 혼자 있게 해달라고 했다.
 선박 창고 밖에서, 빅은 얼어붙었다. 안에서는 성인 남자가 들리지 않도록 숨죽여 우는 소리가 났다.
 5분, 10분이 지났다. 피터 3세가 빨간 얼굴과 빨간 눈을 하고 나와, 빅에게 시선을 주지 않고 정면을 똑바로 바라봤다.
 "해야 할 일을 하세요." 그는 그렇게 말하고 걸어가버렸다.

 빅은 카누를 밀어 호수로 들어갔다. 배 중앙에, 담요 밑에 베어 반라의 시신이 있었다. 옆에는 삽 한 자루도 있었다.
 그는 배꼬리에 앉아 줄곧 앞만 보면서, 배에 싣고 호수를 가로

질러 영면으로 데려가는 작은 몸을 내려다보지 않으려 애썼다.

그러면서 공포나 두려움이 아니라 애틋함을 느꼈다.

빅도 이 아이를 사랑했다.

그는 조앤호수 맞은편 기슭에 있는 바위투성이 섬에 되도록 부드럽게 배를 댔다. 베어의 작고 다부진 몸을 배에서 들어 올렸다. 가만히 있는 모습을 보는 게 무척 낯설었다. 아이는 걸음마를 뗐을 때부터 늘 움직였다. 테시 조가 어딜 가든 따라다니는 그림자였다.

빅은 카누에서 삽을 꺼냈다. 아이를 부드럽게 품에 안았다. 육지로 들어가, 깎아지른 듯한 암벽 밑에 아이를 내려놓고, 땅을 파기 시작했다.

독립독행에서는 오후 낮잠에서 느긋하게 일어나거나 폭풍우 때문에 모두가 실내에 있어야 하는 걸 확인하고 꺼내 온 책에서 시선을 드는 손님들에게, 반라 부자가 상황을 알릴 터였다.

"여러분의 도움이 필요합니다." 부자는 그렇게 말하리라. "아까 베어가 할아버지와 산책하러 갔습니다. 지금 아이가 길을 잃은 것 같습니다."

부자가 이 계획을 세우는 동안, 앨리스 반라는 신경안정제를 거의 위험 수준까지 복용하여 멍한 상태로 도축장 위층에 잠들어 있었다.

"빅 휴잇이 이미 그 근처를 찾아보고 있습니다." 그들은 빅이 카누를 타고 나가는 걸 누군가가 봤을 경우를 대비해서 이렇게 말하리라.

"당장 소방대도 부를 겁니다."

이 계획에 빅의 얼굴에는 의구심이 떠올랐었다.

잘될 것이라고, 반라 부자는 주장했다.

이제 무사히 베어를 땅속에 누인 채, 빅은 작별 인사를 남긴 뒤 파낸 자리를 메우는 작업을 시작했다. 다 끝마치고는 발걸음을 뗐다. 그러다 생각을 바꿨다.

그는 돌을 한군데에 모았다.

돌무더기를 쌓았다.

때때로 아이를 찾아오리라. 테시 조도 적당히 나이를 먹으면 데려오고.

다만 지금은 진실을 알 필요가 없을 터였다.

빅터

1950년대 | **1961년** | 1973년 겨울 |
1975년 6월 | 1975년 7월 | 1975년 8월

그가 고려하지 못한 것은 테시 조가 봤을 수도 있다는 사실이었다.

아이가 보이지 않았기에 어딘가에서 뭔가에 몰두하고 있겠거니, 구내 다른 어딘가에서 자기가 계획했던 일을 끝내고 있겠거니 했다. 그래서 다행이라고 생각했다. 아직 너무 어린 시절에는 상황을 설명해주지 않아도 될 테니 다행이라고. 나중에 적당한 때가 올 것이라고, 빅은 생각했다.

하지만 소방대가 도착한 뒤에, 아침까지 기다렸다가 본격적인 수색을 시작하자고 그들을 설득한 뒤에, 테시 조가 숲에서 울면서 나왔다. 입이 떡 벌어지고, 얼굴이 하얗게 질리고, 길게 땋은 머리가 젖어 있었다.

빅은 딸아이가 말문을 떼기 전에 붙들 수 있었다. 아이를 재

촉해 복도 저편으로 갈 수 있었다.

둘만 남자, 빅이 물었다. "테시 조. 무슨 일이냐?"

딸아이가 뒤집힌 놀잇배를 봤다. 호기심에 선박 창고 남쪽으로 갔다가, 거기서 아버지가 반라 부자와 하는 얘기를 엿들었다. 그 부자가 무엇을 하고 싶어 하는지를 엿들었다.

거기서 자신의 아버지가 호수 반대편으로 빨간 카누를 저어 갔다가 돌아오는 것도 봤다.

그들이 무엇을 했는지 알았다.

이제 빅이 딸아이에게 본 것에 관해 영원히 침묵하기를, 자신과 반라 부자가 꾸민 거대한 거짓에 동참하기를 요구했다. 아이는 큰 눈을 가늘게 뜨고, 눈썹을 찌푸린 채 그를 마주 봤다.

아이가 망설이자 빅도 망설여졌다.

하지만 그 나이대 아이는 자기 미래를 빅이 아는 것만큼 알 수 없었다. 반라 부자를 거역하고 진실을 말하면 기회가 얼마나 제한될지 알 수 없었다.

부녀의 미래는 이 거짓에 달려 있었다.

"날 믿거라." 빅이 말했다.

딸아이가 마지못해 고개를 끄덕였다.

빅터

1950년대 | **1961년** | 1973년 겨울 |
1975년 6월 | 1975년 7월 | 1975년 8월

그는 도축장 위 임시 숙소에서 반라 부인을 밤새 감시하는 임무를 받았다. 부인이 진정될 때까지 다른 손님들과 멀리 떨어뜨려놓는 게 중요하다고, 반라 부자는 말했다.

오전 2시, 부인이 마침내 다시 잠들었다. 약을 네 알 먹였다. 한 번에 줘도 된다고 허락받은 최대량이었다.

빅은 맞은편 작은 의자에 앉아 부인을 지켜봤다. 그녀가 자신에게 특별히 친절했던 것은 결코 아니지만, 그래도 그녀를 싫어하지 않았다. 가엽다고 생각했다. 반라 부자가 **유용**하다고 판단한 어떤 사람일 뿐이었다.

반라 부자는 빅도 그런 식으로 볼 것이 자명했다. 성가시다고 생각지 않을 때는.

언제든 그 부자가 안전하다고 여기는 때, 마침내 의식을 차려도 된다는 허락이 떨어지면, 부인은 그날 오후에 벌어진 일의

진실을 깨닫고 고칠 수 없을 만큼 망가질 것이다.

자신이 벌인 일로 인해.

반라 부인은 약 복용 중간중간 깰 때마다 같은 질문을 했고, 점점 더 절박해져갔다. "베어는 어딨죠?" 뭉개진 발음으로 묻고 또 물었다.

다른 사람이라면, 부인이 뭐라고 말하는지 알아듣기 어려웠을지도 모른다. 하지만 빅은 알았다. 그녀가 매일 구내에서 자신과 마주칠 때마다 물었던 그 말이었다.

"베어는 어딨죠?" 부인이 그에게 다시 물었고, 그는 말하라고 지시받은 대로 다시 답했다.

"할아버지와 산책하러 갔습니다. 곧 찾을 겁니다."

"하지만 배가—" 부인이 말했다.

"배는 없었습니다. 꿈이었어요."

거듭 또 거듭 같은 대화를 했다. 반라 부인은 조용해졌다가 다시 물었다. 베어는 어딨죠?

끝없이 아들을 찾으며, 그녀가 남은 평생 던질 질문이었다. 반라 부자는 부인이 견딜 수 없을 거라 말하며, 진실은 그녀를 이른 죽음으로 몰아넣을 것이라고 주장했다. 하지만 빅은 진실을 숨김으로써 반라 부자가 상실에서 오는 슬픔을 가져가고, 불확실성에서 오는 슬픔을 대신 채워 넣을 뿐이라고 생각했다.

빅은 자신이 딸에게 닥치지 않게 막으려고 했던 것이 바로 이것임을 깨달았다. 반라 집안이 없으면, 어떤 면으로든 자신이 딸에게 줄 게 거의 없어 보였다. 그리하여 저들의 담합한 의지에 굴복하면서, 최소한 이렇게 하면 별나고 멋진 딸에게 의미 있는 일자리라는 확실성을 줄 수 있다고 되뇌었다. 수입을. 반라 집안 여자들이 태어날 때부터 짊어진 그런 삶에서 벗어날 자유를.

이제 옆에서 반라 부인이 잠결에 약하게 신음했다. 얇은 막 같은 땀이 이마에 맺혔다. 그는 서랍장을 한 칸 열어 수건을 꺼냈다. 부인의 머리에 가만히 올려놨다.

아침에, 그는 더 많이 모인 수색자들을 마주할 터였다.

소방대원들과 딸아이와 자신에게 했던 이야기를 그들에게도 할 터였다.

베어는 할아버지와 산책하러 나갔다.

주머니칼을 가지러 돌아왔다.

다시는 보이지 않았다.

앨리스

1950년대 | **1961년** | 1973년 겨울 |
1975년 6월 | 1975년 7월 | 1975년 8월

잠에서 떠오를 때마다 똑같은 일련의 장면이 마중 나왔다.

선박 창고 문을 여는 베어.

그다음엔.

호수에 떠 있는 배.

다가오는 폭풍우.

캄캄해지는 하늘.

그녀가 노를 젓는 동안, 뱃머리에 앉아, 작은 이마를 찌푸린 채 굳은 미소를 짓고 있는 아들의 얼굴. 처음 천둥이 쳤을 때 호숫가를, 그다음엔 하늘을, 그다음엔 자기 어머니를 보면서, 안심시켜주기를 바랐던 모습.

비가 무척 빠르게 다가와 빗줄기가 동쪽에서 서쪽으로 호수를 가로지르며 커튼처럼 다가오는 게 보일 정도였다. 비가 당도해 배를 채우기 시작했다.

앨리스는 두 손으로 물을 퍼내려고 했다. 물을 할퀴어댔다.

배가 기울면서 두 사람이 내동댕이쳐졌다.

맞은편 뱃전이 단단한 무언가와 맞부딪치며 쾅 떨어졌다. 인간 형상과.

앨리스는 아들의 이름을 외쳤다.

유디타

1950년대 | 1961년 | 1973년 겨울 |
1975년 6월 | 1975년 7월 | 1975년 8월: **여섯째 날**

"진술에 서명할까?" 헤이스가 묻는다.

"그럴 겁니다." 주디가 대답한다.

두 사람은 레이브룩에 있는 취조실, 주디가 제이컵 슬루터를 처음 만났던 곳 밖에 서 있다. 단방향 거울 맞은편에서, T.J. 휴잇이 앞에 있는 탁자에 양손을 올린 채 돌처럼 가만히 앉아 있는 것을 지켜본다.

주디가 말한다. "T.J.가 저한테 뭐라고 했는지 아십니까? 제가 도축장 위층에서 나는 소리를 들었을 때 있죠? 그게 자기들이었답니다. 휴잇 부녀요. 제가 떠나자 지원군을 데려올 걸 알고 아버지와 그 건물을 급히 나왔다고 합니다. 그래서 경찰들이 위층에 올라갔을 때는—"

"비어 보였지."

"네."

헤이스가 말한다. "이해가 안 되는 점은, 왜 이때를 골라 자백했지? 왜 14년이나 비밀을 지키다가 지금에 와서 단념하는 거지?"

"거기에 대해 생각한 게 있는데요."

"그럴 줄 알았어."

두 사람은 잠시 말없이 T.J.를 지켜본다. 너무 눈을 오래 감고 있어 주디는 그녀가 잠들었나 싶다. 그러다 눈을 뜬다.

"제 생각에 T.J.는 반라 일가가 이번에도 무고한 사람한테 누명을 씌우기 직전이라고 보고 걱정했던 것 같습니다. 바로 칼 스토더드에게 했던 것처럼요."

헤이스가 주디를 돌아보며 찡그린다. "매클렐런? T.J.는 매클렐런이 무고하다고 생각하나?"

"아뇨. T.J.도 그자가 한 짓이라고 생각합니다. 하지만 아들 매클렐런은 반라의 대자죠. 여동생 말에 따르면 언젠가 은행을 물려받을 거고요. 반라 집안에는 아들이 없으니까요. 게다가 아버지 매클렐런은 반라 가족과 은행에 큰 영향력을 발휘하죠. T.J.는 루이즈 도나듀가 범인이라고 매클렐런 부자가 반라 가족을 설득할까 봐 걱정했을 겁니다."

헤이스가 잠시 뜸을 들인다.

"그러면 휴잇 부녀가 루이즈 도나듀의 이름을 더럽히지 않으려고 증언했다?"

"그리고 칼 스토더드의 이름도요. 그 세월이 다 흐른 끝에."

헤이스가 끄덕인다.

그리고 말한다. "너무 늦진 않았네."

두 사람이 함께 지켜보는 가운데, T.J. 휴잇은 취조실에 하나 있는 창문을 향해 고개를 든다. 창문이 너무 높아 밖에 있는 건물은커녕 나무조차 보이지 않는다. 하지만 여전히 창문을 살피면서 빠르게 눈을 움직인다. 화창한 하늘을 향해 고개를 든 채, 숨을 깊게 들이마신다.

주디는 생각한다. 캠프를 잃어버리면 T.J.는 이제 무엇을 할까? 반라 일가가 휴잇 부녀를 완전히 배제하면서, 휴잇 일가와 피터 1세 사이를 수십 년간 이어온 얇은 실을 끊어버릴 게 분명한데?

그러다 스스로 질문에 대답한다. 괜찮을 거다. 주디, 루이즈 도나듀, 어쩌면 데니 헤이스가 그러하듯, 휴잇 부녀도 그들 자신 말고 다른 사람에게 의지할 필요가 없다.

지금까지 늘 다른 사람에게 의지했던 건 반라 일가, 그리고 그 부류의 집안들이다.

유디타

1950년대 | 1961년 | 1973년 겨울 |
1975년 6월 | 1975년 7월 | 1975년 8월: **여섯째 날**

엄밀히 말해 근무는 끝났다. 하지만 이제 매일 밤 부모님에게 보고할 필요가 없으므로, 주디는 내키는 만큼 오래 머물 수 있다. 볼일을 마칠 때까지.

반면 헤이스는 가족이 있는 집으로 돌아가야 한다.

헤이스가 떠나기 전에 주디의 어깨를 탁 때리며 말한다. "잘했어. 진심이야."

휴잇 부녀가 반라 일가에 관해 폭로한 뒤, 골드먼 형사는 그 집안의 두 남자―피터 2세와 3세―는 물론이고 존 폴 매클렌 시니어에 대한 체포 영장을 받으러 가는 길이다. 1961년에 베어 반라가 익사했을 당시 경찰을 속이는 데 역할을 한 것에 대하여 범죄 공모 혐의를 적용하고 있다. 빅 휴잇도 아마 정식으로 기소될 것이다. 하지만 건강 상태를 감안하면 징역을 살

가능성은 적다.

오늘 밤 기자회견에서, 라로셸 경감이 베어 반라의 시신을 찾았음을 발표할 것이다. 또 이 사건이 재수사에 들어갔으며, 추가 정보는 공개가 가능해지는 대로 대중에 밝힌다고 알릴 것이다.

칼 스토더드는 일주일 안에 공개적으로 오명을 벗을 것이다. 그리고 아내 메리앤은 남편의 결백을 밝혀줄 수 있을 만한 증거를 뭐라도 찾고자 반라 보호구역 안을 서성이는 일을 마침내 그만둘 수 있을 것이다.

반면 반라 일가는 마침내 저지른 일의 응보를 받을 것이다.

이 모든 국면에 주디가 마음이 놓여야 이치에 맞다.

하지만 그러기는커녕 수사할 것이 더 있다는 느낌이 든다. 해결해야 하는 또 다른 개별 사건이.

바버라 반라―또는 그 아이의 시신―를 아직 발견하지 못했기 때문이다.

주디는 레이브룩 주차장에서 비틀에 오른다. 고속도로를 타고 새턱을 향해 남쪽으로 차를 몬다. 요즘에는 차 안에서 추리가 가장 잘된다.

그녀는 가장 논리적인 결론은 바버라가 존 폴 매클렐런에게 살해당했다는 것이라고 생각한다. 모든 증거가 그 방향을 가리킨다. 유죄를 가장 강력히 시사하는 피투성이 유니폼. 그뿐 아니라 벽화, 바버라가 언급했다던 "남자 친구", 밤마다 헌트산을 오르는 외출, 존 폴이 꽤 오래 거기서 살다시피 했음을 시사하는 맥주병 지문.

이 모든 증거를 고려하면, 존 폴이 유죄임을 더 확신해야 하는 느낌이다.

하지만 마음에 걸리는 무언가가 있다.

게다가 살아 있든 아니든 바버라를 찾지 못하면, 구속할 수 없는 건 마찬가지다. 존 폴 매클렐런이 그대로 놓여날 거란 뜻이다.

퍼즐 조각들을 살펴보고 또 살펴보면서, 마지막 조각을 맞는 자리에 끼우려고 애를 쓴다.

하지만 안 되고 또 안 된다.

한동안 조용히 운전하는 가운데, 배에서 꼬르륵 소리가 크게 울리는 바람에 웃음이 터진다.

주디는 고속도로를 나가는 진출로 끝에서, 어둠 속을 향해 눈을 가늘게 뜨고 식당 간판을 찾는다.

저기 있다. **드리스컬**.

주디는 긴 하루의 수사 끝에 주름진 바지 정장 차림 그대로 오른쪽으로 돌고, 또다시 오른쪽으로 돌아 드리스컬 진입로로 들어간다.

루이즈

1950년대 | 1961년 | 1973년 겨울 |
1975년 6월 | 1975년 7월 | 1975년 8월: **여섯째 날**

"셔츠 입어. 진짜 셔츠." 루이즈가 말한다.

옷깃이 달린 옷을 입으라는 거다. 동생은 닳아 얇아진 레드제플린 티셔츠 한 벌을 1년 내내 입고 다녔다.

"그런 옷 없어." 제시가 대답한다. 그리하여 루이즈는 자기 옷을 준다. 흰색 에머슨 캠프 폴로셔츠로, 동생이 창피해하지 않을 만큼 중성적이다.

루이즈가 말한다. "저녁 먹으러 나가자."

드리스컬 안은 공중에 연기가 자욱하고, 버려진 곳 같은 분위기를 풍긴다. 섀턱에서 유일한 식당이자 오히려 술집이라고 할 만한 곳이다.

루이즈가 어렴풋이 알아볼 듯한 남자 몇 명이 옆방 가운데서 당구를 친다. 루이즈와 제시가 앉은 식사 공간은 바에 앉아 있는 여자 하나를 제외하면 비어 있다.

루이즈가 제시에게 메뉴판을 건넨다.

"뭐든 먹고 싶은 거 시켜."

제시가 루이즈를 응시한다. "누나, 나 괜찮은 거 알지?"

"무슨 말이야?"

제시가 아래를 내려다본다. 메뉴판 모서리를 하나하나 건드린다. 계속 만지작거린다.

적어도 80세는 됐을 코니 드리스컬이 와서 주문을 받는다.

"스테이크 시켜도 돼." 루이즈가 제안하지만, 제시는 햄버거와 감자튀김을 주문한다.

루이즈가 말한다. "저는 스테이크로 할게요, 드리스컬 부인. 미디엄레어요, 감사합니다."

코니 드리스컬이 부엌으로 사라지는데, 운동화를 신고 온통 카펫이 깔린 바닥에 내딛는 발걸음이 고요하다.

제시와 루이즈는 말이 없다.

루이즈가 묻는다. "뭐라고 했던 거야? 뭐가 괜찮다고?"

"아, 뭐 그냥. 그냥 누나가 날 걱정하는 걸 아니까. 근데 사실 난 괜찮거든. 엄마는 냉정하지만, 날 신경 써주는 친구들도 있고. 학교 선생님도 절반은 그래. 누나를 좋아해서 나도 신경 써주셔."

루이즈는 참아보려 하지만 미소가 떠오른다.

"나한테 고마워하거라."

"아니, 농담하지 말고. 난 괜찮아. 조금 있으면 열두 살이야.

내가 알아서 할 수 있어."

"제시. 그만."

"아니면 엄마도 한 번씩 날 챙기게 하면 되잖아. 항상 누나일 필요는 없어."

루이즈가 아래를 내려다본다. 이 사실을 알려주는 게 내키지 않는다. 어머니는 절대로 제시를 보살펴주지 않으리라는 것을. 루이즈처럼은. 아무도 안 그럴 것이다.

제시가 말한다. "있잖아, 나도 누나를 걱정해. 누나가 자기를 조금 더 잘 챙기는 게 나를 도와주는 거야. 정말로 도와주고 싶다면 말이야."

"나를 어떻게 돌볼까?"

코니 드리스컬이 돌아와 제시에게는 셜리템플(무알콜 칵테일)을, 루이즈에게는 콜라를 준다.

"서비스야." 코니가 말한다.

제시가 한 모금 마신다.

"이제 좀 괜찮은 남자랑 만나." 그렇게 말하더니 더 생각난 말을 덧붙인다. "일단은. 아니면 남자를 만나지 마."

루이즈가 고개를 끄덕인다. 듣고 있기 괴롭지만, 맞는 말이다. 제시가 언제 자기 앞에 있는 이 사람이 됐을까? 그녀는 지치면 작은 몸을 자신에게 축 늘어뜨린 채, 손가락 두 개를 물고 있던 시절의 동생을 떠올려본다. 섀턱에서는 보호구역과는 시간이 다르게 흘러간다는 생각이 든다.

제시가 이어 말한다. "또 있어. 다른 일자리를 구해야 해."

"어떤 거?"

"나는 모르지, 누나. 누나는 되게 똑똑하잖아. 하고 싶은 건 다 할 수 있어. 유니언 대학에 다시 돌아갈 수도 있고."

"누구 돈으로?"

"모르지. 은행에서 빌려. 그게 은행이 하는 일 아냐?"

듣기만 해도 기운이 쭉 빠진다. 산 밑에서 위를 쳐다보고 있는 기분이다.

하지만 루이즈는 이전에도 산을 올라가봤다. 심지어 달려 올라가봤다.

남매는 말없이 편안하게, 당구공이 딱딱 부딪히는 소리와 스피커에서 나오는 조악한 음질의 음악을 들으며 식사한다.

코니 드리스컬이 더 필요한 것이 있냐고 묻자 루이즈는 디저트를 주문한다. 안 될 건 뭐람? 그렇게 생각한다. 자신과 제시가 한동안 버티기에 충분할 만큼은 계좌에 저축을 해뒀다.

그녀는 오늘 밤은 걱정을 내려놔야겠다고 생각한다. 심리를 기다리면서 한숨 돌리려 한다.

누군가가 주크박스에 5센트 동전을 하나 넣자 음악이 바뀐다. 에벌리브러더스가 꿈을 노래한다. 그때, 최면을 거는 듯한 그들의 화음 아래로, 바 의자가 뒤로 밀리며 삐걱대는 소리가 들린다. 바에 혼자 앉아 있던 여자가 일어나 지갑을 찾아 꺼낸다.

루이즈는 돌아보고 그 여자가 낯익다고 생각하는데, 정확히 누구인지는 떠오르지 않는다. 여자는 얼룩이 묻은 정장을 입고 있다. 머리는 짧다. 젊어 보인다. 루이즈와 동갑이거나 몇 살 많은 정도다.

또 만취한 게 아니라면, 술이 잘 안 받는 몸에 맥주 두어 잔이 들어간 것처럼 보인다.

루이즈는 여자가 뭐라고 할지, 듣기 전에 안다. "저기요?"

하지만 시선을 돌리니 여자는 자신이 아니라 제시를 보고 있다.

"에머슨 캠프 다녀요?" 여자가 말한다. 손가락 하나를 제시 쪽으로 들어, 녹색 캠프 로고가 박힌 폴로셔츠를 가리키고 있다.

제시가 덜컥 겁을 먹는다.

"아뇨." 루이즈가 일어나 제시 앞에 선다. "얘는 안 다녀요. 하지만 제가 거기 지도교사예요."

여자가 루이즈 쪽으로 시선을 돌린다.

그리고 말한다. "누군지 알겠네요."

트레이시

1950년대 | 1961년 | 1973년 겨울 |
1975년 6월 | 1975년 7월 | 1975년 8월: **여섯째 날**

트레이시는 스터츠 블랙호크 창문에 머리를 기댄다. 에어컨이 달린 차를 타본 건 이 차가 처음이다. 아버지는 그전에 쉐보레를 수년 동안 몰았는데, 문이 네 개 달린 실용적인 소형 트럭으로, 말 운반용 트레일러를 끌 만큼 튼튼했다.

트레이시는 쉐보레가 그립다. 그보다는 쉐보레를 운전하던 시절의 아버지가 그립다.

헴프스테드에 있는 집은 트레이시가 초여름에 떠났을 때와 하나도 달라지지 않았다. 은색 대문, 인조 잔디, 앞창 두 개 아래 각각 놓인 조화로 장식한 플라스틱 화단.

그리고 어머니. 어머니가 현관 계단에 앉아, 고개를 높이 들고, 부녀가 도착하기를 기다리고 있다.

블랙호크가 굉음을 내며 진입로에 멈추자, 몰리 주얼이 일어난다.

트레이시는 차에서 뛰어내려 어머니에게, 언제나 자신답게 살고, 자신이 아닌 다른 누군가나 무언가가 되려고 시도하지 않는, 다정하고 유쾌한 어머니에게 달려간다.

어머니에게서 누가 떠오르는지 번뜩 깨닫는다.

어머니가 말한다. "아, 트레이시. 네 친구 일은 정말 안타깝구나. 너한테 많이 소중했던 것 같은데."

"지금도 그래요." 트레이시가 대답한다.

두 달 동안 알고 지낸 한 사람이 자기 삶을 어떻게 바꾸어놓았는지를 도대체 어머니에게 어떻게 설명할까?

차에서 나와 있던 아버지가 이제 어색하게 목을 가다듬는다.

"오랜만이야, 몰리." 아버지의 말에 어머니는 고개를 끄덕인다.

아버지는 트레이시와 포옹한 다음, 에머슨 캠프에서 가져온 모든 짐과 함께 진입로에 서 있는 트레이시와 어머니를 뒤로하고 떠난다. 어른이 될 때까지 이렇게 지내게 될 것임을 트레이시는 깨닫는다. 두 사람이 함께. 둘이서만.

아버지는 아버지와 도나 로마노의 결혼식에서 다시 볼 것이다. 또 앞으로 3년간은 방학 때마다 볼 것이고, 이제 이복동생도 같이 보게 될 것이다. 트레이시는 대화를 나눌 것이다. 공손하게 굴 것이다. 하지만 더는 그녀의 가족이 아닐 것이다. 유일하게 남은 가족이 지금 옆에 서 있다.

트레이시가 묻는다. "엄마. 펑크 음악 들어봤어요?"

어머니가 대답한다. "아니. 어떤 건지 말해줄래?"

헴프스테드 위 하늘이 어둑해진다. 트레이시는 바버라 반라를 떠올린다. 그 애가 살아 있는지, 북쪽으로 500킬로미터 떨어진 곳에서 같은 하늘을 보고 있는지 궁금하다.

바버라의 강인한 팔다리를, 흔들림 없이 꼿꼿이 세운 머리를, 숲속과 물속에서 발휘하는 능숙함을 그려본다. 바버라가 생존 여행에서 보여준 모습을 그려본다. 텐트를 치고, 불을 피우고, 모두가 먹을 음식을 구해 돌아오던 모습을. 모두를 살아 있게 해주던 모습을.

트레이시는 바버라가 여전히 이 세상에 있다는 걸 안다. 적어도 그렇게 믿는다.

유디타

1950년대 | 1961년 | 1973년 겨울 |
1975년 6월 | 1975년 7월 | **1975년 9월**

주디는 비틀을 몰아 스키넥터디에 있는 부모님 집 진입로에 도착한다. 잠시 앉아 마음의 준비를 한다.

오늘은 토요일이고, 가족들이 무엇을 하고 있을지 정확히 안다. 안에서는 어머니가 진공청소기를 돌리는 동안 아버지가 먼지를 털고 있을 것이다. 형제들은 전구를 갈거나, 부모님이 부탁한 여타 잡다한 일을 하고 있을 것이다. 주디가 기억하는 한 토요일마다 했던 일이다. 수년 동안 주디도 가족과 함께 청소하면서, 빨래를 개고, 침대를 정리했다. 이번 토요일에는 처음으로 손님이 된다.

한 달 전, 어릴 때부터 써온 침실에서 짐을 전부 꺼내서, 레이브룩 본부에서 몇 킬로미터 떨어진 곳에 빌린 작은 집으로 전부 옮겼다. 그 과정에서 도움은 받지 않았다. 아버지는 주디가 도착하자 고개를 한 번 끄덕이고는 집을 나섰다.

이제 주디는 차에서 나와 몸을 세운다. 문으로 다가간다. 오빠 레너드가 소리를 듣고 문을 연다.

주디를 보더니, 집 안을 향해 소리친다. "엄마."

그녀가 집으로 들어가자 오빠가 안아준다.

청소기 소리가 멈춘다. "왜?" 엄마가 큰 소리로 묻는다.

레너드가 씩 웃는다.

"'전국 최초'가 돌아왔어요."

10분 뒤, 럽택 가족이 전부 부엌 식탁에 앉아 있다. 어머니는 벌써 차를 내놨다. 마지막에 자리에 앉은 아버지가 컵에 설탕을 넣고 저으면서 목을 가다듬는다. 모두가 말이 없는 가운데 레너드가 입을 연다. "신문에서 또 네 이름을 봤어."

주디가 쳐다본다.

"그랬어?"

레너드가 고개를 끄덕이고는 식탁에서 일어난다. 그러더니 종이 한 장을 두 손으로 들고 돌아온다. 이번에도 〈타임스유니언〉에서 오린 기사다.

주디는 두 손으로 기사를 받아 읽는다.

기소된 반란 일가라고 기사 제목이 적혀 있다. 그 아래 부제는 **최초 용의자 사후에 혐의를 벗다**이다.

기사가 이어진다.

아들이 사망한 당시였다면, 운송 수단으로 인한 과실치사로 기소당했을 것이 분명한 앨리스 반라는 벌을 면할 것이다. 공소시효가 끝났다.

하지만 피터 2세와 3세는 공무 집행 방해 공모죄로 기소될 것이다. 베어의 최후에 관해—바버라 실종 뒤에 했던 거짓말을 포함하여—줄곧 경찰에게 거짓말을 했기에, 지금 기소해도 늦지 않다.

현재 이들은 보석금을 내고 나와 재판을 기다리는 중이다. 기자가 언급하길, 이제 더 이상 존 폴 매클렐런 시니어가 이들의 변호를 맡을 수 없을 것이다.

기사에 사진 하나가 실려 있다.

사진 속에는 스토더드 가족이, 메리앤, 세 딸, 사위들, 손주들이 새턱에 있는 소박한 집 앞에서 정돈된 모습으로 꼿꼿하게 서서 엄숙한 얼굴을 하고 있다.

회복된 정의라고 사진 설명에 적혀 있다.

주디가 오빠에게 기사를 다시 건네자, 오빠는 아버지에게 건네고, 아버지는 기사를 원래 접혀 있던 대로 접어서 셔츠 주머니에 꽂아 넣는다.

그리고 말한다. "네 이름 봤냐? 두 번째 문단에 딱 있더라."

주디가 미소를 짓는다. "그렇네요."

"나는 항상 그 가족이 한 일일 줄 알았다. 예전에 그 일이 일어났을 때. 그 가족이 뭐가 관련이 있다는 건 다들 알았어. 정확히 어떤 식이었는지 몰랐을 뿐이지."

내내 조용히 있던 어머니가 갑자기 주디의 컵을 가져간다. 차를 더 따라준다. 이제 주디는 그 집에 찾아온 사람, 손님이다. 주디는 이를 깨달으면서 자부심과 애잔함을 동시에 느낀다.

레너드가 묻는다. "여자애는 어때? 바버라. 그쪽은 단서가 있어?"

있다. 하지만 적어도 아직은 가족에게 말할 수 없기에, 주디와 가족 사이로 장막이 하나 더 내려온다.

"중요한 건 없어." 주디가 대답한다.

레이브룩으로 돌아오는 길, 주디는 더 높고 빽빽해지는 소나무들을 지켜본다. 진출로에 이르러 73번 도로로 꺾는다. 비틀을 몰아 길을 오르고 또 오른다.

차 안에서, 바버라 반라의 실종과 관련해 최근의 진전 상황으로 생각이 다시 정처 없이 흘러가게 둔다.

가장 흥미로운 사실은 루이즈의 보조교사 애너벨 사우스워스가 스스로 나서서 진술했다는 것이다. 애너벨은 바버라가 사라진 날 밤에 존 폴 매클렐런과 있었다. 댄스파티가 진행 중이던 밤 10시에 한 번, 새벽에 또 한 번. 그렇게 존 폴에게 알리바이를 제공했다. 애너벨의 부모인 캐서린과 하워드 역시 그 이야기를 보증하고 나섰다. 사우스워스와 매클렐런, 반라 집안과 친우인 두 일가는 애너벨이 나이가 어린 것과 상관없이 이 새로운 관계를 지지한다.

캐서린 사우스워스가 서명을 마친 진술서에는 **둘이 정말 사**

이가 좋다라고 적혀 있다.

존 폴에게 적용됐던 나머지 혐의, 음주 운전과 규제 약물 소지 혐의도 해결됐다. 그가 자신은 모르는 일이라고 주장하는 피투성이 옷은 적용 혐의가 없어 증거로 채택되지 않았다. 존 폴은 징역을 살지 않을 것이다. 대신 100시간의 사회봉사 명령을 받았다. 주디가 보기에, 판사가 존 폴의 아버지와 특별히 친한 듯했다.

주디는 이 중 그 무엇에도 놀라지 않는다. 그저 결과에 아주 약간 실망할 뿐이다.

하지만 그 뒤로 새로운 일이 있었다. 바버라 반라의 실종과 관련해서는 존 폴 매클렐런에게 영영 아무 혐의도 적용할 수 없을지 몰라도, 다른 혐의를 적용할 수 있게 됐다. 중상해 혐의를.

피해자는 루이즈 도나듀다.

루이즈는 주디와 한동안 논의한 뒤, 직접 나서서 고소하기로 했다. 거기서 끝이 아니었다. 몇 사람이 루이즈 편에서 증언해주기로 했다. 주디는 발품을 팔아 목격자를 찾아냈는데, 폭행이 벌어진 밤에 유니언 대학교 근처 존 폴이 살던 그 집에 있던 사람들이었다. 같은 집에 살았던 스티븐과 더불어, 스티븐이 그 당시 와 있던 손님이라며 이름을 댄 여자 세 명까지.

주디는 고등학교를 같이 다녔던 남자아이들을 떠올린다. 여자아이들도. 그 아이들도 이렇게 용감할 수 있었을까? 잘 모르겠다. 하지만 지금은 1975년이라고, 그녀는 자신에게 말한다.

세상이 바뀌었다고.

"그러면 네 생각은 어때?" 부엌 식탁에서 오빠는 이렇게 물었다. "뭔가 새롭게 말해줄 게 없으면, 네 직감을 얘기해봐."

"뭐에 관해서?"

"바버라 반라 말이야." 오빠가 대답하는 사이, 주디의 오른쪽에서 어머니는 성호를 그었다. *가여운 아이야.* 어머니가 낮게 중얼거렸다.

주디는 창밖을 내다봤다.

"사실 내 생각에 그 애는 괜찮을 거 같아."

레너드가 이마를 찌푸렸다.

"어떻게 알아?"

"몰라. 그냥 느낌이 그래."

드리스컬 술집에서 루이즈 도나듀를 우연히 만난 밤, 루이즈가 해준 이야기가 몇 주째 주디의 머릿속에서 떠나지 않고 메아리치고 있다.

주디는 루이즈에게 T.J. 휴잇에 관해 즉흥적으로 물어봤다. T.J.가 결백하다고 믿기는 해도, 크리스토퍼라는 남자아이가 해준 이야기를 도무지 떨쳐낼 수 없었기 때문이다.

도대체 왜 바버라는 밤에 T.J. 휴잇의 텐트에 들어갔을까? 어떤— 불온한 짓이 아니라면 바버라가 거기서 했을 만한 일이 뭘까?

뱃속에 맥주가 두 잔 들어가니 자제력이 떨어지기도 해서, 주디는 이 생각을 루이즈 도나듀에게 흘렸다. 루이즈의 남동생에게 소리가 닿지 않을 거리인지 신경 쓰면서.

루이즈는 웃었다.

"왜요?" 주디가 물었다.

"그럴 리가 없어요."

"어째서죠?"

"많은 사람이 T.J.를 이상하다고 생각하지만, T.J.는 해를 끼치지 않아요. 해를 끼치지 않는 것 이상이죠. 좋은 사람이거든요. T.J.가 원하는 건 사냥하고 낚시하고 혼자 있는 것뿐이에요. 북쪽 어떤 섬에 T.J.네 가족이 소유한 집이 있는데, 아마 T.J.는 가능하다면 당장 거기로 이사할걸요."

루이즈가 바텐더에게 손짓해 자기 몫으로 맥주를 한 잔 주문하고는 이어 말했다.

"먼저 돈을 모아야 할 뿐이죠."

주디는 루이즈를 빤히 바라봤다.

"정확히 어디요?"

루이즈가 이마를 찌푸렸다. "뭐가요?"

"그 섬이요. 그 집이랑."

"아, 저도 어딘지는 몰라요. 그렇지만 T.J.가 관리자 사무소 벽에 지도를 붙여놨어요. 마지막으로 봤을 때는 그 집이 있는 곳에 핀이 꽂혀 있었고요."

그녀는 다시 맥주를 마셨다.

그러다 천천히 주디를 쳐다봤다. 깨달으면서.

주디에게 좋은 경력이 될 것이다. 바버라 반라를 찾으면, 그것도 살아 있는 채로 발견하면, 한 계단 오를 수 있을 것이다. 어쩌면 두 계단. 성공 가도에 올라설 것이다. 게다가 형사로 일하기 시작했을 때부터 자신의 머릿속에서 맴돌았으며, 마주치는 남자 형사마다 그녀를 보며 생각했을 질문을 해결해줄 것이다. 여자가 이 일에 적합한가?

그녀는 라로셸 경감이 할 수만 있다면 바버라를 찾을 것임을 알았다. 모든 형사가 그럴 것이다. 하지만 그중 누구도 바버라가 무엇을 원하는지 또는 안전한지는 고려하지 않을 것이다.

오히려 제 삶의 운을 트이게 하기 위해 바버라의 안위를 희생시킬 것이다.

사실 어떻게 보면, 베어 반라가 사라지고 칼 스토더드가 편리한 용의자가 됐을 때 라로셸 경감이 했던 일이 이것이다. 그는 죽어 말이 없는 스토더드가 누명을 뒤집어쓰게 두고, 사건을 종결함으로써 진급했다.

주디는 부모님이 가르쳐준 많은 것에 동의하지 않지만, 두 분에게 존경스러운 면모가 하나 있다면, 자신보다 타인을 먼저 생각해야 한다는 신념이었다.

바버라 반라가 자신의 자유의지에 따라 숲속에 숨기를 선택했다면, 안전하고, 보호받고, 잘 먹고, 독립독행하고 있다면, 그녀 자신이 무슨 자격으로 바버라를 본인이 버린 세상으로 다시

끌고 올까?

그래도 주디는 자신이 세운 가설이 맞는지는 확인하고 싶다.

그리하여 레이브룩에 있는 작은 아파트에서 계획을 세운다. 반라 보호구역에 다시 갈 것이다. 수많은 시간을 보냈던 관리자 사무소에 다시 갈 것이다. 어쨌든 휴잇 부녀는 반라 집안과 관계를 끊었으니, 아마도 그곳은 버려져 있을 것이다. 한 번도 자물쇠가 달려 있던 적 없는 문을 열 것이다.

그녀는 지도가 여전히 벽에 붙어 있기를 간절히 바란다.

그대로 있다면, 핀이나 핀 자국이 가리키는 위치를 적어 올 것이다. 북쪽 저 멀리, 애디론댁 공원 고봉 지대 어딘가, 휴잇 일가의 집이 있는 장소를.

바버라

1950년대 | 1961년 | 1973년 겨울 |
1975년 6월 | 1975년 7월 | 1975년 8월: **첫째 날**

침대가 비어 있다.

달빛 속에서, 발삼나무라고 부르는 오두막의 문간에서, 바버라 반라는 마지막으로 뒤돌아보며, 트레이시에게, 같은 숙소를 써온 친구들에게, 에머슨 캠프에 마음속으로 작별 인사를 한다.

약속한 시각보다 늦게 나섰으니, T.J.는 자기 오두막을 이리저리 오가며, 초조하게 중얼거리고 있을 것이다. 하지만 발삼나무 지도교사들이 예상보다 훨씬 늦게까지 밖에 있었다. 이들이 각각 돌아올 때까지 기다린 다음, 움직이는 소리가 잦아들고 숨소리가 안정될 때까지 조금 더 기다려야 했다.

그제야 최대한 조용히 일어나서, 지금 서 있는 문간까지 살금살금 왔다.

봉투. 본채에서 가지고 돌아왔던, 계획을 들킬 뻔하게 만들었던 종이봉투를 잊고 있었다.

봉투에 뭐가 있는 거야? 지난주에 트레이시가 물었지만, 바버라는 못 알아들은 척했다.

밖은 공기가 상쾌하고, 달이 무척 밝아서 가져온 손전등이 필요 없다.

다른 짐은 T.J.의 오두막에 준비되어 있다. 적어도 일주일 치 신선 식품이 담긴 배낭. 최대한 서둘러 갈아입을 따뜻한 옷과 등산화.

아니나 다를까 관리자 사무소 현관에 발을 내딛자, 문이 신속하게 열린다. T.J.가 손목시계를 확인하며 거의 새벽 3시라고 말한다. 아슬아슬하게 성공하겠다고.

"하루 더 기다릴까요?" 바버라가 묻자, T.J.는 빠르게 고개를 젓는다.

오늘이 언덕 위에서 열리는 파티의 마지막 밤이다. 오늘 밤, 손님들이 구내에 있는 동안이 아니면 영영 안 된다.

영영 안 된다는 말은 가을에 엘란 학교로 보내진다는 뜻이다. **영영 안 된다**는 말은 T.J.나 빅을, 바버라의 진정한 가족을 수년 동안 못 본다는 뜻이다.

두 사람은 말없이 T.J.의 트럭으로 걸어간다. 차 지붕에 카누 한 대가 묶여 있다. 가능한 한 조용히, 각자 문을 닫는다. T.J.가 시동을 걸자, 트럭이 부르릉거리면서 언덕을 올라가, 오른쪽에 있는 독립독행과 자동차가 가득한 주차장을 지난다.

"들어갈 수 있었어요?" 바버라가 물으면서, 존 폴 매클렐런의 파란색 트랜스앰을 향해 손짓한다.

T.J.가 끄덕인다. "옷은 이제 트렁크에 있어. 그 사람은 안 볼 거야. 하지만 경찰은 차를 수색하다가 보겠지."

"경찰이 차를 왜 수색해요?"

T.J.가 씩 웃는다. "저 차에 내가 숨겨놓은 게 더 있거든. 경찰이 그 사람을 붙잡으면— 수색을 진행할 타당한 이유가 생길 거야."

고속도로에 다다르자 한 시간 동안 쭉 달린다. T.J.는 경찰에게 주목받는 일을 피하는 선에서 최대한 빠르게 운전한다. 제한 속도 위반 허용 범위를 넘지 않은 선에서. 그녀가 운전하며 하늘을 흘끗 바라본다. 하늘이 매 순간 밝아진다.

가는 동안 T.J.는 바버라에게 간단한 문제를 낸다.

물은 어떻게 해야 하지?

불을 피운다. 끓인다. 요오드를 넣는다.

아프면 어떻게 해야 하지?

선반에 둔 의료 지침서를 본다. 수납장에서 약을 찾는다.

여름 내내 T.J.가 바버라를 데리고 밤마다 수업을 진행하면서, 함께 반복하고 또 반복했던 그 설명들. 숲속에서 살 준비지만, 영원히는 아니다. 바버라가 열여덟 살이 될 때까지, 법적으로 혼자 결정을 내릴 수 있게 될 시점까지만이다.

그때가 되면 바버라는 부모님이 그들만의 규칙을 강요할까 봐, 또는 벌을 내릴까 봐 두려워하지 않으면서 원하는 것을 할 수 있다.

어느 때라도 마음이 바뀌면, 그냥 나타나기만 하면 된다. 온전히 바버라가 결정하면 된다고, T.J.가 말한다.

바버라는 T.J.를 힐끗힐끗 보면서, 옆모습 윤곽을, 다정한 얼굴을 살핀다. 바버라가 아기였을 때, 어린아이였을 때, 가장 많이 돌봐준 사람은 T.J.였다. 도와주고 가르쳐준 사람도 T.J.였다. 어머니 같다는 말은 T.J. 휴잇에게 쓰기에 적당하지 않지만, 그럼에도 바버라가 이제껏 유일하게 알아온 어머니라면 T.J.다. 친어머니는 살아 있기는 하지만, 이제껏 한 번도 닿을 수 없었다. 걸어 다니는 껍데기였다.

T.J.가 말한다. "네 배낭에 차를 넣어놨어. 네가 좋아하는 거로. 밤에 간식으로 먹으라고 초콜릿도 좀 넣었어."

그러더니 묻는다. "읽을거리는 충분해?"

바버라가 끄덕인다. "네. 그리고 다 떨어지면 내가 쓸 거예요."

"나도 곧 갈 수 있을 거야. 한두 달 뒤에. 내가 추적당하지 않는 게 확실해지기만 하면 돼."

그녀는 바버라를 힐끗 보더니, 무릎을 토닥여준다. "네가 그때까지 해낼 수 있다는 거 알아."

"할 수 있어요." 바버라는 T.J. 만큼 자신에게도 확신을 심어주려고 한다.

실제로도 준비가 된 기분이다. T.J.가 그렇게 만들어줬다. 매일 밤 했던 그 모든 수업이. 둘이서 했던 그 모든 연습이.

바버라가 그리워할 한 가지는 음악이다. 이것은 남겨두고 떠나야 했다.

두 사람이 다시 침묵에 빠진다. 그러다 해가 뜨기 직전, T.J.가 고속도로를 빠져나간다.

전조등을 밝힌 채, 두 사람은 차 지붕에서 카누를 내려, 숲을 뚫고 1.5킬로미터가량 운반한다.

T.J.가 점점 더 초조해한다는 걸, 바버라는 안다. 나머지 직원들이 일어나기 전에 T.J.가 에머슨 캠프로 돌아가지 않으면, 계획이 전부 실패할 것이다. 그리하여 바버라는 폐가 타는 듯한데도, 짊어진 배낭에 무겁게 짓눌리는데도, 더 속도를 낸다.

"거의 다 왔어." T.J.가 말하고 또 말한다.

해가 뜨는 동안 두 사람은 조용히 노를 저어 호수 수면을 가로지르면서 가운데에 있는 섬으로 향한다. 다가갈수록, 늘어선 나무 바로 너머로 인공 건축물의 평평한 표면이 보인다.

"여기 사슴이 있는 걸 기억해." T.J.가 그렇게 말하면서 카누 배꼬리에서 내려 섬에 오른다. "언제나 사슴을 사냥할 수 있어. 집 안에 총이 두 자루 있고 총알도 많아."

바버라는 집 안 곳곳에서 유령처럼 자신을 쫓아다니며 많이 먹지 말라고 꾸짖던 어머니가 불쑥 떠오른다. T.J.와는 언제나 반대였다. T.J.는 늘 기회가 생길 때마다 바버라에게 먹을 것을 줬고, 이따금 학교까지 찾아와 외투와 옷과 바버라가 좋아할 만한 선물을 직접 전해주었다.

그러느라 T.J.가 창문으로 몰래 드나들곤 했다.

전혀 문제가 없었지만, 어느 날 기숙사 사감이 그녀의 뒷모습을 보고 말았다. 바버라는 당황해서 허둥거리며 T.J.가 10대 남자아이라고 말했다.

그때부터 상황이 심각하게 나빠졌다.

이제 바버라가 말한다. "기억할게요. 나한테 가르쳐줬던 건 다 기억해요."

두 사람이 목적지에 도착했다. 잠시, 서로 가만히 바라본다.

"가요." 바버라가 말한다.

"너는 괜찮을 거야."

"나는 괜찮을 거예요."

이제 바버라는 섬 기슭에 서서, T.J.가 카누를 타고 가는 걸 지켜본다. 노가 호수에 들어갔다 나오는 소리가 안 들릴 때까지, T.J.가 떠나기 전에 돌아보면서 마지막으로 한 번 손을 흔들고, 마침내 건너편 숲속으로 사라질 때까지 기다린다.

바버라는 눈을 감는다. 귀를 기울이면서 신호를 기다린다. 갈색지빠귀가 아름다운 노래로 대답한다.

그녀는 휴잇 일가가 여러 세대 전에 지은 오두막으로 걸어간다. 내부는 시원하고 그늘졌으며, 바버라가 머물 것을 예상하면서 T.J.가 여러 달에 걸쳐 배로 날라 온 물자들이 비축되어 있다.

구석에 낡지 않은 무언가가 있다. 어쿠스틱 기타. 초보자용 설명서. 이 기타로 직접 작곡할 수 있겠다는 것을 바버라는 깨닫는다.

고마워하면서 무거운 짐을 바닥에 내려놓는다. 독립독행에서 가져온 종이봉투가 맨 위에 있다.

봉투를 열고, 필수품이 아닌데도 오늘 운반하겠다고 마음먹은 유일한 물건을 꺼낸다. 액자에 든 오빠 베어의 사진이다.

오빠에게도 이곳이 집이 될 것이다.

바버라는 식사할 때 쓸 거친 탁자에 사진을 놓는다.

이제 안전하다고, 오빠에게 마음속으로 말한다.

유디타

1950년대 | 1961년 | 1973년 겨울 |
1975년 6월 | 1975년 7월 | **1975년 9월**

    반라 보호구역에서 북쪽으로 80킬로미터가량 떨어진 호숫가에, 주디 럽택이 양손을 허리에 얹고 서서, 저 멀리 있는 섬을 향해 눈을 가늘게 뜨고 있다. 배는 가져오지 않았다.

    그녀는 호숫가와 섬 사이 거리를 가늠해본다. 800미터쯤. 어쩌면 조금 더. 수영을 탁월하게 잘했던 적은 한 번도 없지만, 그래도 신발을 벗고 엄지발가락 하나를 담가 수온을 확인한다.

    얼어붙을 듯 차갑다. 주디는 잠시 결정한 바를 다시 생각한다. 맞은편에서 무언가를 발견하리란 증거는 없다. 오늘은 토요일이다. 쉬는 날이다. 집으로, 레이브룩에 빌린 집으로 돌아갈 수도 있다. 식료품점에 가서 저녁거리를 살 수도 있다. 벌써 그 동네에 아는 사람도 생겼고, 뭐든 하고 싶은 대로 할 수 있다. 그 대신 그녀는 루이즈 도나듀와 이야기를 나눈 뒤로 줄곧 떨쳐낼 수 없던 직감에 이끌려, 수영복만 남기고 옷을 벗는다. 앞에 있는 차가운 호수로 뛰어든다.

얼마나 오래 헤엄쳐야 할지 짐작이 안 간다. 언제든지 떠 있을 수 있다고, 자신에게 말한다. 힘들면 떠 있으면 된다고.

주디는 수영하면서 생각한다. 자신의 추측이 맞다면, 아직 확인해봐야 하지만 자신이 **맞다면**, 모든 단계를 논리적으로 이해할 수 있다. 크리스토퍼 멀다워가 설명한 생존 여행 중 **바버라에게 생긴 사고**로 인한 피투성이 유니폼. 그 유니폼이 얼마나 유용할지 불현듯 깨달은 T.J.와 바버라. 존 폴 매클렐런의 트렁크에 그 옷을 숨기면 두 가지 목적에 도움이 된다. 바버라가 실제로 간 곳을 형사들이 추적하기 어렵게 할 뿐 아니라, 솜씨 좋게 정의를 실현하는 것이다. 언젠가 존 폴에게 맞은 상처를 생생하게 달고 T.J.에게 갔던 루이즈 도나듀를 위한 정의. 자신들의 명성을 지키려는, 추문을 피하려는 매클렐런과 반라 두 집안 때문에 누명을 쓴 채 죽은 무고한 남자 칼 스토더드를 위한 정의. 그리고 자신의 윤리의식에 어긋난 협정 같은 것을 맺음으로써, 반라 일가보다 나을 것 없는 존재로 전락해버린 T.J. 휴잇의 아버지를 위한 정의.

베어에 관한 진실을 폭로하고 바버라가 숨도록 도와주는, 앞뒤 재지 않은 이 두 가지 행동으로 휴잇 부녀는 자신들이 저지른 잘못을 만회했다. 마지막에 잘못된 방향으로 들어섰던 곳까지 발걸음을 되돌려, 이번에는 다른 길을 선택했다.

주디는 반대편 기슭을 떠나고 시간이 얼마나 지났는지 잘 모르겠다. 이따금 자신에게 한 조언대로 둥둥 떠 있으면서 파란 9월 하늘을 그대로 올려다본다. 눈을 감는다. 물결에 안긴 채 몸을 맡긴다. 그러고 나서 다시 나아간다.

어느 순간, 앞에 있는 기슭이 뒤에 있는 기슭보다 가깝다. 멈춰서 선헤엄을 친다. 눈을 가늘게 뜨니, 굴뚝에서 나오듯이 하늘로 길게 올라가는 연기가 보이는 것 같다.

마침내, 육지에 닿는다. 그리고 멀지 않은 거리에, 나무 뒤에서 내다보는 한 인물이 보인다.
바버라 반라.
주디는 그 아이를 실물로 본 적이 없지만, 어디에서라도 그 아이를 알아볼 것이다.
주디가 물가에서 망설이며 한 손을 허공에 든다. 바버라는 주디가 누군지 모를 것이다. 경찰이 캠프에 들이닥치기 한참 전에 떠났으니까. 주디는 단방향 거울 너머를 보는 느낌이 든다. 자신이 바버라를 얼마나 잘 아는지 바버라는 모르기 때문이다. 수영복을 입고 추위에 떠는 주디는 다소 우스꽝스럽고 어설퍼 보일 게 분명하다. 자신이 눈에 띌 것을 예상하지 못한, 유달리 모험을 좋아하는 등산객이나 야영객처럼.
맞은편에서 바버라가 양손을 옆으로 내린 채 가만히 서 있다.
"괜찮아요?" 주디가 크게 묻는다.

"네." 바버라가 대답한다. "괜찮으세요?"

주디가 끄덕인다.

그리고 말한다. "혼자 있고 싶어요?"

잠시, 바버라가 망설인다.

그러더니 확고부동하게 말한다. "네."

헤엄쳐 돌아오는 길은 헤엄쳐 갈 때보다 더 길고 느리게 느껴진다. 주디는 너무 추워 이가 딱딱 부딪힌다. 그래도 15미터가량 되짚어 왔을 때, 잠시 멈춰 섬 쪽으로 몸을 돌리고 마지막으로 한번 쳐다본다.

거기에, 바버라 반라가 꼿꼿하고 강인하게 서 있다. 육신을 집 삼아, 숲을 집 삼아. 어딘가 불멸의 존재 같은 구석이 있다고, 주디는 생각한다. 영혼, 유령, 아이보다는 신 같다.

주디는 수영을 계속해 마침내 반대편 기슭에 도착한다.

섬을 돌아보니, 장막처럼 아이를 에워싼 소나무들이 보일 뿐이다.

감사의 말

밥과 켈리 네슬, 케빈 개건, 케빈 하인스, 캐슬린 바워, 애나 세로타, 진 도머머스, 맥스 오키프, 리베카 무어, 스티브 윌리엄스에게 감사드립니다. 다양한 주제로 인터뷰에 응해주셔서 이 소설을 집필하는 데 큰 도움이 되었습니다. (절차적·의학적·법률적·지리적) 사실들을 허구화한 책임은 전적으로 제게 있습니다.

다음의 출판물들의 저자들에게도 감사드립니다. 앤 라바스틸의 《숲 여성(Woodswoman)》, 로버트 J. 코에스터의 《실종자 행동(Lost Person Behavior)》, 랠프 월도 에머슨의 〈독립독행(Self-Reliance)〉, 헨리 데이비드 소로의 《월든(Walden)》, 잡지 〈크림(Creem)〉, 윌리엄 머리의 《야생의 모험: 혹은 애디론댁 야영 생활(Adventures in the Wilderness; or, Camp-Life in the Adirondacks)》, 바니 파울러의 《애디론댁 앨범 2(Adirondack

Album, volume 2)》, 폴 셰이퍼가 엮은《애디론댁 탐험: 버플랭크 콜빈 자연 기행문(Adirondack Explorations: Nature Writings of Verplanck Colvin)》, 피터 브론스키의《산의 자비에 맡기다(At the Mercy of the Mountains)》, 집필 과정에 소중한 자료가 되어주었습니다.

전문가로서 이끌어주고 우정을 아끼지 않은 세스 피시먼와 리베카 가드너를 비롯한 거너트 에이전시 분들, 세라 맥그래스와 앨리슨 페어브러더를 비롯한 리버헤드 출판사 분들, 실비 라비노와 힐러리 자이츠 마이클을 비롯한 WME 분들에게도 감사드립니다.

돈 리, 카라 블루 애덤스, 지너 오스먼, 패티 매카시, 리치 디그, 고(故) 조앤 엡스 박사를 비롯해 템플 대학교 MFA 프로그램에서 함께한 동료와 학생들에게도 감사드립니다.

이 소설의 초고를 읽고 함께 논의해준 앨릭스 길배리, 맥 케이시, 크리스틴 파크허스트, 스티븐 무어, 리베카 무어에게도 고마움을 전합니다.

정신적으로 지지해주고, 우정을 나눠주고, 육아를 도와주고, 수많은 긴 대화를 나눠준 머프 케이시, 마이크 케이시, 켈리 오하라, 애비 베일리, 세라 란조네, 제시카 겔러, 매기 케이시, 에이드리아나 고메즈 저킷, 아살리 솔로몬, 제시카 소퍼, 카일리 리드, 알렉산드라 클리먼, 스콧 체셔, 크리스티 데이비즈, 크로슬리 시먼스, 더 클로에게 감사드립니다.

애디론댁산맥을 삶의 터전으로 삼았던 옛 분들, 특히 셰릴과

제럴드 파크허스트에게 감사드립니다.

    그리고 제가 글을 쓰는 이유를 잊지 않게 해주고, 또한 언제나 글만 쓰지 않을 이유가 되어주는 맥, 애니, 잭에게도 감사와 사랑을 전합니다.

숲의 신

1판 1쇄 발행 2025년 9월 24일
1판 6쇄 발행 2026년 1월 19일

지은이·리즈 무어
옮긴이·소슬기
펴낸이·주연선

(주)은행나무
04035 서울특별시 마포구 양화로11길 54
전화·02)3143-0651~3 | 팩스·02)3143-0654
신고번호·제 1997—000168호(1997. 12. 12)
www.ehbook.co.kr
ehbook@ehbook.co.kr

ISBN 979-11-6737-580-3 (03840)

• 이 책의 판권은 지은이와 은행나무에 있습니다. 이 책 내용의 일부 또는 전부를 재사용하려면 반드시 양측의 서면 동의를 받아야 합니다.

• 잘못된 책은 구입처에서 바꿔드립니다.